Robert Dugoni
Vor deinen Augen

Das Buch

Fahrerflucht mit Todesfolge: Für die Familie des zwölfjährigen Opfers ist es eine Tragödie, für Detective Tracy Crosswhite eine Frage der Gerechtigkeit, den Schuldigen zu finden. Der Fahrer des Wagens steht schnell fest: ein Soldat des nahegelegenen Marinestützpunktes. Anklage und Verteidigung fallen in den Zuständigkeitsbereich des Militärs – bis das wichtigste Beweisvideo spurlos verschwindet. Der Schuldige kommt frei.

Tracy kann den Fall nicht auf sich beruhen lassen. Sie ermittelt weiter und entdeckt eine Verbindung zwischen dem Fahrer und einer Reihe von Heroin-Toten in der Stadt. Aber die Zusammenhänge werden ihr erst klar, als sie der falschen Person viel zu nahe kommt ...

Der Autor

Robert Dugoni ist der New-York-Times-Bestsellerautor der Tracy-Crosswhite-Serie, die mehr als zwei Millionen Exemplare verkauft hat und die es auf Platz 1 des Wall Street Journal und auf Platz 1 bei Amazon geschafft hat. »Das Grab meiner Schwester« wird derzeit für eine TV-Serie adaptiert. Dugoni ist auch Autor der David-Sloane-Serie und der Romane »The 7th Canon und »The Cynide Canary«, das von der Washington Post zum besten Buch des Jahres gewählt wurde.

Er war mehrfach Finalist für den International Thriller Writers Award sowie für den Mystery Writers of America Award in der Kategorie Bester Roman. Seine David-Sloane-Reihe wurde zweimal für den Harper Lee Award nominiert. Dugonis Bücher sind in über 20 Sprachen übersetzt worden. Mehr über Robert Dugoni können Sie auf seiner Website unter www.robertdugoni.com oder unter www.facebook.com/AuthorRobertDugoni erfahren.

ROBERT DUGONI

VOR DEINEN AUGEN

THRILLER

Aus dem Amerikanischen von Dorothee Danzmann

Die amerikanische Ausgabe erschien 2017 unter dem Titel »Close to Home« bei Thomas & Mercer, Seattle.

Deutsche Erstveröffentlichung bei
Edition M, Amazon Media EU S.à r.l.
38, avenue John F. Kennedy, L-1855 Luxembourg
Mai 2019
Copyright © der Originalausgabe 2017
By La Mesa Fiction, LLC
All rights reserved.
Copyright © der deutschsprachigen Ausgabe 2019
By Dorothee Danzmann

Die Übersetzung dieses Buches wurde durch Amazon Crossing ermöglicht.

Umschlaggestaltung: semper smile, München, www.sempersmile.de
Originaldesign: David Drummond
Umschlagmotiv: © HadelProductions / Getty; © Chris Stein / Getty;
© WanRu Chen / Getty
Lektorat: Rainer Schöttle
Korrektorat: Manuela Tiller/DRSVS
Gedruckt durch:
Amazon Distribution GmbH, Amazonstraße 1, 04347 Leipzig /
Canon Deutschland Business Services GmbH, Ferdinand-Jühlke-Str. 7, 99095 Erfurt /
CPI books GmbH, Birkstraße 10, 25917 Leck

ISBN: 978-2-91980-461-0

www.edition-m-verlag.de

Für Meg Ruley, Rebecca Scherer und das ganze Team der Jane Rotrosen Agency – die besten Literaturagenten, die man sich vorstellen kann. Mit Worten lässt sich kaum ausdrücken, wie sehr ich eure Ratschläge und Unterstützung in all den Jahren zu schätzen gelernt habe. Dass ich damals durch eure Tür ging und ihr mich in die JRA-Familie aufnahmt, war ein Segen. – Könnte ich hier bitte eine Runde Applaus haben?

TEIL 1

Kapitel 1

D'Andre Miller drückte die Glastür des Rainier Beach Community Centers auf und trat in die kalte Nacht. Die Temperatur war erheblich gesunken und die kühle Luft bildete einen scharfen Kontrast zur feuchten, nach Schweiß duftenden Atmosphäre in der Halle, in der sie gerade Basketball gespielt hatten. Es war so kalt, dass jeder Atemzug im Hals kratzte und sich auf D'Andres Armen unter dem Kapuzenshirt eine Gänsehaut gebildet hatte. Mit hochgezogenen Schultern schlurfte er in Badelatschen die Treppe hinunter, die an den Schnürsenkeln zusammengebundenen Basketballschuhe ließ er von der rechten Schulter baumeln und den Ball aus Leder hatte er sicher unter den Arm geklemmt. Basketball und Schuhe, seine kostbarsten Besitztümer, sollten nie etwas anderes als den harten Turnhallenboden berühren müssen.

»Hey Baby D!«

Ohne anzuhalten drehte sich D'Andre um und schlurfte rückwärts weiter, denn er durfte auf keinen Fall Zeit verlieren. In der Glastür des Gemeindezentrums stand Terry O'Neill und winkte ihm begeistert zu. »Mensch Baby, das war einsame Spitze!«

D'Andre lächelte, er freute sich über das Lob. Er dachte noch einmal an seinen Crossover und den Three Point Jump, mit dem sie das letzte Spiel gewonnen hatten.

»Heute Abend hast du echt Ball gespielt, Baby D«, fuhr Terry fort, der an drei Abenden in der Woche die Turnhalle des Gemeindezentrums öffnete und bei den Basketballspielen Aufsicht führte.

»Danke, Terry.« Er hatte wirklich fantastisch gespielt, Dreier und Floater wie Steph, Dribbeln zum Korb wie KD. Er hatte sie alle fertiggemacht und das, obwohl er gute drei Jahre jünger war als die anderen Jungs, die hier trainierten. Mit seinen zwölf Jahren war D'Andre der jüngste Spieler, den die Älteren im Zentrum je hatten mitspielen lassen. Okay, an diesem Abend auch nur, weil sie sonst nicht genügend Spieler gehabt hätten, aber in Zukunft würde niemand mehr nach seinem Alter fragen. Jedenfalls nicht, wenn sie gewinnen wollten.

»Kommst du morgen auch?«, rief Terry, der jetzt auf der obersten Stufe stand. Sein Atem hing wie Zigarettenrauch im schmutzig gelben Licht.

»Kann nicht!« D'Andre schlurfte immer noch rückwärts. »Ich muss lernen, Donnerstag schreibe ich einen Mathetest.«

»Okay. Sieh zu, dass in der Schule alles glattläuft, und dann kommst du wieder, ja? Jederzeit, Baby. Heute Abend hast du dich echt bewiesen.«

Das hörte D'Andre sehr gern. Hier im Zentrum spielten die richtig Guten, die Besten der Besten, und er hatte vor, besser als sie alle zu werden. Er hing in der Sporthalle herum, seit er neun war, sah den Großen zu und ahmte nach, was sie draufhatten – ihre Crossover und die Euro-Steps, die Täuschungsmanöver. Er sah sich an, was die einzelnen Spieler zu bieten hatten, und orientierte sich an der Crème de la Crème. Heute hatte er in aller Ausführlichkeit zeigen können, was er konnte. Allerdings ein bisschen zu lange, er musste sich jetzt echt ranhalten, um nicht zu spät nach Hause zu kommen. Eigentlich hätte er auf das letzte Spiel verzichten müssen, aber wie denn? Wo endlich seine Chance gekommen war? Wie konnte er da vor allen anderen eingestehen, dass ihm seine Mutter den Arsch versohlte, wenn er nicht pünktlich zu Hause war?

Und seine Mutter würde ihm den Arsch versohlen, daran konnte kein Zweifel bestehen.

Um neun hatte er zu Hause zu sein, am besten gleich mit gemachten Hausaufgaben in der Tasche, hatte Mama gesagt. Keine Hausaufgaben, kein Basketball. Ein einziges »Befriedigend« auf dem Zeugnis – kein Basketball. Seinen Anteil an der Hausarbeit nicht erledigen, Widerworte geben, später als abgemacht nach Hause kommen – kein Basketball. Und D'Andres Mama bluffte nicht, wie sie oft genug selbst betonte. »Du spurst oder du spielst nicht, so einfach ist das.« Mama hatte keine Zeit für sinnlose Debatten, sie erzog ihre drei Söhne allein. D'Andre gehorchte seiner Mutter.

Mehr gab es zu dem Thema nicht zu sagen.

Er war Mamas Ältester, er verstand durchaus, wie schwer sie es hatte. Sie arbeitete den ganzen Tag und kam erst nach sechs Uhr nach Hause. Dann kontrollierte sie die Hausaufgaben ihrer Kinder, während Grandma das Abendessen kochte. D'Andre wusste, wie erschöpft seine Mutter war, wenn sie abends endlich zu Bett durfte. »So ein Leben will ich für euch nicht«, hatte sie ihm eines Abends erklärt, nachdem sie am Küchentisch seine Mathehausaufgaben durchgegangen war. »Du strengst dich in der Schule an, machst einen guten Abschluss und dann wirst du Arzt oder Anwalt.«

Die Schule kam immer an erster Stelle. D'Andre hatte schon einmal Hausarrest aufgebrummt bekommen, weil er zu spät nach Hause gekommen war, und seine Mutter würde keine Sekunde zögern, diese Maßnahme noch einmal zu verhängen. »Ich erziehe keine Dummköpfe. Deine Chance, als Profi

Basketball zu spielen, stehen eins zu einer Million. Wenn du dich in der Schule anstrengst und gut lernst, steht dir die Welt offen. Dann kannst du alles werden.«

D'Andre war nicht wie manche der Dummköpfe an seiner Schule, die mit schlechten oder mittelmäßigen Noten nach Hause kamen. D'Andre stand in allen Fächern auf einer glatten Eins. Nur Mathe bildete da eine Ausnahme, weswegen er den Test am Donnerstag auch mit Bravour meistern musste. Nicht, dass seine Mutter ihn dafür belohnen würde; sie versprach nichts für Spitzenzeugnisse, sondern fand es selbstverständlich, dass man sich anstrengte. »Warum soll ich dich dafür belohnen, dass du tust, was von dir erwartet wird?«

D'Andre drückte sich den Basketball an die Brust, um einen raschen Blick auf sein Handy werfen zu können. Ihm blieben noch zehn Minuten. Das ließ sich schaffen, aber nur, wenn er jetzt wirklich in die Gänge kam. Er stopfte sich seine Ohrhörer ins Ohr, um sich von Lil Wayne anfeuern zu lassen, dessen Musik Mama im Haus nicht duldete. Für sie war Lil Wayne ein »tätowierter krimineller Vollidiot«, eine Formulierung, die D'Andre eigentlich ganz witzig fand. Er zog sich die Kapuze seines Sweatshirts über die Kopfhörer und rannte los, jeder Atemzug als kleines weißes Wölkchen vor seinem Mund. Es war arschkalt, vielleicht würde es sogar noch schneien. D'Andre hatte Seattle noch nie im Schnee erlebt. 2008 hatte es wohl sehr geschneit, sagten die Leute, aber daran konnte er sich nicht mehr erinnern, weil er damals noch zu jung gewesen war. Ohne zu wissen, wie eine Schneewolke aussah, warf er einen prüfenden Blick nach oben. Am pechschwarzen Himmel präsentierten sich dicke Wattebäusche, um die das helle Licht des Vollmonds silberne Ränder malte.

Lil Wayne dröhnte in voller Lautstärke »Tha Block is Hot«, während D'Andre die Rainier Avenue hinunterlief, wobei er im Kopf immer noch gekonnt gegnerischen Verteidigern auswich.

An der Henderson Street angekommen wechselte er routiniert und ohne das Tempo zu drosseln die Richtung und rannte weiter, jetzt nach Westen. So ein Richtungswechsel bei voller Geschwindigkeit war eins seiner Markenzeichen, er hatte ihn von Terell gelernt, der demnächst mit einem Basketballstipendium an die University of Washington gehen würde. Erst einmal für ein Jahr, dann hoffte er auf einen Wechsel ins Profilager. Nur ein Jahr College und dann Profi werden, das kam für D'Andre nicht infrage. Er würde auf jeden Fall seinen Abschluss machen. »Profi!«, sagte Mama immer. »Wenn ich den Schwachsinn schon höre! Ein Bänderriss im Knie und was dann? Dann stehst du blöd da.«

Auf der Henderson legte D'Andre, angefeuert von Lil Waynes Texten, noch einmal einen Zahn zu. Er wollte über die Renton Avenue und danach die Abkürzung über den Chief Sealth Trail nehmen. Wenn er dann noch zu Hause über den hinteren Gartenzaun sprang, schaffte er es sogar noch mit ein paar Minuten Zeitpuffer ins Haus und in die Küche. Mama würde ihm ihren ganz speziellen Blick zuwerfen, nur damit er wusste, ihr machte man so schnell nichts vor. Dann würde sie ihm einen Teller Spaghetti warm machen und sich zu ihm setzen, während er aß, und sie würden sich unterhalten. Diese Momente genoss er sehr, wenn seine Brüder im Bett waren und er mit Mama allein am Küchentisch saß.

Manchmal versprach er dann, ihr irgendwann einmal ein großes Haus zu kaufen. »So groß, dass du einen Roller brauchst, um durch alle Zimmer zu kommen.«

»Wer soll das denn sauber halten? Mir reicht das Haus hier völlig.«

»Du hast natürlich ein Hausmädchen.«

»Kauf dir lieber selbst ein großes Haus.«

»Dann kannst du bei mir einziehen. Und Grandma auch.«

»Da hätte deine Frau wohl noch ein Wörtchen mitzureden.«
»Meine Frau?« An dieser Stelle musste D'Andre dann meistens kichern.

Und Mama schenkte ihm noch ein Glas Milch ein, küsste ihn auf den Scheitel und mahnte: »Iss auf und geh schlafen. In den Stunden vor Mitternacht wächst man am besten.«

Noch einmal ließ sich D'Andre Teile des letzten Spiels durch den Kopf gehen, vor allem den letzten Crossover und Jumpshot. Der eine Junge, dieser Martin, hatte ihn den ganzen Abend über blöd angemacht und aus der Reserve zu locken versucht, damit er die Nerven verlor. Aber so eine blöde Anmache prallte an D'Andre einfach ab. »Ein Ausraster auf dem Spielfeld«, hatte Mama gewarnt, »und ich steige von der Zuschauertribüne und schleife dich höchstpersönlich da weg.«

D'Andre lief bis zur Ecke und überquerte die 46th Avenue South. Jetzt war es nicht mehr weit bis nach Hause. Sein Crossover war aber auch wirklich zu schön gewesen: Er hatte den Ball up court erwischt und niedrig gehalten, mit der linken Hand dribbelnd. Dann war er losgesprintet, Martin immer dicht an der rechten Hüfte. In der Nähe der Drei-Punkte-Linie hatte er die Schulter fallen lassen, als hätte er vor, auf den Korb loszustürmen. Martin hatte voll angebissen und sich ebenfalls tiefer gebeugt, woraufhin D'Andre mit dem linken Fuß gestoppt hatte, was Martin dann nicht mehr schaffte. Er war an ihm vorbeigelaufen und stolperte bereits, als D'Andre den Ball von der linken in die rechte Hand wechseln ließ.

Als D'Andre an der Renton Avenue South von der Bordsteinkante sprang, schwebte sein Ball ihm auf den Fingerspitzen, angedacht schon auf dem Weg nach oben, auf den imaginären Korb zu. Da glitt er auch schon über den Rand und das weiße Netz weitete sich, um sich gleich darauf süß zitternd wieder zu schließen.

Als am Rand seines Sichtfeldes ein dunkelblauer Schatten auftauchte, wandte D'Andre den Kopf. Zu spät. Der Basketball schoss ihm aus der Hand, schien eine Sekunde lang über dem Kühler des Wagens zu hängen, ehe er hart an der Windschutzscheibe abprallte, auf die Straße sprang und weiterhüpfte, erst in hohen, dann in immer niedriger werdenden Sätzen, bis er in den Rinnstein rollte, sanft gegen die Bordsteinkante schlug und nicht mehr weiterkam. Liegen blieb.

Sich nicht mehr bewegte.

Kapitel 2

Der Smith Tower am Pioneer Square in Seattle war früher einmal das höchste Gebäude westlich des Mississippi gewesen, hatte Tracy Crosswhite irgendwann mal in einer Zeitschrift gelesen. Inzwischen zählte das Gebäude nicht einmal mehr zu den dreißig höchsten in Seattle und war größtenteils nur noch von historischer Bedeutung. Die Stadt veränderte sich rapide, allerdings nicht notwendigerweise zum Guten.

Was Morde betraf, befand sich Seattle auf dem besten Weg hin zu einem Rekordjahr.

Im Durchschnitt hatten Tracy und ihre fünfzehn Kollegen im Dezernat für Gewaltverbrechen bei der Polizei von Seattle in dreißig Mordfällen zu ermitteln. Seit Seattle zu den am schnellsten wachsenden Städten der Vereinigten Staaten gehörte, stieg diese Zahl leider ebenso stetig wie die Höhe der Gebäude in der Innenstadt. Beliebtheit brachte eben nicht immer nur Vorteile. Der Polizei bescherte sie jedenfalls mehr Arbeit von der Art, auf die alle gern verzichtet hätten.

Tracy zog ihre Cordjacke aus und hängte sie neben Kinsington Rowes Ledermantel an einen Haken in Shawn O'Donnel's American Grill and Irish Pub. Kins, der sich gerade setzen wollte, verzog das Gesicht und richtete sich langsam wieder auf, eine Hand in den Rücken gestemmt.

»Tut die Hüfte wieder weh?«, wollte Tracy wissen.

»Ausgerenkt«, knurrte Kins. »Das kalte Wetter macht es schlimmer.« Er ließ die Hüfte gekonnt kreisen, bis das Gelenk mit einem leisen, aber deutlichen »Plopp« wieder in die richtige Position rutschte. Tracy zuckte zusammen. Bei ihrem Kollegen hatte eine alte Football-Verletzung zu fortschreitendem Verschleiß geführt.

»Wann ist jetzt deine OP?«, fragte sie.

Kins schüttelte sich. »Erinner mich bloß nicht daran.« Er setzte sich Tracy gegenüber hin.

»Hast du Angst?«

»Und ob ich Angst habe! Du kennst doch die Geschichte von der Frau, die während ihrer OP einen Schlaganfall hatte!«

»Die war achtzig, hast du gesagt.«

»Dreiundachtzig. Egal. Dieser eine Schauspieler soll auch so gestorben sein. Bill Paxton. Hat gleich nach einer OP den Löffel abgegeben. Auch Schlaganfall.«

»Der hatte ein schwaches Herz! Was soll das werden? Sammelst du Nachrufe auf Leute, die an einem Schlaganfall gestorben sind?«

Kins schob die dringend erforderliche Hüftoperation seit Jahren vor sich her und schluckte fleißig Ibuprofen, weil künstliche Hüften nicht ewig hielten und er die Operation nur einmal über sich ergehen lassen wollte. Man garantierte künstlichen Hüftgelenken eine Lebenszeit von dreißig Jahren; Kins war inzwischen vierzig Jahre alt und wollte gern noch ein bisschen warten. Nur traten die Schmerzen bei ihm in letzter Zeit immer häufiger und stärker auf. »Ich soll sagen, wenn ich es nicht mehr aushalte, sagt mein Doc.«

»Und das hast du jetzt endlich mal getan? Ihm gesagt, dass es dir reicht?«

Kins nickte. »In zwei Wochen ist es so weit. Ich bin froh, wenn ich die Sache hinter mich gebracht habe. Momentan fühlt es sich an, als würde sich in meiner Hüfte ein heißes Messer drehen. Der Schmerz strahlt bis ins Knie aus.« Er warf einen kurzen Blick in die Speisekarte, klappte sie zu und legte sie ab. »Und? Welche Zahl hast du jetzt für die Wette gezogen?«

»Achtunddreißig«, sagte Tracy, die jetzt auch die Speisekarte studierte. »Ich dachte schon, damit liege ich bestimmt zu hoch, aber jetzt? Sieht eher so aus, als würde ich zu niedrig liegen.« Jahr für Jahr wettete man bei der Polizei von Seattle darum, wie viele Morde passieren würden. Wer sich beteiligen wollte, zahlte zwanzig Dollar in einen Topf und zog eine Zahl. In diesem Jahr schien sich die Wette zu einem besonders heißen Thema entwickeln zu wollen, denn es passierte einfach zu viel. Tracy und Kins saßen an zwei noch nicht abgeschlossenen Fällen und schon hing an der Wand ihres Arbeitsplatzes wieder der Totenkopf aus Plastik und erinnerte sie auf makabre Weise daran, dass sie beim nächsten Mord mit den Ermittlungen an der Reihe waren. Tracy hoffte zwar die Woche zu überstehen, ohne dass irgendwer irgendwen umbrachte, aber so, wie sich die ersten Monate des Jahres entwickelt hatten, standen die Chancen dafür schlecht. Ihre ganze Abteilung war außerdem immer noch mit den Ermittlungen bezüglich des Dramas befasst, das sich gerade erst in der vergangenen Woche ereignet hatte: Ein von Eifersucht geplagter junger Mann hatte sich online ein AK-47-Sturmgewehr gekauft, war damit auf einer Party aufgetaucht und hatte drei Teenager erschossen. Damit war die Zahl der Todesfälle durch Gewalteinwirkung auf zweiundzwanzig gestiegen, dabei war das Jahr gerade erst zweieinhalb Monate alt.

Viele Leute sahen die steigende Kriminalität als Folge der wachsenden Bevölkerungsdichte, gepaart mit einem zunehmenden Konsum von harten Drogen wie Meth und Heroin. Dieser Drogenkonsum breitete sich nicht nur in Seattle, sondern auch in fast allen anderen Städten der USA so rasend schnell aus, dass man schon von einer Seuche sprechen konnte.

»Wenn du zu niedrig liegst, kann ich gleich einpacken.« Kins hatte die sechsunddreißig gezogen. »Ich glaube, an meiner Zahl dürften wir bis Juni vorbeigezogen sein.«

Es war warm in dem Pub, der sich im Laufe der Jahre zu einer ihrer Stammkneipen für die Zeiten der Nachtschicht entwickelt hatte. Vielleicht kam es Tracy aber auch nur so vor, weil es draußen so kalt war. Der März stand in Seattle normalerweise für Regen und Wind, zeichnete sich in diesem Jahr jedoch durch extrem niedrige Temperaturen aus und immer mal wieder schien sogar Schnee in der Luft zu liegen. Auch an diesem Abend war es Tracy auf dem Weg vom Polizeipräsidium an der Ecke Fifth und Cherry Street so vorgekommen, als könnte es jeden Moment schneien. Tracy mochte den Pub. Hinten an der Wand zählte eine grüne Digitaluhr die Tage, Stunden und Minuten bis zum St. Patricks Day, und da es bis dahin keine zwei Wochen mehr waren, ging es hier noch grüner und irischer zu als sonst. Bei der Musik dominierte die irische Band U2, von der Decke hingen Wimpel mit Sprüchen wie »Küss mich, ich bin Ire« und an der Wand warben dreiblättrige Kleeblätter für Guinness. Kins hatte über dem Kopf ein Schild aus Holz mit folgender Botschaft hängen:

Falls ich je vermisst werde, verbreitet mein Bild auf Bierflaschen und bloß nicht auf Milchtüten. Sonst kriegen meine Freunde das nie mit.

Tracy warf einen Blick auf ihr Handy, obwohl das gar nicht geklingelt hatte. Sie hatte ihre Nummer beim Verlassen des Büros beim diensthabenden Beamten hinterlassen.

»Alles klar bei dir?«, wollte Kins wissen. »Irgendwie machst du den Eindruck, als würdest du demnächst unters Messer kommen und nicht ich.«

Tracy und Kins waren seit Jahren Partner und kannten sich gut. Sie wussten um die Launen des anderen, bekamen die jeweiligen Eheprobleme und, bei Kins, den Ärger mit den

Kindern mit und ahnten, wenn der andere besonders schönen Sex gehabt hatte.

»Alles bestens«, versicherte Tracy jetzt, was allerdings überhaupt nicht stimmte. Sie hatte gerade an ihren Termin in der Kinderwunschklinik gedacht, der für diesen Nachmittag anstand. Dan und sie schliefen seit ihrer Hochzeit vor sechs Monaten so oft miteinander wie nie zuvor und noch nie war Tracy frustrierter gewesen. Sie war jetzt dreiundvierzig Jahre alt und musste lernen, dass sich mit einem Kinderwunsch gerade in ihrem Alter nicht immer auch gleich eine Schwangerschaft einstellte.

Ganz und gar nicht.

Kins nahm sich noch einmal die Speisekarte vor. »Ich müsste eigentlich vor der Operation noch ein bisschen abnehmen. Verringert die Gefahr eines Schlaganfalls.«

»So ein Schwachsinn, Schlaganfall! Hör bloß damit auf. Das war Zufall und die Frau war doppelt so alt wie du.«

»Eigentlich müsste ich mir einen Salat bestellen. Das sage ich immer, oder?« Ja, das sagte er jedes Mal. »Und dann bestelle ich mir einen Hamburger. Ich habe die Willenskraft eines Würstchens.«

Darauf ging Tracy gar nicht erst ein. Mit »Würstchen« bezeichnete Kins so ungefähr alles und jeden, das oder der ihm auf den Geist ging. Ein miserabler Autofahrer war ein Würstchen, eine langsame Kassiererin oder ein Zeuge, der log, ebenso. Das hatte er sich als Kind angewöhnt, hatte er Tracy einmal erzählt, nachdem ihm einmal in Gegenwart seiner Mutter das Wort »Wichser« rausgerutscht war. Seine Mutter hatte ihm daraufhin eine Tracht Prügel verabreicht und ihm anschließend geraten, sich für solche Fälle ein unverfänglicheres Wort auszusuchen. Kins hatte sich für »Würstchen« entschieden.

Auch Tracy warf noch einen Blick auf die Speisekarte. Obwohl der von Kins erwähnte Burger verlockend klang, würde sie doch lieber den Salat nehmen. Sie war ein Meter achtundsiebzig groß, also nicht gerade eine Elfe, und trieb Sport, was gut für Herz und Kreislauf war, aber trotzdem fiel es ihr von Jahr zu Jahr schwerer, ihr Gewicht zu halten. Was in den Mund wanderte, schien praktisch umgehend auf Hüfte und Schenkeln zu landen.

Kins klopfte energisch auf den Tisch. »Es ist entschieden, ich bestelle Salat!« Sein Handy summte. Er nahm es hoch und warf einen kurzen Blick darauf. »Faz und Del kommen auch noch.«

Vic Fazzio und Delmo Castigliano stellten die andere Hälfte des A-Teams der Abteilung für Gewaltverbrechen. Der Buchstabe stand nicht für Qualität und war ihnen einfach so zugewiesen worden, sie rieben den anderen Teams aber trotzdem gern unter die Nase, dass ein A nun einmal Qualität bedeutete.

»Dann arbeitet Del wieder?«

»Sein erster Abend heute. Faz und er waren unterwegs, diesen Zeugen in White Center auftreiben. Faz will, dass ich den Wirt frage, ob sie hier immer noch Corned Beef auf Roggenbrot servieren.« Er schüttelte nachsichtig den Kopf. »Ich bitte dich – in einer irischen Kneipe. Er kann es einfach nicht lassen.«

»Hat er auch gesagt, wie es Del geht?«

Kins spielte mit einem Zuckerpäckchen, knickte dessen Ecken um. »Ich habe gestern mit ihm darüber gesprochen. Er sagt, Del ist immer noch ziemlich down. Kann ich ihm echt nicht verdenken.«

Am vergangenen Samstag hatten Tracy und Kins Faz auf die Beerdigung von Dels Nichte begleiten müssen, die mit gerade mal siebzehn Jahren an einer Überdosis Heroin gestorben war. Sie war fünfzehn gewesen, als sie mit den Drogen anfing. Erst Marihuana, dann verschreibungspflichtige Medikamente, und schließlich war sie heroinabhängig geworden. Del hatte sie in einer Entzugsklinik in Yakima unterbringen können und war sich nach ihrer Rückkehr so sicher gewesen, dass sie es geschafft hatte und ein neues Kapitel in ihrem Leben aufschlagen wollte. Dann hatte sie eine Überdosis erwischt und war gestorben.

»Faz sagt, sie hätte insgesamt vier Mal eine Überdosis genommen«, fügte Kins hinzu. »Wusstest du das?«

»Del hat es mir erzählt.«

Kins schüttelte den Kopf. Er hatte drei Söhne im Teenageralter. »Vier Mal? Es würde mich umbringen, wenn eins meiner Kids diesen Scheiß nehmen würde.«

In diesem Moment trat Liam, der Besitzer des Pubs, an ihren Tisch. Wenn viel zu tun war, sprang er auch hinter der Bar und als Kellner ein. »Na, müsst ihr mal wieder nachts arbeiten?«

»Nur wir und die Prostituierten«, seufzte Kins. »Bloß machen die eine Menge mehr Geld als wir. Und sie brauchen ihr Einkommen nicht zu versteuern!«

»Jammer du mir bloß nichts vor.« Liam verdrehte die Augen. »Die Stadt sagt, ich muss meinen Angestellten fünfzehn Dollar die Stunde zahlen. Daraufhin hat mich einer meiner Hilfskellner gebeten, seine Stundenzahl zu reduzieren, damit sie ihm die Beihilfe nicht streichen. Denken die im Stadtrat eigentlich nach, ehe sie solche Bestimmungen verabschieden? Manchmal frage ich mich das echt. Wollt ihr was trinken?«

»Wenn ich nicht im Dienst wäre, gerne. Dann würde ich die Tagessuppe nehmen«, sagte Kins. Bei dieser Suppe handelte es sich laut einer Stelltafel am Eingang um Whiskey auf Eis.

»Ich fühle mit dir.« Liam warf einen Blick aus dem Fenster. »Wir haben Vollmond, da kriechen die Verrückten aus ihren Löchern. Normalerweise ist hier montags ja tote Hose.«

Bei der Abteilung für Gewaltverbrechen bekamen sie fast jeden Abend diese Verrückten präsentiert: die Frau, zum Beispiel, die immer wieder anrief, weil sie angeblich wusste, wer den Sänger Kurt Cobain umgebracht hatte, oder den Mann, der sich vor seiner Frau fürchtete, weil die ihn seiner Meinung nach umbringen wollte, um ihn dann zu zerstückeln und seine Einzelteile in Koffern verstaut mit dem Familienauto in der ganzen Stadt zu verteilen. Als Single hatte Tracy die Spätschicht von fünfzehn Uhr bis Mitternacht eigentlich immer gerngehabt. Viele der Verrückten waren ganz unterhaltsam und normalerweise war man allein im Büro und konnte gut irgendwelchen Papierkram erledigen. Seit sie Dan geheiratet hatte, verbrachte sie ihre Abende allerdings lieber zu Hause.

»Eistee«, bestellte Kins jetzt.

»Meinen bitte mit ein bisschen Zitrone«, ergänzte Tracy.

»Ich nehme an, ihr wartet noch auf eure beiden Gangster?«

»Die sind schon unterwegs«, sagte Kins. »Faz sagt, ich soll fragen, ob es bei euch Corned Beef gibt.«

»Eine irische Kneipe, die etwas auf sich hält, ohne Corned Beef?« Liam riss entsetzt die Augen auf. »So kurz vor St. Patricks? Gibt's das überhaupt?« Er bekreuzigte sich, küsste seinen Daumen und verließ den Tisch.

»Da kommen sie ja«, sagte Kins, der über Tracys Schulter hinweg die Eingangstür im Auge hatte.

Tracy wandte sich um. Del und Faz beim Betreten eines Restaurants zu beobachten – das war oft so, als schaue man zwei Monden beim Verfinstern der Sonne zu. Beide waren über ein Meter neunzig groß, wogen mehr als einhundert Kilo und trugen Anzug, wenn auch ohne Krawatte. Seattle mochte sich verändern, Faz und Del nicht. Anzug ohne Krawatte, das war für sie lockere Kleidung.

Del zog sich den Regenmantel aus und hängte ihn an die Garderobe. Er sah müde aus, fand Tracy, mit Tränensäcken unter den Augen, als hätte er viel zu wenig geschlafen. Und er bewegte sich so, als koste ihn jeder Schritt unglaubliche Kraft. Laut Faz hatte Del die vergangenen Nächte auf der Couch im Wohnzimmer seiner Schwester verbracht, um sich um seine beiden neunjährigen Neffen kümmern zu können.

Del rutschte in die Nische neben Kins, Faz setzte sich neben Tracy, von wo aus er sich allerdings umgehend auf Kins stürzte wie ein Labrador auf die eben erlegte Ente. »Hast du das mit dem Corned Beef geklärt?«

»Mist!« Kins verzog das Gesicht. »Hab ich völlig vergessen, Faz, tut mir echt leid.«

»Wie konntest du das vergessen? Ich habe dir eben erst eine Nachricht geschickt!«

Kins zuckte die Achseln. »Da war ich wohl abgelenkt.«

Während Faz sich hektisch umdrehte, um nach Liam Ausschau zu halten, wandte sich Tracy an Del: »Und? Wie kommst du klar?«

»Geht so«, antwortete Del leise.

»Wo zum Henker steckt dieser Liam?« Faz wurde zunehmend nervöser.

Del hatte den Mann inzwischen hinter dem Tresen entdeckt und winkte ihm zu, woraufhin Liam schnell zu ihnen an den Tisch kam. »Kaffee, bitte«, bestellte Del. »Schwarz.«

»Habt ihr Corned Beef?«, fragte Faz.

»Tut mir echt leid.« Liam zeigte tiefes Bedauern. »Kins hat gerade die letzte Portion bestellt. Aber polnische Wurst mit Sauerkraut kannst du haben.«

Faz griff sich verwundet ans Herz. »Polnische ... du verarschst mich doch!« Er sah Kins an. »Verarscht der mich?«

»Für wen hältst du mich, für einen Italiener?«, fragte Liam lachend. »Ein irischer Pub ohne Corned Beef so kurz vor St. Patricks? Das wäre ein Schwerverbrechen.«

Faz wandte sich an Kins. »Was sollte das, Mann? Wolltest du mir einen Herzinfarkt bescheren? Tu mir doch so was nicht an!«

»Irgendwas zu trinken?«, erkundigte sich Liam.

»Kaffee«, sagte Faz. »Ich versuch, mich warm zu laufen – bin ungefähr so kalt wie meine Nets die letzten zehn Spiele.«

Faz stammte aus New Jersey und hielt immer noch den Teams seiner Heimatstadt die Treue.

Tracy bestellte einen Cäsarsalat mit Lachs.

»Irish Whiskey Mac and Cheese.« Seufzend reichte Kins Liam die Speisekarte. »Wie schon gesagt: die Willensstärke eines Würstchens«, sagte er zu Tracy.

Liam sah Del an, aber der blieb bei seinem Kaffee, was ihm so gar nicht ähnlichsah. Normalerweise liebte Del sein Essen ebenso sehr wie Faz.

»Wie geht es deiner Schwester?«, erkundigte sich Tracy, sobald der Wirt wieder gegangen war.

»Nicht so gut. Das wird eine Weile dauern.«

»Nur damit du das weißt«, sagte Faz zu Tracy. »Wir knöpfen uns den Dealer vor.«

»Wer ist wir?«, wollte Tracy wissen.

»Wir«, sagte Faz, dem der besorgte Blick seiner Kollegin nicht entgangen war. »Aber offiziell hat Del nichts damit zu tun.«

Del durfte auf keinen Fall einen Mord bearbeiten, bei dem das Opfer seine Nichte war. »Habt ihr das mit Nolasco durchgesprochen?«, fragte sie. Nolasco war der Captain der Abteilung für Gewaltverbrechen.

Faz gab ihr mit einem kurzen Blick zu verstehen, dass er später unter vier Augen mehr zu dem Thema sagen würde. »Seinen Segen haben wir, sagt er, solange ich das Ganze leite.«

Eigentlich hätte der Captain diesen Fall einem anderen Team zuweisen müssen und Tracy fragte sich natürlich, warum er auf Faz' Bitte eingegangen war. Weil es in letzter Zeit so viele Morde gegeben hatte und alle überarbeitet waren? Gut möglich. In jedem einzelnen Team mussten die Mordermittler hart darum kämpfen, wenigstens halbwegs mit der Arbeit auf Stand zu bleiben.

»Hat deine Schwester denn irgendwelche Hinweise?«, erkundigte sie sich bei Del.

»Wir haben noch nicht mit ihr gesprochen, so weit ist sie noch nicht. Wir lassen ihr noch ein paar Tage Zeit. Bis dahin gehen wir anderen Hinweisen nach. Meine Nichte hatte ein Handy, wahrscheinlich hat sie sich das Zeug telefonisch organisiert. Und es gibt da auch noch einen Freund, der mit drinstecken könnte. Falls das so stimmt, wird er uns den Dealer schon nennen.«

Tracy warf erneut einen fragenden Blick in Richtung Faz, der ihr mit einem sanften Nicken zu verstehen gab, dass er die Sache im Griff hatte. »Sie braucht nur noch ein bisschen mehr Zeit«, meinte auch er.

»Ich muss immer an dich denken«, sagte Del zu Tracy. »Ich muss in einer Tour an dich und diesen einen Spruch denken.«

»An welchen denn?«

»Eltern sollten ihre Kinder nicht begraben müssen. Ich begreife erst jetzt, was das bedeutet. Das mit deiner Schwester tut mir sehr leid. Deine Eltern tun mir aufrichtig leid. Ich kann jetzt verstehen, was das mit ihnen angerichtet hat, was es mit deinem Vater gemacht hat.«

Zwei Jahre nach Sarahs Verschwinden hatte Tracys Vater unter dem Druck seines Kummers, seiner Depressionen und höchstwahrscheinlich unter dem Einfluss verschreibungspflichtiger Medikamente seinem Leben ein Ende gesetzt.

Kinder haben, Eltern sein – Tracy dachte unwillkürlich wieder an ihre Versuche, schwanger zu werden. Sosehr sie sich auch nach einem Sohn oder einer Tochter sehnte, so unvorstellbar war ihr der Gedanke an den Schmerz und das Leid beim Verlust eines Kindes. Auch sie hatte es damals völlig aus der Bahn geworfen, als ihre Schwester entführt und ermordet worden war, aber im Vergleich zu den verheerenden Schäden, die das Ereignis im Leben ihrer Eltern angerichtet hatte, war ihr Kummer zu verkraften gewesen.

Eins der Handys auf dem Tisch vibrierte klappernd. Sowohl Tracy als auch Kins griffen nach ihren Telefonen, aber nur bei dem von Tracy leuchtete das Display. »Der Diensthabende«, stöhnte sie.

Kins schüttelte den Kopf. »Wieder ein Mord mehr, was?«

Kapitel 3

Neben dem weißen Tuch auf der Straße, unter dem sich eine Leiche verbarg, lag ein Basketball im Rinnstein. Tracy und Kins hatten auf dem Weg hierher darüber spekuliert, warum wohl in diesem Fall das A-Team hinzugezogen worden war. Mit Todesfällen durch Unfall befasste sich normalerweise die Traffic Collision Investigation Unit, die Spezialeinheit, die bei schweren Verkehrsunfällen ermittelte. Mordermittler hinzuzubitten war ungewöhnlich.

Kins parkte an der South Henderson Street, Del und Faz, die mit einem eigenen Wagen unterwegs waren, hielten direkt hinter ihnen. »Hat Billy gesagt, was wir hier sollen?«, fragte Kins. Tracy war von Billy Williams angerufen worden, dem Sergeant des A-Teams, der wiederum vom Sergeant der TCI, Joe Jensen, benachrichtigt worden war.

Tracy schüttelte den Kopf. »Die TCI glaubt, es war Fahrerflucht. Mehr weiß ich nicht.«

Sie stiegen aus und warteten darauf, dass sich auch Faz und Del in die Kälte wagten. Blaue und rote Lichter flammten auf und warfen ihre Farben auf die Wände sowie die mit Brettern vernagelten Türen und Fenster umliegender Geschäfte. Etliche Streifenwagen standen quer auf der Straße und riegelten so die Renton South Avenue ab, während uniformierte Beamte in dicken Jacken und Handschuhen den Verkehr umleiteten. Ein Löschfahrzeug der Feuerwehr und ein Krankenwagen ergänzten das Ensemble, wobei die Feuerwehrleute und Sanitäter untätig herumstanden und verfroren wirkten.

»Was hältst du davon, dass Nolasco Del erlaubt hat, im Todesfall seiner Nichte zu ermitteln?«, wollte Tracy von Kins wissen.

Kins warf ihr einen kurzen Blick zu, ehe er sich wieder der Szene auf der Straße zuwandte. »Faz passt schon auf, dass Del nicht über die Stränge schlägt.«

»Er dürfte gar nicht an dem Fall arbeiten.«

Diesmal fiel Kins' Blick ein wenig schräg aus. »Und das willst du ihm sagen?«

»Nicht meine Aufgabe. Nolasco müsste es ihm sagen.«

»Und lässt du dich hier vielleicht von persönlichen Gefühlen leiten?« Tracy und Nolasco verband eine sehr lange, sehr schwierige Beziehung, die ihren Anfang in Tracys Zeit an der Polizeihochschule hatte.

»Mit meinen persönlichen Gefühlen hat das gar nichts zu tun. Hier geht es um Grundsätze unserer Abteilung.«

»Faz sagt, er hat es im Griff. Wenn du mich fragst, sollten wir zwei es dabei bewenden lassen.« Kins musterte die Straße mit dem weißen Laken darauf. »Was meinst du? Wie weit liegt die Leiche von der Kreuzung entfernt?«

Er wollte das Thema wechseln, das war Tracy schon klar. Vielleicht hatte er ja auch recht und sie sollten es wirklich gut sein lassen. Sie dachte über seine Frage nach. »Acht Meter ungefähr, würde ich sagen.«

»Das wird nicht hübsch.«

Inzwischen waren Del und Faz auch ausgestiegen und alle vier gingen zu Williams hinüber, der schon auf sie wartete.

Über der Stadt lag eine schwere Wolkendecke, die nun ernsthaft auf baldigen Schneefall hindeutete und sämtliche

Geräusche zu dämpfen schien. Williams unterhielt sich gerade mit zwei Männern in leuchtend gelben Jacken mit grauen, reflektierenden Streifen und der Aufschrift »Seattle Police« auf dem Rücken. Williams, dem Aussehen nach ein Zwillingsbruder des Schauspielers Samuel L. Jackson, sah in seiner rot-schwarz karierten Schirmmütze mit passendem Schal sehr schick aus. Den Schal hatte er sich zweimal um den Hals geschlungen und unter den Mantelkragen gesteckt.

»Du ein Schotte, darauf wäre ich nie gekommen«, begrüßte Faz seinen Sergeant. »Hat dir Sean Connery die Mütze und den Schal geschenkt?«

Williams bedachte ihn mit einem süffisanten Lächeln. »Laut Ancestry.com bin ich eine Menge Dinge, auf die du nie kommen würdest. Wofür ich mich im Übrigen bei deinen Leuten bedanken kann.«

»Ich bin zu hundert Prozent Italiener«, protestierte Faz. »Bei mir kannst du dich höchstens für leckeres Essen und den Paten bedanken.«

Tracy wandte sich an Joe Jensen, den größeren der beiden Männer, mit denen Williams geredet hatte. Er trug eine schwarze Skimütze, die er sich fest über beide Ohren gezogen hatte. »Wolltest du uns hier dabeihaben, Joe?«

Jensen arbeitete seit einer halben Ewigkeit bei der TCI, bestimmt schon seit fast drei Jahrzehnten. Damals, als Tracy noch Streife fuhr und eine Versetzung ins Morddezernat reines Wunschdenken zu sein schien, hatte sie kurz mit dieser Abteilung geliebäugelt, in der sich allem Anschein nach gut Wissen und Erfahrung sammeln ließen. Wer dort anfangen wollte, musste allerdings in Mathe und Physik brillieren und durfte keine Angst vor Theorien wie der von der linearen Beschleunigung haben. Tracy war immer gut in Mathe und Naturwissenschaften gewesen und hatte nach dem College drei Jahre lang an der High School Chemie unterrichtet. Das alles, und damit auch die Mathematik, hatte sie jedoch für immer hinter sich gelassen, als sie nach dem Verschwinden ihrer Schwester beschloss, zur Polizei zu gehen.

»Wann kommst du rüber zu den Gewaltverbrechen?«, erkundigte sich Tracy bei Jensen, wie sie es jedes Mal tat, wenn sie sich sahen.

»Nach meiner Pensionierung.« Das war Jensens Standardantwort. Er war oft gebeten worden, in die Mordkommission zu wechseln, mochte aber nicht, weil ihm die Fälle dort zu auswechselbar vorkamen, wie er Tracy einmal erklärt hatte. »Der Verdächtige von dieser Woche kann nächste Woche schon Opfer sein.« Außerdem war er ein Mathegenie und stolz darauf. »Der Unfall hier ist tragisch.« Jensen zog sich die Skimütze zurecht und deutete auf das weiße Laken. »Ein zwölfjähriger Junge.«

»Nein!«, riefen Tracy und Kins wie aus einem Munde.

Del trat wortlos zur Seite.

»Afroamerikanischer Junge auf dem Nachhauseweg vom Basketballspielen«, fuhr Jensen fort.

»Und beim allgemeinen Klima momentan sind ein paar von denen da oben besorgt und möchten die Sache auf jeden Fall mit dem nötigen Feingefühl behandelt wissen«, ergänzte Williams.

»›Black Lives Matter‹?«, fragte Faz. Die Bewegung hatte in Seattle ebenso schnell an Bedeutung gewonnen wie im Rest der Vereinigten Staaten und niemand musste den anwesenden Polizisten sagen, dass sie sich hier in einem überwiegend von Afroamerikanern bewohnten Stadtteil befanden.

Williams nickte. »Die Chefs wollen ein Mordermittlerteam.« Er sah Jensen an. »Bitte nicht persönlich nehmen.«

»Mach ich schon nicht.«

»Das ist Politik«, fuhr Williams fort. »Wir arbeiten mit der TCI zusammen.«

»Ist das okay für dich?«, erkundigte sich Tracy vorsichtshalber noch einmal bei Jensen.

»Ist nicht meine Entscheidung. Aber was mich betrifft: Je mehr, desto besser. Obwohl – richtig gut ist an dieser Sache bestimmt nichts.«

»Was ist passiert?«, fragte Tracy.

»Das Auto hat ihn aus den Flip-Flops gehauen. Seine Basketballschuhe liegen noch zehn Meter weiter die Straße runter.«

»Kein Ausweis, nehme ich mal an?«, fragte Tracy.

Jensen deutete mit dem Kinn auf eine Gruppe von Männern und Frauen, die an der Straßenecke standen. »Nein. Aber einer der Zeugen sagt, der Name des Opfers sei D'Andre Miller.«

»Hat der Zeuge den eigentlichen Unfall mitbekommen?«

Jensen schüttelte den Kopf. »Nein. Er ging die South Henderson hoch und hörte einen dumpfen Aufprall. Du weißt, wie das ist.«

Das wusste Tracy in der Tat. Die meisten Zeugenaussagen bei Autounfällen waren nicht gerade hilfreich. Die Leute wollten es oft gern sein, aber meistens hatte keiner von ihnen den eigentlichen Unfall wirklich miterlebt, sondern nur etwas gehört und später die Folgen gesehen. Fantasiebilder ergänzten dann sämtliche Leerstellen im Hirn, was oft nicht zu den konkreten Beweisen passte, weswegen so ein Zeuge oft mehr schadete als nutzte, sollte die Sache vor Gericht kommen.

Jensen deutete auf einen weiteren Zuschauer an der Straßenecke. »Der Mann da fuhr gerade nach Hause und blieb stehen, als er die Streifenwagen sah. Der Junge hat heute Abend im Gemeindezentrum Basketball gespielt und hatte es wohl eilig, nach Hause zu kommen.« Jensen deutete die Straße hinunter. »Er sagt, das Opfer nimmt gern die Abkürzung über den Chief Sealth Trail.«

»Das ist in der entgegengesetzten Richtung«, sagte Kins. Entgegengesetzt zur Richtung, in der die Leiche lag, meinte er damit.

»Ich weiß«, sagte Jensen. »Wenn er auf dem Bürgersteig bis zur Kreuzung lief, hat ihn jemand mit sehr hoher Geschwindigkeit erwischt.«

»Wissen die Eltern schon Bescheid?«, wollte Tracy wissen.

»Von uns nicht. Aber irgendwer von den Leuten hier wird es ihnen wohl gesagt haben.«

Tracy sah hoch zu dem Durcheinander aus baumelnden Ampeln und schwarzen, zwischen Telefonmasten gespannten Kabeln. Die Ampel auf der Renton Avenue sprang von Grün auf Rot. »Irgendwelche Probleme mit den Ampeln?«

»Soweit ich weiß, nicht«, antwortete Jensen. »Aber wir lassen das überprüfen.« Er folgte Tracys Blick Richtung Süden auf den nicht unansehnlichen Hügel, den hinunter die Renton Avenue verlief, ehe sie hier an der Ampel wieder flach wurde. »Und nein, wir haben keine Bremsspuren gefunden.«

»Dann hat der Fahrer nicht versucht, anzuhalten?«, fragte Tracy.

»Erst einmal deutet nichts darauf hin. Meiner Einschätzung nach wurde das Opfer so getroffen, dass es auf der Kühlerhaube landete, oder es wurde nach vorn auf die Straße geschleudert.«

»Bei der Distanz zwischen Leiche und Kreuzung gehe ich von einigem Sachschaden vorn am beteiligten Auto aus«, fuhr Jensen fort. »Daran werden wir verstärkt arbeiten.«

»Was ist mit Kameras?« Faz sah sich die Geschäfte an allen vier Ecken der Kreuzung an. Ein Laden für Autoersatzteile hatte schwarze Gitter vor den Fenstern und der Tür, ebenso vergittert waren die Fenster im Erdgeschoss eines dreistöckigen Wohnhauses an der südöstlichen Ecke. An einer der beiden anderen Ecken stand ein schmutzig gelbes Geschäftshaus, in dem sich eine Reinigung befand, gegenüber lag ein Restaurant mit ausgeblichener roter Markise. Dort wuchs an den Fenstern zur Straße bereits Unkraut, was darauf schließen ließ, dass dieses Restaurant schon eine Weile nicht mehr in Betrieb war.

»Das weiß ich noch nicht«, antwortete Jensen.

Williams nahm die Hände aus den Taschen. »Lass uns loslegen. Del und Faz, ihr fragt bei den Mietern in den umliegenden Apartments nach, ob irgendwer etwas gesehen hat. Erkundigt euch auch, ob der Laden mit den Autoteilen Kameras benutzt, die etwas aufgezeichnet haben könnten.«

Während Del und Faz verschwanden, näherte sich eine Beamtin der Gruppe. »Detectives? Tut mir leid, dass ich stören muss, aber wir haben etwas gefunden.«

Die Gruppe folgte ihr die Straße hinauf zu einer ungefähr drei Meter von der Kreuzung entfernten Stelle. Dort richtete die Beamtin ihre Taschenlampe auf ein dreieckiges Stück Glas auf dem Boden, das für Tracy so aussah, als gehöre es zur Abdeckung eines Autoscheinwerfers. »Das haben wir erst nicht entdeckt, weil es durchsichtig ist«, erklärte die Polizistin.

»Gut gemacht«, lobte Jensen. »Jetzt brauchen wir nur noch das Auto dazu.«

Ein Motor heulte auf, was die Aufmerksamkeit aller auf sich zog, und es kam Bewegung in die Menge, als ein älterer weißer Honda mit quietschenden Bremsen auf der Kreuzung hielt. Die Fahrertür flog auf und eine afroamerikanische Frau sprang aus dem Wagen. Sie ließ den Motor laufen und das Licht brennen, während sie sich hektisch umsah. »Mein Sohn?«, fragte sie, an niemanden besonders gerichtet. »Wo ist mein Sohn?«

Mehrere Streifenbeamte versuchten, sie aufzuhalten, aber die Frau stieß sie zurück. »Ich will meinen Sohn sehen! Wo ist D'Andre?«

Der Mann, der laut Joe Jensen Terry hieß, deutete laut weinend auf das weiße Laken.

Die Mutter schlug die Hand vor den Mund – danach bewegte sie sich nicht mehr. Ihre Knie gaben nach, sie sackte in sich zusammen, bis sie laut klagend auf dem Bürgersteig kniete. Terry, der neben ihr stand, schien nicht zu wissen, was er tun sollte. Tracy ging zu ihr und kniete sich hin. Als die Frau zu ihr aufsah, sah man in ihren Augen das nackte Entsetzen und die unermessliche Trauer, die Tracy auch in den Augen ihres Vaters und ihrer Mutter gesehen hatte. Damals, an dem Abend, als feststand, dass Sarah verschwunden war.

»Es tut mir so leid«, flüsterte Tracy. Sie musste an Del denken und an das, was er im Pub gesagt hatte.

Eltern sollten ihre Kinder nicht begraben müssen.

* * *

Keiner der beiden Hunde stürmte bellend aus dem Schlafzimmer, als Tracy vorsichtig die Haustür aufschloss und eintrat. Sie schienen sich an ihre Spätschicht gewöhnt zu haben. Immer noch leise zog sich Tracy die Schuhe aus, stellte sie unter die Sitzbank, hängte ihre Jacke an die Garderobe und ging in die Küche.

Dan hatte das Innere der einstöckigen Kate aus Naturstein komplett umgestaltet, indem er vorn einen zusammenhängenden, großen Raum schuf und die dunklen Eichenböden aufarbeitete, die sämtliche Scharten und Narben aufwiesen, die man in einem alten Bauernhaus erwarten konnte. Die auf breiten, soliden Querbalken ruhende Zimmerdecke passte perfekt zum Fußboden und das Ganze wurde von einem großen gemauerten Kamin ergänzt. Dan hatte eine Firma aufgetan, die einen Einsatz mit Gebläse im Kamin installieren konnte, sodass jetzt ein Feuer darin stundenlang das ganze Haus heizte. Eine rote Ledercouch, ein zweisitziges Sofa und ein paar Teppiche gestalteten den Wohnbereich, während ein antiker Eichentisch mit passenden Stühlen als Esszimmer fungierte. In der hintersten Ecke des großen Raums sorgte ein bequemer Stuhl mit passender Lampe für einen Rückzugsort zum Ausruhen und Lesen. Außerdem gab es im Haus noch ein kleines Schlafzimmer, das gerade so eben Platz für ein großes Doppelbett bot, und eine daran angrenzende winzige Küche, in die höchstens zwei Leute zur gleichen Zeit passten. Eine Geschirrspülmaschine hatten sie hier nicht unterbringen können.

Tracy goss sich an der Spüle ein Glas Wasser ein und blieb einen Moment am Fenster stehen. Sie musste an die Mutter denken, die sie eben dort auf der Straße erlebt hatte, und an ihre eigene Mutter. Draußen über der Koppel stand der Vollmond und färbte das Gras der Wiese in ein trauriges, blasses Blau. Die ganze Welt schien heute Nacht zu weinen.

Dan hatte das viertausend Quadratmeter große Grundstück mit dem alten Bauernhaus gekauft, weil er gern einsam wohnte und das Anwesen von der Lage her Ähnlichkeit mit seinem Zuhause in Cedar Grove aufwies. Tracy, die lange direkt im Zentrum von Seattle und danach immer noch zentrumsnah in einem der westlichen Stadtteile gelebt hatte, brauchte länger, um sich an die Ruhe und Abgeschiedenheit hier zu gewöhnen. Besonders in Nächten wie dieser fehlte ihr die Stadt, sehnte sie sich nach irgendetwas, um die Bilder vom weißen Laken und der vor Kummer zusammengebrochenen Mutter, die sich nie wieder ganz erholen würde, ein wenig zu verdrängen.

Jetzt kam doch noch Sherlock aus dem Schlafzimmer getrottet, dicht gefolgt von Tracys Kater Roger. Tracy drehte den Wasserhahn ab und Roger sprang auf den Küchentresen, um mit hocherhobenem Schwanz leise miauend darauf auf und ab zu stolzieren. Es hatte Monate gedauert, aber inzwischen schienen sich Dans Hunde, die beiden je sechzig Kilo schweren Rhodesian Mastiffs Rex und Sherlock, endlich nicht mehr für die Katze des Hauses zu interessieren.

»Du musstest doch nicht aufstehen«, flüsterte Tracy Sherlock zu, der von den beiden Hunden der ritterlichere war. Sherlock antwortete mit einem tiefgründigen Blick. »Schon gut, ich weiß, was du willst.« Sie holte ihm einen Hundekeks aus dem Schrank, auf den er sich allerdings nicht sofort stürzte. Er sah sie weiterhin unverwandt an, als spürte er, was mit ihr los war, und wollte ihren Kummer teilen. »Ist schon okay, nimm ihn ruhig.« Sanft zog er ihr den Keks aus den Fingern und sie drückte ihm einen Kuss auf den Kopf. »Verrat deinem Bruder nichts davon.«

Leise ging sie ins Schlafzimmer, wo sie sich im Dunkeln auszog, in ein Nachthemd schlüpfte und unter die Decke kroch. Dankbar kuschelte sie sich in das von Dans glühendem Körper geschaffene Nest aus Wärme.

»Hey!« Dans Stimme war vor Schlaf ganz heiser, als er Tracy in die Arme nahm. »Du bist spät. Ich habe versucht, wach zu bleiben.«

Sein Atem roch noch nach der Pfefferminze in seiner Zahnpasta. Im Dunkeln konnte man Rex gähnen hören, was wie eine Mahnung klang: Seid gefälligst ruhig, ich schlafe. Roger sprang schnurrend aufs Bett.

»Tut mir leid, dass ich dich geweckt habe.« Dan unterhielt inzwischen ein Anwaltsbüro in Redmond, wohin ihm sein guter Ruf und viele Klienten gefolgt waren. Wenn er arbeitete und Tracy Nachtschicht hatte, sahen sie tagsüber nicht viel voneinander. »Es gab einen weiteren Mordfall.«

»Das hatte ich mir schon gedacht. Schlimm?«

Tracy hatte sofort wieder den schmächtigen Körper unter dem weißen Laken vor Augen. »Fahrerflucht«, sagte sie leise. »Ein zwölfjähriger Junge.«

Er drückte ihr einen Kuss auf den Scheitel und strich sanft über ihr Haar. »Alles okay bei dir?«

Jahrelang war Tracy nach der Arbeit allein in eine leere Wohnung gekommen und hatte sich immer wieder versichert, das sei völlig in Ordnung so, es ginge ihr gut damit. Auch wenn es ihr nicht gut gegangen war. Sie hatte kaum eine andere Wahl gehabt, es gab ja niemanden, der sie aufmuntern konnte. So hatte sie nie gelernt, sich trösten zu lassen. Jetzt versuchte sie es damit.

»Nicht so richtig.«

»Das tut mir leid.« Dan drückte sie fester an sich und sie spürte seinen Atem auf ihrem Haar, das sanfte Auf und Ab seiner Brust. »Möchtest du darüber reden?«

Sie lächelte. Sie würde tagelang darüber reden, sie würde sich jahrelang daran erinnern. Aber heute Nacht war Dan müde, und sie war es auch. »Schlaf wieder ein.«

»Wann hast du morgen deinen Arzttermin?«

Dr. Kramer in der Kinderwunschklinik – das hatte sie ganz vergessen. »Um zwei.«

»Ich kann ein paar Sachen umorganisieren und wir treffen uns dort.«

»Ich will mir ja nur die Testergebnisse abholen. Wenn wir wissen, woran wir sind, können wir weitere Entscheidungen fällen.«

»Ich für meinen Teil, Ma'am, stehe nach wie vor mit all meiner Kraft für die anstehende Arbeit zur Verfügung!« Dan hörte sich an wie ein Rekrut bei der Dienstbesprechung: zackig und auf Draht. »Ich versichere feierlich, dass ich mich weder von Regen noch Schnee noch stockfinsterer Nacht von der Erfüllung meiner Pflichten abhalten lasse.«

»Wir liefern nicht die Post aus«, flüsterte Tracy. »Wir wollen ein Baby machen.«

Mit Dan war alles in Ordnung, er brauchte sich nicht den Kopf zu zerbrechen. Er hatte die während seiner ersten Ehe vorgenommene Vasektomie rückgängig machen lassen und war gleich danach getestet worden. Woraufhin er ihr in ihrem Schlafzimmer in Redmond stolz hatte verkünden können, er habe geladen, entsichert und sei bereit, mit scharfer Munition zu schießen.

Mit anderen Worten: Was immer das Problem auch sein mochte, er war es nicht. Während es also ein Teil von Tracy gern gesehen hätte, wenn Dan mit ihr zum Arzt gegangen wäre, wollte ihn ein anderer Teil von ihr nicht dabeihaben, wollte nicht, dass er die schlechten Testergebnisse zu hören bekam, die sie zu bekommen fürchtete. Das Problem – was immer es auch sein mochte – lag nämlich bei ihr.

Dan ließ sie los und rollte sich auf seine Seite. Es dauerte keine Minute, dann hörte man seinen friedlichen Atem. Tracy dagegen konnte noch nicht schlafen. Wieder musste sie an Shaniqua Miller denken, wie sie da auf der Straße einfach in sich zusammengesackt war. Sie dachte an Dels Schwester Maggie und daran, wie sie sich wohl gefühlt hatte, als sie ins Zimmer ihrer Tochter kam und ihr Kind tot vorfand. Sie dachte an den Kummer ihrer Mutter, die niemand hatte trösten können, die den Verlust ihrer Tochter nie überwunden hatte, wie eine tiefe Schnittwunde, die einfach nicht heilen will.

Und sie dachte an ihre eigene Sehnsucht nach einem Kind. War es vielleicht doch eher ein Segen und nicht ein Fluch, nicht schwanger zu werden?

Kapitel 4

Ganz früh am Dienstagmorgen, ehe die Mühlen der Justiz noch angefangen hatten, zivilrechtliche Entscheidungen und strafrechtliche Urteile zu produzieren, wanderte Delmo Castigliano durch die Flure im Gerichtsgebäude des King County. In den gut ausgeleuchteten Hallen mit ihren Marmorböden hing schwach der Zitronenduft vom Scheuerlappen des Hausmeisters und noch wimmelte es nicht von Anwälten, Gerichtsdienern oder Bürgern, die irgendetwas bei Gericht zu erledigen hatten.

Del war gern bei Gericht, er fand, dieses Gebäude repräsentierte mehr als manches andere eine Stadt und ihre Bewohner. Hier legten Menschen ihr Eheversprechen ab, hier wurden nach gelebtem Leben Testamente eröffnet, und die Besitzrechte an Häusern und Grundstücken wechselten von einem zum anderen. In Zivilprozessen wurden Vermögen gewonnen und verloren, in Mordprozessen wurde über das Leben von Menschen geurteilt. Manches, was hier geschah, veränderte ganze Familien grundlegend. In diesem Haus wohnten so viel Freude und so viel Leid.

Jetzt hatte Del hier etwas Persönliches zu erledigen.

Er hatte seine Nichte verloren. Seine Schwester hatte ihr Kind verloren. Das war eine Tatsache. Hier konnte kein Anwalt mehr argumentieren, keine Berufung eingelegt werden. Allie kam nie mehr zurück.

Aber die, die für ihren Tod verantwortlich waren, die konnte Del ihrer gerechten Strafe zuführen, und genau das wollte er auch tun.

Er war hier, um ohne Wissen seines Captains Nolasco einen Gefallen einzufordern, den jemand ihm schuldete. Nolasco brauchte nicht alles zu wissen, er hatte nur widerstrebend Ja gesagt, als Faz bat, nach dem Dealer suchen zu dürfen, der Dels Nichte die tödlichen Drogen verkauft hatte. Del war einverstanden gewesen, sich bei dieser Ermittlung im Hintergrund zu halten, aber nicht, wenn es darum ging, für seine Schwester nach einem Schlussstrich zu suchen. Da würde er sich nicht zurückhalten, das war eine Familienangelegenheit. Es war Dels Angelegenheit.

Und so betrat er das Büro der Staatsanwaltschaft des King County, wo er der Empfangsdame meldete, dass er mit Rick Cerrabone verabredet sei.

»Der ist in einer Verhandlung«, protestierte die Empfangsdame.

»Er erwartet mich.«

Die Dame telefonierte und kurz darauf tauchte in einer der Türen im Innern des Büros Cerrabone auf und bedeutete Del, ihm zu folgen. Der leitende Staatsanwalt des King County mit den Hängewangen eines Bluthundes und den Tränensäcken unter den Augen sah Joe Torre, dem ehemaligen Manager der Yankees, zum Verwechseln ähnlich, wie Faz gern feststellte. Daran musste Del jedes Mal denken, wenn er den Mann sah.

Er folgte Cerrabone einen engen Flur hinunter in dessen vollgestopftes Büro, wo sich die Aktenordner und Papierstapel auf jeder nur denkbaren geraden Fläche türmten. Cerrabone war die rechte Hand von Chefankläger Kevin Dunleavy und bearbeitete die meisten Fälle, bei denen es um vorsätzlichen Mord ging. Auch die, bei denen die Todesstrafe in Betracht kam. An einem dieser Fälle saß er gerade.

»Tut mir leid, das Chaos hier. Wir stecken mitten im Westerberg-Verfahren.« Cerrabone schloss die Tür hinter sich, wodurch sich das Büro gleich noch kleiner anfühlte. Del roch Kaffee – richtig: Da stand ein dampfender Becher auf dem Schreibtisch.

»Ich habe davon gehört«, sagte er. »Ich hoffe, ich komme nicht ungelegen.«

Cerrabone winkte ab. »Der Richter hat uns diesen Vormittag freigegeben, eine der Geschworenen hat angerufen, ihre Nanny hat sich verspätet.« Er setzte sich in den ergonomischen Stuhl hinter seinem Schreibtisch, der dort stand, weil der Staatsanwalt Rückenprobleme hatte, während Del einen der beiden gepolsterten Stühle vor dem Schreibtisch wählte. Lediglich das Foto seiner Frau auf dem Schreibtisch deutete an, dass Cerrabone auch noch ein Privatleben hatte. Seine Frau war ebenfalls Staatsanwältin, hatte aber ihren Mädchennamen behalten. Sonst gab es keine Fotos im Raum. Wer Mörder ins Gefängnis schickte, achtete auf seine Privatsphäre. Die Bilder an der Wand zeigten Seattle im Wandel der Zeiten, unverfängliche Schwarz-Weiß-Drucke alter Fotografien.

»Das mit Ihrer Nichte tut mir sehr leid, Del.«

»Danke.« Del kam es vor, als bedanke er sich zum tausendsten Mal. »Auch dafür, dass Sie bei der Beerdigung waren.«

»Sie sehen müde aus. Schlafen Sie überhaupt?«

»Wir hatten gestern Nacht eine Fahrerflucht. Ein zwölfjähriger Junge.«

»Ich habe davon gehört.« Cerrabone runzelte die Stirn. »Gut möglich, dass der Fall auf meinem Schreibtisch landet.«

Das ließ Del aufhorchen, denn Cerrabone befasste sich eigentlich nur mit den besonders schweren Verbrechen, die unter dem Most Dangerous Offender Programm MDOP zusammengefasst waren. »Wie das denn?«

»Warum habt ihr damit zu tun? Aus genau demselben Grund. Die Chefs sorgen sich um den Eindruck in der Öffentlichkeit.«

Del seufzte. »Ich weiß Ihre Hilfe jedenfalls sehr zu schätzen.« Es tat ihm leid, Cerrabone um einen Gefallen bitten zu müssen, wenn der sowieso so viel zu tun hatte.

Cerrabone tat den Dank mit einer Handbewegung ab. »Ist wirklich kein Problem. Ich habe eine meiner Mitarbeiterinnen gebeten, sich um Sie und die Recherchen zu kümmern, solange ich bei Gericht bin.« Er wühlte in den Papieren auf seinem Tisch, fand das gesuchte Memorandum und reichte es Del. »Ist das in Ordnung für Sie?«

»Völlig in Ordnung.«

Cerrabone griff nach seinem Tischtelefon, drückte einen Knopf und sagte: »Könnten Sie kurz reinkommen?«

Eine Minute später klopfte es und eine attraktive schwarze Frau stand in der Tür. »Kommen Sie doch rein«, bat Cerrabone. »Del, das ist Celia – Celia McDaniel, Del Castigliano. Del ist der Mann, für den Sie in Sachen Überdosis recherchieren sollten.«

McDaniel schloss die Tür hinter sich und ging zu Del, der aufgestanden war, um sie zu begrüßen. »Der Detective«, sagte sie, indem sie ihm die Hand hinstreckte.

Die beiden begrüßten sich mit einem festen Händedruck. Del schätzte Celia McDaniel auf Mitte dreißig, vielleicht auch vierzig, sie trug eine dunkelblaue Jacke über einer cremefarbenen Bluse, und eine Haarspange hielt ihr die langen, hellbraunen Zöpfe aus dem Gesicht. Del sah sie heute zum ersten Mal.

»Sie sind neu«, meinte er.

»Wohl kaum.« Lächelnd setzte sie sich in den Stuhl neben ihm. »Das heißt – hier schon. Hier bin ich neu, ja.«

»Celia hat in Georgia an Drogenfällen gearbeitet«, erklärte Cerrabone. »Sie ist vor sechs Monaten hergezogen und arbeitet seit zwei Monaten bei uns.«

»Da sind Sie von ziemlich weit hergekommen«, fand Del.

»Ich war auf der Suche nach einem Tapetenwechsel.«

»Den haben Sie dann wohl gefunden. Hier ist es nass und wird immer noch nasser.«

»Ich mag Regen.«

»Ich dachte, es geht schneller, wenn Sie Del erzählen, was Sie herausgefunden haben«, sagte Cerrabone. »Falls er Fragen hat.«

»Gern.« McDaniel drehte sich so, dass sie Del anschauen konnte, und schlug die Beine übereinander. »Zuerst einmal tut es mir sehr leid, was mit Ihrer Nichte passiert ist.«

»Danke.« Antwort eintausendeins.

»Soweit ich informiert bin, hat sie oder ein Freund von ihr das Heroin am Abend gekauft und am Morgen darauf war sie tot.«

»Davon gehen wir erst einmal aus. Meine Schwester, die sie gefunden hat, konnte uns bisher noch nicht groß weiterhelfen, sie ist dazu noch nicht in der Verfassung. Soweit ich es verstanden habe, ist Allie an ihrem Erbrochenen erstickt.« Die Worte drohten Del in der Kehle stecken zu bleiben. Er räusperte sich.

»Dann könnten wir wohl nachweisen, dass sie an dem Heroin starb, das sie an jenem Abend kaufte und benutzte?«, erkundigte sich McDaniel sanft.

»Auf jeden Fall. Davor war sie mehr als zwei Monate lang clean.« Del erholte sich langsam wieder. »Wir hatten sie in eine Entzugsklinik in Yakima geschickt.«

»Das ist nicht ungewöhnlich«, sagte McDaniel. »Wenn wir die Person identifizieren können, die Ihrer Nichte das Heroin gab, das zu ihrem Tod führte, und wenn wir diese Übergabe auch beweisen können, dann könnten wir ihn – oder den hinter ihm stehenden Dealer – nach Verordnung 69.50.401 wegen Tötung durch Rauschgift verklagen.«

»Tötung?« Del warf Cerrabone einen Blick zu.

»Ja, genau«, sagte McDaniel.

»Und wenn er ihr das Heroin nur gebracht hat? Wenn er es nicht selbst hergestellt hat?«

»Das Gesetz ist noch relativ neu und breit gefasst. Es verbietet, ein Rauschmittel herzustellen, zu verbreiten oder zu besitzen mit dem Vorsatz, damit weitere Rauschmittel herzustellen oder zu verbreiten.«

Mit diesem Gesetz war Del noch nicht vertraut, aber was er da hörte, gefiel ihm. »Und die Strafen?«

»Es ist eine schwere Straftat der Kategorie B. Bei einer Verurteilung kann der Betreffende bis zu zehn Jahren Haft bekommen, ein Bußgeld von höchstens fünfundzwanzigtausend Dollar oder eine Mischung aus beidem. Wenn beim Verbrechen weniger als zwei Kilo des Rauschmittels im Spiel waren, wovon ich in diesem Fall ausgehe.«

Zehn Jahre? Del war skeptisch. »Wann wurde zum letzten Mal jemand nach diesem Gesetz verurteilt?«

»Die Strafe wird öfter verhängt werden, jetzt, wo sich Heroin und Meth so ausbreiten«, mischte sich Cerrabone ein, der Del über den Rand seiner Gleitsichtbrille hinweg musterte, einen Schriftsatz in der Hand.

»Aber ich habe nur ein paar Vorfälle gefunden, in denen die betreffende Person auch angeklagt wurde«, fügte McDaniel hinzu. »Keiner dieser Fälle ging vor Gericht, sie haben sich alle schuldig bekannt.«

»Und welche Art von Strafen haben sie bekommen?«

»Zwei bis vier Jahre und drei- bis fünftausend Dollar.«

»Das ist nicht gerade viel, wenn man jemandem das Leben nimmt.«

»Da stimme ich Ihnen zu, aber es ist besser als das, was wir vorher hatten, und hier spielen auch noch andere Faktoren mit hinein.«

»Als da wären?«, wollte Del wissen.

Das Telefon auf Cerrabones Tisch klingelte. Er nahm den Anruf entgegen und hörte kurz zu. »Was für ein Antrag?«, rief er dann. »Das ist doch lachhaft. Ja, sagen Sie dem Richter, ich bin schon unterwegs.« Er legte den Hörer auf, stand auf und rollte die Hemdsärmel herunter, um die Manschettenknöpfe zu schließen. »Ich muss los. Es wurde der Antrag gestellt, eine der Geschworenen zu disqualifizieren, dem muss ich widersprechen. Sie beide können gern bleiben.«

»Trinken Sie Kaffee?«, erkundigte sich McDaniel bei Del, während sich Cerrabone sein Jackett holte.

»Leider viel zu viel«, gestand Del.

* * *

Als Tracy das Besprechungszimmer im sechsten Stock des Hauses betrat, in dem sich das Polizeipräsidium befand, hatte sie lediglich ein paar Stunden geschlafen. Kins und Faz saßen schon am Tisch und unterhielten sich über die Spiele der Basketballliga.

»Wo ist Del?«, fragte Tracy.

Faz nippte an einem großen Kaffeebecher, der auf einer Seite verkündete, Italiener seien die besten Liebhaber, um auf der anderen Seite zu ergänzen: »… von gutem Essen.« Beim bittersüßen Duft des Kaffees lief Tracy das Wasser im Munde zusammen, dabei wusste sie genau, dass sie den ganzen Tag Sodbrennen haben würde, wenn sie eine Tasse davon auf leeren Magen trank. »Er hatte heute Morgen einen Termin. Wir sollen schon mal ohne ihn anfangen.«

»Wie geht es ihm denn wirklich?« Tracy zog sich einen Stuhl an die gegenüberliegende Tischseite und setzte sich. Vor den großen, schmalen Fenstern fiel Regen auf den Innenhof.

»Ganz gut, unterm Strich.« Faz zuckte die Achseln. »Er ist sauer. Er will, dass jemand dafür bezahlt.«

»Sauer genug, um Dummheiten zu machen?«

»Ich behalte ihn im Auge.« Faz klang mehr denn je nach New Jersey. »Mach dir keinen Kopf, es wird schon gut gehen.«

»Er dürfte eigentlich gar nicht an diesem Fall arbeiten. Es geht um seine Nichte.«

Faz zuckte die Achseln. »Jeder hier in der Abteilung steckt bis über beide Ohren in Arbeit. Und Del will doch nur seiner Schwester helfen, das Richtige für sie tun. Deren Ehemann hat sich seit Jahren nicht mehr blicken lassen. Keine Sorge, ich pass schon auf.«

»Kommt Joe auch noch?«, wollte Kins von Tracy wissen.

»Sobald er kann, er hat angerufen. Er hat gestern noch bis spät gearbeitet und saß heute ganz früh schon wieder dran, um uns möglichst viel von dem, was sie haben, zusammenzustellen.«

»Spät noch auf und früh wieder da – wie wir alle.« Faz ließ die Schultern kreisen und versuchte, die Halsmuskeln zu lockern. Der Schlafmangel zeigte sich an seinen blutunterlaufenen Augen.

Was Tracy anging, so fühlte sie sich, als hätte ihr jemand mit einem Knüppel einen Schlag auf den Hinterkopf verpasst. Nein, sie hatte wirklich nicht lange genug geschlafen. »Del und du, ihr seid doch gestern dort noch von Haus zu Haus gegangen. Ist irgendwas dabei herausgekommen?«

Faz schüttelte den Kopf. »Niemand hat nichts gehört oder gesehen. Ich schreib eine Notiz für die Akte.«

»Das bestätigt Jensens Vermutung«, meinte Kins. »Der Fahrer des Wagens hat nicht gebremst.«

Die Tür ging auf und Johnny Nolasco steckte den Kopf ins Zimmer. Tracy hatte nicht mit ihm gerechnet und sie freute sich auch nicht, den Mann zu sehen. Die beiden kamen nur deswegen überhaupt miteinander aus, weil sie es mussten. »Ihr hattet gestern Abend eine Fahrerflucht, höre ich?«

»Ein zwölfjähriger Junge«, sagte Faz.

»Tödlich?«

»Leider ja«, bestätigte Tracy.

»Das sollen die von der TCI übernehmen. Ich mach entsprechend Druck.«

»Es läuft auf einen Totschlag hinaus«, gab Tracy zu bedenken. »Die Chefs machen auch Druck, sagt Billy. Wir sollen uns darum kümmern oder doch wenigstens mit der TCI zusammenarbeiten.«

»Ich weiß, was die Chefs wollen. Aber dieser Mehrfachmord von letzter Woche kommt langsam in die heiße Phase und sie brauchen Hilfe bei den Vernehmungen. Das gestern ist Fahrerflucht mit Todesfolge, so was macht die TCI.«

»Und wenn es nun Mord war?«, fragte Tracy.

»Darum kümmern wir uns, sobald das klar ist.«

Als Jensen an die offene Tür kam, warf ihm Nolasco einen Blick zu, machte auf dem Absatz kehrt und entschwand den Flur hinunter. Jensen trat ein, legte die Umhängetasche mit seinem Laptop auf den Tisch und holte sich einen Stuhl. »Tut mir leid, dass es so lange gedauert hat. Dafür habe ich aber auch etwas gefunden, das euch vielleicht weiterhelfen könnte.«

Ohne Strickmütze und dicke, gefütterte Jacke sah Jensen entschieden anders aus, wenn auch nach wie vor stämmig, so war er eben gebaut. Er hatte volles, rotes Haar und trug an diesem Morgen Jeans, Wanderschuhe, Polohemd und Daunenjacke, die er jetzt rasch auszog und über eine Stuhllehne hängte.

»Hast du überhaupt geschlafen?«, wollte Kins wissen.

»Danke, mir geht's prima.« Jensen zog seinen Laptop aus der Tasche, klappte ihn auf und sah zu, wie er hochfuhr. »Dafür sorgt schon das Adrenalin.«

»Kann ich davon ein bisschen was in meinen Kaffee haben?« Faz klang sehnsüchtig.

Jensen zog einen Stapel Papiere aus seiner Umhängetasche, die er an Tracy weiterreichte, ehe er einen raschen Blick auf seine Uhr warf. »Vielleicht schaffen wir es ja noch bis zum Morgenappell.«

»Sollen wir unseren Sergeant benachrichtigen?«, fragte Tracy.

»Wirf erst mal einen Blick rein.«

Rasch überflog Tracy die von Jensen zusammengestellten Infos. »Subaru Outback?« Sie warf dem Kollegen einen bewundernden Blick zu. »Ihr kennt jetzt schon die Automarke und das Modell? Gab es Videoaufzeichnungen?«

»Es gibt eine Kamera, aber die ist zu weit weg für aussagekräftige Videos.«

»Und woher wissen wir dann, dass es ein Subaru war?«, wollte Kins wissen.

»Ich habe heute Morgen gleich als Erstes das auf der Straße gefundene Autoteil zum Kriminallabor der Washington State Patrol gebracht. Die konnten eine Seriennummer für das Glas herausfinden und feststellen, dass es von einem Subaru stammt. Einem Kumpel von mir gehört Walker's Renton Subaru, zu dem bin ich mit dem Ersatzteil hin, und weil ich jetzt auch die Nummer wusste, konnte er mir sagen, dass es vom Frontscheinwerfer auf der Beifahrerseite eines Subaru Outback Baujahr 2003 stammt. Schwarz – das Auto, meine ich.«

Tracy sah auf ihre Uhr. »Faz …«

»Bin schon unterwegs.« Faz schnappte sich das entsprechende Blatt Papier und schob, ohne den Kaffeebecher abzusetzen, seinen Stuhl zurück. Wenn sie diese Informationen an den Sergeant weitervermittelten, solange noch Morgenappell war, dann konnten die Streifenwagen gleich von der ersten Tour an Ausschau nach dem Fahrzeug halten. Außerdem würde Faz dafür sorgen, dass die Infos auch unter den anderen Polizeieinheiten des Staates verbreitet wurden, einschließlich der Highway Patrol, und er würde sämtliche Autowerkstätten benachrichtigen.

»Du hast was von einem Video gesagt?«, fragte Tracy Jensen, nachdem Faz aufgebrochen war.

»Es gibt weiter unten in der Straße eine Verkehrskamera. Die ist nicht der Hit, aber da wir die Automarke kannten und auch ungefähr wussten, wann der Unfall stattgefunden hatte, konnten wir das Band vorspulen und danach suchen.« Er tippte auf die Tastatur seines Laptops. »Magst du auf diese Seite kommen, Kins?«

Kins stellte sich hinter ihn und sah ihm über die Schulter.

»An der Ampelsäule an der South Henderson hängt eine Verkehrsüberwachungskamera für die Buslinie, das ist ungefähr hundert Meter von unserer Kreuzung entfernt. Es ist eine gute Kamera, aber bei der Entfernung und den Lichtverhältnissen … Kurz gesagt: Die Aufnahmen sind nicht die besten. Der Wagen fuhr von Süden nach Norden, es besteht also keine Hoffnung, dass wir irgendwie das Nummernschild lesen können.« Jensen klapperte mit den Tasten und präsentierte wenig später körnige, leicht vergilbt wirkende Schwarz-Weiß-Aufnahmen. »Durch die Lichter werden die Farben verzerrt«, erklärte er, drückte noch ein paar Tasten und ließ den Film schneller laufen, den Blick halb auf ein paar Zahlen auf einem Blatt Papier gerichtet. »Stopp. Hier.« Er deutete mit dem Finger auf den Bildschirm. »Da kommt jemand auf der linken Straßenseite den Bürgersteig entlang. Ihr müsst genau hinsehen.«

Tracy hatte Mühe, den nur wenig helleren Flecken zu erkennen. »Ist schwer zu sagen.«

»Stimmt aber mit der Zeit überein, zu der D'Andre laut Zeugenaussage das Gemeindezentrum verlassen hat. Er scheint zu laufen, der Zeuge sagte ja auch, er hätte es eilig gehabt. Jetzt passt auf, genau hier.« Jensen drückte ein paar Tasten, um das Video langsamer laufen zu lassen. »Hier kommt der Wagen ins Blickfeld, oben an der Straße. Das Bild wird ein bisschen deutlicher, wenn das Auto auf die Kreuzung zufährt.«

Tracy sah einen dunklen Wagen den Hügel hinunterfahren und über die Kreuzung brettern, ohne langsamer zu werden. »Das Haus da an der Ecke blockiert die Sicht auf den Jungen, wie er den Bürgersteig verlässt.«

»Wie ich schon sagte, ein Hit ist das Video nicht. Aber das ganze Timing, der Wagen und der Junge, der die Straße hochläuft – das alles bestätigt, was uns das gefundene Autoteil schon verraten hatte: Das Kind wurde von einem dunklen Subaru getroffen.«

»Kannst du das Bild noch vergrößern?«, fragte Tracy.

»Nicht ohne dass es noch körniger wird. Ein Nummernschild kriegen wir so nicht, es sei denn, wir finden irgendwo an der Strecke eine Kamera, die genau diesen Wagen aufgenommen hat.«

Tracy richtete sich auf. »Sitzt jemand von euch daran? Vielleicht haben wir ja Glück und kriegen doch noch ein Nummernschild. Oder wenigstens eine Teilansicht.«

»Wir arbeiten dran.« Jensen lächelte. »Ich hab dir doch gesagt, Tracy: Unsere Arbeit ist interessanter als eure banalen Morde.«

Kapitel 5

Celia McDaniel hatte das Gerichtsgebäude zielstrebig und mit erheblichem Tempo verlassen, eine Frau, die genau wusste, wo sie hinwollte. Del war nicht gefragt worden, er musste zusehen, dass er mit ihr Schritt hielt. So ging es an einem Starbucks und einem Seattle's Best Coffee vorbei und ohne Verzug immer weiter, bis sie ein paar Blocks nördlich des Gerichts an der Fifth Avenue bei Top Pot Doughnuts endlich am Ziel waren. McDaniel öffnete die Tür. »Ich trinke keinen Kaffee, wenn nicht auch ein paar Donuts mit im Spiel sind.«

Drinnen duftete es nach frisch aufgebrühtem Kaffee und frisch gebackenen Donuts, für manche eine süße Verführung, für andere die reine Folter. Donuts konnte Del auf keinen Fall gebrauchen. Er hatte gerade erst die jährliche ärztliche Untersuchung über sich ergehen lassen. Das Ergebnis: Sein Blutdruck war zu hoch. Eigentlich kein Wunder nach dem Stress der letzten Wochen, aber sein Arzt hatte sich außerdem noch ausführlich über Dels Gewicht ausgelassen.

Also beschränkte er sich jetzt lieber auf schwarzen Kaffee, während sich McDaniel einen Latte und zwei Donuts geben ließ, einen klassischen und einen mit Zuckerguss. Sie suchten sich einen Tisch, an dem sie sich einigermaßen diskret unterhalten konnten, und setzten sich, McDaniel auf die Sitzbank an der Wand, Del auf einen Stuhl ihr gegenüber. McDaniel wärmte beide Hände an ihrem Kaffeebecher, als wäre der ein feines Feuerchen in einem Schneesturm. »Ich hasse die Kälte«, klagte sie. »Wenigstens kriegt ihr hier keinen Schnee.«

»Vielleicht ja doch. Normalerweise rechnen wir ja höchstens im Dezember oder Januar damit, aber in diesem Jahr ist der März so kalt, wie ich ihn hier noch nie erlebt habe.«

»Ich wollte nur ein bisschen Optimismus verbreiten.« McDaniel lächelte, was ihr leichtzufallen schien. Überhaupt strahlte die ganze Frau eine durch und durch positive Energie aus, wahrscheinlich kam das bei Geschworenen gut an, dachte Del. Er beneidete sie ein wenig. Er selbst hatte nicht mehr lächeln können, seit seine Schwester ihn angerufen hatte, um zu sagen, dass Allie tot war. »Sind Sie sicher, dass Sie keinen Donut wollen?«, fuhr McDaniel fort.

»Laut ärztlicher Untersuchung liege ich jetzt schon ein paar Donuts über meinem idealen Kampfgewicht.« Del hatte seinen Regenmantel ausgezogen und ihn über eine Stuhllehne gehängt.

»Und weder Sahne noch Zucker.« McDaniel deutete mit dem Kinn auf Dels Kaffee. »Ein Mann ohne Laster.«

»Das sieht meine Badezimmerwaage anders.«

»Eins meiner Laster haben Sie ja jetzt kennengelernt. Ohne Donuts kann ich nicht leben, denn nur so kriege ich meinen Kaffee runter.«

»Warum geben Sie dann nicht einfach den Kaffee auf?«

»Und verzichte auf meine Donuts?«

»Hört sich an wie ein Zirkelschluss.«

»Ganz und gar nicht! Das nennt man rational argumentieren.«

»Und so frühstücken Sie jeden Morgen?«

»Gott, nein.« Sie warf ihm ein betretenes Lächeln zu. »Nur ein paarmal die Woche.«

»Und wie bewahren Sie dann Ihre …?« Del unterbrach sich und nippte an seinem Kaffee.

»Meine Figur?«

»Das habe ich nicht gesagt!« Del hob abwehrend die Hand. »Die Abteilung für Öffentlichkeitsarbeit hockt mir auch so schon im Nacken.«

»Dann sagen Sie also öfter unangemessene Dinge?«, wollte McDaniel wissen.

»Ich werde bald fünfzig, da bin ich an sich schon unangemessen.«

»Um Ihre Frage zu beantworten – und herzlichen Dank für das Kompliment –, ich bin in Bezug auf Sport genauso obsessiv wie in Bezug auf Donuts.«

»Wenn nur irgendein Sport zu meiner Liebe für Lasagne passen würde!« Del seufzte.

»Ich stehe jeden Morgen um fünf Uhr auf und mache Pilates. So kann ich essen, was ich will.« Sie stippte ihren Donut in den Kaffee und biss ein Stück ab.

»Ich bin auch jeden Morgen um fünf auf«, bekannte Del. »Dann gehe ich ins Bad und wieder zu Bett.«

McDaniel legte sich lachend die Hand vor den Mund. Einen Moment lang sah es so aus, als müsste sie ihren Kaffee wieder ausspucken, um sich nicht zu verschlucken. Del wollte schon eingreifen und ihr auf den Rücken klopfen, als sie, immer noch lachend, abwinkte, kurz den Kopf abwandte und sich mit der Serviette den Mund abwischte. »Das nächste Mal warnen Sie mich bitte vorher«, krächzte sie heiser.

Del mochte die Frau. Sie wirkte so heil, so real, machte ihm nichts vor. Außerdem war ihm aufgefallen, dass sie keinen Ring trug. Er lehnte sich zurück. Seine Beine fühlten sich schwer an, sein ganzer Körper spürte den Schlafmangel, aber die dauernde Angespanntheit, die er während der vergangenen Woche gespürt hatte, war verpufft.

»Darf ich Sie etwas fragen?«, erkundigte er sich jetzt.

»Natürlich.«

»Im Büro vorhin, da haben Sie gesagt, was mit meiner Nichte passiert ist, sei nicht ungewöhnlich. Wie meinten Sie das?«

McDaniel stellte ihren Kaffeebecher ab und wischte sich die Fingerspitzen an einer Serviette ab. »Sie sagten, Sie war direkt vor der Überdosis in einer Entzugsklinik?«

»Ja. Sie kam eines Tages nach Hause und sagte zu meiner Schwester, sie sei durch mit den Drogen, sie fände es schrecklich, was die mit ihr machten. Sie wollte raus aus der Abhängigkeit. Meine Schwester rief mich an und ich habe ein paar Beziehungen spielen lassen und ihr einen Platz in einer Entzugsklinik im östlichen Washington verschafft. Sie war fast drei Monate lang clean. Sie nahm an Treffen der Anonymen Drogenabhängigen teil und hatte eine Therapeutin. Ich habe ihr einen Job bei Starbucks besorgt und sie schien wirklich auf dem richtigen Weg zu sein. Das glaubten wir alle. Ihr Tod hat uns völlig unvorbereitet erwischt.« Del konnte nicht mehr weitersprechen.

McDaniel stellte ihren Kaffeebecher ab. »Wenn ein Heroinsüchtiger nach dem Entzug eine Weile clean war und dann rückfällig wird, nimmt er oft die gleiche Menge Stoff, die er vor dem Entzug genommen hat, oder doch gleich starkes Heroin. Sein Körper ist aber gar nicht auf diese Dosis vorbereitet und so nehmen diese Leute leider oft, ohne es zu ahnen oder gar zu wollen, eine Überdosis.«

»Cerrabone sagte, Sie hätten in Georgia an Drogenfällen gearbeitet.«

»Ich habe Leute angeklagt, die gegen die Drogengesetze verstoßen hatten. In letzter Zeit habe ich an der Gesetzgebung mitgearbeitet, die den Gerichten bei Drogenabhängigen alternative Entscheidungsmöglichkeiten geben soll.«

»Und wie sind Sie hier bei uns gelandet?«

McDaniel sah aus dem Fenster. »Ich brauchte nach meiner Scheidung einen Tapetenwechsel.«

»Ich wäre nach meiner am liebsten auf einen anderen Planeten gezogen.«

»So schlimm?«

»Auf jeden Fall nicht gut.«

»Haben Sie Kinder?«, wollte McDaniel wissen.

»Gott sei Dank nicht. Und Sie?«

»Einen Sohn.« Sie schwieg kurz, ehe sie fortfuhr: »Ich habe nach einer Möglichkeit gesucht, mich ein bisschen für Betroffene zu engagieren, und hatte von der Arbeitsgruppe Heroin hier im King County gelesen. Die sucht nach Wegen, eine weitere Steigerung des Heroinkonsums zu verhindern. Inzwischen gehöre ich der Gruppe an.«

»Ich habe über deren Arbeit gelesen.« Da Del gerade niemanden vor den Kopf stoßen wollte, verschwieg er lieber, wie wenig er mit dem Vorgehen dieser Arbeitsgruppe einverstanden war.

»Der Heroinkonsum steigt mehr oder weniger im ganzen Land. Das hat inzwischen die Ausmaße einer Epidemie angenommen«, fuhr McDaniel fort. »Die Zahl der unbeabsichtigten Todesfälle aufgrund einer Überdosierung mit Opiaten übersteigt mittlerweile die Zahl der Todesfälle durch Autounfälle.«

Del schüttelte den Kopf. »In meiner Jugend haben nur die echten Junkies Heroin genommen.«

»Das alles hat sich mit der Legalisierung von Marihuana geändert. Die mexikanischen Drogenkartelle sahen ihre Profite schwinden, haben ihre Grasfelder umgepflügt und Mohn angepflanzt. Daran dachte niemand, als die Leute sich für die Legalisierung starkgemacht haben, und entsprechende Nachrichten haben es nie bis in die Medien geschafft.«

»Die Produktion steigern und die Kosten senken«, sagte Del. »Guter alter Kapitalismus.«

»In großem Maßstab.« McDaniel nickte. »Heutzutage kriegt man Heroin, das weniger kostet als eine Schachtel Zigaretten. Aber nicht nur die Legalisierung von Marihuana hat zum gesteigerten Heroinkonsum geführt. Es gibt Untersuchungen, die die Vermutung nahelegen, dass der dramatische Anstieg der Zahl Abhängiger auf eine Wende in der Gesundheitspolitik zurückzuführen ist. Als man dazu überging, eher die Schmerzen eines Patienten zu behandeln als deren Ursachen, die Krankheiten, die dahintersteckten. Es wurden verstärkt Opioide verschrieben und genommen.«

»Auch das habe ich gelesen.«

»Opioide, mit denen man ursprünglich nur Krebs und bestimmte psychische Traumata behandelt hatte, standen plötzlich in breitem Maßstab und bei einer ganzen Reihe großzügig definierter Probleme zur Verfügung. Chronische Schmerzen zum Beispiel. Da wundert es einen kaum, dass die Pharmakonzerne bestimmte Opioide wie zum Beispiel Oxycodon einführten und aggressiv vermarkteten.«

»Das haben sie mir nach meiner Schulter-OP gegeben«, sagte Del.

»Abhängige bekamen schnell heraus, wie sie die Zeitverzögerung bei Schmerzmedikamenten umgehen können, indem sie die Tabletten zerstoßen oder zermahlen oder auflösen, um sie dann zu schnupfen oder sich zu spritzen.«

»Wie kommen sie dann von diesen Mitteln auf Heroin?«

»Eine Frage der Verfügbarkeit und der Kosten. Als das Abhängigkeitsproblem immer deutlicher wurde, beschlossen verschiedene Bundesstaaten Gesetze, die es schwerer machten, Opioide verschrieben zu bekommen. Und die Hersteller veränderten die Zusammensetzung von Oxycodon so, dass man die Pillen nicht mehr zerstoßen oder auflösen kann. Auf den ersten Blick angemessene Reaktionen. Nur ignorierte man hier die Tatsache, dass es inzwischen eine Menge Leute gab, die von diesen Opioiden abhängig waren und ihre Droge nun nicht mehr bekommen oder sich nicht mehr leisten konnten. Das hat dem mexikanischen Drogenkartell den Weg geebnet.«

»Sie stiegen auf Heroin um und fanden einen fertigen Markt vor.«

»Sie fluteten den Markt mit billigem Heroin, das man sich leisten konnte, womit Heroin bei den Achtzehn- bis Neunundzwanzigjährigen zur am meisten benutzten Droge wurde. Kein Wunder also, dass gerade in dieser Altersgruppe die Zahl der Todesfälle aufgrund einer Überdosis am stärksten zunimmt.«

»Also stecken wir die Dealer in den Knast, und zwar mit einem Strafmaß, das auch wehtut«, sagte Del, der sofort an das neue Gesetz dachte.

»Man steckt einen in den Knast und schon stehen zehn Schlange, um dessen Platz einzunehmen.«

»Nicht, wenn wir die Strafen erhöhen. Nicht, wenn wir endlich dafür sorgen, dass sie auch wirklich die ganzen zehn Jahre kriegen. Dann würden es sich viele von den Dealern bestimmt noch einmal überlegen.«

McDaniel schüttelte den Kopf. »Dealer vielleicht, aber wir können nicht mit Gesetzen gegen Abhängigkeiten vorgehen, die sich im Laufe der letzten zehn Jahre gebildet haben. Solange es Nutzer gibt, gibt es auch Lieferanten, Del. Ein Drogenabhängiger ist ein Drogenabhängiger. Ihre Nichte war eine Drogenabhängige. Kriminalisierung treibt die Abhängigen nur weiter fort von den Menschen, die sie lieben und die ihnen helfen können. Das treibt sie in die Arme von Leuten, die sie ausbeuten.«

Del spürte seine Beklemmungen zurückkommen. »Ich will ja auch nicht gegen die Leute vorgehen, die die Drogen nehmen. Ich will gegen die Dealer vorgehen. Setzen wir das Strafmaß von zehn auf fünfundzwanzig Jahre oder lebenslänglich hoch und wir sind die Dealer los. Das ist meine Meinung.«

»Und wo sollen wir mit ihnen hin? Unsere Gefängnisse sind ja jetzt schon überfüllt. Und was machen Sie mit den Abhängigen?«

Darauf wusste Del so schnell keine Antwort.

»Ich fürchte, Sie müssen das Problem von einer Seite aus betrachten, die Ihnen nicht vertraut ist. Außerdem sind Sie jetzt gerade aufgewühlt, traurig und wütend. Sie wollen, dass jemand für den Tod Ihrer Nichte bezahlt.«

»Das sehen Sie wohl ganz richtig.«

»Das ist eine weitverbreitete Reaktion. Aber meiner Meinung nach liegt die Lösung des Problems nicht in unserem Umgang mit den Dealern, den Kriminellen. Wir müssen die Abhängigen aus der Abhängigkeit befreien, das bringt uns voran. Dazu brauchen wir mehr Leute wie Sie, Del, die die schlimmsten Auswirkungen des Problems hautnah miterlebt haben.«

Um ein Haar hätte Del gegrinst. »Ich hoffe, Sie haben mich nicht hierhergeschleppt, um mich zu rekrutieren.«

»Kommen Sie, bleiben Sie fair! Ich habe für Sie recherchiert und Sie über die relevanten Gesetze aufgeklärt. Darum hat man mich gebeten und das habe ich getan.«

Del war nicht nach einem Streit zumute, dazu war er viel zu erschöpft. Er schob seinen Stuhl zurück und stand auf. »Sie haben recht. Danke. Ich weiß Ihre Hilfe zu schätzen.«

»Hören Sie, ich weiß, was Sie gerade durchmachen.«

Del hob abwehrend die Hand. »Wissen Sie, ich wünschte wirklich, die Leute würden das nicht dauernd zu mir sagen. Weil Sie nämlich – ohne jetzt unhöflich sein zu wollen – überhaupt nicht wissen, was ich gerade durchmache. Sie wissen auch nicht, was meine Schwester durchmacht. Die Leute sagen immer: Ich fühle mit dir, ich weiß, wie du dich fühlst. Das habe ich früher genauso gemacht. Ich habe auch zu Leuten gesagt, wie leid mir der Verlust tut, den sie erlitten haben, und wie sehr ich mit ihnen fühle. Aber wer nicht selbst dort gewesen ist, wer es nicht selbst durchgemacht hat, der weiß gar nichts.«

Er schnappte sich seinen Mantel und hängte ihn sich über den Arm. »Danke für den Bericht.«

»Was hätten Sie gegeben, um das Leben Ihrer Nichte zu retten?«, fragte McDaniel. »Was hätte Ihre Schwester gegeben?«

»Alles«, antwortete Del, ohne zu zögern. »Ich hätte alles gegeben und meine Schwester auch. Aber das steht nun nicht mehr an. Allie wird nicht wieder lebendig, daran ändert sich nichts mehr.«

»Nein, sie wird nicht mehr lebendig. Sie haben ihr den Entzug bezahlt und sie ist trotzdem gestorben.«

Del richtete sich empört auf. »Dann wollen Sie damit sagen, es war ein Fehler?«

»Natürlich nicht! Es ist wunderbar, dass Sie das getan haben, es war wunderbar und tapfer, dass Allie den Entzug gemacht hat. Was ich sagen will: Abhängig zu sein, das bedeutet, ständig nach dem nächsten Schuss zu suchen. Darauf konzentriert sich alles, diese Suche verzehrt alles.«

»Wenn wir anfangen, mit den Dealern aufzuräumen, wenn wir die wegstecken, und zwar mit einem Strafmaß, das auch wirklich schmerzt, wenn wir es immer schwieriger und teurer machen, Heroin zu kaufen, dann haben diese Drogenabhängigen vielleicht eine Chance.«

»Dem widerspreche ich nicht. Aber was machen Sie in der Zwischenzeit mit ihnen?« Als Del nicht antwortete, fuhr McDaniel fort: »Es gibt den Vorschlag, hier in Seattle zwei Orte zu schaffen, an denen man sich in sicherer Umgebung Drogen spritzen kann. Das wären die Ersten im ganzen Land. Um den Abhängigen eine Chance zu geben.«

Del schnaubte. »Ja, davon habe ich gelesen. Und wissen Sie, was? Ich glaube, das ist Scheiße. Dass denen jemand die Spritze aufzieht? Sie ihnen vielleicht auch noch setzt? Sie high werden lässt? Wie soll ihnen das die Chance geben, clean zu werden? Damit unterstützt man doch nur noch die Abhängigkeit.«

»Vancouver macht das seit 2003 und dort spritzen seitdem weniger Leute in der Öffentlichkeit und mehr Leute nehmen an einer Behandlung ihrer Sucht teil.«

»Welches Problem ist denn damit gelöst? Drogenabhängige gibt es dann ja immer noch. Was haben wir also davon?«

»Dass niemand stirbt, Del. Genau das, was Sie und Ihre Schwester am meisten wollten.«

Del hatte das Gefühl, einen Schlag in den Magen erhalten zu haben.

»In Vancouver hatten sie mehr als fünfzehnhundert Überdosen, aber nicht einen einzigen Todesfall. Allie könnte noch am Leben sein. Mein Sohn könnte noch am Leben sein. Und wenn er noch lebte, dann hätte ich wenigstens die Möglichkeit, ihn in Behandlung zu schicken.«

McDaniel sah zur Seite und atmete hörbar ein paarmal tief durch, ehe sie ihre Serviette zusammenknüllte und neben die nicht fertig gegessenen Donuts warf.

Del erstarrte zur Salzsäule. Er war sich nicht sicher, was er jetzt sagen sollte. »Das tut mir so leid, ich wollte bestimmt nicht …«

»Nein, wollten Sie nicht.« McDaniel schnappte sich ihren Mantel. »Ich weiß genau, was Sie gerade durchmachen. Ich habe alles in meiner Macht Stehende getan, um die, die meinem Sohn das Zeug verkauft hatten, zur Rechenschaft zu ziehen. Und ich hatte Erfolg damit. Aber ich hätte noch viel mehr gegeben, wenn jemand ihn einfach gerettet hätte. Wenn mir jemand noch eine weitere Chance gegeben hätte. Eine Chance dafür zu sorgen, dass er clean wird.«

Kapitel 6

Tracy saß auf einem ungemütlichen Stuhl im spartanisch eingerichteten Büro der Kinderwunschklinik und wartete auf die Ergebnisse ihrer Untersuchung. Konnte die Wissenschaft leisten, was die Natur ja anscheinend nicht fertigbrachte? Das Summen der Neonröhren an der Decke ging ihr mehr und mehr auf die Nerven. Sie waren so hell, dass die weißen Wände und der Linoleumfußboden fast zu glühen schienen. Sie wäre gern aufgestanden und herumgelaufen, um ein wenig Stress abzubauen, aber das Büro war nicht viel größer als einer der Verhörräume im Polizeipräsidium.

Ihre Gefühle in diesem Raum schwankten zwischen depressiv, wütend, frustriert und verlegen. Sie hatte sämtliche Ratschläge ihrer Gynäkologin befolgt, ihren Menstruationszyklus gemessen, jeden Morgen brav auf einen Plastikstab gepinkelt, um genau zu wissen, wann der Eisprung erfolgt war, und sich an Dans Fersen geheftet wie ein Seemann beim ersten Landgang nach einem Jahr auf hoher See. Nichts hatte funktioniert.

Die Tür zum Behandlungszimmer ging auf und sofort spürte Tracy, wie ihre Anspannung zunahm. Da verbrachte sie nun ihre Tage und manchmal, wie jetzt, auch ihre Nächte mit der Jagd nach Mördern und anderen Gewaltverbrechern, aber so nervös wie jetzt war sie lange nicht mehr gewesen. Hier hatte sie nichts unter ihrer Kontrolle, sie fühlte sich machtlos den Ergebnissen der Untersuchung ausgeliefert.

Dr. Scott Kramer betrat das Zimmer in einem weißen Laborkittel, auf dessen Brusttasche in blauen Lettern sein Name gestickt war. Sein Lächeln war warm wie immer, als er auf die Pistole zeigte, die neben ihrer Dienstmarke an Tracys Gürtel hing. »Ich hoffe, die haben Sie nur dabei, weil Sie gleich noch zur Arbeit müssen.«

Tracy lächelte. »Spätschicht.«

Kramer zog sich einen Schreibtischstuhl auf Rollen heran und setzte sich an einen ebenfalls rollbaren Schreibtisch, auf dem ein Computer stand. Als er den Metallständer so drehte, dass auch sie den Bildschirm vor Augen hatte, roch Tracy schwach den Duft seines Rasierwassers. Er wollte schon anfangen, als er doch noch einmal die Hände von der Tastatur nahm und fragte: »Wie geht es Ihnen?« Fast klang das so, als hätte er die Frage vergessen gehabt.

»Ich nehme mal an, das sagen Sie mir gleich«, antwortete Tracy trocken.

Diesmal fiel Kramers Lächeln vielleicht einen Tick weniger markant aus. Der Arzt war Mitte fünfzig, wurde langsam kahl und hatte wache Augen, die er permanent zusammenzukneifen schien. Dazu kam die schlanke Gestalt eines Tennisspielers mit der entsprechenden gesunden Gesichtsfarbe – sein körperliches Erscheinungsbild passte zu seinem sanftmütigen Verhalten. »Lassen Sie uns auf jeden Fall im Kopf behalten, dass diese Tests immer relativ sind. Die Ergebnisse sind nicht in Stein gemeißelt.«

»Das verstehe ich.« Dann gab es also keine guten Nachrichten.

Kramer sprach leise, während er die Tastatur bearbeitete. »Wenn Frauen älter werden, nimmt die Fruchtbarkeit ab – aber auch das ist relativ.« Auf dem Bildschirm erschien eine Kurve, die der Arzt mit dem Finger nachzog. »Ungefähr bis zum Alter von fünfunddreißig Jahren lässt die Fruchtbarkeit nur langsam nach. Danach geht es drastisch schneller.« Auf dem Bildschirm sah das so aus, als stürze jemand von einer Klippe. »Sie sind dreiundvierzig, da liegt die Chance, schwanger zu werden, bei ungefähr dreißig Prozent.«

»Dafür ist die Chance, eine Fehlgeburt zu erleiden, wenn ich dann doch schwanger werde, erheblich größer als vorher.« Tracy hatte sämtliche Aufsätze zum Thema gelesen, die sich online finden ließen, obwohl sie wusste, wie gefährlich halb gares Internetwissen sein konnte.

»Vielleicht. Ungefähr fünfunddreißig Prozent.«

»Was zeigen meine Testergebnisse denn nun?«

Kramer hatte mehrere Tests angeordnet, die am dritten Tag von Tracys Menstruationszyklus vorgenommen worden waren, um ihre »ovarielle Reserve« zu bestimmen. Mit diesem Test, hatte er ihr erklärt, ließ sich feststellen, wie viele Eier sie noch hatte und wie empfänglich die bei einem Eisprung waren.

»Um ehrlich zu sein – Ihre ovarielle Reserve ist schwach.« Langsam kam Kramer zur Sache. »Das ist jetzt nicht schön, aber, wie ich vorhin bereits sagte, auch keine in Stein gemeißelte Wahrheit.«

»Das Ergebnis legt aber doch nahe, dass die Chancen, dass ich mit meinen eigenen Eiern schwanger werde, sehr gering sind.« Sie konnte also nicht bei Schichtende nach Hause gehen und stolz verkünden, sie habe geladen, entsichert und sei bereit, auszutragen.

»Auf jeden Fall werden die Möglichkeiten weniger. Wie lange versuchen Sie und Ihr Mann jetzt, schwanger zu werden?«

»Sechs Monate. Seit seine Vasektomie rückgängig gemacht werden konnte.« Sollte sie jetzt etwas zur Häufigkeit sagen, mit der sie miteinander schliefen?

Dr. Kramer schlug die Beine übereinander und beugte sich vor. Er hatte so eine feine, bedächtige Art, sich zu verhalten, die

Tracy gerade wahnsinnig zu machen drohte. Sie wusste bereits aus dem Internet, dass sechs Monate genau der Zeitraum war, in dem man versuchen sollte, aus eigener Kraft schwanger zu werden. Erst danach wurde interveniert. Diesen Meilenstein hatten Dan und sie hinter sich gelassen.

»Das ist der Zeitraum, zu dem wir normalerweise raten, bevor etwas unternommen wird«, bestätigte Dr. Kramer.

»Und was sind jetzt meine Alternativen?«

»Nun, wir könnten es mit Medikamenten versuchen, die die Fruchtbarkeit steigern.«

»Besonders optimistisch klingen Sie dabei nicht.« Tracy lächelte verhalten.

Kramer zuckte die Achseln. »Wenn man Ihr Alter bedenkt, den Status Ihrer ovariellen Reserve und wie lange Sie schon versuchen, schwanger zu werden, dann würde ich sagen, die Wahrscheinlichkeit einer Schwangerschaft ist gering.«

»Gering im Sinne von ...«

»Niedrig.«

Sie verarbeitete die Information. »Was sind das für Medikamente?«

Kramer sah aus, als hätte ihn die Frage von seinem eigentlichen Gedankengang abgebracht. Er hatte wahrscheinlich gerade ein Spenderei zur Sprache bringen wollen, aber Tracy wollte kein Kind, das halb Dan und halb jemand Unbekanntes war. Sie wollte kein Kind in einer Petrischale zeugen. Sie wollte ein Kind, eins von ihr und von Dan.

»Wenn wir Fruchtbarkeitsmedikamente verschreiben, dann fangen wir mit einer Dosis Clomid an und prüfen per Ultraschall, ob und wann Sie einen Eisprung haben. Um den Rest kümmern Sie und Dan sich. Wir warten zehn bis vierzehn Tage und machen einen Schwangerschaftstest. Aber unter diesen Umständen ...«

»Wie stünden meine Chancen?«

Kramer sah aus, als würde er im Kopf Zahlen durchgehen. »Es ist schwer, das genau zu bestimmen, aber unter den gegebenen Umständen ...« Er schwieg kurz. »Wir wollen realistisch sein. Ja, wir könnten Ihre Eierstöcke mit Fruchtbarkeitsmedikamenten anfeuern, um sie dazu zu bringen, einen Eisprung zu produzieren, aber wären Ihre Eier überhaupt in der Lage, sich befruchten zu lassen? Und wenn ja, dürfen Sie die hohe Fehlgeburtenrate nicht vergessen und die erhöhte Chance, ein Kind mit einem Geburtsfehler wie dem Down-Syndrom zur Welt zu bringen. Sind Sie sicher, dass Sie damit fertigwürden?«

»Aber Sie sagten auch, diese Bestimmung der ovariellen Reserve wäre keine in Stein gemeißelte Wahrheit.«

»Richtig, die Zahl gibt uns keine absolute Gewissheit. Aber der Wert ist dennoch informativ. In Ihrem Fall sind die Chancen, schwanger zu werden, bestenfalls sehr gering. Es gibt andere Optionen.«

»Ein Spenderei.«

»Ja.«

Tracy seufzte. Wenn ein Spenderei infrage käme, dann könnten sie genauso gut adoptieren, einem Kind in Not ein gutes Zuhause geben. Dan und sie hatten beschlossen, diese Entscheidungen gemeinsam zu treffen. Sie hatten auch beschlossen, miteinander zu besprechen, ob Tracy Fruchtbarkeitsmedikamente einnehmen sollte, die einige potenziell negative Nebenwirkungen haben konnten. Sie waren übereingekommen, miteinander über eine eventuelle Adoption zu entscheiden, nachdem sie sich gründlich mit dieser Frage auseinandergesetzt hatten. Aber da hatte Tracy noch nicht gewusst, dass sie das Problem war und nicht Dan.

»Ich würde das mit dem Clomid gern versuchen«, sagte sie. »Ich würde es gern zumindest versuchen.«

Kapitel 7

Joe Jensen rief Tracy an, als sie gerade von Dr. Kramers Büro zurück in die Innenstadt fuhr. »Erst die schlechte oder erst die gute Nachricht?«

Nach ihrer Unterhaltung mit Dr. Kramer hatte Tracy von schlechten Nachrichten erst einmal genug. »Eine gute Nachricht wäre mir lieber.«

»Die Videoabteilung konnte den Subaru nicht weiter verfolgen, nachdem er die Kreuzung verlassen hatte. Das mag daran liegen, dass da fast nur Wohngebiete sind und wenig Kameras.«

»Wenn das die gute Nachricht ist, will ich die schlechte gar nicht wissen.«

»Pass auf, jetzt wird es gut: Die Polizei erhielt einen Anruf von einer Frau, die dort in der Nachbarschaft wohnt.«

»Sie haben den Wagen gefunden?«, fragte Tracy.

»Einen schwarzen Subaru mit Beschädigungen am Kühler und am Frontscheinwerfer.«

»Wo?«

»Ein leer stehendes Grundstück hinter dem Haus der Frau, nicht weit von der Kreuzung entfernt.«

* * *

Eine halbe Stunde später fuhren Tracy und Kins zu der angegebenen Adresse an der Renton Avenue South. An der Straße wurden gerade irgendwelche Reparaturarbeiten vorgenommen, sie war von orangefarbenen Kegeln und Arbeitern in gelben Jacken und weißen Mützen gesäumt. Kins fuhr an den Straßenrand, wo er hinter einem Streifenwagen hielt, der auf einer abschüssigen Einfahrt parkte. Er stieg aus dem Auto und ließ seine Dienstmarke aufblitzen, um den übereifrigen Arbeiter zu beruhigen, der angelaufen kam, um ihnen zu sagen, sie dürften hier nicht stehen bleiben.

»Sie fahren einen Prius?«, fragte der Mann ungläubig.

Sie hatten den Wagen, den Kins liebevoll die Toyota-Nähmaschine nannte, aus dem Fahrzeugpool bekommen.

»Unser Beitrag zum Umweltschutz«, sagte Kins.

Tracy zog ihre Handschuhe an und auf dem Weg zum kleinen, einstöckigen Schindelhaus ihre Jacke fester um sich. Das Haus war typisch für diese Gegend, ebenso die Betonstufen, die zur Haustür führten. Oben angekommen, drehte Tracy sich um – Kins war nicht mitgekommen, er stand immer noch an der untersten Stufe. »Alles in Ordnung?«

»Lass mir noch eine Sekunde«, bat er. »Ich habe gerade gesessen und es ist kalt – ganz schlechte Mischung.« Mit schmerzverzerrtem Gesicht machte er sich an den Aufstieg. Tracy wartete auf ihn, um dann mit ihm gemeinsam den in Haustürnähe wartenden uniformierten Beamten anzusprechen. Der wirkte halb erfroren, hatte die Hände tief in den Taschen seiner blauen Uniformjacke vergraben, den Kragen hochgeklappt, sodass er das Kinn darin verstecken konnte, und eine Basecap der Polizei von Seattle tief in die Stirn gezogen. Kins machte einen Bogen um ein Kinderfahrrad, das im Vorgarten lag.

»Mein Partner ist hinten und unterhält sich mit der Besitzerin«, begrüßte sie der Beamte, jedes Wort ein kleines Wölkchen, als rauche der Mann eine Zigarette. Er führte sie einen Betonpfad entlang zu einem Holztor am Ende des Grundstücks. »Als wir hier eintrafen, fiel mir ein, dass wir beim Morgenappell gebeten worden waren, nach einem Auto Ausschau zu halten. Ein schwarzer Subaru, richtig? Sieht so aus, als wäre er in einen Unfall verwickelt gewesen.«

Der Beamte zog an einem Strick, woraufhin das Tor leise knarrend aufschwang. Auf dem Grundstück hatte sich allerhand Müll angesammelt, aber darum herum war das Gras gemäht worden. Hier standen zwei ältere Wagen, die allem Anschein nach schon ein paar Jahre nicht mehr gefahren worden waren, ein Wohnmobil und diverse verrostete Bootsanhänger. Und ganz hinten, von ein paar Bäumen und Büschen teilweise verdeckt, stand ein schwarzer Subaru.

Neben dem Auto unterhielt sich Joe Jensen mit einer Frau in schwarzen Jeans, die sie sich in die Stiefel gestopft hatte. Dazu trug sie eine bis über die Knie reichende Daunenjacke. Jensen hatte sich wieder die schwarze Wollmütze aufgesetzt.

Tracy und Kins stellten sich vor.

»Ich habe es heute Morgen gesehen und dachte, es gehört einem von den Nachbarn«, erklärte die Frau aufgeregt, aber auch ein wenig verärgert. So ganz geheuer schien ihr all die Aufmerksamkeit nicht zu sein. »Mein Mann nimmt fünfzig Dollar im Monat, wenn man hier ein Auto oder einen Anhänger abstellen will, und hundert Dollar für das Wohnmobil. Ich bin dann heute Morgen, nachdem ich meine Tochter zur Schule gebracht hatte, rumgelaufen und habe bei den Nachbarn geklopft und mich erkundigt, ob irgendwer weiß, wem dieser Wagen gehört. Niemand wusste etwas, also habe ich angerufen, um ihn abschleppen zu lassen. Die sagten, das müsste ich im Voraus bezahlen.« Bei ihr klang das so, als hätte jemand eine ihrer Nieren von ihr verlangt. »Das ist nicht mein Auto. Glücklicherweise hatte es jemand als gestohlen gemeldet.«

Glücklicherweise, dachte Tracy.

Jensen sah Tracy und Kins an und verdrehte diskret die Augen. Wahrscheinlich hatte er sich die Tirade bereits anhören müssen, womöglich mehr als einmal. Die drei entschuldigten sich bei der Frau und gingen hinüber zum Fahrzeug.

»Wissen wir, wann das Auto als gestohlen gemeldet wurde?«, erkundigte sich Tracy bei Jensen. Sie spürte, wie sich die Kälte in ihre Wangen biss.

»Sieben Uhr heute Morgen. Der Besitzer sagt, der Wagen hätte nicht an seinem Platz gestanden, als er morgens damit losfahren wollte.« Jensen hielt das auf der Straße gefundene Scheinwerferglas in seinem durchsichtigen Beweismittelbeutel an den beschädigten linken Frontscheinwerfer des Subaru. »Passt. Das ist der Wagen, den wir suchen.« Auf der Beifahrerseite war die Windschutzscheibe geborsten und glich einem Spinnennetz, die Kühlerhaube war eingedellt. »Mein erster Eindruck – der Fahrer hat den Jungen erwischt, der landete auf der Kühlerhaube, knallte gegen die Windschutzscheibe und wurde nach vorn geschleudert. Deswegen lag er so weit von der Kreuzung entfernt.«

Ohne den Wagen zu berühren, warf Tracy einen Blick durch sämtliche Fenster. »Der Airbag ist aufgegangen.«

»Das ist gut«, meinte Jensen. »Wenn DNA des Fahrers darauf zu finden ist, wissen wir vielleicht, wer das Fahrzeug zum Zeitpunkt des Aufpralls gefahren hat – falls dessen Daten irgendwo im System zu finden sind. Ich habe angerufen, um den Wagen in die Fahrzeuguntersuchungsstelle der Kriminaltechnik schaffen zu lassen, und wir bemühen uns um einen Durchsuchungsbeschluss für das Fahrzeug.« Die Untersuchungsstelle gehörte zum Kriminallabor der Washington State Patrol und befand sich direkt neben dessen Gebäude. »Möchtet ihr, dass ich die Spurensicherung hinzuziehe?«

Die Spurensicherung würde den Wagen untersuchen, wenn der Fall eindeutig in den Zuständigkeitsbereich der

Mordkommission fiel. Tracy erinnerte sich daran, wie ablehnend sich Nolasco am Morgen in dieser Frage geäußert hatte, und beschloss, sie erst einmal nicht hinzuzuziehen. »Nein. Kümmert ihr euch drum, aber sagt mir bitte Bescheid, sobald ihr den Durchsuchungsbeschluss habt und in den Wagen könnt.«

»Wird gemacht.«

»Lebt der Besitzer hier in der Gegend?« Tracy ging davon aus, dass der Fahrer des Wagens von der Existenz dieses Grundstücks gewusst haben musste.

Jensen schüttelte den Kopf. »Laut Fahrzeugzulassungsstelle wohnt er in einem Apartment in Bremerton.«

»Bremerton?«, hakte Kins nach. »Was zum Henker hat das Auto dann hier zu suchen?«

»Ich nehme mal an, es hat etwas damit zu tun, dass das Fahrzeug gestohlen wurde«, sagte Jensen.

Bremerton war eine westlich von Seattle gelegene Stadt, die man entweder per Fähre über den Puget Sound erreichte, was ungefähr eine Stunde dauerte, oder über die Tacoma Narrows Brücke, die im Süden der Stadt lag. Das dauerte dann ungefähr anderthalb Stunden.

»Was macht der Fahrer in Bremerton?«, fragte Tracy.

»Er ist bei den Streitkräften«, sagte Jensen.

»Na wunderbar.« Tracy schüttelte den Kopf.

Bremerton beherbergte nämlich außerdem eine der größten Marinewerften der USA.

* * *

Tracy und Kins hätten die Abfahrt der Fähre um ein Haar verpasst, weil die Verkehrsbehörde mehrere zum Fährterminal führende Straßen gesperrt hatte, was Kins Anlass zu einer Tirade über eine seiner größten Hasskappen gab: die Verkehrspolitik.

Ursprünglich hatte sich das Bauvorhaben, das nun schon so lange zu großen Behinderungen führte, ganz einfach angehört: Der Verkehr auf einer der Hauptverkehrsadern der Stadt sollte zukünftig durch einen Tunnel statt wie bisher über eine Hochstraße geführt werden. Es mussten also ein Tunnel gebohrt und eine Hochstraße abgerissen werden. So weit, so gut. Nur war leider wieder einmal alles nicht so glattgegangen, wie erhofft, und jede Menge Verzögerungen, Gerichtsverfahren und laufend steigende Kosten hatten vielen Bürgern den Spaß an dem Unternehmen gründlich verdorben.

So auch Kins. »Die werden nicht rechtzeitig fertig und wir Steuerzahler dürfen das Doppelte blechen – so haben wenigstens alle was davon«, höhnte er bei jeder halbwegs passenden Gelegenheit.

Sie stellten den Wagen auf dem Parkdeck ab und gingen nach oben in die Kantine der Fähre, denn immerhin sollte die Überfahrt eine Stunde dauern. »Ich hole mir einen Kaffee, willst du auch was?«, wollte Kins wissen.

Tracy lehnte ab. Sie suchte sich einen freien Tisch und beobachtete durchs Fenster, wie die Skyline von Seattle langsam verschwand, während sich das Schiff mit leise und gleichmäßig stampfenden Maschinen seinen Weg durch die schiefergrauen Wellen des Puget Sound bahnte. Tracy fuhr ihren Laptop hoch und rief die Informationen auf, die sie über den Besitzer des Subaru in den Datenbanken der Verkehrsbehörde, des Militärs und der Strafverfolgungsbehörden zusammengetragen hatten. Der Mann hieß Laszlo Gutierrez Trejo. Er hatte zweimal einen Strafzettel wegen Fahrens mit überhöhter Geschwindigkeit kassiert, aber keinen Eintrag im Strafregister. Er war seit fünf Jahren bei der Marine, wo er den Rang eines Logistikspezialisten, kurz LS, bekleidete, ein Begriff, mit dem Tracy nichts anfangen konnte, weswegen sie ihn gegoogelt hatte. Wenn sie es richtig verstanden hatte, betreute ein Logistikspezialist die

Vorratskammern auf einem Schiff oder arbeitete an Land in den Lagerhäusern von Militärbasen.

Sie hatte bei Trejo angerufen und einen Termin ausgemacht, angeblich, weil sie noch zusätzliche Informationen zu seinem gestohlenen Auto brauchten. Da er eigenen Angaben zufolge nur diesen einen Wagen besaß, konnte er selbst nicht in die Stadt kommen, weswegen Tracy und Kins nun unterwegs nach Bremerton waren. Trejo wohnte ungefähr vier Meilen nördlich des Marinestützpunkts Kitsap in einer Wohnanlage der Navy, die sich Jackson Park nannte.

Kins brachte nicht nur seinen Kaffee mit an den Tisch, sondern hatte sich auch gleich noch einen reichlich mit Zwiebeln und Relish dekorierten Hotdog besorgt.

Tracy zog spöttisch die Brauen hoch. »Ich dachte, du machst Diät.«

»Das ist mein Abendessen.«

»Und die Zwiebeln waren jetzt unbedingt notwendig?«

»Ich liebe Zwiebeln auf einem Hotdog.«

»Aber die Zwiebeln lieben dich nicht. Ich kann nur hoffen, du hast Pfefferminzbonbons dabei.«

»Sei doch ein bisschen nett zu mir, du sprichst mit einem verurteilten Mann!«

Tracy stöhnte. »Eine simple Hüftoperation, mehr nicht. Hast du echt solche Angst oder willst du mich nur nerven?«

»Natürlich habe ich Angst. Die geben mir eine Narkose, wer weiß, ob ich wieder aufwache.«

»Die können das, Kins, die haben das schon tausend Mal gemacht.«

»Genau das hat der Arzt auch gesagt. Und weißt du, was? Mir ist es egal, wie oft alles gut gelaufen ist. Mich interessieren die Male, bei denen es schiefging.«

»Auf die Gefahr hin, mich zu wiederholen: Du bist jung und gesund, also hör auf, so viel zu hirnen.«

Kins legte seinen Hotdog ab. »Ich habe drei Kinder, Tracy. Drei Kinder, die ich alle erst noch durchs College bringen muss. Wenn der Letzte von ihnen seinen Abschluss macht, bin ich dreiundfünfzig – falls keiner ein Graduiertenstudium dranhängt! Weißt du, was so ein College heutzutage kostet? Ich spreche hier von mehreren Hunderttausend Dollar.«

Tracy konnte nicht anders, sie stellte blitzschnell im Kopf ihre eigene Rechnung auf. Wenn Dan und sie jetzt ein Kind bekämen, dann wäre sie Mitte sechzig, wenn das Kind mit dem College durch wäre. Die Götter mochten wissen, was so ein Studium dann kostete.

Kins biss in seinen Hotdog und wischte sich mit der Serviette Senf aus dem Mundwinkel. »Und was hältst du von unserem Mann? Diesem Laszlo?«

»Ich finde, wenn er es war, war er an dem Abend ziemlich spät ziemlich weit weg von zu Hause.«

»Dann kannst du dir vorstellen, dass er die Wahrheit sagt und der Wagen wirklich gestohlen wurde?«

»Hören wir uns an, was er zu sagen hat. Ich bin erst einmal ganz offen.«

»Notieren die auf dem Stützpunkt nicht, wann die Leute kommen und gehen?«

»Er wohnt nicht auf dem Stützpunkt. Er wohnt in einem Apartmentkomplex.«

Kins runzelte die Stirn. »Du hast gesagt, er wohnt in einem Haus, das der Navy gehört.«

»Ja, aber nicht auf dem Stützpunkt. Deswegen können wir auch mit ihm reden, ohne vorher einen Eiertanz aufführen zu müssen. Ein Segen! Hattest du etwa noch nie mit der Navy zu tun?«

»Nein.« Kins kaute hingebungsvoll seinen Hotdog. »Du?«

»Und ob, ein Mal. Einbruch in einem Wohnhaus. Ein Mann, der bei der Navy war, hatte seine Exfreundin ausgeraubt und das NCIS wurde hinzugezogen.« NCIS stand für Navy Criminal Investigation Services, die Ermittlungsbehörde, die sich mit der Aufklärung von Straftaten im Bereich der Marine befasste. Die Ermittler waren Zivilisten, das Navy- Äquivalent zu Detectives. »Es war der reine Albtraum, bis wir überhaupt mit dem Mann reden durften. Letztendlich fanden sie dann aber doch, der Fall gehöre nicht in ihren Zuständigkeitsbereich, und zogen sich zurück.«

»Ich habe gehört, dass sie ganz schön schwierig sein können.«

»Die besten Leute aus den Strafermittlungseinheiten sind nach dem elften September dort abgezogen und zu den Antiterroreinheiten versetzt worden, heißt es. Der Rest ist lange nicht so gut und auch nicht so kooperativ wie die Leute vorher. Aber Laszlo wohnt in einem Bereich, für den zivile Stellen zuständig sind. Wir können also mit ihm reden, ohne uns vorher die Genehmigung des NCIS zu holen.«

Eine Stunde und fünfzehn Minuten nach der Abfahrt legte die Fähre mit einem leichten Ruck am Fährterminal von Bremerton an. Die Sonne war verblasst, Dämmerung und Wolkendecke ließen Häuser und Straßen fast ebenso grau aussehen wie das Wasser. Außerdem war die Temperatur empfindlich gefallen und betrug gerade mal um die drei Grad. Tracy und Kins saßen in ihrem Auto und warteten darauf, vom Schiff fahren zu können.

»Und wie gefällt es dir so, am Rande der Welt zu wohnen?«, wollte Kins wissen.

»Was bist du doch für ein Snob!« Kins wohnte in Madison Park, in der Nähe der Uni. »Redmond ist ziemlich weit vom Ende der Welt entfernt.«

»Fehlt dir West Seattle?«

»Mir fehlt der kurze Arbeitsweg. Und der Blick natürlich.« Vom Haus in West Seattle bis zum Büro waren es mit dem

Auto gerade mal fünfzehn bis zwanzig Minuten gewesen und einen Blick wie den von der Terrasse über die Elliot Bay bis hin zur Skyline von Seattle bekam man so schnell nicht wieder.

»Manchmal brauche ich jetzt morgens eine Stunde ins Büro. Aber das Haus ist total gemütlich, und wenn ich erst mal da bin, kommt mir die Arbeit meilenweit entfernt vor.«

Ein Mitarbeiter der Fährlinie dirigierte die Wagen vom Schiff. »Dan und du – sprecht ihr über Kinder?«, fragte Kins.

Die Frage kam unerwartet. Tracy stellte sich dumm. »Ab und an mal. Warum?«

Er zuckte die Achseln. »Du hast gesagt, du willst Kinder.«

»Irgendwann mal.«

»Und versucht ihr es?«

Sie lachte. »Das ist mir jetzt ein bisschen zu persönlich.«

»Sich an einen neuen Partner gewöhnen zu müssen auch – worauf ich mich mit nur einer guten Hüfte nicht freuen würde.«

»Ich geh nirgendwo hin, Kins. Du schon.«

»Meine Frau hat ihren Beruf auch nicht aufgegeben, nachdem wir geheiratet haben. Aber wenn man Kinder hat, ändert sich einiges.«

Tracy schüttelte den Kopf. Sie wusste, warum ihr Partner so gereizt war. Er fürchtete sich vor der Operation und der erzwungenen Ruhezeit danach. »Du kriegst neun Monate vorher Bescheid, dann kannst du dich schon mal dran gewöhnen.«

»Aber jetzt bist du doch nicht etwa schwanger?«

»Nein«, sagte sie. »Bin ich nicht.« Der Wagen vor ihnen bewegte sich. »Fahr zu, sonst hängen wir morgen noch auf dieser Fähre.«

»Dann fütter mal die Eichhörnchen«, sagte Kins in Anspielung auf den Mangel an Pferdestärken beim Prius.

* * *

Auf den ersten Blick machte Jackson Park eigentlich gar keinen so schlechten Eindruck. Die Wohnanlage grenzte im Osten an die Ostrich Bay, im Westen an den Kitsap Golf- und Country-Club und bot, wie so oft in der Nähe von Militärstützpunkten, auf den ersten Blick alles, was die Angehörigen der Navy und ihre Familien benötigten: Kindertagesstätte, Grundschule, Krankenhaus, eine Tankstelle mit angeschlossenem kleinen Supermarkt und Sportplätze für Tennis und Basketball. Tracy entdeckte auf ihrem Weg durch das Labyrinth an Straßen nicht einen Fetzen Papier. Die Rasenflächen wirkten wie mit der Nagelschere gepflegt und die schmucken Häuser mit ihren Holzverkleidungen sahen selbst im fahlen Dämmerlicht frisch gestrichen aus. Es handelte sich um ein- und zweistöckige Gebäude, die alle nach dem gleichen Muster entworfen worden waren. Schilder wiesen den Weg zu Parkplätzen in Carports oder auf Stellflächen jenseits der breiten, abschüssigen Rasenflächen vor den Häusern. Bei einem solchen Arrangement konnte schon einmal ein Auto gestohlen werden, ohne dass jemand es mitbekam, fand Tracy.

»Wie in dem Film mit Jim Carrey«, stellte Kins angesichts dieser makellosen Welt fest. »Wo sie alle in einer Filmkulisse wohnen.«

»Die Truman Show?«

»Genau. Irgendwie unheimlich, wie perfekt hier alles ist.«

Unheimlich und verlassen. Zum Teil wohl auch, weil es so bitterkalt geworden war, aber trotzdem war es seltsam, durch einen Stadtteil zu fahren, in dem nicht eine Menschenseele herumlief, herumfuhr oder wenigstens das Hündchen ausführte. Vielleicht war der Subaru ja wirklich gestohlen worden. An einem Abend wie diesem hier hatte das bestimmt niemand mitbekommen.

Laszlo Trejo wohnte im Erdgeschoss eines Hauses direkt neben einem eingezäunten Basketballplatz. Kins stellte ihr

Auto auf dem für Besucher ausgewiesenen Parkplatz ab, dann folgten sie einem mit Straßenlaternen gut ausgeleuchteten, von Bäumen gesäumten Fußweg zum Haus. Drei Stufen führten hoch zur Erdgeschosswohnung. Kins klopfte und einen Moment später wurde die Tür von einer Frau lateinamerikanischer Herkunft geöffnet, die Ende zwanzig sein mochte und ihnen zur Begrüßung zulächelte.

»Sie müssen die Polizisten aus Seattle sein«, sagte sie mit dem Hauch eines mexikanischen Akzents in der Stimme, ehe sie Tracy und Kins in den Flur bat und die Tür hinter ihnen schloss. »Laz ist gerade erst nach Hause gekommen.« Sie führte sie in ein ordentliches, wenn auch sparsam möbliertes Wohnzimmer, dessen weiße Stühle und das ebenfalls weiße Sofa aussahen wie mit der Wohnung gemietet. »Ich hole ihn.«

Ans Wohnzimmer schloss sich ein Stück Linoleumboden mit einem Küchentisch darauf an. Tracy trat an den Kamin, auf dessen Sims ein paar gerahmte Fotografien standen, die Trejo und seine Frau bei ihrer Hochzeit zeigten. Sie trug ein weißes Kleid, er eine ebenfalls weiße, strahlend saubere Marineuniform. Die Wohnung war warm und roch, wie Tracys Wohnung früher gerochen hatte, wenn sie mal ein paar Tage nicht dazu gekommen war, Rogers Katzenklo sauber zu machen.

»Sind Sie die Polizisten aus Seattle?«

Laszlo Trejo betrat das Wohnzimmer vom Flur aus. Er trug die blaugrau gefleckte Tarnhose der Navy, die er sich in die schwarzen Stiefel gesteckt hatte, und das dazu passende Hemd. Er mochte ein Meter siebzig groß sein, nicht viel größer als seine Frau, hatte dichtes, schwarzes Haar und hielt eine Dose in der Hand, die Tracy anfangs für eine Bierdose hielt. Als er daraus trank, wurde allerdings schnell klar, dass es sich um einen Energydrink handelte.

»Haben Sie mein Auto gefunden?« Trejos Akzent war deutlicher als der seiner Frau. Der Mann sah nicht so aus und hörte sich auch nicht so an, als hätte er irgendetwas zu verbergen oder fühle sich durch den Besuch zweier Polizisten auch nur im Geringsten eingeschüchtert.

»Wir würden Ihnen gern ein paar Fragen stellen, Mr Trejo«, begann Kins.

»Ich habe bereits mit einer Polizistin gesprochen. Der habe ich alles gesagt, was ich weiß.« Das klang nicht besonders freundlich, allerdings auch nicht direkt feindselig.

»War das eine Beamtin aus Bremerton?«

»Ja.«

»Ihr Auto wurde in Seattle gefunden«, sagte Kins.

»Das hat sie mir bereits am Telefon gesagt.« Trejo deutete auf Tracy.

»Wann haben Sie Ihren Wagen das letzte Mal gesehen?« Tracy wollte möglichst rasch auf den Punkt kommen, um Trejo nicht die Gelegenheit zu geben, die Gesprächsrichtung zu bestimmen.

Inzwischen war klar, dass sie nicht hier waren, um ihm einfach nur die Autoschlüssel zu überreichen. Trejo setzte sich auf einen der weißen Stühle. »Montagabend. Ich kam von der Arbeit nach Hause und stellte das Auto im Carport ab.« Er nippte an seinem Drink, spielte mit der Dose.

Tracy und Kins setzten sich auf die Couch, vor der ein kleiner Tisch stand. Je mehr Trejo sagte, desto stärker bekam Tracy das Gefühl, dass er sich seine Worte genau zurechtgelegt hatte. Das würde auch seinen anfänglichen Versuch erklären, das Gespräch in eine bestimmte Richtung zu lenken. Er schien sich zunehmend unwohl zu fühlen, seitdem ihm das nicht gelungen war und er seinem Skript nicht mehr folgen konnte. Statt Blickkontakt herzustellen, sah er auf den Boden und drückte die Aludose mit dem Energydrink zusammen, bis es knackte.

»Wann sind Sie von der Arbeit nach Hause gekommen?«, wollte Tracy wissen.

»Ich glaube, das war gegen sechs.«

»In welchem Carport haben Sie geparkt?«

»Dem gleich da vorn auf dem Hügel.« Er deutete vage in eine Richtung.

»Können Sie den von hier aus sehen?«

Trejo schüttelte den Kopf. »Nein.«

»Und Sie sind nicht noch einmal ausgegangen?«, fragte Tracy weiter.

»An dem Abend nicht.«

»Ihre Frau hat den Wagen nicht noch einmal weggefahren?«

Er schüttelte den Kopf. »Nein.«

»Und wann fiel Ihnen auf, dass er verschwunden war?«

»Am nächsten Morgen, als ich zur Arbeit fahren wollte und mein Auto nicht da war.« Er zuckte die Achseln. »Das habe ich doch alles schon der Frau erzählt, die meine Anzeige aufgenommen hat.« Jetzt klang er wieder wie ein Schauspieler, der seinen Text abliest.

»Wir haben den Bericht noch nicht lesen können«, erklärte Kins.

»Wie wurde das Auto also gestohlen?«, fuhr Tracy fort. »Sie hatten den Schlüssel, richtig?«

»Ja, aber ich habe eins von diesen Schlüsselverstecken unter der hinteren Stoßstange. Vielleicht haben sie das gefunden.«

»Wer wusste von diesem versteckten Schlüssel?« Tracy war skeptisch, wollte sich das aber nicht anmerken lassen.

»Ich weiß nicht«, sagte Trejo. »Vielleicht hat es ja jemand gesehen.«

»Was taten Sie, als Sie merkten, dass der Wagen nicht da war?«, fragte Tracy.

»Ich bin hierher zurückgekommen und habe meine Frau gefragt, wo er ist«, sagte er, jetzt wieder deutlich im Text. »Sie sagte, sie hätte keine Ahnung. Also habe ich die Polizei angerufen und den Diebstahl gemeldet.«

»Und was hat die Polizei unternommen?«

Trejo runzelte die Stirn. Er wirkte langsam irritiert, genau wie Tracy beabsichtigt hatte. »Sie haben eine Beamtin geschickt. Sie hat mir dieselben Fragen gestellt wie Sie eben und gesagt, sie würde einen Bericht schreiben. Dann sagte sie noch, sie würden sich wieder melden. Und danach war mir nicht klar, wie ich nun zur Arbeit kommen sollte.«

»Sie haben nur dieses eine Auto?«, wollte Tracy wissen.

»Das sagte ich doch bereits am Telefon.« Trejo stellte die Dose auf dem Couchtisch ab und beugte sich zu Kins vor. »Darf ich Sie jetzt mal was fragen? Haben Sie mein Auto jetzt gefunden oder nicht?«

»Kennen Sie jemanden in Seattle, Mr Trejo?«, mischte Tracy sich ein.

Er warf ihr einen Blick zu. »Ob ich da jemanden kenne? Was soll das heißen?«

»Haben Sie Freunde in Seattle? Oder jemanden aus der Familie, der dort wohnt?«

»Nein.« Trejo griff nach seiner Dose und nippte daran. Auch diese Geste fand Tracy nicht locker, sondern eher gespielt. Als wolle er sich von ihr und der Frage distanzieren.

»Wo sind Sie zu Hause?« Sie ließ nicht locker

»Hier.«

»Ich meine, wo sind Sie aufgewachsen?«

»Ich stamme aus der Gegend von San Diego. Was hat das ...«

»Sie sind seit fünf Jahren in der Navy?«

»Fast sechs.«

»Und haben nie in Seattle gelebt?«

»Nein, das habe ich Ihnen doch schon gesagt.«

»Was machen Sie in Bremerton?«

»Ich bin Logistikspezialist für das FLC.«

»Was heißt FLC?«

»Fleet Logistic Center – das Logistikzentrum der Flotte.«

»Was machen Sie da? Was genau ist Ihr Job?«

»Wenn ich an Bord bin, arbeite ich im Lagerraum. Wenn das Schiff im Dock liegt, arbeite ich im Warenlager. Was hat das mit meinem Auto zu tun?«

»Sie bestellen Teile, halten die Inventur auf Stand, solche Sachen?« Tracy ließ sich nicht beirren.

»Genau.«

»Und waren Sie auch schon einmal in Übersee?«

Er nickte. »Ich habe in Kuwait und im Irak gearbeitet.«

»In Versorgungslagern?«

»Genau. Ach ja, Afghanistan. Da war ich auch.«

»Welches Schiff?«

»Die USS Stennis.«

»Was für ein Schiff ist das?«

»Ein Flugzeugträger. Ein nukleargetriebener Flugzeugträger.«

»Wann waren Sie in Afghanistan?«

»Das letzte Mal? Zweitausenddreizehn. Was hat das alles mit meinem Auto zu tun?«

Tracy hoffte weiterhin, Trejo von seinem Skript loseisen zu können, indem sie einfach nicht lockerließ. »Und im Nahen Osten? Wann waren Sie da das letzte Mal?«

»Zweitausendzwölf.«

»Wie lange sind Sie jetzt wieder auf dem Stützpunkt in Bremerton?«

»Vier Monate.«

»Und wo war das Schiff davor?«

»Thailand.« Trejo warf Kins einen hilfesuchenden Blick zu. »Haben Sie meinen Wagen jetzt gefunden? Kann ich ihn abholen?«

»Ihr Wagen wurde in Seattle gefunden, Mr Trejo«, warf Kins ein.

»Das hatte ich mir jetzt fast schon gedacht.« Das kam nicht ohne einen gewissen Sarkasmus. »Kann ich ihn abholen?«

»Sie haben keine Ahnung, wie er nach Seattle gekommen sein könnte?«, fragte Tracy.

»Wie ich bereits mehrfach sagte: Jemand muss ihn gestohlen haben.«

»Wurden hier in der Gegend schon öfter Autos gestohlen?«

Trejo zuckte die Achsel. »Davon weiß ich nichts. Danach sollten Sie die Polizei fragen. Wann kann ich mein Auto wiederhaben?«

»Das dürfte noch ein bisschen dauern.«

»Warum?« Inzwischen zeigte sich Trejo deutlich verärgert. »Ich brauche dieses Auto, um zur Arbeit zu kommen.«

»Ihr Wagen war an einem Unfall mit Fahrerflucht beteiligt, Mr Trejo.« Tracy ließ Trejo nicht aus den Augen. War diese Information neu für ihn? Der Mann ließ sich nichts anmerken.

»Ein Zusammenstoß mit einem anderen Auto? Mann! Wie schlimm ist der Schaden?«

»Ein Zusammenstoß mit einem Fußgänger. Mit Ihrem Auto wurde ein zwölfjähriger Junge getötet, Mr Trejo.«

Trejo, der den Blick nach wie vor unverwandt auf den Boden gerichtet hielt, sagte einen Augenblick lang nichts. Das konnte eine durchaus normale Reaktion sein. »Das ist ja schrecklich!«, meinte er schließlich und nippte an seinem Drink.

»Eine Frage hätte ich noch«, sagte Tracy.

Trejo stellte die Dose auf den Tisch. Tracy wartete, bis er sie ansah.

»Wie kam es zu der Schnittwunde an Ihrer Stirn?«

Kapitel 8

Von außen sah das bescheidene einstöckige Haus im Stadtteil Loyal Heights nicht anders aus als die anderen Häuser in der Straße. Die abschüssige Rasenfläche zur Straße hin lag ebenso wie die vereinzelten Blumenbeete noch im Winterschlaf und zeigte keinerlei Anzeichen dafür, dass ja eigentlich der Frühling vor der Tür stand. Haus und Garten wirkten düster, fand Del. Als trauerten auch sie um Allie.

Als hinter ihm kurz und höflich gehupt wurde, sah er in den Rückspiegel und hob entschuldigend die Hand. Viele Häuser hier hatten weder Auffahrt noch Garage, weswegen auf beiden Straßenseiten geparkt wurde und die Straße kaum breit genug war, um ein Auto durchzulassen. Del zwängte seinen dunkelgrünen Impala Baujahr 1965 mit Mühe in eine freie Parklücke. Den Wagen hatte er aus der Scheidung retten können, auch wenn das nicht einfach gewesen war, denn seine Exfrau Nora hatte ihn ganz schön bluten lassen. Um den Impala hatte Del gekämpft. Er hatte seinem Vater gehört, der die Autoschlüssel an seinen Sohn weitergereicht hatte, als ihm die Verkehrsbehörde nach dem dritten Schlaganfall den Führerschein verweigerte. Seitdem fuhr Del tagtäglich mit diesem Auto zur Arbeit. Auf dessen Tacho hatten sich inzwischen stolze 289 000 Meilen angesammelt, wobei unter der

Kühlerhaube immer noch der Originalmotor schnurrte und der Lack im Licht der Straßenlaternen satt glänzte. Del kümmerte sich um den Wagen, wechselte regelmäßig Öl und Ölfilter, pflegte Zündkerzen und Bremsen, wenn es anstand, und erneuerte einmal jährlich die Bremsflüssigkeit. Für das Auto sorgte er besser als für sich selbst, erzählte er gern, was kein Witz sein sollte. Seine Neffen liebten den Impala und wenn die beiden in der Little League spielten, nahm Del auf ihre dringenden Bitten hin mit diesem Auto an den Festumzügen teil.

Da stand es nun, das Haus seiner Schwester, eingerahmt von den Zweigen zweier hochgewachsener Pflaumenbäume. Die Lampe über der Haustür verbreitete ein kränkliches Licht, als wolle sie verkünden, dass hier eine der biblischen Plagen zugeschlagen hatte. Im Winter kamen die Nächte in Seattle früh und blieben lange, aber die Dunkelheit, die dieses Haus befallen hatte, wurde weder von der Jahreszeit noch der Uhrzeit bestimmt.

Del hatte seine Schwester beim Kauf dieses Hauses mit den wenigen Ersparnissen unterstützt, die er damals besessen hatte. Viel war das nicht gewesen, das bescheidene Haus jedoch auch nicht, mit seinen hundertfünfzig Quadratmetern Grundfläche und gerade mal zwei Schlafzimmern. Del hatte das Souterrain ausgebaut, wo seine beiden Neffen, eineiige Zwillinge, jetzt ihre Zimmer hatten. Keiner der beiden würde nach oben in Allies altes Zimmer ziehen, da war sich Del ziemlich sicher. Und Maggie hatte den Raum seit dem Morgen, an dem sie ihre Tochter dort tot aufgefunden hatte, nicht mehr betreten.

Del holte die große braune Packpapiertüte vom Beifahrersitz und ging langsam den mit Betonplatten gepflasterten Weg zur Haustür hoch. Auf dem Rasen und den Blättern der Rhododendren lag Raureif. Vorm Wohnzimmerfenster zur Straße hin hing eine Gardine, unter deren Rand bläuliches Licht nach draußen sickerte. Sobald Del klopfte, würde der Fernseher ausgehen, aber eigentlich brauchte er gar nicht zu klopfen. Seine Schwester schloss die Haustür nur vor dem Schlafengehen ab und in letzter Zeit trotz all seiner Mahnungen nicht einmal dann.

Ohne sich also zu melden, drückte Del die Tür auf, woraufhin seine beiden auf der Wohnzimmercouch liegenden Neffen aufschreckten wie zwei verängstigte Eichhörnchen. Einer der beiden tastete hastig nach der Fernbedienung, aber dafür war es jetzt natürlich zu spät. Del hatte sie mitten in einer Wiederholung von Seinfeld erwischt. Im Grunde hatte er es sich selbst zuzuschreiben, immerhin hatte er die zwei auf den Geschmack an dieser Serie gebracht, als er einmal eine Woche lang bei seiner Schwester eingehütet hatte, damit die zur Hochzeit einer Freundin fahren konnte.

»Habt ihr eure Hausaufgaben gemacht?«, erkundigte er sich streng.

»Wir sind dabei, machen bloß mal eine Pause«, stotterte Steve.

Die Post lag noch im Flur unter dem Briefschlitz inmitten von jeder Menge Schuhe und Socken. Auf dem Couchtisch lagen ungelesene Zeitungen neben dreckigen Tellern und Bechern. Del war vorbeigekommen, ehe er zur Spätschicht musste, aber auf die Dauer ging das so nicht weiter. Sie hatten in diesem Jahr so viele Morde zu bearbeiten, es war kaum noch zu schaffen.

»Hm.« Er musterte die leere Chipstüte, die vor der Couch auf dem Boden lag, und das Glas mit scharfer Sauce auf dem Couchtisch. »Habt ihr schon zu Abend gegessen?«

Mark schüttelte den Kopf. »Nein. Mom schläft, glaube ich.«

Del warf einen Blick in Richtung des dunklen Flurs. »Habt ihr heute mit eurem Dad gesprochen?«

»Nein«, antworteten beide wie aus einem Mund.

Del hatte es kaum anders erwartet. Der Vater der Jungen arbeitete bei einer Versicherungsgesellschaft in Los Angeles, wo er auch seine neue, junge Frau kennengelernt hatte. Er war zur Beerdigung von Allie in den Norden gereist, um Maggie die Schuld am Tod seiner Tochter zu geben und am nächsten Tag gleich wieder zu verschwinden. Keine Sekunde zu früh, sonst hätte Del nachgeholfen. Und zwar mit einem unschönen Tritt dorthin, wo es wirklich wehtat.

»Könnt ihr nicht wenigstens die Post aufsammeln?« Del bückte sich, um die Briefe und die Zeitung aufzuheben.

»Die haben wir nicht gesehen«, sagte Mark.

»Dann braucht ihr vielleicht eine Brille. Eure Rucksäcke und Klamotten scheint ihr ja auch nicht sehen zu können.« Del deutete auf die beiden Schultaschen neben den Tennisschuhen und Jacken gleich hinter der Haustür.

Sie antworteten nicht, was man bei neunjährigen Jungen immer als klares Schuldeingeständnis werten musste. Normalerweise waren die zwei mit Ausreden schneller bei der Hand, als eine Fliege fliegen konnte. Beim Durchsehen der Post entdeckte Del einen an Allie Marcello adressierten Brief, der einen Scheck zu enthalten schien, soweit man das durch das Umschlagfenster hindurch beurteilen konnte. Wahrscheinlich Allies erster Wochenlohn. Ein Anblick, den Del im Moment schwer ertragen konnte, seine Schwester vermutlich noch viel weniger.

»Okay«, sagte er rasch, um jetzt nur nicht zu weinen. »Kommt mit in die Küche, ich habe Burritos.«

Die Jungen kletterten von der Couch und folgten ihm wie zwei Hündchen, die gleich gefüttert werden sollen. Del schaltete die Küchenbeleuchtung ein. Überall stapelte sich dreckiges Geschirr und Besteck, Schranktüren standen offen, auf dem Boden lag ein achtlos fortgeworfenes Geschirrhandtuch. Seufzend deponierte Del die Post auf dem Stapel, den er am

Vortag auf den Tresen gelegt und den niemand angerührt hatte. Ebenso wenig wie seine Liste mit dringend benötigten Einkäufen, die auch auf dem Tresen lag.

»Hol ein paar saubere Teller, Stevie.«

Del öffnete den Kühlschrank. Der war leer, bis auf ein paar Flaschen mit Ketchup und anderen Gewürzsoßen und den Rest der Spaghetti, die er vor zwei Tagen gekocht hatte. Wenn er es nicht schaffte, seine Schwester aus ihrem Zimmer zu locken, würde er einkaufen müssen.

»Sind keine mehr da.« Stevie deutete auf den fast leeren Küchenschrank.

Del öffnete die Spülmaschine. »Hatte ich euch gestern nicht gebeten, das saubere Geschirr wegzuräumen?«

»Haben wir vergessen«, sagte Mark.

»Zu lange an den Hausaufgaben gesessen, was? Nicht, dass ihr euer Hirn überfordert und es womöglich noch durchbrennt.«

»Mein Hirn kann durchbrennen?«, fragte Mark mit weit aufgerissenen Augen.

»Warum denn nicht?« Del nahm saubere Teller aus der Spülmaschine und reichte sie an seine Neffen weiter. »Braucht ihr Besteck?«

»Wofür?«, wollte Stevie wissen.

»Egal.«

Die Jungen trugen die Teller zum Küchentisch und schleiften zwei Stühle über den Linoleumboden. Mark machte Anstalten, die Kappe von einer halb vollen Flasche Diätcola zu schrauben.

»Nicht zum Abendbrot!«, protestierte Del.

Mark sah ihn an, als fühle er sich seiner in der Verfassung garantierten Rechte beraubt. »Was sollen wir denn dann trinken?«

»Milch.«

»Haben wir keine mehr.«

Del stellte die mitgebrachte Einkaufstüte auf den Tisch und nahm die Milchtüte heraus. Er hätte gleich zwei kaufen sollen, schalt er sich. Am besten eine ganze Kuh, so schnell, wie die Jungs einen Liter Milch wegputzten.

»Mein Held!« Stevie hob die rechte Hand. »Komm schon, lass mich hier nicht hängen, Onkel Del.«

Del klatschte ihn ab und musste dann auch noch mit Mark, der nicht zurückstehen wollte, einen Fauststoß wechseln. »Lass es krachen, Onkel D.«

Die Jungen tranken ihre beiden Gläser Milch fast in einem Zug leer. Anschließend rülpste Mark und Stevie versuchte prompt, noch lauter zu rülpsen.

»Wie wäre es mit einer Entschuldigung?«, erkundigte sich Del streng.

»Warum? Hast du gefurzt?«, wollte Mark wissen, was beide zum Totlachen fanden.

»Ihr zwei seid mir schon Witzbolde.« Del zog die Hähnchen-Burritos aus der Tüte, Stevie und Mark pellten sie aus der Alufolie und stürzten sich darauf, als hätten sie den ganzen Tag noch nichts in den Magen bekommen. »Ich hatte euch Geld für die Schulkantine gegeben, habt ihr dort gegessen?«

»Ja.« Stevie nickte, den Mund voller Reis und Bohnen.

»Was gab es denn?«

»Pizza.«

»Und wann hattet ihr das letzte Mal irgendein Gemüse?«

»Weiß ich nicht«, sagte Mark.

»Ich habe in der Schule ein Stück Apfel gegessen«, sagte Stevie.

»Schon mal ein guter Anfang. Wenn ihr fertig seid, will ich eure Tagesplaner sehen. Ich will wissen, welche Hausaufgaben ihr habt.«

»Gar keine«, sagte Stevie.

»Aber vorhin habt ihr doch angeblich nur kurz Pause gemacht.« Del zog die Brauen hoch.

Stevie und Mark warfen sich über ihre Burritos hinweg unmissverständliche Blicke zu.

»Einen Detective sollte man niemals anlügen.« Del zerzauste beiden liebevoll das Haar und ließ sie mit dem Essen allein. Im Flur schaltete er das Licht ein, ging an Allies nach wie vor fest verschlossener Zimmertür vorbei und klopfte am Ende des Flurs zweimal an die Tür des Schlafzimmers. Durch den Spalt zwischen Tür und Fußboden drang flackerndes Licht in den Flur: Seine Schwester hatte den Fernseher laufen. Del machte die Tür auf.

Maggie hatte ihr Bett gemacht, sich dann aber wieder daraufgesetzt. Sie trug eine Pyjamahose und einen Bademantel. Im Zimmer brannte kein Licht, nur der Fernseher lief. »Ich habe gar nicht gehört, wie du gekommen bist.« Hastig zog sie die nackten Füße unter sich und versuchte vergeblich, ihr Haar zu glätten. Sie sah aus wie jemand, der eine Woche lang mit Grippe im Bett gelegen hat, ohne zwischendurch zu duschen.

»Bist du heute schon mal aufgestanden, Maggie?«

»Ja«, antwortete sie ein bisschen zu schnell. »Ich war … ich war auf und aus dem Haus. Bin gerade erst wieder ins Bett geklettert.«

»Wo warst du denn?«

»Ich hab ein paar Sachen erledigt.«

»Hast du die Lebensmittel eingekauft, um die ich dich gebeten hatte?«

»Ja, ich hab ein paar Sachen besorgt.«

Del öffnete das Fenster. Die Luft im Zimmer roch abgestanden, wie der Schrank eines alten Menschen. Er schaltete eine Wandleuchte an der anderen Seite des Bettes ein.

»Die Einkaufsliste liegt immer noch auf dem Tresen.«

»Ich habe vergessen, sie mitzunehmen.«

»Dein Wagen parkt an genau derselben Stelle wie gestern.«

»Ich habe ihn da geparkt, als ich zurückkam. Der Platz war immer noch frei.«

Del hatte am Abend zuvor ihren einen Vorderreifen mit Kreide markiert. Sie hatte den Wagen nicht bewegt. Einen Detective sollte man eben nie anlügen.

»Hast du bei der Therapeutin angerufen, deren Nummer ich dir dagelassen hatte?« Er deutete auf den Zettel auf ihrem überladenen Nachttisch.

Sie drehte sich um, riss die Augen auf, als sähe sie das Stück Papier zum ersten Mal. »Oh! Nein. Ich war zu beschäftigt, hab's vergessen.«

»Wenn du da morgen nicht anrufst, mache ich einen Termin für dich aus.«

»Du brauchst keinen Termin für mich zu machen!«

»Morgen. Oder ich rufe da an.«

Maggie wandte seufzend den Blick ab.

Er sammelte Kleidung vom Boden auf und warf sie auf den Stuhl in der Ecke. »Du hast immer noch zwei Jungen da draußen, die ihre Mutter brauchen, Maggie. Es ist nichts zu essen im Haus. Sie tragen dieselben Sachen wie gestern und sie machen ihre Hausaufgaben nicht.«

Sie wischte sich mit dem Bettlaken Tränen ab, drückte sich den Stoff verzweifelt an die Brust. »Es tut einfach so sehr weh, Del. Es tut die ganze Zeit weh.«

Del hätte am liebsten auch geweint. »Das weiß ich doch, aber die Jungs brauchen ihre Mutter, Maggie. Jetzt mehr denn je.«

»Allie hat ihre Mutter auch gebraucht, Del. Und ich war nicht für sie da.« Sie schluchzte lauter.

»Du hast alles für Allie getan, was du konntest. Du bist für ihren Tod nicht verantwortlich.«

»Ich war ihre Mutter«, flüsterte Maggie, von heftigem Schluchzen geschüttelt.

Del nahm sie in die Arme. »Heroin hat Allie umgebracht – Heroin und die Leute, die es ihr verkauft haben. Nicht du.« Eine Weile hockte er schweigend neben seiner Schwester auf der Bettkante. Als er merkte, wie er langsam immer wütender wurde, stand er rasch wieder auf. »Ich habe dir einen Burrito mitgebracht. Komm und iss mit den Jungen.«

»Ich habe keinen Hunger.«

»Wann hast du zum letzten Mal etwas gegessen?«

»Heute Morgen. Ich habe Kaffee getrunken.«

»Das ist kein Essen, du musst etwas essen.«

»Ich kann nicht. Mir wird nur schlecht davon.«

»Dann komm einfach so und setz dich zu ihnen.«

»Das mache ich. Morgen. Ganz bestimmt.«

Del drängte sie nicht weiter. »Was ist mit der Arbeit?«

»Ich bin wegen eines Trauerfalls in der Familie freigestellt, ich habe noch zwei Wochen.«

»Okay, und was dann?«

»Dann gehe ich wieder zurück zur Arbeit.«

»Und du glaubst, das kannst du einfach so?«

Sie seufzte. »Ich weiß nicht.«

»Keiner von uns möchte weitermachen, Maggie«, sagte Del leise, »aber wir haben keine andere Wahl. Ich muss arbeiten. Faz kann nicht ständig für mich einspringen.«

Maggie schluchzte lauter. »Was hätte ich denn sonst noch tun können, Del? Was hätte ich noch tun können?«

Seit einer Woche stellte sie ihm nun diese Frage und er wusste immer nur eine Antwort darauf: »Du hast alles getan, was du konntest, Maggie.«

»Und warum ist sie dann nicht mehr am Leben?«

Del dachte an seine Unterhaltung mit Celia McDaniel. Was hätte Maggie gegeben, einfach nur, damit ihre Tochter am Leben blieb? Alles. Und noch ein bisschen mehr.

Als sie herausfanden, dass Allie Heroin nahm, hatte es die Familie mit Therapie versucht, aber Allie hatte die Einrichtung verlassen. Sie hatten versucht, sie gegen ihren Willen in die psychiatrische Abteilung eines Krankenhauses einzuweisen, aber sie war abgehauen. Später hatten sie herausgefunden, dass sie Allie gar nicht ohne ihr Einverständnis hätten einweisen können. Im Staat Washington durften Teenager eine solche Behandlung ablehnen, solange keine Fachkraft für psychische Gesundheit in ihrem Verhalten eine Gefahr für sich und andere sah. Die Einnahme einer Überdosis Heroin galt anscheinend nicht als ausreichend gefährdend. Allie geriet ein zweites und dann auch noch ein drittes Mal an eine Überdosis. Beide Male kam der Notarzt, die Sanitäter holten sie ins Leben zurück, sahen zu, dass sie stabil war, und ließen sie dort, wo sie war: in ihrem Zimmer. Wohin hätten sie sie auch bringen sollen? Die Therapieeinrichtungen waren überfüllt, die Wartelisten dort endlos lang. Maggie hatte Del angerufen und ihn angefleht, seine Nichte verhaften zu lassen, aber das gestatteten die Gesetze in Washington nicht. Außerdem wäre Allie auch nach einer Verhaftung wenige Stunden später wieder auf freiem Fuß gewesen.

Polizeimethoden bringen uns bei diesem Problem nicht weiter, hatte Celia McDaniel gesagt.

Dann war Allie, nachdem sie drei Tage lang verschwunden gewesen war, wie aus heiterem Himmel wieder zu Hause aufgetaucht. Laut Maggie hatte sie ausgesehen wie frisch der Hölle entronnen: dürr wie eine Vogelscheuche, mit schwarzen Rändern unter den Augen, die Arme so voller blauer Flecken, dass sie aussahen wie Nadelkissen. Sie sei mit dem Heroin durch, hatte sie zu ihrer Mutter gesagt. Sie wolle es nicht mehr nehmen, sie wolle nicht sterben. Sie hatte Maggie angefleht, ihr zu helfen. Maggie und Del hatten ihre letzten Groschen zusammengekratzt, um sie in der Einrichtung im Osten des Staates unterzubringen. Billig war die nicht. Del hatte seine Rente als Sicherheit einsetzen müssen, um einen Kredit zu bekommen – und er hätte es jederzeit wieder getan. Nicht nur einmal, so oft, wie es nötig gewesen wäre. Was ihn wieder zu Celia McDaniel brachte und dem, was sie gesagt hatte.

Sie hatten Allie nicht mehr mit ihren drogenabhängigen Freunden zusammenkommen lassen. Sie hatten sie von allen Kontakten aus der Szene ferngehalten und von allen ihnen bekannten Orten, an denen man das Zeug kaufen konnte. In der Klinik war Allie nach allem, was man so hörte, trotz der Medikamente, die sie bekam, um die Folgen des körperlichen Entzugs zu mildern, psychisch und physisch durch die Hölle gegangen. An dem Tag, als sie sie entließen, hatte Allies Therapeut Del und Maggie erklärt, der Verlust von Hoffnung sei fast so gefährlich wie die Droge selbst. Bei Drogenabhängigen gibt es eine Menge Selbsthass. Sie halten sich für wertlos. Allie fürchtet sich sehr davor, rückfällig zu werden und wieder Drogen zu nehmen. Das kann ungeheuer lähmend und kräftezehrend sein.

Allie hatte besser ausgesehen, als sie sie nach Hause gebracht hatten. Müde zwar, aber besser. Sie hatte zugenommen und die schwarzen Ränder unter ihren Augen waren verblasst. Fast sah sie wieder aus wie die alte Allie, das glückliche, witzige Mädchen mit dem wachen Verstand. Mit leuchtenden Augen hatte sie davon gesprochen, ihren Schulabschluss zu machen und im Herbst auf die Uni zu gehen. Del hatte ihr den Job in dem Coffeeshop besorgt und sie nahm an Treffen der Anonymen Drogenabhängigen teil. Maggie hatte sie begleitet und Del hatte in der Zeit auf die Zwillinge aufgepasst. Einmal war Del statt Maggie mit auf ein Treffen gegangen, wo er hautnah erlebt hatte, was er eigentlich schon wusste: Seine Nichte, ein nettes Mädchen aus einer guten Familie, steckte mitten in einem Kampf auf Leben und Tod. Sie musste jeden Tag aufs Neue darum ringen, hier sein zu können. Diesen Kampf hatte sie letztendlich verloren. Mein Gott ... wie hatte das Leben für jemanden, der noch so jung war, so schlimm werden können?

Sie hatte es einfach nicht geschafft, hatte die Sucht nicht besiegen können. Die Drogen lauerten immer am Rande der Dunkelheit, wie ein Teufel, der nach dem kleinsten Riss in Allies Panzer suchte, um sich durchzwängen und sie verführen zu können. Und er hatte so viele Gestalten, dieser Teufel. Von ihren drogenabhängigen Freunden bis zu den Lieferanten, die Geld verdienen wollten und denen es egal war, wen sie dabei umbrachten.

Aber Del war es nicht egal.

Sie hatten das falsche Mädchen umgebracht.

»Wenn ich herausfinden soll, was mit Allie passiert ist, muss ich in ihr Zimmer«, sagte er.

Heiße Tränen rannen Maggie die Wangen hinab. Sie wischte sie sich mit dem Laken ab. Sie hatte das Zimmer genau so gelassen, wie sie es vorgefunden hatte, mit der Nadel auf dem Boden zwischen einem Haufen Kleider, mit der halb leeren Dose Cola auf dem Ankleidetisch, mit den Postern an den Wänden, den halb fertigen Hausaufgaben auf dem Schreibtisch.

»Ich muss an ihr Handy und ihren Computer«, fuhr Del fort. »Ich muss wissen, mit wem sie gesprochen hat, nur so kann ich herausfinden, was passiert ist. Nur so kann ich die Leute finden, die verantwortlich sind. Es ist an der Zeit, Maggie.«

»Ich kann da nicht wieder reingehen, Del.«

»Das musst du auch nicht. Ich mache das für dich. Wir müssen weitermachen, Maggie, aber das heißt nicht, die Vergangenheit zu vergessen. Es bedeutet, etwas mit der Vergangenheit anzufangen. Lass mich meine Arbeit tun, Maggie.«

Kapitel 9

Tracy und Kins verpassten die Fähre um 19.55 Uhr zurück nach Seattle und warteten jetzt zusammen mit einigen anderen Autos in einer kurzen Schlange, um die Überfahrt um 21:05 Uhr antreten zu können. Das heißt, ihr Auto wartete. Es war viel zu kalt geworden, um draußen zu sitzen, obwohl nicht die Kälte allein Tracy bewogen hatte, mit Kins die Sportbar gegenüber vom Fährterminal aufzusuchen. Seit sie nach der Befragung von Trejo wieder ins Auto gestiegen war, plagten sie Hitzewallungen und ihr war auch ein wenig übel. Beides konnte laut Dr. Kramer mit dem Clomid zusammenhängen. Nebenwirkungen waren nun einmal nicht auszuschließen. In der Bar suchte Tracy zuerst einmal die Toilette auf, wo sie sich Wasser ins Gesicht spritzte und flach atmend abwartete, ob sie sich nun übergeben musste oder nicht.

Schließlich war die Übelkeit verflogen und sie konnte in die üppig mit den Farben und Emblemen der Mariners, Seahawks und Seattle Sounders verzierten Bar zurückkehren. Viel war an diesem Dienstagabend hier nicht los, die Atmosphäre von daher gedämpft. Kins saß an einem Tisch und starrte gebannt auf einen der großen Fernseher weit oben an der Wand. Er hatte offenbar gar nicht mitbekommen, dass Tracys Zeit auf der Toilette gereicht hätte, um *Krieg und Frieden* zu schreiben. Oder er mochte nicht nachfragen, weil dann ja »Frauenprobleme« zur Sprache kommen könnten. Dass der Sportsender ein aufgezeichnetes Spiel der Mariners zeigte, war egal: Hauptsache Sport. Dan war genauso. Der sah sich auch Spiele an, deren Ergebnisse er schon kannte.

Tracy setzte sich. »Möchtest du dir eine Portion Pommes mit mir teilen?«, wollte Kins wissen.

Tracy unterdrückte ein Rülpsen. »Wolltest du vor der OP nicht noch ein bisschen abnehmen?«

»Das habe ich mir anders überlegt. Wenn ich schon gehen muss, dann mit fliegenden Fahnen.«

»Idiot!« Tracy schüttelte den Kopf. »Hoffentlich gibst du solchen Schwachsinn nicht auch vor Shannah von dir.«

Kins bestellte sich Kaffee, Tracy eine Sprite, obwohl sie lieber Ginger Ale gehabt hätte. Sobald die Getränke vor ihnen standen, widmeten sie sich wieder dem Thema Trejo. Kins fand, dass der Mann log, das wiederholte er jetzt zum dritten Mal. »Und er weiß, dass wir wissen, dass er lügt.«

»Und wir wissen, dass er weiß, dass wir wissen, dass er lügt.« An der Bar waren zwei Männer lauter geworden, Tracy musste die Stimme heben.

»Hört sich an wie eine Nummer von Abbot und Costello«, sagte Kins.

»Ich weiß allerdings nicht, welcher Teil seiner Aussage gelogen ist.«

»Wie beweisen wir, dass er lügt?«

»Bei den Fähren gibt es Videokameras an den Terminals«, sagte Tracy. »Sie filmen einen beim Auffahren aufs Schiff und beim Runterfahren. Wenn er gestern mit der Fähre unterwegs war, müsste der Subaru zu sehen sein.« Sie verschränkte die Arme vor ihrem Bauch.

»Vielleicht hat er ja nicht die Fähre genommen«, meinte Kins. »Vielleicht ist er rüber zur Tacoma Narrows Bridge und durch Tacoma nach Seattle gefahren.«

»Falls er das gemacht hat, sagt uns das was«, fand Tracy.

»Dass er keinen Bock auf die Kameras an der Fähre hatte?«

»Kann sein.«

»Auf der Brücke sind auch Kameras«, überlegte Kins. »Ich hab da mal ein Ticket gekriegt, weil ich irgendwie auf die Fahrspur für Fahrgemeinschaften geraten war und die Maut nicht bezahlt hatte. Ein paar Tage später kriegte ich einen Schnappschuss von meinem Nummernschild und einen Zahlungsbefehl zugeschickt.«

Tracy wischte mit ihrer Serviette auf dem Tisch herum. »Das sind Verkehrskameras«, sagte sie.

Kins stellte seinen Kaffee ab. »Die Washington State Police hat Zugang zu dem Videosystem.«

»Und was würde das zeigen? Ein Nummernschild? Das Auto?« Tracy dachte laut nach. »Könnte man darauf überhaupt den Fahrer sehen? Trejo sagt, sein Auto wurde gestohlen. Er würde einfach behaupten, das wäre durch das Video bewiesen.«

»Möglich, aber wir sollten unsere Video-Leute Kontakt zur Washington State Patrol aufnehmen und nachsehen lassen, ob sie irgendwas entdecken. Vielleicht entdecken sie das Auto auf einem der Videobänder.« Kins dachte kurz nach. »Trejo sagt, er hat an dem Tag gearbeitet und hatte um fünf Uhr Feierabend. Wir können also die Zeit eingrenzen, in der er entweder hier am Terminal geparkt haben oder über die Brücke gefahren sein könnte.«

Tracy zog sich den Mantel aus. »Kümmer dich drum, aber vergiss nicht, selbst wenn du das Auto entdeckst, hast du nur das Auto entdeckt, mehr nicht. Wir müssen ihn irgendwie hinter das Steuer kriegen.«

»Anhand der DNA.«

»Seine DNA dürfte überall im Auto sein, es gehört ihm ja. Entscheidend wäre, ob sich seine DNA am Airbag finden lässt.«

»Oder ob in seinem Auto Blut ist«, sagte Kins. »Dürfte ihm nicht leichtfallen, das zu erklären, wenn er sich denn wirklich, wie er uns gegenüber behauptet hat, am Küchenschrank verletzte.« Wieder dachte er kurz nach. »Muss man nicht seine DNA hinterlegen, wenn man sich beim Militär verpflichtet?«

»Nur, damit sie einen im Ernstfall identifizieren können. Sie darf auch nur bei Leuten verwendet werden, die bei einem Einsatz ums Leben kamen. Nicht in einem Kriminalfall.«

»Weißt du das jetzt genau oder glaubst du nur, es zu wissen?«, fragte Kins.

»Ich bin das mit denen vom NCIS bei dem anderen Fall durchgegangen, von dem ich dir erzählt habe. Die bei den Militärbehörden hinterlegte DNA darf nicht benutzt werden, um bei einer Straftat eine Schuld nachzuweisen. Dazu müsste man dann einen neuen DNA-Test machen.«

»Mit dem Trejo nicht einverstanden sein wird.«

»Womöglich bleibt ihm da keine Wahl«, sagte Tracy. »Soweit ich mich erinnere, gibt es da bei der Marine ein Erlaubnisverfahren und ein Nichterlaubnisverfahren. Wenn wir genügend Beweise haben, glaube ich, kann die Marine ihn zwingen, eine Probe abzugeben.« Tracy warf einen Blick auf die Uhr ihres Handys. Bis zur Abfahrt blieb ihnen immer noch eine halbe Stunde. Sie spürte eine weitere Hitzewelle heranrollen. »Jensen sollte sich auch diese rückwärtige Stoßstange auf das Schlüsselversteck hin ansehen.«

»Das es vielleicht nie gegeben hat«, meinte Kins.

Tracy trank einen Schluck. »Das es höchstwahrscheinlich nicht gegeben hat, wenn du mich fragst. Aber wenn Trejo das Auto fuhr, wie ist er dann hinterher ohne Wagen nach Bremerton zurückgekommen?«

»Und wie konnte er das Auto so schnell so gut verstecken? Es stand ja nicht gerade an einem öffentlichen Ort und er sagt, er ist aus San Diego. Wir sollten herausfinden, woher seine Frau stammt. Vielleicht kennt sie sich in der Gegend aus und hat ihm geholfen, das Auto zu verstecken.«

»Und wie sind sie dann nach Hause gekommen?«, fragte Tracy. »Sie haben nur den Subaru.«

»Sie hätte sich den Wagen von jemand anderem leihen können.«

»Vielleicht, aber damit kämen noch ein Auto und noch ein Zeuge ins Spiel – riskant.« Sie warf einen erneuten Blick auf ihre Uhr.

»Wir sollten wenigstens fragen.«

»Finde ich auch.« Tracys Handy klingelte und sie checkte die Anruferkennung. »Hallo Jensen. Gute Neuigkeiten?« Sie hörte kurz zu. »Okay, wir kommen.« Sie beendete den Anruf. »Bald wissen wir mehr über die DNA. Sie haben einen Durchsuchungsbeschluss und werden sich den Wagen gleich als Erstes morgen früh vornehmen.«

KAPITEL 10

Im Warteraum der Rechtsmedizinischen Abteilung des King County holte sich Del einen Kaffee aus dem Automaten und setzte sich dann wieder neben Faz.
»Wie lange warst du noch auf?«, wollte der wissen.
Del spürte an diesem Morgen deutlicher denn je die Folgen einer weiteren halbwegs schlaflos verbrachten Nacht. Er war nach seiner um Mitternacht endenden Schicht wieder zu seiner Schwester gefahren, hatte dort aber erst gegen halb zwei einschlafen können – um halb zwei hatte er jedenfalls den letzten Blick auf die Uhr seines Handys geworfen. Um sechs war er schon wieder auf gewesen, um die Jungs für die Schule fertig zu machen, sie hinzufahren und dann gleich hierherzukommen. Die toxikologische Analyse der Substanzen in Allies Körper lag vor, das Büro des Rechtsmediziners hatte am Abend zuvor angerufen und Bescheid gesagt.
Inzwischen führte der Schlafmangel bei ihm schon zu einer gewissen Leere im Kopf, wie damals, als er als junger Mann bei einer Tour auf den Mount Rainier die Höhenkrankheit bekommen hatte. Auch da hatte sich sein Kopf seltsam leer angefühlt, ihm war schwindelig gewesen und er hatte unter Gleichgewichtsstörungen gelitten. Diesmal war die Müdigkeit

ihm in die Gelenke gekrochen und schien dort bleiben zu wollen.

»Zu spät zu Bett, zu früh wieder auf«, bekannte er.

Gedankenverloren schüttelte er sein Handgelenk, um das Goldkettchen daran zu lockern, das ihm seine Ex in glücklicheren Tagen ihrer Ehe geschenkt hatte. Seit die Goldpreise stiegen, dachte er manchmal zynisch, trug er mehr Geld am Arm, als auf seinem Bankkonto lagerte. »Ich habe die Jungs gefüttert und zur Schule geschickt. Das Haus sieht aus, als hätte eine Bombe eingeschlagen, und es ist nichts zu essen da. Meiner Schwester geht es sehr schlecht. Ich weiß echt nicht mehr, was ich tun soll.«

»Du hast ihr den Namen von dieser Therapeutin aufgeschrieben?«

»Ich habe sogar angerufen und einen Termin für sie ausgemacht. Aber ob ich sie dazu kriege, auch hinzugehen, ist eine andere Sache. Zwingen kann ich sie ja nicht.«

»Wie gehen die Jungs damit um?«

Del zuckte die Achseln. »Wenn sie aus der Schule kommen, legen sie sich auf die Couch, futtern Chips und Salsa und ziehen sich im Fernsehen Serien rein. Die Hausaufgaben werden nicht gemacht.«

»Gehen sie überhaupt zur Schule?«

»Da schaffe ich sie höchstpersönlich hin. Aber wenn sie um drei Uhr nach Hause kommen, hat niemand mehr ein Auge auf sie. Bald fängt die Little League wieder an. Ich muss zusehen, dass sie sich dafür eintragen und sie die nächsten beiden Wochenenden zu den Probespielen fahren.«

»Du solltest sie trainieren«, schlug Faz vor.

Die bloße Vorstellung ließ Del schnauben. »Auf jeden Fall! Ich in den engen Baseballhosen – ein Anblick für die Götter.«

»Du warst mal ein guter Spieler. Und du wärst auf jeden Fall besser als all die Väter Ende zwanzig, die glauben, ihr Neunjähriger endet mal als Profi in der Oberliga.«

Es stimmte, Del war mal ein guter Baseballspieler gewesen, ein Fänger mit eisernem Arm. Und er würde nie seinen eigenen Sohn trainieren können. »Mir reicht auch so, was ich um die Ohren habe«, wehrte er ab, ehe er einen Schluck Kaffee trank. »Ich überlege, bei meiner Schwester einzuziehen. Ich könnte weiterhin auf der Couch schlafen.«

»Du auf einer Couch ist um Längen lächerlicher als du in Baseballhose.«

»Nur für ein paar Wochen. Bis meine Schwester wieder auf den Beinen ist.«

Faz sah ihn an. »Warum nimmst du nicht eine Weile frei? Du übernimmst dich gerade total. Sieh zu, dass deine Schwester professionelle Hilfe in Anspruch nimmt, und regele alles andere. Ich schaff das hier auch allein.«

Del stand auf. »Mir geht es am besten, wenn ich arbeiten kann. Das weißt du doch. Ich muss was tun, sonst drehe ich durch.«

»Eigentlich dürftest du mit diesem Fall gar nichts zu tun haben. Offiziell bin nur ich hier und du bist nur mitgekommen, um mir Gesellschaft zu leisten. So war es abgemacht. Vergiss das bloß nicht.«

»Alles klar, mir geht es gut, ja? Ich kenne die Regeln.« Del nippte an seinem Kaffee. »Ich konnte Maggie gestern überreden, mich in Allies Zimmer zu lassen.«

Faz zog die Brauen hoch. »Hast du Allies Handy gefunden?«

Del nickte. »Und ihren Computer. Aber niemand kennt ihre Passwörter. Ich habe Handy und Computer gleich heute Morgen bei den Technikern von der TESU vorbeigebracht.« Bei der Technical and Electronic Support Unit (TESU) arbeiteten die IT- und Technikexperten der Polizei. »Auf deinen Namen, es kann also nichts passieren. Sie nehmen die Teile auseinander und schicken alles weiter an Mike, wenn sie fertig sind.« Mike Melton leitete das kriminaltechnische Labor der Washington State Patrol.

»Warum zu Mike?«

»Weil ich ihm vertraue.«

»Du willst die Aufzeichnungen selbst durchgehen!«

»Sie war meine Nichte.«

Faz verzog das Gesicht. »Und genau deswegen solltest du es nicht tun. Lass mich das machen.«

Ohne zu antworten, warf Del einen Blick auf seine Uhr.

Faz seufzte erneut. »Hast du denn einen Gerichtsbeschluss für ihre Handydaten bekommen?«

»Da sitze ich noch dran.«

»War sonst noch was in dem Zimmer?«

Del dachte daran, wie ihm seine Schwester die Tür zu Allies Zimmer aufgeschlossen hatte, um gleich darauf wieder Richtung eigenes Bett zu verschwinden. Sie hatte keinen Blick ins Zimmer ihrer Tochter geworfen, hatte nicht einmal die Tür öffnen mögen. Del war es vorgekommen, als betrete er eine Zeitkapsel. So ging es ihm jedes Mal, wenn er in einen Raum kam, in dem eine Leiche lag. Alles war, wie Allie es zurückgelassen hatte: die Spritze und der Löffel, auf dem sie das Heroin geschmolzen hatte, ihr Feuerzeug, das Plastiktütchen mit der Droge. Er hatte alles eingesammelt und ans toxikologische Labor der Washington State Patrol geschickt. Das Tütchen sollten die Fingerabdruckexperten der Polizei untersuchen. Außer den Drogenutensilien hatte es in dem Zimmer aber natürlich auch noch andere Dinge gegeben, persönliche Sachen wie Allies überall auf dem Boden verstreute Unterwäsche und T-Shirts, ihre Stofftiere und Poster. Irgendwann hatte sich Del auf ihr Bett gesetzt und geweint.

Jetzt schüttelte er verzweifelt den Kopf. »Es hat mir das Herz gebrochen, in das Zimmer zu gehen und zu wissen, sie kommt nie wieder. Ich hab das Mädchen gleich nach ihrer Geburt in Händen gehalten, Faz, sie war so winzig, kaum größer als meine Handfläche. All die Geburtstage und Feiertage.« Wieder schüttelte er vehement den Kopf, als könne er damit auch seine Emotionen abschütteln. »Sie hatte so viel zu bieten! Sie hätte alles werden, alles erreichen können.«

Faz sagte leise: »Sie war abhängig, Del. Die Sucht macht keine Unterschiede.«

»Nein, macht sie nicht. Der Scheiß lag da auf ihrer Kommode, unter ihren Postern von Shania Twain und Justin Bieber.« Er biss sich auf die Unterlippe. »Ich raff es nicht, Faz! Wie wird aus einem unschuldigen kleinen Mädchen ein Junkie, der sich diesen Scheiß in die Adern jagt? Es ist die Hölle auf Erden, hat ihr Therapeut gesagt. Wortwörtlich: die Hölle auf Erden.«

»Ich weiß es nicht, Del. Ich weiß es einfach nicht.«

Stuart Funk betrat den Warteraum, leicht zerzaust und in Eile. Der leitende Rechtsmediziner des King County schaffte es immer irgendwie, wie ein Mann auszusehen, dem sein Kind abhandengekommen ist und der nun danach sucht. Dazu trug er ohne Ausnahme ein weißes, langärmliges Anzughemd zu einer Khakihose und Abrollschuhe mit dicker Sohle, die Faz Frankensteins Stiefel getauft hatte.

»Tut mir leid, dass Sie warten mussten«, begrüßte er die beiden Detectives. »Wir hatten letzte Nacht zwei Überdosen.«

»Zusammen?« Del hatte aufgehorcht. »Derselbe Tatort?«

Funk nickte. »Derselbe Tatort.«

Zwei Überdosen an einem Tatort zu finden, ließ an eine extrem starke Droge denken oder an eine Droge, der ein Giftstoff beigemischt worden war.

»Heroin?« Langsam kam Dels erschöpftes Gehirn in Gang.

»Ja.« Funk schüttelte den Kopf. »Das sind dann allein in dieser Woche schon zehn Leute mit einer Überdosis, und nur einer von denen hat die Notaufnahme lebend verlassen.«

»Wo? Wo waren die beiden Leichen, die Sie gestern gefunden haben?«, fragte Del.

»North Seattle.«

Del warf Faz einen raschen Blick zu. »Und wie alt waren die Opfer?«

»Mitte zwanzig.« Funk sah auf die Uhr. »Kommen Sie doch bitte mit nach hinten.«

Er führte sie den Flur hinunter in sein vollgestopftes Büro, wo neben den Papierstapeln auf dem Schreibtisch ein halb voller Kaffeebecher und eine braune Papiertüte mit dem Mittagessen des Rechtsmediziners warteten. Funk hatte eine Menge mit seinem Büro gemeinsam, so leicht derangiert, wie er stets wirkte, mit seinen nie ganz sauberen dicken Brillengläsern, den nie ganz ordentlich gekämmten Haaren, dem Hemd, das nie ganz im Hosenbund steckte. Trotzdem konnte kein Zweifel daran bestehen, dass der Mann seinen Job beherrschte. Zielstrebig griff er sich die entsprechende Akte aus dem Chaos und reichte Del die Kopie einer Aufstellung.

»Das sind die Ergebnisse der toxikologischen Untersuchung.«

»Danke, dass Sie Druck gemacht haben«, sagte Del. Diese Untersuchungen wurden im toxikologischen Labor des Staates Washington angefertigt, das zum kriminaltechnischen Labor der Washington State Patrol gehörte. Das Labor war für den gesamten Bundesstaat zuständig, weswegen man auf Ergebnisse oft sechs bis acht Wochen warten musste. Wahrscheinlich hätte es diesmal aufgrund der vielen Todesfälle noch länger gedauert, aber Funk hatte Del zuliebe ein paar Beziehungen spielen lassen.

Er wollte schon loslegen, als ihm wieder einfiel, dass es sich hier nicht um eine x-beliebige Leiche handelte. »Wollen Sie das wirklich hören?«

»Ja«, sagte Del, dem klar war, dass Faz ihn beobachtete. »Ich bin okay, mir geht es gut.«

Funk holte tief Luft. »Es wurden das Blut, die Leber und der Urin getestet«, sagte er. »Sagen Sie Bescheid, wenn ich etwas wiederhole, was Sie schon wissen.«

»Nein, alles gut«, sagte Del, dabei brannte es in seinem Magen wie Feuer.

Funk rückte seine Brille zurecht. »Okay. Heroin, das man sich spritzt, wird rasch in 06-Monoacetylmorphin, auch als 6-MAM bekannt, und den ursprünglichen Bestandteil Morphin oder Morphium umgewandelt. Das 6-MAM ist bedeutend stärker als Morphium und schlägt, wenn injiziert, sofort aufs Hirn. Das Problem ist: 6-MAM lässt sich nicht leicht nachweisen, im Blut gerade mal in den ersten zwei Minuten nach der Injektion. Nach zehn bis fünfzehn Minuten bleiben nur noch vereinzelte Spuren übrig, unter zehn Nanogramm pro Milliliter.«

»Hier ist von zweiundzwanzig Nanogramm die Rede.« Faz hatte Funks Bericht überflogen.

»Das kann zwei Dinge bedeuten.« Funk sah Del an. »Entweder war die Dosis, die Ihre Nichte genommen hat, extrem stark und damit auch das 6-MAM, wodurch die verbleibenden Bestandteile höher sind, oder Ihre Nichte ist sehr schnell nach der Injektion gestorben, was den Stoffwechselvorgang, der 6-MAM zerlegt, verlangsamt und letztendlich zum Stillstand gebracht hat.«

»Ich weiß nicht, wie schnell sie gestorben ist«, sagte Del. »Meine Schwester hat sie am Morgen gefunden. Mehr weiß ich nicht. Ich habe mich neulich mit einer Staatsanwältin unterhalten, die sagte, sie könnte gestorben sein, weil sie sich eine Dosis von der Stärke gespritzt hat, an die sie vor ihrem Entzug gewöhnt war.«

»Das könnte sehr wohl der Fall gewesen sein.« Funk nickte.

»Aber Sie sagten, sie könnte auch extrem starkes Heroin genommen haben?«

»Bei den vielen Überdosen, mit denen wir es in letzter Zeit zu tun hatten, einschließlich der beiden von letzter Nacht, würde ich sagen, die Wahrscheinlichkeit ist sehr hoch.«

»Sie sagten, die letzten beiden Opfer gab es in North Seattle. Wo genau?«

»Green Lake«, antwortete Funk.

Del sah Faz an. »Dicht bei Loyal Heights.«

»Nur ein paar Minuten.« Faz nickte.

»Und die anderen?«, wollte Del wissen.

»Da müsste ich nachsehen. Einen Fall gab es am Capitol Hill, soweit ich mich erinnere, und einen im Central District. Beide Opfer waren älter, Ende zwanzig.«

»Haben Sie eine Autopsie vorgenommen?«

»Ja, haben wir«, sagte Funk. »Aber es wird eine Weile dauern, bis die toxikologischen Berichte fertig sind.«

»Was ist mit den beiden von letzter Nacht?«, fragte Del.

»Dasselbe. Ich würde angesichts der vorgefundenen Schaumpilze mit einer neunzigprozentigen Wahrscheinlichkeit davon ausgehen, dass es Heroin war.«

Der Begriff Schaumpilze war Del vertraut: Heroin beeinträchtigt die Atemfunktion des Hirns, und es bildet sich, während Atmung und Herzschlag der betreffenden Person langsamer werden, ein Schaum, der eine Mischung aus der Flüssigkeit der Lungenödeme und der Luft in den Lungen darstellt. Er sammelt sich um Mund und Nase der Betroffenen.

Funk stieß die Luft aus, die er angehalten hatte. »Mit den Leichen von der Schießerei neulich stecken wir bis über beide Ohren in Arbeit. Es könnte ein Weilchen dauern, bis wir Genaueres sagen können.«

Del langte in seine Jackentasche und zog ein winziges Päckchen heraus, dessen Inhalt an Zucker erinnerte. »Ich weiß, Sie haben viel zu tun, und ich bin Ihnen wirklich dankbar. Deswegen ist es mir auch total unangenehm, Sie um noch einen Gefallen zu bitten, ich mache es aber trotzdem. Können Sie jemanden dazu bringen, sich das hier mal anzusehen und mir etwas darüber zu sagen?«

»Wo hast du das her?«, wollte Faz wissen.

»Allies Zimmer.«

»Ich dachte, was du da gefunden hast, hast du alles ans kriminaltechnische Labor geschickt!« Faz wurde lauter.

»Habe ich auch. Das sind nur die Reste, die ich zusammengekratzt habe.«

»Scheiße, Del!«

»Reg dich ab. Das Zeug lag auf dem Tisch verstreut, ich habe es wirklich zusammengekratzt. Das sind Reste, die waren nicht im eigentlichen Beutel.«

Funk nahm das Tütchen und sah es sich genauer an. »Eindeutig kein schwarzer Teer.«

Auch der Begriff war Del bekannt: Die mexikanischen Drogenkartelle, die einen Markt an der Westküste der USA hatten, lieferten ein Heroin, das wie der zur Abdichtung von Hausdächern verwendete Teer aussah. Oft wurde das Zeug in durchsichtigen Plastikbeuteln verkauft. Aus Südostasien stammte ein Heroin, das wegen seiner Ähnlichkeit mit Kokain China White genannt wurde. China White hatte seinen Markt an der Ostküste und in Vancouver, British Columbia.

»Sieht aus wie China White«, fuhr Funk fort. »Habe ich hier bei uns allerdings noch nie gesehen. Höchst ungewöhnlich, das im Zimmer Ihrer Nichte zu finden. Und möglicherweise problematisch.«

»Warum?«, wollte Faz wissen.

Funk legte den Beutel ab. Man sah förmlich, wie sich in seinem Kopf die Rädchen drehten. »Irgendwann letztes Jahr hatte New York ein ziemliches Problem mit China White. Es gab eine

Reihe von Todesfällen durch Überdosis, alle innerhalb relativ kurzer Zeit und mehr oder weniger in einer Gegend. Sobald die Leute in den Notaufnahmen das Muster erkannt hatten, haben sie auf der Straße eine Warnung verbreiten lassen. Nach einer Weile war klar, dass da jemand sehr reines Heroin mit Fentanyl versetzte. Deswegen die Todesfälle.«

»Was ist Fentanyl?«, wollte Faz wissen.

»Ein sehr starkes synthetisches Schmerzmittel, das manchmal benutzt wird, um Heroin zu strecken. Die Kombination kann zu einem starken High führen, aber auch tödlich sein. Schwarzer Teer lässt sich aufgrund seiner Konsistenz nur schwer strecken.« Funk hielt den Beutel hoch. »Das Zeug hier? Das kriegen wir bei uns nicht zu sehen.«

Del hatte Mühe, die Information zu verarbeiten. Wie könnte Allie an dieses China White gekommen sein? »Kann man bei der Autopsie feststellen, ob jemand das eine oder das andere genommen hat?«

»Nein«, meinte Funk. »Beides taucht in den toxikologischen Berichten als Morphin auf. Am sichersten lässt es sich anhand des Produkts selbst herausfinden. Wenn Sie das im Schlafzimmer Ihrer Nichte gefunden haben, dann würde ich mal sagen, das hat sie umgebracht.«

»Haben sich die Medien bereits wegen der Überdosen von letzter Nacht gemeldet?«, fragte Faz.

»Nicht, dass ich es mitbekommen hätte.«

»Wir müssen die Nachricht an die Öffentlichkeit bringen.« Faz sah Del an.

»Nein! Das könnte unter Umständen das Letzte sein, was wir momentan tun wollen«, widersprach Funk.

»Warum?«, fragte Faz. »Menschen sterben.«

»Wenn wir verbreiten lassen, dass unglaublich starkes Heroin in Umlauf ist, dann läuft es ab wie mit den Motten und dem Licht: Die Abhängigen werden sich auf die Suche danach machen. Überdosen sind da draußen die beste Reklame für die Qualität eines Produkts. Wir könnten so noch eine Menge mehr Leichen zu sehen bekommen.«

»Aber das muss doch schlecht fürs Geschäft sein – für die Lieferanten, wenn ihre Kunden sterben«, meinte Faz.

»Das sollte man meinen, aber deren Kunden sterben statistisch gesehen sowieso«, antwortete Funk. »Und leider gibt es keinen Mangel an neuen.«

KAPITEL 11

Gleich als Erstes am Mittwochmorgen traf Tracy bei der Dienststelle des kriminaltechnischen Labors der Washington State Patrol ein, in der Kraftfahrzeuge kriminaltechnisch untersucht werden konnten. Sie hatte wieder nur wenig geschlafen, weil sie trotz Spätschicht schon früh auf gewesen war, um sich mit Joe Jensen zu treffen. Hierbei war sie sogar schneller als Kins gewesen, der sich gerade auch ziemlich übernahm, aber erst einmal seine Kinder zur Schule bringen musste, wie er ihr per Handy mitgeteilt hatte. Sie bekamen Überstundenzulage, wenn sie doppelte Schichten arbeiteten, was Tracy nett gefunden hatte, solange sie noch jung und ungebunden gewesen war. Inzwischen war ihr eine Runde Schlaf mehr wert als das Geld und sie wusste, Kins ging es ebenso.

Bei ihrer Ankunft waren die Kriminaltechniker gerade mit dem Subaru beschäftigt. Jensen begrüßte sie, hatte aber kein Lächeln für sie übrig. Im Gegenteil: Er schüttelte mit gerunzelter Stirn den Kopf. »Jemand hat dieses Auto innen und außen gründlich sauber gemacht.«

»Soll das heißen, sie finden keine Fingerabdrücke?«

»Sie finden Fingerabdrücke, aber nicht da, wo man sie erwarten würde.« Jensen ging mit ihr zum Auto. »Zum Beispiel ist der Türgriff außen an der Fahrerseite sauber.«

»Was ist mit dem Airbag?«, wollte Tracy wissen.

»Nichts.«

»Nichts, weil ihn jemand sauber gemacht hat, oder nichts, weil dort nichts von der DNA des Fahrers hängen blieb?«

»Jemand hat den Airbag sauber gemacht. Wir haben Isopropylalkohol festgestellt und der kommt in ungefähr jedem auf dem Markt erhältlichen Desinfektionstuch vor.«

Tracy stieß einen leisen Pfiff aus. »Wurden solche Tücher im Auto gefunden?«

»Nein.« Jensen schüttelte den Kopf.

»Dann wissen wir, dass es vorsätzlich geschah.«

»Und gut durchdacht war. Weswegen ich den Airbag trotzdem weiter untersuchen lasse und außerdem noch das Blut auf dem Vordersitz, auch wenn das Wochen dauern wird.«

»Ihr habt im Auto Blut gefunden?«, fragte Tracy.

»Auf der Fahrerseite. Es ist ein Stoffsitz. Auch der ist sauber gemacht worden, man hat aber nicht alles erwischt.«

Tracy ging zur offenen Fahrertür und sah sich den Sitz an. »Kins und ich haben uns gestern Abend mit dem Besitzer des Wagens unterhalten. Er hatte an der Stirn gleich unter dem Haaransatz eine Schnittwunde.«

»Hat er auch gesagt, wo er die herhat?«

»Er sagt, er ist in seiner Küche gegen die Kante einer Schranktür gelaufen. Das Problem ist nur, es ist sein Auto.« Tracy dachte laut nach. »Er kann sich jede Menge Ausreden einfallen lassen, wie sein Blut auf den Sitz kommt.«

»Vielleicht.« Jensen grinste verschmitzt. »Aber das hier, das kriegt er vielleicht nicht so leicht erklärt.« Er hielt einen versiegelten Beweismittelbeutel mit einem Kassenbon hoch, der aussah, als wäre er zusammengeknüllt gewesen und dann wieder glatt gestrichen worden. »Das haben wir hinten zwischen dem Sitz und einer der Türen gefunden. Der Bon stammt aus einem Lebensmittelladen in Renton.« Jensen reichte die

Quittung an Tracy weiter. »Gekauft wurden zwei Dosen Red Bull. Montagabend, 20.38 Uhr.«

»Die meisten dieser Läden haben inzwischen Videokameras«, sagte Tracy.

»Wenn das bei dem hier auch so ist, kriegen wir vielleicht ein Bild vom Autobesitzer und ...«

Tracy unterbrach Jensen, um dessen Gedanken zu Ende zu führen: »Und wenn Trejo auf den Videos in dem Lebensmittelladen auftaucht, dann wird das Blut in dem Wagen gleich ziemlich relevant.«

* * *

Tracy holte Kins beim Polizeipräsidium ab, um mit ihm gemeinsam zum kleinen Supermarkt zu fahren, der sich in Renton gleich hinter einer Auffahrt zur Interstate 5 befand. Die Wand des Ladens zum Parkplatz hin zierten Graffiti und alte, zerfetzte Poster, die längst vergessene Konzerte ankündigten, an der Vorderseite waren die Stuckverzierungen und Aluminiumrahmen um Türen und Fenster fast schwarz vom Ruß der vielen, vielen Autos, die auf dem Freeway am Laden vorbeifuhren.

Über dem Gebäude schwebend wies eine grüne Werbetafel mit einem weißen Pfeil Autofahrern den Weg zur Ausgabestelle für Marihuana auf der gegenüberliegenden Straßenseite.

»Hier kriegt jeder, was er braucht«, kommentierte Kins das Schild. »Auf der einen Straßenseite Gras, gleich gegenüber Cheetos, tiefgefrorene Burritos und literweise Cola.«

»Und Energydrinks«, ergänzte Tracy.

»Auf jeden Fall Energydrinks.«

Kins zog die Glastür auf und beide Detectives sahen sich um, als es daraufhin leise summte. Tracy entdeckte an der Innenseite des Türrahmens eine zerkratzte Messlatte, anhand derer sich die Größe der Kunden feststellen ließ. Oben an der Decke hing in einer Ecke eine einsame, auf die Tür und den Tresen des Kassierers gerichtete Kamera.

Im Laden roch es nach einem dieser Luftreiniger mit Vanilleduft, die sich manche Leute gern in ihr Auto hängten. Sämtliche Regale entlang der Gänge waren überladen, an den Gangenden stapelten sich zusätzlich noch Kartons. Die rückwärtige Wand wurde von großen, aufrecht stehenden Kühleinheiten voller Tiefkühlkost, Softdrinks und Alkohol dominiert. Kins und Tracy suchten sich einen Weg nach vorn zum Tresen mit der Kasse, die sich in einer kleinen Kabine befand, in der auch Zigaretten und Zeitschriften ausgestellt waren. Dort zeigte Kins einem dunkelhäutigen jungen Mann in hellblauem Arbeitskittel und Turban seine Dienstmarke. »Sind Sie Archie?«

Man brauchte keinen richterlichen Beschluss, um an die Videoaufnahmen dieser Überwachungskamera zu kommen, es sei denn, der Ladeninhaber verweigerte die Herausgabe, was Tracy in all ihren Jahren beim Dezernat für Gewaltverbrechen allerdings noch nie passiert war. Größere Sorgen bereitete ihr die Frage, ob das Band nicht längst überspielt war, denn die Videos liefen normalerweise in einer vierundzwanzigstündigen Schleife. Tracy hatte sich sofort nach dem Treffen mit Jensen im Laden gemeldet und nach Kameras gefragt, woraufhin ihr der Besitzer versichert hatte, sie hätten ein Überwachungssystem, allerdings nicht gerade das neueste. Er würde sich das Band ansehen und feststellen, ob die entsprechende Stelle überspielt war. Um das Ganze zu beschleunigen, hatte ihm Tracy die auf dem Kassenbon vermerkte Uhrzeit genannt.

»Archie ist hinten.« Der junge Mann deutete auf eine Schwingtür mit der Aufschrift »Nur für Mitarbeiter«. »Er wartet in seinem Büro auf Sie. Durch die Tür und gleich das erste Zimmer links. Sie können es nicht verfehlen.«

Der Lagerraum hinter der Schwingtür wirkte womöglich noch voller und chaotischer als der Laden selbst und roch schwach nach verdorbenen Lebensmitteln. Im Zimmer gleich links hinter der Tür saß ein Mann in hellblauem Arbeitskittel vor einem kleinen Fernseher. Auch er trug einen Turban und telefonierte gerade mit seinem Handy. Als Kins klopfte, drehte er sich um, musterte die beiden Detectives über den Rand seiner Lesebrille hinweg und winkte ihnen, näher zu kommen.
»Sie sind hier«, sagte er ins Telefon. »Genau. Okay, ich rufe an.« Er beendete den Anruf und legte das Telefon hin, um Tracy und Kins die Hand schütteln zu können.

»Sind Sie Archie?«, erkundigte sich Kins erneut.

Der Mann nickte und fuhr sich durch den dichten, mit einzelnen grauen Strähnen durchsetzten Bart. »Ich habe gerade mit meinem Anwalt telefoniert.«

»Gibt es denn ein Problem?«, wollte Tracy wissen.

»Nein. Ich wollte nur sicher sein, dass Sie wirklich keinen Durchsuchungsbeschluss brauchen. Ich will keinen Ärger.« Er sprach mit einem deutlichen Akzent. »Mein Anwalt sagt, ein Beschluss ist nicht notwendig.«

»Haben Sie denn das Video?«, fragte Kins.

Archie deutete mit dem Kinn auf den Fernseher. »Ich habe das Band gerade durchgesehen. Dass auf den Kassenbons die Uhrzeit steht, hat mir eine Menge Zeit erspart.«

»Haben Sie es auf dem Computer?«, erkundigte sich Tracy.

»Nein.« Archie stand auf und ging zu dem Tisch, auf dem der kleine Fernseher und ein Videogerät standen. »So modern sind wir hier nicht.«

»Die Aufnahmen sind nicht digitalisiert?« Kins mochte es kaum glauben.

»Digi- was?«

»Ist das das Band?« Tracy zeigte auf die halb aus dem Schlitz des Videogeräts ragende VCR-Kassette.

»Ja.«
»Können Sie es für uns abspielen?«
»Selbstverständlich.«

Archie setzte sich, drehte seinen Stuhl wieder so, dass er den Fernseher vor sich hatte, und schob das Band in den Rekorder. Mit hocherhobenem Kinn, damit er durch die Brille sehen konnte, tastete er nach den Knöpfen auf der Fernbedienung, um dann zufrieden den Stuhl zurückrollen zu lassen, aufzustehen und zur Seite zu treten. Jetzt konnten auch Tracy und Kins den Bildschirm sehen. Das Bild war schwarz-weiß und eindeutig nicht von der besten Qualität. Da es ohne Ton lief, hörten sie nur das Summen und Surren des Bandes, was sich ganz danach anhörte, als hätte die altmodische Maschine schwer zu kämpfen und das Band könnte jeden Moment reißen. Auf dem Bildschirm betrat ein Mann in weißem Hemd mit einer Baseballkappe auf dem Kopf den Laden und steuerte zielstrebig die Kühlschränke hinten im Raum an. Tracy machte sich nicht die Mühe, das Band zu stoppen und seine Größe am Lineal in der Tür abzulesen. Das könnten sie später tun. Noch war nicht erkennbar, ob es sich bei dem Mann um Trejo handelte.

Er öffnete die Tür eines Kühlschranks, zögerte kurz, schloss sie wieder und öffnete die Tür daneben, nahm zwei Dosen aus dem Schrank und ging zur Kasse. Sobald er sich dem Tresen näherte, wurde das Bild besser. Nicht perfekt, aber gut genug. Tracy und Kins wussten Bescheid.

Kapitel 12

Tracy rief Laszlo Trejo an, um ihm zu sagen, dass das Labor mit seinem Wagen durch war und er ihn sich im Polizeipräsidium abholen könne. Trejo nahm die Einladung ohne zu zögern an. Offenbar war es ihm wohl wirklich sehr eilig damit, das Auto zurückzubekommen. Er wollte gleich nach der Arbeit die nächste Fähre nehmen und Tracy erklärte ihm, wie er vom Fährterminal zum Präsidium kam, das gleich den Hügel hinauf an der Fifth Avenue lag.

Kurz nach neunzehn Uhr meldete der diensthabende Beamte an der Pforte Trejos Eintreffen und Tracy bat, den Mann hoch in den sechsten Stock zu bringen. Sie erwartete ihn und seine Begleitung am Fahrstuhl. Trejo trug Zivil: Jeans und Turnschuhe, dazu eine Jacke, die wie eine Lettermanjacke ohne Aufnäher aussah. Ohne Uniform wirkte er womöglich noch jünger und auch kleiner, eher wie ein Jugendlicher. So um die ein Meter achtundsechzig groß, kleiner als Tracy.

Als sie ihm die Hand hinstreckte, schüttelte Trejo sie halbherzig. Seine Hand war klein und warm.

»Kommen Sie doch bitte mit nach hinten.« Tracy führte ihren Besucher den Flur hinunter. »Darf ich Ihnen eine Tasse schlechten Kaffee anbieten?«

»Nein danke.« Trejo schüttelte den Kopf. »Ich bin nur hier, um mein Auto abzuholen.«

Tracy ging mit ihm ins Besprechungszimmer, wo sie einen Stuhl unter dem Tisch hervorzog und Trejo mit einer Handbewegung zum Hinsetzen aufforderte. Auf dem Tisch stand ein kleiner Fernseher mit Videoplayer. Tracy und Kins hatten am Nachmittag lange suchen müssen, bis sich einer auftreiben ließ.

Trejo machte inzwischen einen wachsamen, leicht eingeschnappten Eindruck. Er hatte die Hände nicht aus den Hosentaschen genommen, wie ein Teenager, den die Lehrerin ins Büro des Schuldirektors geschickt hat, um sich dort einen offiziellen Tadel abzuholen. Sein Blick irrte durchs Zimmer, längeren Augenkontakt mied er.

Kins kam herein, in der Hand einen Stapel Papiere, mit dem er sich den Eindruck großer Geschäftigkeit verschaffen wollte. »Dann haben Sie es also geschafft!«, begrüßte er Trejo.

»Sind die mit meinem Auto durch?« Trejo war aufgestanden und wäre ganz offensichtlich gern sofort gegangen.

»Sie bringen es gerade hierher«, sagte Kins.

Trejo zog sein Handy aus der Jackentasche und studierte beiläufig die Uhrzeit.

»Haben Sie es eilig?«, erkundigte sich Kins.

»Ich möchte die Fähre um fünf vor acht kriegen.«

Kins zog sich einen Stuhl unter dem Tisch hervor und setzte sich. »Was passiert, wenn Sie die Fähre verpassen?«

»Es gibt andere.« Trejo war stehen geblieben.

»Oder Sie fahren um den Sund.« Die Aufzeichnungen der Verkehrsbehörde zeigten den schwarzen Subaru weder am Fährterminal in Bremerton noch an dem in Seattle. »Welche Brücke ist das gleich noch, die kurz hinter Tacoma?« Tracy sah Kins an.

Kins gab vor, nachdenken zu müssen.

»Die Tacoma Narrows«, sagte Trejo, dem die Stille unangenehm zu sein schien. Er setzte sich wieder.

Tracy sah ihn an. »Sind Sie da je langgefahren?«

Trejo schüttelte den Kopf. »Ich bin nicht oft hier drüben, habe ich doch schon gesagt.«

Es entstand ein etwas peinliches Schweigen, das Kins brach, indem er fragte: »Hat die Polizei in Bremerton noch irgendwelche weiteren Informationen darüber, was mit Ihrem Auto passiert sein könnte? Wer es gestohlen haben könnte?«

»Das weiß ich nicht«, sagte Trejo.

»Sie haben nichts gesagt?«, fragte Kins.

Trejo schüttelte den Kopf. Er rutschte unruhig auf seinem Stuhl hin und her. Vielleicht wurde ihm langsam klar, dass es ein Fehler gewesen war, hierherzukommen.

»Interessiert es Sie, was die Polizei bei der Untersuchung im Abschlepphof herausgefunden hat?«, fragte Tracy.

»Oh. Ja, natürlich«, sagte Trejo. »Wurden Fingerabdrücke gefunden?«

»Ja.« Tracy nickte. »Wir lassen sie gerade durch die Datenbanken laufen. Bei der DNA wird es länger dauern, bis wir Ergebnisse haben.«

»DNA?«

»Der Airbag ist aufgegangen, von dem können sich die Experten DNA beschaffen. Bald wissen wir also, wer den Wagen zum Zeitpunkt des Aufpralls gefahren hat.«

Dazu sagte Trejo nichts.

»Außerdem haben sie auf dem Fahrersitz Blut gefunden.« Tracys Blick wanderte zur Schnittwunde an Trejos Stirn.

»Ich sagte Ihnen doch schon, ich habe geblutet, als ich im Auto saß. Ich hatte mir den Kopf angestoßen.«

»Hatten Sie das gesagt?« Tracy sah Kins an. »Hat er das gesagt?«

Kins zuckte die Achseln. Trejo hatte nicht erwähnt, dass er im Auto Blutspuren hinterlassen hatte. Das passte auch nicht zu den ihnen gegenüber genannten Zeitangaben.

»Wie hatten Sie sich noch mal am Kopf verletzt?«, fragte Tracy, die ihn auf seine Geschichte festnageln wollte.

»Ich habe Ihnen schon gesagt, wie! Ich war in der Küche, bin zu schnell aufgestanden und habe mir den Kopf an einer der Schranktüren gestoßen.«

»Wann war das?«, bohrte Tracy weiter.

»Ich erinnere mich nicht mehr genau«, antwortete Trejo hastig. »Ist mein Auto fertig?«

»Das tut doch höllisch weh!«, meinte Kins. »Mir ist das auch mal passiert, in meiner Garage. Ich hätte mich um ein Haar selbst bewusstlos geschlagen. Am Kopf blutet man immer wie Sau, nicht?«

Trejo zuckte die Achseln.

»Sieht so aus, als hätten Sie versucht, Ihr Auto sauber zu machen«, warf Tracy ein. »Den Sitz, meine ich. Womit?«

»Ich weiß nicht. Mit einer Serviette oder so.«

Tracy nickte bedächtig. »Das Labor sagt, jemand hätte mit einem Desinfektionstuch gearbeitet.«

Trejo antwortete nicht.

»Wann waren Sie das letzte Mal hier auf dieser Seite der Bucht?«, fragte Kins.

Trejo sah sich noch einmal die Uhrzeit auf seinem Handy an. »Wissen Sie, wie lange das hier noch dauert?«

»Bestimmt sind die mit dem Auto schon ganz in der Nähe«, beruhigte ihn Kins. »Wie spät ist es denn?« Er verrenkte den Kopf, um einen Blick auf die Wanduhr im Raum werfen zu können. »Haben Sie etwas vor, Sie und Ihre Frau?«

Die Frage schien Trejo zu verwirren. »Was?«

»Ich dachte, vielleicht wollen Sie so schnell nach Hause, weil Ihre Frau und Sie etwas vorhaben.«

»Nein. Ich will einfach bloß die Fähre erwischen.«

»Keine Kinder, richtig?«

»Nein.«

»Ich habe drei Jungen.« Kins kam ins Plaudern. »Zwei in der Highschool und meinen Ältesten darf ich bald zum College bringen. Er ist in dem Alter, wissen Sie, wo er manchmal dumme Sachen macht. Wobei – dumm trifft es eigentlich nicht.« Kins zupfte sich nachdenklich an der Unterlippe. Tracy kannte die Geste, sie hatte diese Nummer schon oft gesehen und auch bereits selbst durchgezogen. »Er macht einen Fehler, ja? Und dann versucht er, den zu vertuschen. Ich predige immer wieder, er soll doch einfach bloß ehrlich sein. Ich sage, dann kriegt er vielleicht Ärger wegen dem, was er getan hat, aber nicht halb so viel, wie er kriegt, wenn er versucht, alles zu vertuschen, und erwischt wird.«

Kins ließ Trejo keine Sekunde lang aus den Augen, als er jetzt die Stimme senkte. »Niemand lässt sich gern anlügen.«

Trejo schob seinen Stuhl zurück und stand auf. Er wandte sich an Tracy. »Könnten Sie bitte anrufen und sich nach meinem Auto erkundigen? Ich würde gern losfahren.«

Kins sagte: »Warum sagen Sie uns nicht, was an dem Abend passiert ist, Mr Trejo?«

Trejos Blick schoss zwischen den beiden hin und her. Er lachte nervös. »Was wird das hier? Wo ist mein Auto?«

»Wir wissen das mit dem Laden in Renton, Mr Trejo«, erklärte Tracy.

Trejo sah aus wie ein Teenager, den man auf frischer Tat ertappt hatte. Er fuhr sich mit der Zunge über die Lippen. »Was?«

»Sie haben an dem Abend einen Kassenbeleg im Auto vergessen«, fuhr Tracy fort. »Auf dem Bon stehen das Datum und die Uhrzeit.«

»Das ist doch Scheiße. Ich habe Ihnen gesagt, ich habe gearbeitet. Dann bin ich nach Hause gegangen.« Er hatte einen Geistesblitz. »Das war wahrscheinlich der, der mein Auto gestohlen hat.«

»Sie haben zwei Dosen Red Bull gekauft«, sagte Tracy. »Red Bull tranken Sie auch an dem Abend, als wir bei Ihnen zu Hause waren, um uns mit Ihnen zu unterhalten.«

»Ich habe Ihnen doch schon gesagt: Ich war zu Hause!« Trejo hatte sich wieder gefangen. »Meine Frau wird Ihnen sagen, dass ich zu Hause war. Das war die Person, die mein Auto gestohlen hat.«

»Der Laden hat eine Videokamera.« Tracy ließ nicht locker.

Trejo stutzte und warf einen Blick auf den Fernseher. Wahrscheinlich wurde ihm jetzt langsam klar, warum der dort stand. Auf seiner Oberlippe sammelten sich Schweißperlen.

Tracy drückte auf einen Knopf und das Video zeigte Trejo, wie er den Laden betrat und zu den Kühlschränken ging. Spätestens als er sich dem Tresen mit der Kasse näherte, war trotz der Schirmmütze ziemlich klar, dass er es war.

»Das Video nennt Datum und Uhrzeit, Mr Trejo«, erklärte Tracy. »Diese Aufnahmen entstanden ungefähr eine halbe Stunde, bevor D'Andre Miller mit Ihrem Auto überfahren wurde. Warum erzählen Sie uns also nicht, was Sie in Seattle getan haben?«

Trejo kaute an seiner Unterlippe. »Das bin nicht ich. Ich weiß nicht, wer das ist.«

»Wie groß sind Sie, Mr Trejo?«, fragte Tracy. Er antwortete nicht. »Die Sache geht jetzt an die Staatsanwaltschaft, Mr Trejo. Die wird Sie einer schweren Straftat anklagen. Wenn es zu einer Verurteilung kommt, richtet sich das Strafmaß nach bestimmten Richtlinien, der Richter hat da keinen Spielraum. Fahrerflucht bei einem Unfall mit Todesfolge ist eine Straftat der Kategorie B, da können Sie mit zehn Jahren Haft rechnen.«

»D'Andre Millers Familie wird Rechenschaft verlangen, Mr Trejo«, sagte Kins. Auch das gehörte zu dem Vorgehen, das er mit Tracy abgesprochen hatte. »Die Öffentlichkeit wird Rechenschaft verlangen. Man erwartet von uns, dass wir herausfinden, wer für D'Andres Tod verantwortlich war. Lügen helfen Ihnen da nicht weiter.«

Trejos Blick glitt in die Ferne, ins Nichts. Als sähe er die Zukunft und die Gefängniszelle, die lange Jahre sein Zuhause sein würde.

KAPITEL 13

Leah Battles bückte sich, bis ihr Kopf tiefer war als der Lauf der Pistole, ließ die Hände hochschnellen, griff mit beiden Händen nach der Waffe und rammte dem Angreifer ihr Knie in den Schritt. Dann wich sie zurück, während sie dem Mann gleichzeitig mit einem Ruck die Handgelenke verdrehte, ihm die Waffe entriss und damit auf seine Stirn zielte.

»Ganz nett«, kommentierte ihr Lehrer mit deutlich britischem Akzent. »Aber Sie haben gezögert.«

Battles musste sich auf die Zunge beißen, um ruhig zu bleiben. Bei diesem Typen gab es immer irgendein »aber«.

»Von einem können Sie ganz sicher ausgehen«, fuhr der Lehrer an den ganzen Kurs gewandt fort, »sobald Sie ihn angreifen, wird Ihr Gegner schießen. Wenn Sie also zögern, wenn Sie es nicht sofort schaffen, sich unter den Lauf der Waffe fallen zu lassen, dann sind Sie tot.« Er begleitete seine Worte mit einem lauten Klatschen. »Also: Es muss Ihnen immer ernst sein und Sie müssen entsprechend schnell handeln. Verstanden, Lee?« Lee war Battles Spitzname.

Battles nickte. Sie trainierte seit drei Jahren Krav Maga, hatte Level vier erreicht und hätte nicht zögern dürfen. Sie hätte es besser wissen müssen. »Verstanden.«

Klar hätte sie einen Grund für ihr Zögern finden können, zum Beispiel ihren harten Arbeitstag und den Mandanten, der wegen irgendwelcher Jugendstraftaten jetzt vor dem Militärgericht stand, aber das wäre eine Ausrede gewesen. Und Ausreden ließ Battles weder bei sich noch bei anderen gelten. Das Gesetz, hatte sie sagen hören, sei eine eifersüchtige Herrin. Schwachsinn! Das Gesetz war eine fordernde Schlampe, die einen nie in Ruhe ließ, aber das hatte Leah gewusst, als sie sich für den Beruf einer Strafverteidigerin entschied. Ihr Job nahm jede Menge Zeit in Anspruch, was oft genug auch körperlich anstrengend war. Mehr noch empfand sie an manchen Tagen jedoch die mentale Anstrengung, die das Recht ihr abverlangte. Manchmal, wenn sie nachts wach lag, träumte sie von einem anderen Beruf, von Aufgaben, die sich am Feierabend im Büro einsperren ließen, damit man selbst in Ruhe unbehelligt nach Hause gehen konnte. Im Halbschlaf fand sie diese Art Lebensstil in höchstem Maße erstrebenswert, dabei war ihr schon klar, wie schnell sie sich dabei langweilen würde. Sie liebte juristische Auseinandersetzungen, liebte das Zusammenspiel zwischen Strategie und Taktik, das sie manchmal an Schach erinnerte, ein Spiel, das sie ausgezeichnet beherrschte: Ich mache einen Zug, du konterst mit einem Gegenzug. Ich mache einen Zug und du kannst nicht kontern? Dann gewinne ich. Das galt im Grunde auch für Gerichtsverfahren, und die liebte Battles an ihrem Job am meisten. Wie denn auch nicht? Warum Anwalt werden, wenn man seine Fälle nicht vor Gericht verhandeln wollte? Sicher, manche Fälle nervten und verhinderten, dass man sich voll und ganz auch auf anderes konzentrieren konnte. Zum Beispiel auf das Training hier. Oder eine gottverdammte Beziehung! Aber Recht und Gesetz waren beständig, was mehr war, als sie von den Männern behaupten konnte, mit denen sie in letzter Zeit ausgegangen war.

Der tägliche mentale Stress, den Recht und Gesetz ihr zumuteten, war einer der Gründe, warum sie sich so gern beim Krav Maga körperlich verausgabte und warum sie sich große Mühe gab, das Training in dieser Gruppe in ihren Stundenplan zu integrieren. Sie hatte wenig übrig für Staatsanwälte, die sie mit irgendwelchem Schwachsinn vom Training abhielten. Solche Leute mussten bei ihr mit einer Revanche rechnen.

Auf Krav Maga war Battles mehr oder weniger zufällig während ihrer Zeit an der Naval School of Justice gestoßen, der für die juristische Ausbildung von Militärangehörigen zuständigen Institution, auf die sie nach einem dreijährigen Jurastudium gewechselt war. Sie hatte sich dazu entschieden, weil sie einerseits ihrem Land dienen und andererseits richtige Fälle bearbeiten wollte, Straffälle, nicht irgendeinen Mist, bei dem es nur um Geld ging. Die oberste Militärstaatsanwaltschaft der Navy hatte ihr dazu die Möglichkeit geboten. Sie diente ihrem Land als Anwältin der Navy, und sie verhandelte vor Gericht. Okay, ein paar ihrer Fälle mochten Kleinkram sein, aber sie stand trotzdem Geschworenen gegenüber, trug ihre Argumente vor und nahm Zeugen ins Kreuzverhör. Das boten einem die großen Anwaltsfirmen nicht, die einem jede Menge Geld versprachen, bei denen man jedoch nur herzlich wenig Erfahrung sammeln konnte.

Krav Maga war ein bisschen wie ihr Job: keine gewöhnliche Sportart, mit der man sich fit halten wollte, sondern eine ernsthafte Angelegenheit. Man trainierte das Überleben, übte Fausthiebe an den Hals, Tritte in den Schritt, In-Gewahrsam-Nahme. Krav Maga war von den israelischen Streitkräften entwickelt worden, und wer es lehrte, predigte erst einmal Konfliktvermeidung. Wenn sich eine Konfrontation trotz allem nicht aufhalten ließ, dann, so ging das Credo weiter, musste sie bis zum Ende durchgestanden werden, und entsprechend galt es zu kämpfen. Mit anderen Worten: nach Frieden streben,

Frieden schließen, und wenn das keine Option war, ordentlich zuschlagen.

Damit konnte sie sich gut von der Arbeit ablenken.

»Noch mal«, sagte der Trainer.

Battles nahm ihre Position erneut ein und ihr Trainingspartner hob die Spielzeugpistole. Sie wollte gerade zuschlagen, als sie über das emsige Stöhnen und Grunzen der anderen Trainingsteilnehmer hinweg ihr Handy hörte. Nicht ihr persönliches Handy – sie käme nicht auf die Idee, das zum Training mitzunehmen –, sondern das Handy, das sie bei sich tragen musste, wenn sie als Offizier vom Dienst fungierte und rund um die Uhr erreichbar sein musste. Der Trainer nahm Rücksicht auf ihre besondere Lage. Battles entschuldigte sich und eilte zu den kleinen Fächern am anderen Ende der Halle, wo sie ihre Sporttasche mit dem Handy darin verstaut hatte.

»Lieutenant Battles!«, meldet sie sich.

Während sie sich anhörte, was der Anrufer zu sagen hatte, fand sie sich sofort in einem vertrauten Widerspruch gefangen. Natürlich hätte sie das Training gern bis zum Schluss mitgemacht, andererseits konnte sie einfach nicht Nein sagen, wenn es um eine spannende Auseinandersetzung ging. Und der Fall, der ihr da eben dargestellt worden war, schien eine zünftige Rauferei zu versprechen.

* * *

Tracy hielt auf dem Kies vor einem Maschendrahtzaun nicht weit von der Kreuzung entfernt, auf der D'Andre Miller überfahren worden war. Wie nah der Junge seinem Zuhause gewesen war, wie dicht davor, in Sicherheit und noch am Leben zu sein.

Sie stieg aus dem Auto und öffnete das Tor zu dem Gehweg aus Betonplatten, der ein ordentliches, aber karges, mit blutroter Fingerhirse überwuchertes Grundstück in zwei Hälften teilte. Zwei Stufen führten zu einer Veranda und einer braun gestrichenen Haustür hinter einem Fliegengitter. Als Tracy an dem Gitter zog, musste sie feststellen, dass es verschlossen war, und da sie neben der Tür keine Klingel entdecken konnte, klopfte sie. Bei der Frau, die daraufhin an die Haustür kam, ohne aber das Fliegengitter zu öffnen, handelte es sich nicht um Shaniqua Miller.

»Guten Abend«, sagte Tracy. »Ich möchte zu Shaniqua Miller. Ist sie zu Hause?«

»Worum geht es?« Die Frau musterte Tracy durch runde, drahtumrandete Brillengläser hindurch. Sie trug Jeans und ein T-Shirt, geglättete, auf Kinnlänge gekürzte Haare rahmten ihr Gesicht. Sie wirkte jugendlich und sah Shaniqua Miller sehr ähnlich, wahrscheinlich war sie die Schwester oder Mutter.

»Ich bin Detective Tracy Crosswhite, ich arbeite am Fall D'Andre Miller. Sind Sie seine Tante?«

»Seine Großmutter.« Der Rücken der Frau wurde steif, aber ihre Stimme blieb leise. »Ist es denn wichtig? Shaniqua bringt gerade die Jungen zu Bett.«

»Ja, es ist wichtig«, sagte Tracy. »Ich werde sie auch nicht lange stören.«

Die Großmutter wirkte nicht gerade überzeugt. Mit gerunzelter Stirn drehte sie sich um und ging, allerdings ohne Tracy ins Haus zu bitten oder die Gittertür geöffnet zu haben. Tracy hörte sie nach ihrer Tochter rufen. »Shaniqua?« Der Rest kam so leise, dass Tracy nichts mehr verstand.

Sandy Clarridge, Polizeichef von Seattle, hatte allgemein wissen lassen, er wünsche eine Beteiligung seiner Polizei an dem Fall, und zwar nicht einfach nur in Form des für die Opferunterstützung zuständigen Teams. Er wollte, dass ein Detective die Familie über jede Entwicklung bei den Ermittlungen informierte, nach Möglichkeit persönlich. Sein Wunsch war zu Tracys Captain, Johnny Nolasco, und letztendlich auch zu Tracy durchgesickert, was erklärte, warum sie jetzt vor diesem Haus stand.

»Wer?«, hörte sie eine Stimme fragen.

»Einer von den Detectives.«

»Was will er?«

»Sie. Sie will mit dir reden.«

Eine Pause. »Hat sie gesagt, warum?«

»Nein. Nur dass sie mit dir reden will. Sagte, es sei wichtig.«

»Einen Moment noch.«

Die ältere Frau kehrte an die Tür zurück. »Sie kommt gleich.«

Da standen sie nun, und da sie nicht wussten, was sie zueinander sagen sollten, sagten sie gar nichts.

Shaniqua Miller kam aus dem rückwärtigen Teil des Hauses nach vorn an die Tür. Sie trug Jeans und ein T-Shirt und schob als Erstes den Riegel der Gittertür auf, um sie zu öffnen. Sie trug eine Goldkette mit einem Kreuz daran um den Hals und wirkte müde und ausgelaugt, die Augen verquollen. Ihre Haare, geglättet wie die ihrer Mutter, wurden von einer Haarspange zurückgehalten, was ihre hohen Wangenknochen und ausdrucksvollen Augen betonte. »Kann ich etwas für Sie tun?«, wollte sie wissen.

»Ms Miller, wir haben uns neulich Abend kennengelernt.«

Miller reagierte nicht sofort. Als versuche sie, sich zu erinnern, ohne es eigentlich wirklich zu wollen.

»Ich bin Tracy Crosswhite, eine der Detectives, die den Fall Ihres Sohnes bearbeiten.«

»Ja«, sagte die Frau leise. »Ich erinnere mich. Sie waren an dem Abend, als mein Sohn überfahren wurde, auf der Straße.«

»Genau. Ich wollte Sie wissen lassen, dass wir heute Abend den Mann verhaftet haben, der den Wagen fuhr, mit dem Ihr Sohn überfahren wurde.«

Miller starrte sie an. Sie sagte nichts und sie gab nichts preis. Sie zeigte keine Wut, keine Trauer, weder Freude noch Genugtuung. Langsam wanderte ihre Hand nach oben, bis ihre

Finger das Kreuz um ihren Hals gefunden hatten. »Sind Sie sicher?«

»Wir haben sein Auto eindeutig als den Wagen identifiziert, der Ihren Sohn überfahren hat«, sagte Tracy. »Und wir haben ein Video, das diesen Mann in einem Laden nicht weit von der Kreuzung zeigt, und zwar kurz vor dem Unfall.«

»Was hat er gesagt?« Shaniquas Finger spielten mit dem Kreuz.

»Anfangs hat er behauptet, der Wagen sei ihm gestohlen worden und er sei nicht in Seattle gewesen. Als wir ihm dann heute Abend die Beweise zeigten, hat er sich entschieden, gar nichts mehr zu sagen, und hat einen Anwalt verlangt.«

Obwohl die Beweise eine deutliche Sprache sprachen, hatte Trejo weiterhin behauptet, nicht der Mann auf dem Video zu sein. Dann war er still geworden. Normalerweise brachten Kins und Tracy einen Verdächtigen schon zum Reden, besonders, wenn sie seine Geschichte mit Videobeweisen widerlegen konnten. Vielleicht sagten die Verdächtigen nicht immer die Wahrheit, aber sie versuchten doch in der Regel wenigstens, die Beweismittel zu erklären. Vielleicht hatte Trejo erkannt, dass er das Video nicht wegerklären konnte, und von daher besser gar nichts mehr sagte.

»Wer ist der Mann?«, wollte Shaniqua Miller wissen.

»Er gehört den Streitkräften an.«

»Armee?«

»Navy. Er ist auf dem Marinestützpunkt Kitsap in Bremerton stationiert.«

»Und was geschieht jetzt?«

Jetzt würde Tracy zum Polizeipräsidium zurückkehren, wo Trejo bis zu seiner offiziellen Verhaftung festgehalten wurde. »Er wird zur Erledigung der Formalitäten ins Gefängnis des King County überstellt und morgen Nachmittag zum ersten Mal dem Richter vorgeführt. Wir hätten Sie gern dabei ... wenn Sie das schaffen.«

Miller antwortete nicht sofort. Sie sah an Tracy vorbei, ohne den Blick auf etwas Bestimmtes zu richten. Nach einem kurzen Moment war sie wieder da. »Wann?«

»Vierzehn Uhr.«

Sie seufzte. »Ich muss arbeiten. Das kann ich mir nicht aussuchen, ich habe noch zwei weitere Söhne.«

»Bei der Anhörung geht es dem Gericht darum, festzustellen, ob ein hinreichender Tatverdacht besteht und man den Verdächtigen von daher in Haft behalten kann. Darum, ob der Verdächtige ein Schuldeingeständnis abgibt oder nicht, geht es erst bei der offiziellen Anklageerhebung, die frühestens in zwei Wochen sein wird.« Weiter mochte Tracy nicht in die Einzelheiten gehen, sie war sich sicher, dass Shaniqua an einer detaillierten Darstellung des Prozedere in einem Strafverfahren kein Interesse hatte. »Soll ich bei Ihrem Arbeitgeber anrufen und die Situation erklären?«

»Meinen Lohn bekomme ich dann trotzdem nicht.«

Tracy nickte.

»Wann war es noch gleich?«, fragte Shaniqua.

»Vierzehn Uhr.« Tracy erklärte ihr noch, wo im ersten Stock des Gefängnisses das Kreisgericht tagte, und gab ihr eine ihrer eigenen Visitenkarten sowie die Karte der für die Opferbetreuung zuständigen Kollegen. »Sie können mich anrufen oder die auf dieser Karte angegebene Nummer. Es wurde jemand damit beauftragt, Sie auf dem Laufenden zu halten und Ihnen während der Anhörung alles zu erklären. Diese Leute können Ihnen auch alle Fragen beantworten, die Sie in Bezug auf den weiteren Verlauf und die Anklageerhebung haben.«

»Ich werde sehen, was ich tun kann.« Shaniqua zog sich zurück und schloss leise und langsam die Tür.

* * *

Leah Battles klickte ihre Fahrradschuhe in die Pedale ihres Rades und strampelte los, erst nach Süden, auf der Westflake Avenue, und dann nach einem kleinen Schlenker weiter auf der Fifth. Sie lebte in einem Apartment am Pioneer Square, am südlichen Ende der Stadt. Nicht auf dem Stützpunkt wohnen zu müssen, gehörte zu den Vorteilen des Offizierslebens, brachte aber heute Abend noch einen weiteren Vorteil für sie: Laszlo Trejo hatte am Telefon gesagt, man halte ihn in einer Arrestzelle der Polizei von Seattle fest, wolle ihn aber zur Erledigung der Formalitäten einer regulären Festnahme ins Kreisgefängnis überstellen. Beides, das Polizeipräsidium und auch das Gefängnis des King County, lag zwischen der Halle, in der ihr Training stattfand, und ihrer Wohnung. Sie brauchte also nicht einmal einen Umweg einzulegen, um Trejo zu besuchen und sich weitere Informationen zu besorgen.

Battles wusste, dass der verantwortliche Offizier sie höchstwahrscheinlich nicht gleich automatisch zu Trejos Verteidigerin bestimmen würde, wenn sie ihn jetzt als diensthabender Offizier betreute. Als Diensthabender war man dazu da, Angehörigen der Streitkräfte unmittelbar nach einer Verhaftung als Rechtsbeistand zur Seite zu stehen. Wer als Verteidiger einem Verfahren zugeordnet wurde, befasste sich nicht mit der eigentlichen Verhaftung. Besonders dann nicht, wenn das vermutete Verbrechen außerhalb des Stützpunkts stattgefunden hatte. Ein solcher Verteidiger wurde meistens erst zehn bis vierzehn Tage nach einer Verhaftung bestimmt. Um die Überstellung in die Untersuchungshaft kümmerte sich die örtliche Polizeidienststelle. Der Verdächtige benachrichtigte den diensthabenden Offizier, der wiederum die Kommandoleitung benachrichtigte, und von da an lief alles über höchst offizielle Kanäle. Wenn es notwendig erschien, ermittelte das NCIS, und wenn die Marine sich für zuständig erklärte, wurde Anzeige erstattet. Erst dann konnte Battles als Verteidigerin hinzugezogen werden, wenn man ihr den Fall denn übertrug. Was allerdings seit der Ausstrahlung der Dokumentation »The Invisible War« immer häufiger vorkam, bei der es um Übergriffe auf weibliche Militärangehörige sämtlicher Streitkräfte gegangen war. Durch den öffentlichen Aufschrei waren die befehlshabenden Offiziere aller Militärstützpunkte unter erheblichen Druck geraten, denn im Kongress bestand man darauf, dass sie ihre Probleme schnellstmöglich in den Griff bekamen. Seitdem war man in Bezug auf die Verfolgung von Straftaten ziemlich aggressiv geworden, und zwar bei allen Streitkräften, zu Wasser, zu Lande und in der Luft. Die Navy bildete da keine Ausnahme.

Bei diesem Fall ging es nicht um sexuelle Gewalt, er hörte sich aber trotzdem schwerwiegend an und konnte dem Ansehen der Navy schaden. Ein Unfall mit Fahrerflucht, bei dem ein Zwölfjähriger ums Leben gekommen war, war eine tragische Angelegenheit, und feige war so ein Verhalten auch noch, wenn es denn nachgewiesen werden konnte. Das Defense Service Office, die für die Verteidigung von Angehörigen der Streitkräfte zuständige Stelle, durfte besonders im Licht des momentan herrschenden Klimas als unterbesetzt gelten und Battles war dort die dienstälteste Verteidigerin. Deswegen standen ihre Chancen, trotz ihres Engagements als Offizier vom Dienst zu Trejos Verteidigerin bestellt zu werden, vielleicht gar nicht mal so schlecht. Vielleicht war es sogar ganz gut, wenn sie schon bis zu einem gewissen Grad in die Sache involviert war, was zu bewerkstelligen ihr nicht schwerfallen dürfte.

Battles wollte diesen Fall.

Sie wollte ihn sogar sehr.

Abends um halb neun stellte der Verkehr auf den Straßen von Seattle kein Problem mehr dar. Die Temperatur dagegen schon. Es war weiterhin klirrend kalt und ihr schweißgetränktes Hemd ließ Battles die Kälte noch deutlicher empfinden. Beim Polizeipräsidium angekommen waren ihre Wangen ganz taub vor Kälte und sie zitterte in ihren Sportsachen. Sie stieg vom Rad und kettete es im kleinen Innenhof vor dem Gebäude an, eine Maßnahme, bei der sie sich nicht ganz wohlfühlte. Lieber hätte sie das Rad mitgenommen. In ihrer ersten Woche in Seattle hatte sie ihr Rad an ein Geländer vor ihrem Wohnhaus angekettet und eines Morgens nach dem Aufwachen lediglich noch Kette und Schloss vorgefunden. Jetzt kam das Rad bei ihr zu Hause mit in den Fahrstuhl und wer sich darüber beschwerte, konnte die Treppe nehmen.

Nachdem sie rasch noch Radschuhe gegen Flip-Flops getauscht hatte – in Socken, ein schwerwiegender Mode-Fauxpas, selbst im liberalen Seattle –, stieß sie die Tür auf und steuerte den uniformierten Beamten an, der hinter einer Wand aus kugelsicherem Plexiglas auf Besucher wartete. Er sah aus wie Mitte dreißig, ungefähr Battles' Alter also, trug sein Haar militärisch kurz geschoren und hatte unter seiner Uniform eine kugelsichere Weste an, was seine Brust aufgebläht aussehen ließ. Als er Battles näher kommen sah, ließ er seinen Blick langsam an ihrem Körper entlangwandern.

»Guten Abend. Ich bin hier, um mit Laszlo Trejo zu sprechen«, sagte sie zur Begrüßung. »Soweit ich weiß, wurde er heute Abend verhaftet und wird hier festgehalten.«

»Davon weiß ich nichts«, erwiderte der Beamte. »Wenn er verhaftet wurde, müssen Sie warten, bis er drüben im Gefängnis offiziell in Haft genommen wurde. Aber die Besuchszeit ist längst vorbei.« Er grinste wie ein pubertierender Jüngling, der gerade seine erste nackte Frau gesehen hat. »Wie es aussieht, werden Sie ihn frühestens morgen sprechen können.«

Battles fischte ihren Ausweis aus dem Rucksack und hielt ihn gegen die Scheibe. »Trotz meiner offiziellen Aufmachung handelt es sich hier nicht um einen Freundschaftsbesuch, bei dem ich über die diesjährige Lachssaison plaudern möchte. Mr Trejo hat angerufen und um rechtlichen Beistand gebeten.

Ich bin sein rechtlicher Beistand und ich möchte mit ihm reden, ehe irgendjemand anderes das tut.«

»Sie sind Offizier der Navy!« Der Beamte besah sich den Ausweis mit weit aufgerissenen Augen. »Lieutenant Battles?«

»Richtig. Außerdem bin ich Anwältin.« Sie strahlte ihn an.

»Nun, Lieutenant, wenn die Formalitäten seiner Inhaftierung noch nicht erledigt sind, werden Sie wohl warten müssen, ehe Sie mit ihm sprechen können.« Auch der Beamte lächelte jetzt breiter. »Und was die Lachse betrifft: Bei denen sind dieses Jahr mehr unterwegs als letztes. Ich habe diese Woche ein paar fette gefangen.«

Im Interesse des Mannes konnte Battles nur hoffen, dass dies nicht sein bester Anmachspruch war. »Ach ja? Ich darf keinen Lachs essen, mir wird schlecht davon.«

»Muss echt hart sein für jemanden, der hier lebt.«

»Und wie. Bei jeder Einladung landet ein großes Stück Fisch auf meinem Teller und ich muss es an meine Begleiter weiterreichen.«

»Ihre Begleiter wissen das bestimmt sehr zu schätzen.« Der Beamte grinste immer noch.

»Tun sie!« Battles nickte. »Bis sie mitkriegen, dass sie außer dem Fisch nichts weiter von mir erwarten dürfen.«

Schachmatt. Spiel zu Ende.

»Ich wüsste es sehr zu schätzen, wenn Sie jetzt nach Ihrem Telefon griffen, oben anriefen und herausfänden, wo mein Mandant ist.«

Der Beamte, dem das Grinsen vergangen war, lehnte sich zurück und deutete auf eine Reihe Stühle. »Setzen Sie sich doch, Lieutenant. Es könnte eine lange Nacht werden.«

Während Battles wartete, beantwortete sie E-Mails auf ihrem Handy. Nach ein paar Minuten hörten sie die Fahrstuhltür aufgehen und eine Frau kam um die Ecke. Sie warf ihr einen verwunderten Blick zu, um dann den Mann hinter Glas anzusehen.

Wahrscheinlich hatte sie keinen Fahrradkurier erwartet, sondern einen properen Anwalt in Anzug und Krawatte, womöglich noch mit Weste. Der Uniformierte deutete wortlos mit dem Kinn auf Battles, womit letzte Zweifel ausgeräumt waren und die Frau auf sie zukam.

Die Marine führte Battles großzügig mit einem Meter achtundsechzig in ihren Unterlagen. Diese Frau war fast einen Kopf größer, einen Großteil ihrer Körperlänge machten die Beine aus. Sie hatte die blonden Haare und blauen Augen dieser Beach-Volleyballerinnen bei den Olympischen Spielen, die mit den schlecht sitzenden Hosen. Niemand hatte Battles je als langbeinig beschrieben oder wäre auf die Idee gekommen, sie könnte ihre Tage am Strand verbringen. Sie hatte das dunkle Haar und den dunklen Teint ihres Vaters, besonders im Sommer, und sie war an der Ostküste aufgewachsen.

Der Frau aus dem Fahrstuhl stand dick und deutlich »Cop« auf der Stirn geschrieben – okay, Dienstmarke und Pistole am Gürtel waren wohl ebenso deutliche Hinweise, plus die Tatsache, dass sie sich hier im Polizeipräsidium befanden. Aber weder Pistole noch Dienstmarke fielen einem hier als Erstes ins Auge, sondern der selbstbewusste Gang und die ganze Haltung.

»Laszlo Trejo sind Sie wohl nicht«, sagte Battles.

»Ich bin Detective Tracy Crosswhite. Kann ich Ihnen helfen?«

»Können Sie, wenn Sie es fertigkriegen, den Fähnrich zur See Trejo herbeizuschaffen und mir einen Raum zur Verfügung zu stellen, in dem ich mit ihm reden kann.«

Crosswhite wirkte mäßig belustigt. »Und Sie sind?«

»Leah Battles. Ich bin Anwältin, Rechtsoffizier am Marinestützpunkt Kitsap in Bremerton. Tut mir leid, aber ich hatte keine Zeit, mich in meine Ausgehuniform zu stürzen, ehe ich herkam. Damit hätte ich mir aber wohl einige Umstände erspart.«

»Können Sie sich ausweisen?« Crosswhite klang skeptisch.

Battles warf einen Blick auf den Beamten hinter dem Schreibtisch, aber der grinste nur. Verärgert wühlte sie in ihrem Rucksack und klaubte ihren Ausweis noch einmal hervor. »Kriegen Sie hier öfter mal Leute, die behaupten, Rechtsoffizier zu sein und mit ihren Mandanten sprechen zu wollen?«

»Nein.« Crosswhite nahm ihr die Legitimierung aus der Hand. »Weil wir normalerweise niemanden mit den Verdächtigen sprechen lassen. Das Gefängnis übrigens auch nicht, nicht nach der Besuchszeit.«

Netter Versuch. Battles mochte diese Frau, mit der konnte man sich am Schachbrett bestimmt ein feines Duell liefern. »Als Anwältin kann ich einen Mandanten sehen, wann ich will.«

Kein Kommentar, während sich Crosswhite den Ausweis genauer ansah. »Hier steht Virginia. Sind Sie denn auch im Staat Washington zugelassen?«

»Ich habe eine Zulassung für die Navy der Vereinigten Staaten, eine sozusagen weltweit tätige Anwaltsfirma. Wobei ich zurzeit auf dem Marinestützpunkt Kitsap in Bremerton stationiert bin, ebenso wie Laszlo Trejo, weswegen er mich angerufen hat. Und weil er mich angerufen hat, bin ich jetzt hier und würde mich gern mit ihm unterhalten.«

Crosswhite ließ sich nicht aus der Ruhe bringen. »Macht die Navy Zuständigkeit geltend?«

»Das weiß ich nicht. Was ich weiß, ist, dass Mr Trejo den diensthabenden Offizier angerufen hat, nämlich mich. Er hat angegeben, verhaftet worden zu sein, und um einen Anwalt gebeten. Dieser Anwalt bin ich.«

»Dann sind Sie ja ziemlich rasch von Bremerton hier rübergekommen.«

»Ich schwimme schnell.«

Der Spruch entlockte Crosswhite ein Lächeln. Sie gab den Ausweis zurück. »Sie hätten sich Zeit lassen können. Sie werden

Mr Trejo sehen, sobald alle Formalitäten der Inhaftierung erledigt sind.«

»Aber wenn ich mir Zeit gelassen hätte, wäre mir der Spaß entgangen, den wir zwei gerade miteinander haben. Ich bin neugierig, Detective, ich frage mich, was Mr Trejo eigentlich hier im Präsidium zu suchen hatte.« Trejo hatte ihr erzählt, dass er nach Seattle gekommen war, um sein Auto abzuholen. Man hatte ihm gesagt, die Polizei hätte ihre Arbeit daran beendet.

»Das werden Sie ihn selbst fragen müssen.«

»Sie haben ihn doch nicht unter Vorspiegelung falscher Tatsachen hierhergelockt, oder? Um ihn vom Stützpunkt loszueisen, damit Sie ihn verhaften können?«

»Mr Trejo wohnt nicht auf dem Stützpunkt«, erklärte Tracy. »Ich brauchte ihm also keine falschen Tatsachen vorzuspiegeln, um ihn verhaften zu können. Auch in dieser Sache gilt, was ich gerade sagte: Fragen Sie ihn danach, wenn Sie ihn sehen.« Sie wandte sich zum Gehen.

»Er hat gebeten, einen Anwalt sprechen zu dürfen«, rief Battles ihr nach. »Ich wüsste es zu schätzen, wenn Sie Ihre Kampfgefährten über dieses Detail informierten.«

Crosswhite antwortete nicht. Ohne sich noch einmal umzudrehen, verschwand sie Richtung Fahrstuhl. Der Uniformierte hinter Glas lehnte sich mit selbstzufriedenem Lächeln zurück.

Auch Battles lächelte. Gegen einen temperamentvollen, witzigen Gegner hatte sie nichts einzuwenden, im Gegenteil, so etwas gefiel ihr. Ein Wettkampf weckte das Beste in ihr und nach dem kurzen Schlagabtausch mit dieser Crosswhite war sie noch heißer auf diesen Fall als vorher.

Dabei war sie auch vorher schon ziemlich heiß darauf gewesen.

* * *

Tracy ließ ihr Schlüsselbund in die Holzschale auf dem antiken Bauerntisch fallen, den Dan und sie bei einer Haushaltsauflösung in der Nähe der kanadischen Grenze gekauft hatten. Neben der Schale stand ein gerahmtes Hochzeitsbild von ihnen beiden und hinter dem Tisch ließen zwei große Fenster jede Menge Licht ins Zimmer, allerdings nicht zu dieser frühen Morgenstunde. Die Fenster zeigten nach Osten, auf die Pferdeweide und die mit Bäumen gesäumten Hügel dahinter, und brauchten eigentlich keine Gardinen. Tracy hatte trotzdem welche haben wollen, als Mordermittlerin verbrachte sie einen großen Teil ihrer Zeit mit der Suche nach kranken, verdorbenen Subjekten, was sie entsprechend vorsichtig machte. Dan empfand da anders und hatte als Kompromiss Bewegungsmelder installiert, die Flutlichter aufflammen ließen. Eine Regelung, die beide Seiten anfangs fair und richtig gefunden hatten, bis dann klar war, wie oft die Lichter angingen. Die Bewegungsmelder reagierten auf sämtliche Tiere, die über das Grundstück liefen: Eichhörnchen, Waschbären, Rehe, Rex und Sherlock, selbst Roger, nachdem der sich das erste Mal ins Freie getraut hatte.

»Tracy?«

Dan kam in langer Pyjamahose und einem T-Shirt seiner Alma Mater, der Universität von Boston, aus dem Schlafzimmer, begleitet von Sherlock und Rex, die Tracy schwanzwedelnd begrüßten. Im Schlafzimmer lief der Fernseher – ganz falsch, wenn man den gängigen Ehetipps glaubte, aber in diesem Haus hatte sich einfach kein anderer Platz für das Gerät finden lassen. Dan hielt eine Zahnbürste in der Hand und hatte den Mund voller Zahnpasta.

»Ich habe nicht …«, nuschelte er. »Moment!« Er verschwand und Tracy hörte Wasser rauschen, dann tauchte er ohne die Zahnbürste wieder auf. »Ich habe dich gar nicht reinkommen hören.«

Tracy streichelte die Köpfe der Hunde. »Wir haben in dieser Fahrerfluchtsache jemanden verhaftet und mussten noch die Formalitäten erledigen und die Anhörung zur Feststellung eines hinreichenden Anfangsverdachts morgen vorbereiten.« Sie gab Dan einen Kuss und drängte sich an ihm vorbei in die Küche.

»Wen habt ihr verhaftet? Diesen Typen von der Navy?«, fragte Dan.

»Ja.« Sie holte sich ein Glas aus dem Schrank, um es an der Spüle zu füllen.

»Den hattest du ja gleich in Verdacht.«

Tracy schluckte zwei Schmerztabletten und trank ihr Glas leer. »Nachdem wir das Video hatten, war alles ziemlich klar.«

»Hast du Kopfweh?« Dan lehnte sich an den Türrahmen.

»Nein, meine Schulter tut weh.« Tracy hatte sich vor etwa zwei Jahren eine schwere Schulterverletzung zugezogen, als sich ein Stalker Zutritt zu ihrem Haus verschafft und sie von hinten angegriffen hatte. Laut Orthopäde war dabei die Rotatorenmanschette teilweise ausgerissen worden. Wenn sie das Problem mit Physiotherapie nicht in den Griff bekam, stand ihr eine Operation mit anschließender sechsmonatiger Rekonvaleszenz bevor. Oder sie wurde wie Kins und futterte Ibuprofen, bis die Schmerzen auch damit nicht mehr zu ertragen waren.

»Was hat er gesagt, als ihr ihm das Video gezeigt habt?«

»Da wollte er einen Anruf tätigen.« Sie ging ins Schlafzimmer, wo sie sich aufs Bett setzte und sich abmühte, aus den Stiefeln zu kommen.

»Ich nehme mal an, der Anruf ging an einen Anwalt?« Dan half, indem er sich erst ein Bein und dann das andere seiner Liebsten schnappte und die Stiefel festhielt.

»An einen Offizier der obersten Militärstaatsanwaltschaft aus Bremerton.« Tracy streifte sich die Jeans von den Hüften.

»Echt?« Dan klang überrascht.

»Ja, warum?« Sie ging zum Schrank, um ihre Hose an einen Haken zu hängen.

»Die Militärstaatsanwaltschaft mischt sich normalerweise nicht so früh schon ein, besonders nicht deren Verteidiger. Sie müssen normalerweise erst den Befehlsweg einhalten und klarstellen, ob das Militär überhaupt Zuständigkeit geltend macht. Steht das denn an?«

»Ich weiß es nicht. Ich habe sie gefragt, sie wusste es auch nicht.« Tracy zog sich Hemd und BH aus und schlüpfte in eins von Dans T-Shirts, das ein Bild von Rex und Sherlock zierte, darunter der Spruch: *Wir sind nicht stur, wir haben einfach nur mehr Ahnung.* »Jemand von der obersten Militärstaatsanwaltschaft hat ihn im Gefängnis aufgesucht, sobald er offiziell in Haft genommen worden war.«

»Dann wollen sie wohl Zuständigkeit geltend machen. Wenn sie es nicht tun, wird er sich schuldig bekennen. Ihr habt das Video, was soll er da groß sagen?«

»Im Moment sagt er gar nichts, er äußert sich nicht mal zum Video. Dabei dachte ich, er versucht bestimmt, es zu erklären. Vielleicht kann er das nicht. Ich habe echt keine Ahnung.« Sie putzte sich im Bad die Zähne und kam ins Schlafzimmer zurück.

»Hast du Hunger? Soll ich dir was zu essen machen?«, fragte Dan.

»Danke, aber ich habe mir einen Salat geholt und am Schreibtisch gegessen.« Kins hatte auch einen Salat ordern wollen, dann aber doch noch einmal die Speisekarte des Lieferdienstes aufgeschlagen und sich für ein Pastrami-Sandwich entschieden. »Jetzt bin ich einfach nur müde.«

Dan lehnte sich an den Pfosten der Schlafzimmertür. »Alles in Ordnung?«

»Ja. Warum?« Sie schlug die Daunendecke zurück.

»Dr. Kramer hat angerufen, um sich zu erkundigen, wie es dir geht. Er hat eine Nachricht für dich auf dem Anrufbeantworter hinterlassen.«

Tracy erstarrte.

»Du nimmst Clomid?«, fragte Dan.

Tracy hatte ihm nichts von dem Medikament erzählt. Ihrer Darstellung zufolge hatte Dr. Kramer ihnen einfach nur empfohlen, es weiterhin zu versuchen. Sie hatte so gehofft, dank Clomid schwanger zu werden und Dan nicht beichten zu müssen, dass sie zu alt, dass sie das Problem war.

»Wird das jetzt eins von deinen berühmten Kreuzverhören? Willst du die Zeugin zum Reden bringen, damit du sie dann mit den Fragen bombardieren kannst, die dich wirklich interessieren?«, fuhr sie ihn an.

»Bitte nicht, lass das.« Dan blieb gelassen, als er sie fest ansah. »Wir hatten das besprochen. Wir hatten ausgemacht, Entscheidungen gemeinsam zu treffen.«

»Ja, hatten wir.«

»Und trotzdem schließt du mich aus?«

Tracy seufzte. »Meine Chancen, schwanger zu werden, sind sehr gering, Dan. Entweder die Fruchtbarkeitspille oder ein Spenderei – das waren die beiden Möglichkeiten.«

»Was hat das damit zu tun, dass du mich von den Entscheidungen ausschließt?«

»Okay, das hätte ich nicht tun sollen. Tut mir leid. Okay?« Sie kletterte auf ihrer Seite ins Bett.

»Warum hast du es dann getan?«

»Können wir ein andermal darüber reden?«

»Nein. Du hast mir deine Entscheidung verheimlicht. Ich habe das Recht zu erfahren, warum.«

»Ich habe gar nichts verheimlicht.«

»Du hast es mir nicht gesagt.«

»Ich muss früh bei der Arbeit sein, um die Anhörung zur Feststellung eines begründeten Tatverdachts vorzubereiten.« Tracy warf die Kissen, die sie nicht brauchte, auf den Boden.

»Ich muss eine eidesstattliche Aussage aufnehmen.«

»Dann lass uns zu Bett gehen und später darüber reden.«

Dan drückte sich am Türrahmen ab. »Clomid hat Nebenwirkungen. Darüber haben wir gesprochen.«

»Was – willst du behaupten, meine Laune wäre eine Zumutung?«

»Hatte ich eigentlich nicht vor, könnte ich jetzt aber wohl tun.«

»Sehr clever.« Sie schnappte sich ein Kissen, sprang aus dem Bett und drängte sich an ihm vorbei, fest entschlossen, lieber auf der Couch im Wohnzimmer zu übernachten.

»Hey! Tu jetzt nicht so, als wäre das meine Schuld. Du hättest mich einbeziehen müssen. Das ist auch mein Kind.«

Tracy wusste genau, wie recht er hatte, nur leider hatte sie den Dickkopf ihres Vaters geerbt. »Über ein Kind wirst du dir so schnell keine Gedanken zu machen brauchen, wie es aussieht.« Sie schnappte sich eine Wolldecke und steuerte die Couch an.

»Was soll das heißen?«

Sie drehte sich um. »Das heißt, ich kann nicht schwanger werden«, fauchte sie. »Okay? Das heißt, ich bin das Problem.«

Dan schwieg einen Moment lang und Tracy fragte sich, was er gerade dachte. Hatte er sein Herz sehr an den Traum von eigenen Kindern gehängt? Bereute er, sie geheiratet zu haben?

»Das Baby ist mir doch egal«, sagte er schließlich leise. »Du bist mir nicht egal. Deine Gesundheit ist mir nicht egal.«

Tracy seufzte. »Der Arzt sagt, die Nebenwirkungen sind minimal. Stimmungsschwankungen und Hitzewellen. Mir geht es prima. Es tut mir leid, dass ich es dir nicht gesagt habe. Das hätte ich tun sollen.«

Dan holte tief Luft. Als er dann sprach, blieb er ganz ruhig. Er blieb immer ruhig. Manchmal wünschte sich Tracy, er würde schreien und mit Gegenständen werfen, einfach nur, damit sie sauer auf ihn sein konnte. »Sag mir nur, warum du es nicht getan hast.«

Sie schüttelte den Kopf.

»Was?«

Sie wusste, was sie jetzt gleich sagen würde, war kindisch, und auch das machte ihr zu schaffen. Aber Dan und sie, sie hatten zusammen ein Baby haben wollen. »Du bist damals so aufgekratzt von deinem Arzttermin zurückgekommen, hast die Faust in die Luft gereckt und – ich wollte dich nicht enttäuschen. Ich wollte nicht der Grund sein, weswegen wir kein Baby machen können.«

Dan atmete hörbar aus. Er kam zu ihr, nahm ihr das Kissen aus der Hand und legte ihr die Hände auf die Schultern. »Ich war so aufgekratzt, weil ich dachte, du willst unbedingt ein Kind.«

»Du denn nicht?«

»Natürlich will ich eins. Aber nicht, wenn es auf Kosten deiner Gesundheit geht. Du bist das Allerwichtigste für mich, Tracy. Nicht irgendein Kind, das ich noch gar nicht kenne. Es tut mir leid, dass ich bei der Sache mit der Vasektomie so überreagiert habe. Ich habe doch nur so angegeben, weil ich dachte, ein bisschen mehr Enthusiasmus von meiner Seite macht dich glücklich.« Er lächelte. Tracy schaffte es nicht, dieses Lächeln zu erwidern. »Komm schon! Wir sind nun mal körperlich total verschieden! Mick Jagger hat gerade mit dreiundsiebzig sein achtes Kind gekriegt.«

»Und deswegen soll ich mich jetzt besser fühlen?«

»Was hat der Arzt denn nun genau gesagt?«

»Ich nehme vierzehn Tage lang Clomid. Wenn das nicht funktioniert, suchen wir nach einem Spenderei. Oder wir adoptieren.«

»Okay, also …«

Sie entzog sich seiner Umarmung. »Ich möchte kein Kind von jemand anderem, Dan. Ich möchte unser Kind. Ich möchte unser Baby.« Himmel, jetzt jammerte sie ihm auch noch die Ohren voll!

Dan nickte. »Okay«, sagte er leise. »Dann versuchen wir es einfach weiter und wenn es nicht funktioniert, dann reden wir über diese Entscheidung.« Lächelnd nahm er sie in die Arme, woraufhin sie in Tränen ausbrach. »Hey! Ist doch alles in Ordnung!«

»Nein, ist es nicht.« Tracy wischte sich über die Augen, es wurde ihr plötzlich alles zu viel. »Das ist nicht das Leben, wie ich es mir vorgestellt habe, Dan. So sollte es nicht sein. Ich wollte drei Kinder haben, Mutter sein, im Elternbeirat aktiv und zu Fußballspielen gehen, den Kids bei den Hausaufgaben helfen. Mich mit ihnen abends an den Tisch setzen und essen.« Sie atmete tief durch, schüttelte den Kopf. »Was ist aus meinem Leben geworden? Was zum Teufel ist bloß aus meinem Leben geworden?«

So standen sie einen Moment lang schweigend zusammen, bis Tracy klar wurde, wie sehr sie Dan mit ihren Worten verletzt hatte. »Dan, damit meine ich nicht …«

Er zuckte die Achseln. »Eigentlich hatte ich gehofft, du würdest sagen, dein Leben hätte sich doch eigentlich ganz gut entwickelt.«

Ihr war ganz schlecht und schwindelig, was nichts mit den Nebenwirkungen der Pille zu tun hatte. »Es tut mir leid! So habe ich es nicht gemeint.«

Er ließ sie los und trat zurück. »Glaubst du etwa, so hätte ich mich nach meiner Scheidung nicht auch gefühlt? Ich hätte mich nicht gefragt, was bloß aus meinem Leben geworden ist? Ich hatte eine Frau, einen guten Job in einer erfolgreichen Kanzlei, wo ich die Arbeit machen konnte, an der ich Freude hatte. Ich fuhr einen BMW und hatte Saisonkarten für die Red Sox ... und ein Boot. Und dann – auf einmal alles futsch. Glaubst du, ich hätte mich nicht gefragt, was da schiefgelaufen ist?«

Sie ging wieder auf ihn zu. »Aber du hattest doch keine Schuld!«

»Vielleicht ja doch.«

»Sie hat dich betrogen.«

»Ja, aber vielleicht auch nur, weil ich so oft nicht da war.«

»Manchmal frage ich mich das auch«, gestand sie.

»Was?«

»Ob ich nicht hätte da sein müssen. Wenn ich Sarah nach Hause gebracht hätte ...«

Er schüttelte den Kopf. »Ein Psychopath hat Sarah umgebracht, Tracy. Er hat sie gestalkt und er hat dich gestalkt. Und so schrecklich das auch klingt, ich würde manchmal gern glauben, dass Gott dich meinetwegen verschont hat. Für mich.«

Wieder flossen bei Tracy die dicken Tränen. Weil Dan es einfach immer schaffte, das Richtige zu sagen. Selbst damals, als sie beide noch klein gewesen waren, als sie als Freunde in Cedar Grove aufwuchsen, hatte Dan immer einen Weg gefunden, genau das zu sagen, was Tracy hören musste. Das war ein Talent, das sie selbst nicht besaß, die Fähigkeit, Dinge in die richtige Perspektive zu rücken, irgendetwas Hilfreiches zu finden. Wenn nicht gleich positiv, dann doch wenigstens optimistisch. »Mit dir lässt sich echt schwer streiten, weißt du das?«, sagte sie nach langem Schweigen.

Kapitel 14

Es ließ sich nicht übersehen, dass Leah Battles eine Anwältin des Judge Advocate Corps war, der juristischen Abteilung der Navy, die in der Öffentlichkeit vor allem unter ihrer Abkürzung »JAG« bekannt war. Als Tracy am Freitagnachmittag Kins in den überfüllten Gerichtssaal im King County Jail folgte, saß Battles bereits in der ersten Bank, prächtig anzusehen in ihrer blauen Ausgehuniform mit zwei goldenen Streifen an den Manschetten und einem Patchwork aus farbigen Quadraten über der linken Brusttasche. Sie hatte die Haare im Nacken zu einem ordentlichen Knoten zusammengefasst und hielt auf dem Schoß eine weiße Mütze mit blauem Rand, goldenem Besatz und vorn einem Adler als Schmuck. Neben ihr saß ein weiterer Marineoffizier, ein älterer Mann, der ebenfalls Blau trug.

»Sieht ja ganz so aus, als würde da jemand gern mitspielen wollen«, kommentierte Kins das Bild. »Dann scheint die Navy ja doch auf Zuständigkeit pochen zu wollen.«

Tracy nickte, sie war enttäuscht. »Sieht ganz danach aus.«

»Wie wird die Familie das aufnehmen?«

»Keine Ahnung. Sie stehen dem ganzen Verfahren auch so schon sehr verhalten gegenüber. Das hier wird wohl nicht gerade helfen.«

Trejo sollte an diesem Nachmittag noch nicht formell angeklagt werden. Heute war man nur zusammengekommen, damit der Richter entscheiden konnte, ob ausreichend Grund zur Annahme bestand, dass der Verdächtige die ihm unterstellte Straftat begangen hatte. Wenn ja, würde Trejo bis zur Anklageerhebung und Festsetzung einer Kaution im Gefängnis bleiben. Beides würde wahrscheinlich in zwei Wochen stattfinden. In dieser Zeit sollten Tracy und Kins die nötigen Beweise zusammentragen, auf denen die Staatsanwaltschaft dann die Anklage aufbauen konnte. Allerdings zweifelte Tracy angesichts der Anwesenheit zweier Marineoffiziere ernsthaft daran, dass das noch notwendig sein würde. Allem Anschein nach war die Navy bereit, die Zuständigkeit zu übernehmen.

Trotz des relativ harmlosen Charakters dieser ersten Anhörung waren die beiden Zuschauerbänke im Raum besetzt und hinten drängten sich noch mehr Menschen. Fast alle diese Besucher waren Afroamerikaner, Freunde und Verwandte der Familie Miller. Tracy war froh, unter ihnen auch Shaniqua Miller zu sehen. Sie stand zwischen ihrer Mutter und einer Mitarbeiterin der Abteilung für Opferschutz und hörte Rick Cerrabone zu, der ihr irgendetwas zu erklären schien. Shaniqua und ihre Mutter sahen erschöpft aus. Wie sollte es auch anders sein?

Cerrabone stellte Blickkontakt zu Kins und Tracy her, entschuldigte sich bei Shaniqua und den anderen und deutete mit dem Kinn auf die Tür: Er wollte sich draußen mit Kins und Tracy unterhalten. Nach einigem Suchen fanden sie auch eine freie Nische, in der sie halbwegs ungestört sein würden.

»Sieht so aus, als wolle sich die Navy den Fall an Land ziehen«, stellte Tracy fest.

»Dunleavy hat heute Morgen mit deren leitendem Verteidiger gesprochen«, sagte Cerrabone. Kevin Dunleavy leitete die Staatsanwaltschaft des King County.

»Ist das der, der da vorn neben Battles sitzt?«

»Wer ist Battles?«, wollte Cerrabone wissen.

»Die Frau in Uniform«, sagte Tracy. »Sie kam gestern Abend ins Polizeipräsidium und wollte mit Trejo sprechen.«

»Dann gehe ich davon aus, dass der Mann neben ihr der leitende Verteidiger ist.«

»Hat er gesagt, ob die Navy die Zuständigkeit übernehmen will?«, fragte Tracy.

»Ich habe noch nicht mit ihm gesprochen, aber es scheint mir doch ziemlich danach auszusehen, oder?« Cerrabone zupfte am Knoten seiner Krawatte. »Dunleavy sagt, die Navy wird euch zwei NCIS-Ermittler schicken, die mit euch reden und die Beweise durchgehen wollen. Erst danach wollen sie ihre Entscheidung treffen.«

Tracy schüttelte den Kopf. »Ich hatte vor ein paar Jahren bei einem Fall mit denen zu tun. Das hat mich nicht gerade vom Hocker gerissen.«

»Gibt nicht viel, was wir da tun können.« Cerrabone warf einen Blick auf die Uhr an seinem Handgelenk, die an diesem Tag von einem schwarzen Fitbit Gesellschaft bekommen hatte. »Hört mal, falls die Navy auf Zuständigkeit pocht, wird Dunleavy trotzdem wollen, dass auch wir weiterhin am Ball bleiben. Die Familie macht Druck und beim momentanen Klima möchte mein Chef, dass wir weiterhin deutlich sichtbar involviert sind.«

»Clarridge hat es ähnlich formuliert«, sagte Tracy. »Aber wie soll das gehen, wenn die zuständig sind?«

»Ich klage Trejo wegen Fahrerflucht und Überfahrens einer roten Ampel an. Selbst wenn die Navy zuständig ist, das mit der roten Ampel bleibt unsere Sache. Und damit bleibt auch eure Dienststelle involviert.«

»Im Ernst?«, fragte Kins. »Überfahren einer roten Ampel?

Cerrabone zuckte die Achseln. »Das ist ein Zivilvergehen. Wenn jetzt also die Navy die Zuständigkeit übernimmt und wir später mit den Resultaten ihrer Arbeit nicht zufrieden sind, behalten wir uns so das Recht vor, vor dem nächsthöheren Gericht gegen Trejo zu verhandeln.«

»Nolasco sieht es bestimmt nicht gern, wenn wir unsere Ressourcen an ein Verkehrsdelikt verschwenden. Nicht bei all den Mordfällen, mit denen wir uns dieses Jahr rumschlagen müssen«, gab Kins zu bedenken. »Wäre das nicht außerdem Doppelbestrafung?«

»Nein, Doppelbestrafung greift hier nicht«, erklärte Cerrabone. »Wahrscheinlich müssen wir aber auch gar nicht auf die rote Ampel zurückgreifen. Die Navy ist nicht auf dieselbe Strafmaßverordnung beschränkt wie wir. Sie können Trejo erheblich länger hinter Gitter sperren, wenn es denn so weit kommt. Das habe ich auch gerade der Mutter und Großmutter erklärt.«

»Wie nehmen sie es auf?«, fragte Tracy.

Cerrabone zuckte die Achseln. »Ich weiß nicht. Im Moment warten sie einfach nur ab und versuchen, irgendwie durchzuhalten.«

»Das kann ich mir vorstellen«, sagte Tracy.

»Und ich glaube, sie haben kein Vertrauen in das System.«

»Den Eindruck hatte ich bei meinem Hausbesuch auch. Ich habe sie über Trejos Verhaftung informiert. Ich glaube nicht, dass es für sie besonders hilfreich ist, wenn jetzt die Navy die Zuständigkeit übernimmt.«

»Das sehe ich auch so.« Cerrabone nickte. »Die Familie fürchtet anscheinend, die Navy könnte den Fall haben wollen, um einen ihrer Leute zu schützen. Dunleavy fürchtet Ähnliches, aber sie haben ihm wohl versichert, dass sie, falls sie die Zuständigkeit übernehmen, umgehend eine Anhörung nach Paragraf zweiunddreißig abhalten werden, um derartigen Spekulationen den Wind aus den Segeln zu nehmen.«

»Ein Militärgericht?«, fragte Kins.

Cerrabone schüttelte den Kopf. »Nein. Ein Verfahren nach Paragraf zweiunddreißig ist das militärische Äquivalent zu unserer Einberufung eines großen Geschworenengerichts, nur dass in diesem Fall Öffentlichkeit und Presse zugelassen sind. Der leitende Verteidiger sagt, sie könnten eine entsprechende Anhörung innerhalb von zwei Wochen auf die Beine stellen. Vielleicht beruhigt es die Mutter ein wenig, wenn sie sieht, dass es der Navy ernst ist und sie die Strafverfolgung entschieden vorantreibt.« Cerrabone sah Tracy an. »Dunleavy wird darauf drängen, dass du als Zeugin über die Funde im Auto aussagst und darüber, wie ihr zu dem Video gekommen seid. Man soll weiterhin mitkriegen, wie sehr die Polizei von Seattle an dem Fall interessiert ist. Wir müssen einfach irgendwie dranbleiben.« Wieder zupfte er an seinem Ärmel, um einen Blick auf seine Uhr werfen zu können. »Und jetzt sollten wir lieber wieder reingehen.«

Im Gerichtssaal setzte sich Cerrabone neben D'Andre Millers Mutter und Tante, während Kins und Tracy hinten stehen blieben. Im Saal war es durch die vielen Menschen warm und stickig geworden, obwohl es draußen weiterhin sehr kalt blieb. Ein Ventilator auf dem Richtertisch hatte Mühe, die Luft in Bewegung zu halten, und Tracy fühlte sich, als hätte jemand klammheimlich die Heizung höher gedreht, so heftig kroch ihr die Hitze durch den Körper.

»Findest du es auch so heiß?«, wollte sie von Kins wissen.

Der zuckte die Achseln. »Nee, eigentlich nicht.«

Also bescherte ihr das Clomid Hitzewallungen, na prima, perfektes Timing! Wenn es denn wirklich am Clomid lag. Tracys Mutter war schon sehr früh in die Wechseljahre gekommen.

Sollte sie das geerbt haben, hatte sich die Babydiskussion ohnehin erledigt.

Um halb drei betrat Richter Miko Yokavich, der angeblich dreiundsiebzig war, aber aussah und sich bewegte wie mindestens hundertunddrei, den Saal. Zwischen den beiden ihn begleitenden Strafvollzugsbeamten des King County sah er aus wie ein Zwerg.

»Gringotts«, flüsterte Kins.

Yokavich verdankte diesen Spitznamen einem herzlosen Anwalt, der fand, der kleine Richter mit den schütteren Haaren, den abstehenden Ohren und der gebogenen Nase ähnele dem leitenden Kobold bei Gringotts, der Zaubererbank in den Harry-Potter-Büchern.

Der Richter nahm zwischen den Fahnen der Vereinigten Staaten und des Staates Washington Platz und nickte der Protokollantin zu, die daraufhin den Fall 17285 SEA aufrief, der Staat Washington gegen Laszlo Guiterrez Trejo. Yokavich hatte ganz offensichtlich seinen Zeitplan umgeschrieben, um diesen Fall als Ersten zu hören und dann die restlichen Anhörungen vor einem relativ leeren Saal verhandeln zu können.

Trejo wurde hereingeführt, er trug rote Häftlingskleidung mit dem Aufdruck »Hochsicherheit« auf dem Rücken. Cerrabone trat an den Richtertisch, wo er sich zwischen den beiden Marineoffizieren wiederfand. Alle drei warteten, während sich der Richter den vor ihm liegenden Antrag der Staatsanwaltschaft durchlas. Sorgsam blätterte er eine Seite nach der anderen um und ließ sich etliche Minuten Zeit für die Lektüre, obwohl er den Schriftsatz bestimmt in seinem Arbeitszimmer schon gelesen hatte. Als er fertig war, drehte er alle Seiten wieder so, dass die erste oben lag, und legte die Papiere ab. »Ich habe ...« Er sah auf und schien einen Moment ehrlich überrascht, neben Cerrabone auch die beiden Offiziere vor sich zu haben. »Ich habe den Antrag gelesen. Sonst noch etwas vonseiten der Anklage?«

»Nein, Euer Ehren«, sagte Cerrabone.

»Ich sehe ausreichend Gründe, den Angeklagten weiterhin in Haft zu behalten.« Yokavich musterte die Vertreter der Navy. »Möchte einer von Ihnen gehört werden?«

Der männliche Offizier nickte. »Die Verteidigung möchte gehört werden.«

Yokavich nickte. »Das dachte ich mir schon.« Er setzte sich zurück.

»Euer Ehren«, setzte der Offizier an, »mein Name ist Captain Cameron Moore, leitender Strafverteidiger, United States Navy. Das hier ist Lieutenant Leah Battles, Verteidigerin, zugeordnet dem Marinestützpunkt Kitsap in Bremerton, Washington. Das ist der Stützpunkt, auf dem der Angeklagte Dienst tut. Wie an unseren Uniformen unschwer zu erkennen, dient der Angeklagte in der Marine der Vereinigten Staaten von Amerika.«

»Was mir nicht entgangen ist«, bemerkte Yokavich.

»Das hatte ich auch nicht gedacht. Genauer gesagt ist Mr Trejo als Logistikspezialist auf dem Marinestützpunkt in Kitsap tätig. Ich habe heute Morgen mit dem zuständigen Staatsanwalt des King County über die Möglichkeit gesprochen, dass die US Navy in diesem Fall die Zuständigkeit übernimmt.«

Yokavich sah Cerrabone an. »Staatsanwalt?«

»Mir ist bekannt, dass der leitende Staatsanwalt mit Captain Moore telefonierte, Euer Ehren. Ich wüsste allerdings nicht, dass in Bezug auf die Zuständigkeit bereits irgendeine Entscheidung gefallen ist. Mir wurde gesagt, die Navy wolle noch weiter ermitteln und erst nach Abschluss dieser Ermittlungen entscheiden, ob sie Zuständigkeit geltend macht.«

»Dann hat die Navy also noch nicht die Zuständigkeit beansprucht?«, hakte Yokavich nach.

»Nicht, dass ich wüsste.«

»Wir sind gerade dabei, diese Entscheidung zu treffen«, meldete sich Moore. »Wie eben erwähnt, haben wir den Fall Ermittlern des NCIS zugewiesen und warten deren Ergebnisse ab. Bis dahin, Euer Ehren, beantrage ich, Mr Trejo zu seiner eigenen Sicherheit in die militärische Strafvollzugsanstalt in Fort Lewis zu überstellen.«

»Sicherheit?«, flüsterte Tracy Kins zu. »Was soll das denn heißen?«

»Keine Ahnung.« Kins schüttelte den Kopf.

»Euer Ehren«, sagte Cerrabone, »ich bin mir sicher, das Gefängnis des King County kann die sichere Verwahrung von Mr Trejo garantieren.«

»Was spricht gegen eine weitere Haft hier im King County?«, erkundigte sich Yokavich bei Moore.

»Mr Trejo leistet aktiven Dienst bei den Streitkräften, Euer Ehren, und war auch in Übersee aktiv, sowohl bei Einsätzen auf der USS Stennis als auch auf Operationsbasen in Afghanistan und im Irak. Er kann nicht im allgemeinen Strafvollzug untergebracht bleiben, wo ihm Inhaftierte ausländischer Herkunft Schaden zufügen könnten.«

»Macht er Witze?«, erkundigte sich Tracy leise. »Der Mann hat im Versorgungslager gearbeitet!«

»Ich glaube, das meint er ernst«, sagte Kins.

Cerrabone setzte seine Ausführungen unbeirrt fort: »Bis eine Entscheidung in Bezug auf die Zuständigkeit getroffen wurde, bleibt Mr Trejo im Gefängnis des King County in Haft. Dort sind alle mit der Inhaftierung verbundenen Formalitäten erledigt worden, dort ist er registriert. Wenn die Navy Zuständigkeit geltend gemacht hat, kann sie ihn anschließend verlegen.«

»Euer Ehren, Mr Trejo hat außerdem als unschuldig zu gelten, bis ihm eine Schuld nachgewiesen wurde. Da seine

Sicherheit in einem zivilen Gefängnis nicht garantiert werden kann, sollte ihm die Unterbringung in der gemeinsamen Justizvollzugsanstalt aller Streitkräfte auf dem Stützpunkt Lewis-McChord gestattet werden. Dort wird man ihn in vorprozessuale Haft nehmen, bis die Ermittlungen der Navy abgeschlossen sind. Das bedeutet keine Voreingenommenheit gegenüber dem Ankläger des King County.«

Vielleicht nicht, dachte Tracy. Nur beschlich einen hier unwillkürlich der Verdacht, Trejo solle bevorzugt behandelt werden. Shaniqua und viele der anderen Zuschauer befürchteten genau das ja bereits.

Yokavich legte den Kopf in den Nacken und betrachtete eine Weile scheinbar gedankenverloren die Decke. Als er den Kopf wieder senkte, sah er Cerrabone an. »Ich sehe da kein Präjudiz. Gibt es ein Präjudiz?«

»Es ist ein nicht notwendiger Schritt, Euer Ehren, und er geschieht in Erwartung eines Ereignisses, das noch nicht eingetreten ist und vielleicht nie eintreten wird«, erwiderte Cerrabone. »Die Entscheidung über eine Verlegung kann getroffen werden, falls und wenn die Navy die Zuständigkeit für den Fall übernimmt, was ja noch nicht geschehen ist. Bis dahin sollte man Mr Trejo behandeln wie jeden anderen Verdächtigen im King County.«

»Wir sind jetzt hier und könnten ihn mitnehmen«, insistierte Moore. »So wird vermieden, dass Mr Trejo aufwendig verlegt werden muss, und es garantiert seine Sicherheit.«

Yokavich nickte. »Ich werde dem Antrag stattgeben. Bis zu dem Zeitpunkt, an dem die Navy ihre Entscheidung getroffen hat.«

»Verdammt!«, sagte Tracy so laut, dass Kins sich umdrehte und ihr einen tadelnden Blick zuwarf. Sie sah die Mehrheit der Anwesenden resigniert den Kopf schütteln.

»Wenn die Navy nicht die Zuständigkeit übernimmt, können wir dieses Problem neu erörtern«, sagte Yokavich. »Bis dahin schicke ich den Angeklagten in die gemeinsame … das ist doch eine Brig, oder?« Er sah Battles an.

»Sie haben gedient, Euer Ehren?«, fragte Battles.

»Mit Stolz«, sagte Yokavich. »Stabsbootsmann.«

Battles lächelte und Tracy sah in den Augen der Zuschauer Messer aufblitzen.

»Die Brig nennt sich heutzutage Northwest Joint Regional Correctional Facility.« Battles zuckte die Achseln. »Klingt wohl besser, fanden die Politiker. Ich persönlich mag den Ausdruck Brig lieber.«

Yokavich brachte ein dünnes Lächeln zustande. Tracy, die ihn noch nie hatte lächeln sehen, fand, er sah aus wie ein Schuljunge beim Flirt mit dem hübschesten Mädchen der Klasse. »War auf jeden Fall kürzer, was?«

»Auf jeden Fall«, pflichtete ihm Battles bei.

»Die sollten das lieber schnell beenden, sonst schlägt noch wer Krawall«, zischte Tracy Kins zu.

»Und das aus gutem Grund«, flüsterte Kins.

»Okay.« Yokavich sah Cerrabone an, als hätte er kurzfristig vergessen, dass der ja auch noch da war. »Sonst noch etwas?«

»Nein, Euer Ehren«, sagten Cerrabone und Moore wie aus einem Mund.

»Dann rufen Sie den nächsten Fall auf«, bat Yokavich die Protokollantin.

Tracy sah zu, wie Battles zu Trejo und den beiden stämmigen Justizvollzugsbeamten hinüberging, sich dicht zu ihrem Mandanten beugte, um ihm etwas ins Ohr zu flüstern und ihm aufmunternd auf die Schulter zu klopfen, bevor er aufstand und den Raum verließ.

Die Opferbetreuerin sprach mit Shaniqua Miller und deren Mutter, wobei es allerdings nicht den Anschein hatte, als würden die beiden ihr richtig zuhören. Schlechter hätte diese Anhörung kaum laufen können, fand Tracy. Cerrabone drehte sich zu ihr um und verdrehte voller Abscheu die Augen, hielt sich aber ansonsten zurück.

Battles und Moore machten sich auf den Weg den Mittelgang hinunter und dem Ausgang zu. Als sie die Tür erreichte, drehte sich Battles noch einmal um und schaute zu Tracy herüber. Ihr Blick war die reine Herausforderung.

Kapitel 15

Auf dem Weg den Marmorflur hinunter zum Gerichtssaal der ehrenwerten Deborah Kerr zog sich Del schnell noch das Jackett zurecht. Dann schlüpfte er leise durch die Tür und setzte sich ganz hinten in die letzte Bank des nur schwach besetzten Zuschauerraums. Einige der Geschworenen auf ihrer Bank vorn rechts im Saal sahen kurz zu ihm hin, konzentrierten sich dann aber wieder voll und ganz auf Celia McDaniel. Celia machte sich vor Gericht wunderbar, genau wie Del gedacht hatte. Sie gab sich locker und selbstbewusst und ließ, anders als neulich, einen sehr charmanten Südstaatenakzent hören, den er fast schon berauschend fand.

Als sie nach zehn Minuten eine kleine Pause einlegte, ehe sie zum nächsten Punkt überging, nutzte Richterin Kerr die Gelegenheit für einen Blick auf die große Uhr an der Wand. »Frau Anwältin, vielleicht wäre das jetzt ein guter Zeitpunkt, um für heute Schluss zu machen?«

McDaniel warf ebenfalls einen Blick zur Uhr, dabei wusste Del genau, dass sie der Richterin zustimmen würde, hatte die ihr doch gerade die Gelegenheit geboten, die Geschworenen nach einem langen Tag und einer langen Woche nach Hause zu schicken. Nur ein Narr würde sich das entgehen lassen und ein Narr war Celia McDaniel bestimmt nicht.

»Das wäre in Ordnung, Euer Ehren. Wenn wir Glück haben, schaffen wir es alle noch vor der Rushhour nach Hause.«

Während die Geschworenen ihre Sachen zusammensuchten und aus dem Saal flüchteten, ging Del nach vorn an den Tisch der Anklage, wo McDaniel ihre Unterlagen in einen Karton packte. Damit hörte sie auf, sobald sie ihn erkannt hatte. Die beiden hatten sich seit dem Gespräch im Café nicht mehr gesehen, nachdem sie gegangen war, ohne ihren Kaffee auszutrinken und ihre Donuts aufzuessen. Nun kräuselte sich ihre Oberlippe leicht – ob zu einem Lächeln oder einem verächtlichen Grinsen, hätte Del nicht sagen können.

»Was führt Sie denn so spät an einem Freitagnachmittag hierher, Detective? Haben Sie Ihren Dealer finden können?«

Del würde mit McDaniel zusammenarbeiten, um die Anklage vorzubereiten, falls er den Namen des Dealers beziehungsweise die Namen der Dealer herausfand, die Allie mit den tödlichen Drogen versorgt hatten und vielleicht auch für die anderen durch Drogen verursachten Todesfälle in jüngster Zeit verantwortlich waren. Aber nicht deswegen war er gekommen.

»Nein, noch habe ich niemanden gefunden.« Er räusperte sich. »Ich wollte mich für neulich entschuldigen. Ich wusste das mit Ihrem Sohn nicht und habe ein paar Dinge gesagt, die man als ...«

»Ungehobelt bezeichnen könnte?«

»Ich hatte unsensibel sagen wollen.« Del zuckte die Achseln. »Aber ungehobelt trifft es wohl auch.«

Sie nickte. »Lassen Sie sich da mal keine grauen Haare wachsen, ich habe schon weitaus Schlimmeres zu hören bekommen. Wie ist denn der Stand der Dinge in Bezug auf die Person, die Ihrer Nichte die Droge verkauft hat?«

Er war froh, das Thema wechseln zu können, auch wenn die Ermittlungen zu Allies Tod nicht der Grund für seinen Besuch waren. »Ich habe Allies Handy und ihren Computer zur

Analyse an unsere Techniker geschickt. Melton versucht Druck zu machen, damit es schneller geht.«

»Ich hörte von Funk etwas über weitere Tote.«

»Zwei. Dieselbe Szene. Es scheint dasselbe Produkt zu sein. Ich habe ihm eine Probe gebracht, damit er sie sich ansieht und hoffentlich auch analysiert. Black Tar ist es nicht, sagt er. Es könnte China White sein.«

»Das wäre für die Westküste sehr ungewöhnlich.«

»Das hat Funk auch gesagt.«

»Haben Sie das Drogendezernat informiert?«

Del nickte. »Sie unterhalten sich mit den ihnen bekannten Usern und haben wohl auch die Fahrradstreifen benachrichtigt, damit die helfen können, die Nachricht in Umlauf zu bringen. Mir wurde gesagt, dass man den Fall vielleicht der Abteilung für Gewaltverbrechen abnehmen wird – mir also.«

McDaniel dachte kurz nach. »Vielleicht, soweit es die Analyse des Produkts und die Frage seiner Herkunft angeht. Aber wenn wir die betreffenden Leute dann wegen Tötung durch Betäubungsmittel drankriegen, fällt das wieder in den Zuständigkeitsbereich der Abteilung Gewaltverbrechen.«

»Danke«, sagte er.

McDaniel machte Anstalten, sich ihren Karton unter den Arm zu klemmen, aber Del hob bittend die Hand. Er wollte ihr doch erst noch den Grund für sein Kommen erläutern. »Ich hatte gehofft, Sie auf einen Drink einladen zu dürfen. Als kleines Friedensangebot nach meinem ungehobelten Benehmen.«

McDaniel runzelte die Stirn. »Müsste ich das als Einladung aus Mitleid verstehen, Detective?«

»Was? Nein!« Del war entsetzt. Mit solch einer Reaktion hatte er nicht gerechnet. »Wirklich nicht, überhaupt nichts in der Art.«

»Dann versuchen Sie nur, Ihr Gewissen zu erleichtern, weil Sie sich schlecht fühlen.«

Jetzt wusste Del endgültig nicht mehr, was er sagen sollte. Verlegen trat er von einem Fuß auf den anderen. »So habe ich es auch nicht gemeint.«

Als McDaniel jetzt lächelte, blitzte in ihren Augen der Schalk. »Kopf hoch, ich habe nur ein bisschen mit Ihnen gespielt! Wem ist am Freitag nach einer langen Woche nicht nach einem Drink?« Sie hob den Karton vom Tisch. »Aber ich trinke nie, ohne etwas zu essen. Und wie gern ich esse, wissen Sie ja bereits. Mögen Sie die thailändische Küche?«

»Auf jeden Fall!« Del klang begeistert, dabei machte er sich nicht allzu viel aus thailändischen Spezialitäten. Er wollte nur verhindern, dass die Unterhaltung wieder in falsche Bahnen glitt. »Ich liebe die Thaiküche.«

McDaniel reichte ihm ihren Karton. »Kommen Sie, helfen Sie mir, das Zeug in mein Büro zu schaffen. Ich kenne da ein wunderbares Restaurant in der Innenstadt.«

KAPITEL 16

Am Montagmorgen löste Leah Battles am Charleston Gate ihre Radlerschuhe mit einem Klick aus den Pedalen und fummelte an dem Band um ihren Hals. Wenn sie zur Arbeit fuhr, trug sie ihren Militärausweis in einer durchsichtigen Kunststoffhülle unter ihrem Radlerhemd. Wie jeden Morgen zeigte sie das Dokument kurz dem Bootsmann im Wachhaus und wollte die Ausweishülle gerade wieder unter ihr Hemd schieben, als der Mann sie aufhielt.

»Moment«, bat er und kam aus seinem Häuschen auf sie zu.

Battles fuhr jetzt seit drei Jahren mit ihrem Rad zur Naval Base Kitsap, jeden Tag, bei Wind und Wetter. War sie besessen? Keineswegs, einfach nur sparsam. Bei der Navy wurde man nicht reich, und wenn man in Seattle in der Innenstadt eine Wohnung ohne dazugehörigen Autostellplatz bewohnte und ein Auto besaß, musste man sich eine teure Garage mieten. Das Geld investierte Battles dann doch lieber in sich selbst. Auch die Fährkosten für ein Auto jeden Morgen und Abend waren nicht ohne. Das Rad sparte Geld und ersetzte in den Tagen und Wochen, in denen die Arbeit überhandnahm, den Sport. Solche Zeiten standen ihr wahrscheinlich gerade auch wieder bevor.

Der Fährterminal lag nur wenige Blocks von ihrer Wohnung am Pioneer Square entfernt, und vom Anleger in Bremerton bis zum Charleston Gate waren es ungefähr zwei Meilen.

Und jeden Morgen zeigte sie dem diensthabenden Bootsmann ihren Ausweis.

Zu ihrem Leidwesen blieb zwar ihre Routine unverändert, aber die diensthabenden Bootsleute wechselten. Natürlich machten sie auch nur ihren Job, wie dieser Affe jetzt, der sie zwang, ihren Ausweis aus der Hülle zu ziehen, und wohl am liebsten noch eine Leibesvisitation vorgenommen hätte. Aber Battles war total durchgefroren und wollte nur noch ins Warme, sich einen Kaffee holen und auftauen.

»Haben Sie einen Chip Reader oder muss ich die Karte einfach nur in einen Schlitz stecken?«, scherzte sie, indem sie dem Bootsmann ihren Ausweis reichte.

Der Wachmann sah verwirrt auf. »Bitte?«

»Ich hätte gern fünfzig Dollar zurück, cash. Und ein paar Lotterielose.«

Der Bootsmann lächelte immer noch nicht. Vielleicht wollte er mal für die Queen vorm Buckingham Palace Wache schieben und übte schon.

Allerdings reichte er ihr den Ausweis dann wesentlich höflicher zurück – offenbar hatte er nicht mit ihrem Rang gerechnet. Jetzt salutierte er sogar. »Danke, Lieutenant.«

Battles erwiderte den Gruß nur halbherzig, ehe sie den Ausweis wieder sicher in der Hülle und unter dem Hemd verstaute. Sie stieß sich am Wachhäuschen ab und fuhr weiter, ohne ihre Schuhe wieder in die Pedale einrasten zu lassen. Erst mal ging es bergab, da brauchte sie nicht zu treten. Am Fuß des Abhangs bog sie in die Barclay Street und nahm die Abkürzung über den Parkplatz bis zum Haus Nummer 433. Die letzte Tür rechts war die Rechtsabteilung, das Defence Service Office West, Abteilung Bremerton, oder auch DSO, ihr zweites Zuhause. Wie der Marinestützpunkt Kitsap, der nach der Umstrukturierung des Marinestandorts Bremerton und des U-Boot-Standorts Bangor entstanden war, war auch das DSO aus der Umstrukturierung der Abteilung für juristische Dienste entstanden, dem Naval Legal Services Office (NLSO). Das NLSO war früher für alles zuständig gewesen: Verteidigung in Straffällen, rechtliche Beratung, Abfassen von Testamenten, Vertretung gegenüber Vermietern und ähnlich spannenden Mist. Inzwischen hatte man die zivilrechtlichen und strafrechtlichen Abteilungen getrennt, wofür der heiligen Dreieinigkeit innigster Dank gebührte, fand Battles. Sie hatte sich nicht dienstverpflichtet, um darüber zu streiten, wer was bekam oder wo wohnen durfte.

Battles nahm ihren Fahrradhelm ab, tippte die letzten vier Ziffern ihrer Sozialversicherungsnummer in das Touchpad neben der Tür, womit die geöffnet und Battles Anwesenheit registriert worden war, und betrat das Gebäude. Die warme Luft im Haus tat ihren kalten Wangen gut. Darcy, die Frau am Empfang, saß wie immer hinter ihrem Tresen und rief ihr die übliche Begrüßung zu: »Alles klar da draußen, Ma'am?«

»Die Welt steht noch, Darcy«, antwortete Battles im Vorübergehen. »Ich melde mich, sobald sich das ändert.«

Sie steuerte ihr gleich hinter dem Eingangsbereich liegendes Büro an, war aber noch nicht weit gekommen, als am unteren Flurende jemand nach ihr rief.

»Hab gehört, Sie hatten am Wochenende ganz schön was um die Ohren, Lee!« Brian Cho, einer der Anklagevertreter in Kitsap, kam breit grinsend auf sie zu.

Cho hatte sein Büro im ersten Stock, in der Nähe des Gerichtssaals, und wenn er sich hier unten herumtrieb, dann nur, weil er auf ihr Eintreffen gewartet oder vom Fenster aus gesehen hatte, wie sie das Charleston Gate passierte. Er trug den blaugrauen Tarnanzug der Navy, offiziell unter der Bezeichnung

Navy Working Uniform, Arbeitsuniform der Navy, bekannt. Abgekürzt wurde daraus NWU, was Battles gern mit North West Ugly übersetzte: die Hässlichen aus dem Nordwesten. Seeleute sprachen herablassend von Blaubeeren, wenn von dieser Uniform die Rede war, die Gerüchten zufolge ohnehin bald ausrangiert werden sollte. Offenbar war man darin nicht sicher, wenn ein Feuer bekämpft werden musste. Feuergefährliche Uniformen waren nun wirklich nicht der Hit und sogar der Marineminister hatte wohl inzwischen ein Einsehen und fand, als Tarnanzug taugten die Dinger sowieso nur, wenn man über Bord gegangen war.

Battles beachtete Cho erst gar nicht, weil – weil er eben Cho war. Sie ging weiter in ihr Büro, wo sie die Tiffany-Lampe anknipste, die früher auf dem Schreibtisch ihres Vaters gestanden hatte, und versuchte, Betriebsamkeit vorzutäuschen. Ihr fensterloses Büro bot kein natürliches Licht und besaß ungefähr so viel Charme wie eine Gefängniszelle. Es konnte einem hier drin durchaus zu eng werden, besonders im Winter, wenn Battles oft vor Sonnenaufgang kam und erst nach Sonnenuntergang wieder nach Hause fuhr.

Cho, der kein Gefühl für subtile Botschaften hatte, war ihr gefolgt. »Ich habe von Trejo und der Anhörung gehört.«

Battles musste aufpassen: Bei Cho balancierte sie auf dünnem Drahtseil. Meistens gelang ihr die Beibehaltung eines halbwegs kollegialen Tons, wobei sie allerdings nicht selten vom heftigen Bedürfnis überkommen wurde, ihre Krav-Maga-Künste an seinem Hinterteil auszuprobieren. Cho war ein gut aussehender Mann asiatischer Herkunft, dessen Lächeln ungefähr so strahlend weiß war wie der Tabernakelchor der Mormonen und der gern durchblicken ließ, dass ganze Scharen von Frauen nach seiner Pfeife tanzten. Noch dazu war er arrogant und liebte Sarkasmus. Wobei das noch seine guten Eigenschaften waren. Battles fasste im Geiste zusammen: Wenn

Cho über Trejo Bescheid wusste, dann hatte der Chefankläger der Navy bereits einen Lagebericht angefertigt und diesen allen obersten Bossen des Stützpunkts auf den Tisch gelegt. Hier wurde keine Zeit verschwendet, was wahrscheinlich bedeutete, dass die Navy Zuständigkeit geltend machen wollte.

»Dann wissen Sie so viel wie ich.« Sie legte ihren Helm auf den Schreibtisch.

»Ich hörte, Sie haben ihn gleich im Knast besucht. Da waren Sie ja fix bei der Sache.«

Nein, sie würde nicht anbeißen. »Er rief die Nummer des Diensthabenden an, das war in dem Fall ich, und ich war bereits drüben auf der anderen Seite.« Sie streifte sich die Radlerschuhe von den Füßen, weil sie sich umziehen wollte. Ihre Uniform mit den schwarzen Stiefeln bewahrte sie hier im Schrank auf. Wieder übersah Cho den diskreten Hinweis.

»Wo ist Trejo jetzt?«, wollte er wissen.

»Lewis-McChord.«

»Dann erklären wir uns für zuständig?«

Da endlich waren sie bei dem Thema, das den Mann wirklich interessierte. »Wie ich schon sagte: Sie wissen genauso viel wie ich. Wir waren nur bestrebt, ihn aus dem Kreisgefängnis rauszuholen.«

»Feindliche Kombattanten?«, erkundigte sich Cho mit einem Hauch Sarkasmus in der Stimme.

»Sie kennen die Vorgehensweise.«

»Haben Sie mit ihm gesprochen?«

»Nicht über Einzelheiten.«

»Ich habe gehört, dass der Fall zurückkommt«, meinte Cho. »Wir erklären uns für zuständig, heißt es.«

Ohne direkt zu antworten, holte sie sich ein paar Papiere vom Tisch und gab vor, darin zu lesen. »Das würde mich nicht überraschen.«

»Sie sind ganz erpicht auf den Fall, was?«

Da war er – der Grund für seinen Besuch. »Gehört das auch zu dem, was Sie läuten hörten?« Sie legte die Papiere wieder ab.

Cho warf ihr ein boshaftes Grinsen zu. Er mochte es, wenn seine Sprüche anderen unter die Haut gingen. »Ein Fall von der Bedeutung nimmt sich im Lebenslauf gut aus.«

»In Ihrem oder in meinem?« Battles wandte sich zur Tür. Wahrscheinlich wurde sie diesen Affen nur auf dem Damenklo los.

Immer noch grinsend stellte sich ihr Cho in den Weg. »Mein Lebenslauf braucht keine Hilfe, Lee«, verkündete er, ließ die Bemerkung und sein Lächeln noch ein bisschen im Raum hängen, drehte sich um und ging.

Battles schloss hinter ihm die Tür, wobei sie sich auf die Zunge beißen musste, um nicht laut loszubrüllen. Was für ein arrogantes Arschloch! An der Wand hinter ihrem Schreibtisch, neben einem gerahmten indischen Wandteppich, den sie bei einem Besuch in Mumbai erstanden hatte, hingen die beiden Urkunden, die sie als Verteidigerin des Jahres erhalten hatte. Sie hatte sich diese Anerkennung in beiden Jahren hart erarbeitet, aber trotzdem hatte Cho natürlich recht: Der Fall Trejo würde ihren Lebenslauf perfekt ergänzen. Cho war der einzige Ankläger, gegen den sie je verloren hatte. Zwei Mal. Sie hatte ihn nie geschlagen. Und obwohl der Fall Trejo sich als ganz schöner Brocken erweisen könnte, wollte sie ihn. Sie liebte Herausforderungen.

Ohne das Neonlicht im Zimmer einzuschalten, holte sie sich Uniform und Stiefel aus dem Schrank und zog sich rasch um. Dann setzte sie sich an den Schreibtisch und las sich noch einmal durch, was sie am Wochenende herausgefunden hatte. Trejo stand unter Umständen eine lange Gefängnisstrafe bevor. Nach dem einheitlichen Militärstrafgesetzbuch konnte, sollte er vor ein Militärgericht gestellt werden, ein Militärrichter oder eine Gruppe Geschworener eine Strafe verhängen, die die im zivilen Strafrecht maximal möglichen zehn Jahre Haft weit überschritt. Angesichts des seit Entstehung der Bewegung Black Lives Matter zunehmend verhärteten politischen Klimas und eingedenk der Tatsache, dass Trejo Fahrerflucht begangen hatte, war zu erwarten, dass an dem Mann ein Exempel statuiert werden sollte.

Genau das machte Battles zu schaffen. Trejo kam ihr nicht besonders dumm oder hinterhältig vor und hatte noch dazu eine Frau, auf die er Rücksicht nehmen musste. Warum also war er geflohen? Er selbst äußerte sich dazu nicht und blieb bei seiner Geschichte: Er war an dem Abend nicht in Seattle gewesen und das Video, das die Polizei ihm vorgeführt hatte, zeigte nicht ihn. Vielleicht stimmte das ja sogar. Da Battles das Video nicht gesehen hatte, gab es für sie keinen Grund, ihrem potenziellen Mandanten nicht zu glauben. Wahrscheinlich würden die Befehlshaber so schnell wie möglich eine Anhörung nach Paragraf 32 einberufen. War Trejo an dem Abend wirklich nicht in Seattle gewesen, dann stellte seine Verteidigung kein Problem dar. Konnte man ihm nachweisen, dass er doch dort gewesen war, würde sie mildernde Umstände geltend zu machen versuchen: D'Andre Miller hatte es eilig gehabt, nach Hause zu kommen, und von daher nicht aufgepasst. Es war dunkel gewesen, Miller war ohne sich umzusehen auf die Straße gelaufen, Trejo hatte keine Chance gehabt, rechtzeitig zu bremsen. Vielleicht war Miller gar nicht an der Kreuzung gewesen. Eine Reihe von Umständen könnten den Unfallhergang erklären.

Allerdings nicht, warum Trejo Fahrerflucht begangen hatte. Wenn er denn geflohen war.

Es klopfte.

»Herein«, sagte sie.

»Haben Sie einen Moment Zeit, Lieutenant?«

Als ihre Einsatzleiterin Rebecca Stanley ins Zimmer kam, stand Battles auf, widerstand aber der Versuchung zu salutieren, denn bei der Navy ging es weniger steif zu als bei anderen Teilen des Militärs und einen militärischen Gruß gab es nur draußen. Allerdings war Stanley gerade erst dem Stützpunkt zugewiesen worden und schien stärker auf Formen bedacht zu sein als ihr bisheriger Einsatzleiter. Deswegen war sie aufgestanden, sie wollte nicht respektlos erscheinen.

»Natürlich«, sagte sie.

Stanley schloss die Tür. Sie bewegte sich vorsichtig und ein wenig steif. Es war in Kitsap für kaum jemanden ein Geheimnis, dass sie sich während eines Einsatzes in Afghanistan eine schwere Rückenverletzung zugezogen hatte. Sie hatte auf einem Stützpunkt in Kabul Dienst getan, wo sie die Anträge afghanischer Zivilisten bearbeitet hatte, deren Eigentum im Zuge der Militäreinsätze der USA beschädigt worden war oder die Angehörige verloren hatten und nun Entschädigungsforderungen stellten. Stanleys Stützpunkt war eines Nachts unter Mörserbeschuss geraten. Eigentlich nichts Ungewöhnliches, ungewöhnlich war lediglich die Zielsicherheit, mit der die Angreifer vorgegangen waren. Eine Mörsergranate hatte Stanleys Zimmer getroffen und sie aus dem Bett gegen eine Wand geschleudert. Dabei hatte sie sich das Rückgrat gebrochen, was eine Versteifungsoperation notwendig machte.

Jetzt warf sie einen Blick hoch zur Deckenlampe, die Battles immer noch nicht eingeschaltet hatte. »Ist es hier drin immer so dunkel?«

»Ich nenne es lieber stimmungsvoll.«

Stanley lächelte höflich und setzte sich vorsichtig auf einen der beiden mit Stoff bezogenen Stühle vor dem Schreibtisch. Auch Battles setzte sich wieder.

»Die Anhörung zum hinreichenden Tatverdacht heute Morgen hat ja einigen Wirbel verursacht.«

»Das kann ich mir vorstellen.«

»Sie haben Trejo kennengelernt?« Stanley schob sich das dunkle Haar hinter die Ohren. Ihr Blick konnte ausdruckslos sein und im nächsten Moment schon wieder durchdringend.

»Kennenlernen wäre zu viel gesagt.« Battles wollte den Fall nach wie vor für sich an Land ziehen. »Ich habe Donnerstagabend seinen Anruf entgegengenommen, weil ich Dienst hatte. Das Gefängnis lag auf meinem Nachhauseweg vom Training, also bin ich kurz da vorbei und habe gesagt, dass er keine Aussage machen würde und dass sie noch nicht mal versuchen sollten, ihn zum Sprechen zu bringen.« Sie zuckte die Achseln: Alles keine große Sache, sollte das heißen.

»Mir wurde gesagt, das NCIS untersuche die Vorwürfe, wobei es eigentlich nicht viel zu untersuchen gäbe. Keine Zeugen, bloß ein paar Videoaufnahmen. Die Spurensicherung hat am Wagen offenbar nichts Brauchbares finden können. Außerdem hieß es, dass die Navy sich für zuständig erklärt.«

»Das klang bei der Anhörung schon durch und ich fand auch, dass wir das unter den gegebenen Umständen tun sollten.«

»Hat Trejo gesagt, ob er einen zivilen Anwalt haben möchte?«

»Nein, hat er nicht. Ich wüsste aber auch nicht, wie er sich einen zivilen Anwalt leisten könnte.«

»Und das Video? Was hatte er dazu zu sagen?«

»Er sagt, das war er nicht.«

»Haben Sie es gesehen?«

»Noch nicht.«

Stanley faltete die Hände, als würde sie gleich ein Tischgebet sprechen wollen. »Womit wir dann wieder bei uns wären.«

»Jawohl, Captain.«

»Sie möchten diesen Fall übernehmen.« Das war keine Frage.

»Ja, ich möchte ihn.«

»Dabei stehen die Chancen gut, dass die Verteidigung ihn mit Pauken und Trompeten verliert. Es sei denn, Trejo sagt die Wahrheit und er ist wirklich nicht der Mann auf dem Video.«

»Gut möglich.«

»Glauben Sie, Sie werden damit fertig?«

»Auf jeden Fall.«

»Wie ich höre, soll Cho Trejo anklagen.«

Dann hatte sie also recht gehabt und er war nicht ohne Grund in ihrem Büro aufgetaucht. »Das überrascht mich nicht.«

»Ein Verfahren, bei dem es um ein schweres Verbrechen geht, hat er noch nie verloren.«

»Es gibt immer ein erstes Mal.« Battles lehnte sich zurück. »Ich sehe mir die Beweislage an und stelle fest, wie solide sie ist. Wenn die Beweise so eindeutig sind, wie es bisher den Anschein hat, wird Trejo sich schuldig bekennen müssen.«

Stanley stand auf. »Sieht so aus, als hätten Sie alles im Griff. Ich hoffe, das ist wirklich der Fall und bleibt auch so.«

»Captain?«, fragte Battles überrascht. Was sollte die Bemerkung?

Stanley stützte sich auf die Rücklehne ihres Stuhls und beugte sich ein wenig vor. »Das Oberkommando wird diesen Fall genau beobachten, Lee. Nüchtern betrachtet ist es eine ganz hässliche Sache. Wenn Trejo diesen Jungen überfahren und dann Fahrerflucht begangen hat, wirft das kein besonders gutes Licht auf die Navy. Und wenn dieses Video wirklich so aussagekräftig ist, wie die Polizei behauptet, und Trejo sich nicht dazu bekennt …« Sie ließ den Gedanken unausgesprochen im Raum hängen. »Sorgen Sie dafür, dass er die Schwere des Verbrechens versteht und auch die Dynamik des momentanen politischen Klimas – falls er sich denn entscheidet, sich für nicht schuldig zu erklären.«

TEIL 2
ZWEI WOCHEN SPÄTER

Kapitel 17

Die Chancen hatten nicht besonders gut gestanden, was Tracys Enttäuschung allerdings überhaupt nicht dämpfte. Sie wickelte den Schwangerschaftstest in Toilettenpapier und warf ihn in den Mülleimer zu ihrer leeren Packung Clomid. Ihre vierzehn Tage waren vorbei und sie fühlte sich wie eine Milchtüte mit abgelaufenem Haltbarkeitsdatum. Dr. Kramer sagte, sie könnte trotzdem noch schwanger werden, denn das Medikament werde in ihrem Organismus nur langsam abgebaut, aber besonders zuversichtlich hatte er dabei nicht geklungen.

Auch Tracy war nicht gerade optimistisch.

Vielleicht war es ja jetzt wenigstens vorbei mit den Hitzewallungen und Stimmungsschwankungen. Ihr Pech, dass sie zu den wenigen Frauen gehörte, die die Nebenwirkungen zu spüren bekamen. Die hatten sie in den vergangenen zwei Wochen fast wahnsinnig gemacht, vor allem das Gefühl, ständig von innen heraus zu schwitzen. In der Nacht hatte sie oft mit rasendem Herzen und durchgeschwitztem T-Shirt die Decke zur Seite getreten, woraufhin der arme Dan so gefroren hatte, dass er aufgewacht war. Irgendwann hatte er sich eine eigene Bettdecke organisiert. Tagsüber hatte sie immer wieder nach Ausreden gesucht, um an die kalte Luft treten zu können, wobei das Wetter irgendwann nicht mehr mitgespielt und sich darauf besonnen hatte, dass ja eigentlich März und damit Frühling war. Die Temperaturen hatten sich auf ein normales Maß eingependelt, begleitet von drei Tagen Regen. Dieser Trend sollte die nächsten Tage noch anhalten.

Tracy wusch sich am Waschbecken die Hände und musterte ihr Gesicht im Spiegel. Die Krähenfüße kamen ihr betonter vor und sie konnte im blonden Haar die ersten grauen Strähnen erkennen. Auch ihr Teint, den sie von ihrer Mutter geerbt hatte, war nicht mehr makellos und zeigte ein paar Altersflecken. Bisher hatte ihr das nichts ausgemacht, es war ihr nicht wichtig gewesen. Und auch jetzt störte sie nicht ihr Alter, sondern das, was dieses Alter kennzeichnete. Sie spürte ihre Jahre in der schmerzenden Schulter, anhand der Stiche im Knie, wenn sie es falsch belastete, in der Sehschärfe, die früher, als sie noch an Schießwettbewerben teilnahm, ihr großer Pluspunkt gewesen war und die man jetzt nicht mehr außergewöhnlich, sondern höchstens noch normal nennen konnte. Bald war sie so alt wie ihr Vater, als er sich das Leben nahm, weil er das Verschwinden seines Babys nicht verwinden konnte, Tracys kleiner Schwester Sarah.

Und sie wurde nicht schwanger.

Wohin nur hatte sich ihre Jugend davongeschlichen?

Sie warf einen Blick auf das gerahmte Schwarz-Weiß-Foto, das Dan nach ihrem Einzug aufgehängt hatte, um ihr eine Freude zu machen. Es zeigte Dan, Sarah und Tracy oben in den Ästen der großen Trauerweide im Garten ihrer Eltern in Cedar Grove. Warum konnte sie sich ohne dieses Foto nicht mehr an jenen Augenblick erinnern?

Sie spürte ihre Sterblichkeit, ihren Platz in der Welt und die Erkenntnis, dass es niemanden gab, der ihre Gene und damit das Vermächtnis ihrer Familie weitertrug. Ihr Zweig des Stammbaums endete bei ihr.

Vielleicht plagten sie aber auch nur immer noch die Stimmungsschwankungen des bescheuerten Clomid.

Eins war auf jeden Fall klar: Hier am Waschbecken zu stehen und zu grübeln, brachte sie auch nicht weiter.

»Tracy?«, rief Dan aus dem Schlafzimmer.

Sie riss sich zusammen und ging zu ihm.

Er hatte es sich im Bett bequem gemacht, sich ein paar Kissen in den Rücken gestopft und las in einem Schriftstück. Auf seiner Nase thronte die runde Drahtbrille, die ihm im Verbund mit den braungrauen Locken oft den Anstrich eines Gelehrten gab.

»Schön, dass du heute Abend mal zu Hause bist!«, sagte er.

Sie war früh nach Hause gekommen, weil sie am nächsten Morgen bei der Anhörung nach Paragraf 32 aussagen sollte.

»Alles in Ordnung?«, fragte Dan.

Sie zuckte die Achseln. »Negativ.«

»Das tut mir leid.«

Sie zuckte noch einmal mit den Achseln.

»Hey! Wir müssen es einfach immer weiter versuchen!«

Sie kletterte ins Bett und rückte unter der Decke dicht an ihn heran. Dan legte ihr den Arm um die Schulter. »Wollen wir uns einen Film ansehen?«

»Lieber nicht. Ich habe morgen um neun diese Anhörung und der Staatsanwalt wird mich gleich nach dem Ermittler aufrufen, der den Verkehrsunfall untersucht hat.«

Dan runzelte die Stirn. »Sie lassen dich zuhören, bevor du deine Aussage machst?«

»Eigentlich ja nicht, dachte ich. Aber der Ankläger sagt, bei der Anhörung zur Beweisaufnahme sind die Regeln gelockert worden, und die Verteidigung hat anscheinend nichts gegen meine Anwesenheit. Clarridge und Dunleavy wollen beide, dass ich der Familie beistehe, also …«

»Ich kapiere immer noch nicht, wie es überhaupt zu dieser Anhörung kommen konnte. Was ist denn unklar? Es gibt doch das Video und alles andere. Worauf will der Mann denn plädieren?«

»Anscheinend behauptet er immer noch, nicht die Person auf dem Video zu sein. Das wäre jemand anderes.«

»Und wie stehen die Chancen, dass er damit durchkommt?«

»Ungefähr so gut wie meine, schwanger zu werden.«

»Hey! *Wir* haben noch andere Optionen!«

Tracy schwieg.

Dan streichelte ihren Arm. »Der Abend ist noch jung, vielleicht gibt es ja außer fernsehen noch etwas, was wir tun könnten.«

Tracy lächelte, auch wenn ihr gar nicht danach war. Der Schwangerschaftstest kam ihr wie eine Niederlage vor, die Wunde war noch zu frisch. »Gehe ich dir nicht langsam auf den Geist? So, wie ich mich die letzten beiden Wochen aufgeführt habe?«

»Ja, das war eine schreckliche Tortur.« Dan seufzte. »Ein normaler Mann wäre bei deinen intensiven Foltermethoden glatt eingegangen wie eine Primel.«

Sie küsste ihn. »Du bist ein Depp.«

»Ja, aber laut Gesetz bin ich jetzt, mal rechtlich betrachtet, *dein* Depp.«

Dan war immer schon gern albern gewesen, auch als Kind in Cedar Grove. Damals hatte sie ihn ganz bestimmt nicht so sexy gefunden wie jetzt, wenn er sie zum Grinsen gebracht hatte und es ihm egal gewesen war, was andere über ihn dachten. Dan wirkte selten bedrückt und oft optimistisch. Tracy hatte ihn einmal ihren Mr Optimist genannt, das aber sofort zurückgenommen, weil es einfach zu sarkastisch klang. Auf keinen Fall wollte sie den Charakterzug an ihm beschneiden, den sie doch eigentlich so besonders liebte.

»Lass uns einfach schlafen«, schlug sie jetzt vor.

Er streckte die Hand aus, um die Lampe auf seiner Seite des Bettes auszuschalten, sah sie dabei aber noch einmal hoffnungsvoll an. »Bist du sicher? Lieber schlafen als Sex?«

Sie lächelte. »Schlafen ist wie Sex.«

»Wieso das denn?«

»Je weniger man davon kriegt, desto mehr will man.«

Dan lachte. »Von wem stammt der Spruch noch gleich?«

»Von einem meiner Ausbilder auf der Polizeischule.«

»Okay. Letzte Chance – was soll es sein?«

Lächelnd kroch sie tiefer unter die Bettdecke. »Schlafen.«

Ehe er das Licht ausschaltete, rückte Dan noch seine Kissen zurecht. Dann zog er Tracy dichter zu sich heran. »Ich weiß, dass dein Leben nicht gerade so geworden ist, wie du es dir erträumt hast«, sagte er nach kurzem Schweigen.

»Da sprach das Clomid aus mir«, flüsterte sie.

»Und ich würde alles tun, um Sarah zurückzubringen«, fuhr er fort. Tracy merkte, dass es ihm sehr ernst war. »Aber ich bin glücklich, dass du jetzt hier bist, neben mir liegst. Und ich würde heute Abend nichts anders haben wollen, oder in den anderen Nächten der nächsten fünfzig Jahre. Das werden nämlich die besten fünfzig Jahre meines Lebens.«

»Ach, Dan.« Sie drehte sich zu ihm herum und küsste ihn. Drängte sich an ihn. Was wenig damit zu tun hatte, ein Baby zu machen, und alles damit, ihn dicht bei sich spüren zu wollen, seinen Optimismus zu brauchen, ihn zu lieben und von ihm geliebt zu werden. Jetzt mehr denn je.

Kapitel 18

Sei vorsichtig mit dem, was du dir wünschst.

Leah Battles Mutter hatte sie immer davor gewarnt, etwas zu sehr haben zu wollen, es sich zu sehr zu wünschen. Sie fand es sinnvoller zu genießen, was man hatte. Und jetzt war Leah ausgerechnet Juristin geworden, ein Beruf, für den es kaum eine bessere Maxime geben konnte. Dabei liebte sie die Herausforderung und hatte sich im Laufe der Jahre oft nach den großen Fällen gesehnt, die, bei denen der Mandant etwas zu verlieren hatte – seine Freiheit zum Beispiel. Saß sie an einem solchen Fall, dann pumpte ihr Körper fortlaufend Adrenalin und die Rädchen in ihrem Hirn drehten sich wie verrückt. Es war wie high sein ohne Drogen, sie liebte dieses Gefühl. Gleichzeitig waren es diese Fälle, die sie nachts nicht schlafen ließen und morgens schon früh aus dem Bett scheuchten. Die Fälle, die an ihren Kräften zehrten.

Wie Laszlo Trejo.

Sein Fall und der Mann selbst schenkten ihr in einem Moment großes Glück, konnten im nächsten aber auch schon haarsträubend frustrierend sein. Seit zwei Wochen kam Battles früh um sieben Uhr zur Arbeit und schaffte es nie vor Mitternacht nach Hause. Entweder aß sie an ihrem Schreibtisch, oder sie aß und schlief auf der Fähre, um aus den kostbaren sechzig

Minuten der Überfahrt möglichst großen Nutzen zu ziehen. Sport trieb sie inzwischen nur noch auf dem Fahrrad bei ihren Touren zur Fähre und zurück – mit Ausnahme eines Abends, an dem sie implodiert wäre, hätte sie den Stress nicht richtig abbauen können. Da hatte sie dann früher Schluss gemacht, um zum Krav-Maga-Training gehen zu können.

Die langen Arbeitsstunden waren zur Gewissheit geworden, als Captain Peter Lopresti, Oberbefehlshaber des Marinestützpunkts Kitsap, eine Anhörung nach Paragraf 32 angeordnet und gleichzeitig klargestellt hatte, dass es sich hier nicht um das gewöhnliche Prozedere handelte, bei dem normalerweise fast ausschließlich nach Aktenlage und Schriftsätzen entschieden wurde. Lopresti wollte eine richtige Anhörung, noch dazu öffentlich, mit Zeugen und Vorladungen. Der Grund wurde nie offen genannt, lag aber auf der Hand: Indem er zeigte, dass er die Strafverfolgung mit aller gebotenen Härte und Genauigkeit betrieb, glaubte Lopresti der Öffentlichkeit vermitteln zu können, dass die Navy in dieser Sache keineswegs auf Zuständigkeit gedrängt hatte, um einen der ihren zu schützen. Diese Überlegungen spiegelten sich dann auch in der von Brian Cho verfassten Anklageschrift wider, die Battles ziemlich übertrieben fand und die gleich die gesamte heilige Dreieinigkeit der Verbrechen durch Unfallflucht zur Sprache brachte:

Mord ohne Vorsatz nach Paragraf 118 (3)
fahrlässige Tötung nach Paragraf 119 (2)
fahrlässige Tötung nach Paragraf 134, 85
des Militärstrafgesetzbuches.

Und dann, einfach nur, weil er ein Idiot war, hatte Cho auch noch eine Anklage unter Paragraf 111 drangehängt, was normalerweise den Fällen vorbehalten war, bei denen ein dienstverpflichtetes Mitglied der Streitkräfte betrunken war. Es gehörte aber auch ein Punkt dazu, der sich auf das Fahren eines Fahrzeugs in rücksichtsloser oder übermütiger Weise bezog, wenn durch diese Fahrweise jemand verletzt worden war. Und dazu hatte er dann eben noch eine Anklage nach Paragraf 134 des Militärstrafgesetzbuches aufgeführt: unrechtmäßiges Entfernen von einem Tatort. Bei der Anhörung würde die Anklage nicht jeden einzelnen dieser Punkte beweisen müssen. Sie musste lediglich Belege dafür vorlegen, dass ein hinreichender Anfangsverdacht bestand, um ein Militärgerichtsverfahren gegen Laszlo Trejo anzustreben, und zwar der Verbrechen wegen, die ihm in der Anklageschrift zur Last gelegt wurden.

Das Herzstück jedes Anklagepunktes verlangte von Cho, aufzuzeigen, dass Trejo eine gefährliche, im Tod von D'Andre Miller mündende Handlung begangen und so eine rücksichtslose Missachtung des Lebens eines Menschen gezeigt hatte. Mit überhöhter Geschwindigkeit bei Rot über eine Kreuzung zu fahren, erfüllte diesen Tatbestand auf jeden Fall. Das jeweilige Strafmaß schwankte sehr bei den angegebenen Paragrafen. Eine Tötung ohne Absicht konnte zu einer lebenslangen Gefängnisstrafe führen, bei Fahrlässigkeit drohte ein Jahr Gefängnis.

Wenn Battles einen Fall herbeigesehnt hatte, bei dem für ihren Mandanten sehr viel auf dem Spiel stand, so hatte sich dieser Wunsch jetzt erfüllt.

Sei vorsichtig mit dem, was du dir wünschst.

Danke, Mom.

Leahs Plan, falls die Sache wirklich vor ein Militärgericht ging, bestand darin, die ersten beiden Anklagepunkte mit den schwersten Strafen irgendwie vom Tisch zu kriegen und sich ansonsten auf ihre katholische Erziehung zu besinnen und mit aller Inbrunst um eine Verurteilung nach Paragraf 134 oder 111 zu beten.

Eine solche Verurteilung wäre nämlich ein Wunder. Und zwar eins von den ganz großen, wie die Hochzeit von Kanaan, bei der Jesus Wasser in Wein verwandelt hatte. Leah war inzwischen mit der Beweislage bestens vertraut. Als Erstes hatte sie sich das Video aus dem Supermarkt angesehen und seitdem stand eigentlich schon fest, dass sie nicht gewinnen konnte. Auf keinen Fall. Egal, wie. Ganz gleich, wie sie es darstellte, drehte oder wendete. Laszlo Trejo war eindeutig schuldig, wodurch die Anhörung nach Paragraf 32 zu einer bloßen Formalität verkam, die nur die Öffentlichkeit zufriedenstellen sollte.

Zu diesem Schluss gekommen, hatte Battles getan, was jeder gute Strafverteidiger von Zeit zu Zeit tun muss: Sie hatte ihren Stolz heruntergeschluckt und ihrem Mandanten ausführlich die gesamte Beweislast einschließlich der sich daraus ergebenden Konsequenzen erläutert, um ihn zu einem Schuldeingeständnis zu bewegen.

Trejo war daran nicht interessiert.

Er beharrte weiterhin auf seiner Unschuld. Er sei nie in Seattle gewesen, sein Wagen sei ihm gestohlen worden. Als sie darauf drängte, ihr das Video aus dem Supermarkt zu erklären, hatte er nur mit den Achseln gezuckt. »Das bin ich nicht. Da sieht jemand so aus wie ich, aber ich bin es nicht.«

Ziemlich verblüfft hatte Leah ihn darauf hingewiesen, dass Trejo dieselbe Größe hatte wie der Mann auf dem Supermarkt-Video. Sie hatte ihm auch erklärt, dass Detective Crosswhite bezeugen konnte, dass er bei der Befragung durch die Detectives aus Seattle eine Dose Red Bull getrunken hatte, dasselbe Getränk, bei dessen Kauf der Mann im Supermarkt gefilmt worden war. Battles erklärte, dass sich die Geschworenen bei einem ordentlichen Militärgerichtsverfahren, wenn es denn dazu kam, dieses Video ansehen und zu dem Schluss kommen würden, dass Trejo log. Sie teilte ihm schlicht und unumwunden mit, dass Geschworene aus den Reihen des Militärs Lügner hassten.

»Ich bin es nicht gewesen«, wiederholte Trejo.

Sie fragte sich, ob er vielleicht die spezielle Beziehung zwischen Anwalt und Mandant nicht verstand. Vielleicht hatte ihn irgendetwas im Verlauf seiner Ausbildung bei der Navy zu der Überzeugung gebracht, Battles sei als Offizier verpflichtet, den Inhalt ihrer Unterhaltungen an ihre Vorgesetzten weiterzugeben. Sie erklärte ihm also ausführlich, dass sie, obwohl Offizier der Navy, als Allererstes seine Anwältin war und von daher nichts von dem weitergeben durfte, was zwischen ihnen zur Sprache kam. An niemanden. Nicht an die Gegenseite, nicht an den Richter, nicht an eine unabhängige Untersuchungsbehörde, nicht einmal an ihre Dienststellenleiterin.

»Ich war nicht dort«, behauptete Trejo steif und fest. »Ich habe niemanden überfahren.«

Frustriert, aber immer noch erstaunlich beherrscht hatte ihm Battles schließlich erklärt: »Ich kann nicht garantieren, dass ich etwas Besseres für Sie rausschlagen kann als das, was die Gegenseite anbieten mag.«

»Kein Schuldeingeständnis«, hatte Trejo noch einmal wiederholt. »Kein Deal.«

Nach dieser Unterhaltung war sie dann am Abend zu Krav Maga gegangen, wo sie um ein Haar ihren Trainingspartner umgebracht hätte.

Als es an ihre Bürotür klopfte, brauchte Leah nicht erst zu fragen, wer da war. Niemand sonst würde sich so spät noch im Büro aufhalten, und es machte Brian Cho unbändigen Spaß, sie mit Trejos Verweigerung eines Schuldeingeständnisses aufzuziehen. Cho wusste so gut wie Battles, dass das Oberkommando ein solches Schuldeingeständnis sehen wollte und dass da oben kein Interesse an einer Anhörung und schon gar nicht einer Verhandlung vor dem Militärgericht bestand, weil das nur ein schlechtes Licht auf die Truppe werfen würde. Je länger sich Trejo weigerte, desto beharrlicher bestand Cho darauf, dass das nur Leahs Schuld sein konnte. Sie hatte ihrem Mandanten einfach nicht drastisch genug die Beweislage gegen ihn geschildert, und zwar so, dass er es auch verstand. Außerdem unterstellte er ihr ständig, zu sehr auf den Fall versessen zu sein und ihn unbedingt verhandeln zu wollen, obwohl er doch allem Anschein nach als Rohrkrepierer enden musste.

Cho öffnete die Tür und trat ein. Battles ließ sich in ihren Stuhl zurückfallen und kippte ihn nach hinten. Sie hatte das Neonlicht nicht eingeschaltet, ihr Schreibtisch wurde nur von der grünen Tiffany-Lampe beleuchtet. Cho tat so, als sei er ein Einbrecher beim Auskundschaften eines möglichen Tatorts, und musterte die Bilder an den Wänden, als sähe er sie zum ersten Mal. Dabei hingen sie schon seit zwei Jahren dort.

»Ist das da von Ihnen?«

Er deutete auf ein abstraktes Ölgemälde, ein Bild, zu dem sich Battles nach einem Ausflug zu einem Tulpenfeld im Rahmen des Tulpenfestes von Skagit Valley inspiriert gefühlt hatte. »Ja«, sagte sie unwillig.

»Das ist gut!«, lobte Cho. »Was soll es denn darstellen?«

»Tulpen.«

»Hm.« Er betrachtete das Bild noch ein paar Sekunden lang, ehe er zur Sache kam. »Haben Sie noch einmal mit Ihrem Mandanten gesprochen?«

Der Mann war ungefähr so diskret wie ein Vorschlaghammer. »Ja, habe ich.«

»Und?«

»Er legt kein Schuldeingeständnis ab.«

Cho setzte sich auf einen der Besucherstühle, in Zeitlupentempo, als erfordere dieser Akt große Anstrengung. Der Lichtkreis der Lampe erwischte ihn nur noch knapp. »Sie wissen, dass er damit den Bach runtergehen wird, Lee.« Er seufzte, die Stimme leise und so gönnerhaft, dass ihr übel wurde – als wäre sie darauf nicht auch schon selbst gekommen.

Cho schien sich eingeredet zu haben, dass Leah nichts dagegen hatte, wenn Trejo ein Schuldeingeständnis ablehnte und die Haltung ihres Mandanten im Gegenteil sogar begrüßte. Er deutete ständig an, dass sie seiner Meinung nach vor nichts zurückschreckte und so vom Ehrgeiz zerfressen war, dass sie unbedingt gegen ihn antreten musste, um ihn vielleicht endlich doch einmal zu besiegen und damit vom Sockel zu stürzen. Vielleicht hatte er ja auch Angst, sie könnte herausgefunden haben, wie man es schaffte, dass die alles entscheidende Videokassette nicht als Beweismittel zugelassen wurde, und nun plane, ihn mit diesem Schachzug vor dem Militärgericht zu überraschen.

Leah wünschte, es wäre so und sie wüsste wirklich, wie sie ihrem Mandanten auch ohne Deal helfen konnte. Egal, was Cho ihr unterstellte, sie würde einem Mandanten nie von einem Deal abraten, nur um ihr Ego zu befriedigen. Schon gar nicht, wenn klar war, dass sie sich damit bei ihren Vorgesetzten keine Freunde machte. Auch Rebecca Stanley war schon mehrfach bei ihr aufgetaucht, um sich nach dem Schuldeingeständnis zu erkundigen und zu fragen, warum Trejo keinen Deal akzeptieren wollte.

Cho deutete achselzuckend auf den Karton mit Beweismitteln auf Leahs Schreibtisch. »Das Video bestätigt Trejos Anwesenheit in Seattle wenige Minuten vor dem Unfall. Sie müssen doch wissen, dass er mit seiner Haltung auf die Nase fällt und bei seiner Bruchlandung nicht nur selbst zu Schaden kommen dürfte, sondern Sie gleich mit.«

Ja, das wusste Battles. Ziemlich genau sogar, bloß würde sie einen Teufel tun, Cho sehen zu lassen, wie sehr sie schwitzte. »Ist doch irgendwie wie beim Pferderennen«, stellte sie achselzuckend fest.

»Wie bitte?«

»Vorher kann man endlos über den Ausgang spekulieren, aber wer Sieger wird, stellt sich erst raus, wenn die Pferdchen dann wirklich loslaufen.«

Er warf ihr einen neugierigen Blick zu, um ihr anschließend sein typisches gönnerhaftes Grinsen zu schenken. »Ach nein, ich glaube, das wissen wir auch jetzt schon.« Er stand auf und ging zur Tür, drehte sich dort aber noch einmal um – genau, wie Leah erwartet hatte. »Bei diesem Rennen läuft nur ein Pferd.« Er zog sich die blaugrau gesprenkelte Tarnkappe aus der hinteren Hosentasche. »Dann also bis morgen, in aller Frühe.«

Er schloss die Bürotür. Diesmal wartete Battles nicht, bis sie gehört hatte, wie sich die Eingangstür des DSO öffnete und wieder schloss. »Danke, du Arschloch!«, brüllte sie laut.

Sie lehnte sich zurück, rieb sich die Augen und fragte sich laut: »Wieso hocke ich eigentlich noch im Büro?«

Beim Stand der Beweislage gegen ihren Mandanten hatte sie sogar daran gedacht, auf die Anhörung nach Paragraf 32 zu verzichten und gleich auf ein Verfahren vor dem Militärgericht zu drängen, was dann erst in ein paar Monaten stattfinden würde, wahrscheinlich im Herbst. Viele erfahrene Anwälte hätten sich wohl für eine solche Strategie entschieden. Ein paar Monate Knast brachten Trejo vielleicht zum Umdenken und außerdem brodelte es in der Öffentlichkeit bestimmt nicht mehr ganz so heftig, wenn erst einmal ein bisschen Zeit vergangen war.

Aber Lopresti wollte seine öffentliche Anhörung und wäre bestimmt nicht erfreut, wenn Battles ihm da in die Suppe spuckte. Wobei das nicht der eigentliche Grund war, weswegen sie mit der Anhörung weitermachen wollte. Ein erfahrener Strafverteidiger hatte sie einmal davor gewarnt, sich irgendeine Gelegenheit entgehen zu lassen, bei der sie oder ihr Mandant ohne Anstrengung und Gegenleistung an Informationen kommen könnten. Die volle Show, auf der Lopresti bestand, gab Leah Gelegenheit, Beweise und Zeugen der Anklage schon vor dem eigentlichen Gerichtsverfahren gründlich unter die Lupe zu nehmen. Es sprach kaum etwas dagegen, der Gegenseite von Anfang an zumindest teilweise in die Karten zu schauen. Vor allem bei diesem Fall, der ja aller Voraussicht nach vor dem Militärgericht enden würde. Wahrscheinlich hatte man Cho ans Herz gelegt, sich angesichts des zu erwartenden Interesses der Öffentlichkeit bei der Anhörung nicht zurückzuhalten und alles aufzufahren, was er auffahren konnte. Für Leah mehr als Grund genug, nicht auf diesen Verfahrensschritt zu verzichten und die Anhörung zu nutzen, um ein genaues Bild von Chos Vorgehensweise und seinen Zeugen zu gewinnen.

Mit anderen Worten: Als Verteidigerin bei einer Anhörung nach Paragraf 32 fühlte man sich immer ein bisschen wie ein Revolverheld bei einem Schusswechsel mit Distanzwaffen. Man durfte kaum hoffen, selbst etwas zu treffen, achtete aber genau auf jede einzelne vorbeifliegende Kugel.

KAPITEL 19

Früh am folgenden Morgen fand sich Tracy wieder auf der Fähre nach Bremerton. Sie holte sich einen Kaffee und setzte sich damit an den Tisch zu Shaniqua Miller und deren Mutter, den beiden Frauen gegenüber.

»Und Sie wollen wirklich keinen Kaffee?«, fragte sie noch einmal.

Die Frauen lehnten erneut ab.

Seit sie gemeinsam die Fähre bestiegen hatten, war das Verhalten der beiden gleichbleibend freundlich, aber zurückhaltend gewesen. Keine von ihnen hatte Gefühle gezeigt oder viel gesagt, wobei sich Tracy sicher war, dass ihre Skepsis nicht nur ihrer Begleitung, sondern auch dem Rechtssystem an sich galt. Sie selbst hätte nicht sagen können, wie sich die Befürchtungen der Frauen ausräumen ließen oder was sie ihnen hätte erklären können, um sie davon zu überzeugen, dass die Vorverhandlung, zu der sie unterwegs waren, anders laufen würde, als sie es sich ausmalten.

Shaniqua Miller, in schwarzem Kostüm und dunkelblauer Bluse, hatte die gefalteten Hände vor sich auf den Tisch gelegt, ihre ebenfalls schwarz gekleidete Mutter schien die Regentropfen auf den Fenstern der Fähre zählen zu wollen, so unverwandt richtete sich ihr Blick in die Ferne. In mehreren weiteren

Nischen des Aufenthaltsraums saßen die Tanten und Onkel von D'Andre sowie der Pastor der Familie, alle in Schwarz, und betrachteten schweigend die dichte Wolkendecke, den stetig fallenden Regen und das schiefergraue Wasser der Elliot Bay.

Tracy musste unwillkürlich an Dan denken, der nach winterlichen Morgenspaziergängen mit den Hunden beim Frühstück gern die immer gleiche Wettervorhersage von sich gab: »Es war grau, es ist grau und es wird grau bleiben.«

D'Andre Miller war vor einem Monat ums Leben gekommen. Für Shaniqua Miller würde die Welt bestimmt noch eine Weile grau bleiben, wie Tracy aus eigener Erfahrung wusste. Tracys Welt war zu einem Schwarz-Weiß-Foto verkümmert, nachdem sie davon ausgehen mussten, dass ihre verschwundene Schwester Sarah tot war, und erst nach einem Jahr hatten sich erste winzige Farbflecken wieder in die düstere Bilderwelt gewagt. Selbst jetzt, mehr als zwanzig Jahre nach dem schrecklichen Ereignis, gab es für sie Tage, an denen sich eine schwarze Wolke auf ihre Welt legte und sie Mühe hatte, den Willen zum Aufstehen zu finden. Wenn es so war, konnte nichts ihren Schmerz lindern.

Es gab also nichts, was sie diesen beiden Frauen hätte sagen können, um ihr Misstrauen auszuräumen, ihnen die Nervosität und die Ängste zu nehmen. Sie konnte lediglich versuchen, ihnen als Bindeglied zur unbekannten Welt des juristischen Prozedere zu dienen, eventuelle Fragen zu beantworten und da zu sein, wenn sie konkrete Unterstützung brauchten. Bis jetzt hatten sie allerdings Unterstützung, Aufklärung und Ratschläge entweder nicht gebraucht oder nicht gewollt. Sie hatten einen Vorhang um sich gezogen, der mindestens so dicht war wie die Wolkendecke draußen und sie vor weiterem Leid schützen sollte. Statt an Tracy hielten sie sich bei der Suche nach Trost lieber aneinander fest und an ihren unerschütterlichen Glauben an Gott. Tracy gehörte nicht zu ihrem Leben, zu ihrer Welt; sie brauchte gar nicht erst so zu tun, als wäre es anders. Auch das Geschenk eines felsenfesten Glaubens war ihr nie vergönnt gewesen. Was sie bieten konnte, waren allein ihre Erfahrung und die Hoffnung, dass die Navy auf Zuständigkeit gepocht hatte, um eine möglichst hohe Strafe verhängen zu können.

»Ich habe gestern noch mit Brian Cho gesprochen«, sagte Tracy, um das ungemütliche Schweigen am Tisch irgendwie zu brechen.

»Bei mir hat er auch angerufen.« Shaniqua ging nicht weiter auf die geführte Unterhaltung ein.

»Er klang sehr gut vorbereitet«, fuhr Tracy fort.

»Aber diese Anhörung ist doch nur der erste Schritt«, widersprach Shaniqua. »Er sagt, es wird auch noch ein Militärgerichtsverfahren geben. Wahrscheinlich erst in einigen Monaten.«

Tracy nickte. »So habe ich es auch verstanden. Es sei denn, Trejo bekennt sich schuldig.«

Shaniquas Mutter stieß einen hörbaren Seufzer aus und musterte Tracy über den Rand ihrer Drahtbrille hinweg, ohne jedoch etwas zu sagen.

»Und welche Rolle spielen Sie bei dieser Anhörung?«, wollte Shaniqua wissen.

»Ich bezeuge, was Mr Trejo mir und meinem Partner bei seiner Vernehmung erzählt hat. Außerdem erkläre ich, wo sein Auto gefunden wurde, und erläutere die Ergebnisse der Untersuchung des Wageninnenraums.«

»Die Quittung, die Sie gefunden haben.«

»Genau. Und die Hinweise darauf, dass jemand versucht hat, das Wageninnere zu säubern, um Fingerabdrücke zu entfernen. Ich werde auch die Schnittwunde an Mr Trejos Stirn erwähnen.«

»Aber auf dem Video hatte er sich ja eine Schirmmütze tief in die Stirn gezogen. Die Anklage meinte, deswegen ließe sich nicht beweisen, dass er sich die Verletzung erst beim Unfall zugezogen hat.«

»Ja, aber das in Mr Trejos Wagen gefundene Blut ist ein Indizienbeweis dafür, dass er den Wagen fuhr, mit dem Ihr Sohn überfahren wurde.« Tracy wollte die Sache nicht unnötig kompliziert machen. »Im Grunde dürfte das Video aus dem Supermarkt bei einer ersten Anhörung auch reichen, um einen ausreichenden Anfangsverdacht zu untermauern.«

Jetzt sah auch Shaniqua Miller aus dem Fenster, wo sich gerade eine Möwe auf dem durch die Fähre geschaffenen Luftstrom treiben ließ. Erst nach fast einer Minute wandte sie sich wieder an Tracy. »Der Ankläger erwartet, dass Mr Trejo nach der Anhörung ein Schuldeingeständnis ablegt, sagte er am Telefon.«

»So hat er sich mir gegenüber auch geäußert.«

»Glauben Sie das?«

»Da bin ich überfragt«, musste Tracy eingestehen. »Ich könnte mir vorstellen, dass die Verteidigung irgendwie versucht, das Video infrage zu stellen und nicht als Beweis zuzulassen. Ich wüsste sonst wirklich nicht, weswegen sich Mr Trejo noch nicht längst schuldig bekannt hat.«

»Ich denke die ganze Zeit: Wenn er im Austausch gegen ein Schuldeingeständnis auf irgendeinen Deal hofft, dann hätte er sich doch schon längst schuldig bekannt«, meinte Shaniqua Miller.

Ihrer Mutter war wohl dieselbe Frage durch den Kopf gegangen. Sie sah auf und starrte Tracy an.

»Ich meine: Er hat das Video doch gesehen, oder?« Shaniqua war nicht mehr in der Lage, ihr Misstrauen zu verbergen. »Warum hat er denn dann immer noch nicht gestanden, dass er schuldig ist? Warum müssen wir diese Anhörung durchmachen?«

»Das kann ich Ihnen auch nicht sagen.« Tracy wusste es wirklich nicht. Ihrer Erfahrung nach arbeitete die Verteidigung bei so deutlicher Beweislage wie in diesem Fall auf ein Schuldeingeständnis hin, um anschließend einen möglichst guten Deal für ihren Mandanten auszuhandeln. Vielleicht wollte Leah Battles mit solchen Verhandlungen bis zum Abschluss der Anhörung warten. Oder sie hatte wirklich gute Gründe dafür, eine Zulassung des Videos abzulehnen, und wollte zumindest versuchen, das durchzusetzen. Und wenn ein Mandant bockig war und bei einem Deal nicht mitspielen wollte, konnte es nie schaden, sich sämtliche Beweise der Gegenseite schon im Vorfeld vorführen zu lassen.

»Cho sagte, für die Verteidigerin sei dies ein großer Fall. Sie pokere vielleicht hoch, um ihn irgendwie doch noch zu gewinnen«, sagte Shaniqua. »Hat er das Ihnen gegenüber auch erwähnt?«

»Ja, hat er.«

D'Andres Großmutter schüttelte den Kopf, Shaniqua unterdrückte ein zynisches Lächeln. »Also alles nur ein Pokerspiel, was?«

Auch hier fand Tracy keine Worte des Trostes. Vielleicht hatte die Mutter ja recht. Und außerdem würde ihr das gerichtliche Verfahren weder Genugtuung noch Erleichterung bringen, wie Tracy aus erster Hand wusste. Es würde ihr D'Andre nicht zurückbringen.

Sie konnte nur hoffen, dass das Verfahren Shaniqua Miller wenigstens half, irgendeine Art Schlussstrich zu ziehen.

* * *

Leah Battles hatte tapfer der Versuchung widerstanden, in ihrem Büro zu schlafen. Zu lebhaft stand ihr das Bild vom mit dem Beruf verheirateten Anwalt vor Augen und sie wusste, wie leicht man diesem Klischee gerecht werden konnte. Manchmal sogar, ohne es zu merken: Sie hatte einmal einen Anwalt gekannt, der gern und stolz erzählte, wie oft er in seinem Büro übernachtete. Dass er vielleicht deswegen mit vierzig immer noch Single war, schien ihm dabei gar nicht in den Kopf zu kommen. Auch Leah trug noch keinen Ring und hatte nicht vor, den Vorurteilen in Bezug auf Frauen beim Militär gerade in dieser Beziehung zu entsprechen.

Lesbe war sie im Übrigen auch nicht.

Nicht, dass daran irgendetwas falsch gewesen wäre, wie es bei »Seinfeld« immer so schön hieß …

Sie war mit der Fähre um 23.40 Uhr nach Hause gefahren, hatte ein paar Stunden geschlafen und dann eine der frühen Fähren zurück nach Bremerton genommen. Inzwischen war es kurz vor neun, die Show würde bald beginnen, und Leah hatte sich entsprechend ausstaffiert. Lopresti hatte den Anwälten blaue Ausgehuniformen verordnet, womit er wahrscheinlich Presse und Zuschauer beeindrucken wollte. Von daher war Leah Battles von Kopf bis Fuß mindestens so blank poliert wie die junge Demi Moore in »Eine Frage der Ehre« – wenn auch hoffentlich nicht so inkompetent.

Sie bewaffnete sich mit ihren Notizen für den Fall, dass sie sich entschied, den einen oder anderen Zeugen ins Kreuzverhör zu nehmen, und verließ ihr Büro. Alles andere war geregelt. Die Beweise, die vorgelegt werden sollten, befanden sich in der Obhut des Protokollführers, und sowieso würde der Tag heute größtenteils Brian Chos Show werden.

Sie hatte es nicht weit. Der Gerichtssaal lag nur ein Stockwerk höher hinter einer Barriere aus Metalldetektoren. Aufgrund der zu erwartenden Zuschauermenge würden heute wohl mehrere Maatanwärter und ein paar Justizvollzugsbeamte anwesend sein, es dürfte also eng werden. Hier wurde nicht in einem Prunksaal verhandelt wie sonst oft bei Gericht, hier gab es weder Marmor noch Mahagoni, weder hohe Decken noch Kronleuchter, und der eher auf Funktionalität als auf Zeremonie ausgerichtete Raum verfügte über lediglich vier Bankreihen für Zuschauer, zwei rechts und zwei links, wobei in neunundneunzig Prozent aller Fälle noch Plätze frei blieben.

Battles öffnete die Saaltür.

Heute herrschte hier alles andere als gähnende Leere.

Der Zuschauerraum quoll trotz zusätzlich aufgestellter Stühle über, und da der Saal keine Fenster nach außen hatte, konnte man sich hier schnell beengt fühlen.

Als Battles sich zum Metallgeländer vorarbeitete, das den Zuschauerraum vom Rest des Gerichtssaals trennte, wandten sich viele der überwiegend afroamerikanischen Besucher zu ihr um. Battles erkannte D'Andre Millers Mutter. Die Frau war bestimmt nicht allein gekommen, sondern in Begleitung von Verwandten und Unterstützern, von denen sich niemand über Leahs Anblick zu freuen schien. Tracy Crosswhite saß bei ihnen, ebenso Joe Jensen. Battles hatte ernsthaft daran gedacht, sie von der Anhörung auszuschließen, bis sie ihre Aussagen gemacht hatten, nur um sie zu ärgern. Einen richtigen Grund hätte sie allerdings nicht dafür nennen können. Keiner der beiden würde lügen, es lagen ja sowieso die offiziellen Berichte vor.

Endlich hatte sie den kurzen Mittelgang hinter sich gebracht, öffnete das kleine Tor und legte ihre Unterlagen auf den Tisch rechts vom Gang aus gesehen, der zwar aus Holz war, aber bestimmt nicht aus Mahagoni. Cho saß bereits am linken Tisch, neben sich Lindsay Clark, seine Assistenz-Staatsanwältin und dem Büroklatsch zufolge neueste Eroberung. Auch die beiden sahen in ihren blauen Paradeuniformen wirklich schmuck aus. Clark fiel wahrscheinlich die Aufgabe zu, Cho Beweismittel zu reichen und ansonsten einen kompetenten Eindruck zu machen. Cho hatte betont überrascht aufgesehen, als Battles sich am Stehpult vorm Richtertisch vorbeidrängte, um sich an ihren Tisch zu setzen. Will sie es also echt wissen?, sollte das heißen. Bitte, dann soll es wohl so sein. Zum guten Abschluss hatte er noch resigniert den Kopf geschüttelt, um sich dann wieder seinen Papieren zu widmen.

Der Mann war wirklich ein Schatz.

Die Geschworenenbank rechts von Leahs Tisch war leer und würde es am heutigen Tag auch bleiben. Weiter vorn im Raum war der Zeugenstand mit seinem schlichten hellbraunen Eichenstuhl, der sie irgendwie immer an Old Sparky erinnerte, den elektrischen Stuhl in Steven Kings Roman *The Green Mile*. Links davon befand sich der Richtertisch und falls der höher hätte sein sollen als der Zeugenstand, dann höchstens um wenige Zentimeter. Indirektes Licht beleuchtete die Fahnen der Vereinigten Staaten und der Navy, und zwei Plaketten in Blau und Gold zeigten die Wappen des Marineamts und der obersten Militärstaatsanwaltschaft.

Battles sortierte noch einmal ihre Unterlagen. Nicht, dass sie viele dabeigehabt hätte, aber sie wollte ja weder Zeugen aufrufen noch Beweismittel vorstellen. Das war Chos Sache; überhaupt gehörte die ganze Show ihm. Ihr reichte es, Augen und Ohren offen zu halten.

Zu Informationen, die einem einfach so in den Schoß fielen, durfte man nie Nein sagen.

Bisher lief alles nach einem sorgsam durchdachten Plan: Kurz vor neun Uhr führten zwei Gefängniswärter Laszlo Trejo durch eine Tür rechts vom Richtertisch in den Saal. Sofort erhob sich unter den Zuschauern leises Gemurmel, das schnell lauter wurde, bis es sich wie fernes Donnergrollen anhörte. Battles hatte ihrem Mandanten geraten, die Zuschauer gar nicht zu beachten, und Trejo hielt sich daran. Er trug seine blaue Arbeitsuniform und seine blutunterlaufenen Augen mit den tiefen Rändern darunter zeugten davon, wie wenig er geschlafen hatte. Nervös wirkte er nicht, allerdings hatte ihm

Battles aber auch erklärt, dass es sich hier nur um eine Show in Vorbereitung des Militärgerichtsverfahrens handelte – es sei denn, er bekannte sich schuldig.

Battles deutete auf den Stuhl zu ihrer Rechten und Trejo setzte sich mit dem Gesicht nach vorn, den Blick abwechselnd auf die Tischplatte vor sich oder die nackte Wand hinter dem Zeugenstand gerichtet.

Sobald er saß, ging links des Richtertisches eine Tür auf und die für die Voruntersuchung zuständige Offizierin, Sonya Rivas, betrat den Raum in schwarzer Robe. Korvettenkapitänin Rivas war Offizierin der Navy und gleichzeitig Richterin, saß heute jedoch nicht als Richterin hier, sondern als Verantwortliche für die Vorermittlung. Dass sie diese Anhörung leitete, sprach für die Schwere der zu verhandelnden Anschuldigungen und zeigte gleichzeitig die Bereitschaft der Navy, diese Angelegenheit auf jeden Fall und für jeden sichtbar in der gebührenden Form zu behandeln. Rivas und Battles arbeiteten in der Regel gut zusammen, aber Leah erwartete keine Sonderbehandlung, nur weil sie beide demselben Geschlecht angehörten. Wenn überhaupt, behandelte Rivas weibliche Offiziere der obersten Militärstaatsanwaltschaft strenger als die männlichen, wusste sie doch, dass sie besser sein mussten, wenn sie gewinnen wollten. Genauso wenig konnte Trejo auf Sympathien hoffen, weil Rivas wie er lateinamerikanischer Herkunft war. Rivas kannte nur drei Farben: Rot, Weiß und Blau.

* * *

Cho hatte Tracy während eines ihrer Telefonate erklärt, es sei eine gute Entscheidung gewesen, Rivas die Leitung der Voruntersuchung zu übertragen. Er hatte die Frau als gründlich, gut organisiert, gewissenhaft, aber nicht sympathisch beschrieben. Diesen Eindruck machte sie auch, als sie, gleich nachdem sie sich gesetzt hatte, mit einem Blick in den Zuschauerraum klarstellte, dass sie ohne weitere Vorrede zur Sache kommen wollte.

»Lassen Sie uns anfangen. Ich bitte um Ruhe im Saal.« Sie wandte sich an Trejo und Battles: »Auf Befehl des befehlshabenden Offiziers Peter Lopresti bin ich als Vorsitzende dieser Voruntersuchung nach Paragraf zweiunddreißig des einheitlichen Militärstrafgesetzbuches benannt worden. Wir sind hier, um den Wahrheitsgehalt der im Anklageprotokoll festgehaltenen Anschuldigungen zu überprüfen und Informationen festzuhalten, die für Entscheidungen über das weitere Verfahren nützlich sind. Kopien des Anklageprotokolls und der Vorladungen sind dem Angeklagten und seiner Anwältin vom Anklagevertreter der Regierung zugestellt worden. Haben Sie sich beides durchgelesen?«

»Ja.« Trejo hatte so leise geantwortet, dass Rivas ihn wohl nicht gehört hatte. Sie sah von ihrem Skript auf. Cho hatte Tracy erklärt, dass beim Militär ein Skript ebenso beliebt war wie Abkürzungen.

Trejo räusperte sich. »Ja, Ma'am.«

»Wenn Sie irgendeinen Punkt meiner Ausführungen nicht verstehen, Bootsmann, dann lassen Sie es mich oder Ihre Anwältin wissen und ich werde es Ihnen erklären, bis wir beide sicher sein können, dass Sie es wirklich verstanden haben.«

Rivas informierte Trejo über die gegen ihn vorgebrachten Anklagepunkte und erklärte, sie werde aufgrund der hier bei der Untersuchung vorgelegten Beweise dem befehlshabenden Offizier eine Empfehlung über das weitere Vorgehen zukommen lassen. »Sie müssen zu den gegen Sie erhobenen Vorwürfen keine Stellung nehmen. Sie haben das Recht zu schweigen. Sie dürfen jedoch eine Stellungnahme abgeben und zu Ihrer Verteidigung Beweismittel vorlegen, solange diese sich auf die Bestimmung dieser Anhörung beziehen und in ihrem Rahmen relevant sind. Ihre Stellungnahme wird ebenso wie die Aussage jedes anderen Zeugen als Beweis bewertet. Jede von Ihnen abgegebene Erklärung kann später in einem Militärgerichtsverfahren als Beweis gewertet werden. Haben Sie mich verstanden?«

»Ja, Ma'am«, sagte Trejo.

»Ich werde jetzt die Anklagepunkte gegen Sie verlesen.«

Battles schob ihren Stuhl zurück und stand auf. »Wir verzichten auf die Verlesung.«

Rivas nickte. »In Ordnung, vielen Dank, Frau Anwältin.« Sie sah Cho an. »Soweit ich informiert bin, möchte die Anklage bei dieser Voruntersuchung drei Zeugen aufrufen: den für die Ermittlungen bei Verkehrsdelikten zuständigen Polizeibeamten Joe Jensen, Detective Tracy Crosswhite von der Polizei Seattle und Archibald Issa, Besitzer eines Supermarkts in Renton, Washington.«

Cho stand auf und sah aus, als würde er sich gleich verbeugen. »Das ist korrekt, Euer Ehren.«

»In Ordnung.« Rivas sah hinüber zum Zuschauersaal. »Meine Damen und Herren, die nun folgenden Zeugenaussagen könnten für einige von Ihnen schwer zu ertragen sein, und vielleicht werden manche auch Ihren eigenen Auffassungen widersprechen. Ich habe auf jeden Fall Verständnis für Ihre Gefühle, erwarte jedoch, dass alle Anwesenden der Tatsache Rechnung tragen, dass wir hier vor Gericht sind, und sich entsprechend benehmen. Sollten Sie das nicht tun, bin ich befugt, diese Anhörung zu beenden. Ich hoffe sehr, das wird nicht nötig sein.«

Rivas legte ihr Skript nieder und wandte sich an die beiden Anwälte. »Gibt es noch Angelegenheiten, die im Vorfeld geregelt werden müssen, ehe wir mit dem eigentlichen Teil der Anhörung beginnen? Anklagevertretung? Verteidigung?«

Battles und Cho standen auf. »Nein, Euer Ehren.«

Rivas legte eine kleine Pause ein. »Dann können die Vertreter der Anklage jetzt den ersten Zeugen aufrufen.«

Kapitel 20

Battles hörte zu, wie Brian Cho die Präliminarien schnell und effizient abwickelte, was unter anderem deswegen möglich war, weil es ihm sein erster Zeuge, Joe Jensen, leicht machte. Joe hatte schon unzählige Male bei Gericht ausgesagt, war mit dem Prozedere vertraut und von daher gelassen. Überhaupt hatte sich im Saal eine eher entspannte Atmosphäre eingestellt und Battles beschloss, mit Widersprüchen sparsam zu sein. Rivas würde diese Zeugenaussagen im Wesentlichen zulassen, Einsprüche konnte sie sich also größtenteils schenken.

Battles hatte Jensen bereits getroffen und auch befragt, wusste also, was kommen würde. Als Zeuge vermittelte der Beamte mit seiner entschiedenen, aber bodenständigen Ausdrucksweise den Eindruck von Selbstbewusstsein und Ehrlichkeit und seine tiefe Stimme, das von grauen Strähnen durchsetzte rote Haar und der Anzug, den er trug, verliehen ihm eine gewisse Autorität. Es war, als hätte Cho einen Pfadfinderführer in den Zeugenstand berufen.

Die einführenden Fragen waren schnell beantwortet: Es ging um Jensens Funktion innerhalb der TCI, die Tatsache, dass er am Abend des Unfalls Rufbereitschaft gehabt hatte, und wann er am Unfallort eingetroffen war. Anschließend nickte Cho seiner Assistentin Clark zu, die daraufhin mithilfe ihres

Laptops das körnige Schwarz-Weiß-Foto einer leeren Kreuzung auf zwei im Raum stehende große Flachbildfernseher zauberte. Es wurde klargestellt, dass es sich hier um die Kreuzung handelte, auf der sich der Unfall ereignet hatte, und Jensen beantwortete noch weitere grundlegende Fragen. Danach bat ihn Cho, auf dem Bild zu zeigen, wo bei seinem Eintreffen die Fahrzeuge der Polizei und Rettungskräfte gestanden hatten und was sonst noch auf der Kreuzung zu sehen gewesen war.

So brachte er Jensen auf subtile Art dazu, die Lage des Unfallopfers zu zeigen und auch die anderen Dinge zu erwähnen, die sie auf der Kreuzung gefunden hatten, wie zum Beispiel D'Andres Schuhe und seine Flip-Flops.

»In der Nähe der Leiche lag ein Basketball im Rinnstein«, erklärte Jensen. »Auf der Straße lagen zwei Badesandalen der Marke Nike und ein Stück weiter entfernt ein Paar roter Basketballschuhe derselben Marke, die an den Schnürsenkeln zusammengebunden waren.«

Als im Zuschauerraum eine Frau leise stöhnte, wandte Battles weder den Kopf, noch reagierte sie anderweitig. Sie hatte mit emotionalen Reaktionen auf einige dieser Zeugenaussagen gerechnet und Trejo strikt angewiesen, sich durch Rufe und andere Lautäußerungen nicht aus dem Takt bringen zu lassen. Jensens Aussage ging ans Herz, vielleicht ließ sich Trejo ja dadurch doch noch zur Annahme des letzten ihm angebotenen Deals bewegen. Ihr Mandant hatte sich, seit er sich gesetzt hatte, nicht einmal gerührt und noch nicht einmal mit der Wimper gezuckt. Langsam fragte sich Battles, ob er Medikamente genommen hatte.

Jensen sagte aus, die Leiche habe neun Meter fünfundsiebzig von der Kreuzung entfernt gelegen. Das war wichtig, betonte er, weil es seine Arbeitshypothese stützte, der zufolge das Opfer auf dem Zebrastreifen von einem fahrenden Fahrzeug getroffen worden war, das beim Eintreffen auf der Kreuzung an der

Henderson Street auf der Renton Avenue von Süden her kommend nach Norden unterwegs gewesen war. »Der Unfallverlauf scheint so gewesen zu sein, dass das Opfer auf der Kühlerhaube landete, gegen die Windschutzscheibe prallte und nach vorn geschleudert wurde.«

»Was taten Sie, nachdem Sie sich einen ersten Überblick verschafft hatten?«, fragte Cho.

Jensen berichtete von der Suche nach Reifenspuren und dass keine gefunden worden waren.

»Was hat das Fehlen von Reifenspuren Ihrer Erfahrung nach zu bedeuten?«

An dieser Stelle hätte Battles gern Widerspruch eingelegt, was aber nicht ging, denn bei einer Anhörung nach Paragraf 32 waren nur bestimmte Einsprüche gestattet. Also schwieg sie, obwohl Cho Jensen gerade ganz klar zum Spekulieren aufforderte. Sie wusste, dass Rivas jedem Experten aus dem Ermittlerteam bei der Untersuchung große Freiheiten einräumen würde.

»Wenn es einen Zusammenstoß gegeben hat, entweder mit einem anderen Fahrzeug oder wie in diesem Fall mit einem Fußgänger, finden wir normalerweise Reifenspuren, die zeigen, dass der Fahrer des betreffenden Fahrzeugs versucht hat, anzuhalten oder auszuweichen. Wenn keine Reifenspuren zu sehen sind, könnte das ein Hinweis darauf sein, dass der Zusammenstoß beabsichtigt war. Es könnte aber auch bedeuten, dass der betreffende Fahrer den Fußgänger nicht gesehen hat. Vielleicht war es zu dunkel oder der Fahrer war abgelenkt oder eingeschlafen oder er stand unter Drogen- oder Alkoholeinfluss.«

Wieder ließ Trejo keine Emotionen erkennen.

Cho ließ sich erläutern, dass die Ampel an der Kreuzung einwandfrei funktionierte und dass es in den umliegenden Geschäften keine Überwachungskameras gab, auf deren Bändern man die Kreuzung hätte sehen können. Nach weiteren

Kameras befragt, erklärte Jensen: »Wir fanden im Verlauf unserer Ermittlungen heraus, dass sich westlich der Kreuzung in ungefähr neunzig Metern Entfernung eine Kamera befindet, die der Verkehrsüberwachung dient. Dafür ist das Straßenverkehrsamt des Staates Washington zuständig. Wir haben uns eine Kopie des für den Unfallhergang relevanten Videos besorgt.«

»Ehe wir zu diesem Video kommen – haben Sie am Tatort noch weitere relevante Dinge gefunden?«, fragte Cho.

Jensen beschrieb das von der Streifenbeamtin gefundene Autoteil und Cho ließ sich von Clark eine versiegelte, durchsichtige Beweismitteltüte reichen, die er an Jensen weitergab. Jensen bestätigte, dass er das Glasstück darin von den Leuten im kriminaltechnischen Labor der Washington State Patrol hatte untersuchen lassen, die ihm eine Seriennummer hatten nennen und erklären können, dass es von einem Subaru stammte. Er hatte es danach einem Subaru-Händler vorgelegt, der es eindeutig einem schwarzen Fahrzeug zuordnen konnte. »Es stammte vom Frontscheinwerfer und Blinker an der Beifahrerseite des Fahrzeugs.«

Jensen sagte weiterhin aus, dass es nun, wo sie Fahrzeugtyp und Farbe des gesuchten Autos kannten, viel einfacher gewesen war, den Subaru auf dem Video der Verkehrsüberwachung zu finden.

So hatte Cho die Voraussetzungen dafür geschaffen, dieses Video im Gerichtssaal zeigen zu können. Rivas und Battles hatten es beide schon gesehen und wussten, dass es den Aufprall selbst nicht zeigte und von daher für die Zuschauer nicht belastend sein würde. Cho bat Jensen, den Inhalt kurz zusammenzufassen, wobei Battles hinter sich jemanden leise und unterdrückt schluchzen hörte. Dann lief das Video. Cho ließ es anhalten, sobald das schwarze Fahrzeug im Bildrahmen auftauchte. Der Mann holte aus dieser Vorführung wirklich raus, was er konnte.

»Der Film ist schwarz-weiß«, erläuterte Jensen, »aber wir können aus diesem Sichtwinkel erkennen, wie die Ampel von Rot, dem Licht oben, zum unteren Licht, nämlich Grün, wechselt und somit dem Verkehr auf der South Henderson Street freie Fahrt gibt.«

Auf dem Bildschirm fuhr der schwarze Wagen weiter über die Kreuzung, ohne langsamer zu werden. Den Zusammenstoß mit D'Andre Miller sah man aufgrund des Aufnahmewinkels nicht.

Cho wartete einen Moment, ehe er fragte: »Konnten Sie feststellen, wie schnell der Wagen fuhr, den wir gerade sahen?«

»Ja.«

»Würden Sie uns bitte erklären, wie Sie das machen?«

»Das ist Physik. Das Video besteht aus dreißig Einzelbildern pro Sekunde. Wir haben die Distanz zwischen dem Wohnhaus an der südöstlichen Ecke der Kreuzung und dem der nordöstlichen Ecke am nächstgelegenen Restaurant gemessen.«

»Wie weit war das?«

»Das waren fast neunundfünfzig Meter. Der Wagen brauchte für die Strecke zwischen den beiden Punkten fünfundsiebzig Einzelbilder oder zwei Komma zwei fünf Sekunden. Teilt man die Meter durch die Sekunden, dann kommt man zu dem Ergebnis, dass der Wagen dreiundzwanzig Komma vier Meter pro Sekunde fuhr. Wir wissen, dass ein Kilometer tausend Meter hat und eine Stunde dreitausendsechshundert Sekunden. Wenn man die erste Zahl durch die zweite teilt, kommt man auf den Umrechnungsfaktor null Komma zwei sieben sieben Meter pro Sekunde, gleich ein Kilometer pro Stunde. Um dreiundzwanzig Meter pro Sekunde in Kilometer pro Stunde umzurechnen, haben wir die dreiundzwanzig Meter durch null Komma zwei sieben sieben geteilt und kamen so zu dem Ergebnis, dass der Wagen mit einer Geschwindigkeit von knapp dreiundachtzig Stundenkilometern fuhr.«

Mit seiner nächsten Frage ließ Cho sich Zeit: »Detective, welche Höchstgeschwindigkeit darf auf der Renton Avenue South an dieser Kreuzung gefahren werden?«

»Fünfzig Stundenkilometer.«

Auch diese Antwort ließ Cho einen Moment unkommentiert im Raum stehen. Trejo starrte weiterhin die Wand an.

Jensen sagte aus, wie Streifenpolizisten den Subaru auf einem Grundstück versteckt entdeckt hatten und wie er selbst mithilfe des auf der Straße gefundenen Autoteils die Identität des Fahrzeugs hatte bestätigen können.

»Ließen Sie das Auto abschleppen?«, fragte Cho.

»Ja. Und ich beantragte einen Durchsuchungsbeschluss, um das Wageninnere untersuchen zu dürfen.«

Jensen beschrieb nun ausführlich die Durchsuchung des Autos. Er sagte aus, dass das auf dem Stoffsitz an der Fahrerseite entdeckte Blut von Trejo stammte, erklärte, wo Trejos Fingerabdrücke gefunden worden waren, und erläuterte den DNA-Nachweis. Cho stellte den Antrag, den Bericht der TCI als Beweis zuzulassen, und befragte Jensen anschließend dazu, wie jemand versucht hatte, den Wagen mit einem Desinfektionstuch zu reinigen.

»Zogen Sie Schlüsse aus dieser Tatsache? Und wenn ja, welche?«

»Warum wischt jemand einen Airbag ab, der aufgegangen ist? Meiner Meinung nach war das der Versuch, DNA zu vernichten, die beweisen könnte, wer den Wagen fuhr, als der Airbag aufging. Aus demselben Grund hat man auch versucht, das Blut abzuwischen.«

»Fanden Sie sonst noch etwas im Auto?«

»Ja. Wir fanden auf dem Rücksitz einen Kassenbon mit Datumsangabe. Er war am Abend des Unfalls in einem Laden in Renton ausgestellt worden und bestätigte den Einkauf zweier Dosen des Energydrinks Red Bull.«

Cho überprüfte Datum und Zeit des Einkaufs, ließ sich bestätigen, dass es sich bei der vorliegenden Quittung in ihrem versiegelten Beweismittelbeutel um den Bon handelte, von dem Jensen gerade gesprochen hatte, und nahm die Quittung zu den Beweisen.

»Wir haben Nummernschilder und Fahrzeugregistrierung des Subaru durch unseren Computer laufen lassen«, fuhr Jensen fort. »So erfuhren wir, dass der Wagen am Morgen nach dem Unfall von seinem Besitzer als gestohlen gemeldet worden war.«

»Was hat so etwas Ihrer Erfahrung nach zu bedeuten?«

Jensen verzog das Gesicht und sah kurz zur Seite. »Es stellen sich einem schon ein bisschen die Nackenhaare auf – so ein Zufall aber auch.«

»Und wer war laut Zulassung Besitzer des Fahrzeugs?«

Jensen sah hinüber zu Battles und Trejo. »Laszlo Trejo.«

Kapitel 21

Del hatte an diesem Morgen schon früh einen Anruf von Mike Melton auf seinem Handy erhalten: Die Techniker hatten sämtliche Nachrichten und E-Mails von Allies Mobiltelefon und ihrem Computer auslesen können. Da der entsprechende Antrag von Faz unterschrieben worden war, rief Del seinen Partner zu Hause an und bat ihn, mit ihm zusammen zum kriminaltechnischen Labor zu fahren. Er würde ihn abholen.

»Hast du mit Maggie gesprochen?«, fragte Faz, sobald er sich auf dem Beifahrersitz des Impala angeschnallt hatte.

»Ja, habe ich.«

»Geht es ihr besser?«

»Jeden Tag ein bisschen. Sie hat gestern für die Jungs und mich Hamburger und Milchshakes gemacht, was die Jungs total toll fanden. Sie selbst isst immer noch nicht viel, aber auch das wird besser.«

»Geht sie zu der Therapeutin?«

»Inzwischen ja, zweimal die Woche.«

»Und du hast ihr gesagt, dass wir die E-Mails und Nachrichten von Allies Handy haben?«

»Sie weiß es. Sie hat darum gebeten, sie sehen zu dürfen, wenn ich damit fertig bin.«

»Das ist okay, sie hat ein Recht darauf.«

»Ja, das hat sie«, fand auch Del. »Ich hoffe bloß, sie kann damit umgehen. Ich bin mir da bei mir selbst gar nicht so sicher.«

Eine Minute verstrich, ohne dass einer von beiden etwas sagte, ihr Schweigen wurde untermalt von Kommentaren des Sportsenders KJR Sports. »Und hast du dich noch mal mit dieser Staatsanwältin getroffen?«, fragte Faz dann.

Del warf ihm einen raschen Seitenblick zu. »Celia McDaniel?«

»Ja. Die gut aussehende schwarze Lady.«

Del lächelte. »Ich habe ihr neulich nach der Arbeit einen Drink spendiert. Als Entschuldigung für meine Unhöflichkeit.«

»Du hast sie nicht zum Abendessen ausgeführt?«

Del zuckte die Achseln. »Abendessen und ein Drink.«

»Klingt ganz nach einem Date.«

»Wieso Date?«, wehrte Del ab. »Ich habe sie zu einem Drink eingeladen. Sie schlug vor, etwas zu Abend zu essen, weil sie nicht auf leeren Magen trinkt.«

»Dann ruf sie noch einmal an. Mach diesmal ein richtiges Date draus. Sieh zu, was sie sagt.«

»Machst du jetzt einen auf Kummerkastentante?«

»Ich sage ja nur, dass es schön wäre, wenn du von Zeit zu Zeit mal bei deinen Besuchen bei uns jemanden mitbrächtest, mit dem Vera sich unterhalten kann.«

Del setzte sich zurück und dachte nach. »Glaubst du, sie sagt Ja?«

»Warum sollte sie nicht?«

»Ich weiß nicht. Ist schon 'ne Weile her, weißt du.«

»Was, seit deiner Scheidung?«

»Seit ich mit einer Frau ausgegangen bin.«

Faz winkte den Einwand beiseite. »Mach dir nicht gleich ins Hemd. Du und dein Auto, ihr habt vielleicht schon ein paar

Meilen auf dem Buckel, aber ihr achtet auf euch. Auch auf das Äußere. Du bist immer noch in gutem Zustand.«

»Ich habe in den letzten zwei Wochen fast fünf Kilo abgenommen.«

»Mann!« Faz stöhnte. »Erzähl mir doch so was nicht. Und sag es auf keinen Fall Vera! Wenn du abnimmst, zwingt die mich glatt auch dazu. Und warum nimmst du ab? Bist du krank?«

»Nein. Ich versuche nur, gesund zu leben. Gesünder.«

Faz lächelte. »Du alter Schweinehund! Du magst diese Frau, was? Deswegen nimmst du ab.«

»Kann ein Mann nicht einfach mal so ein bisschen dünner werden?«

»Nicht, wenn er Italiener ist. Für uns ist essen wie atmen. Wenn man also keinen Grund hat, wie zum Beispiel diese Frau ...«

»Dann meinst du, sie würde Ja sagen?«

»Sie hat doch schon mal Ja gesagt, oder?«

»Das war etwas anderes.«

»Warum? Du hast sie auf einen Drink eingeladen, was sie zum Dinner aufgewertet hat. Ich persönlich sehe da eine Frau, die Ja sagt.«

»Vielleicht rufe ich sie ja an.«

»Ruf sie jetzt gleich an.«

»Nicht mit dir im Auto!«

»Dann ruf sie an, wenn wir bei Melton durch sind.«

»Vielleicht.«

»Nicht warten. Sobald wir durch sind, rufst du an. Als Allererstes.«

»Ich hab doch gesagt, ich rufe an.«

»Wie steht es bei dir mit Kondomen?«

Del tat so, als würde er Faz eine Ohrfeige geben wollen. »Ich schwöre bei Gott!«

* * *

Mike Melton, Leiter des kriminaltechnischen Labors der Washington State Patrol, war ein ebensolcher Dinosaurier wie Faz und Del. Er arbeitete seit über zwanzig Jahren in dem Labor, das er auch leitete, und hatte Del anvertraut, dass er diesen Posten aufgrund derselben Überlegungen übernommen hatte, die ihn auch dazu bewogen, seine sechs Töchter alle höchstpersönlich in den von ihnen gewählten Sportarten zu trainieren. »Wenn da irgendwer Mist baut, möchte ich das lieber selbst sein.«

Von wegen Mist bauen: Drei seiner Töchter hatten sich mit Sportstipendien das College finanziert und das kriminaltechnische Labor war unter seiner Führung aufgeblüht. Melton war fast so groß wie Faz und Del und erinnerte eher an einen Holzfäller als einen Wissenschaftler. Die Detectives nannten ihn »Grizzley Adams«, weil er dem entsprechenden Schauspieler der Serie so ähnlich sah. Er hatte wildes braunes Haar und einen ebenso dichten Bart, in den sich Jahr für Jahr mehr und mehr graue Strähnchen schlichen.

Melton unterhielt ein Büro im Erdgeschoss des Betonbaus am Airport Way. Während andere Mitarbeiter sich ihre gerahmten Diplome an die Wand hängten, stellte Melton Dinge wie Kugelhämmer und Baseballschläger zur Schau, Erinnerungen an vergangene Fälle.

Beim Betreten seines Büros blieben die Detectives wie angewurzelt stehen: Der Wissenschaftler hatte sich Bart und Haare stutzen lassen, was ihn fast schon zivilisiert aussehen ließ. »Wow!« Del pfiff bewundernd durch die Zähne. »Du nimmst das mit der Leitung echt ernst.«

»Da solltest du mich besser kennen. Für den Job würde ich so was nie machen. Nein, ich verheirate am Wochenende Tochter Nummer vier und meine Frau sagt, ich müsste für die neuen Schwiegereltern vorzeigbar sein.«

»Bring sie mit hierher«, schlug Del vor. »Dann kriegen sie ganz bestimmt trotz der neuen Frisur Schiss.«

»Ich bring jeden meiner Schwiegersöhne hierher.«

Del sah sich im Büro um. »Wunderbar, was du seit deiner Beförderung aus dem Raum gemacht hast.«

»Sie drohen immer wieder, mich umziehen zu lassen. Ich habe ihnen gesagt, wenn ich mal nicht mehr bin, sollen sie die Urne mit meiner Asche oben auf meinen Computer stellen und die Tür abschließen.« Melton musterte Del prüfend. »Du siehst aus, als hättest du abgenommen.«

»Ja, ich hab ein paar Pfund weniger drauf.«

»Und du siehst aus wie immer«, wandte sich Melton an Faz.

Der schüttelte angewidert den Kopf. »Da siehst du, was du anrichtest!«, beschwerte er sich bei Del.

»Das mit deiner Nichte tut mir sehr leid«, fuhr Melton fort und reichte Del einen USB-Stick. »Die Dokumente der zwei Wochen, die du auf dem Beschluss für die Telefongesellschaft angegeben hast. Wir haben alle E-Mails und Nachrichten hochgeladen.«

»Und wenn sie eine Mail oder Nachricht gelöscht hatte?«

»Die Technik hat die aktuellen zuerst hochgeholt und kopiert und anschließend alles wiederhergestellt, was das Back-up hergab. Viel war das nicht, aber schon ein paar Sachen. Jetzt hast du alles.«

»Danke, Mike«, sagte Del.

»Hätte dir wirklich gern aus einem anderen Grund geholfen«, sagte Melton leise.

Kapitel 22

Es brannte Leah Battles auf den Nägeln, Joe Jensen ins Kreuzverhör zu nehmen. Wobei sie nicht klarstellen wollte, was der Mann wusste, sondern eher, was er nicht wusste. Sie wollte dokumentieren, dass Jensen keine Ahnung hatte, ob D'Andre Miller die Straße am Zebrastreifen überquert hatte oder nicht, ob er nach links und rechts geschaut hatte, ehe er die Straße überquerte, ob der Basketball ihn abgelenkt hatte. Laut Terry O'Neal aus dem Gemeindezentrum hatte der Junge einen ziemlich erfolgreichen Abend gehabt und das erste Mal richtig mitspielen dürfen. Vielleicht war er mit dem Kopf noch ganz in den Wolken gewesen und einfach so auf die Straße gelaufen, ohne zu gucken. Vielleicht hatte er mit den Kopfhörern, die man ebenfalls auf der Straße gefunden hatte, laute Musik gehört. Es war dunkel gewesen und er hatte dunkle Kleidung getragen. Es gab so einige Dinge, mit denen sie bei einem Kreuzverhör punkten konnte. Nur würde das keinen Richter davon abhalten, einen hinreichenden Anfangsverdacht zu erkennen, und Cho wusste hinterher, wo Battles seine Zeugen anzugreifen gedachte, und konnte seine Taktik beim Militärgerichtsverfahren danach ausrichten. So schwer das Schweigen ihr fiel, in diesem Fall war es einfach besser, sich zurückzuhalten.

»Keine Fragen«, sagte sie also, woraufhin Rivas Jensen entließ und eine kurze Pause verkündete.

Nach der Pause trat Tracy Crosswhite in den Zeugenstand, an diesem Morgen in einem blauen Kostüm, wie eine Anwältin, aber dennoch vom Auftreten her unverwechselbar Polizistin. Sie wirkte nicht im Geringsten gehemmt oder eingeschüchtert. Battles hatte sich in Vorbereitung auf die Verhandlung näher mit dieser Crosswhite befasst und dabei festgestellt, dass sie einige Gemeinsamkeiten hatten. Battles war wie Crosswhite in einer Kleinstadt aufgewachsen, wenn auch an der Ostküste. Ihre Eltern hatten nicht gerade viel Geld gehabt – jedenfalls nicht genug, um das Leben ihres Kindes grundlegend zu verändern. Was Battles erreichen wollte, hatte sie aus eigener Kraft stemmen müssen. Schach hatte für ein Collegestipendium gesorgt und für das Selbstvertrauen, das sie auch an Crosswhite wahrnahm. Crosswhite spielte nicht Schach, nahm jedoch sehr erfolgreich an Schießwettbewerben teil, was auf ihr Auftreten abfärbte. Diese Art Selbstvertrauen bekam man nicht, indem man lediglich jeden Tag aufstand und ins Büro fuhr, das wusste Battles genau. Solches Selbstvertrauen erwuchs einem im Wettbewerb, wenn man riskierte, auch mal zu verlieren und dann doch gewann.

Nachdem Crosswhite den Eid geleistet hatte, nahm sich Cho für die weiteren vorbereitenden Schritte nur wenig Zeit: Crosswhites Rang und Namen, ihr Hintergrund und ihre Anwesenheit bei dem Unfall mit Fahrerflucht.

»Dann war Ihr erster Eindruck derselbe wie der von Detective Jensen?«, wollte Cho wissen, wobei er Battles spöttisch musterte. Er machte sich lustig darüber, dass sie nicht versucht hatte, Crosswhite während der Zeugenaussage von Jensen aus dem Saal weisen zu lassen. Vielleicht wollte er ja auch, dass sie gegen seine Frage Widerspruch einlegte. Sie ignorierte ihn einfach.

»Es schien mir ein Unfall mit Fahrerflucht zu sein«, bestätigte Crosswhite.

In ihrer weiteren Aussage ging sie auf das Treffen mit Detective Jensen am Morgen nach dem Unfall ein, bei dem sie und ihre Kollegen von dem Video der Verkehrsbehörde erfahren hatten, auf dem der Subaru zu sehen war, und erzählte, wie sie diese Informationen noch während des Morgenappells an die Besatzungen der Streifenwagen hatten weitergeben können.

Cho ging sofort zum nächsten Punkt über.

»Können Sie uns berichten, was Sie als Nächstes getan haben?«

»Ich erhielt noch im Laufe desselben Tages im Büro einen Anruf von Detective Jensen. Eine Frau hatte auf einem Grundstück hinter ihrem Haus einen Wagen entdeckt, der der Beschreibung nach der sein konnte, den wir suchten.«

»Und Sie sind dann zu diesem Grundstück gefahren? Erzählen Sie uns davon.«

Nachdem auch dieser Punkt abgehakt war, ging Cho noch einmal auf das am Unfallort gefundene Autoteil ein und darauf, wie das Auto identifiziert und seinem Halter Laszlo Trejo zugeordnet worden war, der es genau an diesem Morgen als gestohlen gemeldet hatte. »Wie reagierten Sie, ganz spontan, auf diese Information?«, wollte er wissen. »Was hielten Sie davon?«

»Nach allem, was wir inzwischen herausgefunden hatten, fragte ich mich schon, ob der Wagen wirklich gestohlen worden war. Mir kam das zu glatt vor, ich fand, man sollte dem nachgehen.«

Battles machte sich eine Notiz. Bei einem Militärgerichtsverfahren würde sie sich diese Crosswhite im Kreuzverhör vorknöpfen und durchblicken lassen, dass ihre und Jensens Ermittlungen von Anfang an mit Vorurteilen belastet waren und sie in einer bestimmten Richtung ermittelt hatten, weil sie Trejo schon vor dem allerersten Gespräch mit dem Mann für einen Lügner gehalten hatten.

Cho ging methodisch das Treffen zwischen Trejo und Crosswhite sowie deren Partner Kinsington Rowe durch. »Was sagte er zu Ihnen? Was war seiner Meinung nach mit seinem Auto passiert?«

»Er wiederholte auch uns gegenüber, sein Auto sei gestohlen worden, er habe den Diebstahl bei der Polizei in Bremerton angezeigt.«

»Ist Ihnen bei dieser Unterhaltung irgendetwas von Bedeutung aufgefallen?«

»Mr Trejo trank Red Bull, einen Energydrink. Aus einer Dose. Und er trug einen Verband um die Stirn, er hatte dort eine Schnittverletzung.«

Crosswhite erklärte, Trejo habe ihr und ihrem Partner gesagt, die Wunde stamme von einem Zusammenstoß mit der Ecke einer Küchenschranktür. Später, mit dem Blut in seinem Auto konfrontiert, habe er ausgesagt, er habe die Blutung anfangs stoppen können, später sei dann aber doch noch Blut auf den Autositz gekommen, den er dann zu säubern versucht hatte.

Alles ganz logisch, notierte sich Battles für spätere Kreuzverhöre. Kopfwunden bluteten eben stark. Sie musste sich praktisch auf ihre Hände setzen, um nicht gleich Einspruch zu erheben.

Crosswhite war eindeutig eine erfahrene Zeugin. Sie sagte aus, wie die TCI den Kassenbon eines Supermarkts gefunden hatte, der den eine halbe Stunde vor dem Unfall getätigten Einkauf von zwei Dosen eines Energydrinks dokumentierte. Damit war der Grundstock für die Einführung des Beweismittels gelegt, das Trejo am heftigsten belastete: das Video aus der Überwachungskamera des Supermarktes.

Während Cho noch sprach, sah Battles, wie seine Assistentin Clark hektisch den Karton zu ihren Füßen durchsuchte, in dem sich die Beweismittel befanden. Anschließend suchte sie auch noch den Tisch der Anklagevertretung ab.

»Euer Ehren …« Cho schien die Unruhe seiner Assistentin endlich auch mitbekommen zu haben. »Dürfte ich mich wohl kurz mit meiner Kollegin beraten?« Die beiden steckten die Köpfe zusammen und wechselten flüsternd ein paar Sätze, woraufhin auch Cho im Karton mit den Beweismitteln kramte. Wenig später ging er hinüber zum Tisch des Protokollführers Bob Grassilli, der sich daraufhin suchend auf seinem Tisch umsah.

»Euer Ehren?«, bat Cho. »Könnten wir eine kurze Pause einlegen, um ein Beweisstück zu holen?«

Rivas sah zur Uhr an der Wand. »Gut, wir machen jetzt also eine Pause. Wie lange werden Sie brauchen?«

»Nur ein paar Minuten, Euer Ehren.«

Im Saal erhob sich lautes Flüstern, als der Protokollführer, gefolgt von Cho und Clark, mit schnellen Schritten den Raum verließ. Battles stand auf, um sich die Beine zu vertreten. Sie wandte sich an Trejo, der weiterhin stur mit dem Gesicht nach vorn sitzen blieb, und wollte gerade etwas zu ihm sagen, als sie mitbekam, wie Crosswhite vom Zeugenstand aus den im Zuschauerraum sitzenden Joe Jensen ansah und fragend die Brauen hochzog.

Kapitel 23

Nachdem sie die Daten aus Allies Computer und Handy abgeholt hatten, setzte Del Faz im Büro ab, fuhr selbst aber nach Hause. Im Büro würde er zu nichts nutze sein, solange diese Infos ungelesen in seiner Aktentasche lagen.

Del hatte nach seiner Scheidung ein Haus auf dem Capitol Hill gemietet, und zwar von einer Freundin, die ihrer Arbeit wegen nach Portland gezogen war, aber wieder zurückkommen wollte, sobald sie in Rente war. So war zumindest bis jetzt der Plan. Ihr Haus war ein Craftsman aus dem Jahr 1930, an dem im Gegensatz zu allen anderen seiner Art wenig geändert worden war. Es zeigte jede Menge Charme, war allerdings auch ziemlich arbeitsintensiv. Del kümmerte sich um die fälligen Reparaturen und zahlte im Gegenzug deutlich weniger Miete, als sonst hier in der Gegend üblich. Sogar den Garten pflegte er, was allerdings keine große Sache war: Die Rasenflächen vorn und hinten ließen sich in einer knappen halben Stunde mähen.

Nur aufgrund der geringen Miete konnte sich Del überhaupt leisten, in einem der begehrtesten Stadtteile von Seattle zu wohnen. Das auf einem steilen Hügel gleich östlich der Innenstadt gelegene Haus bot einen wunderbaren Blick über die Interstate 5 hinweg bis hin zu den Wolkenkratzern der Innenstadt, der Elliot Bay und sogar noch bis zu den Seattle vorgelagerten Inseln und den in der Ferne gelegenen Olympic Mountains.

Del parkte den Impala auf der Zufahrt aus Erde und Kies, die er seitlich am Haus angelegt hatte, um sein Baby nicht auf der Straße abstellen zu müssen. Sobald er die oberste Stufe der zur Haustür führenden Treppe erreicht hatte, hüpfte Santino, sein Shih Tzu, auf die Rücklehne des Sofas, wie er es immer tat, wenn sein Herrchen von der Arbeit nach Hause kam. »Einen Mangel an Beständigkeit kann man dir wirklich nicht vorwerfen«, meinte Del mit einem Blick durchs Fenster. »Aber die Uhr scheinst du nicht lesen zu können.«

Der kleine Hund rannte begeistert immer wieder zwischen Haustür und Couch hin und her, um auf der Couch dann auf den Hinterbeinen stehend mit den Vorderpfoten wie wild gegen die Scheibe zu trommeln. Del hatte Santino, kurz »Sonny« genannt, für seine Frau gekauft, zur Gesellschaft während der Tage und manchmal Wochen, in denen er an einem Fall saß und wenig zu Hause sein konnte. Leider nur hatte sie den Hund auf Dauer ebenso wenig leiden können wie ihren Ehemann und auch Sonny hatte sich nicht viel aus ihr gemacht und eindeutig Del vorgezogen. Eine verdammt schlaue Rasse, diese Shih Tzu.

»Okay, okay!« Sobald Del durch die Tür war, mutierte Sonny zum Kreisel auf Hinterbeinen. Er war ein hübscher Hund mit lockigem schwarz-braunem Fell, das kurz wirkte, es sei denn, Del hatte ihn gerade gebadet. Dann sah das Tierchen aus wie ein explodierter Wattebausch. Seiner Eifrigkeit wegen hatte ihn Del nach dem von James Caan gespielten ständig nervösen Bruder in »Der Pate« benannt, dem besten Film aller Zeiten.

Jetzt hob er den kleinen Kerl hoch, kraulte ihm das Kinn und ließ sich das Gesicht ablecken. »So lange war ich doch gar nicht weg! Ich hoffe, du hast keine Tretminen gelegt.«

Sonny schaffte es nicht immer durch die Hundeklappe in der Hintertür, besonders nicht an Tagen wie diesem, wo es regnete. Mit einem raschen Blick prüfte Del den Küchenfußboden: Die Luft schien rein. »Braver Junge!« Er setzte den Hund ab und holte einen Hundekeks aus der Dose oben im Küchenregal. »Fertig?« Er formte mit Zeigefinger und Daumen eine Pistole. »Peng!«

Prompt ließ sich Sonny auf den Rücken fallen, die Beine steif nach oben gestreckt. So blieb er liegen, bis Del ihn aufstehen ließ und er sich seinen Keks abholen konnte.

Während Sonny lautstark kaute, warf Del einen Blick auf sein Handy. Er hatte am Abend zuvor Celia McDaniel angerufen und ihr eine Nachricht hinterlassen, als sie nicht ans Telefon gegangen war. Leider hatte sie ihn bis jetzt nicht zurückgerufen. »Macht nichts«, sagte Del zu Sonny. »Rumsitzen und warten wie eine achtzehnjährige Jungfrau bringt einen jedenfalls auch nicht weiter.«

Er trug seine Tasche in das nach hinten hinaus liegende Wohnzimmer, seine Männerhöhle. Dort stand ein altmodischer Fernseher, der allerdings selten lief, weil Del die vielen Bücher in den bis zur Decke reichenden Regalen wichtiger waren. Unter anderem stand hier seine nicht unbedeutende Sammlung zu Texten über den Bürgerkrieg. Er kannte die Biografien sämtlicher Hauptakteure des Konflikts, Robert E. Lee, Stonewall Jackson, Ulysses S. Grant und Joshua Chamberlain, und hatte von seinen Besuchen auf den einschlägigen Schlachtfeldern auch einige Artefakte und Souvenirs mitgebracht. So hing über der Couch eine gerahmte Karte der Umgebung des Gerichtsgebäudes von Appomattox, wo Lee am 9. April 1865 seine letzte Schlacht geschlagen hatte, ehe er sich ergab und damit den Krieg beendete.

Del setzte sich auf die Ledercouch mit Blick auf das große Erkerfenster mit dem Millionen-Dollar-Blick auf die Stadt, fuhr seinen Laptop hoch und schob den von Melton erhaltenen USB-Stick ein. Er klickte den Ordner mit Allies E-Mails an und lud sie hoch, wobei sich ihm beim Anblick ihres Namens ein Messer derart tief in die Brust bohrte, dass er kurz die Finger von der Tastatur nehmen und sich zurücklehnen musste. Erst nach einer Weile hatte er sich weit genug beruhigt, um die E-Mails durchgehen zu können. Viele waren das nicht, bei den Kids waren E-Mails ungefähr so sehr aus der Mode gekommen wie bei anderen Leuten handgeschriebene Briefe, und sie verständigten sich per Textnachricht oder Snapchat oder über etwas, das Dels Neffen »My Story« nannten.

Bei Allies E-Mails ging es meistens um die Schule oder den Job. Er überflog die ersten nur und wurde dann gründlicher, als sich ihr Todestag näherte. Eine zwei Wochen vor Allies Tod eingegangene Mail ließ ihn aufhorchen.

> Hey, wieso antwortest du nicht auf meine Nachricht? Hab gehört, du bist wieder aus dem Knast. Abgehauen? Haha. Warum hast du nicht angerufen? Ich schreibe eine Mail für den Fall, dass deine Mom dein Handy konfisziert hat.

Del warf einen Blick auf die Adresszeile. Die E-Mail stammte von jemandem, der sich J-Man nannte, die Adresse lautete jm@cdrpm.net.

Als Allie am Tag darauf noch nicht geantwortet hatte, ließ J-Man der ersten Mail eine zweite folgen.

> Weichst du mir aus? Denke nur noch an dich, seit du weg bist!!!! Du bist einfach verschwunden. WTF? Will dich wirklich sehen.

Wieder antwortete Allie nicht.
Das tat sie erst nach J-Mans fünfter Mail.

Sorry. Mom hat mein Handy, habe keine Nachricht gesehen. Habe total viel um die Ohren. Hm ... ich glaub nicht, dass wir uns sehen sollten. Es wäre zu hart. Gehe dieses Halbjahr nicht in die Schule. Arbeite. Igitt! Will diesen Sommer zu Hause lernen und die Schule beenden. Im Herbst gehe ich dann nach Gonzaga. Pass auf dich auf. Al.

J-Man antwortete sofort, allerdings ohne auf Allies dezenten Hinweis einzugehen, man solle sich lieber nicht treffen.

Schön, dass du noch lebst! Mist mit deinem Handy. Hab TC getroffen, die sagt, du arbeitest bloß noch. Keine Partys? Das wär nichts für mich. Ich? Ich häng ab und chill mit TC. Sparst du aufs College oder Auto? Auto hoffentlich! Hält länger. HaHa.

Allie antwortete.

Kein Auto. :-(Haha. Ich sehe zu, dass ich was um die Ohren habe, das hält mir den Kopf frei. Ja, ich weiß von TC, dass sie dich gesehen hat. Sie sagt, sie hat was mit dir. Freu mich für dich.

Die Antwort kam am selben Tag, um 23.54 Uhr.

Von wegen, ich hab was mit ihr, das ist Scheiße. Hab bloß was mit meiner Musik.

Del wäre jede Wette eingegangen, dass J-Man haargenau so lange mit TC gegangen war, wie Allies Aufenthalt in der Entzugsklinik gedauert hatte.
J-Man fuhr fort:

Wir hängen nur ab, echt!

Allies Antwort klang entschuldigend und bei dem Ton wurde Del ganz übel. Er hegte nämlich inzwischen den Verdacht, dass J-Man von Hintergedanken geleitet wurde.

Sorry, wollte nicht nerven. Hab nicht erwartet, dass du auf mich wartest.

J-Man antwortete.

Sollten uns treffen. Wann hast du Zeit? Hast du dein Handy wieder? Morgen?

Allie antwortete sofort.

Geht nicht. Familie passt auf mich auf. Mein Onkel ist Bulle mit Knarre. Haha.

J-Man blieb hartnäckig und Del bekam langsam das Gefühl, es hier mit einem Junkie zu tun zu haben, der eher nach einem Schuss suchte als nach einer Beziehung. Er mühte sich sehr, nicht vor Zorn zu kochen, hätte aber zu gern sofort nach diesem J-Man gesucht, um ihm die Fingernägel einzeln auszureißen.

Kein Problem. Du hast mir gefehlt. Keine versteht mich wie du, Al. Traurig, seit du weg bist. Einsam. :(

Diesmal antwortete Allie nicht und Del meinte die Diskussion hören zu können, die in ihrem Kopf getobt hatte.
J-Man schrieb weiter.

Wann rufst du an?

Mach es nicht, dachte Del. Ruf ihn bloß nicht an!
Wieder dauerte es, bis Allie antwortete. Ihre Antwort brach Del das Herz.

Morgen. Rufe dich an.

Kapitel 24

Nachdem ein paar lange Minuten vergangen waren, öffnete sich die Tür links von der Richterbank und Tracy sah Cho, Clark und Grassilli zurückkehren. Anders als noch am Morgen, als Cho entspannt und zuversichtlich gewirkt hatte, sah er jetzt besorgt aus – mehr als besorgt. Er wirkte erregt. Clark sah aus wie ein Reh im Scheinwerferlicht, das den Blick starr auf das näher kommende Auto gerichtet hielt. Grassilli, der Protokollführer, wirkte extrem verunsichert, als er zu seinem Tisch ging und ihn noch einmal gründlich absuchte. Cho ging den Karton mit den Beweismitteln durch und suchte auf dem Tisch der Anklagevertretung.

»Sind Sie bereit, fortzufahren?«, fragte Rivas.

»Euer Ehren, wir scheinen ein Problem zu haben, ein Beweisstück ist nicht aufzufinden«, sagte Cho.

»Welches Beweisstück?«.

»Das Video aus der Überwachungskamera des Ladens.«

»Was soll das heißen? Ist es verloren gegangen?« Rivas' Blick ging zwischen Cho und Grassilli hin und her – der Protokollführer hatte sämtliche Beweismittel, die bei einer Anhörung nach Paragraf 32 vorgelegt werden sollten, in seiner Obhut.

Tracy beobachtete den Zuschauersaal, wo Shaniqua Miller erst den Blick senkte und dann den Kopf hob. Ihre Mutter neben ihr schloss die Augen und sah aus, als hätte sie Mühe, gleichmäßig zu atmen. Hier wurde wahrscheinlich gerade der schlimmste Albtraum der beiden Frauen wahr.

»Ich meine, wir hatten es, aber …« Cho wirkte völlig außer Fassung. »Es scheint nicht mehr da zu sein.«

»Wann haben Sie es zuletzt gesehen?«

»Wir haben das Material gestern Nachmittag in Vorbereitung auf diese Untersuchung aus der sicheren Verwahrung des NCIS geholt.«

»Und dann? Was dann?«

»Dann haben wir alles dort wieder eingeliefert.«

»Und da haben Sie das Band zum letzten Mal gesehen?«

Darüber schien Cho kurz nachdenken zu müssen. »Nein«, sagte er langsam, als erinnere er sich an etwas. »Nein, das war nicht das letzte Mal.« Er wandte sich um und sah Battles an. »Das letzte Mal sah ich das Video gestern Abend, ehe ich nach Hause ging. Es lag auf dem Schreibtisch der Verteidigerin.«

Die Zuschauer im Saal, die anfangs einfach nur verwirrt oder unsicher gewesen waren, verstanden langsam, was da gerade passierte. Protest wurde laut. Für die Menschen im Saal, die von Anfang an befürchtet hatten, die Navy versuche hier, einen der ihren zu schützen, stellte das verlorene Video keinen Unfall dar, sondern den klaren Versuch, die Gerechtigkeit zu untergraben, und Chos geschickter Schachzug eben hatte Battles zum Zentrum des Unmuts werden lassen. Mehrere Leute waren bereits aufgestanden und deuteten laut protestierend auf die Verteidigerin. Militärpolizisten schoben sich zwischen die Zuschauer und die Absperrung, zwei der großen Gefängniswärter führten Trejo schnell aus dem Saal.

»Ich erwarte die Anwälte in meinem Büro«, rief Rivas über den steigenden Lärmpegel hinweg.

* * *

Del ging den Rest von Allies E-Mails durch, fand aber wenig Interessantes. Sobald Allie ihr Handy zurückbekommen hatte, war ihre Kommunikation wie bei den meisten Teenagern entweder über Textnachrichten oder ihr Konto bei Instagram gelaufen, so weit kannte Del sich inzwischen aus. Sonny trottete ins Zimmer, sprang auf die Couch und sah sein Herrchen erwartungsvoll an.

Brav räumte Del die neben ihm liegenden Zeitungen beiseite, damit sich der Hund an seinen Lieblingsplatz legen und wie ein Ball zusammenrollen konnte. »Essen und schlafen«, Del seufzte. »Kein schlechtes Leben.«

Er rief Allies Instagram-Konto auf. Die Durchsicht der Nachrichten gab ihm das Gefühl, eine mit Fotos und Symbolen durchsetzte Fremdsprache entziffern zu müssen, wobei die Fotos im Wesentlichen Selfies waren, die Allie zeigten. Er musste mit ansehen, wie aus dem süßen Mädchen, an das er sich noch so gut erinnerte, ein Junkie geworden war. Auf einigen Fotos war sie so dünn, dass er sie fast nicht erkannt hätte, Nase und Kinn scharf betont, die Wangen eingefallen, die Augen tief in den Höhlen liegend. Manche Nachrichten waren reiner Unsinn oder auch einfach nur Abkürzungen, die Del nicht entziffern konnte: GLHF. IANAL. FWB.

Er scrollte sich schnell durch die Sammlung, auf der Suche nach dem Datum, das sich an Allies E-Mail-Unterhaltung mit J-Man anschloss. Die erste Nachricht fand er gleich am darauffolgenden Morgen.

Hartnäckiger kleiner Scheißer!

J-Man: KKUT

Del hatte keine Ahnung, was das bedeutete, aber es war begleitet von einem Selfie von J-Man. Er hatte schulterlange, fettige braune Haare, blaue Augen und einen schütteren

Spitzbart und war ganz und gar nicht das, was Del erwartet hatte. Kein ekelhafter Punk, an dem man seine Wut auslassen konnte – eigentlich einfach nur ein Junge. Del erinnerte sich an die Bemerkung von Allies Therapeutin, der zufolge viele der Drogenabhängigen »gute Kinder aus guten Familien« waren.

Allie: Ich bin hier.

Allie hatte ein Bild von sich selbst mitgeschickt. Sie lächelte, allerdings ein wenig zögernd, fast schon ängstlich.

J-Man: Da bist du ja! Wow. Zu lange.

Allie: Auf jeden Fall.

J-Man: Dann sehen wir uns heute?

Allie: Muss arbeiten.

J-Man: Wo? Ich komm vorbei.

Allie: Geht nicht. Kein Besuch. Boss ist Nazi.

J-Man: Wann hast du Schluss?

Allie: 7.

J-Man: Fahr dich heim?

»Der Scheißkerl lässt echt nicht locker«, knurrte Del, woraufhin Sonny den Kopf hob und ihn ansah.

Allie: Fam zu Hause.

Als J-Man nicht antwortete, fragte Allie:

Du OK?

J-Man: Eher nicht. Ich hab dich echt geliebt … immer noch.

»Willst du mich verarschen?«, fragte Del. Dem Inhalt der folgenden Nachricht nach zu urteilen, verging einige Zeit, ohne dass Allie geantwortet hätte. Wäre sie doch bei ihrem Schweigen geblieben, wäre das alles hier doch bloß ein einziges riesiges Missverständnis! Del sah das Kreuz an, das früher das Schlafzimmer seiner Mutter geschmückt hatte und jetzt bei ihm in der Männerhöhle hing. Dann bekreuzigte er sich und sprach ein leises Gebet. Nicht für sich. Für seine Nichte.

J-Man: Du noch da?

Allie: Muss aufhören.

Später am Abend, als Allie Feierabend hatte, waren erneut Textnachrichten von J-Man eingetroffen. Del wurde zunehmend wütender und musste den Computer mehrmals beiseitestellen. Aufstehen und aus dem Fenster schauen. Er wusste ja, worauf die Unterhaltung mit J-Man hinauslief, und er fragte sich, ob die Geschichte auch anders hätte ausgehen können. Wenn J-Man aufgehört hätte, Allie Nachrichten zu schicken, wenn Allie nicht geantwortet hätte, wenn Del ihr Handy zerstört hätte oder wenn er J-Man gefunden und ihm gründlich die Fresse poliert hätte.
Er ging wieder zurück an den Computer.

J-Man: Zu Hause?

Allie: Ja. Was machst du?

J-Man: Häng rum. WTPA?

Das sollte wohl »Where is the Party« heißen – was geht ab? J-Man hatte ein Foto mitgeschickt, auf dem er unübersehbar unter Drogen stand.

Allie: Bist du high?

J-Man: SMH. Vielleicht. LOL.

Allie: Dachte, du hast aufgehört.

J-Man: Neues Zeug. SRS Shit.

Dels Interesse war geweckt. J-Man hatte noch ein Foto angehängt, auf dem er wie ein Clown aussah, mit halb geschlossenen Augen und einem schiefen, dümmlichen Grinsen im Gesicht. Neben ihm lehnte sich ein Mädchen in Allies Alter ins Bild.

Allie: Bist du mit TC?

J-Man: Du solltest kommen.

Allie: Ihr zwei zusammen?

J-Man: Haha.

Allie: Dachte, du hast gesagt nein.

J-Man: Alles gut. Wir hängen bloß rum. Komm vorbei.

Wieder verstrichen Minuten, ehe Allie antwortete.

Allie: Kann nicht.

J-Man: IU2U.

Del wurde übel. Die Kürzel konnte er entziffern: »It's up to you« hieß das – musst du selbst wissen. Er musste sich zwingen, sich auch noch den Dialog anzusehen, der in den folgenden drei Tagen und Nächten praktisch ununterbrochen gelaufen war. J-Man hatte nicht lockergelassen und Allie immer wieder versichert, wie sehr er sie liebe. Ebenso beharrlich hatte er von dem Heroin geschwärmt, das gerade in Umlauf war. So hatte er sie langsam weichgekocht. Anfangs hatte sich Allie noch gewehrt und sie hatte ihn nicht sehen wollen. Was vielleicht aber auch daran liegen mochte, dass sie allein nicht wegkam, sie hatte keine Möglichkeit, an ein Auto zu kommen. Als sie schließlich einknickte, wurden J-Mans Motive immer deutlicher.

Del war an dem Punkt der Unterhaltung angekommen, vor dem er sich am meisten gefürchtet hatte: bei den Nachrichten, die Allie und J-Man am Abend vor Allies Tod ausgetauscht hatten.

J-Man: Hol dich von der Arbeit ab?

Allie: OK

J-Man: Freu mich auf dich.

Allie: Wir können zu mir nach Hause.

J-Man: Was ist mit Fam?

Allie: Kommen spät.

J-Man: Klasse. Vielleicht können wir dein hart verdientes Geld gut einsetzen.

Und darum ging es ihm.
Nicht um Liebe, nicht um Freundschaft, sondern um genau das, wovor Allies Therapeutin Maggie und Del gewarnt hatte: die immer lauernde Sucht. J-Man war nicht anders als all die anderen drogenabhängigen Loser da draußen. Ihm ging es ums Geld, darum, den nächsten Schuss kaufen zu können. Woher das Geld kam oder wie er es kriegte, war ihm egal. Nur dass er es in die Finger bekam, das zählte.

Allies letzter Text war dann wieder ein Stich direkt ins Herz. Der Lockruf des Heroins, gepaart mit J-Mans gnadenlosem Drängen – sie hatte keine Chance gehabt.

Allie: Vielleicht.

Del schloss die Augen. Tränen strömten ihm über die Wangen. Mit zitternder Brust stieß er die Luft aus, die er, ohne es zu merken, angehalten hatte. Als sein Handy klingelte, konnte er es zuerst nicht finden, weil Sonny darauf lag.

»Ja?«, meldete er sich, in der Annahme, es sei Faz.

»So melden Sie sich am Telefon? Einfach mit ja?« Das war nicht Faz, die Stimme war viel zu hell.

Del räusperte sich und sah rasch auf die Anruferkennung: Unbekannt. »Celia?«

»Offenbar nicht der Anruf, mit dem Sie rechneten?«

»Ich dachte, es wäre mein Partner.« Ein Blick auf die Uhr sagte ihm, dass er erst in ein paar Stunden im Büro erwartet wurde. »Wir haben die E-Mails und Nachrichten aus Allies

Handy und Computer bekommen, die sehe ich mir lieber hier zu Hause an.«

Daraufhin schwieg Celia einen Moment. »Geht es Ihnen so weit gut?«, fragte sie schließlich.

»Ja, alles in Ordnung.«

»Ich wollte nur Ihren Anruf von gestern Abend erwidern. Soll ich es später noch einmal versuchen?«

»Nein, es geht wirklich. Ich habe gestern angerufen, weil ... weil ich Sie fragen wollte, ob Sie vielleicht noch einmal mit mir essen gehen möchten.«

»Ich stecke mitten in einem Verfahren und Sie dürften bis zum Ende Ihrer Spätschicht auch kaum einen Abend freihaben.«

Okay – aber sie hatte nicht gesagt, dass sie gar nicht mit ihm essen gehen wollte. »Richtig. Das dürfte wohl ein bisschen schwierig werden.«

»Ich halte morgen früh mein Schlussplädoyer.«

»Viel Glück. Sie machen das bestimmt prima. Die Geschworenen lieben Sie.«

»Und es geht Ihnen wirklich gut, Del? Sind Sie da sicher?«

Del war sich überhaupt nicht sicher. »Auf jeden Fall, kein Problem. Ich melde mich wieder bei Ihnen, ja? Wenn unsere Terminkalender nicht mehr ganz so voll sind.«

* * *

Von wütenden Kommentaren der Zuschauer begleitet, folgte Battles Cho und Clark aus dem Saal in das enge Büro, in dem Rivas für die Dauer der Voruntersuchung untergebracht war und in dem gerade mal ein schmuckloser Stahlschreibtisch sowie ein mit ein paar Büchern bestücktes Regal Platz fanden. Rivas setzte sich hinter den Tisch. Battles rückte ganz nach links, neben das Regal, Cho und Clark drängten sich rechts von ihr und der Protokollführer Bob Grassilli stand dicht bei der Tür.

»Lassen Sie uns das noch einmal durchgehen«, sagte Rivas zu Cho, um ein wenig Spannung aus der geladenen Atmosphäre im Raum zu nehmen. »Wann haben Sie das Video aus der Verwahrung geholt?«

»Gestern Nachmittag.« Cho schäumte immer noch. »In Vorbereitung auf diese Voruntersuchung.«

»Und Sie sind sicher, dass Sie es wieder abgeliefert haben?«

»Ja. Wir haben den ganzen Karton mit Beweismitteln abgegeben, das Protokollbuch wird das bestätigen.«

Cho sah Grassilli an, der eine Kopie der entsprechenden Seite des Buches in der Hand hielt. Er nickte. »Das ist korrekt, Euer Ehren. Sie haben den Karton um 17.33 Uhr zurückgebracht und entsprechend hier unterschrieben.«

»Befand sich das Video zu dem Zeitpunkt im Karton?«

»Davon gehe ich aus«, sagte Cho.

»Sie können es aber nicht mit Bestimmtheit sagen.«

»Es befand sich im Karton, als wir die Beweise durchgingen. Also ja, ich würde mal sagen, dass es sich im Karton befand, als wir den zurückgebracht haben.«

Rivas wandte sich an Battles. »Sie hatten das Video gestern Abend?«

»Ich hatte denselben Karton mit Beweismitteln.« Battles bemühte sich sehr, nur nicht den Eindruck zu machen, als fühle sie sich in irgendeiner Weise schuldig. »Ich habe die Herausgabe der Beweismittel quittiert und gebeten, mir den Karton in mein Büro zu bringen, bevor Bob Feierabend macht, aber ich kann mich nicht mehr daran erinnern, ob ich das Videoband nun gesehen habe oder nicht.«

»Wie soll ich das verstehen?«, fragte Rivas.

»Das soll heißen, dass ich mir das Video gestern Abend nicht angesehen habe. Ich kannte es schon. Es gab keinen Grund, es mir noch einmal anzusehen, und ich habe auch gar keinen Fernseher, auf dem ich das hätte tun können.«

Rivas wandte sich erneut an Cho. »Aber Sie haben doch gesagt, Sie hätten das Video gestern Abend zum letzten Mal gesehen.«

»Den Karton!« Chos Blick war durchdringend. »Das Video selbst habe ich nicht gesehen, wohl aber den Karton mit den Beweismitteln. Auf ihrem Schreibtisch. Wo sonst hätte ...«

»Stopp!«, unterbrach Rivas, um sich wieder an Battles zu wenden. »Haben Sie den Karton zurückgebracht?«

Battles nickte. »Ich habe ihn zurückgebracht, und weil Bob schon Feierabend gemacht hatte, habe ich ihn auf seinen Stuhl gestellt.«

»Die Rückgabe wurde also nicht protokolliert?«

Grassilli schüttelte den Kopf.

»Aber ich habe ihn zurückgebracht«, sagte Battles zu Grassilli. »Sie hatten den Karton heute Morgen doch, oder?«

»Ich hatte den Karton.« Grassilli nickte.

»Aber nicht das Video«, zischte Cho.

»Ich habe den Karton zurückgebracht«, beharrte Battles. »Was das Video betrifft, so wissen wir nicht, ob es sich da im Karton befand.«

»Und das Video ist nicht in Ihrem Büro?«, wollte Rivas von Grassilli wissen.

»Ich habe es jedenfalls nicht finden können.«

»Und es war heute Morgen nicht im Karton?«

»Nein«, antworteten Clark und Cho mehr oder weniger im Chor.

»Und es liegt auch nicht in irgendeinem Büro? Es ist nicht verlegt worden?«

»Nicht dass ich wüsste.« Cho schüttelte den Kopf.

»Ich habe es nicht herausgenommen«, erklärte Battles.

»Sehen Sie nach, ob es nicht doch verlegt worden sein könnte«, befahl Rivas.

Das wollten alle gern tun.

»Gut, dann weiter.« Rivas sah Grassilli an. »Gibt es eine Kopie?«

Grassilli seufzte. »Das war eine alte Videokassette, Euer Ehren. So was können wir hier nicht kopieren, dazu fehlt uns die Technik. Und wir konnten das Video auch nicht zum Kopieren weggeben, weil es von den Anwälten zur Vorbereitung der Anhörung heute gebraucht wurde. Sie wissen ja, dass die Anhörung vorgezogen wurde. Wir wollten es danach zum Kopieren schicken.«

»Es gibt keine Kopie?« Rivas war laut geworden. Sie sah Cho an.

»Nein.« Cho bestätigte eilig, was Grassilli eben gesagt hatte. »Der Supermarkt benutzt veraltete Geräte. Wir konnten das Band hier nicht kopieren, und da es gebraucht wurde … ich hatte vor, es nach der Anhörung zum Kopieren zu schicken.«

»Was ist mit der Polizei von Seattle? Haben die eine Kopie gezogen?«, wollte Rivas wissen.

»Das bezweifele ich«, sagte Cho. »Wir haben die Zuständigkeit fast sofort übernommen.«

»Dann sollten Sie das schleunigst herausfinden.«

»Wird gemacht.« Cho klang nicht besonders optimistisch.

Rivas sah Grassilli an, die Finger zu einer Pyramide zusammengelegt, die sie sich an die Lippen hielt. Wahrscheinlich dachte sie gerade dasselbe wie alle hier im Raum: Bei dieser Sachlage sah sich die Anklage einem schwerwiegenden Problem gegenüber, das nicht einfach zu überwinden sein würde. Vor allem nicht bei einem eventuellen Militärgerichtsverfahren.

»Euer Ehren, ich kann die Existenz dieses Videos anhand der Aussage von Archibald Issa beweisen, dem der Supermarkt gehört«, sagte Cho. »Sowohl er als auch Detective Crosswhite können bezeugen, dass sie Laszlo Trejo auf dem Video gesehen haben.«

Rivas ließ kopfschüttelnd die Hände sinken. »Ohne das Video könnte jede weitere diesbezügliche Aussage von Detective Crosswhite von Mr Trejo und seiner Verteidigung nicht effektiv hinterfragt werden. Das werde ich nicht erlauben. Und ich kann Ihnen jetzt schon garantieren, wie der Richter in einem Militärgerichtsverfahren in dieser Frage entscheiden würde: Das Fehlen dieses Videos beschneidet Mr Trejos das ihm nach dem sechsten Verfassungszusatz zustehende Recht, nicht nur Detective Crosswhite, sondern auch Mr Issa und jeden anderen Zeugen der Anklage angemessen mit dem Beweismaterial zu konfrontieren und ins Kreuzverhör zu nehmen.«

»Wir können Mr Issa aufrufen, damit er bestätigt, Mr Trejo in seinem Laden gesehen zu haben«, schlug Cho vor.

»Hat er das denn? Kann er das aussagen? Unabhängig vom Video? Oder kann er sich an den Mann nur erinnern, weil er einen Anruf erhielt und sich daraufhin das Video angeschaut hat? Das ist jetzt – wie lange her? Fast drei Wochen? Erinnert er sich auch noch an andere Kunden?« Rivas schüttelte den Kopf, ihr Ton wurde eindringlicher. »Selbst wenn er sich daran erinnert, den Angeklagten in seinem Laden gesehen zu haben, fehlt das zentrale Beweisstück, und Sie sind Ihr Problem nicht los. Und da meinem Verständnis nach dieses Video alle anderen Beweismittel zusammenfasst – zum Beispiel die Bedeutung, die dem im Auto gefundenen Kassenbon zukommt –, kommen Sie bei dieser Anhörung vielleicht noch damit durch. Aber auf keinen Fall in einem folgenden Militärgerichtsverfahren, wo die Regeln der Beweisführung viel strenger gehandhabt werden.«

Cho richtete anklagend den Finger auf Battles. »Es steht unwidersprochen fest, dass die Anklage die Beweise gestern Nachmittag zurückgebracht und die Rückgabe entsprechend protokolliert hat. Und es steht unwidersprochen fest, dass die Verteidigerin danach um die Beweise gebeten und sie auch erhalten hat. Sie hat selbst gerade bestätigt, sie als Letzte gehabt zu haben. Darüber gibt es nichts zu diskutieren.«

Battles schüttelte den Kopf. »Ich sagte, ich erinnere mich nicht daran, das Video gesehen zu haben. Ich habe es ganz bestimmt nicht abgespielt und ich wehre mich gegen die Unterstellung. Ich habe den Karton wieder in Bobs Büro gebracht.«

»Das wird vom Logbuch aber nicht bestätigt«, widersprach Cho.

Rivas sah Grassilli an, der widerstrebend den Kopf schüttelte. Battles wusste, in welch schwierige Lage sie ihn gebracht hatte. Es war ihr sehr unangenehm.

Cho wandte sich an Battles. Grassillis Blick wechselte zwischen den beiden hin und her wie der eines Promoters zwischen zwei Boxern vor einer Pressekonferenz.

»Ich habe den Karton auf Bobs Stuhl gestellt«, wiederholte Battles. »Vielleicht wurde das Video ja nicht zurück in den Karton gelegt.«

Cho knirschte mit den Zähnen. »Das ist das Widerlichste, was ich je gehört habe!«, spuckte er.

»Es reicht«, sagte Rivas. Cho warf trotzig den Kopf hoch, wandte sich dann aber ab. Es war, als hätte jemand alle Luft aus dem Zimmer gesogen, weswegen nun niemand mehr richtig atmen konnte. »Leider, Lieutenant, hat die Anklage die absolute Pflicht, Beweismittel ordnungsgemäß zu verwahren.«

»Was wir auch getan haben!«, fuhr Cho auf. »Das Logbuch zeigt, dass wir das getan haben. Da die Verteidigung die Beweismittel als Letzte hatte, bleibt die Vermutung, dass der Beweis bei ihr irgendwie verloren ging oder vernichtet wurde. Alle negativen Folgerungen, die sich daraus schließen lassen, richten sich gegen den Angeklagten.«

Rivas schüttelte den Kopf. »Das wäre dann eine andere Anhörung«, sagte sie. »Wie dem auch sei: Ihr Problem bleibt so oder so dasselbe. Niemand wird eines angenommenen

Fehlverhaltens seiner Verteidigerin wegen vor ein Militärgericht gestellt. Und da Mr Trejo in Haft war, kann er sicherlich an gar nichts beteiligt gewesen sein. Wie ich schon sagte, hier, bei einer Voruntersuchung nach Paragraf zweiunddreißig, kommen Sie mit solchen Vermutungen vielleicht durch, aber ein Militärgerichtsverfahren ist eine ganz andere Sache.«

Rivas dachte nach, bedachte die politischen Auswirkungen, die sich ergeben könnten, wenn die Anklage das Video nicht fand, und schüttelte den Kopf, als wäre sie diesen Gedanken gern losgeworden. »Ich werde der Anklage vierundzwanzig Stunden geben, um entweder das Video oder eine Erklärung für dessen Verschwinden zu liefern. Bis dahin werde ich die Voruntersuchung nach Paragraf zweiunddreißig offen halten. Wenn das Video nicht gefunden werden kann, werde ich meine Entscheidung auf der Grundlage der mir vorliegenden Beweismittel treffen. Wenn Sie einen Antrag dahingehend stellen wollen, dass einem möglichen Fehlverhalten eher bei der Verteidigung als bei Ihnen nachgegangen werden sollte, dann können Sie das gern tun. In der Zwischenzeit hänge ich mich ans Telefon und kontaktiere die Polizei in Seattle. Und an Ihrer Stelle würde ich noch einmal in allen Büros nachschauen.«

Cho und Clark folgten Grassilli aus dem Zimmer. Battles ließ die drei gehen und wollte ihnen schon folgen, als Rivas sie zurückrief. »Lieutenant Battles?«

Battles drehte sich um. Sie ahnte schon, was Rivas gleich sagen würde. Sie hatte den Karton mit den Beweismitteln zuletzt gehabt. Sollte das Video weiterhin verschwunden bleiben, würde man sie für die Konsequenzen verantwortlich machen.

»Ich würde über einen neuen Anwalt für Mr Trejo nachdenken«, sagte Rivas. »Am besten suchen Sie auch gleich nach einem für sich selbst.«

* * *

Battles verzog sich in ihr Büro und schloss die Tür hinter sich. Lange blieb sie allerdings nicht ungestört.

Brian Cho stürmte herein, ohne anzuklopfen. »Ist Ihnen ein Sieg über mich so wichtig, dass Sie dafür sogar die eigene Karriere aufs Spiel setzen?«

Battles drehte sich um. »Kriegen Sie sich wieder ein, hier geht es nicht um Sie.«

Cho rückte ihr so nah, dass die beiden nur noch wenige Zentimeter trennten. »Da haben Sie verdammt recht, es geht nicht um mich! Um Sie geht es, und zwar mit Vollgas. Ich werde den Antrag stellen, den Rivas eben erwähnt hat, und danach werde ich in Washington die E-Bombe zünden. Nicht nur Trejo kann sich auf ein Militärgerichtsverfahren gefasst machen.«

Eine E-Bombe war eine Beschwerde bei der Ethikstelle der obersten Militärstaatsanwaltschaft im Pentagon. Solch eine Drohung sprach man nicht leichtfertig aus und sie wurde auch nicht leichtgenommen. Die ermittelnden Offiziere waren in Anspielung auf eine beliebte Satiresendung allgemein als Coneheads bekannt: Man sagte ihnen nach, zwar intelligent zu sein, aber nur wenig gesunden Menschenverstand und überhaupt keinen Humor zu besitzen.

»Nur zu!« Battles richtete sich kerzengerade auf. Falls Cho vorgehabt hatte, sie einzuschüchtern, dann hatte er sich die falsche Person ausgesucht. »Ich habe das gottverdammte Video nicht weggenommen. Und wenn Sie es doch auf Ihrem Schreibtisch oder in Clarks Bett finden, dann können Sie sich die fällige Entschuldigung gleich in den Arsch stecken.«

Cho sah so aus, als könne er sich nur mühsam zurückhalten. Sollte er doch ruhig die Beherrschung verlieren, nur zu! Ehe dieser Mann Hand an sie legte, würde sie ihm die Nase polieren und ihn mit einem gezielten Fußtritt aus der Tür befördern. Wenn sie mit ihm fertig war, würde er eine Woche lang nicht mehr aufrecht gehen können.

»Anwälte!« Als Rebecca Stanley das Büro betrat, wich Cho rasch einen Schritt zurück. »Gibt es ein Problem?«
»Nein, Ma'am.« Er schüttelte den Kopf.
»Dann sollten Sie Ihre Zeit wohl lieber mit der Suche nach diesem Video verbringen, nicht wahr?«
Cho nickte und ging, wobei er aussah wie ein Teekessel kurz vorm spuckenden Überkochen.
»Lieutenant?«, rief Stanley ihm nach.
Cho wandte sich um, sein Unterkiefer mahlte.
»Schließen Sie bitte die Tür.«
Cho griff brav nach der Türklinke, wobei er Battles noch einen letzten Blick zuwarf.
Stanley wartete noch einen Moment, ehe sie sich Battles zuwandte. »Möchten Sie mir erzählen, was passiert ist?«, erkundigte sie sich erstaunlich gelassen.
Battles schüttelte den Kopf. »Ich weiß nicht, was passiert ist.«
»Sie hatten als Letzte den Karton mit den Beweismitteln?«
»Ich hatte mir den Karton gestern Abend ins Büro bringen lassen. Bob sagte, die entscheidenden Beweisstücke befänden sich darin. Es schien einfacher, gleich für den ganzen Karton zu unterschreiben.«
»Er hat ihn in ihr Büro geliefert?«
»Ja.«
»Und Sie haben ihn zurückgebracht?«
»Gestern Abend – wahrscheinlich gegen dreiundzwanzig Uhr.«
»Aber Bob war nicht mehr da.«
»Nein. Ich habe den Karton auf seinen Stuhl gestellt. Das habe ich früher auch schon so gehandhabt.«
»Mag sein, aber die korrekte Vorgehensweise ist das nicht, Leah. Bei einer Anhörung nach Paragraf zweiunddreißig übernimmt der Protokollführer die Aufsicht über die Beweismittel und ist für diese Beweismittel verantwortlich.«

»Das weiß ich.«

»Sie haben Bob in eine ganz schwierige Lage gebracht.« Stanley seufzte. »Und Sie können nicht sagen, ob sich das Video in dem Karton befand?«

»Ich kann mich nicht daran erinnern, das Band aus dem Karton genommen zu haben, und ich habe es mir ganz sicher gestern Abend nicht angesehen.«

»Haben Sie es denn gesehen?«

»Nicht gestern Abend.«

»Also wissen Sie es nicht.«

»Ich kann nicht sicher sagen, ob es im Karton war.«

Wieder herrschte einen Moment lang Schweigen. Stanley klang ernst, als sie dann fortfuhr: »Aber Sie waren die letzte Person, die den Karton mit den Beweismitteln hatte.«

Battles versuchte, sich ganz genau an den vergangenen Abend zu erinnern, dachte an Cho, der sie wieder einmal mit einem Besuch in ihrem Büro genervt hatte, dachte an den Karton mit den Beweismitteln auf ihrem Schreibtisch. Ihre Antwort jetzt wollte gründlich überdacht sein. Ab jetzt musste alles, was sie sagte, gründlich überdacht sein. »Ja, ich war die letzte Person, die den Karton mit den Beweismitteln hatte.«

Stanley ließ die Hände sinken. »Dann sollten Sie hoffen und beten, dass Cho das Video findet, Leah. Sie sollten hoffen und beten, dass das alles hier nur ein Missverständnis ist. Denn Lopresti möchte jemanden am Fahnenmast aufgeknöpft sehen, und wenn das nicht Trejo sein kann …«

Sie ließ den Rest ihres Gedankens unausgesprochen im Raum stehen. Beide Frauen wussten auch so, wen Lopresti alternativ zu Trejo am Fahnenmast hängen sehen wollte, und Stanley war es nicht.

* * *

Nach dem Ende seiner Schicht stieg Del müde und emotional ausgelaugt in den Fahrstuhl des Polizeipräsidiums. Um sich abzulenken, war er nach der Durchsicht von Allies E-Mails und Nachrichten zur Arbeit gefahren, denn die Arbeit tat ihm eigentlich immer gut. Leider war nicht viel los gewesen und er hatte oft über Allies letzte Nachricht nachdenken können und darüber, was hätte sein können, wenn er gleich nach ihrem Einzug in die Entzugsklinik ihr Handy zertrümmert hätte.

Er wollte noch warten, bis er seine Schwester über den Inhalt der E-Mails und Textnachrichten informierte. Vorher wollte er noch seine Neffen fragen, ob ihnen der Spitzname J-Man etwas sagte und ob sie wussten, wie der Typ mit richtigem Namen hieß. Er würde am nächsten Tag vor der Arbeit bei den beiden vorbeifahren.

Der Fahrstuhl brachte ihn in das Parkhaus, in dem die Wagen aus dem Fahrzeugpool standen und die Detectives ihre Privatautos abstellten. Auf den Betonstreben unter der Decke tänzelten gurrende Tauben, die sich von nichts abhalten ließen, weder von spitzen Zäunen noch vom Dröhnen des Verkehrs auf dem angrenzenden Freeway. Dort, wo die Autos der Detectives standen, war es leer geworden, aber Del hätte sie auch auf einem dicht besetzten Parkplatz sofort entdeckt.

Celia McDaniel lehnte am Kofferraum seines Impala, trug Jeans, kniehohe schwarze Stiefel, ein weißes Seidenhemd unter einer Jeansjacke, hatte sich einen schwarz-weißen Schal modisch um den Hals geschlungen und sah aus wie ein Model.

Bei ihrem Anblick blieb Del wie angewurzelt stehen. Zu dieser späten Stunde hatte er nun wirklich nicht mit ihr gerechnet und seinem müden Hirn wollte beim besten Willen nicht einfallen, warum sie auf ihn warten könnte.

»Celia? Was machen Sie denn hier?«

»Dachte ich mir doch, dass das Ihr Auto ist!« Bewundernd strich sie über den Lack des Impala. »Sie sind echt oldschool, was?«

Auf dem Kofferraum des Wagens stand ein Picknickkorb. »In manchen Dingen ja, kann man wohl so sagen.«

»Das gefällt mir«, sagte sie. »Ich bin auch oldschool.« Aus ihrem Lächeln sprach so viel ehrliche Wärme, wie Del sie seit Jahren nicht erfahren hatte.

»Sie …« Er holte tief Luft. »Sie haben so ganz und gar nichts von oldschool.«

»Nein?«

»Sie sehen aus wie achtundzwanzig.«

Ihr Lächeln wurde breiter. »Einer der Vorteile, wenn man schwarz ist. Wir knittern nicht.«

»Bitte?« Fast hätte er laut gelacht.

»Schwarz knittert nicht – noch nie gehört?«

Jetzt wusste Del gar nicht mehr, was er sagen sollte.

»Ich bin einundvierzig«, fuhr Celia fort, »aber meine Haut behauptet, ich wäre achtundzwanzig. Keine Falten. Meine Mutter und mich hat man oft für Schwestern gehalten, was mich lange ganz schön genervt hat. Bis mir dann klar wurde, dass ich eines Tages auch vierzig und sogar noch älter sein würde.«

»Aha!« Langsam verstand Del, was sie sagen wollte. »Meine Mutter und mich hat man nie für Schwestern gehalten.«

Celia hob lachend den Korb vom Auto und kam auf ihn zu. Da standen sie nun und sahen einander an wie zwei Kids von der Highschool.

»Ich weiß nichts weiter über Allies Dealer«, sagte Del leise. »Nur eine E-Mail-Adresse, keinen Namen.«

»Das finden Sie schon noch heraus.« Sie hielt den Picknickkorb einladend hoch. »Ich dachte mir, Sie haben bestimmt noch nichts gegessen.«

»Es ist fast halb eins.«

»Was mir durchaus klar ist. Sie sagten doch, Sie hätten um Mitternacht Schluss. Also stehe ich hier und warte. Was habt ihr denn noch eine halbe Stunde lang getrieben? Ich dachte, nach Schichtende kommt hier alles rausgestürmt, als würde das Haus brennen.«

Langsam dämmerte es Del, dass sie gar nicht wegen Allies Fall hier war. Sie war hier, weil sie wusste, was für einen harten Tag er hinter sich hatte und wie sehr ihm die Durchsicht von Allies Unterlagen zu schaffen machte. Sie hatte sich die Mühe gemacht, mit einem Picknickkorb hierherzukommen, um ihn wissen zu lassen, dass er ihr nicht gleichgültig war. »Faz hat noch auf seine Frau gewartet ... Moment mal! Was ist mit Ihrem Prozess?«

»Der hat sich erledigt. Kurz nach unserem Telefongespräch bekam ich einen Anruf von der Verteidigung, dass sie und ihr Mandant auf mein letztes Angebot für einen Deal eingehen. Wir sind noch einmal zum Gericht und haben das zu Protokoll gegeben und das war es dann.«

Also musste sie nicht arbeiten.

Sie hob eine Ecke des blau-weiß karierten Geschirrtuchs, mit dem sie den Korb abgedeckt hatte. »Nichts Besonderes – ein bisschen französisches Brot, Prosciutto, Salami, Käse und ein paar gemischte Oliven.«

»Das ist mehr als besonders.« Del hatte den Korbinhalt noch nicht einmal angesehen.

»Ich dachte mir, mit italienischem Essen liege ich auf der sicheren Seite. Zu trinken ist allerdings nichts dabei. Ich hoffe, Sie haben einen guten italienischen Wein, der dazu passen könnte?«

Del nickte. »Da lässt sich bestimmt was finden.«

Kapitel 25

Am nächsten Morgen hatte Battles am Tor den deutlichen Eindruck, ihr Ausweis werde vom Wachhabenden doppelt so gründlich wie sonst und ganz bestimmt länger als nötig inspiziert. Das mochte stimmen, konnte aber ebenso gut aus der Paranoia resultieren, die sie nach der unsäglichen Anhörung beutelte. Auf einem Marinestützpunkt breiteten sich Gerüchte schneller aus als ein Steppenbrand und inzwischen redete bestimmt jeder über das verschwundene Video und stellte Spekulationen darüber an, was wohl damit passiert sein könnte. Genau deswegen war Battles an diesem Morgen wie vorgesehen zur Arbeit gefahren. Abwesenheit spräche Bände, hatte ihre Mutter ihr einmal während ihrer Highschool-Zeit warnend mit auf den Weg gegeben. Anwesenheit auch – Battles hatte fest vor, anwesend zu sein.

Darcy, die Frau am Empfang, wandte sich zu ihr um, als sie durch die Tür trat. Die beiden Leute bei ihr am Tisch auch. Alle drei wirkten betreten, als hätte man sie bei irgendetwas erwischt, und beendeten ihre Unterhaltung sofort. Die beiden anderen verschwanden, als Battles näher kam. Battles nickte Darcy zu und ging weiter in ihr Büro, wobei sie auf den üblichen Morgengruß wartete. Der blieb allerdings aus.

Im Büro nahm sich Battles einen Moment Zeit, um sich zu fangen. Sie sah sich um. Ihr Büro war ihr immer wie die perfekte Mischung aus Arbeitsplatz und Zuhause vorgekommen und eine Zuflucht für sie gewesen, ein Ort, an dem sie sich geerdet fühlte. Heute jedoch kam ihr das Zimmer fremd vor, weitab vom Schuss und viel zu eng und stickig. Am liebsten hätte sie kehrtgemacht und wäre wieder gegangen, doch so leicht konnte sie es ihnen einfach nicht machen. Also schaltete sie die Neonbeleuchtung ein, die die bedrückende Düsternis vielleicht ein wenig vertreiben konnte, und zog sich die Arbeitsuniform an.

Zwischendurch setzte sie sich kurz an den Schreibtisch und schaltete den Computer ein, der sie wie gewohnt nach ihrem Namen und Passwort fragte. Sie gab beides ein und zog sich, während der Computer hochfuhr, die Stiefel an. Dann schloss sie die Schublade auf, in der sie die Akten der Fälle aufbewahrte, die sie gerade bearbeitete. Die Schublade war leer. Und als sie einen Blick auf ihren Bildschirm warf, stand dort, das System erkenne ihren Namen und ihr Passwort nicht.

Lautlos vor sich hin fluchend tippte sie beides noch einmal, auch wenn die leere Schublade ihr bereits zu denken gegeben hatte. Auch diesmal wurde ihr der Zugang zum System verweigert. Das musste sie erst einmal verarbeiten – dass einer Verteidigerin so umgehend sämtliche Akten entzogen wurden, hatte sie noch nie gehört. Der Mandant musste seinen Anwalt entlassen, so sah es das Verhältnis zwischen Mandant und Anwalt vor. Für die Situation hier gab es nur eine logische Erklärung: Sie hatten sie ausgesperrt und ihr die Akten weggenommen.

So viel zum Thema »anwesend sein«.

Ein leises, zögerliches Klopfen ließ sie aufsehen. »Herein!«

Darcy streckte den Kopf durch die Tür und warf ihr ein gequältes Lächeln von der Art zu, wie man es sich eigentlich für Beerdigungen aufspart. »Alles klar da draußen, Ma'am?«

Von wegen alles klar! Nur sollte man ihr das nicht anmerken, so schnell wollte sich Battles nicht geschlagen geben. Sie erwiderte das Lächeln. »Die Welt steht noch, Darcy. Ich melde mich, wenn das mal anders sein sollte.«

Darcy kam herein und schloss die Tür hinter sich.

»Wie geht es Ihnen, Ma'am?«, fragte sie. Mannschaftsgrade sprachen weibliche Marineoffiziere immer mit Ma'am an, als Zeichen des Respekts.

»Mir geht es gut, danke für die Nachfrage. Wie ist der Stand der Gerüchteküche da draußen?«

Darcy trat an den Schreibtisch. »Alle reden über das, was passiert ist.«

»Und wie lautet das Urteil? Bin ich schuldig?« Der streikende Computer und die leere Schreibtischschublade sprachen da schon eine ziemlich deutliche Sprache.

Darcy verzog das Gesicht.

Battles rang sich ein weiteres Lächeln ab. »Machen Sie sich bloß keine Sorgen, Darcy.«

»Ich glaube es nicht, Ma'am«, sagte Darcy rasch. »Ich habe es nicht geglaubt, als ich es hörte, und glaube es immer noch nicht. Das sollten Sie wissen.«

»Danke. Ich weiß das zu schätzen.«

»Und? Kommen Sie trotzdem noch her?«

»Bis man mir etwas anderes befiehlt, ja.« Das konnte jetzt jeden Augenblick passieren.

»Dann werden Sie es mich wissen lassen, wenn die Welt nicht mehr steht?«

»Worauf Sie sich verlassen können!«

In diesem Moment klingelte das Telefon auf dem Schreibtisch.

»Dann will ich nicht weiter stören.« Darcy zog sich zurück, diesmal mit einem Lächeln, als hätte sie gerade einen letzten Besuch bei einem zum Tode Verurteilten gemacht, den man gleich zur Exekution abholen würde.

Battles warf einen Blick auf ihre Uhr. Eine Minute nach neun. Darcy könnte mit ihrem traurigen Lächeln durchaus richtigliegen.

* * *

Bei neunjährigen Zwillingen im Haus dürfte hinsichtlich der Frage, wer mit wem ging, kaum eine Geheimhaltung möglich gewesen sein, hoffte Del. Womit er recht behielt: Mark und Stevie erkannten in J-Man praktisch sofort Jack Welch, einen Senior auf der Ballard High School, der, wie sie sagten, mindestens sechs Monate lang um Allie herumgestrichen war.

»Der ist ein Loser«, erklärte Stevie mit einer verächtlichen Handbewegung. »Er spielt in einer Band.«

»Und die ist echt Scheiße«, ergänzte Mark mit weit aufgerissenen Augen. »Wir haben die mal gesehen, bei einer Talentshow in Allies Schule. Er war so …« Mark sprang auf die Couch und hämmerte wie wild auf eine imaginäre Gitarre ein, wobei er so heftig mit dem Kopf wackelte, dass man einen Genickbruch fürchten musste.

»Echt grausam«, fand auch Stevie. »Der Sänger war so schlecht, den konnte man kein Stück verstehen.« Seine Imitation der Show bestand aus lautem Stöhnen und Grunzen.

»Wann habt ihr ihn zum letzten Mal hier gesehen?«, fragte Del.

»Mom hat nicht erlaubt, dass er herkommt«, erklärte Stevie. »Sie hasst ihn.«

»Er ist ein Loser«, wiederholte Mark, ehe er sich wieder in die Sofakissen fallen ließ.

Das hatte Del sich schon gedacht, aber wenigstens hatte J- Man jetzt einen Namen.

* * *

Battles saß Rebecca Stanley in deren Büro gegenüber, das sich gleich am anderen Flurende befand. Ihre Vorgesetzte trug die Miene einer Mutter zur Schau, deren Tochter von einem mehr als unpassenden jungen Mann zum Schulball eingeladen worden war, was eigentlich ganz gut passte, denn Battles hatte beschlossen, dieses Treffen so anzugehen wie früher Vorladungen zur Direktorin ihrer katholischen Mädchenschule. Sie wollte nichts sagen und sich schon gar nicht verteidigen, bis nicht alle Anklagepunkte mit den entsprechenden Beweisen klar auf dem Tisch lagen.

»Haben Sie meine Akten gezogen?«, wollte sie als Erstes von Stanley wissen.

»Ja.«

»Bei allem Respekt, aber meine Mandanten müssen benachrichtigt werden und …«

Stanley hob die Hand. »Sie sind benachrichtigt worden und sie haben sich alle einverstanden erklärt, sich von jemand anderem anwaltlich vertreten zu lassen. Ich entschuldige mich auch bei Ihnen für mein Vorgehen, Leah, aber wir haben hier außergewöhnliche Umstände. Ich sprach gestern Abend noch mit dem Oberkommandierenden.«

»Und?«

»Ich habe ihm gesagt, dass das, was man Ihnen vorwirft, nicht Ihrem Charakter entspricht. Sie müssen aber wissen, dass meine Meinung unter Umständen nicht viel zählt.«

Battles wusste, dass das Verschwinden des Videos innerhalb ihrer Abteilung reichlich Stress verursacht hatte, wobei es Stanleys Aufgabe war, diese Abteilung zu leiten. »Dann hat Brian Cho Beschwerde eingereicht?«

»Er hat die E-Bombe heute Morgen gezündet und wir müssen wohl davon ausgehen, dass sich die Sache zu einem nuklearen Zwischenfall ausweitet. Aufgrund der Art und Schwere des Vergehens, um das es bei der Anhörung geht, steht Cho unter erheblichem Druck. Er soll dafür sorgen, dass Trejo vor ein Militärgericht gestellt wird. Nach dem Verschwinden des Videos ... der Oberkommandierende sagt, wir müssen mit einer Untersuchung rechnen. Mir hat man gesagt, das NCIS werde hinzugezogen und wir alle würden befragt.«

Battles nickte wortlos.

»Sehen Sie, so eine Voruntersuchung soll ja eigentlich nur der allererste Schritt in einem möglichen Verfahren sein, aber Lopresti hat sie für die Öffentlichkeit und die Medien zu etwas weitaus Größerem aufgebauscht. Er hatte gehofft, so Druck zu erzeugen, um eine schnelle Aufklärung des Falles zu erreichen und den öffentlichen Zorn zu besänftigen. Nun ist das alles nach hinten losgegangen und er ist nicht gerade erbaut.«

»Trejo wollte sich auf keinen Deal einlassen«, sagte Battles. »Ich habe ihm alles erklärt, die Anklagepunkte und was diese Anklagepunkte höchstwahrscheinlich für ihn bedeuten. Ich bin die Beweislage mit ihm durchgegangen, habe ihm das Video gezeigt. Ich habe ihm sogar gesagt, dass ich nie einen besseren Deal durchsetzen könnte als den, den die Verteidigung ihm angeboten hatte. Trotzdem hat er das Angebot nicht angenommen.«

»Haben Sie mit seiner Frau gesprochen?«

Battles nickte. »Sie meinte, er war an dem Abend zu Hause, aber ich glaube, sie deckt ihn nur.«

»Er hat sie genötigt zu sagen, dass er zu Hause war?«

»Ja, das glaube ich.«

»Er könnte doch nicht irgendwie gewusst haben, dass das Video verschwinden würde, oder?« Stanley kniff die Augen zusammen. Auf ihrer Stirn bildeten sich Falten.

Battles setzte sich im Stuhl zurück. »Nichts von dem, was ich gesagt habe, könnte einen solchen Eindruck bei ihm hinterlassen haben.«

»Na ja, jetzt haben wir massive Bauchschmerzen und die Öffentlichkeit verlangt den Kopf der Navy.«

»Und zu dem Zweck braucht Lopresti einen Kopf, und den soll ich stellen. Verstehe.« Battles hatte sich auch früher schon mit schweren Fällen herumschlagen müssen, aber doch immer in der sicheren Gewissheit, nach Hause gehen zu können, sobald die Arbeit getan war. Wenn viel auf dem Spiel gestanden hatte, dann jedenfalls nicht für sie. Diesmal war es anders. »Nur würde ich meinen Kopf gern behalten, wenn Sie und der Oberkommandierende nichts dagegen haben.«

»Und ich hoffe, das können Sie auch«, versicherte Stanley. »Lopresti bat mich, mir die Aufzeichnungen der Überwachungskamera des DSO vom Abend vor der Anhörung anzusehen. Ich soll ihn in einer Stunde anrufen und Bericht erstatten.«

Battles wusste natürlich, wo diese Überwachungskamera hing, nämlich über der Eingangstür, mit Blick auf das Innere der Eingangshalle. Wahrscheinlich sagte Stanley jetzt nichts weiter zu dem entsprechenden Videoband, weil sie es bereits kannte und wusste, dass es Battles nicht weiterhalf. »Darf ich es mir ansehen?«

Stanley nickte. »Warum nicht?«

Es dauerte ein paar Minuten, bis die Bilder auf den Computer geladen waren und Stanley ihren Bildschirm so drehen konnte, dass beide Frauen ihn vor Augen hatten. Die Kamera lieferte Schwarz-Weiß-Aufnahmen und zeigte jeden, der das Gebäude betrat oder verließ. Allerdings entstanden die

Aufnahmen aus so einem Winkel heraus, dass man eigentlich nur den Scheitel der die Vordertür passierenden Menschen sah und alle, die Arbeitsuniform und Mütze trugen, kaum zu unterscheiden waren.

»Ich bat um eine Kopie der Aufzeichnungen aus dem Zeitraum zwischen zweiundzwanzig Uhr und acht Uhr am folgenden Morgen«, sagte Stanley.

Die vollen zehn Stunden mochte sich keine der beiden Frauen ansehen, also ließ Stanley das Band vorlaufen. Um 22.31 Uhr kam Brian Cho den Flur entlang und blieb vor Battles Büro stehen. Er klopfte an, trat ein und schloss die Tür.

»Brian wollte ein letztes Mal nachfragen, ob Trejo nicht doch zu einem Deal und einem Schuldeingeständnis bereit wäre«, erklärte Battles.

»Dabei sah er dann den Karton mit den Beweismitteln?«

»Ja, da hatte ich ihn noch.«

Um 22.37 Uhr kam Cho wieder aus dem Zimmer und blieb noch einen Moment lang mit seiner Mütze in der Hand vor der Tür stehen. Er schien zu lächeln, als er sie aufsetzte und das Gebäude verließ.

»Was war das?«, hakte Battles nach. »Hat er gelächelt?«

»Ich weiß nicht.« Stanley musterte sie mit einem kurzen Seitenblick, ehe sie das Band weiter vorlaufen ließ und sich wieder auf den Computer konzentrierte.

Um 22.49 Uhr verließ Battles ihr Büro. Sie hatte den verschlossenen Karton mit den Beweismitteln dabei und man sah, dass der Deckel korrekt auflag. Sie trug den Karton von der Kamera fort zur Treppe in den ersten Stock, wo Grassilli gegenüber vom Gerichtssaal sein Büro hatte.

»Da sieht man, wie ich den Karton mit den Beweismitteln zurückbringe!«

»Nur gibt es ja leider die Theorie, dass das Video nicht im Karton war.«

Auf dem Bildschirm sah man Battles in ihr Büro zurückkehren, das sie wenig später in Fahrradmontur und mit einem Rucksack auf dem Rücken wieder verließ. Sie setzte sich den Helm auf und schnallte ihn fest.

»Das mit dem Rucksack hilft auch nicht gerade«, seufzte Stanley.

Niemand anderes betrat oder verließ das Gebäude, bis um 23.03 Uhr ein Mann vom Reinigungsdienst eine Mülltonne hereinrollte. Den Reinigungsdienst auf dem Gelände hatte eine zivile Privatfirma übernommen, der Mitarbeiter trug also nicht die Uniform der Navy. Stanley ließ das Band schnell vorlaufen, wodurch der Mann ein bisschen so aussah wie in einem Charlie-Chaplin-Film.

»Können Sie das langsamer laufen lassen?«, bat Battles.

Stanley kam ihrer Bitte nach.

Der Putzmann ging erst hinter den Empfangstresen und dann in die Büros im Erdgeschoss, um überall die Papierkörbe zu leeren. Danach verließ er das Gebäude, wahrscheinlich, um den Müll fortzubringen, der verbrannt wurde. Wieder ließ Stanley das Band schnell vorlaufen, bis der Putzmann erneut auftauchte, diesmal mit einem Staubsauger sowie einem Eimer mit Putzmitteln bewaffnet. Man sah ihn den Staubsauger vorn am Eingang abstellen und mit dem Putzmitteleimer den Flur hinunter zu den Toiletten gehen. Stanley ließ vorlaufen, bis er zurückkam, den Putzmitteleimer auf den Tresen stellte und den Staubsauger in Betrieb nahm. Als er fertig war, sammelte er seine Sachen zusammen und verließ endgültig das Gebäude.

Niemand kam oder ging, bis am folgenden Morgen die Büromitarbeiter eintrafen. Cho war einer der ersten, er kam um 7.15 Uhr, ging durch den Empfang und den Flur hinunter bis zur Treppe, die zu seinem Büro im ersten Stock führte.

Battles traf eine halbe Stunde später ein.

Das Band endete. Battles setzte sich zurück. »Chos Büro ist im ersten Stock, nicht weit von dem des Protokollführers.«

»Ja, aber er ging, ehe Sie die Beweise zurückgebracht hatten«, sagte Stanley.

»Aber wenn das Band nicht im Karton war ...«

Stanley schüttelte den Kopf. »Damit wäre er ein verdammt hohes Risiko eingegangen. Immerhin hätte es ja durchaus sein können, dass Sie nach dem Video suchen und es nicht finden. Außerdem kann uns niemand sagen, ob das Band nun im Karton war oder nicht, das sind reine Spekulationen.« Stanley drehte ihren Monitor wieder in die ursprüngliche Position. »Das NCIS hat sich mit dem Putzmann unterhalten. Er erinnert sich nicht an irgendwelche Videokassetten auf Ihrem Schreibtisch oder auf dem Fußboden und er sagte, wenn da doch etwas gelegen hätte, hätte er es auf keinen Fall angefasst.«

Battles nickte. »Und wie machen wir jetzt weiter?«

Stanley zuckte die Achseln. »Trejo hat um einen anderen Anwalt gebeten. Ich habe Kevin Cipoletti beauftragt.« Cipolettis Büro lag dem von Battles gegenüber. »Unter diesen Umständen ist es so am besten, Leah. Wenn die Anhörung weitergeführt wird, können Sie auf keinen Fall als Trejos Anwältin auftreten. Mal abgesehen davon, dass Sie mit den Ermittlungen der Ethikkommission genug um die Ohren haben werden.«

»Soll die Anhörung denn wieder einberufen werden?«

»Das weiß ich nicht, aber soweit ich verstanden habe, meint Cho, er könne einen ausreichenden Anfangsverdacht auch anhand anderer Beweismittel begründen. Vielleicht hat er ja recht, aber das entscheidet die Vorsitzende. Ich habe für später heute Morgen eine Telefonkonferenz mit Lopresti und dem leitenden Militärstaatsanwalt vereinbart. Leider kann ich wirklich nicht sagen, was dabei herauskommen könnte und ob in der kurzen Zeit bereits eine Entscheidung getroffen wurde.«

»In Bezug auf die E-Bombe, meinen Sie?«

»Unter anderem«, sagte Stanley. »Gut möglich, dass es damit nicht endet, Leah. Wenn es zu einer Untersuchung der Ethikkommission kommt und es keine bessere Erklärung für das Verschwinden des Bandes gibt als Ihre Beteiligung daran, dann könnte man Sie wegen Pflichtverletzung und Behinderung der Justiz vor ein Militärgericht stellen.«

Und mit einem Handstreich alles vernichten, weswegen Battles zur Navy gegangen war: um ihrem Land zu dienen, Leute vor Gericht zu verteidigen, Geld zu verdienen und irgendwann einmal eine gute Rente zu bekommen. Sie atmete tief durch. »Und bis dahin? Was soll ich bis dahin tun?«

»Bis diese Entscheidung gefällt ist, können Sie entweder hier an Ihrem Schreibtisch hocken oder den Ihnen zustehenden Urlaub nehmen. Ich persönlich würde ja den Urlaub nehmen, wenn ich mir die Stimmung hier so ansehe. Sie brauchen mir Ihre Entscheidung nicht gleich mitzuteilen.«

»Ist schon okay, das ist für mich kein Problem«, meinte Battles, die erneut daran denken musste, was ihre Mutter ihr über die Bedeutung von Abwesenheit gesagt hatte. »Ich habe nicht vor, Urlaub zu nehmen. Wenn ich an meinem Schreibtisch Däumchen drehen muss, dann ist das eben so. Aber ich werde jeden Tag hier auftauchen, bis es mir jemand untersagt.«

* * *

Del ließ Jack Welch gleich am nächsten Tag auf der Arbeit durch die verschiedenen Datenbanken laufen. Welch war im Verlauf dieses Schuljahrs achtzehn geworden, erwachsen also. Bisher hatte man ihn noch nie verhaftet. Faz googelte den Namen und fand eine Facebookseite. Welch spielte in einer Band namens CHAOS Gitarre und wirkte auf den von ihm online gestellten Bildern ebenso wie auf den Bildern in Allies Nachrichten wie der typische Junkie: so klapperdürr, dass man sich wunderte, warum er überhaupt noch lebte.

»Hör dir diesen Scheiß mal an!« Del stellte seinen Computer lauter. Aus den Lautsprechern drangen Geräusche, als liefen Katzen über Gitarrensaiten. »Das soll Musik sein.« Er schaltete den Lärm wieder ab. »Ich war mir so sicher, dass die Zwillinge übertreiben, aber die Parodie der beiden klang ja besser als das Zeug hier.«

Sie wussten jetzt, dass Welch nicht weit von Allies Zuhause wohnte. Del wollte ihn vor der Schule abfangen und zum Verhör aufs Präsidium schleppen.

»Damit schaffst du nur unnötige Probleme.« Faz drückte sich mit seinem Stuhl vom Schreibtisch ab und ließ sich ein Stück zurückrollen. »Lass uns lieber zu ihm nach Hause gehen. Vielleicht redet er ja. Oder seine Eltern reden.«

Del tigerte nervös zwischen den vier Schreibtischen im Arbeitsbereich des A-Teams auf und ab. Tracy war noch nicht da und Kins krankgeschrieben, er ließ sich endlich die Hüfte reparieren. »Der Junge ist über achtzehn, wir brauchen seine Eltern nicht einzubeziehen.«

»Wenn er nach einem Anwalt verlangt oder seine Eltern ihm einen besorgen, kriegen wir nichts aus ihm raus«, gab Faz zu bedenken. »Lass uns hoffen, dass er Schiss hat. Hättest du den nicht, mit achtzehn? Die meisten dieser Eltern kennen sich doch untereinander und sie werden auch Allie gekannt haben. Ich schlage vor, wir klemmen uns ein bisschen hinter die Eltern, statt sie gegen uns aufzubringen. Welch ist doch gar nicht der Typ, den du haben willst, Del. Du willst seinen Dealer und den, der den Dealer beliefert.«

»Und wenn die Eltern nicht kooperieren?«

»Dann machen wir es so, wie du vorgeschlagen hast. Vorausgesetzt, wir können beweisen, dass er die Drogen beschafft hat. Wir haben genug gegen ihn in der Hand, um ihn vorzuladen und zu befragen.«

»Gut, aber wenn er Allie das tödliche Heroin besorgt hat, dann sorge ich dafür, dass Celia McDaniel ihn wegen Tötung durch Betäubungsmittel drankriegt.«

»Immer hübsch eins nach dem anderen«, mahnte Faz. »Erst mal sehen, ob er redet.«

»Ob wer redet?«, fragte Tracy, die gerade gekommen war und jetzt den Rucksack auf ihren Schreibtisch fallen ließ.

»Der Junge, der Dels Nichte mit Heroin versorgt hat«, erklärte Faz.

»Du hast den Dealer gefunden?«

»Ich habe den Typen gefunden, der ihren Dealer kennt.«

»Moment!« Faz dämmerte langsam, dass irgendetwas nicht stimmte. Er starrte Tracy an. »Seid ihr an einem Tag mit eurer Voruntersuchung fertig geworden?«

»So könnte man es auch formulieren«, meinte Tracy. »Erinnert ihr euch noch an dieses Video, das Kins und ich aus dem Laden in Renton geholt haben?«

»Das, auf dem man sieht, wie Trejo die Dosen Red Bull kauft?«, fragte Faz.

»Das ist verschwunden.«

»Was soll das heißen: verschwunden?« Jetzt starrte auch Del Tracy an.

»Das soll heißen: Der Ankläger der Navy kann es nicht finden. Der Protokollführer auch nicht, und der ist für sämtliche Beweismittel verantwortlich.«

»Hat es jemand gestohlen?«, fragte Del.

Auch Faz schien noch etwas sagen zu wollen, aber Tracy ließ ihn nicht zu Wort kommen. »Wartet, es wird noch schöner. Die Verteidigerin hatte als Letzte sämtliche Beweise und es gibt keine Kopie des Bandes.«

»Auch bei uns nicht?«, fragte Faz ungläubig.

Tracy schüttelte den Kopf. »Wir sind ja gar nicht dazu gekommen, eine zu machen, so schnell, wie die Navy auf Zuständigkeit gepocht hat. Wir haben denen alles übergeben, was wir hatten. Deren Ankläger sagt, er wollte nach der Anhörung eine Kopie machen lassen.«

»Und jetzt?«, erkundigte sich Faz.

»Gute Frage. Die Vorsitzende hat dem Ankläger bis heute Abend Zeit gegeben, das Video zu finden.«

»Und dann?«

»Weiß nicht.«

»Glaubst du, sie lassen Trejo laufen?«, fragte Faz.

»Keine Ahnung, aber das Video war schon ein zentrales Beweisstück. Ich weiß nicht, wie es die Anklage ohne das Band schaffen will zu beweisen, dass Trejo zum Zeitpunkt des Unfalls in Seattle war. Und wenn sie das nicht können, wie wollen sie dann beweisen, dass er den Wagen gefahren hat?«

»Die Verteidigerin – wie hieß sie noch gleich?«

»Battles. Leah Battles«, sagte Tracy.

»Was sagt sie?«

»Sie leugnet nicht, dass sie sich die Beweise am Abend vor der Anhörung bringen ließ, kann aber nicht mit Sicherheit sagen, ob das Video überhaupt im Karton mit den Beweismitteln war. Sie meinte, sie hat den Karton am Abend vor der Anhörung auf dem Stuhl des Protokollführers abgestellt, lange nachdem der nach Hause gegangen war.«

»Klingt nicht gerade koscher«, sagte Faz.

Tracy zuckte die Achseln. »Vielleicht, aber wenn man die möglichen Konsequenzen bedenkt: Warum hätte sie so etwas tun sollen?«

»Solange es das Video gab, konnte sie auf keinen Fall gewinnen.« Faz dachte laut nach. »Ich glaube jedenfalls nicht, dass sie das gekonnt hätte, und sie glaubt das bestimmt auch nicht. Die Frau ist nicht dumm – aggressiv ja, aber nicht dumm. Sie hat sich die Beweise in ihr Büro bringen lassen, wo der Ankläger den Karton noch gesehen hat, als er am Abend vorbeikam, um mit ihr zu sprechen. Wenn sie das Band verschwinden lassen wollte, wäre sie dann nicht ein bisschen diskreter vorgegangen?«

»Die Leute machen doch andauernd dämliche Sachen«, sagte Del. »So bleibt unsereins im Geschäft.«

»Aber das war keine spontane Aktion. Sie muss doch Zeit gehabt haben, sich das auszudenken. Was könnte sie sich davon versprochen haben?«

»Aber wenn sie es nicht genommen hat, wer dann?«, fragte Faz.

»Und warum?«, ergänzte Del. »Ich weiß nicht, Tracy. Wenn du mich fragst, dann ist sie hier diejenige mit dem Motiv.«

»Um deine erste Frage zu beantworten, Faz, wer das Video genommen haben könnte: Da würde ich mal sagen jeder, der Zugang zum Büro des Protokollführers hatte«, erklärte Tracy.

»Und wer wäre das alles?«, fragte Faz.

»Das weiß ich noch nicht, aber er scheint sein Büro nicht abzuschließen.«

»Dann also jeder.«

»Jeder, der einen Grund dazu hatte«, ergänzte Del.

Tracy sah auf ihre Uhr. »Ich habe gleich ein Treffen mit Clarridge, Cerrabone und Dunleavy, um zu besprechen, ob sich das SPD die Zuständigkeit zurückholt.«

»Das machen die Chefs nie. Nicht ohne das Video.« Da war sich Faz ganz sicher.

»Ich glaube es auch nicht.« Tracy dachte nach. »Ich möchte mit ihr reden. Ich möchte mit Battles reden und herausfinden, was sie weiß.«

»Warum sollte die mit uns reden wollen?«, fragte Del. »Besonders, wenn sie das Video geklaut hat?«

»Vielleicht redet sie auch nicht. Aber wenn sie es nicht genommen hat, dann wird sie reden wollen, denke ich. Denn dann haben wir dasselbe Ziel.«

»D'Andre Millers Familie wird durchdrehen.« Faz seufzte.

»Die dreht jetzt schon durch«, sagte Tracy. »Bei der Anhörung ist alles ziemlich aus dem Ruder gelaufen und die Mutter hat mich angesehen, als hätte sie so etwas die ganze Zeit erwartet.« Sie sah noch einmal auf ihre Uhr. »Ich freue mich nicht auf das Treffen mit Clarridge und Dunleavy. Die werden stocksauer sein. Aber auf das Treffen mit der Familie freue ich mich noch viel weniger.«

Kapitel 26

Jack Welch wohnte in einer Straße, die der, in der Allie gelebt hatte, sehr ähnlich sah. Eine Wohngegend der Mittelschicht mit Einfamilienhäusern, bescheidenen Gärten und viel Grün. Auch hier parkten die Autos am Straßenrand und für durchfahrende Fahrzeuge wurde es eng. Von Leuten in solchen Häusern vermutete niemand, dass sie heroinsüchtige Söhne und Töchter hatten. Für die Junkies war die Innenstadt mit ihren dunklen Gassen und Abbruchhäusern da, wo man zwischen Müll und Ratten auf verdreckten Matratzen schlief. Del musste an Celia McDaniels denken und an das, was sie ihm über die Drogenepidemie erzählt hatte. Er dachte an umgepflügte Hanffelder, auf denen jetzt Mohn wuchs, dachte an einfach zu beschaffende, billige Opiate. Die Abhängigen heutzutage, hatte Allies Therapeutin gesagt, das waren die netten Kinder aus guten Familien, einfache Opfer für die Drogenkartelle. Del wurde jedes Mal übel, wenn er an diese Aussage denken musste.

Es war halb sechs und die Dämmerung hatte sich bereits über die Nachbarschaft gesenkt. Ein leichter Wind ließ die Blätter der Bäume in den Vorgärten zittern. Faz stellte den Prius am Bürgersteig ab und schaltete den Motor aus. Dann beobachteten Del und er erst einmal eine Weile ein gelbes, zweistöckiges

Haus mit spitzem Giebel, in dem Licht brannte. Es schien also jemand zu Hause zu sein.

Del kaute Sonnenblumenkerne, spuckte die Schalen in einen Pappbecher und fühlte sich wieder wie zwölf bei einem Spiel der Little League. Er hatte die Sonnenblumenkerne im Küchenschrank seiner Schwester entdeckt und sofort an einen Freund denken müssen, der angeblich fünfzehn Kilo abgenommen hatte, seitdem er abends vor dem Fernseher nicht mehr Chips und Schokokekse futterte, sondern Sonnenblumenkerne. Die schmecken inzwischen ganz anders als noch in Dels Kindheit, als sie eigentlich nur salzig gewesen waren. Del knabberte gerade welche mit Räuchergeschmack, laut Stevie gab es aber auch noch alle möglichen anderen Geschmackssorten.

Faz warf ihm einen Seitenblick zu. »Immer noch auf Diät?«

»Ich achte einfach ein bisschen mehr auf meine Ernährung.« Del knackte den nächsten Kern, den Blick auf das gelbe Haus gerichtet.

»Riecht wie bei einem Grillfest.«

Del hielt ihm die Tüte hin. »Es gibt sie heutzutage auch mit Paprika und Dill.«

»Da werden sich die Vögelchen freuen. Und? Hast du die Staatsanwältin nun angerufen?«

Del spuckte eine Schale in den Becher. »Jawohl, habe ich.«

»Und siehst du sie wieder?«

»Wir haben uns gestern Abend gesehen.«

»Gestern Abend hast du gearbeitet.«

»Sie hat nach der Arbeit auf mich gewartet.«

Wieder ein Seitenblick. »Echt jetzt? Und wie ist es gelaufen?«

»Es war schön.« Del spuckte noch eine Schale in den Becher. »Sie hatte Prosciutto und Salami dabei, französisches Brot und ein bisschen Käse.«

»Du willst mich verarschen! In echt?«

»In echt.«

»Und wo seid ihr hingegangen?« Faz wollte es ganz genau wissen.

»Zu mir.«

Faz nickte, ein breites Grinsen im Gesicht. »Schön für dich, Del.«

»Ja. Warten wir ab, wie es weitergeht.« Der vergangene Abend jedenfalls hatte sich gut entwickelt, sehr locker, sehr gemütlich. Dels anfängliche Bedenken waren rasch verflogen, nachdem Celia klargestellt hatte, dass ihr erst einmal an seiner Gesellschaft lag und sie sonst keine Erwartungen hatte. So hatte er sich entspannen und den Abend genießen können.

»Und?«, fragte Faz.

»Und was?«, fragte Del zurück.

»Liegt dir etwas auf der Seele?«

»Nein.«

»Du scheinst mir nicht gerade vor Freude komplett aus dem Häuschen.«

Del atmete laut aus. »Ich weiß nicht. Es ist einfach …« Er ließ das gelbe Haus nicht aus den Augen. »Es ist schon ziemlich lange her, weißt du?«

»Dein letztes Date?«

»Seit ich das letzte Mal mit jemandem geschlafen habe.«

»Oh.« Kurze Pause. »Hey, es ist wie mit dem Radfahren.«

»Ja, aber ich meine – wenn das Rad nun einen Platten hat?«

Faz sah ihn streng an. »Hat es denn einen?«

Del schüttelte den Kopf. »Nein, nichts in der Art.«

»Aber du hast Angst davor?«

»Ich weiß nicht. Okay, wahrscheinlich habe ich Angst.« Ja, Del hatte ein bisschen Angst. Er hatte seit der Trennung von seiner Frau mit niemandem mehr geschlafen.

»Hör mal, dafür gibt es heutzutage Pillen. Sprich mit deinem Arzt drüber, wenn es ein Problem gibt.«

»Ist dir so was schon mal passiert?«

»Mir? Del, ich bin seit achtundzwanzig Jahren verheiratet. Wie heißt es so schön in dem Film? Ich bekomm schon einen Ständer, wenn der Wind bläst.«

»Eddie Murphy – *48 Stunden.*«

»Ich sag dir eins: Mach dir keine Gedanken um Dinge, die noch gar nicht passiert sind. Es ist doch noch nicht passiert, oder?«

Del schüttelte den Kopf. »Ich spreche da ganz hypothetisch.« Er stellte den Becher mit den ausgelutschten Schalen ab. »Los, lass uns nachschauen, ob Jack Welch zu Hause ist.«

»Moment!«, sagte Faz.

Del ließ das Haus nicht aus den Augen. Bestimmt würde Faz gleich nach Einzelheiten seines weiteren Abends mit Celia fragen. Sie war geblieben – Del hatte sie nun wirklich nicht um vier Uhr morgens nach Hause schicken mögen –, aber sie hatten nicht miteinander geschlafen, obwohl da schon Körperkontakt gewesen war und sie das Bett miteinander geteilt hatten.

»Du überlässt mir die Führung, das ist doch klar, oder?«, stellte Faz klar.

Del sah ihn an. »Was? Ach so, ja, sicher. Mach dir keine Sorgen.«

»Del?«

»Alles in Ordnung, natürlich kannst du die Führung übernehmen. Mir geht es echt gut.«

»So siehst du aber nicht aus. Du siehst total angespannt aus.«

»Nein, ich habe bloß – alles in Ordnung, ja? Okay? Wie lange mache ich das jetzt schon? Lass uns nachsehen, was er zu sagen hat.« Del zwängte sich aus dem Wagen.

Der Vorgarten bestand aus einer kleinen Rasenfläche, auf der eine Eiche stand, das Ganze umzäunt von einem etwas schiefen, weiß gestrichenen Lattenzaun. An der linken Grundstücksseite führte eine Ausfahrt aus Kies und Gras zu einer Garage mit einem Fenster über der Tür und einer Treppe an der nördlichen Gebäudeseite, die zum ausgebauten ersten Stock führte. Dort wohnte wohl jemand. Del war vorgegangen. Faz holte ihn ein, als er gerade durch die Öffnung im Zaun trat, wo früher sicher einmal das Tor gehangen hatte, das jetzt an der Eiche lehnte. Das Tor schien nicht durch normale Abnutzung aus den Angeln geraten zu sein. Für Del sah es so aus, als hätte es jemand mit einem gezielten Fußtritt demoliert.

Drei Treppenstufen aus Holz führten zur Veranda und der Haustür mit einer nackten Glühbirne darüber, die offensichtlich zu stark für ihre Fassung war und ein ärgerliches Summen von sich gab. Im Haus lief ein Fernseher und es roch, als würde jemand kochen. Del klopfte.

Ein Mädchen kam an die Tür, klein, mit glatten blonden Haaren, die ihr bis auf den Rücken fielen. Sie mochte neun oder zehn Jahre alt sein, im Alter von Mark und Stevie also. Del holte tief Luft. So gern er diesen Jack Welch auch bei der Gurgel gepackt und ihm den Hals umgedreht hätte – hier lebte eine Familie, die wahrscheinlich genauso viel mitgemacht hatte wie Maggie und die Zwillinge.

»Hey«, sagte Faz. »Ist deine Mom zu Hause? Oder dein Dad?«

Das kleine Mädchen wandte den Kopf und brüllte ins Haus: »Mom? Hier ist jemand an der Tür.«

Die Frau, die hastig aus dem hinteren Bereich des Hauses kam, hielt ein Geschirrtuch in der Hand, war ihrer Kleidung nach zu urteilen aber wohl eben erst von der Arbeit gekommen: Sie trug eine cremefarbene Hose, schwarze Pumps und eine Bluse. Sie eilte zur Tür – wahrscheinlich hatte sie ihrer Tochter schon tausendmal vorgebetet, Fremden auf keinen Fall zu öffnen. Nette Kinder aus guten Familien, dachte Del.

Beim Anblick der beiden Detectives blieb die Frau wie angewurzelt stehen und sackte mit hängenden Schultern langsam in sich zusammen. Sämtliche Luft schien aus ihr weichen zu wollen. Das Handtuch fiel ihr aus der Hand.

»Geh in dein Zimmer und lies«, bat sie das kleine Mädchen so leise, dass Del sie fast nicht verstanden hätte.

Die Kleine widersprach nicht und stellte auch keine Fragen, machte nur wortlos kehrt und verschwand den Flur hinunter. Ganz offensichtlich hatte sie das alles hier schon einmal mitgemacht. Die Frau wartete, bis man eine Zimmertür zuklappen hörte, dann kam sie vorsichtig näher, die Arme fest um sich geschlungen. »Ist er tot?«, flüsterte sie.

Del und Faz waren noch nicht einmal dazu gekommen, ihre Ausweise und Dienstmarken vorzuzeigen. »Sind Sie die Mutter von Jack Welch?«, fragte Faz.

Sie seufzte. »Ja, ich bin Jeannie Welch. Sind Sie hier, um mir zu sagen, dass mein Sohn tot ist?«

»Nein«, sagte Faz. »Wir möchten nur mit ihm reden.«

Jetzt gaben die Knie der Frau endgültig nach. Stolpernd wich sie einen Schritt zurück und stieß mit dem Couchtisch zusammen.

»Alles in Ordnung?«, erkundigte sich Faz besorgt.

Jeannie Welch atmetet tief durch und schloss die Augen, als sei ihr schwindelig geworden.

»Ihr Sohn scheint nicht zu Hause zu sein?«, fuhr Faz fort.

»Nein.« Sie hatte immer noch die Augen geschlossen und hielt den Kopf gesenkt. »Ist er nicht.«

»Wissen Sie, wo er sein könnte?«

Jetzt endlich sah sie auf. »Was?«

»Wissen Sie, wo Ihr Sohn sich aufhält?«

»Er hat mich vorhin auf der Arbeit angerufen und gesagt, dass er nach Hause kommt. Ich kann nicht sagen, was das bedeutet. Gestern Abend ist er nicht nach Hause gekommen.«

»Dürfen wir reinkommen?«, fragte Faz.

»Worum geht es denn?«

»Allie Marcello«, sagte Del.

Sie runzelte die Stirn. »Aus seiner Schule?«

»Ja«, sagte Del.

Der Blick der Frau glitt zwischen Del und Faz hin und her. »Und um was geht es genau?«

»Sie hat eine Überdosis genommen«, sagte Del. »Sie ist tot.«

»Ich weiß. Ich war auf ihrer Beerdigung.« Die Frau sah Del an. »Ich habe Sie dort gesehen.« Sie klang völlig erledigt, hielt sich aber weiterhin aufrecht. »Worüber wollen Sie mit Jack reden?«

»Wir würden Ihren Sohn gern fragen, was er über Allies Tod weiß«, erklärte Faz.

»Glauben Sie, er hatte etwas mit ihrem Tod zu tun?«

»Wir glauben, er könnte etwas über die Droge wissen, die sie genommen hat.«

Diese Information musste Jacks Mutter erst einmal verdauen. »Kommen Sie rein«, sagte sie schließlich.

Del und Faz schlossen die Tür hinter sich. Sie standen in einem vorderen Zimmer, das einen gemütlichen, wenn auch etwas ramponierten Eindruck machte. Es gab einen Fernseher, davor eine nicht mehr ganz so junge Couch und einen Sessel. Auf der Couch lag eine Wolldecke, daneben eine aufgeschlagene Zeitung. Ob die Frau wohl hier geschlafen hatte, während sie darauf wartete, dass ihr Sohn nach Hause kam? Auch bei seiner Schwester hatten in letzter Zeit oft Wolldecke und Zeitung auf der Couch gelegen, auch dort stapelten sich, wie hier, im Wohnzimmer ungelesene Zeitungen und Zeitschriften. Jeannie Welch räumte mit ein paar raschen Handgriffen die Couch leer, suchte nach der Fernbedienung und schaltete den Fernseher aus.

Während Del und Faz sich setzten, stopfte sie Wolldecke und Zeitung hinter die Couch und hob das auf den Boden gefallene Geschirrtuch auf. »Tut mir leid, wie es hier aussieht.«

»Da hätten Sie mal bei uns zu Hause vorbeikommen sollen, als mein Sohn noch dort wohnte.« Faz lächelte höflich. »Als wäre ein Tornado durchgezogen.«

Jeannie ließ sich in den Sessel fallen.

»Warum haben Sie eben gefragt, ob Ihr Sohn tot ist, Mrs Welch?«, erkundigte sich Del sanft, aber bestimmt.

Sie zuckte die Achseln und seufzte. Es sah ganz so aus, als unterdrücke sie nur mühsam die Tränen. »Weil ich schon seit einiger Zeit erwarte, dass es an der Tür klopft oder jemand anruft.«

»Was nimmt er denn?«, fragte Del.

»Heroin«, sagte sie. »Seit ungefähr einem Jahr jetzt.« Erneut zuckte sie mit den Achseln und tupfte sich die Augenwinkel mit dem Geschirrtuch trocken. »Ich kann nichts machen, er lässt sich von mir nichts sagen. Ich habe schon daran gedacht, ihn vor die Tür zu setzen. Aber er ist mein Sohn. Trotzdem mache ich mir natürlich Sorgen um meine Tochter. Was für einen Einfluss er auf sie hat.«

»Sie sagten, er sei letzte Nacht nicht nach Hause gekommen?«, fragte Del.

»Nein.«

»Wissen Sie, wo er übernachtet hat?«

»Ich weiß nicht mehr, wo er hingeht.« Sie klang sehr müde und sah auch so aus. »Ich habe es aufgegeben, die Übersicht behalten zu wollen.«

»Er wohnt hier aber noch, oder?«, wollte Faz wissen.

Sie zuckte hilflos mit den Achseln, ehe sie nickte. »Ja, über der Garage.«

Nachdem Del Jeannie Welch jetzt eine Weile beobachtet hatte, hätte er sie als jung beschrieben, wahrscheinlich Anfang vierzig, Maggies Alter also. Sie war groß und schlank, eigentlich auch attraktiv, mit den blonden Haaren ihrer Tochter, die sie allerdings schulterlang geschnitten trug. Genau wie bei Maggie zeigte sie jedoch die Haltung einer Frau, die eine zu schwere Last mit sich herumschleppen muss, eine Last, die sie bereits Jahre ihres Lebens gekostet hat.

»Er spielt in einer Band«, erklärte sie jetzt. »Sie proben dort.«

»Wie haben Sie herausgefunden, dass er heroinsüchtig ist?«, wollte Faz wissen.

»Ich habe Sachen in seinem Zimmer gefunden. Spritzen, Löffel.« Sie schüttelte den Kopf. »Er hat in der achten Klasse angefangen, Pot zu rauchen, und von da an ging es irgendwie bergab. Ich glaube, auf das Heroin haben ihn andere aus seiner Band gebracht.«

»Kannten Sie Allie gut?«, fragte Del.

Die Frau nickte. »Ziemlich gut. Sie ist von Zeit zu Zeit gekommen, um der Band beim Üben zuzuhören, und hinterher saßen sie dann noch alle in Jacks Zimmer über der Garage. Sie war ein nettes Mädchen, Allie. Es ist so traurig, was mit ihr passiert ist.«

»Was ist mit Jacks Vater?«, fragte Faz. »Ist er auch da?«

Sie lächelte, wobei dies Lächeln allerdings etwas Trauriges hatte. »Kommt darauf an, was Sie unter ›da sein‹ verstehen. Er hat die Kinder mittwochnachmittags und jedes zweite Wochenende. Jack geht seit einem Jahr nicht mehr zu ihm und jetzt kann ihn sein Vater auch nicht mehr dazu zwingen. Jetzt geht nur noch meine Tochter zu ihrem Vater.«

»Wie lange sind Sie geschieden?«, fragte Del.

»Sieben Jahre.«

»Kennen Sie Jacks Freundeskreis?«, wollte Faz wissen.

»Ein paar seiner Freunde, ja.«

»Wissen Sie, von wem er das Heroin bezieht?«

Sie schüttelte den Kopf. »Nein. Wie ich schon sagte, vielleicht über die Band, aber es scheint ja jetzt überall zu sein.« Ihr drohte die Stimme zu brechen, doch sie schaffte es auch diesmal, sich zusammenzureißen. »Mir fällt nichts mehr ein, was ich noch tun könnte. Wenn ich ihn vor die Tür setze ... was dann? Andererseits kann ich ihn nicht direkt hier im Haus haben, wegen meiner Tochter.« Sie tupfte sich die Augen trocken. »Warum möchten Sie mit mir über Allie sprechen?«

»Wir glauben, dass Allie sehr starkes Heroin genommen hat. Wir versuchen herauszufinden, woher es kommt«, erklärte Del.

»Glauben Sie, Jack hat es ihr gegeben?«

»Wir möchten nur herausfinden, was er weiß«, sagte Faz. »Haben Sie Zugang zu Jacks Zimmer über der Garage?«

»Früher hatte ich Zugang, ja. Inzwischen hat er außen ein Schloss angebracht. Ich habe ihn gebeten, es zu entfernen, aber ... ich kenne die Kombination nicht.«

Del beugte sich vor. »Hat Ihr Sohn je eine Überdosis genommen?«

»Zwei Mal«, erklärte sie ohne zu zögern.

»In jüngster Zeit?«, wollte Del wissen.

»Das letzte Mal war vor ungefähr einem Monat. Seine Freunde ... sie haben ihn ins Krankenhaus gebracht. Dort wurde er behandelt und wieder nach Hause geschickt. Behalten konnten sie ihn dort nicht, haben sie gesagt.«

Faz fragte: »Hat Ihr Sohn ein Handy?«

»Ja.« Die Frage schien sie ein wenig zu verwirren.

»Ist das sein Handy oder haben Sie es ihm gekauft? Läuft der Vertrag auf Ihren Namen?«

»Es ist ein Familienvertrag.« Sie lachte leise. »Jack hat noch nicht mal das Geld, sich in der Schulkantine ein Mittagessen zu kaufen.«

Das bestätigte die Schlussfolgerungen, die Del aus der Kommunikation zwischen Allie und Jack gezogen hatte. »Die Telefonrechnung läuft also auf Ihren Namen?«

»Ja. Warum fragen Sie?«

»Wir hätten gern Zugang zu Jacks Textnachrichten und Snapchats«, erklärte Faz. »Wir würden gern herausfinden, mit wem er sich unterhält – wer ihn beliefert.«

»Was können Sie da unternehmen?«

»Ihn ausschalten«, sagte Faz. »Es hat in jüngster Zeit einige Todesfälle durch Überdosen gegeben und wir möchten nicht, dass es noch mehr werden.«

»Mein Gott«, sagte sie leise.

»Es könnten noch mehr Leute sterben, wenn es uns nicht gelingt, die Quelle dieser Drogenlieferungen zu finden. Können Sie sich Zugang zu Jacks Handy verschaffen?«

»Wahrscheinlich schon, nehme ich an. Ich habe es allerdings noch nie versucht.«

Del ratterte eine zehnstellige Nummer herunter.

»Das ist Jacks Nummer«, sagte sie.

Del zog ein zusammengefaltetes Blatt Papier aus der Tasche. Es war eine Vollmacht, mit der Welch der Telefongesellschaft gestattete, die Unterlagen von Jacks Handy zur Einsicht freizugeben. Jacks Mutter nahm das Papier und starrte es einen Moment lang unschlüssig an. »Ich weiß nicht …«

Del reichte ihr einen Kuli. »Es erlaubt uns nur den Zugang zu Jacks Handy, um festzustellen, mit wem er kommuniziert.«

Sie nahm den Kuli, las sich das Schriftstück kurz durch und kritzelte dann entschlossen ihren Namen darauf. Del nahm es ihr wieder ab und nickte Faz kaum merklich zu. Sie hatten, was sie brauchten. Faz reichte Jeannie Welch eine Visitenkarte. »Wir würden gern mit Ihrem Sohn sprechen, aber wenn wir vor der Schule auf ihn warten, bringen wir ihn in Verlegenheit, und das wollen wir vermeiden. Das hier ist meine Nummer, geben Sie ihm die, wenn er nach Hause kommt.«

Die Frau beugte sich vor und nahm die Karte. »Können Sie ihn einsperren?«

»Wie bitte?«

»Können Sie ihn verhaften? Ihn ins Gefängnis stecken? Vielleicht kann er dort ja irgendwie Hilfe bekommen. Oder es jagt ihm so viel Angst ein, dass er sich von sich aus um Hilfe bemüht. Ich weiß nicht, was ich sonst tun soll.« Sie hörte sich genauso an wie Maggie. »Ich zucke jedes Mal zusammen, wenn das Telefon klingelt oder es an der Haustür klopft. Ich denke sofort, gleich sagt man mir, dass mein Sohn tot ist.«

Kapitel 27

Tracy hielt vor einem roten Backsteinhaus in der King Street ganz in der Nähe des Bahnhofs am Pioneer Square. Laut Auskunft der Führerscheinstelle wohnte Battles in einer der Wohnungen des Hauses, das mit seinen sechs Stockwerken zu den größeren in der Umgebung gehörte. Die Bebauung hier war ansonsten eher zwei- und dreistöckig, eine bunte Mischung aus Läden und Restaurants, Bars, Musikkneipen und Kunstgalerien, die viele junge Leute, aber auch einige Obdachlose und geistig Verwirrte anzog. Jetzt am frühen Abend drang Musik aus einem der Läden und auf dem Bürgersteig drängten sich Passanten, die entweder gerade von der Arbeit zu kommen schienen oder wohl schon unterwegs ins Wochenende waren.

Tracy hatte sich am Nachmittag mit Rick Cerrabone, Sandy Clarridge und Kevin Dunleavy getroffen. Alle drei waren mit der Entwicklung der Dinge unzufrieden und äußerten sich besorgt über das Verschwinden des Videos. Dunleavy, der vor dem Treffen noch mit dem Leiter der Rechtsabteilung der Navy telefoniert hatte, berichtete, das Video sei weiterhin unauffindbar und die Navy strebe ein Ethikverfahren gegen Battles an. Dem könnte je nach Ausgang auch noch ein Militärgerichtsverfahren wegen Dienstvergehen folgen. Battles vertrat Trejo nicht mehr anwaltlich und die Navy wollte die Entscheidung in der Voruntersuchung abwarten, um dann sagen zu können, ob er weiterhin bei ihnen in Haft blieb oder nicht. Anschließend hatte Dunleavy erklärt, was das für die Polizei und Staatsanwaltschaft in Seattle bedeutete. Das war eigentlich allen Anwesenden bereits klar gewesen: Sollte bei der Voruntersuchung ausweichend entschieden und die Zuständigkeit wieder vom King County übernommen werden, dann sahen sie sich hier bei allen weiteren gerichtlichen Schritten gegen Trejo mit ähnlichen Problemen konfrontiert wie die Navy. Bei einem ordentlichen Gerichtsverfahren galten höhere Standards als bei einer Voruntersuchung, denn dann ging es nicht mehr um einen hinreichenden Anfangsverdacht, sondern konkret um eine Verurteilung. Es mussten Beweise vorgelegt werden, die über jeden Zweifel erhaben waren. Ohne das Video standen sie alle erheblich schlechter da als vorher, und Tracy hatte bei der Unterredung den Eindruck gewonnen, dass eigentlich keiner ihrer Vorgesetzten die Zuständigkeit nun unbedingt zurückhaben wollte, obwohl das niemand laut aussprach. Sie verstand auch, warum: Wer begibt sich schon gern in die Höhle der Löwen, wenn doch klar ist, dass die einen in Stücke reißen?

Tracy stieg aus dem Auto und ging hinüber zum Haus. Die Abendluft hatte einen gewissen Biss, war aber nicht mehr annähernd so kalt wie Anfang des Monats. Antike Straßenlaternen beleuchteten den feuchten Bürgersteig und die Luft roch nach Regen. Sie fand den Namen Battles auf der Klingelleiste und läutete. Als niemand reagierte, läutete sie noch einmal.

»Was suchen Sie denn hier? Einen Restauranttipp?« Tracy sah sich um. Hinter ihr stieg gerade Battles von ihrem Rad, in ähnlichem Aufzug wie bei ihrer ersten Begegnung gleich nach Trejos Verhaftung. Sie deutete auf Tracys Gürtel. »Das mit der Knarre ist eine gute Idee, obwohl die Gegend so übel nun auch wieder nicht ist.« Battles klang leicht außer Atem und ihre

Wangen waren gerötet. Als sie den Helm abnahm, sah man, dass sie sich die dunklen Haare zu einem Pferdeschwanz gebunden hatte.

»Ich hatte gehofft, wir könnten uns ein bisschen unterhalten«, sagte Tracy.

»Und warum sollten wir das tun?« Das klang eher neugierig als feindselig.

»Weil ich glaube, dass wir beide dasselbe wollen.«

»Sie möchten also im Lotto gewinnen und auf einer Jacht im Mittelmeer leben?«

»Das wäre auch schön.« Tracy nickte. »Obwohl das Gras woanders ja nicht immer grüner ist.«

»Sehen Sie hier irgendwo Gras?« Battles musterte den Bürgersteig zu ihren Füßen. »Was wollen wir denn beide?«

»Darf ich Sie zu einem Kaffee einladen?«

Battles warf ihr einen prüfenden Blick zu. »Ein Cop lädt mich zum Kaffee ein? Okay, ich bin interessiert. Ich schaff nur schnell mein Fahrrad rein. Wenn ich das hier draußen ankette, kann ich froh sein, wenn hinterher noch eine Speiche davon übrig ist.«

Sie verschwand im Haus, um wenige Minuten später ohne Rad, Helm und Fahrradschuhe wieder aufzutauchen, ein Tempotaschentuch in der Hand und an den Füßen Birkenstocksandalen, zu denen sie weiße Socken trug. »Ich gebe gern ein Modestatement ab, wenn ich ausgehe«, kommentierte sie Tracys Blick auf die Socken. »Die Jungs steh'n drauf.« Sie putzte sich die Nase und sah sich um. »Und? Wo wollen Sie nun mit mir hin?«

»Sie wohnen hier«, sagte Tracy. »Suchen Sie etwas aus, ich richte mich da ganz nach Ihnen.«

»Okay.« Battles dachte ein wenig nach, ehe sie Tracy einmal um den Block herum zum Café Zeitgeist in der Jackson Street führte. Dort bestellte sie sich einen Eiskaffee, während sich Tracy für einen koffeinfreien Kaffee entschied. Sie brauchte nicht noch mehr Koffein in ihrem Kreislauf, sie schlief auch so schon schlecht genug. »Möchten Sie auch einen Happen essen?«, erkundigte sie sich bei Battles.

Die grinste. »Das fühlt sich hier langsam wie ein Date an.«

Crosswhite hielt die linke Hand hoch. »Verheiratet.«

»Ach ja? Hat er einen Freund?«

Battles nahm sich ihren Kaffee und steuerte einen freien Tisch an, blieb aber unterwegs noch einmal stehen, um einen Blick in das dicke, aufgeschlagene Wörterbuch zu werfen, das in Türnähe auf einem Ständer lag. Sie fuhr mit dem Zeigefinger an den Einträgen entlang. »Faszinierend«, las sie laut vor. »Die Neugier oder das Interesse weckend. Anziehend, fesselnd.« Sie sah Crosswhite an. »Durchaus prophetisch, nicht?«

Tracy ging mit ihrem Kaffee zu einem isoliert stehenden Tisch in der Nähe einer Ziegelwand und zog ihre Jacke aus. Über ihnen hing eine Wolken darstellende Skulptur vor einer unverputzten Decke aus Balken, Dachwerk und Kabeln. Die beiden Frauen setzten sich. »Sie waren gerade Radfahren?«, fragte Tracy.

»Nein.« Battles schüttelte den Kopf. »Das Rad ist Mittel zum Zweck. Ich trainiere am Nordende der Stadt und ein Auto ist in dieser Stadt zu teuer für mich.«

»Wofür trainieren Sie?«

»Ich nehme Unterricht in einer Kampfkunst, die Krav Maga heißt. Sagt Ihnen der Name etwas?«

»Nicht viel. Ist das nicht die Kampftechnik der israelischen Sonderkommandos?«

Battles erklärte bereitwillig, wie sich die Technik und das Training entwickelt hatten, und Tracy spürte deutlich, wie stolz sie war, darüber reden zu können.

»Klingt sehr praktisch«, sagte sie.

»Theoretisch schon.« Battles nippte an ihrem Kaffee. »Aber wenn man es richtig macht, kann man damit jemanden endgültig außer Gefecht setzen.« Sie stellte ihr Glas ab und lehnte sich zurück. »Ihr Treffen, Ihre Agenda.«

»Ich glaube nicht, dass Sie das Video genommen haben.«

Battles rang sich ein dünnes Lächeln ab. »Da gehören Sie leider einer Minderheit an.«

»Sie haben dabei nichts zu gewinnen.«

»Mein Mandant wird freigelassen und ich bin die große Siegerin.«

»Und werden angeklagt.«

»Möglicherweise.«

»Möglicherweise. Ich sehe da keinen fairen Deal – auf jeden Fall keinen, von dem Sie etwas hätten.«

»Na ja, ich habe allerhand davon. Ich verliere meine Zulassung als Anwältin, werde entlassen, kann mich von meinem Sold und meiner Aussicht auf Rente verabschieden – ich verliere so ziemlich alles, weswegen ich bei der Navy bin.«

»Und Sie sind zu schlau, um so etwas Dummes zu tun.«

Battles beugte sich vor. »Sind Sie sicher, dass wir kein Date haben? Sie sind viel netter als ein paar von den Männern, mit denen ich mal aus war.«

Tracy lächelte, froh darüber, dass Battles ihren Biss nicht verloren hatte. »Und? Reden Sie mit mir?«

»Ich kann nicht über meinen Mandanten reden. Exmandanten.«

»Verstanden.«

»Lassen Sie mich Ihnen zuerst eine Frage stellen.« Battles richtete sich auf. »Sie sind nicht zuständig und wenn mich mein Gefühl nicht täuscht, wird sich das SPD nicht gerade darum prügeln, einen Fall zurückzukriegen, der ein todsicherer Rohrkrepierer ist und außerdem den Unmut der Massen entfachen könnte.«

»Da könnten Sie recht haben.«

»Warum sind Sie dann also hier? Warum liegt Ihnen etwas daran?«

Tracy dachte über diese Frage nach. Sie hatte nach ihrem Gespräch mit Cerrabone, Dunleavy und Clarridge Shaniqua Miller besucht, die höflich gewesen war, aber eindeutig nicht interessiert daran, ausführlicher mit ihr zu reden. Tracy war für sie Teil des Rechtssystems, dem sie jetzt mehr denn je misstraute, und von daher Teil des Problems.

»Mir liegt etwas an dem Jungen«, erklärte sie. »Mir liegt etwas an einer Mutter, die jetzt vielleicht den Rest ihres Lebens ohne Antworten bleiben muss.«

Battles nippte an ihrem Kaffee, den Blick auf ein Fenster gerichtet, durch das man beobachten konnte, wie das Tageslicht mehr und mehr verschwand. Straßenlaternen beleuchteten die Bäume, die den Bürgersteig säumten. Ein altmodischer Straßenbahnwaggon rumpelte klingelnd am Café vorbei. Battles sah Tracy an. »Die Armen und Leidenden zu verteidigen, ist nicht immer die populärste Position«, sagte sie. »Okay, stellen Sie Ihre Fragen.«

Tracy sammelte sich kurz. Natürlich war sie vorbereitet, sie hatte sich genau überlegt, was sie Battles fragen wollte, sollte die zu einem Gespräch bereit sein. Da sie bei der Anhörung dabei gewesen war, hatte sie teilweise mitbekommen, was passiert war, und der Termin am Nachmittag hatte ihr weitere Informationen geliefert. Sie wollte wissen, wie Battles auf die gegen sie vorgebrachten Anschuldigungen reagierte. »Sie haben sich am Abend der Voruntersuchung die Beweise angesehen?«

»Ich habe mir einige der Beweise noch einmal angesehen, aber nicht das Video. Ich habe es nicht aus dem Karton genommen – eigentlich könnte ich nicht einmal sagen, ob es zu dem Zeitpunkt überhaupt im Karton war. Ich weiß nur, dass ich es mir zu diesem Zeitpunkt nicht angesehen habe. Warum auch, ich kannte es ja bereits. Ich werde jetzt nicht sagen, was darauf zu sehen war oder was ich davon hielt, aber ich war mir ziemlich sicher, dass ein erneutes Ansehen nichts an den Fakten ändern würde. Außerdem hatte ich keinen Fernseher, auf dem ich es hätte abspielen können.«

Das klang plausibel, fand Tracy. »In Ordnung. Und was taten Sie mit dem Beweismittelkarton, als Sie ihn nicht mehr brauchten?«

»Ich habe ihn zurück zum Protokollführer gebracht und dort auf dessen Stuhl gestellt. Normalerweise trägt er Ausgabe und Rückgabe in einem Logbuch ein, aber er ist Zivilist und war zu der Zeit schon lange gegangen. Ich habe das nicht zum ersten Mal gemacht. Wir arbeiten nach dem Prinzip Ehre.« Sie hob die Hand zum Pfadfinderinnengruß.

»Der Protokollführer hat sein Büro im selben Haus wie Sie?«

»Ja. Im ersten Stock, gegenüber vom Gerichtssaal.«

»Wo ist Chos Büro?«

Battles lächelte. »Erster Stock, nur eine Flurlänge vom Büro des Protokollführers entfernt.«

»Wann genau haben Sie die Beweismittel zurückgebracht?«

»Nachdem Cho mein Büro verlassen hatte, wenn Sie darauf hinauswollen. Zwischen zweiundzwanzig Uhr fünfundvierzig und dreiundzwanzig Uhr.«

»Cho kam in Ihr Büro?«

»Auf seinem Nachhauseweg sozusagen.«

»Und da hatten Sie den Karton mit den Beweisen noch?«

»Ja.«

»Haben Sie gesehen, wie er ging?«

»Wie er das Gebäude verließ? Nur auf dem Videoband der Überwachungskamera.«

»Ihr Gebäude wird kameraüberwacht?«

»Ja, von der Tür aus, sodass der gesamte Eingangsbereich im Bild ist.«

Daran hatte Tracy bisher noch nicht gedacht und sie nahm sich vor, sich dieses Video zu beschaffen. »Wie kommt man ins Haus? Ist die Tür gesichert?«

»Immer. Man gibt die letzten vier Ziffern seiner Sozialversicherungsnummer ein. Wenn das System Ihre Zahlen erkennt, kommen Sie rein, wenn nicht, kommen Sie nicht rein.«

»Wo befindet sich die Liste? Die mit den Sozialversicherungsnummern, die das System kennt?«

»Im Erdgeschoss gibt es ein Sicherheitsbüro, nicht weit weg von meinem Büro. Die werden so eine Liste wohl haben. Sie bewahren jedenfalls die Überwachungsbänder auf.«

»Wie lange?«

»Das weiß ich nicht. Das war bisher nie Thema.«

»Wird dort auch das Video vom Abend vor der Anhörung aufbewahrt?«

»Ja, aber meine Einsatzleiterin hat eine Kopie.«

»Ihre Einsatzleiterin?«

»Meine Vorgesetzte. Rebecca Stanley.«

»Und Sie haben dieses Band gesehen?«

»Ja.«

Bei der nächsten Frage beobachtete Tracy ihr Gegenüber ganz genau. »Wann sind Sie an dem Abend gegangen?«

»Wann ich das Gebäude verlassen habe? Kurz nach Cho. Die letzte Fähre geht um dreiundzwanzig Uhr vierzig. Ich brauche mit dem Rad ungefähr zehn Minuten von meinem Büro zum Fährterminal in Bremerton. Ich habe die Beweise zurück ins Büro des Protokollführers gebracht und gleich danach das Gebäude verlassen.«

»Sie hätten einfach im Büro schlafen sollen.«

»Hatte ich erwähnt, dass ich noch Single bin und nicht die Absicht habe, allein zu sterben?«

»Hat jemand gesehen, wie Sie den Karton zurückbrachten?«

»Im Haus war niemand, jedenfalls habe ich niemanden wahrgenommen.«

»Okay.« Tracy nickte nachdenklich. »Und Ihres Wissens ist auch niemand nach Ihnen noch ins Haus gekommen?«

»Nur der Mann, der putzt. Er ist auf dem Band der Überwachungskamera.«

»Gehört die Reinigungsfirma zum Militär oder sind das Zivilisten?«

»Zivilisten.«

»Hat jemand mit ihm gesprochen?«

»Das NCIS, nehme ich doch an. Sie reden mit allen, auch mit mir.«

Tracy nahm sich vor herauszufinden, ob man die Protokolle der Befragungen des NCIS irgendwo einsehen konnte.

»Entweder hat jemand das Video aus dem Karton genommen, ehe der zu mir ins Büro gebracht wurde«, sagte Battles, »oder jemand kam früh am Morgen ins Büro des Protokollführers, sah den Karton dort auf dem Stuhl stehen und nahm das Video heraus.«

»Cho?«

»Ich weiß nicht. Aber wenn ich durch das Verschwinden des Bandes schon nichts zu gewinnen hatte, dann er doch erst recht nicht. Es hat ihm geschadet, das Video nicht vorführen zu können.«

»Und wäre es riskant gewesen, es aus dem Karton zu nehmen, ehe Sie die Beweismittel bekamen?«

»Weil mir das Fehlen hätte auffallen können, meinen Sie? Meine Einsatzleiterin sagte auch schon so was. Aber außer dem Putzmann hat ja niemand mehr das Haus betreten oder verlassen.«

»Wer hat Zugang zu den Büros da im Haus?«, fragte Tracy weiter.

»Außer der Reinigungsfirma?« Battles zuckte die Achseln. »Jeder mit einer im System bekannten Sozialversicherungsnummer.«

»Und wie viele wären das?«

Battles schnaubte. »Eine Menge.« Sie wurde nachdenklicher. »Keine schlechte Idee, sich diese Liste zu besorgen. Aber ignorieren Sie damit nicht genau die Frage, die Sie mir gleich zu Anfang gestellt haben?«

»Warum hätte jemand das Video nehmen sollen?«

Battles nickte.

Tracy wusste es nicht, aber sie würde sich trotzdem eine Liste aller an diesem Abend ins System eingetippten Ziffern geben lassen.

* * *

Jeannie Welch begleitete Faz und Del die kleine Treppe hinunter und weiter bis zum ausgehängten Gartentor. Sie hatte die Arme um den Körper geschlungen, um sich warm zu halten. Inzwischen dämmerte es nicht mehr, es war richtig Nacht geworden und die spärlich verteilten Straßenlaternen warfen fleckig gelbes Licht auf den Bürgersteig und das Durcheinander aus Kabeln zwischen den Telefonmasten und Häusern. Irgendwo weiter die Straße hinunter riefen zwei Jungen einander etwas zu. Wahrscheinlich wollten sie schnell noch irgendein Spiel beenden, ehe es ganz dunkel wurde.

Am Tor, beziehungsweise dort, wo das Tor sein sollte, blieb Welch stehen. »Er hat es vor ein paar Nächten aus den Angeln getreten, als er ging.« Sie klang erschöpft. »Er wollte Geld. Für einen neuen Verstärker, hat er gesagt, aber ich habe inzwischen gelernt, dass man Jack nie Geld geben darf.« Sie drehte sich zu ihrem Haus um. »Ich hatte früher mehr, auch schöne Sachen, aber er klaut alles, was irgendeinen Wert hat, und verkauft es dann. Den Schmuck, den meine Mutter mir vererbt hatte, unseren Toaster, Fernseher, das Rad seiner Schwester. Er streitet es ab, aber ich weiß, dass er es war.«

Del zog einen Packen Visitenkarten aus der Tasche und hielt ihr eine davon hin. »Allie war meine Nichte«, sagte er. »Deswegen war ich bei der Beerdigung.«

Welchs Hand blieb in der Luft hängen, als könnte die Karte beißen. »Das tut mir so unendlich leid.«

»Für den Fall, dass ich irgendetwas tun kann.«

Sie nickte vorsichtig und nahm die Karte.

In diesem Moment hörte Del gedämpft die schweren Bässe irgendeiner Band, und ein nicht mehr ganz neuer Honda Accord bog schwungvoll in die Straße ein, kollidierte dabei um ein Haar mit einem der am Straßenrand geparkten Autos und hielt schließlich am Ende der Auffahrt der Welchs mit einem Ruck an.

»Das ist Jack«, sagte Jeannie Welch leise und zögernd.

Jack entdeckte die beiden Männer, die sich mit seiner Mutter unterhielten, und legte umgehend geräuschvoll den Rückwärtsgang ein.

»Er haut ab!« Mit einem Sprung stand Del an der Beifahrerseite des Prius, während Faz zur Fahrertür rannte.

Der Honda stotterte, hüpfte und blieb stehen – Jack hatte ihn abgewürgt und musste den Motor neu starten. Wieder kreischte das Getriebe protestierend, ehe das kleine Auto mit einem Sprung nach vorn preschte.

Inzwischen hatte Faz den Prius starten und den Gang einlegen können. Geschwindigkeitsrekorde brach man mit diesem Auto nicht, was allerdings in diesem Fall auch gut war. Sie hatten nicht vor, Welch in eine Verfolgungsjagd bei Höchstgeschwindigkeit zu verwickeln, falls der es denn darauf anlegte. Dabei konnte zu viel passieren und die Vorschriften ließen es sowieso nicht zu.

Ohne auch nur kurz anzuhalten, bog der Accord bei einem Stoppschild rechts ab.

Faz trat auf die Bremse, wurde langsam, bis er die Kreuzung einsehen und sicher sein konnte, dass kein anderes Auto kam, und fuhr ihm nach.

»Nächste Ecke links«, rief Del. »Er hat da vorne noch ein Stoppschild überfahren.«

»Sieh zu, ob uns jemand helfen kann, bevor der Typ noch jemanden umbringt. Sein rechtes Rücklicht geht nicht.«

Del gab per Funk Marke und Modell des Honda durch, das Kennzeichen, ihre momentane Position und die Richtung, in die sie fuhren. Sollte Welch eine Auffahrt zum Freeway ansteuern, dann würden sie die Highway Patrol alarmieren und denen die Jagd überlassen.

Parkende Fahrzeuge huschten an ihren Fenstern vorbei. Faz riskierte einen Blick auf den Tacho: 80 km/h in einer Wohngegend! Er versuchte, alles im Blick zu haben, jede Einfahrt, aus der ein Auto rückwärts auf die Straße fahren konnte, auf dem Bürgersteig spielende Kinder.

»Kann uns jemand unterstützen?«, rief er Del zu.

Der hatte erneut ihre Position über Funk durchgegeben und konnte jetzt melden, dass sich ein Streifenwagen in der Nähe befand.

»Dann lasse ich mich zurückfallen und fahre langsamer«, sagte Faz. »Vielleicht macht er mir das ja nach. Gerade biegt er wieder ab.«

Del gab das per Funk durch.

Weiter vorn passierte jetzt genau das, was Faz befürchtet hatte: Der Honda hatte gerade frisch Tempo aufgenommen, als vor ihm ein roter Pick-up mit einiger Geschwindigkeit rückwärts aus einer Einfahrt setzte.

»Festhalten«, schrie Faz.

Vorn leuchtete ein einsames Bremslicht auf. Bremsen quietschten, die Kühlerhaube des Honda ging nach unten – und traf mit lautem Knall auf die hintere Abdeckung des Pickups. Blech schepperte, Glas splitterte.

Faz hatte Del gerade gebeten, einen Rettungswagen zu rufen, als Welch seine Wagentür aufriss und losrannte. »Der Typ ist zäh wie eine Katze!«, rief Faz empört.

»Ich bin dran.« Del war schon halb aus dem Auto und setzte Welch nach.

Der sprintete durch diverse Vorgärten, bis er in eine Auffahrt einbog. Einholen konnte Del den Jungen nicht, seine besten Jahre lagen einfach hinter ihm. Aber mithalten konnte er, jetzt, wo er abgenommen hatte, und das allein fühlte sich schon prima an. Welch kraxelte einen links an einem Haus vorbeiführenden Zaun hoch und war längst auf der anderen Seite, als Del noch am Tor nach dem Riegel fahndete. Prompt ging auf dem Grundstück hinter dem Zaun das Flutlicht an. Als man kurz darauf auch noch einen großen Hund knurren und bellen hörte, tauchten oben auf dem Zaun ganz schnell erst Welchs Hände und gleich darauf Kopf und Schultern auf. Mit deutlicher Panik im Blick schwang der Junge ein Bein über den Zaun und ließ sich fallen. Sein rechtes Hosenbein war unten zerrissen, wie Del nicht ohne eine gewisse Befriedigung feststellte, als er ihm das Knie in den Rücken stemmte und die Handschellen zuschnappen ließ. Ein Mann mit einem Baseballschläger stürmte durch das Zauntor. Del hielt ihm seine Dienstmarke hin. »Wir sind von der Polizei.«

Dann wandte er sich wieder Welch zu. »Sie haben das Recht, zu schweigen …«

Kapitel 28

Del und Faz waren übereingekommen, Jack nicht ins Gefängnis zu bringen, sondern ihn in eins ihrer Vernehmungszimmer zu stecken. Dort hockte er nun, während Del sich an seinen Schreibtisch setzte, um Celia McDaniel anzurufen. Das Telefon schaltete er auf Lautsprecher, damit Faz mithören konnte.

»Die gesetzlichen Bestimmungen sind eindeutig«, erklärte McDaniel. »Um ihn wegen eines Verkehrsdelikts einbuchten zu können, hättest du eine Uniform tragen und euer Wagen hätte mit Sirene und Blaulicht ausgestattet sein müssen.«

Faz schüttelte unglücklich den Kopf. »Wenn sich der Knabe einen auch nur halbwegs fitten Verteidiger besorgt, dann wird der wissen, dass wir diese Kriterien nicht erfüllt haben. Oder er findet es ganz schnell raus. Haben Sie nicht einen heißen Tipp für uns?«

»Sie könnten ihn wegen rücksichtslosen Fahrens oder mutwilliger Gefährdung der Öffentlichkeit festnehmen, aber das sind lediglich Vergehen. Dafür geht er wahrscheinlich nicht ins Gefängnis und eine größere Geldstrafe dürfte er auch nicht kassieren. Wenn er die nicht zahlen kann, sammelt er alternativ an der Autobahn Müll auf.«

»Aber Welch kennt sich mit dem Gesetz nicht aus«, wandte Faz ein. »Und seine Mom stellt bestimmt keine Kaution für ihn.«

»Mit seinem Vater scheint er zurzeit nicht einmal zu reden«, ergänzte Del. Sie hatten schon das eine oder andere Druckmittel, jedenfalls im Moment noch. »Klingt ganz so, als kriegten wir mehr für unser Geld, wenn wir ihn erst mal befragen und nicht gleich einbuchten. Um ehrlich zu sein, ist es mir egal, ob wir ihn wegen mutwilliger Gefährdung drankriegen können oder dafür, dass er sich der Befragung durch einen Polizeibeamten entziehen wollte. Ich will rauskriegen, was er weiß.«

»Wenn er nach einem Anwalt verlangt, ist alles drin«, warnte Celia.

»Dann gehen wir das Risiko eben ein«, sagte Del. Faz nickte. Sie bedankten sich für das Gespräch und Del legte auf.

Die Vernehmungszimmer im sechsten Stock des Polizeipräsidiums hatten keine Fenster und waren schon ungemütlich genug, wenn man allein darin saß. Richtig eng und stickig wurde es, wenn sich die beiden Schwergewichte Faz und Del in den Raum schoben. Die beiden waren stolz darauf, wie klein ein Zimmer nach ihrem Eintreten werden konnte, und beherrschten diese Nummer perfekt.

Erst einmal ließen sie Welch noch ein bisschen schwitzen und besprachen das Dilemma, in dem sie sich befanden, während sie den Jungen vom Beobachtungszimmer aus durch einen Einwegspiegel betrachteten. »Er sieht aus wie höchstens sechzehn«, meinte Del.

Ein Meter siebzig groß, mit eher zarten Knochen und klapperdürr – Welch wog bestimmt nicht mehr als fünfundfünfzig Kilo. Und das voll bekleidet. »Ich habe Kleiderständer, die mehr wiegen als der Typ«, meinte Faz.

Welch trug ein offenes, langärmliges Flanellhemd, wahrscheinlich um die Einstiche an seinen Armen zu verbergen, und darunter ein schwarzes T-Shirt mit dem Konterfei der Grunge-Band Nirvana, die einen Teil ihrer Geschichte in Seattle hatte. Seine Haare reichten ihm bis auf die Schultern und sahen aus wie seit Wochen nicht gewaschen. Er hielt den Kopf schräg und betrachtete die Welt durch den Pony hindurch. »Er hält sich für Kurt Cobain«, stellte Faz fest.

»Für wen?«

»Sein Hemd. Das war der Sänger mit dem Drogenproblem. Er hat sich vor zwanzig Jahren erschossen. Antonio hat solchen Mist gehört.«

»Zwanzig Jahre? Ich schaff es ja kaum, jetzt auf dem Laufenden zu bleiben.« Del seufzte.

»Du hattest eben nie einen männlichen Teenager im Haus.«

»Wenn das da der Typ Sohn ist, den ich kriegen würde, dann nehme ich doch lieber Sonny. Der hat wenigstens kurze Haare, badet und kommt, wenn ich ihn rufe.«

Es tat weh, sich vorzustellen, dass dies der Typ war, mit dem Allie zusammen gewesen war, dass sie sich selbst so wenig geschätzt hatte. Allerdings hatte die Beziehung der beiden wahrscheinlich gar nicht auf gegenseitiger Zuneigung basiert, wenn Del an die Aussage von Jacks Mutter dachte. Jack hatte nie Geld gehabt, seine Beziehung zu Allie war wohl mehr auf Not gegründet gewesen als auf Liebe. Oprah und Dr. Phil würden wohl Co-Abhängigkeit dazu sagen – das gemeinsame Verlangen nach Heroin.

»Ob er wohl gerade high ist?«, überlegte Del.

»Schwer zu sagen. Aber schau dir mal sein linkes Bein an, das hüpft ganz munter vor sich hin. Vielleicht kommt er gerade runter von einem Schuss, würde zu dem passen, was die Mutter gesagt hat.« Faz wandte sich zu Del um. »Warum kümmere ich mich nicht erst einmal allein um den Kerl, so für den Anfang? Mal sehen, was er zu sagen hat.«

»Ich mach schon keinen Mist.«

»Del …«

»Alles okay bei mir, ehrlich!« Del richtete sich auf und sah seinem Partner direkt in die Augen. »Ich weiß, was wir nach Möglichkeit aus diesem Typen rausholen wollen, und ich werde es nicht vermasseln.«

»Aber ich bestimme, wo es langgeht, ja?«

»Ja, das habe ich verstanden.«

»Und wie gehen wir vor?«

»Wie immer.« Del zog die Tür des Beobachtungszimmers auf und trat in den Flur. »Ich bin der böse Bulle, das brauche ich nicht mal zu spielen.«

Faz folgte Del ins Vernehmungszimmer, wo Welch beim Auftritt der beiden Detectives aufsah, um sie durch das lange Haar hindurch zu mustern. Faz holte sich aus dem Flur einen Stuhl und machte eine große Show um die Suche nach einem geeigneten Platz dafür, ehe er ihn neben den anderen auf der Welch gegenüberliegenden Tischseite stellte. Del und Faz setzten sich und lehnten sich so weit vor, dass es für Welch noch enger wurde und der junge Mann unwillkürlich zurückwich. Weit kam er dabei nicht, da seine Handschellen mit einer Kette an einer Metallöse am Boden hingen, was ihm nur begrenzten Spielraum ermöglichte. Sollte Welch bis jetzt noch keine Platzangst gehabt haben, dürfte es damit bestimmt langsam losgehen. Sein linkes Bein zitterte weiterhin heftig.

»Sie brauchen wirklich keinen Arzt?«, wollte Faz wissen.

Welch schüttelte den Kopf.

»Ist das ein Nein?«, hakte Faz nach.

»Setzen Sie sich gerade hin!«, befahl Del streng, woraufhin Welch den Kopf wandte und ihn ansah. »Setzen Sie sich gerade hin, habe ich gesagt! Sonst war's das hier. Dann bringen wir Sie ins Gefängnis und buchten Sie ein. Gründe gibt es reichlich: Sie haben sich der Verhaftung entzogen, unter Einfluss von Drogen ein Fahrzeug gelenkt, sind gefährlich und rücksichtslos gefahren

– und was halten Sie von Tötung durch Rauschgift als krönendem Abschluss? Wenn wir schon mal dabei sind?« Del wartete einen Herzschlag lang, ehe er fortfuhr: »Wir reden hier nicht von irgendwelchen banalen Anschuldigungen, bei denen Sie gleich wieder hier rausspazieren und heim zu Mommy gehen können. Damit sind wir längst durch, Jack.«

Welch sorgte mit einem Kopfruck dafür, dass ihm kein Haar mehr im Gesicht hing, und ließ den Blick zwischen Faz und Del hin und her wandern, ehe er sich brav aufrecht hinsetzte. »Tötung?« Er klang verwirrt, die Stimme rau und heiser. »Ich habe niemanden umgebracht.«

»Nein? Kommt Ihnen der Name Allie Marcello bekannt vor?« Del ließ Welch keine Zeit zu antworten. »Wir haben E-Mails, Textnachrichten und Snapchats, die beweisen, dass Sie Allie Marcello am Abend ihres Todes bedrängt und unter Druck gesetzt haben, Heroin zu kaufen und zu nehmen. Sie war clean, J-Man.« Das »J-Man« kam voller Sarkasmus. »Sie war seit zwei Monaten clean. Sie durfte nach Hause und Sie haben sich an sie rangemacht.«

»Ich habe ihr kein Heroin verkauft!«, stotterte Welch. »Ich war noch nicht mal da.«

»Sie lügen«, meldete sich Faz ganz ruhig. »Und wir wissen, dass Sie lügen.«

»Ich sagte doch schon, Superhirn, wir haben Allies Handy und ihren Computer und Ihr Name taucht in einer Tour auf. Hatten Sie etwa gedacht, wir sind blöd?«

Jetzt schaltete sich Faz wieder ein. »Dann will ich es Ihnen mal erklären, Jack. Tötung durch Rauschgift – wenn man deswegen verhaftet wird, steht man nicht gleich den nächsten Tag wieder auf der Straße. Dann klagt einen die Staatsanwaltschaft an, was so in zwei Wochen der Fall sein könnte, und wenn Sie keine Kaution stellen können, wovon ich ausgehe, wenn ich Sie mir so ansehe, dann sperren die Sie weg bis zum Prozess.

Der dürfte nicht so schnell angesetzt werden, schließlich hat es niemand eilig. Wahrscheinlich findet der erst nächstes Jahr statt. Und wenn Sie verurteilt werden, und glauben Sie mir, Sie werden verurteilt, dann wandern Sie für lange, lange Jahre hinter Gitter.«

Welch schien etwas sagen zu wollen, aber Faz ließ es gar nicht erst dazu kommen. Del wusste, warum: um zu verhindern, dass Welch nach einem Anwalt fragte. Dabei blieb sein Kollege immer noch so ruhig, wie Del ihn auch schon mit seinen Kindern erlebt hatte, wenn die etwas Dummes angestellt hatten. Wahrscheinlich verdankte er diese Taktik dem Einfluss seiner Frau. »Wir wollen herausfinden, was mit Allie Marcello passiert ist, Jack. Wir wollen herausfinden, woher sie die Drogen hatte. Sie waren doch ihr Freund.«

»Ja, ich war ihr Freund.« Welch nickte hastig.

»Und Sie waren bei ihr, als sie die Überdosis nahm«, fuhr Faz fort.

»Nein, ich war nicht da. Ich bin gegangen.«

»Aber Sie waren da, als sie sich das Heroin gespritzt hat.« Faz mochte ruhig bleiben, ließ aber nie locker.

»Ich war da, aber ich habe nichts genommen.«

Langsam kam die Wahrheit ans Licht, immer einen Schritt nach dem anderen. Del hielt sich zurück. »Sie war clean gewesen, nicht wahr?«, fragte Faz.

»Das weiß ich nicht.«

»Und ob Sie das wissen.« Faz beugte sich vor. »Ihre Familie hatte sie auf Entzug geschickt, sie war in Eastern Washington in einer Klinik. Sie haben ihr E-Mails geschrieben, weil Sie sie per Textnachricht nicht erreichen konnten. Man hatte ihr das Handy weggenommen.«

Faz legte mehrere E-Mails, die Del ausgedruckt hatte, auf den Tisch. Welch schob sich die Haare aus dem Gesicht und sah sie sich an, allerdings ohne eine der Seiten in die Hand zu nehmen. »Nachdem Sie ihr Handy zurückbekommen hatte, haben Sie weiterhin Druck auf sie ausgeübt, sich mit Ihnen zu treffen.«

»Nein, das stimmt nicht.«

Faz schob die Ausdrucke von Allies Textnachrichten über den Tisch. »Schließlich hat sie dann nachgegeben.«

»Ihre Mutter hat sie in ihrem Zimmer gefunden«, mischte sich Del ein. »Ihre letzte Nachricht lässt darauf schließen, dass Sie an diesem Abend bei ihr waren. Also erzählen Sie uns nicht, Sie wären nicht dort gewesen. Wir wissen bereits, dass Sie dort waren.«

»Sie haben sie benutzt«, sagte Faz. »Sie brauchten ihr Geld, um Stoff kaufen zu können.« Er tippte auf die Ausdrucke. »Wir wollen wissen, woher Sie das Heroin hatten.«

Welch holte tief Luft, lehnte sich so weit wie möglich zurück. Tränen liefen ihm über das Gesicht. »Sie hat zu viel genommen. Ich habe ihr gleich gesagt, das ist zu viel. Aber sie war voll in Ordnung, als ich ging, sie hat geschnarcht. Sie war voll in Ordnung, das schwöre ich!«

Schnarchen war nicht gut, wie Del inzwischen wusste. Schnarchen zeigte an, dass die Atmung zu kämpfen hatte, weil sich Flüssigkeit in der Lunge sammelte.

»Wir würden Ihnen gern glauben«, erklärte Faz gelassen. »Aber wir können nichts beweisen, was für Sie spräche, solange wir nicht wissen, woher Sie das Heroin bekommen haben.«

Welchs Brust wogte. »Sie hat es gekauft. Sie hat es von diesem Typen gekauft. Ich weiß nicht, wer das ist.«

Del sah Faz an und schüttelte den Kopf. Zeit, den Druck um einiges zu erhöhen. »Aus dem Typen kriegen wir nichts raus«, knurrte er. »Ich rufe bei der Staatsanwaltschaft an und lasse ihn einbuchten.« Er stand auf, schnappte sich seinen Stuhl und verließ das Zimmer. Als er die Tür hinter sich zuschlug, zitterte die Wand.

Draußen schlüpfte er rasch in das Zimmer mit dem Einwegspiegel, wo er gerade noch mitbekam, wie Faz seufzte, als wüsste er nicht, was er jetzt tun sollte. Er hob in einer hilflosen Geste die Hände, faltete sie und legte sie vor sich auf den Tisch. »Ich erkläre Ihnen jetzt mal, was mein Problem ist, Jack.« Er deutete mit dem Kinn auf die vor ihm liegenden Ausdrucke. »All diese E-Mails und Textnachrichten bestätigen, dass Sie an dem Abend, als Allie starb, bei ihr waren.«

»Ich war da, das habe ich doch gesagt.«

»Sie bestätigen auch, dass Sie, nicht Allie, den Typen kennen, der euch beiden das Heroin verkauft hat. Wenn ich den Namen von diesem Typen nicht kriege, dann habe ich in Bezug auf mein weiteres Vorgehen keine Wahl. Allies Familie wird Rechenschaft fordern, Jack. Sie wird wollen, dass jemand für den Tod ihrer Tochter zur Verantwortung gezogen wird.« Faz zeigte auf sein Gegenüber. »Und dieser Jemand sind Sie. Mein Partner hat recht, Jack – hier geht es nicht mehr nur um Besitz. Tötung durch Rauschgift ist eine schwere Straftat. Wer einer schweren Straftat wegen verurteilt wird, wandert in den Knast. Und zwar nach einem Prozess, der in sämtlichen Zeitungen und sozialen Netzwerken breitgetreten werden wird. Wollen Sie Ihr Leben wirklich für einen Dealer wegwerfen?«

Welch antwortete nicht sofort. Faz lehnte sich zurück und ließ ihm Zeit. Bestimmt dachte der Junge jetzt über seine letzten Worte nach, und wenn er auch nur halbwegs schlau war, dann hatte er erkannt, dass ihm hier ein Ausweg geboten wurde. Eine Alternative zu einer langen Haftstrafe.

»Was passiert denn dann mit ihm?«, fragte Welch endlich.

Bingo!, dachte Del auf der anderen Seite des Spiegels. Er hat angebissen. Jetzt ganz vorsichtig die Leine einholen.

»Ist der Typ ein Freund von Ihnen?«, erkundigte sich Faz.

»Rein hypothetisch!«, korrigierte Jack ihn rasch. »Falls ich ihn kennen würde – was würde mit ihm passieren?«

Faz zuckte die Achseln. »Das kann ich so genau nicht sagen, Jack. Aber wenn er kooperiert, wird der Richter ganz bestimmt ein wohlwollenderes Auge auf ihn werfen als auf Sie, wenn Sie uns keine Namen nennen.«

»Darf ich ihn anrufen? Darf ich mit ihm reden?«

Faz schüttelte den Kopf. »So läuft das nicht, Jack. Sie nennen uns seinen Namen und ich verhafte ihn. Sie brauchen nichts damit zu tun zu haben.«

»Aber er würde es doch mitkriegen, oder? Er wüsste hinterher, dass ich es Ihnen gesagt habe.«

»Ihr Name braucht nicht ins Spiel zu kommen. Wir können sagen, wir hätten den Namen unter Allies Kontakten gefunden. Hatte sie früher schon bei dieser Person gekauft?«

Welch nickte.

»Dann ist sein Name wahrscheinlich bei ihren Handykontakten zu finden. Wir können sagen, wir haben seinen Namen in Allies Handy gefunden.«

Feiner Schachzug, dachte Del. Sollte der Junge doch denken, sein Mitwirken könnte geheim gehalten werden.

Während Jack nachdenklich auf die Tischplatte starrte, warf Faz einen Blick Richtung Einwegspiegel, wohl wissend, dass Del auf der anderen Seite saß und zuhörte.

Dann wandte er sich wieder an Welch. »Wovor haben Sie Angst, Jack? Hat dieser Typ Sie irgendwie bedroht?«

Welch schüttelte den Kopf. »Nein.«

»Dann ist er also ein Freund von Ihnen?«

»Ja.«

»Wissen Sie, was, Jack? Ich glaube nicht, dass er Ihr Freund ist.« Welch sah auf. »Sie müssen sich fragen: Würde dieser Typ für Sie ins Gefängnis gehen, wenn er in Ihrer Lage wäre?«

Jack schüttelte den Kopf und wischte sich mit dem Hemdsärmel über die Nase.

»Worüber machen Sie sich also Sorgen?«

»Er leitet die Band.«

»Bitte?«

»Er leitet Chaos, unsere Band.«

Was hatte das eine mit dem anderen zu tun und vor allem: Wo blieb die Logik? Anscheinend tickten Teenager wirklich anders als der Rest der Welt. Del hatte sich schon öfter gewundert, wie dämlich manche von ihnen sein konnten. Jack Welch standen Jahre im Knast bevor und was ihm zu schaffen machte, war die Angst, aus irgendeiner Garagenband geworfen zu werden.

»Und da haben Sie nun Angst, Sie fliegen aus der Band?« Faz blieb ruhig und verständnisvoll.

Welch nickte.

Faz räusperte sich. »Ich möchte, dass Sie darüber nachdenken, Jack, okay? Lassen Sie uns alles noch einmal gemeinsam durchgehen. Wenn Sie diesen Typen schützen und ins Gefängnis gehen, sagen wir mal, fünf Jahre: Glauben Sie, er hält Ihnen den Platz in der Band frei, bis Sie wieder draußen sind?«

Als Faz die fünf Jahre erwähnte, sah Welch auf. Faz zog bedeutungsvoll die Brauen hoch, um seinem Argument zusätzliches Gewicht zu verleihen.

»Nein«, sagte er schließlich leise und zögernd.

Faz lächelte mit geschlossenen Lippen. »Es wird keine Band mehr geben, Jack.« Er schüttelte bedauernd den Kopf. »Jedenfalls keine, in der Sie spielen.«

Kapitel 29

Dan nannte die Monate, in denen Tracy Spätschicht hatte, »Zeit der Vampire«, weil sie einander dann bei Tageslicht kaum zu Gesicht bekamen, wenn auch bei ihm im Büro viel zu tun war. Momentan war eindeutig Zeit der Vampire und als Tracy an ihrem freien Tag mitten in der Woche aus dem Bett kroch, war Dan schon längst über alle Berge. Er würde den ganzen Tag wegen einer eidesstattlichen Erklärung unterwegs sein müssen, stand auf dem Zettel, den er ihr dagelassen hatte. Tracy erledigte rasch ein paar Dinge und fuhr dann in die Stadt, um Kins zu besuchen.

Sie wusste, wie es ihm ging, sie erhielt entweder von Kins selbst oder von dessen Frau Shannah tägliche Gesundheitsberichte. Kins hatte schon am Tag der OP das Bett verlassen und ein paar Schritte laufen können, am Tag darauf hatten sie ihn aus dem Swedish Hospital entlassen. Seitdem war er daheim, in seinem Haus im schicken Stadtteil Madison Park, das er »Kingston Estate« nannte, weil das Grundstück ziemlich exklusiv nur über eine schmale Betonbrücke zu erreichen war. Mehr als ein Auto auf einmal kam hier nicht durch, was aber kein Problem darstellte, denn hinter der Brücke gab es ohnehin nur noch zwei Häuser, dann fing das Seattle Arboretum an. Neben dem zweistöckigen weißen Haus im Kolonialstil, das

Kins mit seiner Familie bewohnte, gab es noch eine stattliche Villa im spanischen Stil mit orangefarbenen Dachziegeln und bleigefassten Fenstern. Tracy hätte gern mit der Villa geliebäugelt, nur hatte das keinen Zweck, denn die Besitzer würden sich nie davon trennen: Sie waren im selben Alter wie Kins und Shannah, hatten gleichaltrige Kinder und viele gemeinsame Interessen. Besser konnte man es nicht treffen, fand Kins.

Kins Heim war, wie gesagt, das klassische Haus im Kolonialstil: unten ein großzügiges Wohnzimmer, Esszimmer und kleine Küche, oben ein großes Schlafzimmer, Bad und zwei kleinere Schlafzimmer. Im Grunde nicht gerade perfekt mit drei Jungen im Haus, weswegen Kins in den ersten Jahren einen Großteil seiner knapp bemessenen Freizeit damit verbracht hatte, das Souterrain auszubauen. Da unten gab es jetzt weitere Schlafzimmer, ein großes Bad und einen Freizeitraum mit Billardtisch. Eine Tür führte hinaus ins Arboretum, ein hundert Hektar großes Gebiet voll exotischer Pflanzen und Bäume – fast groß genug für die drei Jungs hier.

Tracy parkte in einer Parkbucht direkt vor dem Haus und betrat den Garten durch ein grün gestrichenes Tor. Sie hatte einen Stapel Zeitschriften sowie einige Bücher dabei, die seine Kollegen zusammengestellt hatten, um Kins die Zeit der Erholung zu verkürzen. Ein hochgestecktes Ziel: Kins musste sich bewegen, sonst war er unglücklich. Da ähnelte er seinen drei Söhnen sehr und Shannah, die ihn ruhig halten sollte, bis die Hüfte verheilt war, war wirklich nicht zu beneiden.

Shannah öffnete auf Tracys Klopfen hin die Tür, kam aber gar nicht erst zu Wort, weil ihr Mann wusste, dass seine Kollegin vorbeischauen wollte, und schon gewartet hatte. »Crosswhite? Wird auch langsam Zeit! Ich versauere hier drin und meine Kollegen halten es nicht für nötig, mich zu trösten.«

Shannah verdrehte die Augen. »Klingt, als läge er im Sterben, was? Wenn hier wer umkommt, dann wohl eher ich!«

Sie warf einen Blick auf das mitgebrachte Lesematerial. »Dem Himmel sei Dank! Da hat er mal ein, zwei Tage was zu tun.«

Shannah und die Jungs hatten ein Bett ins Wohnzimmer geschafft, damit Kins nicht gleich die ersten Tage die enge Treppe zum Schlafzimmer hochklettern musste.

»Der perfekte Patient, wie ich sehe!«, begrüßte Tracy ihren Partner.

»Ich drehe hier durch!«, beklagte sich Kins. »Und das nach noch nicht mal achtundvierzig Stunden!«

Er war unrasiert, was Tracy an ihre erste Begegnung erinnerte. Kins hatte damals verdeckt für das Drogendezernat ermittelt und sich zu diesem Zweck die Haare wachsen und einen schütteren Spitzbart stehen lassen, weswegen man ihm frei nach Johnny Depp im Film *Fluch der Karibik* den Spitznamen Jack Sparrow verpasst hatte.

»Ich mache gerade Lunch, Tracy. Kannst du bleiben?«, fragte Shannah.

»Ich weiß nicht genau, ob ich das will.« Sie deutete auf Kins. »Muss der auch dabei sein?«

»Nicht, wenn du ihm ein Kissen aufs Gesicht drückst, sobald ich den Raum verlassen habe.«

»Solche Liebesbezeugungen könnte ich auch im Büro von Faz und Del kriegen«, beschwerte sich Kins.

»Vielleicht, aber die würden bestimmt nicht ihr Mittagessen mit dir teilen.«

Shannah verschwand Richtung Küche. Tracy zog sich einen Stuhl ans Bett und setzte sich neben Kins. »Die Kollegen haben das hier für dich zusammengestellt.« Sie legte den gesammelten Lesestoff neben das Bett. Irgendwo im Raum drang leise Musik aus einem Lautsprecher. »Und wie geht es dir?«

»Die Pillen machen müde und ich fühle mich nicht ganz bei mir. Das mag ich gar nicht, ich setze sie also schon langsam ab.«

»Und die Schmerzen?«

»Erstaunlich wenig«, bekannte Kins. »Alle hatten recht. Ich hätte mich schon vor zwei Jahren operieren lassen sollen. Wie läuft es bei der Arbeit? Haben sie jemanden geschickt, um meinen Platz einzunehmen?«

»Ron hilft aus.« Ron war Ron Mayweather, das fünfte Rad am Wagen des A-Teams. »Wir kriegen alles ganz gut geschafft.«

»Wie ist der Stand bei D'Andre Miller und Trejo?«

Wie die meisten Detectives mochte auch Kins nicht gern den Kontakt zur Arbeit verlieren und wollte eigentlich immer gebraucht werden.

»Wie viele Pillen nimmst du noch?«

»Warum? Weil du wissen willst, wie klar ich bin? Kommt dir irgendwas komisch vor?«

»Die ganze Sache kommt mir komisch vor.« Tracy seufzte. »Irgendetwas hat mich an Trejo von Anfang an gestört.«

»Wie die Frage, was er überhaupt in Seattle wollte?«

»Das auch, auf jeden Fall. Vor allem aber: Wenn er D'Andre Miller versehentlich getötet hat, warum bekennt er sich nicht dazu?«

Kins rief: »Alexa, Schluss!«, woraufhin die Musik verstummte. »Mein neuestes Spielzeug von Amazon, die Jungs klauen es sich, wenn sie Freunde zu Besuch haben.« Er stellte sich den Kopfteil seines Bettes anders ein. »Menschen verhalten sich öfter mal dumm und meistens aus total dämlichen Gründen. Ich weiß, wovon ich rede, ich habe drei Söhne. Ich glaube, manchmal lassen die sich einfach vom Augenblick mitreißen und dann sitzen sie fest wie eine Fliege im Spinnennetz. Kommen einfach nicht wieder raus.«

Shannah brachte einen Teller mit zwei Sandwichs herein, dazu einen Krug Eistee, zwei Gläser und eine Schale mit Kirschtomaten. Sie stellte alles auf den Couchtisch. »Okay, ich bin dann mal weg. Die Jungs sind beim Fußballtraining und das heißt zwei Stunden Atempause! Zwei Stunden elende Fronarbeit, meinte ich natürlich.«

»Ha, ha«, knurrte Kins. »Bist ein wahrer Witzbold.«

»Brauchst du noch was?« Shannah beugte sich hinunter und küsste ihn.

Kins strahlte sie hoffnungsvoll an. »Kartoffelchips?«

»Netter Versuch.« Sie küsste ihn noch einmal, verabschiedete sich von Tracy und verschwand.

»Bist du jetzt außerdem noch auf Diät?«, wollte Tracy wissen.

»Del kann was erleben, wenn ich den wiedersehe! Er rief an, um sich nach mir zu erkundigen, und Shannah und er haben eine halbe Stunde lang angeregt geplaudert. Angeblich hat er sieben Kilo abgenommen.«

»Das dürfte inzwischen noch mehr sein. Er sieht gut aus.«

»Na ja, egal. Shannah jedenfalls predigt seitdem, dies wäre eine prima Gelegenheit, mit dem gesunden Leben anzufangen.«

»Womit sie ja recht haben könnte, nicht?« Tracy nahm sich ein halbes Sandwich. »Lass uns mal davon ausgehen, dass Trejo nicht dumm ist. Lass uns annehmen, er konnte einfach nicht anhalten.«

»Weil seine Bremsen versagt haben oder so?«

»Weil er gerade etwas Illegales tat. Etwas, bei dem er sich nicht erwischen lassen durfte, weil ihn das sonst in noch größere Schwierigkeiten bringen würde.«

»Größere Schwierigkeiten als man kriegt, wenn man ein Kind überfährt?« Kins steckte sich eine Tomate in den Mund.

»Was, wenn er betrunken oder high war, als er den Jungen überfuhr?«

Kins dachte nach. »Das würde erklären, warum er den Wagen aufgegeben hat.«

»Aber nicht unbedingt auch gleich, woher er das Grundstück kannte. Von der Straße her sieht das aus wie eine Einfahrt.«

»Wenn man es nicht kennt, fährt man glatt daran vorbei.« Kins nickte.

»Und er sagt, er ist aus San Diego und kommt nicht oft nach Seattle.«

»Dann hat er also entweder vorher von dem Grundstück gewusst – oder jemand anderes hat es ihm beschrieben«, sagte Kins.

Tracy biss in ihr Sandwich. »Er muss auch gewusst haben, wie wir feststellen können, ob sein Auto nun geklaut wurde oder nicht.« CSI hatte auf dem Zündschloss keine Spuren gefunden und auch bei den Kabeln unter dem Armaturenbrett deutete nichts auf Diebstahl und Kurzschließen hin. »Deswegen hat er diese Geschichte von einem Versteck unter der hinteren Stoßstange erfunden.«

»Die wir im Grunde nicht widerlegen können«, sagte Kins.

»Richtig, können wir nicht. Aber auch hier gilt: Deutet das nicht darauf hin, dass irgendwer die ganze Geschichte genau durchdacht hat? Für so clever hätte ich Trejo eigentlich nicht gehalten.«

»Der Wagen wurde innen sauber gemacht, einschließlich des Airbags«, sagte Kins. »Das gehört auch dazu. Könnte auf einen Anwalt hindeuten.«

Tracy nippte an ihrem Eistee. »Auf jeden Fall auf jemanden, der sich mit Haftung und Beweismitteln auskennt.«

»Battles?«

»Vielleicht. Aber da frage ich mich immer: Was hätte sie davon?« Tracy steckte sich den letzten Bissen ihrer Sandwichhälfte in den Mund und wischte sich die Hände an einer Serviette ab. »Ich könnte mir vielleicht noch vorstellen, warum sie das Video genommen hat, aber damit sind wir noch lange nicht bei dem, der Trejo an dem Abend geholfen hat, sein Auto zu verstecken und wieder nach Hause zu kommen.«

»Sie wohnt in Seattle«, gab Kins zu bedenken.

»Ich weiß, aber ich kann mir einfach nicht vorstellen, dass sie für Trejo ihre Karriere aufs Spiel setzt.«

»Vielleicht hat er etwas gegen sie in der Hand, etwas, mit dem er sie erpressen kann?«

»Vielleicht.«

»Oder wir haben es mit mehr als einer Person zu tun.«

»Möglich wäre es.« Tracy stellte ihr Glas ab und dachte nach. »Da ist noch etwas. Etwas, was mir aufgefallen ist, als im Gericht plötzlich alles in heller Aufregung war, weil das Video sich nicht finden ließ: Trejo hat nicht einmal mit der Wimper gezuckt.«

Kins langte nach einer weiteren Sandwichhälfte. »Wie meinst du das?«

»Ich meine, er saß einfach nur da und starrte geradeaus, als würde er gar nicht verstehen, was los ist.«

»Vielleicht war das auch so.«

»Komm schon, wie hätte er das denn nicht kapieren können? Alle anderen im Saal haben es kapiert. Cho hat es ganz direkt ausgesprochen: Sie konnten das Video nicht finden.«

»Und er hat gar nicht reagiert?«, hakte Kins nach.

»Hätte er doch aber müssen, oder? Irgendwie? Verwirrt, erstaunt, erfreut – irgendeine Reaktion hätte man ihm doch ansehen müssen.«

»Könnte es sein, dass er für die Anhörung ein Beruhigungsmittel bekommen hat? Vielleicht war der Stress zu viel für ihn und sie hatten ihm etwas gegeben.« Kins legte sein Sandwich ab.

»Kann sein«, sagte Tracy. »Vielleicht wusste er aber auch, was passieren würde.«

Kapitel 30

Nicholas Evans hatte einen Schulabschluss, war Bassist in der Heavy Metal Band Chaos und Heroindealer.

»Ein netter Lebenslauf, wenn man sich mal irgendwo bewerben will«, sagte Del zu Faz.

Nach Durchsicht der Nachrichten auf dem Handy von Jack Welch hatten die beiden ausreichende Beweise, um sagen zu können, dass Evans Allie und Welch das Heroin verkauft hatte, das Allie tötete. Welch hatte Evans am Nachmittag des letzten Tages im Leben von Dels Nichte eine Nachricht geschickt.

Hätte gern eine Dröhnung, hab Geld.

Evans brauchte eine halbe Stunde, um zu antworten. Später heute, Bro.

Als Welch nichts von Evans hörte, schrieb er ihn später am Nachmittag noch einmal an. Hör mal, meine Freundin und ich sind bereit, wann immer du bereit bist.

Evans antwortete: Kein Stress, Kumpel, ich arbeite dran.

Schließlich, nach siebzehn Uhr, hatte Evans Welch kontaktiert: BK Auroa in 20.

Welch hatte dann Allie die Nachricht geschickt, die Del auf ihrem Handy gefunden hatte, die in diesem Zusammenhang aber noch besser verständlich war: Treffer! Muss in 20 dort sein. Ich hol dich ab.

Allie hatte sich weiterhin widerstrebend gezeigt. Nicht sicher, ob dann schon zu Hause. Geh ohne mich.

Del schob seinen Stuhl zurück und schloss kurz die Augen. Am liebsten hätte er jetzt geweint. Allie war so kurz davor gewesen, nach der Arbeit nach Hause zu gehen, so kurz davor, am Leben zu bleiben. Aber Welch konnte sich seinen Stoff nicht selbst kaufen, weil er pleite war, und hatte, wie die meisten Süchtigen in solcher Lage, einfach nicht lockergelassen.

Ich hol dich ab. Muss dahin, er hat noch andere Käufer. Das Zeug ist echt spitze.

Allies Antwort, so einfach und so traurig, sagte unter Umständen mehr über die Macht des Heroins und ihren Kampf auf Leben und Tod aus als alles, was sie sonst hätte sagen können.

OK.

Faz rief im Rauschgiftdezernat an und erkundigte sich, ob es dort Informationen zu diesem Evans gab. Das war überraschenderweise nicht der Fall, obwohl in Seattle mehrere Detectives verdeckt unterwegs waren. Sie kannten auch einige potenzielle Dealer, aber der Name Evans sagte ihnen nichts. Da der Mann nicht mit Black Tar handelte, sondern mit entweder sehr reinem oder mit tödlichen Stoffen vermischtem Heroin, vermutete das Drogendezernat hier einen Einzelkämpfer, einen einsamen Wolf, der unter dem Radar flog und zusah, dass er nicht weiter auffiel. Del bat, ihn und Faz über eventuelle Entwicklungen informiert zu halten.

Del und Faz hatten Evans in einem Apartment in Green Lake aufgestöbert und brachten ihn ohne Zwischenfälle ins King County Jail. Anders als Welch ging Evans nicht mehr zur

Schule und versuchte mit seinen zweiundzwanzig Jahren, den harten Macker zu markieren. Er verlangte nach einem Anwalt und stellte klar, dass er ansonsten nichts sagen würde. Das sollte dann wohl so sein. Inzwischen war die Woche fast vorbei, es war später Freitagnachmittag. Evans konnte nicht damit rechnen, vor der Anhörung zur Feststellung eines hinreichenden Tatverdachts aus der Haft zu kommen, und diese Anhörung würde nicht vor Montag stattfinden. Mit der Leitung der Voruntersuchung hatte man Celia McDaniel betraut, deren Meinung nach Evans realistischerweise mit einer Kaution von fünfzigtausend Dollar rechnen musste. Sie könnte versuchen, auf eine höhere Summe zu drängen, und dabei die Dringlichkeit der Lage und die Gefährlichkeit der von Evans unter die Leute gebrachten Droge anführen, aber bisher hatte man ihn nur mit Allies Tod in Verbindung bringen können, und sie warteten immer noch auf die Ergebnisse der toxikologischen Untersuchung des Heroins, das Del im Zimmer seiner Nichte gefunden hatte.

»Am besten setzt man die zu verlangende Kaution so an, dass sie nicht gleich den Rahmen sprengt«, hatte sie Del am Telefon erklärt. »Dann fällt es dem Richter leichter, sie unserem Vorschlag entsprechend festzusetzen.«

Natürlich konnte Evans dann unter Umständen das Gefängnis verlassen, sobald er einem Kautionsvermittler fünftausend Dollar gezahlt hatte, aber darin sah Del keine Gefahr.

»Wenn das deiner Meinung nach das beste Vorgehen ist, dann mach es so«, sagte er zu Celia. »Ich habe das Drecksloch gesehen, in dem dieser Evans haust, und ich nehme stark an, er ist zu Hause ungefähr so willkommen wie dieser Welch bei seiner Mutter. Seine Eltern werden wohl kaum gleich loslaufen und ihm Cash besorgen, damit er auf freien Fuß kommt.«

Somit blieb Del ein ganzes Wochenende, um die für eine Anklageerhebung nötigen Beweise zusammenzutragen. Das war eindeutig ein Schritt in die richtige Richtung, ein Schritt dahin festzustellen, wer die Droge geliefert hatte, durch die Allie und möglicherweise ja auch noch andere ums Leben gekommen waren. Je näher Del jedoch einer Aufklärung des Falles kam, desto weniger fühlte sich das nach einem Schlussstrich an. Ihm fehlte jede Zufriedenheit an seiner Arbeit und er musste oft an Celias Worte über die drei oder vier anderen Dealer denken, die nur darauf warteten, die im Versorgungsnetz entstandene Lücke zu schließen. Auch Celia hatte die Verurteilung des Dealers ihres Sohnes nur wenig Genugtuung gebracht.

»Rache kann einem den Sohn nicht ersetzen«, hatte sie erklärt.

Das hier war seine Arbeit, versicherte sich Del immer wieder. Er war Polizist, dort draußen starben vielleicht gerade in diesem Augenblick weitere Menschen und er war damit beauftragt, dem ein Ende zu bereiten. Gleichzeitig schien ihm Celias Einstellung immer nachvollziehbarer. Würde er sich auch so fühlen wie sie, wenn das alles hier zu Ende war? Wenn er die Leute gefunden hatte, die Allie den Stoff gegeben hatten, wenn sie verurteilt worden waren und im Knast saßen? Was noch wichtiger war: Würde seine Schwester sich so fühlen? Ging es ihm wirklich darum, die Verantwortlichen zur Rechenschaft zu ziehen? Trieb er die Ermittlungen wirklich deswegen so vehement voran? Und ging es ihm dabei wirklich um seine Schwester? Ging es nicht eigentlich um sein eigenes brennendes Verlangen nach Rache? Und konnte die letztendlich eine Nichte ersetzen – oder eine Tochter?

Kapitel 31

Als Tracy am Freitagnachmittag den Konferenzraum betrat, warteten Cerrabone und Dunleavy dort bereits. Johnny Nolasco, ihr Captain, und Seattles Polizeichef Sandy Clarridge sollten ebenfalls an diesem Treffen teilnehmen. »Wie geht es Kins?«, wollte Cerrabone wissen, als Tracy hereinkam und sich setzte.

»Er erholt sich ganz gut«, sagte Tracy. »Ich war gerade bei ihm. Ist schon erstaunlich, was die heutzutage alles fertigbringen. Er ruft uns ein paarmal am Tag an, um uns in den Wahnsinn zu treiben.«

»Und die Schmerzen?«

»Welche?«, konterte Tracy. »Seine oder meine?« Alle lachten. »Er hatte ja nur noch die Wahl zwischen der OP und einem Nierenversagen, nachdem er jahrelang starke Schmerzmittel geschluckt hatte.«

Jetzt kam auch Clarridge, dicht gefolgt von Nolasco, der die Tür hinter sich schloss.

Nachdem sich alle gesetzt hatten, übernahm Dunleavy die Leitung der Besprechung. »Wir erhielten heute einen Anruf von der leitenden Staatsanwaltschaft der Navy. Sie werden Trejo in ein paar Stunden entlassen.«

»Dann kehrt der Fall zu uns zurück?«, wollte Clarridge wissen.

Dunleavy zuckte mit den Achseln. »Noch wurde keine offizielle Entscheidung gefällt. Aber jetzt, wo das Video weg ist, sieht sich die Navy mit einem viel komplizierteren Fall konfrontiert, der gerade vor dem Militärgericht einen schweren Stand haben dürfte. Dort sind die Standards für den Nachweis eines hinreichenden Tatverdachts sehr hoch. Trejo und sein Anwalt werden ein großes Geschrei um das fehlende Video machen, weil sie dadurch mögliche Zeugen im Kreuzverhör nicht angemessen auseinandernehmen können. Ich bin mir nicht sicher, dass deren Ankläger eine solche Hürde umschiffen könnte. Bei uns bin ich mir da allerdings auch nicht sicher.«

»Und ich bin mir todsicher, dass die Öffentlichkeit mit dieser Antwort nicht zufrieden sein wird.« Clarridge war erregt, er wurde rot im Gesicht.

»Im Moment regt sich die afroamerikanische Gemeinde über die Navy auf«, sagte Dunleavy. »Ich weiß nicht, ob wir diesen Schlamassel wirklich übernehmen und damit den Zorn womöglich auf uns lenken wollen. Wo wir ja vielleicht auch keine Verurteilung zustande bringen. Ich habe mir sagen lassen, dass sich die Navy die Verteidigerin vorknöpfen will. Sie bekommt ein Ethikverfahren an den Hals und je nachdem, wie das ausgeht, kann sie auch noch mit einem Militärgerichtsverfahren rechnen.«

»Dann haben sie ja ihren Sündenbock«, fand Nolasco.

»Was meinen Sie?« Clarridge sah Tracy über den Tisch hinweg an. »Könnte es sein, dass die Verteidigerin das Video genommen hat? Dass es gar nicht verlegt wurde?«

»Ob es ihr möglich gewesen wäre, es zu nehmen? Sicher«, sagte Tracy. »Sie hatte ja auf jeden Fall Zugang dazu. Ob sie es getan hat? Diese Frage ist nicht so leicht zu beantworten. Ich weiß es nicht. Wir wissen allerdings, dass Trejo Hilfe gehabt haben muss und dass sich derjenige, der ihm half, eindeutig mit der Bedeutung von Beweisen auskannte. Es gibt nicht viele Leute, die daran gedacht hätten, den Airbag abzuwischen.«

»Das sieht man in jedem Fernsehkrimi«, sagte Nolasco. »Wir sollten uns da zu nichts hinreißen lassen.«

»Den Airbag?«, fragte Tracy. »Die Krimis sind mir wohl entgangen.«

»Vielleicht haben sie den Airbag gleich mit abgewischt, als sie das ganze Auto sauber gemacht haben«, sagte Nolasco. »Ich könnte mir vorstellen, dass Trejo so schlau ist – oder er hat einfach Glück gehabt.«

»Vielleicht«, sagte Tracy. »Aber hätte er auch gewusst, dass ohne das Videoband alle anderen Beweismittel zu bloßen Indizien werden?«

»Vielleicht hat er gar nicht so weit im Voraus gedacht«, konterte Nolasco. »Wie ich schon sagte: Einfach Glück gehabt, das kann passieren. Stellen Sie sich die Frage doch andersherum: Warum sollte die Verteidigerin das Video verschwinden lassen? Was konnte sie sich davon erhoffen?«

»Laut Ankläger ist sie ziemlich ehrgeizig und verliert nicht gern«, meldete sich Cerrabone.

»In dieser Frage stimme ich Captain Nolasco zu«, sagte Tracy.

»Führt jemand Protokoll?«, fragte Nolasco. »Das eben dürfte eine Premiere gewesen sein.«

»Wir reden hier von einem Militärgerichtsverfahren, Gehaltseinbußen, Entlassung. Ziemlich viel, was für die Frau auf dem Spiel steht«, fuhr Tracy fort. »Und das für einen einzigen Sieg und noch dazu unter diesen Umständen. Aber vielleicht besitzt Trejo Informationen, die für sie oder ihre Karriere entscheidend sind.«

»Erpressung?«, fragte Clarridge.

»Ich versuche, mir alle Möglichkeiten vorzustellen.«

»Wissen wir, was sie selbst dazu sagt? Was ihrer Meinung nach passiert ist?«, wollte Clarridge als Nächstes wissen.

Tracy nickte. »Ich habe gestern Abend mit ihr gesprochen. Sie sagt, sie hätte den Karton mit den Beweismitteln am Abend vor der Anhörung gehabt, ist sich aber nicht sicher, ob das Band in dem Karton war. Ich glaube allerdings, dass es in dem Karton gewesen sein muss.«

»Warum?«, fragte Clarridge.

»Weil es für jeden anderen ein zu großes Risiko gewesen wäre, es herauszunehmen, bevor die Verteidigerin den Karton bekam.«

»Dann verschwand es also, während sie den Karton bearbeitete«, sagte Nolasco. »Ein deutlicher Hinweis darauf, dass sie das Video genommen hat.«

»Schon, ja, aber sie sagt, sie hatte das Band bereits angeschaut und sah keine Notwendigkeit, es sich an dem Abend noch einmal anzusehen. Sie hatte auch gar keinen Fernseher, auf dem dies möglich gewesen wäre.«

»Das klingt mir nach Verarschung«, meinte Nolasco. »Wenn sie das Video schon kannte, brauchte sie natürlich keinen Fernseher, um zu wissen, dass Trejo geliefert war. Sie musste es sich nicht noch einmal ansehen, sie brauchte bloß zuzusehen, wie sie es loswird.«

»Vielleicht sagt sie nicht die Wahrheit«, meinte Tracy, »aber trotzdem bleibt die Tatsache bestehen, dass man ein verdammt hohes Risiko eingeht, wenn man einen Beweis verschwinden lässt, obwohl jeder weiß, dass man der Letzte war, dem er ausgehändigt wurde.« Sie konnte sehen, dass eine Mehrheit der Männer im Raum ihrer Meinung war. »Logischer scheint mir, dass das Band genommen wurde, nachdem die Verteidigerin den Karton mit den Beweismitteln zurückgebracht hatte.«

»Vielleicht hat sie es getan«, sagte Nolasco.

»Vielleicht«, erwiderte Tracy.

»Oder das Video ist einfach nur verlegt worden«, schaltete sich Dunleavy ein.

»Das NCIS hat die Reinigungskräfte vernommen«, fuhr Tracy fort. »Und der Mann, der im Erdgeschoss sauber gemacht hat, wo auch das Büro der Verteidigerin ist, erinnert sich nicht daran, ein Video gesehen zu haben. Er hat außerdem ausgesagt, dass sie in den Büros nichts anfassen dürfen, das sind die Vorschriften der Firma. Eigentlich leeren sie nur die Papierkörbe und saugen Staub.«

»Okay, nehmen wir mal an, das Video war im Karton, als Battles den zurückbrachte«, meinte Clarridge. »Wer sonst hatte Zugang dazu?«

»Jeder mit Zugang zum Büro des Protokollführers«, erklärte Tracy. »Das Büro liegt direkt gegenüber vom Gerichtssaal, auf der anderen Seite des Flurs. Die Büros der Ankläger befinden sich ebenfalls auf diesem Stockwerk. Allerdings habe ich mir sagen lassen, dass jeder, der überhaupt ins Haus will, vorn an der Tür die letzten vier Ziffern seiner Sozialversicherungsnummer in ein Touchpad eingeben muss. Es gibt also Aufzeichnungen darüber, wer das Gebäude betreten hat.«

»Könnte Cho es gewesen sein?«, fragte Clarridge. »Hätte er das Video an sich genommen haben können, ehe er ging?«

»Könnte er, aber ich kann mir keinen Grund vorstellen, warum die Anklage dieses Band stehlen sollte. Es half ihnen doch.«

»Sonst noch jemand?«, fragte Clarridge.

Tracy schüttelte den Kopf.

»Also wurde es entweder verlegt oder es ging verloren«, fasste Nolasco zusammen. »Oder Battles hat es genommen.«

»Selbst wenn wir zu diesem Schluss kommen, beantwortet das noch nicht die anderen Fragen. Wer hat Trejo geholfen, seinen Wagen zu verstecken und an dem Abend wieder zurück nach Bremerton zu kommen?««

»Die beiden Fragen müssen nicht unbedingt etwas miteinander zu tun haben«, fand Nolasco. »Es könnte seine Frau gewesen sein. Was sagt die denn?«

»Genau, was Trejo sagt«, antwortete Tracy. »Er war an dem Abend zu Hause.«

»Dann lügt sie für ihn und Battles hat sich einfach verkalkuliert und die Folgen ihres Handelns nicht bedacht«, sagte Nolasco. »Wir wollen uns da nicht so hineinsteigern, wir haben auch so schon genug am Hals. Wenn wir wieder involviert werden, soll die TCI die Ermittlungen führen.«

»Wie lange wird die Navy brauchen, um zu entscheiden, ob sie das Verfahren weiterverfolgen oder nicht?«, fragte Clarridge Dunleavy.

»Die Vorsitzende der Anhörung hat nicht gesagt, dass sie nicht weiter auf ein Militärgerichtsverfahren hinarbeiten wollen, aber sie hat auch kein Blatt vor den Mund genommen: Der Fall steht ohne das Video auf wesentlich schwächeren Füßen, was sich die Verteidigung natürlich zunutze machen wird.«

»Also wartet Trejo in aller Ruhe auf das Militärgericht, weil er weiß, dass die Anklage den schärferen Schuldkriterien dort nicht gerecht werden kann.«

»So scheinen sie bei der Navy zu denken.« Dunleavy nickte.

Clarridge lehnte sich zurück und kaute nachdenklich an seiner Unterlippe. »Womit können wir ihn vor Gericht stellen, wenn wir die Zuständigkeit zurückholen?«

»Ohne das Video?« Dunleavy schüttelte den Kopf. »Ich bin mir nicht sicher, ob wir ihm so irgendetwas anhängen können. Er sagt, er war nicht dort. Alles, was wir vorlegen könnten, wären Indizien. Bestimmt würde die Verteidigung beantragen, dass das Video nicht einmal erwähnt werden darf, weil sie die Zeugen, die aussagen können, es gesehen zu haben, nicht effektiv ins Kreuzverhör nehmen kann. Und ganz bestimmt würde diesem Antrag auch stattgegeben. Wenn die Navy durchblicken lässt, dass sie nicht gern weitermachen möchte – sie geht routinemäßig durchaus mit schwächeren Fällen vor Gericht, wenn sie also nicht wollen, sieht es echt finster aus –, dann bin ich mir nicht sicher, ob wir etwas tun sollten. Besonders nicht in diesem Klima.«

»Das sehe ich auch so«, stimmte Nolasco ihm zu. »Wir halten uns da raus. Soll doch die Navy den Druck abkriegen.«

»Und was ist mit dem kleinen Jungen, mit der Mutter?«, wollte Tracy wissen.

»Es ist tragisch«, sagte Dunleavy. »Das sieht bestimmt niemand von uns anders. Aber ich weiß nicht, ob wir da irgendetwas unternehmen können.«

»Darf ich etwas vorschlagen?«, fragte Tracy. Die anderen sahen sie an. »Ich war im Gerichtssaal, als das Videoband als verschwunden registriert wurde. Ich saß im Zeugenstand, mit Blick auf die Zuschauer. Ich habe Trejo gesehen. Ich habe ihn beobachtet. Er hat nicht auf die Neuigkeit reagiert.«

»Und was wollen Sie damit sagen?«, fragte Clarridge.

»Ich glaube, er wusste, dass das Video nicht da sein würde. Ich glaube, er wusste, dass er freigelassen werden würde.«

»Was Sie da glauben, ist doch nicht …«, setzte Nolasco an, ehe sie ihm das Wort abschnitt.

»Er war an dem Abend auf jeden Fall in Seattle«, insistierte Tracy. »Das ist eine Tatsache. Ich habe die Ladenquittung gesehen und ich habe das Video gesehen. Vergessen wir einen Moment, dass wir manches nicht beweisen können. Er war dort. Er hat dieses Kind überfahren. Und er hatte danach Hilfe.«

»Woher wissen wir das?«, fragte Dunleavy.

»Weil ihm jemand geholfen haben muss, das Auto auf dem leeren Grundstück hinter dem Haus dieser Frau zu verstecken …«

»Vielleicht wusste er von diesem Grundstück«, warf Nolasco ein.

»Vielleicht. Aber wie ist er dann ohne sein Auto nach Bremerton zurückgekommen? Er hat kein Taxi genommen und er ist nicht geschwommen.« Bevor Nolasco protestieren konnte, fuhr Tracy fort: »Hören Sie, wenn jemand dieses Videoband genommen hat, werden die anderen Faktoren – das verlassene Grundstück, dass jemand Trejo zurück nach Bremerton gefahren hat – sofort viel relevanter. Weil das nämlich bedeuten würde, dass sich jemand ziemlich viel Mühe gegeben hat, damit Trejo auf jeden Fall freikommt. Und wenn das der Fall ist, dann fragt man sich doch, warum. Entweder war Trejo jemandem wichtig oder er hatte jemanden in der Hand.«

»Ziemlich viele ›Wenns‹«, gab Dunleavy zu bedenken.

»Da kann ich nicht widersprechen, aber ich glaube, wir schulden es diesem Kind und seiner Mutter, der Sache nicht gleich den Rücken zuzukehren.«

»Was schlagen Sie also vor?«, wollte Clarridge wissen.

»Rein theoretisch haben wir immer noch die Zuständigkeit, wenn die Navy sich zurückzieht, richtig?« Sie sah Dunleavy an. »Doppelbestrafung wäre das nicht, oder? Wir könnten ihn immer noch für dieselben Vergehen vor Gericht stellen.«

»Haben wir uns nicht gerade darauf geeinigt, dass wir das nicht tun?«, fragte Nolasco.

»Ich sehe das wie Ihr Captain, Detective. Ich weiß nicht, ob wir uns wieder darauf einlassen sollten. Ohne die Beweise, mit denen sich eine Anklage untermauern ließe.«

»Ich sage nicht, dass wir ihn anklagen. Ich sage, wir lassen es so aussehen, als würden wir ihn anklagen *wollen*.« Tracy sah Dunleavy an.

»Verstehe ich das richtig? Wir sollen es so aussehen lassen, als würden wir Trejo weiterhin anklagen wollen, damit der, sobald er aus dem Gefängnis ist, Kontakt zu den Leuten aufnimmt, die ihm geholfen haben?«

»Trejo kommt heute Nachmittag raus«, sagte Cerrabone. »Wir könnten für dieselbe Zeit eine Pressekonferenz einberufen und bekannt geben, dass wir ernsthaft an eine weitere

Strafverfolgung denken. Er soll glauben, dass er noch lange nicht aus dem Schneider ist, und dann sehen wir zu, was er macht. Ob er mit jemandem Kontakt aufnimmt.«

»Sie wollen ihn observieren?«, fragte Clarridge.

»Wir könnten dem Revier in Bremerton Bescheid sagen«, schlug Nolasco vor. »Sollen sich die an ihn dranhängen.«

»Ich würde ihn lieber selbst observieren«, widersprach Tracy. »Ich weiß, wo er wohnt, und ich weiß, wo er arbeitet. Ich war schon einmal in seiner Wohnung, kenne die Struktur der Siedlung, in der er lebt, weiß, welches Auto er fährt und wo er seinen Wagen parkt. Außerdem bliebe es so eine interne Sache.«

»Wir haben genug um die Ohren!«, wiederholte Nolasco.

»Wenn wir Bremerton da raushalten«, beharrte Tracy, »weiß niemand, dass wir nie vorhatten, ihn anzuklagen.«

Clarridge sah Dunleavy an. »Sehen Sie da irgendwelche Probleme?«

Dunleavy schüttelte den Kopf. »Nein.« Er sah Tracy an. »Nur, dass Ihnen da womöglich ein paar lange Nächte bevorstehen.«

»Kins fällt schon aus«, knurrte Nolasco. »Wir sind unterbesetzt.«

»Ich brauche keinen Partner«, schlug Tracy vor. »Ich kann die Nacht da drüben verbringen und morgens gleich die Zeit nutzen, um die Reinigungsfirma aufzusuchen, die bei der Navy sauber macht, und mir eine Kopie des Videoüberwachungsbandes für das DSO am fraglichen Abend besorgen.«

Dunleavy warf einen Blick in die Runde. »Schaden könnte es nicht.«

»Einen Versuch ist es wert«, fand Cerrabone.

Sie sahen Clarridge an. »Dann lassen Sie uns eine Erklärung für die Presse formulieren«, sagte der nach kurzem Nachdenken. »Vielleicht schaffen wir es ja, Trejo zu einer Reaktion zu bewegen.«

Kapitel 32

Tracy holte sich einen Wagen aus der Fahrbereitschaft und nahm die Fähre über die Elliot Bay. Die winterliche Kälte war frühlingshaftem Regen gewichen – allerdings nicht von der traditionellen Art, wie man den Regen in Seattle gewohnt war: mal an, mal aus. Dieser Regen fuhr über das Land wie die Stürme an der Ostküste, prasselte in einem schweren Guss nieder, wurde schwächer – und schlug erneut voller Zorn zu. Tracy verließ die Fähre und steuerte sofort das Wohngebiet Jackson Park an, wo sie nach Einbruch der Dunkelheit eintraf. Von ihrem ersten Besuch her wusste sie, dass Trejo in einem an einer Straßenecke gelegenen Haus wohnte. Wenn sie nun in einer Straße parkte, die im rechten Winkel zu der von Trejo verlief, verhalf ihr eine abschüssige Rasenfläche zu einem gewissen Schutz vor den Blicken neugieriger Nachbarn. Die schweren Regenfälle halfen ebenfalls.

Sie nahm ihre Position ein. Auch diesmal schien hier niemand unterwegs zu sein, kein Hundebesitzer, kein Jogger, und auch auf den Sportplätzen wurde weder Basketball noch Tennis gespielt. Tracy hatte den Bürgersteig vor Trejos Haus gut im Blick, auch die Treppenstufen, die zu seiner Haustür führten. Der Subaru stand auf der ihm zugewiesenen Abstellfläche, der vordere Kotflügel war immer noch eingedellt, die Windschutzscheibe allerdings gerichtet. Tracy würde Trejo sehen, sobald er seine Wohnung verließ, und wenn er mit dem Auto weiterwollte, gab es nur zwei Möglichkeiten, den Wohnkomplex zu verlassen, und bei beiden würde eine Verfolgung nicht schwerfallen. Falls der Mann denn irgendwo hinwollte.

Dunleavy hatte seine Pressemitteilung kurz nach halb sechs herausgegeben, was mit Trejos Entlassung zusammenfiel. Eine Erklärung voller Empathie, jedoch ohne konkrete Versprechungen: Die Polizei von Seattle prüfe gründlich alle vorliegenden Beweise, um dann über weitere strafrechtliche Maßnahmen zu entscheiden. Tracy fand die Formulierungen gelungen und rechnete fest damit, dass Trejo reagieren würde – vorausgesetzt natürlich, ihre Schlussfolgerungen waren korrekt. Von daher hoffte sie sehr, dass sie richtig vermutet und Trejo nach dem Unfall Hilfe gehabt hatte. Und wenn das zutraf, dann würde die betreffende Person – oder die betreffenden Personen – die Lage bestimmt nicht am Telefon erörtern wollen, sondern ein persönliches Gespräch vorziehen. Das würde sich bald herausstellen.

Sie saß da, aß einen Eiweißriegel und lauschte dem Regen, der auf das Dach des Dienstwagens trommelte. Kurz nach einundzwanzig Uhr ging über Trejos Haustür das Licht an, möglicherweise aufgrund einer Zeitschaltung. Tracy richtete sich auf und behielt die Tür durch einen Regenschleier hindurch im Auge. Gerade ging die Wohnungstür auf, Licht fiel auf den Gang davor und jemand, höchstwahrscheinlich Trejo, eilte den Bürgersteig entlang. Genau konnte Tracy nicht erkennen, wer es war. Der Mann hatte zwar die richtige Größe, trug allerdings wegen des Regens eine Kapuze und lief von Tracy weg, Richtung Subaru, sodass sie sein Gesicht nicht sehen konnte. Ihr blieb kaum eine andere Wahl, als ihn für Trejo zu halten und ihm zu folgen.

Sie zog den Schirm der Baseballmütze der Mariners, die sie Kins vom Schreibtisch geklaut hatte, tiefer ins Gesicht und ließ ihren Wagen an. Ohne das Licht einzuschalten, wendete sie, fuhr an der Straßenecke links und bog in die Straße ein, die parallel zur Rückansicht von Trejos Wohnkomplex führte. Oben auf dem Hügel sah sie durch den Regen hindurch die Lichter des Subaru heller werden. Der Wagen setzte rückwärts aus dem Carport und fuhr auf den ersten der beiden möglichen Ausgänge der Wohnanlage zu. Trejo – wenn er es denn war – bog nach links ab, Tracy folgte ihm eine Straße darunter.

Trejo steuerte den Ausgang der Anlage an und wandte sich danach auf der State Route 3 nach Süden. Die State Route war eine vierspurige Straße mit einem Trennstreifen in der Mitte, der aus Erde und Gras bestand. Kurz nach dem Subaru traf auch Tracys Wagen an der Kreuzung ein. Sie schaltete das Licht ein und folgte ihm. Die State Route war keine stark befahrene Straße, schon gar nicht an einem so jämmerlich nassen Abend, aber der nachhaltige Regen und die Dunkelheit erleichterten die Verfolgung etwas. Tracy hielt trotzdem Abstand und versuchte, sich unauffällig unter die wenigen anderen Fahrzeuge zu mischen.

So waren sie etwa fünf Minuten lang unterwegs, bis Trejo die Ausfahrt für die Newberry Hill Road ansteuerte. Die zog sich lang hin und verlief flach, so konnte Tracy den Subaru im Auge behalten, ohne ihm zu nahe zu kommen. Als Trejo sich rechts einordnete, hoffte Tracy, sich hinter einem anderen Auto verbergen zu können, konnte hinter sich aber leider keine anderen Scheinwerfer entdecken. Das blieb so, bis sie das Ende der Auffahrt erreicht hatte, und da sie nicht zu weit zurückbleiben und Trejo womöglich an der nächsten Ampel verlieren wollte, bog auch sie rechts ab und folgte ihm. Die Newberry Hill war eine zweispurige Straße mit je einer Fahrspur in jede Richtung, die nach einer Kurve ihren Namen in Silderdale Way änderte und jetzt an den großen, einzeln stehenden Privathäusern am Ufer der Dyes Inlet genannten Bucht vorbeiführte. Das Wasser war heute schwarz wie Tinte, mit kleinen, durch Wind und Regen verursachten weißen Krönchen.

Als sich der Subaru der Bucklin Hill Road und damit der ersten größeren Kreuzung hier näherte, wurde er langsamer, weil die Ampel auf Rot stand. Um nicht zu dicht aufzufahren, bog Tracy auf das Gelände eines Supermarkts mit großem Parkplatz ab, überquerte diesen Parkplatz und kam auf der Bucklin Hill Road raus, wieder hinter dem Subaru, dessen Rücklichter kurz darauf überraschend heller wurden, als der Wagen abbremste, um langsam rechts abzubiegen, diesmal in eine Straße ohne Namen. Ein Schild wies darauf hin, dass dies die Zufahrt zum Old Mill Park und von daher eine Sackgasse war.

Tracy wusste nicht, ob Trejo fürchtete, verfolgt zu werden und den Park als Möglichkeit zum Umdrehen oder als reine Vorsichtsmaßnahme nutzen wollte. Von daher fuhr sie an der Zufahrt vorbei, bog links in ein auf der gegenüberliegenden Straßenseite liegendes Einkaufszentrum ab und parkte dort in einer Parkbucht, von der aus sie den Parkeingang im Auge hatte. So konnte sie den Subaru sehen, falls Trejo gleich wieder auftauchen sollte. Als dies nicht geschah, schaltete sie den Motor aus und öffnete ihre Wagentür. Sie schlüpfte rasch in ihren Regenmantel, zog sich dessen Kapuze über die Basecap und eilte zum Bürgersteig, der an der Bucklin Hill Road entlangführte. Sie ließ den Verkehr passieren und überquerte die beiden ersten Fahrspuren bis zum Mittelstreifen, wo sie eine weitere Lücke im Verkehr abpasste, um über die beiden nach Westen führenden Fahrspuren Richtung Parkeingang zu laufen. Wasser tropfte vom Schirm der Basecap, der durch den Wind aufgepeitschte Regen erschwerte die Sicht erheblich. Auf der Zufahrtsstraße zum Park wurde sie schneller. Der Subaru stand als einziges Fahrzeug auf einem Streifen mit rund einem Dutzend

Parkbuchten. Trejo saß nicht darin, auch sonst niemand. Gleich hinter den Parkbuchten fand Tracy eine öffentliche Toilette, einen Betonklotz. Sie rüttelte an der Tür. Verschlossen.

Vorsichtig schlich sie an dem Gebäude vorbei, bis sich der Pfad, dem sie folgte, teilte. Ein Weg führte weiter geradeaus, der andere nach links. Tracy hatte weder eine Ahnung, welchen Trejo genommen haben könnte, noch, wo die beiden hinführten. Spuren konnte sie keine ausmachen, dazu war es viel zu dunkel. Aber das war nicht ihre größte Sorge. Sie hatte gehofft, Trejo würde sie zu einem Haus oder einer Wohnung führen, dann hätte sie eine Adresse gehabt und prüfen können, wer dort wohnte. Alternativ hatte sie mit einem Treffen an einem öffentlichen Ort gerechnet, einem Restaurant zum Beispiel, wo sie die Person, mit der Trejo sich traf, in Augenschein hätte nehmen und eventuell gleich identifizieren können. Auf ein Treffen im Freien war sie nicht gekommen. Und falls dies hier eine Falle sein sollte, tappte sie gerade blind hinein.

Kapitel 33

Als Faz um die Ecke bog, sah Del die Streifenwagen des North Precinct die Straße blockieren. Uniformierte in Regenkleidung lenkten den Verkehr um. Prompt wurde ihm schlecht. Die Streifenwagen beleuchteten die Gegend mit ihren traurigen Flackerlichtern in Rot und Blau. Die Nachricht war gekommen, als Faz und Del gerade mit dem Abendessen fertig waren: Jeannie Welch hatte den Anruf erhalten, vor dem sie sich so lange gefürchtet hatte.

In der Straße stand quer ein Feuerwehrwagen direkt hinter einem Rettungswagen und dem Kleinbus der Rechtsmedizin. Die meisten Aktivitäten konzentrierten sich gerade auf die Garage weiter hinten auf dem Grundstück. Genauer gesagt auf die Wohnung über dieser Garage.

»Hoffentlich kommen bei diesem Wetter wenigstens nicht gleich alle Nachbarn raus«, sagte Faz leise.

»Träum weiter.« Del seufzte. »Für die ist das hier, als wäre der Zirkus gekommen.« Er hatte recht: Bei näherem Hinsehen stellte sich heraus, dass bereits einige Leute in Regenzeug oder mit Schirmen bewaffnet am Straßenrand standen oder die Ereignisse von den überdachten Veranden ihrer Häuser aus beobachteten. Das war für Jeannie Welch natürlich sehr unschön, aber nicht das lag Del auf dem Magen. An seiner Übelkeit war vor allem Funks Warnung vor dem potenten Heroin schuld, das möglicherweise in der Stadt in Umlauf war.

Er fuhr das Fenster herunter, um mit dem für den Verkehr zuständigen Streifenbeamten zu sprechen, der volle Regenmontur trug und sich zum Fensterspalt beugte, durch den sofort die ersten Tropfen schossen. Del zeigte seine Dienstmarke. »Wir suchen den zuständigen Sergeant.«

Der Beamte zeigte auf einen Mann lateinamerikanischer Herkunft, der neben der Garage stand, und trat zur Seite, damit sie vorbeifahren konnten. Sobald Faz den Wagen geparkt hatte, stiegen die beiden aus, schlossen ihre langen Regenmäntel und spannten schwarze Schirme auf.

»Gewaltverbrechen?«, fragte der Sergeant verwundert, als Faz und Del sich vorstellten. »Wir sind wegen einer Überdosis hier.«

»Wir haben eine laufende Ermittlung«, erklärte Del. »Wo ist seine Mutter?«

Der Sergeant deutete auf die Rückseite des Hauses. Regen tropfte ihm vom Rand der Uniformmütze, die er zusätzlich noch mit einer Plastikhaube geschützt hatte. »Sie ist drinnen. Ein Beamter nimmt gerade ihre Aussage auf.«

Del warf einen Blick auf das Haus. Er wusste, es würde nie wieder dasselbe sein. »Ist die Tochter zu Hause?«

»Nein. Die Mutter sagt, sie hat sie zu einer Freundin geschickt, als sie bei der Arbeit den Anruf bekam.«

»Wann war das?«

Der Sergeant musste sich anstrengen, um sich über Wind und Regen hinweg Gehör zu verschaffen. Gerade stürmte es wieder recht heftig. »Vor etwa einer Stunde, vielleicht auch anderthalb. Ein Freund kam vorbei und hat sie gefunden.«

»Sie?«

»Ein junger Mann und eine junge Frau.«

Del warf Faz einen kurzen Blick zu, ehe er wieder den Sergeant ansah. »Wo ist die Person, die angerufen hat?«

»Weg. Anscheinend ein anonymer Anruf. Als der Streifenwagen eintraf, war niemand hier. Der Rechtsmediziner ist gerade drin, er sagt, das sind jetzt für ihn Überdosis zwölf und dreizehn diesen Monat. Es wächst sich zu einer Epidemie aus.«

Del dachte an Celia McDaniels Mahnung im Café. »Es ist bereits eine Epidemie.«

Eine gelbe Lampe beleuchtete die Treppe, die hoch zum Apartment führte. Oben auf dem Treppenabsatz schüttelten Faz und Del ihre Schirme aus und lehnten sie seitlich ans Haus, trugen sich auf dem Klemmbrett ein, das ein Uniformierter ihnen hinhielt, und betraten einen ungefähr zwölf Quadratmeter großen Raum. An den Fensterscheiben lief Kondenswasser herunter, so feucht war es von all den Menschen in ihren nassen Regensachen. In der Luft hing der durchdringende, abgestandene Geruch von Zigaretten. Es war unglaublich unordentlich: Kleidung türmte sich auf dem Fußboden und auf den wenigen Möbeln, umgekippte Bierdosen und Limonadenflaschen lagen herum. An Möbeln gab es praktisch nur einen einsamen Stuhl, keinen Fernseher, keine Anlage, nichts. Jack hatte alles verkauft, was ihm in die Finger kam, hatte seine Mutter erzählt, getrieben von dem unstillbaren Verlangen nach einem High. Wahrscheinlich war dies Zimmer für den Jungen inzwischen kaum mehr als eine Absteige, in der er manchmal pennte.

Die anwesenden Männer und Frauen hatten sich um die Matratze versammelt, die unter der Dachschräge auf dem Boden lag. Durch zwei Oberlichter hindurch konnte man den nächtlichen Himmel sehen. Auf der Matratze, den Kopf über deren Rand herunterhängend, lag auf dem Bauch eine voll bekleidete junge Frau. Unter ihrem Kopf hatte sich auf dem Boden eine Pfütze aus Spucke gesammelt. Neben ihr lag Jack Welch auf dem Rücken, der von Drogen verwüstete Körper so zart und dünn wie der eines kleinen Jungen. Seine Augen standen noch offen, als bewundere er durch die schrägen Fenster hindurch die fernen Sterne. Die Mönche, bei denen Del zur Schule gegangen war, hatten ihn gelehrt, dass die, die ihn liebten, auf ihn warten würden, wenn er starb, um ihn im Himmel willkommen zu heißen. Bis zu Allies Tod hatte er diese Geschichten nie richtig geglaubt, aber jetzt erleichterte es ihn, sich vorzustellen, seine Mutter oder sein Vater hätten Allie begrüßt und kümmerten sich nun um sie. Er hoffte, es wäre so.

Hoffnung war zu etwas geworden, woran man sich klammern konnte, wenn es sonst nur Verzweiflung gab.

Auf einer Holzkiste neben dem Bett von Welch lagen neben einem Wecker und einer Schachtel Zigaretten seine Drogenutensilien – ein schwarz angelaufener Löffel, mehrere Spritzen, Feuerzeuge und ein Plastiktütchen mit einer pulverartigen Substanz, die auf den ersten Blick von der Farbe und Konsistenz her sehr der Substanz ähnelte, die Del in Allies Zimmer gefunden hatte. Die Tatsache, dass der anonyme Anrufer, wahrscheinlich ein weiterer Junkie, das Tütchen nicht mitgenommen hatte, dürfte aufschlussreich sein. Die Auswirkungen des Inhalts lagen dort auf dem Bett: zwei Leichen.

Als Funk Faz und Del entdeckte, kam er zu ihnen herüber. »Woher wisst ihr es?«, fragte er leise.

»Er ist mit Allie zur Schule gegangen«, erklärte Del. »Die Mutter hat mich angerufen. Wir sind neulich Abend hier gewesen, um mit ihr zu reden. Er war bei Allie, als sie das Zeug kaufte, das sie dann umgebracht hat.«

Funk verzog das Gesicht und rückte die Brille zurecht. »Wir haben echt ein Problem. Das da ist kein Black Tar. Ich weiß nicht genau, was es ist, da muss ich erst die Ergebnisse der toxikologischen Untersuchung abwarten, aber da ich hier nichts riechen kann, vermute ich schon mal, dass wir es mit

China White zu tun haben. Oder etwas, was dem sehr nahekommt. Hochpotent oder mit einer Substanz wie Fentanyl verschnitten.«

»Kein Geruch? Wie meinen Sie das?«, wollte Faz wissen.

»Das meiste auf der Straße verkaufte Heroin riecht ein bisschen wie Essig, weil die Produzenten sich nicht darum kümmern, es weiter als bis zu neunzig Prozent rein zu bekommen. Die anderen zehn Prozent sind dann meistens irgendeine Art von nicht umgesetzter Essigsäure. Richtig reines Heroin hat diesen Geruch nicht.«

»Wissen Sie, wer die junge Frau ist?«, fragte Faz.

»Wir haben ihre Handtasche auf dem Tresen gefunden. Sie heißt Talia Crenshaw.«

»TC.« Del nickte.

»Bitte?«, fragte Faz.

»Sie war auf einem Bild, zusammen mit Welch. Allie nannte sie TC. Welch war mit ihr zusammen, als Allie in der Entzugsklinik war.«

»Können wir feststellen, ob es dasselbe Zeug ist, das Allie oder jemand von den anderen an einer Überdosis Verstorbenen genommen hat?«, fragte Faz.

»Zum jetzigen Zeitpunkt kann ich Ihnen nur sagen, dass es kein Black Tar ist«, wiederholte Funk. »Aber meiner persönlichen Meinung nach ist es wahrscheinlich, dass wir hier vom selben Produkt reden. Wir geben jetzt durch alle bekannten Kanäle entsprechende Informationen an die Leute auf der Straße weiter. Es bleibt uns keine andere Wahl. Es sterben immer mehr Menschen.«

Del und Faz stellten noch ein paar weitere Fragen, baten darum, informiert zu werden, wenn der toxikologische Bericht vorlag, und ließen Funk dann wieder seine Arbeit tun. Draußen nahmen sie wieder ihre Schirme und stiegen die Treppe hinunter.

»Auf das, was jetzt kommt, freue ich mich wirklich nicht«, seufzte Del. Auf dem Weg zum Haus und der Unterhaltung mit Jeannie Welch ging er voran. Welch hatte bei ihrer letzten Begegnung gesagt, sie rechne damit, irgendwann über Jacks Tod informiert zu werden, und habe sich damit abgefunden, aber zwischen solchen Behauptungen und der Realität bestand oft ein riesiger Unterschied, wie Del aus bitterer Erfahrung wusste. In die toten Augen deines Kindes zu blicken, zu wissen, dass dort nie wieder ein Funken Leben glimmen wird, das war die härteste Realität, die das Leben einem zu bieten hatte, und es gab auf der ganzen Welt keinen Glauben, der diesen Schmerz lindern konnte.

* * *

Tracy entschied sich für den mehr oder weniger geradeaus führenden Pfad, wobei sie in Dunkelheit und Regen kaum etwas sehen konnte. Der Pfad wurde von dichtem Unterholz und Bäumen gesäumt, die sich im Wind bogen. Mit jeder Windböe lag der salzige Geruch von Feuchtgebieten in der Luft und obwohl Tracy nur einen Steinwurf von der Zivilisation entfernt war, konnte sie über den heulenden Wind, den Regen und die ans Ufer donnernden Wellen nichts hören. Auf dem Pfad sammelten sich immer mehr Pfützen, bald würde man von einem richtigen Weg nicht mehr reden können und das Wasser durch ihre Lederstiefel bis zu den Socken dringen.

Sie ging weiter, bis der Baumbestand etwa sechs Meter vom Strand entfernt aufhörte. Von weißem Schaum gekrönte Wellen brachen sich an den Felsen, liefen über den Sand und die überall verstreuten, ausgebleichten Strandhölzer, die von Weitem wie die Knochen eines Wals aussahen. Sie konnte weder Trejo noch sonst jemanden erkennen. Rechts von ihr lag das Best Western Hotel. Ob Trejo dort hingegangen sein könnte? Sehr unwahrscheinlich, denn dann hätte er doch sicher irgendwo geparkt, wo er nicht gleich klatschnass geworden wäre. Wahrscheinlich hatte er an der Gabelung vorhin den anderen Pfad genommen.

Tracy hatte die falsche Wahl getroffen.

Sie ging am Strand entlang bis zum Ende des anderen Pfads, wobei sie darauf achtete, zwischen den großen und kleinen Holzstücken nicht zu stolpern. Sie musste genau aufpassen, wo sie die Füße hinsetzte. Als der Regen noch weiter zunahm, zog sie sich den Schirm ihrer Mütze tiefer ins Gesicht, um nicht ständig Wasser in die Augen zu bekommen. Sie sah kaum noch etwas und als sie ausglitt, hielt sie sich nur mit Mühe auf den Beinen. Inzwischen drang ihr das Wasser durch sämtliche Ritzen der Kleidung und sie konnte spüren, wie ihr die Bluse am Rücken klebte.

Als sie sich der Stelle näherte, wo der zweite Pfad auf den Strand traf, hörte sie einen gedämpften Knall und sah zwischen den Bäumen ein bläulich weißes Licht aufblitzen. Ein Schuss. Sofort ließ sie sich auf ein Knie fallen und zog ihre Glock. Fast eine Minute lang lauschte sie und beobachtete so gut es ging ihre Umgebung, dann verwarf sie die Idee, jemand könnte auf sie geschossen haben. Wer sie umbringen wollte, hätte doch nur aus dem Unterholz treten und ihr eine Kugel in den Hinterkopf jagen müssen.

Also stand sie auf und lief vom Wasser fort in Richtung des kleinen Wäldchens, in dem sie das Mündungsfeuer beobachtet hatte. Die nasse Erde klebte an ihren Stiefelsohlen, sodass jeder Schritt von einem leisen Sauggeräusch begleitet war. Unter den Bäumen fand sie ein bisschen Schutz vor dem Regen und konnte die Kapuze ein wenig zurückschieben und den Schirm ihrer Mütze höherrücken. Sie blieb stehen, um sich genauer umzusehen. Da war niemand. Hören konnte man nur den heulenden Wind und den peitschenden Regen. Nachdem sie dem Pfad noch etwa zwanzig Meter weit gefolgt war, sah sie an einem der beiden Picknicktische auf einer kleinen Lichtung jemanden sitzen. Sofort ließ sie sich erneut auf ein Knie fallen. Die Gestalt dort vorn war in sich zusammengesunken und regte sich nicht. Wieder wartete Tracy eine volle Minute, ehe sie mit gezogener Pistole vorsichtig auf den Tisch zuging.

Sie näherte sich der Gestalt von schräg rechts, um einen besseren Winkel zu haben, falls sie plötzlich lebendig werden sollte. Was nicht geschah.

Jetzt erkannte sie die Jacke, die der Sitzende trug.

Noch näher heran – und sie erkannte das Gesicht. Laszlo Trejo. Neben seiner linken Hand lag eine Pistole.

* * *

Nachdem Del einige Zeit bei Jeannie Welch gesessen hatte, weil er wusste, was sie jetzt durchmachte, hatte er auf dem Rückweg im King County Jail angerufen und darum gebeten, Nicholas Evans durch den Tunnel im Keller in den Vernehmungsraum bringen zu lassen. Es war ihm egal, wie spät es sein würde, wenn Faz und er dort ankamen. Evans und er hatten ein paar Dinge miteinander zu besprechen. Sollte Evans weiterhin nichts sagen wollen, dann musste er wenigstens zuhören.

Evans hob den Kopf, als die beiden großen Detectives den Raum betraten. Diesmal hatte keiner der beiden einen Stuhl dabei. Hinter dem Einwegspiegel standen Leute aus dem Drogendezernat und sahen zu, weil sie gern hören wollten, was Evans zu sagen hatte. Falls er denn etwas sagte.

Evans folgte Faz und Del mit den Augen. Er wirkte verunsichert und schien sich überhaupt nicht wohl in seiner Haut zu fühlen, gab sich aber alle Mühe, weiterhin den harten Burschen zu markieren. Mit solchen kannte Del sich aus. Er war in Wisconsin mit ein paar ziemlich harten Burschen zusammen aufgewachsen, und er hatte im Laufe seiner Jahre als Polizist so einige von dieser Sorte verhaftet. Der Typ hier war kein harter Bursche.

Evans rutschte zurück, soweit es ihm die Kette zwischen seinen Handschellen und der Metallöse im Boden gestattete. Aus seiner roten Gefängniskleidung lugten Teile seiner Tattoos auf Brust und Armen: ein Kreuz auf dem rechten Unterarm, mehrere jeweils mit einem Namen beschriftete Grabsteine auf dem linken. Del fragte sich, ob das wohl die Namen seiner bereits verstorbenen Freunde waren. In dem Fall brauchte Evans jetzt Platz für mindestens zwei weitere. Die obere Hälfte des Wortes CHAOS zierte wie eine Halskette die Haut zwischen den Schlüsselbeinen. Evans trug das lange, lockige Haar zu einem Knoten zusammengefasst, was seine zarten, fast schon femininen Züge noch betonte. Das Leben im Gefängnis würde für ihn die reine Hölle sein.

»Mit Ihnen beiden rede ich nicht.« Evans senkte den Kopf. Er weigerte sich, die beiden Detectives auch nur anzusehen.

»Dann können Sie zuhören.« Del sprach bewusst ruhig und entschieden, als hätte er alle Zeit der Welt. »Wir kommen gerade von Jack Welch.«

Evans sah kurz nach oben, hielt das Gesicht aber weiterhin zur Seite gewandt.

»Chaos wird einen neuen Gitarristen brauchen«, fuhr Del fort.

Diesmal sah Evans ihn an. Besorgt.

»Ich beschreibe Ihnen das jetzt mal, damit Sie sich ein Bild machen können.« Del legte die Hände auf den Tisch und beugte sich vor, kam seinem Gegenüber dabei sehr nahe. »Jack lag auf seiner Matratze, auf dem Rücken. Seine Augen standen offen und er starrte hoch zum Oberlicht. Neben ihm lag auf dem Bauch eine junge Frau, deren Kopf seitlich über den Rand der Matratze gerollt war und aus deren Mund Schaum auf den Boden tropfte. Auf der Kommode fanden wir gebrauchte Spritzen, einen geschwärzten Löffel, ein paar BIC-Feuerzeuge und eine kleine Tüte Heroin.« Del wartete einen Moment, während die unangenehme Atmosphäre im Raum immer dichter wurde. Evans starrte mit verschwommenem Blick auf die Tischplatte. »Sie verkaufen Tod«, fuhr Del fort. »Mehr als zehn Leute, von denen wir wissen, sind an dem Scheiß gestorben, den Sie verkaufen.« Das wusste Del natürlich nicht, jedenfalls nicht so genau. Evans aber auch nicht.

Del setzte sich wieder zurück. »Und nun erkläre ich Ihnen, wie das hier weitergeht. Die Staatsanwaltschaft wird Sie wegen Tötung durch Rauschgift anklagen, einzeln, jeder Todesfall ein Verfahren. Das Strafmaß beträgt jedes Mal zehn Jahre, nacheinander abzusitzen. Das sind neunzig bis einhundert Jahre, Nick. Sie kommen nie wieder aus dem Gefängnis. Und ein Typ wie Sie ...« Del zuckte vielsagend die Achseln. »Machen Sie also ruhig weiter einen auf harten Kerl. Bleiben Sie ruhig dabei, dass Sie nicht mit uns reden. Uns soll es egal sein. Aber wenn wir jetzt gehen, kommen wir nicht wieder.«

Evans setzte sich zurück. Sein rechtes Bein hüpfte, die Kette klirrte wie das Kleingeld in einer Hosentasche. Dazu nickte sein Kopf in einem ganz anderen Takt und das Atmen schien ihm Mühe zu bereiten. Er holte ein, zwei Mal tief Luft, anscheinend fürchtete er, sonst zu hyperventilieren. »Ich brauche einen Anwalt«, krächzte er mit brechender Stimme.

»Okay.« Del warf Faz einen Blick zu. Faz zuckte die Achseln. »Gehen wir.«

»Nein, Moment!« Evans streckte bittend die Hand aus. »Ich brauche einen Anwalt, der einen Deal aushandelt.«

»Einen Deal?«, fragte Del. »Warum sollten wir mit Ihnen einen Deal machen?«

»Weil ich ein paar Dinge weiß.« Evans hatte es eilig, er stolperte über seine Worte. »Ich weiß ... ich weiß, woher die Drogen kommen.«

»Die Drogen kommen von Ihnen«, stellte Del klar. »Wir haben die Textnachrichten und E-Mails, die bestätigen ...«

»Nein!« Evans schüttelte den Kopf. »Ich meine, ich weiß, woher sie kommen ... ich könnte Ihnen sagen, wo ich sie herbekomme. Das wollen Sie doch wissen, oder?«

Bingo! »Okay, ganz wie Sie wollen«, sagte Del. »Woher kommen die Drogen also?«

Evans schüttelte den Kopf. »Deswegen brauche ich einen Deal. Deswegen brauche ich einen Anwalt.«

Del nickte Faz zu – sollte der weitermachen.

»Wir müssen die Familien der Opfer berücksichtigen«, erklärte Faz. »Diese Familien wollen bestimmt, dass jemand für den Tod ihrer Kinder zur Rechenschaft gezogen wird. Was sollen wir denen sagen?«

Darauf wusste Evans keine Antwort. Inzwischen tanzten beide Beine einen Jig, das linke hatte sich dem rechten angeschlossen.

»Verstehen Sie unser Problem?«, fuhr Faz fort. »Wenn Sie einen Deal wollen, dann müssen Sie uns etwas geben, womit wir zur Staatsanwaltschaft gehen können. Die sind nämlich nicht gerade heiß auf einen Deal mit jemandem, der den Tod verkauft. Das kann ich Ihnen jetzt schon sagen.«

»Ich wusste nicht, dass es jemanden umbringt!«, jammerte Evans. »Ich wusste es nicht.«

»Das ist egal«, sagte Del. »Das gehört zu den Risiken, wenn man Heroin verkauft.«

Fast eine Minute lang saßen die drei schweigend da. Evans wirkte extrem verunsichert und kaute an seiner Unterlippe. Endlich sagte er: »Was, wenn ich Ihnen sage, dass ich etwas über diesen Typen weiß? Den, den Sie vor ein paar Wochen verhaftet haben?«

Del runzelte die Stirn. »Da müssen Sie schon ein bisschen genauer werden, Nick.«

»Der Typ, der in diese Fahrerflucht verwickelt war, der Typ, der den schwarzen Jungen umgebracht hat. In Rainier Beach.«

Kapitel 34

Nicholas Evans ließ Faz nicht aus den Augen, der jetzt neben Rick Cerrabone vor ihm im Vernehmungsraum saß. Del war ins Nebenzimmer umgezogen, wo er das Gespräch zusammen mit Celia McDaniel und den Kollegen von der Drogenfahndung beobachtete.

Nach der erstaunlichen Enthüllung hatten Del und Faz Cerrabone und Celia zu Hause angerufen und beiden erzählt, sie hätten einen Drogendealer im Verhörraum, der interessante Dinge zu berichten hätte. »Das wollen Sie unter Garantie hören.« Del hatte auch Tracy benachrichtigen wollen, aber die ging nicht an ihr Handy.

Faz stellte Cerrabone und Evans einander vor. Cerrabone trug immer noch das gestreifte Hemd, mit dem er wahrscheinlich an diesem Tag zur Arbeit gekommen war, und sah müde aus. Aber das tat er ja eigentlich immer, mit den dicken Rändern unter den Augen, die an gebrauchte Teebeutel erinnerten. Er wurde langsam kahl und kämmte sich das Haar streng von der Stirn aus nach hinten. Angeblich sollte sechzig ja das neue vierzig sein, aber bei Cerrabone und auch einer Menge Strafverteidigern schien es sich genau umgekehrt zu verhalten.

»Mir wurde gesagt, Sie könnten Informationen zur Fahrerflucht in Rainier Beach haben«, fing der Staatsanwalt das Gespräch an.

Evans nickte. »Aber ich will einen Deal. Ich werde keine Zeugenaussage machen oder irgendetwas schriftlich verfassen, wenn ich keinen Deal bekomme.«

»Ich verstehe«, sagte Cerrabone gelassen und ohne sofort konkrete Versprechungen zu machen. »Ehe ich irgendwelche Überlegungen in diese Richtung anstellen kann, muss ich allerdings erst noch ein bisschen mehr wissen.«

Darüber dachte Evans eine Weile nach, um sich dann verschwörerisch nach vorne zu beugen. »Ihr habt doch wegen der Sache in Rainier Beach, wegen dieser Fahrerflucht, einen verhaftet, ja? Und der ist bei der Navy, richtig?«

»Das stimmt.« Cerrabone nickte.

»Ich weiß, was er an dem Abend in Seattle gemacht hat.«

Cerrabone reagierte nicht. Faz auch nicht. Als Evans nicht fortfuhr, fragte Cerrabone: »Woher wissen Sie, was er getan hat?«

»Das hat mir jemand erzählt.«

»Jemand?«

Evans lehnte sich selbstzufrieden zurück. »Jawohl.«

»Wer?«

»Ein Typ, der es wissen muss.«

Cerrabone runzelte die Stirn und warf, was alles zur Show gehörte, Faz achselzuckend einen fragenden Blick zu. »Ein Typ, der es wissen muss – das sagt mir wirklich gar nichts, Detective.« Er wandte sich wieder an Evans. »Was Sie nicht persönlich wissen, nennt man Hörensagen, und Hörensagen nützt mir gar nichts, weil kein Richter das bei Gericht zulassen würde. Hörensagen gilt als nicht verlässlich.« Er hob beide Hände zu einer hilflosen Geste: Was kann ich da schon tun?

Evans zögerte erneut, dachte nach. »Es ist der Typ, der mich mit Heroin versorgt«, sagte er dann.

»Ihre Quelle also?«

»Jawohl.«

»Okay. Aber auch hier muss ich Sie bitten, das mal aus meiner Sicht zu betrachten, Nick. Jeder Richter, oder auch Strafverteidiger, wird sagen, ich habe mich auf das Wort eines Dealers verlassen, der einen Deal rausschlagen wollte, indem er einen anderen Dealer anschwärzt. Verstehen Sie mein Problem? Dass ein Junge bei einer Fahrerflucht getötet wurde, hat in den Zeitungen gestanden, und in den Abendnachrichten wurde darüber berichtet. Man wird Ihnen unterstellen, davon gehört und sich den Rest ausgedacht zu haben. Also bringt mich das wirklich nicht viel weiter.«

Evans deutete auf Faz, offensichtlich alarmiert darüber, dass seine großen Neuigkeiten ihm nun doch kein Ticket aus der Gefahrenzone bescheren würden. »Was, wenn ich es ihm sage? Dann kann er doch herausfinden, ob es stimmt oder nicht.«

»Vielleicht«, sagte Cerrabone. »Was hat Ihr Lieferant Ihnen denn erzählt?«

Evans fuhr sich mit der Zunge über die Lippen. »Er hat mich gefragt, ob ich das mit dem Navy-Typen gelesen hätte, der wegen der Fahrerflucht verhaftet worden ist. Ich sagte, ich hätte nichts davon gehört. Da hat er es mir erzählt.«

Sie drehten sich im Kreis. Cerrabone holte tief Luft. »Was genau hat er Ihnen erzählt?«

Evans sah blinzelnd hoch ins grelle Licht der Neonleuchten. Er blinzelte. »Habe ich einen Deal?«

»Weiß ich nicht. Sie haben mir im Grunde noch gar nichts erzählt.«

»Dieser Typ, der mir was verkauft, der fragt mich also, ob ich das mit dem Navy-Typen weiß, und ich sage Nein. Dann sagt er, dass der Navy-Typ gerade über ein Pfund Heroin auslieferte, als er den Jungen überfuhr.«

»Auslieferte?«, fragte Cerrabone.

»Genau.«

»Woher?«

Evans zuckte mit den Achseln. »Weiß ich nicht, aber er war auf jeden Fall der Lieferant von diesem Typen, mit dem ich geredet habe.«

KAPITEL 35

Kurz nach Mitternacht saß Tracy vorn in der Polizeiwache in Bremerton an der Burwell Street. Sie war schon einmal hier gewesen, damals, um sich die Unterstützung der Kollegen bei einer Durchsuchung in einem Mordfall zu sichern. Das Gebäude aus rotem Backstein und Metall nahm einen halben Straßenblock in Anspruch, wozu auch ein umzäuntes Areal für die Polizeifahrzeuge gehörte. Das alles inmitten eines seltsamen Bebauungsgemischs aus Einfamilienhäusern, Apartmentblocks und Parkplätzen. Tracy sah aus wie eine nasse Katze und fühlte sich in ihren immer noch feuchten Klamotten auch so. Sie hatte den Fund von Trejos Leiche gemeldet und anschließend ein paar Stunden warten müssen, während der Coroner und die Detectives ihrer Arbeit nachgingen.

Jetzt ging eine Sicherheitstür auf und ein Mann von ungefähr ein Meter achtzig trat hindurch. Er mochte Mitte fünfzig sein, mit glatt zurückgekämmten, an den Schläfen leicht grauem Haar. Er wirkte trotz der fortgeschrittenen Stunde frisch und munter und trug einen Ehering sowie am Arm eine silberne Uhr und ein Armband aus Silber – Uhr und Armband gut zu sehen, weil er sich die Hemdsärmel fein säuberlich hochgekrempelt hatte. Er hatte nicht zu den Detectives am Tatort gehört. Tracy hielt ihn für einen Sergeant.

»Dann sind Sie wohl Crosswhite?« Er reichte ihr mit einem selbstbewussten Lächeln die Hand. »Sonst wäre wohl auch niemand bei diesem Wetter um diese Uhrzeit noch draußen unterwegs, was? John Owens. Kommen Sie mit durch.« Tracy folgte ihm durch die Sicherheitstür. »Für mich ist es später Abend«, fuhr Owens fort. »Aber für Sie dürfte es wohl eher früher Morgen sein.«

»Ich habe gerade Spätschicht«, sagte Tracy. Dabei wusste sie im Moment gar nicht mehr, in welcher Schicht sie überhaupt arbeitete.

»In Bremerton?« Owens warf ihr im Gehen über die Schulter hinweg einen Blick zu. Polizisten konnten ungeheuer territorial fixiert sein und Tracy wusste, was Owens jetzt am stärksten auf der Seele brannte: Wie kam die Polizei von Seattle an einen Tatort, für den er zuständig war, und wieso hatte man ihn nicht im Vorfeld informiert? Inzwischen waren sie in einem kleinen Büro mit einem überladenen Schreibtisch angekommen, wo Owens auf einen runden Tisch deutete. »Machen Sie es sich bequem.« Er hielt einen Becher und eine Kaffeekanne hoch. »Kaffee? Ich habe ihn gerade frisch aufgebrüht.«

»Gern.« Dankbar für die Wärme, die der Becher ihr bot, nahm Tracy den Kaffee entgegen und setzte sich an den Tisch. Über ihrem Kopf hörte sie das leise Summen der Klimaanlage, aus einem Luftschlitz irgendwo drang ein Hauch kalter Luft. An der Wand hing eine Reihe gerahmter Dokumente, darunter eins im Blau und Gold der Navy, die Owens seine ehrenhafte Entlassung bestätigte.

»Sie haben gedient«, stellte Tracy fest.

Owens, der sich gerade selbst Kaffee einschenkte, sah auf und folgte ihrem Blick. »Ja. Ich hatte sogar überlegt, ganz dabeizubleiben und die Navy zu meinem Beruf zu machen, fand dann aber, ich sollte doch lieber Cop sein. Eigentlich witzig, dass ich ausgerechnet hier gelandet bin, wo der Marinestützpunkt alles dominiert.«

Tracy rückte ihren Stuhl aus dem Luftzug.

Owens setzte sich zu ihr an den Tisch. »Ihr da drüben habt euch wegen einer Fahrerflucht in Seattle für Trejo interessiert, sagten Sie?« Er hatte wohl schon mit einem der Detectives gesprochen.

»Das stimmt. Ein zwölfjähriger Junge wurde überfahren.«

»Ich erinnere mich an den Fall, aber ich dachte, die Navy hätte die Zuständigkeit übernommen?« Die Frage enthielt eine gewisse Spitze.

»Hatte sie.« Tracy nickte. »Und der Fall schien eine klare Sache zu sein, bis während der Voruntersuchung ein entscheidendes Beweisstück abhandenkam.«

Owens nippte an seinem Kaffee. »Über die Voruntersuchung wurde in der hiesigen Zeitung ausführlich berichtet. Was unklar bleibt, ist die Frage, wieso eine Mordermittlerin aus Seattle jetzt hier ist, wenn die Polizei in Seattle doch gar nicht zuständig war. Und Trejos Tod fällt in unseren Zuständigkeitsbereich.«

»Unsere Chefs wollten den Fall im Auge behalten, weil es so aussah, als könnte er zu uns zurückkommen.«

»Okay. Warum also sind Sie hier? Um diese Uhrzeit? Heute Nacht?« Er sah auf die Uhr. »Nein: heute Morgen.«

»Wir wurden über Trejos Entlassung aus dem Gefängnis gestern Nachmittag informiert und die Staatsanwaltschaft in Seattle fand es richtig, eine Erklärung dahingehend abzugeben, dass wir weiterhin die Möglichkeit einer Anklage prüfen.«

Owens kniff die Augen zusammen, als versuche er, das zu verstehen. »Und das hatten Sie tatsächlich vor?«

»Die Entscheidung liegt nicht bei mir.« Tracy wollte nun wirklich niemanden den Wölfen zum Fraß vorwerfen. »Wir hatten gehofft, dass Trejo irgendwie reagiert, wenn wir diese Erklärung herausgeben.«

»Dieser Wunsch wäre dann ja wohl in Erfüllung gegangen.« Owens trank noch einen Schluck Kaffee und setzte den Becher ab. »Worauf hatten Sie denn gehofft? Was sollte er Ihrer Meinung nach tun?«

Tracy zuckte mit den Achseln. Dann erläuterte sie ihre Hypothese, der zufolge jemand Trejo geholfen haben musste, sich seines Autos zu entledigen und nach Bremerton zurückzukehren.

»Und da dachten Sie, zu diesem jemand würde er auf der Stelle laufen?«

»Aus dem Knast heraus konnte er mit niemandem Kontakt aufnehmen, also ja: Ich hielt es für möglich, dass er sich mit dieser Person treffen würde, sobald das ging.«

»Haben Sie irgendwelche Beweise, die diese Theorie stützen?«

»Der Mann ist tot, nicht wahr?«

Owens Augen wurden schmal. »Meine Detectives sagen, Sie glauben nicht, dass es Selbstmord war.«

»Wie ich schon sagte: Wenn man alles bedenkt, was sonst noch zum Vorschein kam, scheint mir das zweifelhaft.«

»Es war seine Pistole.«

»Aber Sie haben die Kugel nicht gefunden, oder?«

»Nicht ungewöhnlich bei dem Ort, an dem der Selbstmord begangen wurde. Die Kugel könnte irgendwo in einem Baum stecken.« Owens lehnte sich zurück.

»Aber ohne Kugel können Sie nicht eindeutig sagen, dass er mit seiner Pistole erschossen wurde.«

»Ich sag Ihnen jetzt mal was, Crosswhite: Was Sie sich da zusammenreimen, mag ja ganz interessant sein, aber meiner Erfahrung nach sind die Dinge oft einfach genau so, wie sie aussehen. Er hat einen zwölfjährigen Jungen überfahren, die Schuldgefühle und die Scham nahmen überhand, und er erschoss sich. Solche Sachen können einem an die Nieren gehen.«

»Vielleicht. Aber das Video der Überwachungskamera ist wirklich verschwunden.«

Owens antwortete nicht gleich. »Erzählen Sie mir noch einmal, was Sie heute Abend gesehen haben.«

Tracy schilderte noch einmal ihre Überwachung von Trejo: Wie sie den falschen Pfad gewählt hatte, wie sie den Schuss gehört und wie der bläulich weiße Blitz der Pistole sie letztendlich zu der Leiche geführt hatte.

»Aber Sie haben niemanden gesehen, der ihn erschossen haben könnte.«

»Nein. Aber ich würde seine Frau fragen, ob Trejo Rechtshänder oder Linkshänder war.« Trejo hatte die Red-Bull-Dose, aus der er getrunken hatte, in der rechten Hand gehalten. »Die Pistole auf dem Tisch lag in der Nähe seiner linken Hand.«

»Okay, nehmen wir mal an, er hat sich nicht selbst umgebracht: Wer käme am ehesten als Verdächtiger infrage? Seine Verteidigerin?« Owens las den Namen von einem Papier ab, das er vom Tisch genommen hatte. »Leah Battles?«

»An diesem Punkt sind meiner Meinung nach alle noch im Spiel.«

»Alle?« Owens schüttelte den Kopf. »Sie haben doch irgendetwas über Forensik gesagt, oder?«

Tracy nickte, aber so langsam holte der Schlafmangel sie ein und sie hatte nicht mehr das Gefühl, sich klar ausdrücken zu können. »Das Innere seines Autos ist sauber gewischt worden ... mit einem Desinfektionstuch, einschließlich Airbag. Der Airbag wäre die beste DNA-Quelle gewesen, um sagen zu können, wer das Auto gefahren hat, als der Junge überfahren wurde.«

Owens nippte an seinem Kaffee. »Battles ist Anwältin, sie kennt sich mit Beweismitteln aus. Und sie wohnt in Seattle, sagen meine Detectives, und die haben es von Ihnen.«

»Pioneer Square.«

Owens nickte. »Dann könnte sie ihm doch an dem Abend geholfen haben. Wenn ihm überhaupt jemand geholfen hat. Und sie konnte ihn im Knast besuchen, richtig? Mit ihm sprechen?«

»Ja, natürlich.«

»Und als Anwältin der Navy kannte sie sich mit Zuständigkeiten aus und wird gewusst haben, dass Seattle ihn immer noch vor Gericht stellen konnte. Falls sie in der Sache mit drinhängt, wovon ich nicht überzeugt bin. Für mich klingt das eher so, als würden Sie ziemlich im Trüben fischen, ohne dass jemand richtig anbeißen will.«

Über die letzte Bemerkung dachte Tracy einen Augenblick lang nach. »Haben Ihre Detectives schon mit seiner Frau gesprochen?«

Owens nickte. »Sie sagt, er hätte gegen einundzwanzig Uhr das Haus verlassen, um Lebensmittel einzukaufen.«

»Tat er so etwas routinemäßig oder hatte er vorher einen Anruf bekommen?«

»Das wusste sie nicht.«

»Wir müssen uns sein Handy ansehen.«

»Ich habe bereits Leute darauf angesetzt.«

»Hat sie gesagt, ob er Rechtshänder oder Linkshänder war?«

»Ich bin mir nicht sicher, ob die Detectives gefragt haben, aber das werden wir nachholen.«

Nach einer kurzen Pause erkundigte sich Tracy: »Wie geht es ihr?«

Owens zuckte erneut mit den Achseln. »Ungefähr so gut, wie man es von einer Frau erwarten darf, die gerade unerwartet und auf gewalttätige Art ihren Mann verloren hat.« Owens'

Miene verfinsterte sich. »Mir gefällt es nicht, dass man mich in dieser Sache im Dunkeln tappen ließ. Wenn Sie vorhatten, die Fahrerflucht hier weiterzuverfolgen, dann wäre ich gern darüber informiert worden. Vielleicht hätte man dies vermeiden können.«

Tracy nickte, hatte aber nicht vor, sich zu entschuldigen. Ihr Handy klingelte, was seltsam war, wenn man die Uhrzeit bedachte. Die Anruferkennung nannte Dels Handy. Del hatte vorher auch schon versucht, sie zu erreichen, aber da hatte sie nicht an ihren Apparat gehen können. Sie entschuldigte sich bei Owens, ging auf den Flur und erklärte Del, wo sie sich befand und was passiert war.

»Das ist dann wohl ein Problem«, meinte Del.

Kapitel 36

Nach dem Gespräch mit Tracy fuhr Del nach Hause, körperlich und seelisch ausgelaugt. Er stellte den Impala am hinteren Ende der Einfahrt ab, damit dort Platz für ein weiteres Auto blieb, denn er hatte Celia McDaniel eingeladen, bei ihm zu übernachten. Es war drei Uhr morgens und sie hätte mit dem Auto bis zu sich nach Hause fünfunddreißig Minuten gebraucht, was er zu weit fand. Zumindest hatte er sich eingeredet, dass er sie deswegen einlud. Celia hatte ihm zugezwinkert und gemeint, sie habe Kleidung zum Wechseln dabei.

Dann hatte sie also auch daran gedacht! Del war aufgeregt, gleichzeitig aber auch leicht in Panik.

Auf dem Nachhauseweg hatte er sich ablenken können, indem er über Tracys Neuigkeiten nachgedacht hatte. Laszlo Trejo war tot, durch eine Kugel in den Kopf ums Leben gekommen. Das passte zu dem, was sie in dieser Nacht von Evans über Trejos Tätigkeit als Auslieferer von Heroin erfahren hatten. Nachdem er freigelassen worden war und Polizei sowie Staatsanwaltschaft in Seattle erklärt hatten, sie prüften eingehend die Möglichkeiten einer weiteren Strafverfolgung, schien jemand in Trejo eine Gefahr oder doch zumindest Belastung gesehen zu haben. Ein gezielter Kopfschuss war auf jeden Fall ein effektives Mittel, um jemanden zum Schweigen zu bringen.

Del und Tracy hatten sich kurz darüber ausgetauscht, was diese Entwicklung für D'Andre Millers Familie bedeuten mochte. Musste man mit irgendwelchen Verschwörungstheoretikern rechnen, die losschreien und laut darüber spekulieren würden, dass man Trejo umgebracht hatte, damit irgendwelche Geheimnisse nicht ans Tageslicht kamen? Und dass die Navy involviert war? Del und Tracy sahen erst einmal keinen Zusammenhang zwischen der Navy und dem Heroin. Allerdings war das Wasser, in dem man jetzt nach der Wahrheit fischte, durch Trejos Tod trüber geworden. Blutiger, wenn man genau sein wollte.

Jetzt stieg Del aus dem Impala und begrüßte Celia, die gerade die hintere Tür ihres Honda aufgemacht hatte. »Lass mich helfen!« Er nahm ihre kleine Reisetasche und ging ihr voran die Stufen zum Haus hoch.

Die schweren Regenfälle und der heftige Wind hatten aufgehört und einen teilweise klaren Himmel zurückgelassen, an dem rasch ziehende Wolken immer mal wieder das silberne Mondlicht durchscheinen ließen.

»Du bist müde«, stellte Celia fest.

Del hatte den Knoten seiner Krawatte gelockert und den obersten Hemdknopf geöffnet. Seinen Sportmantel trug er über dem Arm. »Ja, ich fühle mich wie erschlagen. Die Spätschicht fällt mir von Jahr zu Jahr schwerer. Aber für dich muss es ja jetzt richtig spät sein.«

»Warum tragt ihr immer noch Anzug und Schlips, Faz und du?«

Del, der gerade auf der Suche nach dem Hausschlüssel sein Schlüsselbund durchging, zuckte die Achseln. »Ich mache das aus Respekt vor unserem Rechtssystem. Faz? Der ist zu geizig, sich neue Klamotten zu kaufen.«

Sie warf lächelnd einen Blick durch das Wohnzimmerfenster. »Sonny dürfte langsam durchdrehen.«

»Ich war vorhin kurz mit ihm draußen. Aber wahrscheinlich hast du trotzdem recht.«

Kaum hatte Del den Schlüssel ins Schloss gesteckt, als der kleine Hund auch schon angerast kam, auf die Rücklehne der Couch sprang und mit den Vorderpfoten gegen die Scheibe trommelte. Für ihn spielte die Uhrzeit keine Rolle.

»Okay, okay!«, rief Del. »Lass die Scheibe heil!«

Er öffnete die Tür und Sonny hüpfte von der Couch in den Flur, um ihn und Celia auf den Hinterbeinen tanzend zu begrüßen. Er ließ sich auf den Rücken fallen, rollte sich ab, sprang wieder auf, raste los, als sich Celia zu ihm hinunterbeugte, um ihn zu streicheln, rannte durch den Flur, in die Küche, durch die Tür ins Wohnzimmer – erst nachdem er diese Runde dreimal absolviert hatte, kam er keuchend und mit hängender Zunge wieder in den Flur getrottet.

»Ich gebe ihm schnell einen Keks, dann ist erst mal Ruhe.« Del stellte Celias Reisetasche am Fuß der Treppe ab und ging in die Küche. Celia folgte ihm. Ihre Absätze klapperten auf dem Parkett. »Möchtest du ein Glas Wein?«, fragte Del.

»Ein kleines, gerne.«

Del holte einen Hundekeks aus dem Küchenschrank, reichte ihn aber nicht sofort weiter. »Das musst du sehen. Unser Sonny ist nämlich ein echter Polizeihund. Okay, Junge, blamiere mich jetzt nicht!« Den Keks in der einen Hand, formte er mit der anderen eine Pistole. »Peng!« Sonny, der auf den Hinterbeinen gestanden hatte, fiel prompt nach hinten über, alle vier Beine starr in der Luft.

»Das ist ja schrecklich!« Celia grinste, um kurz darauf laut zu lachen. »Er ist ja wirklich unglaublich schlau.«

Sonny hüpfte hoch, schnappte sich den Keks und verschwand. Jetzt hatte er erst einmal etwas zu tun und würde Ruhe geben.

»Kann er auch noch andere Sachen?«, wollte Celia wissen.

»Wir könnten dich stundenlang langweilen!« Del nahm zwei Gläser aus dem Schrank. »Sind die okay? Daraus haben meine Eltern immer ihren Wein getrunken.«

»Wenn man in Rom ist …«, sagte sie.

»Turin«, stellte Del richtig, der gerade aus einem anderen Schrank eine Flasche Chianti geholt hatte.

»Warum ein Shi Tzu?«

Del warf ihr einen Blick zu, während er die beiden Gläser halb voll schenkte. »Ich habe ihn für meine Ex gekauft. Aber die wollte ihn nicht und dann wollte er sie auch nicht.«

»Da hat er sich für den Richtigen entschieden, finde ich.«

Del hob sein Glas. »Salute.«

»Salute. Wie lange bist du schon geschieden?«

»Mehr als vier Jahre.«

»Und wie lange wart ihr verheiratet?«

»Sechs. Ich habe erst spät in meinem Leben geheiratet. Es war ein Fehler.«

»Zu heiraten?«

»Die falsche Frau zu heiraten. Wir hatten zu viele grundlegende Differenzen und haben beide versucht, sie zu ignorieren. Zum Schluss ging das einfach nicht mehr.« Er führte Celia zurück ins Wohnzimmer, das Zimmer, das ihm Zuflucht bot. Dort wollte er gerade das Licht einschalten, als sie ihn zurückhielt.

»Können wir das Licht auslassen?«, bat sie. »Es ist so wunderschön.«

»Hatte ich das nicht erwähnt?« Auch Del konnte den Blick kaum von der Aussicht lassen, derer er nie müde werden würde. »Das schönste Zimmer im Haus.«

Sie saßen auf der Ledercouch, nippten ihren Wein und sahen hinaus auf die glitzernde, aber trotzdem schlafende Stadt.

»Glaubst du, Evans sagt die Wahrheit?«, fragte Celia.

»Was Trejo betrifft? Ja. Besonders nach allem, was Tracy erzählt hat. Aber ich habe auch vorher schon geglaubt, dass er uns die Wahrheit sagt, schon bevor irgendwer Trejo eine Kugel in den Kopf gejagt hat. Evans kommt mir, ehrlich gesagt, nicht wie der Typ vor, der Zeitung liest oder Nachrichten schaut. Ich halte es für unwahrscheinlich, dass er aus den Medien von Trejos Fahrerflucht und Verhaftung wusste. Seine Geschichte erklärt ja auch, warum Trejo nicht gehalten hat, nachdem er den Jungen überfahren hatte.«

»Und es erklärt, wie Trejos Auto im Garten dieser Frau gelandet ist.«

Eric Tseng – das war der Name, den Evans ihnen genannt hatte. Tseng wohnte in Rainier Beach, er hatte dort ein Haus gemietet. »Möglicherweise«, sagte Del. »Es erklärt jedoch nicht, wer das Video verschwinden ließ. Das hat Tseng nicht getan.«

»Falls es überhaupt jemand genommen hat«, fügte Celia hinzu.

Del nippte an seinem Wein und dachte darüber nach. »Wäre ein ziemlicher Zufall, wenn es einfach so verschwunden wäre. Ohne dass jemand es nahm.«

»Wenn wir davon ausgehen, dass Evans die Wahrheit sagt, dann haben wir hier ein ziemlich großes Problem, Del.«

»Ich weiß. Woher kriegte Trejo die Drogen, das ist die Frage.« Del nickte. »Funk sagt, es ist eine sehr reine Form von Heroin.«

Celia ließ ihr Glas sinken. »Und je nachdem, wie viel er geliefert hat und wie viel andere geliefert haben ... es werden noch mehr Menschen sterben, Del.«

»Die Drogenfahndung arbeitet mit den Streifen zusammen, um die Nachricht zu verbreiten.«

Celia stellte ihr Weinglas auf dem Couchtisch ab und wandte sich ihm zu. »Alles okay?«

»Ja, ich musste nur gerade an Jeannie Welch denken«, sagte er. »Und an den Morgen, an dem meine Schwester mich anrief, nachdem sie Allie gefunden hatte.«

»Das tut weh, ich weiß.«

»Ich kann mir einfach nichts vorstellen, was schlimmer sein könnte, Celia. Ich weiß, ich sage das nicht zum ersten Mal, aber das mit deinem Sohn tut mir unendlich leid. Ich war so unsensibel dir gegenüber an dem Morgen.«

Sie beugte sich vor und küsste ihn, kuschelte sich an seine Seite und er schlang den Arm um ihre Schultern. »Ich versuche nicht mehr, herauszufinden, warum es passiert ist, Del. Ich versuche auch nicht, etwas zu ändern, wo ich doch genau weiß, dass es nicht zu ändern ist. Ich akzeptiere einfach die Tatsache, dass es irgendeinen Grund gegeben haben muss und dass ich vielleicht mit der Arbeit, die ich jetzt mache, ein oder zwei andere junge Leute retten kann.«

»Ich habe gelesen, dass Seattle höchstwahrscheinlich das Gesetz verabschieden wird, von dem du gesprochen hast«, meinte Del. »Das, wodurch sichere Orte geschaffen werden, an denen Abhängige unter Aufsicht eines Arztes ihre Drogen nehmen können.«

»Wir kommen der Sache langsam näher«, sagte Celia. »Aber es gibt immer noch Opposition.«

»Ich hoffe, das Gesetz kommt durch.«

Sie lehnte sich zurück, um ihn ansehen zu können. »Wirst du mir hier sentimental, Delmo Castigliano?«

Er lachte. »Sagen wir mal, ich erkenne so langsam meine Irrtümer. Du hattest recht. Indem ich Leute verhafte, ändere ich gar nichts.«

Sie schüttelte den Kopf. »Ich war bei unserem ersten Treffen auch zu hart zu dir, Del.«

»Nein. Ich bin alt genug, zugeben zu können, wenn ich mich geirrt habe, und ich habe mich geirrt. Nichts, was ich getan habe, hat den Schmerz über Allies Tod auch nur im Geringsten gelindert. Mir kommt es vor, als wate ich auf immer schwerer werdenden Beinen durch dichten Schlamm und käme dabei immer langsamer voran.«

»Das stimmt nicht, Del. Wenn du mit deinen Ermittlungen erfolgreich bist, dann könntest du damit einen größeren Drogenlieferanten ausschalten und eine gefährliche Droge von der Straße holen.«

»Und weitere vier werden vortreten, um seinen Platz einzunehmen, und wir drehen uns munter immer weiter im Kreis, wie Sonny.«

Sie lächelte. »Es gibt keine einfachen Lösungen, Del.«

»Das weiß ich ja, aber ich sehe langsam ein, dass dies wirklich kein Problem ist, das die Polizei regeln kann. Wir können das nicht in Ordnung bringen. Und es wird noch sehr viel schlimmer werden, ehe es besser wird.«

Sonny, der seinen Keks verzehrt hatte, kam ins Zimmer getrottet, wo er wie angewurzelt stehen blieb und zu Celia aufblickte, als hätte die ihm etwas angetan.

»Lass mich raten«, sagte Celia. »Ich sitze auf seinem Platz, richtig?«

Del lachte. »Ja, das stimmt.« Celia rückte ein bisschen zur Seite und Sonny sprang auf die Couch, kuschelte sich zwischen die beiden. Del rieb seinen Kopf. »Du hast deinen Wein kaum angerührt.«

Celia stand auf und nahm seine Hand. »Komm«, sagte sie. »Gehen wir zu Bett.«

Ihre Abruptheit überraschte ihn, Del hatte gehofft, eher langsam in diesen Moment hineingleiten zu können. »Celia, auch auf die Gefahr hin, dass ich hier etwas überinterpretiere:

Es ist schon ziemlich lange her, dass ich mit einer Frau zusammen war.«

Sie lächelte. »Das überrascht mich nicht.«

Del lachte leise. »Autsch!«

»Du bist ein guter Mensch, Del. Du bist gütig und du hast Moral. Also überrascht es mich nicht. Keine Angst, ich tu dir nicht weh.« Sie zwinkerte ihm zu.

Del stand auf, erstaunt darüber, dass er gar nicht nervös war. Nicht im Geringsten. Er fühlte sich wohl mit Celia und das hier fühlte sich gut und richtig an.

Sie gingen zur Treppe, wo Del Celias Reisetasche abgestellt hatte. Del nahm sie auf. Im selben Augenblick kam Sonny um die Ecke geschossen und raste die Treppe hoch. Oben auf dem Absatz blieb er stehen, drehte sich um und sah zu ihnen hinunter. Del grinste, musste ein Lachen unterdrücken.

»Lass mich raten: Er schläft auf dem Bett?«, sagte Celia.

»Ja.« Del formte aus beiden Händen einen Ball. »Aber er ist klein und nimmt nicht viel Platz weg.«

Kapitel 37

Tracy schlief ein paar Stunden lang in einem Hotel in Bremerton, wachte auf und rief Dan an. Sie hatten auch am vergangenen Abend miteinander telefoniert, aber lange vor den alles verändernden Ereignissen. Nachdem sie Dan versichert hatte, es ginge ihr gut, rief sie ihren Sergeant Billy Williams an, um auch ihn auf den aktuellen Stand zu bringen. Williams hatte bereits mit Del gesprochen und informierte sie über alles, was sie jetzt über Nick Evans und Eric Tseng wussten.

»Ich habe hier draußen bei der Polizei von Bremerton einen Detective, der miteinbezogen werden möchte«, erklärte Tracy.

»Muss ich mit seinem Sergeant reden?«, fragte Williams.

»Er ist der Sergeant.«

»Ich kann ihn anrufen, ihn wissen lassen, weswegen wir involviert sind, und auf die mögliche Verbindung zwischen Trejo und den jüngsten Heroin-Toten hinweisen.«

»Noch komme ich auch so mit ihm klar. Wir treffen uns heute Morgen mit Battles. Falls sich etwas ändert und er sein Revier für sich allein beansprucht, müsstest du dich vielleicht doch einschalten.«

»Glaubst du, sie könnte Trejo umgebracht haben?«, fragte Williams.

»Normalerweise würde ich sagen, es handelt sich um einen Drogendeal, der schiefgegangen ist, und jemand räumt gerade die letzten Reste weg. Aber damit wäre das verschwundene Video nicht erklärt. Wie weit sind wir in Bezug auf den Gerichtsbeschluss, um die Aufzeichnungen aus dem DSO zu bekommen?«

»Ron arbeitet dran«, sagte Williams. Damit war Ron Mayweather gemeint.

»Ich würde den Beschluss gern heute haben, wenn ich schon mal hier bin.«

»Verstanden. Wir werden zur Unterstützung des Antrags eine eidesstattliche Erklärung brauchen.«

»Mache ich fertig und schicke sie rüber.«

»Hat Battles das Video aus dem DSO gesehen?«, fragte Williams.

»Hat sie, und sie sagt, es ist nichts darauf zu sehen. Aber ich würde in diesem Punkt gern selbst alle Unklarheiten beseitigen.«

»Okay. Aber pass auf dich auf«, bat Williams. »Kins ist ja nicht da, um dich notfalls zu beschützen. Er hat übrigens angerufen.«

»Bei mir auch.«

»Er treibt uns alle noch in den Wahnsinn. Offenbar geht es ihm von Tag zu Tag besser.«

* * *

Tracy tippte ihre eidesstattliche Erklärung zur Untermauerung des Antrags auf einen Durchsuchungsbeschluss auf ihrem Laptop und schickte sie per E-Mail an Ron Mayweather, den sie vorher telefonisch informiert hatte. Dann fuhr sie zurück zum Polizeirevier von Bremerton. Sie hätte sich lieber an einem eher privaten Ort mit Battles unterhalten, aber da das nicht infrage kam, hatte sie in den sauren Apfel gebissen und bei einem Treffen mit Owens nach einigem Hin und Her einen Kompromiss ausgehandelt: Da Tracy Battles bereits kannte und eine gewisse Beziehung zu ihr aufgebaut hatte, durfte sie in einem der Besprechungszimmer des Reviers in Bremerton allein mit ihr reden.

Als Tracy diesen Raum betrat, saß Battles dort bereits an einem runden Tisch und hatte die Füße auf einen Stuhl gelegt. Das sollte wohl lässig aussehen, allerdings wirkte Battles weder entspannt, noch kam diese Haltung Tracy besonders bequem vor. Battles trug ihre Arbeitsuniform, als wäre dies hier ein ganz gewöhnlicher Werktag. Sie stand nicht unter Arrest und war auch nicht inhaftiert worden, musste als Anwältin aber wissen, dass man sie nicht zum Austausch von Höflichkeiten aufs Polizeirevier geladen hatte.

Sie begrüßte Tracy mit einem verschmitzten Grinsen. »Faszinierend. Die Neugier oder das Interesse weckend.«

Tracy, die nicht verstand, was das sollte, warf ihr einen verwunderten Blick zu.

Battles nahm die Füße vom Stuhl und setzte sich aufrecht hin. »Das Wörterbuch im Café Zeitgeist. Ich habe doch gleich gesagt, das hätte etwas Prophetisches.«

»Ah.« Tracy zog sich den frei gewordenen Stuhl zurecht und setzte sich. »Haben Sie ein fotografisches Gedächtnis?«

»Nein, einfach nur ein gutes. Ein großer Vorteil beim Schachspielen. Ich kann mir die Züge eines Gegners merken und mich daran orientieren, wenn wir das nächste Mal gegeneinander antreten. Einschätzungen vornehmen – das war immer meine Achillesferse. Wie gut mache ich mich bis jetzt? Erst wurde mir unterstellt, ich hätte ein Video geklaut, um meinem Mandanten eine Mordanklage vom Hals zu schaffen, und jetzt glaubt man anscheinend, ich hätte diesen Mandanten erschossen.«

»Und? Haben Sie?« Warum sollte Tracy diese Frage nicht stellen? Battles hatte ihr mehr oder weniger grünes Licht gegeben.

»Nein. Aber reicht allein mein Wort, um Sie zu überzeugen?«

»Möchten Sie Kaffee?«, fragte Tracy.

»Ich schlafe auch so schon schlecht genug.«

»Eigentlich sehen Sie nicht aus wie der Typ, der schlecht schläft.«

»Normalerweise habe ich solche Probleme auch nicht.« Battles beugte sich vor. »Also? Was machen Sie hier? Und was mache ich hier?«

»Trejo ist mein Fall.« Mehr mochte Tracy ihr im Moment nicht bieten.

»Ich habe die Pressekonferenz gesehen. Eine sehr überzeugende Erklärung. Dabei wissen wir beide doch ganz genau, dass das King County nicht weiter gegen Trejo ermittelt hätte.«

»Ach ja?«

»Wie denn, ohne das Video? Sie hätten doch dasselbe Problem gehabt wie die Anklage hier: Ohne Video kein effektives Kreuzverhör, das hätte Trejo natürlich auch bei Ihnen geltend machen können. Und wenn es so war, warum hätte sich Ihre Staatsanwaltschaft in Seattle freiwillig in diesen Sumpf begeben sollen?«

Battles war clever. Vielleicht zu clever, um irgendetwas preiszugeben. Im Moment fühlte sich Tracy wie bei einer Partie Schach gegen eine viel erfahrenere Spielerin. »Hat die Navy schon entschieden, wie sie weiter vorgehen will?«

»Gegen mich?«

»Ja.«

»Die Ethikkommission wird eine Untersuchung durchführen. Ob es danach auch noch ein Militärgerichtsverfahren gibt, weiß ich nicht. Möglicherweise ist ein Deal das Beste, was ich für mich rausschlagen kann: ehrenhafte Entlassung statt eines

Verfahrens vor dem Militärgericht und ich darf meine Würde und meinen Sold behalten. Die meisten Leute an meiner Stelle wären damit zufrieden.«

»Sie nicht?«

»Nein.«

»Warum nicht?«, wollte Tracy wissen.

»Weil hier jemand mit voller Absicht dafür gesorgt hat, dass ich auf die Schnauze falle, und weil ich nicht reingelegt werden mag. Und weil ich es echt hasse zu verlieren.«

Battles hörte sich an, als sei es ihr ernst mit allem, was sie sagte. Aber Tracy hatte schon eine Menge Leute verhört, die überzeugend unschuldig geklungen hatten, ohne es zu sein.

»Manche Leute werden sagen, dass Sie genau aus diesem Grund das Video genommen haben. Weil Sie eben nicht gern verlieren.«

»Manche haben das bereits getan«, sagte Battles.

Tracy wusste auch, wen sie damit meinte: Brian Cho. »Und? Wo waren Sie gestern Abend?«

Battles lächelte verhalten. »Ob ich ein Alibi habe, meinen Sie?«

»Haben Sie eins?«

»Ich war zu Hause. Ich bin zur Arbeit gegangen, habe dort Däumchen gedreht und bin zu der Erkenntnis gelangt, dass man mich höchstwahrscheinlich vor ein Militärgericht stellen und mir einen Anwalt zuweisen wird, der mich dort verteidigen soll. Und da ich nicht gern auf andere höre, was auf dem Gymnasium ein echtes Problem war, fand ich es sinnvoller, schon mal selbst mit der Arbeit an meiner Verteidigung anzufangen. Um vier Uhr habe ich das Büro verlassen, bin mit der Fähre rüber nach Seattle und danach zum Training. Anschließend bin ich nach Hause und habe ein bisschen recherchiert.«

»Wie lange? Wann gingen Sie zu Bett?«

»Um Mitternacht.«

»Kann irgendjemand das bestätigen?«

»Das wäre schön.« Battles schüttelte den Kopf. »Ich lebe allein. Aber mein Computer lügt nicht.«

»Haben Sie mit irgendwem telefoniert?«

Battles lächelte. »Okay. Spielen Sie also Detective und ich spiele Verdächtige.«

»Um ehrlich zu sein, bin ich wirklich ein bisschen fasziniert«, gestand Tracy.

Battles grinste. »Spielen Sie Schach, Detective?«

Ging es darum? Um ein Spiel? »Wie Golf – nicht besonders gut. Immer, wenn ich auf dem Platz bin, finde ich, ich müsste besser sein.«

»Ich war mal Jugendmeisterin. Jetzt laufe ich durch die Parks in Seattle und suche nach Spielern. Ich bin gut. Ich verliere nur selten. Und ich finde, das Schachspiel macht mich zu einer besseren Anwältin, weil es mich zwingt, mir die Züge meines Gegners vorauszudenken.«

»Gegen wen spielen Sie jetzt, in diesem Fall?«

»Das weiß ich nicht. Aber Trejo wusste es, da bin ich überzeugt. Und deswegen ist er jetzt tot.«

»Ich würde gern Ihre Analyse hören.«

»Die dürfte sich mit Ihrer decken, wetten? Sie waren ja da, bei Gericht, und haben erlebt, wie Trejo auf das Verschwinden des Videos reagierte – nämlich gar nicht. Er hat nicht mit der Wimper gezuckt. Sie glauben doch genau wie ich, dass er mit dem Verschwinden des Bandes rechnete. Er hat darauf gezählt, freizukommen.«

»Dann wurde das Band nicht einfach zufällig verlegt.«

»Wie gut stehen die Chancen dafür, dass ein zentrales Beweisstück zufällig verlegt wird, Detective?«

»Sie waren die letzte Person, die den Karton mit den Beweismitteln hatte. Alles deutet darauf hin, dass sich das

Überwachungsvideo noch im Karton befand, als Sie ihn zurückbrachten.«

»Stimmt. Aber die eigentliche Frage ist doch gar nicht, wer das Video genommen hat, die eigentliche Frage muss lauten: Warum? Und ich bin mir ziemlich sicher, dieses Warum hat etwas mit dem zu tun, was Trejo an dem Abend in Seattle gemacht hat.«

»Das hat er Ihnen nicht gesagt?«

»Er hat nie zugegeben, überhaupt dort gewesen zu sein. Noch nicht einmal, nachdem ich ihm das Video aus dem Laden gezeigt hatte.« Battles zuckte die Achseln. »Und bevor mich jetzt irgendwer beschuldigt, ich würde das Vertrauensverhältnis zwischen Anwalt und Mandant verletzen: Das ist mit Trejos Tod erloschen. Er hat gesagt, er war es nicht. Er hat gesagt, es war jemand, der aussah wie er. Ich konnte das damals nicht verstehen, habe nicht kapiert, warum er sich auf keinen Deal mit Schuldeingeständnis einlassen wollte. Jetzt verstehe ich es.«

»Das Video sollte nie als Beweis vor Gericht vorgelegt werden«, sagte Tracy.

»Und Trejo wusste das.« Battles nickte.

»Sie sagten, Sie hätten die Aufzeichnungen aus der Überwachungskamera im DSO gesehen. Vom Abend vor der Anhörung?«

»Es zeigt Cho, wie er an dem betreffenden Abend das Haus verlässt, und es zeigt mich, wie ich den Karton mit den Beweismitteln zurückbringe und dann ebenfalls gehe. Danach ist außer dem Putzmann bis circa sechs Uhr am nächsten Morgen niemand mehr gegangen oder gekommen.«

»Gibt es einen zweiten Eingang zum Haus?«

»Nicht nach Dienstschluss. Jedenfalls nicht so einfach.«

»Ich würde gern ein paar Fragen klären«, bat Tracy. »Trejo arbeitete als Logistiker?«

»Richtig.«

»Wie kann ich herausfinden, wo er überall stationiert war?«

Battles kniff die Augen zusammen. »Das müsste aus seinem Wehrpass ersichtlich sein. Warum?«

»Wie schwer wäre es für ihn gewesen, ein Paket an Bord und wieder von Bord eines Schiffes zu schmuggeln?«

Über diese Frage dachte Battles eine ganze Weile nach, ehe sie sagte: »Nicht besonders schwer.« Tracy meinte zu sehen, wie sich im Kopf der Anwältin die Rädchen schneller drehten.

»Wie wäre er dabei vorgegangen?«

Battles lehnte sich zurück. Auch über diese Frage dachte sie eine ganze Weile nach. »Nehmen wir mal an, rein hypothetisch, ein Schiff legt in Thailand an. Ein Karton wird in den Lagerraum des Schiffes gebracht und dort abgestellt, zusammen mit anderen. Sagen wir mal: eine Lieferung aus insgesamt acht Kartons Bananen. Das steht jedenfalls drauf. Trejo, der als Logistiker Buch über alle Vorräte führt, schreibt aber nur sieben Kartons auf. Das Schiff kommt zurück und geht für Reparaturarbeiten auf die Werft. Leute und Fracht werden ausgeladen, darunter auch sieben Kartons Bananen, was mit den Aufzeichnungen des Logistikers übereinstimmt. Die achte Kiste wurde nie registriert. Vor nicht allzu langer Zeit hatte die Navy ein Problem mit Diebstählen aus den Lagern, Sachen verschwanden und wurden auf der Straße verkauft. Sie haben die Diebe drangekriegt, indem sie sämtliche Ladeunterlagen mit dem verglichen haben, was als Lagerbestand eingetragen worden war. Aber jemand wie Trejo konnte die Ladelisten manipulieren, wodurch etwas, was an Bord ging, offiziell nie an Bord war und von daher auch nie offiziell von Bord gehen konnte.«

»Dann ist es also möglich?«

»Es ist möglich.« Battles warf Tracy ein schiefes, neugieriges Grinsen zu. »Drogen?«

Tracy antwortete nicht.

»Faszinierend!«, fand Battles.

Kapitel 38

Nach ihrer Unterhaltung mit Battles hielt Tracy kurz Rücksprache mit Owens und verließ das Revier, kehrte allerdings noch nicht sofort nach Seattle zurück. Battles hatte zwar den Namen der Reinigungsfirma nicht gekannt, die im DSO sauber machte, hatte aber die Uniformen der Mitarbeiter und die Kleintransporter der Firma beschreiben können, die sie mehrfach auf dem Parkplatz des DSO gesehen hatte. Beides zeigte als Logo einen stilisierten Mann in weißem Anzug und mit Mütze, dessen Beine ab dem Knie in die rotierenden Bürsten eines Staubsaugers übergingen und auf dessen Uniform die Buchstaben IJS prangten. Nach zehn Minuten am Laptop hatte Tracy einen Reinigungsdienst mit dem Namen Industrial Janatorial Services gefunden, dessen Büro sich in der West G Street, also ganz in der Nähe des Marinestützpunktes befand. Sie telefonierte ein bisschen herum, sprach mit dem Besitzer des Unternehmens und konnte schließlich ein Treffen mit dem Mitarbeiter vereinbaren, der am Abend vor der Anhörung im DSO-Gebäude sauber gemacht hatte.

Wenig später parkte sie vor einem einstöckigen Backsteinhaus zwischen mehreren Kleintransportern mit dem IJS-Logo. Es regnete zur Abwechslung einmal nicht, war aber weiterhin kühl. Eine Möwe stolzierte den Bürgersteig entlang und protestierte vorwurfsvoll krächzend, als sich Tracy dem Haus näherte und die Tür zu einer altmodischen Eingangshalle aufstieß. Hier waren die Wände mit dunklem Holz vertäfelt, Lampen und Möbel schienen geradewegs aus den Fünfzigerjahren zu stammen, die Deko bestand aus Schwarz-Weiß-Fotos und selbst der Geruch, der über allem hing, kam ihr alt und muffig vor.

Tracy hatte einen Termin mit Gary Buchman, dem Leiter von IJS, der sofort zu ihrer Begrüßung nach vorn kam, nachdem sie sich am Empfang gemeldet hatte. Der Mann passte mit seinem zum modifizierten Pompadour zurückgekämmten grau melierten Haar perfekt zum Dekor. Tracy schätzte ihn auf Mitte bis Ende sechzig. Sein weißes Polohemd betonte die nicht mehr ganz schlanke Taille und zeigte auf der Brusttasche links die Initialen IJS. Als er Tracy die Hand schüttelte, bemerkte sie mehrere Ringe an seinen Fingern und ein dünnes Kettchen am Handgelenk, das sie schon öfter bei Diabetikern gesehen hatte.

Buchman schien der Besuch einer Polizistin nicht nervös zu machen, er wirkte auch nicht besorgt, obwohl seine linke Hand zitterte. Er bot Tracy einen Kaffee an, den sie ablehnte, und führte sie durch einen langen, engen Flur voller Aktenschränke, Papierstapel und Ordner zu seinem Büro am anderen Ende des Hauses. Auch dieser Raum war in den Fünfzigerjahren stecken geblieben und mit derselben dunklen Vertäfelung und altmodischen Möblierung ausgestattet wie der Eingangsbereich. An der Wand hinter dem Schreibtisch hing das Schwarz-Weiß-Porträt eines Mannes mit Bürstenhaarschnitt und schwarz umrandeter Brille, der eine flüchtige Ähnlichkeit mit dem derzeitigen Firmenchef erkennen ließ. Ein Fenster bot durch die Spalten seiner Jalousie hindurch einen leicht verzerrten Blick auf eine Tankstelle mit Waschanlage auf der anderen Straßenseite.

»Vielen Dank, dass Sie sich so kurzfristig Zeit für mich nehmen konnten.« Tracy setzte sich auf einen dunkelgrün bezogenen Stuhl vor Buchmans großen Schreibtisch, auf dem drei Computerbildschirme standen.

»Kein Problem.« Buchman selbst ließ sich vorsichtig in einen Lederstuhl sinken.

»Ist das Ihr Vater?« Tracy deutete auf das Porträt.

»Genau.«

»Sie sind schon sehr lange im Geschäft.«

»Seit 1956. Mein Großvater hat den Betrieb gegründet und mein Vater konnte ihn aufgrund eines Vertrags mit der Navy erheblich ausweiten.« Buchman schien nicht lange plaudern zu wollen und kam lieber gleich zur Sache: »Ich habe den Mitarbeiter angerufen, der in der fraglichen Schicht gearbeitet hat. Er dürfte jede Minute hier sein, dann können Sie ihm Ihre Fragen stellen.«

»Ich weiß das zu schätzen«, wiederholte Tracy. »Hoffentlich haben wir ihn nicht aus dem Bett geholt.«

»Das geht schon in Ordnung, machen Sie sich keine Sorgen.«

»Wie lange haben Sie den Vertrag mit der Navy schon?«

»Fast fünfundvierzig Jahre. Für uns ist das ein großer Auftrag, wie Sie sich sicher denken können. Wir hatten bisher auch noch nie ein Problem.«

»Sie sind ein ziviles Unternehmen?«

Buchman nickte. »Der Marinestützpunkt ist der größte Arbeitgeber im Staat. Ich war mir nicht sicher, ob Sie das wissen.«

»Nein, das wusste ich nicht«, musste Tracy zugeben.

Woraufhin Buchman munterer wurde. »Der Stützpunkt beschäftigt mehr als zehntausend Mitarbeiter von Vertragsfirmen und ungefähr dieselbe Anzahl Menschen sind direkt beim Verteidigungsministerium angestellt.«

»Beeindruckend.«

»Wie ich schon sagte, wir hatten nie ein Problem. Wir sind die Firma, die am längsten dort beschäftigt ist.«

»Und ich versuche auch gar nicht, Ihnen irgendwelche Probleme zu machen«, versicherte Tracy. »Wie ich schon am Telefon sagte, hatte ich ein Treffen mit Kollegen aus Bremerton und da dachte ich mir, ich gehe schnell noch mal hier vorbei, ehe ich die Fähre zurück nach Seattle nehme. Ich möchte lediglich ein, zwei Dingen nachgehen.«

»Geht es hier um das verschwundene Videoband?«

»Ja.« Tracy hatte das Band bei ihrem kurzen Telefonat zur Terminabsprache gar nicht erwähnt. »Dann hören Sie heute nicht zum ersten Mal davon?«

»Nein. Ich habe einen Anruf vom NCIS bekommen, als die ganze Sache gerade passiert war. Sie haben einen Ermittler hergeschickt, um meine Aussage und auch die meiner Mitarbeiter aufzunehmen.«

Tracy notierte sich im Geiste, das NCIS um Kopien der Aussageprotokolle zu bitten.

»An dem Abend hatte Al Tulowitsky im DSO gearbeitet. Al ist jetzt fast fünfzehn Jahre bei mir.« Buchman sagte das so, als müsse er den Mann verteidigen. »Die letzten zehn Jahre auf dem Stützpunkt, ohne eine einzige Beschwerde. Aus dem Grund schicke ich ihn auch dorthin. Alle unsere Beschäftigten durchlaufen eine Sicherheitsüberprüfung durch die Navy. Al ist das Salz der Erde.«

Ein Klopfen am Türrahmen ließ Tracy den Kopf wenden. In der Tür stand ein großer, dünner Mann.

»Und immer auf die Minute pünktlich!« Buchman war aufgestanden.

Tulowitsky mochte Mitte vierzig sein, mit vorzeitig weiß gewordenem, dichtem Haar. Er deutete mit einer vagen Handbewegung hinter sich. »Debra sagte, ich soll einfach durchgehen?«

Buchman ging zur Tür. »Al, das hier ist Detective Crosswhite vom Seattle Police Department.« Tulowitsky trug mehrere silberne Kettchen und zeigte die rote Gesichtsfarbe eines Menschen, der entweder in Arizona lebt oder ein Dauerabo für die Sonnenbank hat. Tracy schüttelte ihm die Hand.

»Detective Crosswhite hat ein paar Fragen zu der verschwundenen Videokassette im DSO.«

»Das NCIS hat meine Aussage aufgenommen.« Tulowitskys rechten Unterarm zierte eine Tätowierung, die ein Herz mit einer Schriftrolle zeigte. Auf der Rolle standen die Worte: »Du wirst geliebt.«

»Ich habe diese Aussagen noch nicht lesen können«, sagte Tracy. »Ich weiß es sehr zu schätzen, dass Sie gleich gekommen sind.« Sie deutete auf die Tätowierung. »Sie haben gedient?«

»Ja.« Tulowitsky nickte.

»Navy?«

Tulowitsky rang sich ein dünnes Lächeln ab. »Die haben mich chauffiert. Ich bin ein Marine.«

»Aber nicht mehr im aktiven Dienst, nehme ich mal an?«

»Einmal Marine, immer Marine, da gibt es keine Pensionierung.«

»Das hat mir schon mal jemand gesagt. Das NCIS hat Ihre Aussage also aufgenommen?«

»Sie haben gleich am nächsten Tag angerufen und gesagt, ein Videoband sei verschwunden. Sie wollten den Mitarbeiter sprechen, der an dem Abend im DSO-Gebäude geputzt hatte«, sagte Buchman.

»Ich habe keine Videokassette gesehen«, sagte Tulowitsky. »Und ich rühre auf den Schreibtischen nichts an. Nie.«

»Verstehe«, sagte Tracy. »Ich versuche nur, mir ein besseres Bild davon zu machen, wie genau Sie vorgehen, wenn Sie dieses Gebäude reinigen.«

Buchman meinte, sie sollten sich doch alle wieder setzen. Tulowitsky entschied sich für den Stuhl rechts neben Tracy, den er ein wenig schräg rückte, ehe er sich setzte. Er roch nach frischem Zigarettenrauch und zeigte all die verräterischen Anzeichen eines Kettenrauchers – tiefe Falten um die Lippen, gelbliche Zähne, an der rechten Hand gelb verfärbte Fingernägel. Wahrscheinlich hatte er noch schnell auf dem Weg hierher im Auto oder auf dem Parkplatz eine Zigarette geraucht.

»Möchten Sie, dass ich es Ihnen erkläre?«, fragte er.

»Bitte«, sagte Tracy.

»Okay. Zuerst leere ich die Papierkörbe. Dann reinige ich die Toiletten, sauge Staub und mache Ordnung. Aber ich rühre nichts auf den Schreibtischen an.«

Tracy zückte ihren Notizblock. Sie hätte das alles gern ein bisschen langsamer gehabt und wollte den Mann dazu bringen, in die Details zu gehen. »Also gehen Sie in die einzelnen Büros? Sie machen auch in den Büros sauber?«

»Ja, Ma'am.« Tulowitsky zollte Tracy mit dieser Anrede einen Respekt, der ihr eigentlich nicht zustand, da sie wahrscheinlich gleichaltrig waren. Er hatte die Angewohnheit, mit geschlossenen Augen den Kopf zurückzuwerfen, was trotzig wirkte, wohl aber eher eine Art nervöser Tick war. »Aber wir rühren nichts an, was auf den Schreibtischen liegt. Was für Sie wie ein Stück Papier aussehen mag, könnte für die Person, die in diesem Büro arbeitet, ein wichtiger Name oder eine wichtige Telefonnummer sein.«

Buchman nickte ihm wohlwollend zu. Anscheinend hatte Tulowitsky eben eines der Firmenmantras zitiert.

»Erinnern Sie sich daran, an jenem Abend auch das Büro von Lieutenant Battles sauber gemacht zu haben?«

»Ja, ich erinnere mich, aber nur, weil ich dazu befragt worden bin. Ich mache alle Büros im Erdgeschoss sauber.«

»Sie erinnern sich nicht daran, auf ihrem Schreibtisch einen Karton gesehen zu haben?«

»Nein. Nein. Kein Karton.«

»Und es lag auch nichts auf dem Boden?«

»Nicht, dass ich es gesehen hätte. Wie ich schon sagte, das NCIS hat am nächsten Tag angerufen. Wahrscheinlich ist die Aussage, die ich denen gegenüber gemacht habe, genauer als alles, was ich jetzt noch weiß. An eine Videokassette hätte ich mich erinnert. Falls so eine Kassette auf dem Boden gelegen hätte, hätte ich sie allerhöchstens aufgehoben und auf einen Stuhl gelegt, um staubsaugen zu können. Aber das war nicht der Fall. Ich habe keine Kassette gesehen.«

»Würden Sie bitte mit mir Ihre Routine in diesem Gebäude durchgehen?«

Tulowitsky zuckte mit den Achseln. »Im DSO? Okay.«

Er warf erneut einen Blick Richtung Buchman. Tracy hätte dieses Gespräch lieber ohne den Chef geführt, aber wenn sie den jetzt bat zu gehen, würde es für alle Beteiligten noch verkrampfter werden.

»Das ist das Haus vierhundertdreiunddreißig«, erklärte Tulowitsky. »Das erste Gebäude, das wir sauber machen. Das erste Gebäude hinter dem Charleston Gate.«

»Reinigen nur Sie dieses Gebäude, oder sind auch noch andere Reinigungskräfte beteiligt?«

»In dem Gebäude sind wir zu zweit, Darren und ich, aber ich mache das Erdgeschoss sauber.«

»Und Darren übernimmt die anderen Stockwerke?«

»Das ist richtig. Da oben sind weniger Büros. Er fängt gleich nach offiziellem Dienstschluss dort an, um achtzehn Uhr. Er ist schon weg, wenn ich komme.«

»Das NCIS hat auch seine Aussage«, sagte Buchman. »Ich habe heute Morgen versucht, mich mit ihm in Verbindung zu setzen, konnte ihn aber nicht erreichen.«

»Wie ich hörte, geben Sie die letzten vier Ziffern Ihrer Sozialversicherungsnummer ein, um Zugang zum Gebäude zu erhalten«, sagte Tracy.

»Die Tür ist verschlossen, ohne die Sozialversicherungsnummer kommt man nicht ins Haus«, bestätigte Tulowitsky. »Und die letzten vier Ziffern der Nummer müssen registriert sein.«

Buchman setzte sich auf. »Das ist computerisiert«, sagte er. »Es gibt ein Sicherheitsbüro, wo die Ziffern aufbewahrt werden. Wie ich schon sagte, wir hatten nie ein Problem.«

»Niemand hat je die Nummer von jemand anderem gestohlen?«, fragte Tracy.

»Jedenfalls keiner von unseren Angestellten«, sagte Buchman, fügte dann aber noch hinzu: »Nicht, soweit mir das bekannt ist.«

Tracy fragte Tulowitsky nach den letzten vier Ziffern seiner Sozialversicherungsnummer und sagte dann: »Okay, Sie wollten mit mir Ihre Routine innerhalb des Gebäudes durchgehen.«

Tulowitsky zog die Brauen hoch, um anzudeuten, dass er das ja bereits getan hatte. »Wie ich sagte, als Erstes leere ich die Papierkörbe in den Büros.«

»Alles muss geschreddert werden«, warf Buchman ein. »Ein paar von den Navy-Leuten machen das auch selbst. Der Müll wird zu einer bestimmten Anlage gebracht und dort vernichtet.«

Tracy konzentrierte sich auf Tulowitsky. »Sie leeren also die Papierkörbe. Was dann?«

»Ich bringe den Müll runter zum Wagen und hole mir die Putzmittel und den Staubsauger. Ich mache die Toiletten im Erdgeschoss sauber und räume sozusagen ein bisschen die Büros auf. Ich sauge Staub und arbeite mich so langsam wieder aus dem Haus hinaus.« Er sprach nicht weiter.

»Wie lange dauert das?«

»Alles zusammen?« Er sah hoch zur Decke. »Das Ganze dauert ungefähr fünfundvierzig Minuten, vielleicht auch eine Stunde. Manchmal ein bisschen länger, wenn wir Flecken aus dem Teppichboden entfernen müssen. Aber die Büros sind nie sehr schlimm, es ist ziemlich unkompliziert.«

»Wann sind Sie an dem Abend eingetroffen?«

»Ich komme normalerweise so gegen elf und bin meistens um Mitternacht durch mit dem Gebäude.«

»Und erinnern Sie sich daran, an jenem Abend dort noch jemanden gesehen zu haben?« Tracy warf einen Blick auf ihre Notizen. »An diesem 18. März?«

Tulowitsky schüttelte den Kopf. »Das habe ich dem NCIS auch schon gesagt. Wenn jemand dort gewesen wäre, dann hätte ich mich daran erinnert, ihn gesehen zu haben.«

»Und wenn Sie das Haus verlassen, um den Müll wegzubringen, schließen Sie dann ab?«

»Die Türen schließen automatisch. Ich brauche nur rauszugehen, die Tür schließt sich ganz von allein hinter mir. So einfach ist das.«

Vielleicht, dachte Tracy. Nur dass in diesem Fall nichts einfach zu sein schien.

Kapitel 39

Del und Faz hatten, ohne es zu wollen, in ein Wespennest gestochen, und eine Menge der aufgescheuchten Insekten hockte nun an diesem späten Vormittag um den Konferenztisch von Polizeipräsident Sandy Clarridges Büro. Eine Menge, das hieß außer den beiden Detectives noch ihr Sergeant Billy Williams und Johnny Nolasco als ihr Captain, Kevin Dunleavy, der leitende Staatsanwalt des King County, Rick Cerrabone, Anthony Rizzo, der Sergeant der Major Crimes Task Force, und Scott Disney, Detective bei der Drogenfahndung. Disney hatte lange Haare und einen dünnen Bart, was bedeutete, dass er gerade eine Weile verdeckt ermittelt hatte.

Im Moment hatte Del das Wort. Er erzählte, wie sie Nick Evans verhaftet hatten, und berichtete von Evans' Aussage, sein Lieferant habe Laszlo Trejo nach dem tödlichen Unfall unter die Arme gegriffen. »War das Wissen aus erster Hand?«, wollte Anthony Rizzo wissen. Rizzo, sauber rasiert und mit kurzem Haarschnitt, sah aus wie ein Buchhalter und klang skeptisch.

»Nein.« Del schüttelte den Kopf. »Er hat nur weitererzählt, was er von seinem Lieferanten, Eric Tseng, gehört hatte.« Evans hatte ihnen Tsengs Namen im Austausch für ein vermindertes Strafmaß bei einem Schuldeingeständnis geliefert. Weitere Recherchen hatten zutage gefördert, dass Tseng neunundzwanzig Jahre alt war, keinerlei Vorstrafen hatte und nicht im Militär gedient hatte. Ein unbeschriebenes Blatt sozusagen. Der Drogenfahndung war er ein Unbekannter.

»Könnte dieser Evans uns verarscht haben?«, wollte Rizzo wissen.

»Möglich ist alles«, gab Del zu. »Aber das glaube ich nicht.«

»Warum nicht?« Das klang wie eine Herausforderung.

Williams beugte sich vor, um Del zu verteidigen und dessen Position zu stärken. »Zum einen haben sie gestern Abend in einem verlassenen Park in Bremerton Trejos Leiche gefunden.« Die Nachricht war ein Leckerbissen, der alle aufhorchen ließ. »Die Polizei in Bremerton nennt es zurzeit noch Selbstmord, aber wir hatten eine Mordermittlerin da draußen und sie sagt, für sie sieht es aus, als hätte jemand Trejo mit einer Kugel in den Kopf exekutiert.«

»Und ich bezweifle, dass Nick Evans regelmäßig morgens bei einer Tasse Kaffee die Zeitung gelesen hat«, fügte Del hinzu. »Ich möchte bezweifeln, dass er den Namen oder irgendwelche Einzelheiten zu Trejos Verhaftung gekannt hätte, wenn ihn nicht jemand umfassend aufgeklärt hätte. Und dann haben wir die ganzen Ermittlungen über eine Frage nie klären können: Warum hat Trejo nicht angehalten, nachdem er D'Andre Miller überfahren hatte? Warum hat er Fahrerflucht begangen? Was wir jetzt wissen, erklärt sein Verhalten. Drittens hat jemand Trejo geholfen, ein verlassenes Grundstück zu finden, auf dem er seinen Wagen loswerden konnte, und ihm danach geholfen, wieder nach Bremerton zurückzukommen. Viertens hat jemand das Video gestohlen, auf dem wir sehen können, wie Trejo am Abend kurz vor dem tödlichen Unfall in einem Laden in Seattle einen Einkauf tätigte. Und da das Video verschwand, konnte es und alles, was durch die Aufnahme bewiesen wird, bei der Anhörung nach Paragraf zweiunddreißig nicht verwendet werden.«

Williams meldete sich zu Wort: »Wir glauben auch nicht, dass irgendwer dieses Video ganz zufällig verlegt hat. Das scheint uns unwahrscheinlich, wenn man das Gesamtbild betrachtet.«

Rizzo runzelte die Stirn, was aussah, als schmolle er. »Trejo hätte seit Jahren mit Drogen handeln und sehr wohl selbst von dem leeren Grundstück gewusst haben können. Zweitens hat er vielleicht deswegen nicht angehalten, weil er wusste, ihm steht eine Anzeige wegen Unfalls mit Todesfolge unter Einfluss von Drogen bevor. Haben wir Hinweise darauf, dass er Drogen nahm?«

»Ich kann den Autopsiebericht dahingehend überprüfen«, bot Faz an.

»Drittens«, fuhr Rizzo fort, »könnte seine Frau ihm geholfen haben, nach Hause zu kommen, und deckt jetzt ihn oder vielleicht auch einen Freund. Vielleicht diesen Tseng.« Rizzo sah Williams und Nolasco an. »Ich dachte, ich hätte gehört, dass gegen die Verteidigerin der Navy wegen Diebstahls der Videokassette ermittelt wird?«

Del blieb hartnäckig. »Wenn Trejo regelmäßig Heroin geliefert hat, stellt sich die logische Frage: Warum wusstet ihr nichts von ihm – oder von Tseng?« Rizzo wurde sichtbar steif. »Nicht, dass ich hier irgendwie mit Steinen werfen will, aber interessant ist das doch, oder?«

»Die Kollegen in Bremerton haben gestern Abend, nachdem die Leiche gefunden worden war, mit Trejos Frau gesprochen«, sagte Williams, der das von Tracy wusste. »Sie hat zugegeben, dass sich Trejo am Abend der Fahrerflucht nicht zu Hause befunden hat, schwört aber, nicht zu wissen, wo er war oder was er gemacht hat. Sie sagt, er hat ihr erzählt, er hätte was für die Arbeit zu erledigen und wäre erst spät zu Hause. Als er dann nach Hause kam, sagte er, das Auto sei wegen eines Ölwechsels in der Werkstatt und er bekäme es am Tag danach zurück. Nichts deutet darauf hin, dass sie lügt, und jetzt, wo ihr

Mann tot ist, hätte sie ehrlich gesagt auch gar keinen Grund dazu.«

»Dann haben Sie also nichts in Bezug auf einen Drogenring in Rainier?«, wollte Clarridge von Rizzo wissen.

»Wir haben eine Menge laufen, nur eben nicht mit Tseng«, verteidigte sich Rizzo. »Nachdem es im North End zu zwei weiteren Drogentoten gekommen war, wurden wir vom Büro des Rechtsmediziners auf das Problem aufmerksam gemacht, dass wohl eine sehr potente Droge in Umlauf ist. Wir schickten Fahrradstreifen los, um Kontakt zu den uns bekannten Drogenkonsumenten herzustellen, damit sich die Nachricht verbreitet. In Anbetracht des Zeitpunkts der letzten beiden Todesfälle durch Überdosis nehmen wir an, dass alle Opfer entweder bei derselben Person kauften oder von Personen, die von derselben Quelle beliefert wurden. Aber es gibt im pazifischen Nordwesten eine Reihe von Gangs und Drogenkartellen, die mit Meth und Heroin handeln.«

»Mit China White?«, wollte Del wissen.

»Wir wissen nicht, ob es China White war!«, sagte Rizzo.

»Black Tar war es nicht«, sagte Del.

»Aber es stimmt, dass ihr Tseng nicht im Blick hattet?«, mischte sich erneut Clarridge ein.

»Wenn Trejo Tseng mit Heroin versorgt hat, dann haben er und für wen immer er gearbeitet haben mag, das aus gutem Grund klammheimlich abgewickelt«, erklärte Rizzo. »Wenn die mexikanischen Kartelle nämlich herausfinden, dass jemand auf ihrem Gebiet dealt, dann ist die Hölle los.«

»Wir sollten uns Tseng vorknöpfen und herausfinden, was er über Trejo weiß«, schlug Del vor.

»Wenn wir ihn festnehmen, müssen wir aber auch das Produkt finden«, gab Rizzo zu bedenken. »Sonst wird er kein Wort sagen. Warum auch, wenn wir nichts Konkretes in der Hand haben und Trejo ja nun tot ist? Tseng macht den Mund nicht auf. Schon gar nicht, wenn er wirklich hinter dem Rücken der mexikanischen Kartelle arbeitet.«

»Vielleicht sind die Kartelle genau der Knackpunkt, vielleicht kriegen wir ihn so zum Reden.«

»Wenn Sie Tseng verhaften und der ist Teil einer größeren Operation, dann gehen Ihnen die ganz großen Fische möglicherweise durch die Lappen.«

»Da draußen macht ein schlechtes Produkt die Runde«, protestierte Del. »An dem Zeug sterben Menschen.«

»Das Produkt dürfte inzwischen gründlich in Umlauf sein«, wandte Rizzo ein. »Wir müssen die Nachricht so schnell wie möglich verbreiten, das ist das Beste, was wir zum Schutz der Konsumenten tun können.«

»Dann tun wir also gar nichts?« Del sah Clarridge an.

»Das wäre nicht akzeptabel.« Clarridge strich sich nachdenklich über das Kinn. »Dem Bürgermeister würde es nicht gefallen und den leitenden Köpfen der afroamerikanischen Gemeinde auch nicht. Viele Leute unterstellen der Navy ja, bei Trejos Freilassung die Hand im Spiel gehabt zu haben, und jetzt haben sie ihn bestimmten Gerüchten zufolge auch gleich noch umgebracht.«

»Alles in allem scheint dieser Tseng in Rainier Beach unser bester Ansatzpunkt zu sein«, meldete sich Dunleavy, der sich bisher zurückgehalten hatte. »Von welchem Zeitraum sprechen wir hier, realistisch gesehen? Um da wen reinzukriegen?«

»Sie meinen, bis wir Leute eingeschleust haben?« Rizzo klang wie vor den Kopf gestoßen. »Wir wissen doch gar nicht, wie lange das schon läuft, und die Leute haben absolut keinen Lärm gemacht. Das ist ein Problem. Wenn sie wissen, dass wir Evans verhaftet haben und dass Trejo tot ist, können wir das mit dem Infiltrieren vergessen. Wahrscheinlich haben sie die ganze Aktion abgeblasen und sind weitergezogen.«

»Dann schadet es auch nichts, Tseng zu verhaften«, meinte Del.

»Wie lange?«, fragte Dunleavy noch einmal.

Rizzo atmete laut aus. »Monate! Ich würde sagen drei bis sechs. Mindestens.«

Del schüttelte den Kopf.

»Das ist zu lange.« Clarridge nahm sich einen Moment Zeit, um die verbleibenden Möglichkeiten abzuwägen, und traf dann eine Entscheidung: »Okay: Wir verhaften Tseng, setzen ihn unter Druck und schauen mal, ob er uns Trejo als seinen Kontakt nennt und vielleicht auch noch mehr. Wenn er Trejo identifiziert, kriegen wir vielleicht wenigstens das Problem mit der öffentlichen Meinung in den Griff.«

»Und retten wahrscheinlich ein paar Menschen das Leben«, ergänzte Del.

»Dann sollten wir das tun!«, befand Clarridge abschließend.

* * *

Später am selben Nachmittag begleitete ein Wachmann Tracy in das Büro von Rebecca Stanley. Leah Battles' Einsatzleiterin hatte ihr Büro im Erdgeschoss des DSO-Gebäudes, nicht weit von Battles entfernt. Tracy kam es für einen leitenden Offizier ein wenig zu klein und sehr schmucklos vor und sie dachte schon, Stanley habe für dieses Treffen einen vorübergehend unbenutzten Raum gewählt, als sie die Reihe gerahmter Diplome an der Wand entdeckte. Alle lauteten auf Stanleys Namen und bescheinigten ihren College- und Uniabschluss sowie den Abschluss der Ausbildung beim Corps der Obersten Militärstaatsanwaltschaft. Die Diplome hingen alle neben einem kleinen, quadratischen Fenster, das nicht viel größer war als die Bilderrahmen.

Ron Mayweather hatte sich mit dem Beschluss zur Herausgabe der Überwachungsvideos wirklich große Mühe gegeben. Ein Richter des King County hatte ihn unterzeichnet, dann war er ordnungsgemäß Peter Lopresti, dem befehlshabenden Offizier in Kitsap, zugestellt worden. Der hatte ihn an den zuständigen Sicherheitsbeauftragten weitergereicht, der sein Büro ebenfalls im DSO hatte, und dieser Sicherheitsbeauftragte hatte Mayweather mitgeteilt, eine von ihm angefertigte Kopie des Überwachungsbandes für den betreffenden Abend liege bei Stanley, er habe sie ihr übergeben. Das konnte Leah Battles bestätigen, weswegen Tracy bei Stanley angerufen und auch gleich einen Termin bekommen hatte.

Stanley bat um Entschuldigung, weil sie Tracy nicht die Hand schütteln mochte. »Ich brüte eine Erkältung aus«, erklärte sie, die einzige persönliche Note in ihrem ansonsten ausschließlich offiziellen Benehmen, das gut zum durchdringenden Blick ihrer braunen Augen passte. Als sie sich das dunkle, kurz geschnittene Haar hinter die Ohren schob, kamen goldene Ohrstecker zum Vorschein. Die Frisur rahmte ein schmales Gesicht, aber klein war Stanley nicht. Tracy schätzte sie – in Stiefeln – auf irgendwo zwischen ein Meter fünfundsechzig und ein Meter siebzig, und auch wenn sich das angesichts der unförmigen Uniform nicht leicht sagen ließ, schien sie nicht gerade zierlich zu sein. Nach der Begrüßung setzte sich Stanley hinter ihren metallenen graugrünen Schreibtisch, während es sich Tracy auf einem der beiden Stühle ihr gegenüber bequem machte.

»Laszlo Trejo hat sich gestern Abend im Old Mill Park erschossen, habe ich gehört.« Die Einsatzleiterin schien gleich zur Sache kommen zu wollen.

»Und wo haben Sie das gehört?«, fragte Tracy.

Woraufhin Stanley sich aufsetzte und beide Hände auf die Schreibtischplatte legte. »Neuigkeiten machen auf einem Militärstützpunkt sehr schnell die Runde.«

»Sie haben richtig gehört: Laszlo Trejo wurde erschossen.«

Stanleys Brauen, sehr gepflegt, rückten näher zusammen. »Sie scheinen zu bezweifeln, dass er sich die Schussverletzung selbst zugefügt hat.«

»Ich weiß nicht, ob es Selbstmord war oder nicht«, sagte Tracy. »Dafür ist Bremerton zuständig und es kann dauern, bis wir die Resultate einer Autopsie kennen.«

»Und was fällt jetzt in Ihre Zuständigkeit?« Stanley holte sich einen Hustenbonbon aus ihrer Schreibtischschublade, wickelte ihn aus und steckte ihn sich in den Mund.

»D'Andre Miller.« Tracy gefiel Stanleys ganze Attitüde nicht und sie mochte sich von ihr auch nicht behandeln lassen wie eine Untergebene. Tracy war nie beim Militär gewesen, wusste aber, dass man hier sehr auf seinen Rang bedacht sein konnte. Besonders die Offiziere.

»Hat die Polizei in Seattle vor, im Fall D'Andre Miller zu ermitteln?«

»Wissen Sie, ich bin nur eine Arbeitsbiene und solche Entscheidungen werden weit oberhalb meiner Gehaltsklasse getroffen. Das können Sie bestimmt nachvollziehen.«

Stanleys Lippen wölbten sich leicht, während sie am Hustenbonbon lutschte, aber verbal reagierte sie nicht. Sie nahm den Durchsuchungsbeschluss aus ihrem Eingangskorb, das einzige sichtbare Stück Papier im ganzen Zimmer, und betrachtete ihn, als sähe sie ihn zum ersten Mal. Irgendwo weiter unten im Flur klingelte ein Telefon, ohne dass jemand drangegangen wäre. Stimmen riefen. Nach grob geschätzt einer Minute legte Stanley den Beschluss wieder hin.

»Sie interessieren sich für die Videoaufnahmen der Überwachungskamera in diesem Gebäude, und zwar für die Zeit der Nacht vor dem Anhörungsverfahren nach Paragraf zweiunddreißig.«

»Wenn ich das richtig verstanden habe, hat Ihr Sicherheitsbeauftragter auf Ihre Bitte hin eine Kopie des Bandes gemacht und Ihnen zur Verfügung gestellt.«

»Ich habe mir gleich am Tag der Anhörung eine Kopie gesichert«, bestätigte Stanley. »Eine angemessene Vorsichtsmaßnahme, fand ich.«

»Und warum fanden Sie das so?«

Stanley zuckte leicht mit den Achseln. »Leah Battles arbeitet für mich und es geht hier um schwerwiegende Anschuldigungen. Es kam von Anfang an der Verdacht zur Sprache, sie könnte etwas mit dem Verschwinden der Kassette zu tun haben. Ich wollte wissen, wer sich im Gebäude aufhielt, nachdem sie gegangen war.«

»Was haben Sie herausgefunden?«

Stanley schüttelte den Kopf. »Nur die Reinigungsfirma.«

»Niemand sonst betrat oder verließ das Gebäude?«

»Niemand.« Stanley zog eine Schreibtischschublade auf und holte ein mehrere Seiten starkes Dokument heraus. »In Ihrem Beschluss wird auch um die Liste sämtlicher Personen gebeten, die an jenem Abend das Gebäude hier betraten oder verließen, einschließlich der letzten vier Ziffern der jeweiligen Sozialversicherungsnummern.« Sie reichte das Dokument über den Tisch. Tracy nahm es und las es sich durch.

»Zwischen circa dreiundzwanzig Uhr und sechs Uhr früh am nächsten Morgen hat niemand das Gebäude betreten«, fuhr Stanley fort. »Bis auf das Reinigungspersonal.«

Tracy würde sich das Dokument später genauer ansehen. Sie legte es sich auf den Schoß. »Wissen Sie, wie das Videosystem funktioniert?«

Stanley lächelte. »Mein Hauptfach an der Uni waren politische Wissenschaften, Detective, in Computerfragen bin ich nicht sehr bewandert. Ich kann Ihnen von daher nur sagen, was mir der Sicherheitsbeauftragte bei der Übergabe des Bandes erklärt hat.«

»Bitte«, sagte Tracy.

»Es ist ein IP-System. Die Videoaufzeichnungen des Tages und der Nacht werden in einen Computer im Sicherheitsbüro eingespeist, wo sie verbleiben, bis das Band voll ist, sich umschaltet und überspielt wird.«

»Wie lange befinden sich die Aufnahmen im System, bis sie überspielt werden?«

»Das kann ich Ihnen nicht sagen.«

»Haben Sie um eine CD gebeten?«

»Ich hatte keine andere Wahl. Nach dem, was der Sicherheitsbeauftragte mir erklärt hat, sind die Kameras von hoher Qualität, was bedeutet, dass die Aufzeichnungen eine Menge Speicherplatz in Anspruch nehmen. Mehr als sechs Stunden Kameramaterial von hoher Qualität hochzuladen, würde mehrere Gigabytes erfordern, was, um es jetzt mal nicht gerade wissenschaftlich auszudrücken, sehr viel ist. Zu viel für meinen Computer, habe ich mir sagen lassen, er würde abstürzen. Also haben sie mir eine CD gebrannt. Ich habe gebeten, Ihnen auch eine zu brennen.«

Ein weiterer Griff in ihre Schublade förderte einen braunen Umschlag zutage, den sie Tracy reichte. »Sie haben sich die Aufzeichnungen angesehen?«, wollte Tracy wissen.

Stanley nickte. »Mehrmals. Auch zusammen mit Lieutenant Battles. Falls Sie irgendetwas entdecken, was mir entgangen ist, dann würde ich gern davon erfahren. Leah ist ein guter Mensch und eine ausgezeichnete Anwältin. Ich würde sie äußerst ungern verlieren.«

Mit diesen Worten stand Stanley auf. Das Treffen war beendet.

* * *

Auf der Fähre zurück nach Seattle rutschte Tracy schnell in eine Nische in der Nähe der großen Fenster, klappte ihren Laptop auf, legte die CD ein und wartete darauf, dass der Computer das Video hochlud. Regen hinterließ Flecken auf dem Fensterglas, während die Fähre in den Wind kreuzte, und aus der Cafeteria roch es nach Hotdogs und Popcorn. Tracy fiel prompt ein, dass sie seit dem vergangenen Abend nichts mehr gegessen hatte, schob aber den Gedanken an Essen erst einmal wieder beiseite.

Auf dem Bildschirm erkannte sie nun, aus einem bestimmten Blickwinkel aufgenommen, die Eingangshalle, durch die sie bei ihrem Besuch am Nachmittag gegangen war. Es war die Eingangshalle des DSO. Am unteren rechten Ende des Bildschirms standen Datum und Uhrzeit. Sie kritzelte beides auf ihren Notizblock.

18. März 2016, 22 Uhr.

Sie drückte auf *Play* und hielt Block und Bleistift bereit, während der Zeitmesser laut tickend die Sekunden zählte.

Als sich ihr Handy, das sie auf dem Tisch abgelegt hatte, klappernd und vibrierend meldete, ging sie aus reiner Gewohnheit ran, wobei sie das Video weiterlaufen ließ. Eigentlich hatte sie mit einem Anruf von Dan gerechnet, aber die Vorwahl auf dem Display war die von Bremerton: 360.

»Sie sind wahrscheinlich längst weg?«, wollte Owens wissen.

»Ja, das bin ich«, sagte Tracy, ohne genauer auf die Frage einzugehen. »Was kann ich für Sie tun?«

»Wir haben die Kugel nicht gefunden, die Trejo getötet hat«, sagte Owens. »Aber die Rechtsmedizin deutet an, dass es sich wahrscheinlich um eine vom Kaliber vierzig handelt.«

»Das Kaliber von Trejos Waffe. Und wir wissen, dass die abgefeuert wurde.«

»Richtig. Ich fand, Sie sollten wissen, dass Battles eine vierziger Glock besitzt und dass wir die sichergestellt haben.«

»Und?«

»Sie ist in jüngster Zeit nicht abgefeuert worden. Und wir haben uns mit Trejos Frau unterhalten. Sie bestätigt, dass er Rechtshänder war.«

»Dann ist es unwahrscheinlich, dass er sich selbst erschossen hat.«

»Scheint so, aber ich habe ein Problem mit dieser Theorie. Trejo hat seine Pistole doch wohl aus gutem Grund mit in den Park genommen.«

»Scheint logisch.«

»Dann können wir annehmen, dass er sich in der Situation nicht gerade wohlfühlte, was immer das für eine Situation gewesen sein mag. Er wird auf der Hut gewesen sein. Und wenn es so war – wie konnte da jemand an seine Pistole kommen?«

Das klang zunächst einmal nach ganz logischen Überlegungen, aber Tracy meinte, bei Owens einen Unterton zu hören, wie eine fröhliche Melodie. Als wüsste er noch etwas, als hätte er ein weiteres, wichtiges Stück Information. »Gibt es noch etwas, das Sie sagen wollen?«, fragte sie.

Einen Moment lang dachte Tracy, die Verbindung sei unterbrochen worden. Dann meldete sich Owens wieder. »Ich habe ein Video, das ich Ihnen gern zeigen würde. Ich habe es heute online gefunden. Ich schicke Ihnen den Link per E-Mail.«

»Worum geht es da?«

»Schauen Sie es sich einfach an. Ich will Ihre Wahrnehmung nicht beeinflussen. Rufen Sie mich an, wenn Sie es sich angesehen haben.« Jetzt beendete Owens den Anruf wirklich.

Tracy stoppte das Video, das gerade auf ihrem Computer abgespielt wurde, und öffnete ihr E-Mail-Konto. Sie fand Owens E-Mail, öffnete sie und klickte den Link an. Während sie sich das neue Video ansah, beugte sie sich angespannt vor und spürte einen Schwall Hitze in sich aufsteigen, fast so wie bei einer ihrer Hitzewallungen.

»Da soll mich doch einer …!«, murmelte sie.

* * *

Ein bisschen mehr als eine Stunde später ließ Tracy ihre Aktentasche auf den Boden neben dem Schrank bei ihrem Schreibtisch fallen. Faz und Del, die beide an ihren jeweiligen Schreibtischen saßen, sahen interessiert auf. »Das müsst ihr sehen!«, sagte Tracy.

»Wir haben dir eine Menge zu erzählen!« Del stieß sich von seinem Schreibtisch ab und rollte näher heran.

»Und ich muss euch eine Menge zeigen!« Ohne auch nur die Jacke auszuziehen, setzte sich Tracy an ihren Schreibtisch, gab ihr Passwort ein und lud ihre E-Mails hoch.

Inzwischen standen Del und Faz hinter ihr. »Was ist das?«, fragte Faz.

»Sieh es dir einfach an.«

Sie beugten sich rechts und links über ihre Schulter, als sie den ihr von Owens gesandten Link aufrief, die Werbung übersprang und das Video abspielte. Während es lief, rollte sie sich mit ihrem Stuhl zurück, damit Del und Faz besser sehen konnten. Auf dem Bildschirm standen sich ein Mann und eine Frau nur eine Armlänge voneinander entfernt gegenüber. Beide trugen schwarze T-Shirts, der Mann dazu eine kurze Hose, die Frau eine Trainingshose. Der Mann hielt der Frau eine gelbe Spielzeugpistole an die Brust und redete mit einem unüberhörbar britischen Akzent auf sie ein. Und dann – nur ein Sekundenbruchteil war vergangen – hatte nicht mehr er, sondern die Frau die Pistole in der Hand und hielt sie ihm an den Kopf.

»Was ist das denn?«, wollte Del wissen.

»YouTube«, sagte Tracy. »Der Detective aus Bremerton hat es mir geschickt. Die Frau in dem Video ist Leah Battles.«

»Die Verteidigerin?« Faz klang fassungslos.

»Genau.«

Sie sahen zu, wie der Trainer die Entwaffnung noch einmal durchspielte, diesmal Schritt für Schritt. Battles hielt ihm die Waffe an die Brust, er drehte sich langsam und gezielt seitwärts aus der Schusslinie, packte dabei gleichzeitig mit der linken

Hand das Handgelenk der Hand, in der Battles die Waffe hielt, und schlug mit der freien Hand so gegen den Lauf der Pistole, dass die hinterher in die entgegengesetzte Richtung zeigte.

»Wenn ihr Finger auf dem Abzug gelegen hätte«, erklärte er dabei, »dann wäre er jetzt gebrochen.«

Er ging weiter zur nächsten Technik. Diesmal richtete Battles die Pistole auf seinen Unterleib. Wie bei dem ersten Beispiel bewegte sich der Trainer zu schnell, als dass man seinen Bewegungen im Einzelnen hätte folgen können, aber irgendwie entwaffnete er Battles auch diesmal und richtete die Pistole zum Schluss auf sie.

»Verdammt!«, sagte Faz.

Jetzt ging der Trainer die aus vier Schritten bestehende Technik noch einmal durch, die damit endete, dass er Battles die Pistole entriss.

Als die dritte Technik vorgeführt wurde, sagte Tracy: »Aufgepasst! Die hier wollte ich euch zeigen.«

Der Trainer richtete den Lauf der Pistole auf Battles' Stirn. »Hier liegt der Schlüssel zum Erfolg darin, dass Sie nicht mehr zögern dürfen, sobald Sie sich entschieden haben.«

Battles duckte sich, während sie gleichzeitig die Arme hochriss, packte die Waffe und drückte den Lauf Richtung Decke. Dabei deutete ihr rechtes Bein einen Kniestoß in den Schritt des Trainers an. Sie trat zurück, richtete den Lauf der Waffe wieder in Richtung Trainer, riss dessen Handgelenke nach unten – und hielt die Pistole in der Hand.

»Was ist das?«, fragte Del noch einmal.

Tracy setzte sich zurück, starrte immer noch auf das Video. »Krav Maga«, sagte sie.

»Krav was?«, fragte Faz.

»Damit hätte Leah Battles Laszlo Trejo die Pistole abnehmen und ihn erschießen können.«

Kapitel 40

Nach einer sehr langen Nacht, in der sie daran arbeiteten, eine koordinierte Aktion von Beamten der Drogenfahndung, einem Eingreifkommando (SWAT) und der Abteilung für Gewaltverbrechen hinzubekommen, begleiteten Del und Faz kurz vor vier Uhr morgens ein SWAT-Team zum Haus von Eric Tseng.

Tseng hatte in Rainier Beach ein Haus gemietet, das nicht weit von der Kreuzung entfernt lag, auf der D'Andre Miller überfahren worden war. Auch zum leeren Grundstück, auf dem man Laszlo Trejos Auto gefunden hatte, war es von hier aus nicht weit. Wahrscheinlich erklärte sich allein aus der Adresse, wer Trejo am Abend der Fahrerflucht zu Hilfe gekommen war. Falls es sich bei Tseng um einen erfahrenen Drogenhändler handelte, hatte er vielleicht auch gleich weit genug vorausgedacht, um sicherheitshalber das Wageninnere zu säubern und auch den Airbag abzuwischen, damit weder Fingerabdrücke noch DNA sichergestellt werden konnten. Nicht geklärt war allerdings nach wie vor, wie das Videoband aus der Überwachungskamera des Lebensmittelladens hatte verschwinden können.

Eine erste Überprüfung hatte ergeben, dass es sich bei dem Haus um ein Wohnhaus im Ranch-Stil handelte, eine rechteckige Konstruktion mit erbsengrüner Holzverkleidung.

Eigentlich sollte ein Haus dieser Bauart nur ein Stockwerk hoch sein, hier jedoch befand sich darunter noch eine Garage, die zwei Autos Platz bot, und man erreichte die Haustür über eine Treppe. Haustür und sämtliche Fenster im Erdgeschoss waren mit schwarzen Metallgittern gesichert, aber problematischer waren erst einmal die beiden Hunde, die sich in dem mit Maschendraht umzäunten Garten frei bewegten. Es waren Mischlinge, nicht besonders klein, die laut bellten, sobald sich jemand dem Zaun näherte. Hier konnte sich selbst die Polizei nicht anschleichen, trotz des Gerichtsbeschlusses, der ihnen erlaubte, das Haus zu stürmen, ohne sich groß anzukündigen.

Wie vereinbart benutzte das SWAT-Team zwei gepanzerte Wagen und mehrere Beamte, um die Straße und das leer stehende Grundstück hinter dem Haus abzusperren. Sobald alle ihre Plätze eingenommen hatten, gingen zwei Beamte der Tierrettung durch das Gartentor, sicherten die Hunde und schafften sie aus dem Garten. Zur selben Zeit rief eine Unterhändlerin des SWAT-Teams, um die im Haus Anwesenden vom Bellen der Hunde abzulenken, die Handynummer an, die Tseng Evans gegeben hatte. Sie ließ das Telefon ein paarmal klingeln, ehe sie den Kopf schüttelte.

»Da geht niemand dran.«

Der Anführer des SWAT-Teams, ein stämmiger Mann namens Glenn Ekey, bat sie, die Nummer noch einmal anzurufen. Das tat sie auch, allerdings mit demselben Ergebnis.

Da gab Ekey den Befehl zum Angriff. Er mochte nicht warten und damit Tseng vielleicht Gelegenheit geben, sich zu bewaffnen oder Beweise zu vernichten.

Kurz nach vier Uhr sah Del zu, wie sich SWAT-Leute in Kampfmontur mit einem Rammbock zwischen sich auf die Haustür zubewegten. Wenig später ging mit lautem Scheppern die metallene Sicherheitstür auf, die Holztür dahinter gab ein vergleichsweise leises »Plopp« von sich. Schnell und mit lang geübter Präzision betraten die Spezialkräfte das Haus und Del konnte hören, wie sie sich per Funk verständigten, während sie ein Zimmer nach dem anderen betraten, durchsuchten und freigaben. In den Häusern der Nachbarschaft gingen Lichter an, Hunde bellten. Ein paar Nachbarn in Pyjamas, Shorts und T-Shirts traten auf ihre Terrassen.

Del und Faz warteten.

Wenige Minuten nach Erstürmung des Hauses kamen zwei der SWAT-Leute an die Haustür und besprachen sich mit Ekey. Der hörte ihnen kurz zu, ehe er sich umdrehte und Faz und Del mit einer Handbewegung zu sich rief.

»Wissen Sie, wie dieser Typ aussieht?«, wollte er wissen.

»Nur von den Führerscheinfotos«, sagte Del, den langsam ein ungutes Gefühl beschlich. Was hatte das SWAT-Team im Haus gefunden? Was würde er gleich zu sehen bekommen?

Ekey führte Faz und Del ins Haus. Das obere Stockwerk war äußerst sparsam möbliert. Als er die Treppe zum unteren Stockwerk, der vermeintlichen Garage, hinunterging, hörte Del Musik und roch einen durchdringenden Gestank. Die Musik und der Geruch wurden stärker, als sie Ekey in ein Souterrain mit großem Flachbildfernseher, Fernsehsesseln und einer gut bestückten Bar folgten. Jemand schaltete die Musik aus, aber den Gestank würde man nicht so schnell loswerden. Eric Tseng saß in sich zusammengesunken in einem der Fernsehsessel. Sein Kopf war zur Seite gerutscht. Das Leder des Sessels war voller Blutspritzer, Blut hatte sich auch auf dem Boden gesammelt. Der Mann war vor ungefähr zwei Tagen erschossen worden, schätzte Del. Sehr wahrscheinlich in derselben Nacht wie Laszlo Trejo.

Kapitel 41

Als Tracy im Häuschen in Redmond ankam, wollte sie nur noch ins Bett. Im Hotel in Bremerton hatte sie gerade mal ein paar Stunden schlafen können und auch die nur sehr unruhig, und danach hatte sie praktisch den ganzen Tag und auch noch die Nacht durchgearbeitet, weil sie vor dem Nachhausegehen noch Dels Bericht über die Razzia im Haus von Eric Tseng hören wollte.

Um fünf Uhr morgens hatte sich Del dann schließlich gemeldet. Allerdings nicht mit guten Neuigkeiten: Sie hatten angrenzend an die Männerhöhle, in der Tsengs Leiche lag, ein mit einer Stahltür gesichertes Zimmer gefunden, das kaum mehr enthielt als einen glänzenden Metalltisch und einen Abfluss im Boden. Ansonsten war es komplett leer geräumt, und es hatte nach Zitronen und einem starken Putzmittel gerochen. Del sagte, der Raum sei extra so konstruiert gewesen, dass man ihn schnell sauber machen konnte, was genau auch passiert zu sein schien. Sie fanden weder Reste von Heroin noch Waagen noch Plastiktütchen. Die Spurensicherung würde das ganze Haus noch einmal gründlich durchgehen und dabei auch Proben aus dem Wasser im Abflussrohr nehmen, aber erst einmal erhoffte man sich davon nicht allzu viel.

Eine Befragung der Leute in der Nachbarschaft hatte ebenfalls keine deutlichen Hinweise auf eine Drogenoperation zutage gefördert. Die Nachbarn erinnerten sich nicht an fremde Fahrzeuge zu jeder Tages- und Nachtzeit. Sie beschrieben Tseng als freundlich, aber auf seine Privatsphäre bedacht, und sagten, er hätte sehr zurückgezogen gelebt. Einer der Nachbarn erinnerte sich daran, Frauen auf dem Grundstück gesehen zu haben, konnte aber keine näher beschreiben und hatte sich auch nichts dabei gedacht, da Tseng alleinstehend war. Tseng hatte den Nachbarn erzählt, er sei Softwareberater mit eigenem Betrieb und arbeite von zu Hause aus, wobei die Probleme seiner Kunden auch oft Außentermine zu seltsamen Uhrzeiten erforderlich machten.

Tracy streifte die Stiefel ab und stellte sie neben die Tür, betrat das Haus in Strümpfen, um Dan nicht zu wecken, falls er noch schlafen sollte. Leider ließ sich ein leises Klicken des Türschlosses nicht vermeiden und auch die Tür selbst, die im Winter leicht klemmte, ging nicht geräuschlos auf. Das rief natürlich Rex und Sherlock auf den Plan, die laut bellend aus dem Schlafzimmer gestürmt kamen. Dan folgte ihnen ein bisschen langsamer in Shorts, Socken und Sweatshirt – wahrscheinlich hatte er gerade das Haus verlassen wollen, um eine Runde zu laufen. »Ich wette, du bist froh, wenn diese Nachtschicht vorbei ist«, begrüßte er Tracy.

Sie ging zum Esstisch, wo sie ihre Aktentasche, Handtasche und Jacke ablegte. »Ich weiß nicht mal mehr, in welcher Schicht genau ich arbeite«, erklärte sie kopfschüttelnd, um prompt das Gesicht zu verziehen. Der Schlafmangel hatte ihr heftige Kopfschmerzen beschert, in ihren Schläfen pochte es vehement.

Dan beugte sich vor, um sie zu küssen.

Sie wich ihm aus. »Lieber nicht. Mein Atem dürfte nach Schimmelkäse riechen, jedenfalls fühlt sich mein Mund so an.«

»Ich würde ja fragen, ob du mit laufen kommst, aber ich glaube, die Antwort kenne ich auch so.«

»Ich laufe jetzt allerhöchstens noch ins Bett.« Sie ging in die Küche, wo sie sich ein Glas Wasser einschenkte und in den Schränken nach Aspirin suchte.

»Warum kommst du so spät?« Dan sah auf die Uhr. »Oder sollte ich sagen: früh?«

»Wir hatten eine Razzia im Haus von dem Typen, den Trejo angeblich beliefert hat. Ich wollte noch mitkriegen, wie die gelaufen ist.«

»Und?«

Sie trank das Wasser in langen Zügen. »Den Typen haben wir gefunden«, sagte sie und setzte das Glas ab. »Sonst nichts. Keine Drogen, keine Gerätschaften, um Drogen herzustellen oder zu verpacken.«

»Hört sich nicht gut an«, fand Dan.

Tracy ging ins Schlafzimmer. »In die Schläfe geschossen, wie Trejo. Del sagt, wahrscheinlich auch zur gleichen Zeit.«

»Jemand macht gründlich sauber«, stellte Dan fest.

»Sieht ganz danach aus. Sie nehmen noch das Haus auseinander, nur große Hoffnungen macht sich da keiner.« Sie schob sich die Jeans über die Hüfte und setzte sich aufs Bett, um sie auszuziehen. »Das Ganze wird einfach immer verwirrender und verwirrender.«

Tracy schlug die Bettdecke zurück und kletterte ins Bett. Sherlock, der seine Chance gekommen sah, sprang ihr nach und ließ sich schwer auf die Matratze fallen. Dan hockte sich auf die Bettkante, Rex zu Füßen, der vorwurfsvoll zu ihm aufsah: Ich dachte, wir wollten laufen.

»Wir gehen gleich.« Dan kraulte Rex hinter den Ohren und sah Tracy an. »Möchtest du es mit mir durchgehen?«

Wollte sie nicht, aber sie wusste auch, dass Dan ihr dieses Angebot nicht nur machte, um nett zu sein. Er hatte auch ohne ihre Fälle genug um die Ohren. Aber er war von Haus aus Strafverteidiger, der perfekte Partner also, um ein Problem in allen Einzelheiten durchzukauen. So einen Partner brauchte Tracy dringend, solange Kins ausfiel. Außerdem wusste Dan, dass sie oft nicht schlafen konnte, wenn ihr noch zu viel durch den Kopf ging. Mit Dan zu reden war ungefähr so, als würde sie ihre Gedanken aufschreiben, um sie so aus dem Kopf zu bekommen.

»Gern.« Sie setzte sich auf und rückte die Kissen in ihrem Rücken zurecht, überlegte, wo sie anfangen sollte. »Laszlo Trejo überfährt eine rote Ampel und tötet ein Kind. In Seattle. Was hat er hier gemacht?«

»Er hatte Heroin im Auto und war dabei, es auszuliefern.«

»Genau.« Tracy rieb sich das Gesicht, um die Müdigkeit zu vertreiben. »Wer hat ihm geholfen, den Wagen verschwinden zu lassen und wieder nach Bremerton zurückzukommen?«

»Da fällt einem am ehesten der Typ ein, dem er das Heroin liefern wollte. Aber da beide Männer nun tot sind, werdet ihr das nicht bestätigen können.«

»Das sehe ich auch so. Höchst zweifelhaft, dass wir es verifizieren können, und höchst wahrscheinlich, dass Tseng Trejo geholfen hat.« Sie verzog das Gesicht. In ihrem Kopf dröhnte es heftig. »Ich weiß nicht, wie ich jetzt weitermachen soll. Normalerweise würde ich sagen, es ist ein Drogendeal, der schieflief, aber wir haben das Problem mit dem verschwundenen Video aus dem Laden und ich glaube nicht mehr, dass das einfach nur ein blöder Zufall war.«

Tracy lehnte den Kopf zurück in die Kissen. Sie konnte spüren, wie die Müdigkeit sich in ihre Knochen schlich und ihre Lider immer schwerer wurden.

»Wer hatte Zugang zu diesem Video?«, fragte Dan.

»Jeder, der Zugang zum Beweismittelraum im DSO-Gebäude hat.«

»Und wer wäre das alles?«

Tracy holte tief Luft. »Battles, die Verteidigerin, der Ankläger, seine Assistentin, der Protokollführer, die Leute vom Reinigungsdienst. Das Problem ist, ich habe mir eine Kopie des Überwachungsbandes vom Gebäude geben lassen, ehe ich aus Bremerton wegfuhr. Niemand ist in der Nacht und am Morgen, an dem das Video verschwand, ins Haus gegangen oder hat es verlassen, bis auf den Putzmann.«

»Du hast es dir angesehen?«

»Noch nicht.«

»Dann …«

»Leah Battles hat mir erzählt, was auf dem Video war, und ihre Vorgesetzte auch. Die hat es sich an dem Tag geben lassen, als das Video aus dem Laden verschwand.«

»Könnte es der Putzmann gewesen sein?«

Tracy dachte an Al Tulowitsky und seinen Chef, Gary Buchman. »Möglich ist es, aber sehr unwahrscheinlich.«

»Was ist mit Battles?«, wollte Dan wissen.

Tracy erzählte ihm von dem Link zu dem Video, den Owens ihr geschickt hatte, das Video, das Battles zeigte, wie sie eine Person mit einer Pistole entwaffnete.

»Ich weiß, du möchtest nicht glauben, dass sie es war, Tracy. Aber alles scheint in ihre Richtung zu deuten. Sie wohnt in Seattle, sie hatte ganz sicher die Gelegenheit, das Überwachungsvideo zu nehmen. Sie hat kein richtiges Alibi für die Zeit von Trejos Tod und jetzt hat sie anscheinend auch noch die Fähigkeit, ihm seine Pistole abzunehmen. Wie viel weißt du wirklich über sie?«

»Nicht viel«, sagte Tracy. »Vielleicht nicht genügend.«

»Möglicherweise solltest du genau da ansetzen.«

»Okay«, sagte sie. »Aber ehe ich nicht ein bisschen geschlafen habe, mache ich gar nichts.«

»Je weniger man kriegt, desto mehr verlangt es einen danach«, sagte Dan.

Sie lächelte.

»Du sagst, du hast eine Kopie des Überwachungsvideos aus dem Gebäude von jener Nacht? Tracy?«

»Hm?«

»Das Überwachungsvideo. Möchtest du, dass ich es mir anschaue?«

»Es ist auf einer CD in meiner Aktentasche.«

Er stand auf und sah ihr ein bisschen beim Schlafen zu. »Das nehme ich mal als Ja.«

* * *

Dan hielt die Haustür fest, damit sie nicht klapperte, und trat ins Haus, dicht gefolgt von den Hunden. Er war mit den beiden seine übliche fünf Meilen lange Strecke über die Wanderwege hinter dem Haus gelaufen, was gut fünfzig Minuten dauerte, und hatte dann noch einmal zehn Minuten lang Dehnübungen gemacht, unter anderem auch, um die Hunde langsam wieder ruhig werden zu lassen. Er wollte nicht, dass die beiden wie zwei Betrunkene das Haus stürmten. Zwar hatte er die Schlafzimmertür geschlossen, bevor er gegangen war, aber so eng, wie es hier war, hielt eine geschlossene Tür nur begrenzt Geräusche ab, und er wusste genau, wie müde Tracy war. Die Arbeit einer Polizeiermittlerin hatte mit der eines Anwalts viel gemeinsam: Bestimmte Fälle nahm man einfach unweigerlich mit nach Hause. Dan dachte ständig über seine Mandanten und ihre Probleme nach: wenn er zu Bett ging, gleich morgens beim Aufwachen, unter der Dusche, beim Laufen und wenn er einkaufte. Und er wusste, dass es Tracy genauso ging. Sie suchte in Gedanken ununterbrochen nach dem einen Beweisstück, das ihr entgangen war, das sie übersehen haben könnte. Wenn sie beide am Abend zu Hause waren, galt als Regel, die Arbeit auch im Kopf beiseitezulegen, es sei denn, einer von ihnen musste sich unbedingt mit dem anderen beraten, um das gedankliche Kreisen um eine Frage ausschalten zu können.

Er füllte die Wassernäpfe der Hunde, und während Rex und Sherlock lautstark schlabberten, schenkte er sich auch ein Glas Wasser ein und holte die Vitamine aus dem Schrank, die er täglich nahm. Dazu gehörte auch Glucosamin. Er wurde nicht jünger, woran ihn seine Knie beim Sport gern erinnerten. Auf Waldwegen zu laufen und nicht mehr auf Asphalt oder Beton war ein gewaltiger Fortschritt, bedeutete aber nicht gleich das Aus für alle Unpässlichkeiten.

Dan trug sein Wasser und die Vitamine in den großen Raum und holte sich Tracys Aktentasche. Er setzte sich an den Esstisch, klappte seinen Laptop auf, legte die CD aus Tracys Tasche ein und wartete, bis ihr Inhalt in den Arbeitsspeicher geladen war. Dabei spülte er seine Vitamine mit großen Schlucken Wasser herunter und wischte sich den seitlich an seinem Gesicht herunterlaufenden Schweiß ab. Mit Videoaufnahmen kannte er sich aus, er hatte als Anwalt oft mit solchen Bändern zu tun, wobei er meistens versuchte, ihre Zulassung als Beweismittel zu verhindern. In Zivilrechtsverfahren engagierten Anwälte oft Privatermittler, in der Hoffnung, einem angeblich schwer verletzten oder behinderten Menschen nachweisen zu können, dass es ihm gar nicht so schlecht ging wie behauptet. Was vor Gericht zugelassen war und was nicht, unterlag strikten Regeln, und die größte Hürde für einen Anwalt, der ein Video als Beweismittel einbringen wollte, bestand in sauberer Vorarbeit. Er musste nachweisen können, dass das Video wirklich verlässlich genau das beschrieb, was geschehen war. Dazu musste jemand ganz offiziell vor Gericht bezeugen können, dass das Band nicht bearbeitet oder anderweitig manipuliert worden war. Genau hier setzte Dan meistens seinen ersten Angriff an, wenn er die Zulassung eines Videos verhindern wollte.

Inzwischen war das Video auf dem Bildschirm erschienen und Dan hatte den Blick ins Innere eines Bürogebäudes vor Augen, rechts unten im Bild den Empfangsbereich mit Schreibtisch. Er drückte auf Wiedergabe und machte es sich bequem. Er wollte sich das Ganze erst einmal wie ein unbeteiligter Zuschauer ansehen, wobei er von Zeit zu Zeit schnell vorspulte, um die Momente zu überspringen, in denen nichts zu passieren schien. Er wischte sich gerade weiteren Schweiß von den Schläfen, als er einen großen Mann mit asiatischen Gesichtszügen die Treppe hinunterkommen und ein Büro im Hintergrund des Bildes ansteuern sah. Der Mann klopfte an die Tür und öffnete sie. Dan notierte sich die Zeit: 22:31 Uhr. Das musste Brian Cho sein, wenn er Tracys Bericht über die Anhörung richtig verstanden hatte, der Vertreter der Anklage. Dan ließ das Video schneller laufen, bis Cho um 22:37 Uhr das Büro wieder verließ und die Tür hinter sich schloss. Er blieb stehen und setzte sich seine Mütze auf, ehe er weiterging. Als er sich der Kamera näherte, sah man ihn grinsen und den Kopf schütteln, als amüsiere ihn irgendetwas.

Wenig später kam aus demselben Büro eine Frau mit einem Karton im Arm, die sich von der Kamera fortbewegte. Das musste Leah Battles sein, die Verteidigerin. Inzwischen war es 22:49 Uhr geworden, Dan notierte sich auch diese Zeit, spulte vor und ließ das Band erst wieder langsamer laufen, als Battles zurückkam: 22:54 Uhr. Wieder spulte er vor, bis Battles ihr Büro verließ. Sie trug inzwischen Sportkleidung und setzte sich, während sie auf die Kamera zuging, einen Fahrradhelm auf und schnallte ihn fest. Dann verließ sie das Gebäude. Dan notierte sich, dass sie einen Rucksack getragen hatte. Hätte sie die Videokassette im Rucksack versteckt aus dem Haus getragen haben können?

Er lehnte sich zurück, nippte an seinem Wasser und betrachtete seine Hunde, die es sich beide platt auf der Seite liegend in dem Streifen Sonnenlicht bequem gemacht hatten, der durch das Fenster fiel. Jetzt betrat auf dem Bildschirm der Putzmann das Gebäude und Dan wandte seine Aufmerksamkeit wieder den Aufnahmen zu. Er notierte sich die Zeit: 23:03 Uhr. Der Mann fing an, Papierkörbe zu leeren. Dan spulte vor und hetzte ihn im Schnelldurchlauf durch Empfangsbereich und Büros. Erst als er durch die Vordertür verschwand, hielt Dan das Band an und notierte sich die Zeit mit 23:17 Uhr.

Dann notierte er noch eine Frage: Putzmann im ersten Stock?, und drückte auf Wiedergabe.

Der Putzmann für das Erdgeschoss kam um 23:26 Uhr zurück. Er hatte einen Eimer dabei, in dem sich allem Anschein nach diverse Putzmittel befanden, und einen Staubsauger, den er in der Eingangshalle stehen ließ. Er trug den Eimer mit den Putzmitteln in einen von der Kamera nicht mehr erfassten Bereich. Wahrscheinlich befanden sich dort die Toiletten.

Dan ließ schnell vorlaufen und drückte erst wieder auf Wiedergabe, als der Putzmann erneut auftauchte, seinen Eimer mit den Putzmitteln auf dem Schreibtisch abstellte und staubsaugte. Als er damit fertig war, verließ er das Gebäude unter Mitnahme des Staubsaugers und der Putzmittel. Laut Zeitangabe war es inzwischen 00:13 Uhr geworden. Niemand sonst betrat das Gebäude oder verließ es bis zum folgenden Morgen. Cho kehrte um 7:15 Uhr zurück und verschwand den Flur hinunter Richtung Treppe. Andere trafen ein. Leah Battles betrat das Büro um 7:42 Uhr.

Dan drückte auf *Stop* und kritzelte auf seinen Notizblock:
Hat Putzmann ein Motiv?
Protokollführer?
Leah Battles?

Cho? Traf am nächsten Morgen früh ein. War der Protokollführer da schon im Büro? Warum sollte Cho das Video nehmen?

Er legte seinen Stift beiseite, trank in kleinen Schlucken sein Wasser und dachte noch ein Weilchen über das Video nach. Nach ein paar Minuten drückte er auf *Zurückspulen* und spielte die CD rückwärts ab. Diese Methode hatte er damals in der Anwaltsfirma in Boston von einem erfahrenen Strafverteidiger gelernt, der ihm erklärt hatte, er spiele Bänder und CDs grundsätzlich rückwärts ab, damit seine Augen und sein Unterbewusstsein nicht ständig vorausahnten, was er gleich sehen würde, statt zu sehen, was wirklich geschah. Außerdem konzentriere man sich bei dieser Methode nicht so sehr auf die Leute im Video, sondern mehr auf die Umgebung.

Nach einigen Minuten meinte Dan, etwas bemerkt zu haben. Noch war er sich überhaupt nicht sicher, also spielte er das Band erst vorwärts ab und dann noch ein zweites, drittes und viertes Mal rückwärts. Dabei achtete er genau auf die Tür gegenüber von Leah Battles' Büro und versuchte festzustellen, ob sich bei der im Laufe der Zeit etwas änderte. Es kam ihm nämlich so vor, als sei diese Tür ein Stück weiter zugegangen, nicht viel, keinen halben Meter. Und das, obwohl niemand sie berührt hatte – jedenfalls niemand, der im Video zu sehen war. Dan spulte zurück und ließ das Band noch einmal vorwärtslaufen. Um 23:17 Uhr verließ der Putzmann das Gebäude und zog dabei die Mülltonne hinter sich her. Dan beobachtete die Bürotür. Die schien ihm ganz kurz vor der Rückkehr des Putzmanns um 23:26 Uhr nicht mehr ganz so offen zu stehen wie vorher, als der Putzmann ging. Dan spielte das Band noch einmal rückwärts, vergewisserte sich, was er gesehen hatte, und ließ es dann wieder vorwärtslaufen. Der Putzmann verschwand mit seinem Eimer Richtung Toiletten und Dan kam es so vor, als bewege sich die Tür erneut. Diesmal öffnete sie sich ein bisschen und auch hier wieder, ohne dass jemand auf dem Band zu sehen gewesen wäre.

Er nahm sich seinen Notizblock vor und schrieb drei Dinge auf: die Position der Tür um 23:17 Uhr, als der Putzmann das Gebäude verließ, die Position der Tür um 23:26 Uhr, als er wieder das Haus betrat, und die Position der Tür, als der Putzmann das Gebäude endgültig verließ.

Entweder ging bei der Navy ein Geist um oder jemand hatte dieses Band bearbeitet.

KAPITEL 42

Tracy wachte auf, weil sich ein Mann über ihr Bett beugte. Zu Tode erschrocken schrie sie auf, was Sherlock auf den Plan rief, der laut bellend aus dem Schlaf aufschreckte.

Dan, der mit dem Laptop in der Hand neben dem Bett stand, zuckte zusammen, rührte sich aber nicht vom Fleck. Er wirkte auch nicht besonders schuldbewusst, als er sich jetzt mit leicht dämlichem Grinsen im Gesicht bei seiner Frau entschuldigte.

Tracy brauchte ein paar Minuten, bis sie wieder richtig atmen konnte und wusste, wo sie war. »Himmel! Stephen King live! Du hättest mich fast zu Tode erschreckt.«

Während Dan seine Entschuldigung wiederholte, warf Tracy einen Blick auf die Uhr. Genau zwölf, noch drei Stunden, bis ihre Schicht begann. Drei Tage wären ihr lieber gewesen. Sie fühlte sich wie durch die Mangel gedreht.

»Ich muss dir etwas zeigen«, drängte Dan.

»Das will ich stark hoffen. Du schuldest mir eine Stunde Schlaf, ich hatte den Wecker auf eins gestellt.«

Dan setzte sich auf die Bettkante und spielte ihr das Band vor, ging die Teile durch, die er sich notiert hatte, und zeigte ihr, was ihm bei der Tür zu dem Büro aufgefallen war, das dem von Leah Battles gegenüberlag.

»Jemand hat den Inhalt dieser CD bearbeitet?«, fragte sie, womit sie gleichzeitig zusammenfasste, was sie eben gesehen hatte und Dan um eine Bestätigung bat.

»Sieht mir ganz danach aus.«

Mit einem Satz war sie aus dem Bett. »Das ändert einiges!« Sie suchte ihre Sachen zusammen und fing an, sich anzuziehen. »Das ändert sogar ziemlich viel. Wie kriegt man so was hin?«

»Das weiß ich nicht genau.«

»Aber ich kenne jemanden, der das wissen wird!« Tracy hatte sofort an Mike Melton denken müssen.

* * *

Kurz nach fünfzehn Uhr, zu Schichtbeginn also, stand Tracy im kriminaltechnischen Labor am Airport Way, den Umschlag mit der CD in der Hand. Für die meisten Detectives war Mike Melton Grizzly Adams, aber Tracy nannte ihn Oz, nach dem Zauberer von Oz. Nur dass Melton kein Betrüger war, der sich hinter einem Vorhang versteckte. Melton war echt.

In seinem Büro roch es nach dem Essig, mit dem der inzwischen ziemlich verwelkt aussehende Salat in der Schüssel auf seinem Tisch angemacht war. Melton sah auf, als Tracy in sein Büro kam, und musterte sie über die auf seiner Nasenspitze thronende Lesebrille hinweg, ehe er das Dokument ablegte, in dem er gerade gelesen hatte, und sich zurücklehnte. »Du siehst aus, als hättest du auch schon bessere Tage gehabt.«

»Herzlichen Dank! Genau das brauchte ich jetzt.« Tracy klang ehrlich verletzt.

Sofort beugte sich Melton besorgt vor. »Damit meinte ich doch nur, dass du müde aussiehst!«

»Mike!« Tracy lachte. »Du bist verheiratet, hast sechs Töchter und kriegst trotzdem nicht mit, wenn eine Frau dich auf den Arm nehmen will?«

Melton lachte laut und herzlich. »Daran wird sich wahrscheinlich nie etwas ändern.« Er hatte die Ärmel seines karierten Hemdes hochgerollt und sah mit den fleischigen Unterarmen aus wie Paul Bunyan, kurz bevor er zur Axt greift, um den nächsten Baum zu fällen.

Tracy deutete auf den Salat. »Wirst du langsam auch zum Weichei oder heiratet eine deiner Töchter und du musst in deinen Smoking passen?«

»Bei den ersten drei ging das klar, aber ob ich das noch mal schaffe, weiß ich echt nicht. Egal, wie viel Salat ich esse.« Seufzend langte er nach der Schüssel. »Hiermit will meine Frau mir sagen, dass ich gefälligst in den Anzug passen muss, weil der nämlich scheißteuer war.«

»Hast du Del gesehen?«, fragte Tracy.

»Er und Faz waren vor ein paar Tagen hier. Er sieht gut aus. Vielleicht lässt Fazzo sich ja anstecken.«

»Das wage ich dann doch zu bezweifeln.«

Melton deutete auf den Umschlag in ihrer Hand. »Ist es das?«

Sie hatte ihn von zu Hause aus angerufen, ihm gesagt, was Dan glaubte herausgefunden zu haben, und ihn gebeten, sich das anzuschauen. Jetzt reichte sie ihm den Umschlag mit der CD und den gelben Notizzettel mit den relevanten Zeiten, bei denen Dan eine Veränderung in der Position der Tür bemerkt hatte.

Melton schob die CD in seinen Computer und betrachtete den Bildschirm durch seine Lesebrille hindurch. Tracy stellte sich hinter ihn und sah ihm über die Schulter, während er die CD hochlud und abspielte.

Er sah sich das Band ein paar Sekunden lang an. »Oberflächlich betrachtet sieht alles okay aus.« Er zeigte auf den Bildschirm. »Datum und Uhrzeit da rechts unten, wie es sich gehört.«

»Das ist die Bürotür.« Tracy deutete auf das entsprechende Büro.

Ohne den Blick von seinem Computer zu nehmen, sagte Melton: »Und ich soll dir jetzt sagen, ob du spinnst oder auf dem Stützpunkt ein Geist rumspukt oder jemand das Band bearbeitet hat.«

»Genau.«

»Ist das hier eine Kopie?«

»Die CD? Ja.« Tracy dachte an ihre Unterhaltung mit Rebecca Stanley.

»Hm.«

»Was?«

»Wäre besser, wenn wir das Original hätten.«

»Daran arbeite ich gerade. Sag mir, warum das besser wäre.«

»Hey!« Melton war bei der ersten Türbewegung angekommen. Er drückte auf *Stop*, ließ das Band zurücklaufen und drückte wieder auf Wiedergabe. »Da ist es. Hat sich eindeutig bewegt.« Er setzte sich zurück, sah weiterhin zu.

»Warum wäre dir das Original lieber?«, fragte Tracy noch einmal.

Melton warf einen Blick auf Dans Notizen zu den Zeitangaben und ließ das Band entsprechend vorlaufen. »Es ist fast unmöglich, an einem Originalband herumzudoktern.« Er warf ihr über die Schulter hinweg einen Blick zu. »Hab ich mir sagen lassen. Ich bin kein Computerexperte, dafür bin ich zu früh auf die Welt gekommen. Aber ich habe mir sagen lassen, dass das sehr schwierig ist. Wer ein Video bearbeiten will, zieht sich, soweit ich das verstanden habe, am besten eine Kopie und dann gibt es bestimmte Software, mit der man den Datums- und Zeitstempel entfernen kann. Man bearbeitet das Video und ersetzt Datum und Zeitangabe so, dass es nach Kontinuität aussieht. Da! Das ist es wieder.« Er drückte auf *Stop,* ließ das Band zurücklaufen und spielte es noch einmal ab. »Eindeutig kein Geist.« Er zeigte mit dem Finger auf die Stelle. »Hast du das gesehen?«

»Die Bewegung der Tür?«

»Nicht die Tür. Sieh genau auf den Spalt zwischen der Tür und dem Türpfosten. Achte auf den Schatten.«

Tracy beugte sich weiter herunter, bis ihr Kinn auf Meltons Schulter ruhte und sie sein Rasierwasser riechen konnte. Der Spalt zwischen Tür und Rahmen wurde dunkler. »Da steht jemand hinter der Tür.«

»Sieht auf jeden Fall ganz danach aus. Jemand wirft einen Schatten. Da! Und jetzt ist er weg.«

»Warum kann man kein Original bearbeiten?«

»Weil diese Bänder, soweit ich das verstanden habe, vom Hersteller mit Wasserzeichen versehen werden, mit einem fortlaufenden Code. Um Manipulationen zu verhindern. Irgendein Code – sagen wir mal: 000111000111. Beim Original würden wir sofort merken, ob es bearbeitet wurde. Dann wäre das Wasserzeichen nicht mehr intakt.«

Tracy richtete sich auf. »Wie schnell könnt ihr da Genaueres herausfinden?«

Melton ließ die CD auswerfen. Tracy nahm sich den Zettel mit Dans Notizen und kehrte auf die andere Schreibtischseite zurück.

»Ich hab da einen Mann im Labor, der eine Menge solcher Sachen untersucht«, sagte Melton. »Das hier ist genau seine Kragenweite.«

»Braucht er Dans Notizen?«

»Eigentlich nicht.« Melton sah auf die Uhr. »Ich bin mir nicht sicher, ob er noch da ist, aber wenn ja, dann dürfte er uns ziemlich schnell sagen können, ob das Band manipuliert wurde oder nicht. Kommt natürlich auch drauf an, was er sonst noch zu tun hat. Ich setze ihn drauf an, ja? Und ich melde mich später noch mal und sage Bescheid, was daraus geworden ist.«

* * *

Auf dem Weg durch die Stadt zum Polizeipräsidium stellte Tracy ihr Autoradio leiser, um besser nachdenken zu können. Sie musste versuchen, sich vorzustellen, bei welchem Szenario es notwendig geworden war, die Aufzeichnungen der Überwachungskamera aus dem DSO so zu bearbeiten, dass eine Person nicht mehr auftauchte, die das Gebäude betreten und auch wieder verlassen hatte. Zwei Probleme fielen ihr dabei sofort ins Auge.

Erstens: Wem durfte sie das erzählen?

Zu Stanley konnte sie nicht gehen. Von Stanley hatte Tracy ja die CD, sie könnte in die Bearbeitung des Inhalts verwickelt sein. Auch den Sicherheitsbeauftragten der Navy, der das Band bereitgestellt hatte, konnte sie nicht anrufen: Vielleicht hatte ja genau er aus persönlichen Motiven oder auf Drängen anderer hin die Bearbeitung vorgenommen. Leah Battles und Brian Cho kamen ebenfalls nicht infrage. Beide hätten die Person sein können, die an jenem Abend ins DSO gekommen war, um entweder im eigenen Interesse oder auf Befehl von jemand anderem das Videoband zu stehlen und sich im Haus zu verstecken, bis der Putzmann gegangen war. Beide hatten gewusst, wo das Video zu finden war, und beiden war dessen Bedeutung im laufenden Verfahren klar gewesen. Sie arbeiteten beide im Haus, kannten sich von daher wahrscheinlich auch mit den Gewohnheiten des Protokollführers aus und hatten gewusst, dass er an dem Abend bereits nach Hause gegangen war. Sie waren mit den Arbeitszeiten des Reinigungspersonals vertraut. Erklärt war damit allerdings noch nicht, wie sie die Aufzeichnungen der Überwachungskamera im DSO hätten bearbeiten können. Es sei denn, sie arbeiteten für andere oder mit anderen, was wiederum hieß, dass an den Gerüchten doch etwas dran war, die der Navy eine Beteiligung an der Vertuschungsaktion unterstellten. Eigentlich war lediglich der Putzmann über jeden Verdacht erhaben.

Aber wenn Tracy mit einem dieser Verdächtigen richtiglag, dann erklärte das noch lange nicht, wie die Person ins DSO gekommen war, ohne ihren Zifferncode einzugeben. Vor ihrem Besuch bei Melton hatte Tracy versucht, die auf dem Band sichtbaren Personen mit den an dem Abend eingegebenen Sozialversicherungsnummern zusammenzubringen. Weder Cho noch Stanley noch Battles hatten ihre Nummer ein zweites Mal eingegeben, nachdem sie das Gebäude verlassen hatten. Jedenfalls tauchten ihre Nummern nicht auf der Liste auf, die Stanley Tracy gegeben hatte. Ob auch diese Liste bearbeitet worden war? Tracy hatte eine Idee. Rasch lenkte sie ihren Wagen an den Straßenrand, holte ihre Aktentasche und nahm die Liste mit den Sozialversicherungsnummern heraus. Auf dem Band hatte Al Tulowitsky neun Minuten gebraucht, um den Müll wegzubringen, bevor er ins Gebäude zurückkehrte. Das kam ihr jetzt ungewöhnlich lange vor. Ein Blick auf die Liste nannte ihr seine ursprüngliche Ankunftszeit mit 23:03 Uhr. Aber danach tauchten seine vier Ziffern nicht noch einmal auf. Tulowitsky hatte seinen Code nicht noch einmal eingegeben, als er um 23:26 Uhr, nachdem er den Müll weggebracht hatte, ins Haus zurückgekehrt war.

Sie lehnte sich zurück. Ob der Putzmann die Kassette gefunden und mitgenommen hatte, als er bei Battles im Büro sauber machte? Hatte er sie in den Firmenwagen gelegt oder jemandem gegeben, als er mit dem Müll nach draußen ging? Das wäre für ihn einfach genug gewesen, erklärte aber nicht, warum er sich nicht wieder eingeloggt hatte. Und es erklärte nicht, warum sich jemand vor ihm versteckt hatte – was ja laut Band der Fall gewesen war.

Warum also hatte Tulowitsky so lange gebraucht, um den Müll wegzubringen? Gab es doch noch andere Möglichkeiten, ins Haus zu kommen? Obwohl Battles ja versichert hatte, das sei nicht der Fall?

Tracy hatte auch noch ein anderes Problem. Nachdenklich betrachtete sie das Datum auf ihrem Handy und fragte sich, ob die Originalaufzeichnungen überhaupt noch existierten oder schon überspielt worden waren. Laut Rebecca Stanley war es bei der Navy Vorschrift, die Aufzeichnungen eine Weile aufzubewahren, aber Stanley hatte entweder nicht gewusst, wie lange, als sie mit Tracy sprach, oder sie hatte Tracy diese Information absichtlich vorenthalten. Andererseits spielte es vielleicht gar keine Rolle, wie die genauen Vorschriften lauteten. Das Band könnte trotzdem überspielt worden sein, entweder versehentlich oder mit Absicht.

Tracy suchte bei ihren letzten Anrufen nach der Nummer von Detective Owens, fand sie und rief dort an. Owens nahm gleich nach dem zweiten Klingelton ab. Tracy erklärte ihm, was sie in Bezug auf das Überwachungsvideo herausgefunden hatte und welche Fragen ihr durch den Kopf gingen. »Sie sagten, Sie hätten Erfahrung im Umgang mit der Navy?«, sagte sie zum Schluss.

»Das bleibt hier in der Gegend nicht aus.«

Ein Windstoß ließ Tracys Wagen wackeln. Es regnete weiterhin, als langten aus einer dichten Wolkendecke, die die Stadt zu ersticken drohte, dunkelgraue Finger nach der Welt. »Ich muss heute noch in diesen Sicherheitsraum im DSO. Können Sie das einrichten?«

»Ich kann es versuchen«, sagte Owens.

»Ich möchte aber nicht, dass jemand weiß, dass wir kommen.«

»Verstehe.«

»Und ich möchte mich noch einmal mit dem Putzmann unterhalten, Al Tulowitsky. Aber nicht bei der Arbeit, nicht in Gegenwart seines Chefs.«

»Sie glauben, er hat etwas damit zu tun?«

»Vielleicht unbeabsichtigt. Ich habe eine Theorie. Schauen Sie nach, ob Sie herausfinden können, wie ich ihn erreichen kann. Ich nehme die nächste Fähre, wenn die nicht voll ist.«

»Um diese Zeit sind die Pendler unterwegs, da dürfte sie ausgebucht sein. Lassen Sie Ihr Auto stehen und gehen Sie zu Fuß an Bord. Ich hole Sie auf der anderen Seite ab.«

* * *

Seit ihrer Verbannung aus der Arbeitswelt hatte Leah Battles an ihrem Schreibtisch gesessen und war schier durchgedreht. Sie hatte ein telefonisches Verhör durch die Ethikermittler aus Washington über sich ergehen lassen müssen, bei dem sie am liebsten gekotzt hätte, und wartete nun auf deren Entscheidung. Bis dahin war nicht klar, ob sie nun eines Ethikvergehens angeklagt wurde oder nicht. So eine Anklage würde zweifellos ein Militärgerichtsverfahren nach sich ziehen und beides hing wie ein Damoklesschwert über ihr, ging ihr ständig im Kopf herum. Sie konnte nicht einmal aus dem Büro gehen und draußen mit den anderen hier ein bisschen plaudern, um die Zeit totzuschlagen, denn für ihre alten Kollegen blieb sie weiterhin radioaktiv verseucht und alle machten einen weiten Bogen um sie, wenn sie sie kommen sahen. Niemand war unfreundlich, alle lächelten und nickten. Manchmal sagte sogar einer Hallo, aber niemand blieb stehen und erkundigte sich, wie die Dinge für sie liefen. An manchen Tagen fiel es ihr angesichts dieses Verhaltens wirklich schwer, zur Arbeit zu kommen. Falls die Oberen sie vor ein Militärgericht stellen wollten, dann sollten sie das bitte schön bald mal tun, wünschte sich Battles. Die Anhörung im Vorfeld würde ihr wenigstens etwas zu tun geben, etwas, worauf sie ihre Energie richten konnte. Was auf jeden Fall besser war, als hier am Schreibtisch vor Langeweile einzugehen wie eine Primel.

Es kam ihr so vor, als sei seit Trejos Tod alles auf Eis gelegt worden, einschließlich ihres Schicksals.

Als es um kurz vor vier leise an ihrer Tür klopfte, hob sie überrascht den Kopf. Überrascht deswegen, weil dies der erste Besucher in dieser Woche sein würde. Sie rechnete fest mit Darcy, denn die war der einzige Mensch, der noch richtig mit ihr redete.

»Herein.«

Als Rebecca Stanley ins Zimmer kam, schaltete Battles rasch die Serie aus, die sie auf ihrem Computer laufen ließ, um nicht ganz allein zu sein, und stand auf.

Und wie aus heiterem Himmel überkam sie so etwas wie nervöse Erwartung.

»Sei vorsichtig mit dem, was du dir wünschst!«, hörte sie ihre Mutter sagen.

Stanley besuchte sie nicht oft und nie, um nur zu plaudern. Außerdem überbrachte man auch bei der Navy schlechte Neuigkeiten lieber persönlich.

»Hier drin herrscht eine depressive Stimmung«, meinte Stanley als Erstes und schaltete die Deckenbeleuchtung ein, denn bei Battles brannte wieder einmal ausschließlich die Tiffany-Lampe auf ihrem Schreibtisch. »Sie brauchen wirklich ein Büro mit Fenster. Obwohl – bei dem Wetter hier im letzten Monat verpasst man ohne Ausblick nicht viel.«

Sollte sie es als gutes Zeichen werten, dass ein anderes Büro erwähnt worden war? »Mit dem Wetter wollen sich die Eingeborenen hier zu viele Zuzügler vom Hals halten.«

»Sagt man so, ja.« Stanley setzte sich auf einen der beiden Besucherstühle. »Wir könnten alle ein bisschen Vitamin D gebrauchen.«

Es entstand eine peinliche Pause, die Battles schließlich beherzt brach. »Ich nehme mal an, das hier ist kein

Höflichkeitsbesuch zum Plaudern.« Sie brachte sogar ein Lächeln zustande.

»Ich fürchte nein. Es gehört zu meinem Job, schlechte Nachrichten zu überbringen.«

»Das hatte ich mir schon gedacht.«

»Aber diesmal gibt es sowohl schlechte als auch gute Nachrichten«, fuhr Stanley fort. »Welche wollen Sie zuerst?«

»Kommen wir einfach gleich zur Sache: Ich will beide.«

Stanley schürzte mit feinem Lächeln die Lippen. »Okay.« Als sie danach noch einen Moment schwieg, als überlege sie, wo sie anfangen sollte, wurde Battles sofort wieder stutzig. Was, wenn es hier nicht nur um schlechte, sondern gleich um sehr schlechte Nachrichten ging?

»Zuerst einmal wurde mir mitgeteilt, dass die Ethikkommission nach eingehender Beratung nicht vorschlagen wird, ein Militärgerichtsverfahren einzuleiten«, erklärte Stanley.

Battles stieß einen leisen, wenn auch sehr kurzen Seufzer der Erleichterung aus. Sie wusste, was »eingehende Beratung« bedeutete. »Dann glauben sie also, für eine Verurteilung nicht genügend Beweise zu haben.«

»Sie können nicht eindeutig sagen, was mit dem Videoband passiert ist. Und sie können keine Schlussfolgerungen ziehen, wenn die nicht auf etwas Handfestem basieren. Das Band könnte einfach nur verlegt worden sein, unabsichtlich weggeworfen oder von jemandem mit finsteren Absichten mitgenommen. Unter den gegebenen Umständen gibt es keine ausreichenden Beweise für eine so schwerwiegende Anklage wie Pflichtverletzung.«

»Also hat die Entscheidung nichts mit Schuld oder Unschuld zu tun«, fasste Battles zusammen.

Stanley schüttelte den Kopf. »In der Entscheidung wird deutlich darauf verwiesen werden, dass es keine ausreichenden Beweise gab, um zu einem eindeutigen Schluss zu kommen.«

Battles setzte sich zurück. »Keine ausreichenden Beweise«, sagte sie langsam und nachdenklich. Ganz kurz dachte sie daran, Stanley zu sagen, sie bestehe auf einer Anhörung. Sie fühlte sich plötzlich so zuversichtlich, eine Anklage abweisen zu können. Allerdings sollte man solche Entscheidungen nicht übers Knie brechen, schon gar nicht, solange man emotional aufgewühlt war.

»Ich weiß, das ist nicht das, was Sie sich erhofft haben«, sagte Stanley.

»Nein, ist es nicht.«

»Aber jetzt, wo Trejo tot ist, kann man einfach nicht mehr sicher feststellen, was mit dem Video passiert ist. Und die Aufzeichnungen der Überwachungskamera aus diesem Gebäude hier lassen auch keine Schlussfolgerungen zu.«

»Ich hätte das Video in meinem Rucksack verstecken können«, sagte Battles.

»Alles, was wir haben, sind Indizien.«

Battles betrachtete das abstrakte Gemälde, das neu an ihrer Wand hing und den Bahnhof von Seattle darstellte. Es war eins ihrer besten Bilder und trotzdem würde sie es wahrscheinlich nie richtig mögen, weil sie es während ihrer jüngsten Auszeit gemalt hatte. »War das jetzt die schlechte oder die gute Nachricht?«

»Das hängt wohl davon ab, wie man es betrachtet.«

»Ich hoffe, das war die schlechte.«

Stanley setzte sich zurück. »Sie werden versetzt«, sagte sie. »Das ist nicht unbedingt eine schlechte Nachricht, außer für mich. Ich brauche Sie hier, Lee. Sie sind meine beste Verteidigerin.«

Diese Neuigkeit kam überraschend für Battles, obwohl Versetzungen in ihrem Beruf keine Seltenheit waren. Sie war nicht nur eine gute Anwältin, sie war zweimal Verteidigerin des Jahres gewesen! Wenn sie jetzt versetzt wurde, dann hatte diese Entscheidung nichts mit ihrer Leistung zu tun, dann wollte man sie einfach loswerden. Sie schickten sie fort, womit im Grunde gesagt war, dass man sie für schuldig hielt, es ihr aber nicht nachweisen konnte.

»Das Oberkommando hält es im Licht der jüngsten Ereignisse für nicht gegeben«, fuhr Stanley fort, »dass Sie hier Ihren Aufgaben als Offizier der Obersten Militärstaatsanwaltschaft angemessen nachgehen können. Man hält es für besser, Sie auf einen anderen Stützpunkt zu versetzen.«

»Wohin soll ich denn?«

»DSO Nord.«

»Washington, D. C.?« Einen weiter von Seattle entfernt liegenden Stützpunkt hätten sie beim besten Willen nicht finden können. Weit weg von Seattle, dafür ganz nah bei den Ethikleuten: Im Grunde holten sie sie nach Hause, wo man sie im Auge behalten konnte, und unter Garantie würde man ihr einen bedeutungslosen Schreibtischjob zuweisen.

»Richtig«, bestätigte Stanley.

»Aber ich werde weiterhin vor Gericht Fälle verhandeln?«

»Anfangs nicht.«

»Werde ich wenigstens in einem DSO-Büro sitzen?«

»Nein. Anfangs nicht, aber soweit ich verstanden habe, wird man Sie nach einiger Zeit neu beurteilen.«

»Das heißt dann wohl nein.« Battles hatte kapiert, wie es laufen sollte: Man würde sie an einen Schreibtisch verbannen, bis ihre Dienstzeit abgelaufen war, und dann nach Hause schicken. Vielleicht war das nicht mal das Schlechteste. Sie konnte die Navy verlassen, mal ein bisschen richtiges Geld verdienen, Mandanten verteidigen, die eine Menge zu verlieren hatten. Vielleicht machte sie sich sogar selbstständig, hängte ihr eigenes Schild an irgendeine Tür.

»Ich sehe Sie wirklich sehr ungern gehen, Lee, und es tut mir sehr leid. Ich habe alles in meiner Macht Stehende getan, um Ihren Verbleib hier zu sichern. Ich hoffe, das wissen Sie. Andererseits ist Washington ja eine wunderbare Stadt.«

»Wann werde ich dorthin verschifft?«

»Ihr letzter Tag hier ist am Ende des Monats. Danach haben Sie zwei Wochen Zeit, bevor Sie sich beim DSO Nord melden müssen.«

Battles nickte wortlos. Es war ja nicht so, als hätte sie eine Wahl. Mit ihrer Dienstverpflichtung hatte sie die Freiheit zu wählen, wo sie lebte und arbeitete, so gut wie aufgegeben.

»Nehmen Sie sich Zeit«, riet Stanley. »Lassen Sie sich alles in Ruhe durch den Kopf gehen, und reisen Sie ein bisschen, ehe Sie sich neu einrichten.«

Sie würde sich eine neue Wohnung suchen müssen und ein neues Sportstudio, das Krav Maga unterrichtete. Irgendwo musste sie ja Dampf ablassen, wenn sie die ganze Woche Verwaltungskram erledigen sollte. »Vielleicht.«

»In der Navy hätten Sie doch nie Karriere gemacht.« Stanley hob die Hand, um mögliche Proteste abzuwürgen, und fuhr fort: »Dazu sind Sie als Anwältin viel zu gut und für die guten Anwälte ist dieser Job doch immer Mittel zum Zweck. Sie haben hier vor allem vor Gericht viel Erfahrung sammeln können. Davon können zivile Anwälte Ihres Alters in den meisten Fällen nur träumen. Eine ganze Reihe führender Kanzleien würde Sie mit Kusshand nehmen, egal in welcher Stadt.«

»Das wird dann wohl so sein.« Battles nickte. Vielleicht war es das alles ja doch wert gewesen, trotz der Konsequenzen. »Was ist mit Trejo?«

»Was soll mit ihm sein?«

»Was ist in der Frage beschlossen worden? Ich habe diese Mordermittlerin gestern hier gesehen.«

»Ich weiß nicht, wie es da weitergeht. Zu mir sagte Crosswhite, sie glaube nicht, dass Trejo Selbstmord begangen hat.«

»Jemand hat ihn umgebracht? Hat sie auch gesagt, wie sie darauf kommt?«

»Nein. Sie bat um eine Kopie der Aufzeichnungen der Überwachungskameras in diesem Gebäude. Ich sagte ihr, dass ich mir die entsprechende CD bereits angesehen und nichts Auffälliges entdeckt habe.«

»Und sie wollte die CD trotzdem haben?«

»Sie konnte einen entsprechenden richterlichen Beschluss vorlegen.«

Battles lehnte sich zurück. Was hatte diese Tracy Crosswhite vor? Und warum?

»Kommen Sie!« Stanley stand auf. »Lassen Sie uns einen Schluck trinken, ich lade Sie ein. Wir können ins Bulkhead gehen.«

Battles hörte kaum zu, sie dachte immer noch fieberhaft nach. Wenn Crosswhite das Überwachungsband haben wollte, dann konnte das nur bedeuten, dass die Polizei von Seattle die Sache weiterhin verfolgte. Warum? Trejo war tot, und er war der Einzige, mit dem sie etwas zu tun gehabt hatten. Die Sache mit dem verschwundenen Video betraf die Navy. Sie erinnerte sich an ihre Unterhaltung mit Crosswhite, an deren Frage, ob Trejo bei seinen Reisen etwas auf das jeweilige Schiff und auch wieder runter hätte schaffen können, ohne dass es jemand mitbekam. Dann dachte sie wieder an das Band.

»Lee?«

»Was sagten Sie?«

»Ich möchte Ihnen einen ausgeben.«

Battles war auch früher schon mit Stanley ausgegangen, aber eigentlich immer zum Mittagessen, um ihre Fälle zu besprechen. Nach der Arbeit waren sie nie zusammen weggegangen. »Danke, gern«, sagte sie.

»Was Sie aus der Situation machen, liegt letztlich ganz bei Ihnen, Lee. Der Umzug könnte sich als wunderbare Chance erweisen. Das Militär ist in Washington sehr präsent, die Stadt bietet eine Menge Möglichkeiten für jemanden, der so jung und talentiert ist wie Sie.«

»Danke«, sagte Battles, der nicht entgangen war, dass Stanley nicht angeboten hatte, ihr ein Empfehlungsschreiben mit auf den Weg zu geben.

»Sind Sie mit dem Rad da?«, erkundigte sich Stanley. »Wir können es hinten in meinen Wagen packen und später bringe ich Sie runter zur Fähre. Haben Sie in letzter Zeit mal rausgeschaut?«

Battles schüttelte den Kopf.

»Das Wetter ist brutal. Es gießt wie aus Kübeln und der Wind kommt in starken Böen. Bei diesem Wetter möchte niemand mit dem Rad unterwegs sein – es sei denn, in selbstmörderischer Absicht.«

* * *

Die Überfahrt auf der Fähre über den Elliot Bay glich einer Achterbahnfahrt. Je stärker der Wind wehte, desto höher türmten sich die Wellen und die Fähre rollte und neigte sich von einer Seite zur anderen. Von Zeit zu Zeit krachten so schwere Brecher über die Reling, dass bei einigen Autos die Alarmanlagen angingen. Tracys Auto stand nicht auf dem Autodeck, die Fähre war ausgebucht gewesen, ganz wie Owens prophezeit hatte. Sie war zu Fuß unterwegs, fragte sich allerdings inzwischen, ob das wirklich eine so gute Idee gewesen war, denn wenn der Sturm noch schlimmer wurde – oder auch nur so blieb –, stellte die

Transportbehörde den Fährverkehr womöglich noch ein und dann saß sie über Nacht ohne Auto in Bremerton fest.

Sie hatte sich in eine der Nischen gesetzt, wo sie durch die großen Fenster hindurch den weiß gekrönten Brechern zusehen konnte. Leider hinderte selbst das schlechte Wetter die Touristen nicht daran, Touristen zu sein, und so standen einige von ihnen in ihre Regenmäntel gehüllt an Deck und probierten aus, wie weit sie sich in den Wind lehnen konnten, was von Weitem so aussah, als stiegen sie einen steilen Berg hoch.

Tracy ging auf leicht wackligen Beinen von Bord, als die Fähre endlich in Bremerton anlegte. Auch ihrem Magen ging es nicht gerade gut. Auf dem Parkplatz des Fährterminals suchte sie nach Owens' Auto, wobei sie die Augen mit der Hand gegen Regen und Wind schützen musste, um überhaupt etwas zu sehen. Als einer der parkenden Wagen seine Scheinwerfer zweimal aufblenden ließ, tastete sie sich dorthin vor, erkannte Owens gerade so eben zwischen einer Bewegung seiner Scheibenwischer und der nächsten, riss die Beifahrertür das Wagens auf und rutschte schnell auf den Sitz.

»Das war« wohl die reine E-Ticket-Tour, was?«, begrüßte Owens sie, womit er sein Alter verriet: Die E-Tickets, Karten, mit denen man so oft und so lange auf den verschiedenen Attraktionen fahren konnte, wie man wollte, gab es in Disneyland schon seit Jahrzehnten nicht mehr.

Im Wagen war es warm und feucht – als säße man voll bekleidet in der Sauna. Owens ließ das Gebläse mit voller Kraft Warmluft gegen die Fenster pusten und hatte wohl auch versucht, mit Wischen nachzuhelfen, was aber nur zu unregelmäßigen Streifen im Kondenswasser geführt hatte. Auch jetzt setzte er wieder vergeblich den Jackenärmel ein. »Das Gebläse in diesem Auto taugt absolut nichts!«

Tracy zog ihren Regenmantel aus, verstaute ihn hinter sich auf dem Boden vor dem Rücksitz und half, die

Windschutzscheibe sauber zu wischen. »Waren Sie erfolgreich?«, fragte sie. »Konnten Sie den Putzmann erreichen?«

»Ja, ich habe eine Adresse.« Owens sah auf seine Uhr. »Ob er jetzt gerade zu Hause ist, kann ich nicht sagen, aber er wohnt ganz in der Nähe des Stützpunkts. Wir können kurz bei ihm vorbeifahren, bevor wir uns mit meinem Freund treffen.«

Owens hatte sich für ihren Besuch auf dem Militärgelände die Unterstützung eines Captains gesichert, den er gut kannte und der sie begleiten würde. Laut Owens konnte dieser Freund sie durch das Charleston Gate schleusen und mit ihm zusammen kamen sie überallhin, wohin sie wollten. Inzwischen war klar, dass weder Gebläse noch Wischen für freie Sicht sorgen würde, also öffnete Owens das Fenster einen Spaltbreit und fuhr los. Sofort fielen erste Regentropfen ins Auto.

Tracys Handy klingelte und zeigte eine Nummer, die sie gut kannte. Sie nahm den Anruf sofort an. »Mike?«

»Tolles Wetter, was? Ich hoffe, du musst nicht irgendwo unterwegs sein.«

»Leider doch. Ich bin gerade mit der Fähre in Bremerton eingetroffen.«

»Das hat bestimmt Spaß gemacht.«

»So schnell esse ich jedenfalls nichts mehr. Hast du was über das Überwachungsband herausfinden können?«

Owens warf ihr einen Seitenblick zu, der Tracy nicht entging.

»Das Wasserzeichen ist unterbrochen«, sagte Melton. »Mehrmals. Das Band wurde an den von euch entdeckten Stellen eindeutig bearbeitet.«

Das warf eine ganze Reihe von Fragen auf, aber keine, die Melton in seinem Labor beantworten konnte. »Okay«, sagte Tracy. »Danke, Mike, gut zu wissen. Hoffentlich kriege ich eine Kopie des Originals zu fassen, solange ich hier bin. Wenn ja, schicke ich es euch gleich.«

»Bleib trocken.« Melton verabschiedete sich.

»Worum ging es da? Das Überwachungsband?«, wollte Owens wissen.

»Ich habe die CD, die Rebecca Stanley mir gegeben hatte, von der Kriminaltechnik analysieren lassen. Das Wasserzeichen ist gebrochen.«

Owens kniff die Augen zusammen, als hätte er Probleme mit der Sicht, dabei hatte sich inzwischen im Kondenswasser dank des Fensterspalts und des weiterhin tatkräftig arbeitenden Gebläses ein halbkreisförmiges Fenster aufgetan. »Wie kann man so was denn bearbeiten? Gibt es keinen Stempel mit Datum und Uhrzeit?«

»Eine Kopie kann man anscheinend bearbeiten, dafür gibt es wohl Software.«

Owens schüttelte den Kopf. »Software, klar, die gibt es ja inzwischen für alles. Konnte Ihr Experte sagen, an welchen Stellen das Band bearbeitet wurde?«

»Nachdem Tulowitsky das Gebäude verlassen hatte und dann noch einmal, als er zurückkam.«

»Um zu verbergen, dass sich noch jemand im Haus aufhielt?«

»Das wäre ein logischer Grund, ja.«

»Battles?«

»Das wissen wir mit Sicherheit erst, wenn wir das Original in Händen halten. Falls das überhaupt noch existiert.«

»Wieso falls?«

»Soweit ich es verstanden habe, behält der Sicherheitsdienst diese Bänder eine vorgeschriebene Zeit lang. Danach werden sie überspielt.«

»Und wie lange ist dieser Zeitraum?«

»Das konnte mir Stanley nicht sagen.«

»Soll ich anrufen?«

»Nein, damit machen wir unter Umständen nur die Pferde scheu. Ich würde lieber persönlich dort vorbeigehen, den richterlichen Beschluss vorlegen und mir das Band aushändigen lassen, ohne jemandem vorher Grund zu dessen Vernichtung zu geben.«

»Möchten Sie dann doch lieber erst zum Stützpunkt?«

Tracy sah auf die Uhr. Tulowitsky würde wohl bald zur Arbeit aufbrechen. »Nein, reden wir zuerst mit dem Putzmann. Wenn meine Theorie stimmt, spielt das Band vielleicht gar keine Rolle mehr.«

* * *

Al Tulowitsky lebte in einem bescheidenen einstöckigen Haus nicht weit vom Marinestützpunkt und seinem Arbeitgeber IJS entfernt. Die Vorderseite des Hauses zeigte nicht zur Straße, sondern zu einer etwa hundert Meter langen Zufahrt, die gleich drei Häuser bediente und in die Owens jetzt einbog, um unter den Ästen einer knorrigen Kiefer zu parken. Tracy ließ ihren Regenmantel im Auto und rannte deshalb fast über einen uneben gepflasterten Pfad zum kleinen Vordach, das die Haustür schützte, allerdings gegen diese Art von Regen und Wind auch nicht ankam. Rechts von der Tür lief eine Regenrinne über und das Wasser spritzte hoch bis an Tracys Knöchel.

Owens, der zur Gore-Tex-Jacke eine Stoffhose und schwarze Arbeitsschuhe trug, folgte Tracy ein bisschen langsamer und suchte sich vorsichtig seinen Weg um diverse Pfützen herum. Tracy hatte inzwischen einen Türklopfer entdeckt und klopfte dreimal, woraufhin umgehend die Tür aufging, als hätte Al Tulowitsky gleich dahinter auf sie gewartet. So sah er allerdings nicht aus.

»Mr Tulowitsky«, begrüßte ihn Tracy. »Wir haben uns neulich im Büro von IJS kennengelernt.«

»Ja, ich erinnere mich.« Tulowitsky, eindeutig verwirrt über den Besuch, warf einen fragenden Blick auf Owens. Tracy stellte ihn vor.

»Ich habe noch ein paar Fragen, die Sie mir hoffentlich beantworten können.«

»Was für Fragen?« Tulowitsky trug Arbeitskleidung – blaue Hose und ein weißes kurzärmliges Hemd mit dem Firmenlogo des eifrigen Mannes auf der Brusttasche.

»Es geht um ein paar Fragen zu meiner Zeitliste, da muss ich noch ein, zwei Unklarheiten ausräumen.« Nach wie vor tropfte es vom Vordach und die Kiefer verwandelte sich mit jedem Windstoß in eine Dusche. »Wir halten Sie auch nicht lange auf.«

»Ich muss bald zur Arbeit.«

»Es dauert wirklich nicht lange«, wiederholte Tracy.

Wahrscheinlich lag es mehr am Wetter als an allem anderen, dass Tulowitsky jetzt zurücktrat, um die beiden Beamten hereinzulassen. Ein kleiner Flur mit zersprungenen Fliesen auf dem Boden führte in ein Vorderzimmer mit dicht zugezogenen Vorhängen, was für ein seltsam gelbstichiges Licht sorgte. Hier roch es so stark nach Zigaretten, dass es Tracy, die ihre Übelkeit nach der Höllenfahrt auf der Fähre noch nicht ganz überwunden hatte, sofort wieder schlecht wurde. Wer sich lange genug dort aufhielt, hatte bestimmt genügend Qualm aus zweiter Hand eingeatmet, um mehr als nur leichte Vergiftungserscheinungen davonzutragen. Tulowitsky suchte auf einem chaotisch überladenen Couchtisch nach der Fernbedienung für seinen Fernseher, schaltete das Gerät aus und schien danach nicht zu wissen, was er als Nächstes tun sollte.

»Kann ich Ihnen etwas zu trinken anbieten?«, erkundigte er sich höflich, wobei das Angebot nicht gerade überzeugend klang. »Viel habe ich allerdings nicht im Haus.«

»Nein danke, wir brauchen nichts.« Tracy deutete auf das Wohnzimmer. »Vielleicht können wir uns kurz setzen?«

Tulowitsky setzte sich in einen braunen Fernsehsessel, sein Lieblingsstück hier im Zimmer, wie man an den abgeschabten Armen des Sessels und dem Stapel Zeitungen daneben unschwer erkannte. Auf dem Couchtisch stand ein überquellender Aschenbecher und es roch so durchdringend nach Zigaretten, dass Tracy flach und kurz atmen musste, um ihre Übelkeit in den Griff zu bekommen.

Owens und sie setzten sich Tulowitsky gegenüber auf eine abgewetzte Couch. Aus der Lüftungsklappe dicht über dem Fußboden drang warme Luft, die die Blätter einer Stoffpalme in der Ecke zittern ließ. »Sie sagten, Sie hätten noch eine Frage?«, sagte Tulowitsky.

Tracy klappte ihren Notizblock auf. Tulowitsky sollte glauben, dass sich ihre Fragen aus der Unterhaltung ergaben, die sie im Beisein seines Chefs geführt hatten. »Ich konnte mir inzwischen das Video der Überwachungskamera von dem Abend anschauen, über den wir neulich gesprochen haben. Darauf sieht es so aus, als hätten Sie das Gebäude um kurz nach 23 Uhr betreten. 23:03 Uhr, um genau zu sein. Als Erstes haben Sie, wie Sie ja schon sagten, die Papierkörbe geleert.«

»Das mache ich immer zuerst«, bestätigte Tulowitsky. Er hatte die Hände auf die Armlehnen des Sessels gelegt, wie ein Mann, der gleich auf dem elektrischen Stuhl festgeschnallt wird.

»Genau.« Tracy widmete sich wieder ihrem Notizblock. »Sie verließen das Gebäude um 23:17 Uhr.« Sie sah Tulowitsky an. »Um den Müll hinauszubringen, richtig?«

»Genau.«

»Ich habe mich gefragt, ob Sie den Müll gleich dorthin brachten, wo er verbrannt oder geschreddert wird.«

»Nein.« Tulowitsky schüttelte den Kopf. »Wir geben die Säcke immer erst beim Verlassen des Stützpunkts ab.«

»Dann trugen Sie den Müll also nur raus zu Ihrem Auto, holten die Putzmittel und einen Staubsauger und machten sich gleich wieder an die Arbeit.«

»Ja, so ungefähr«, sagte Tulowitsky.

»Sie machen an diesem Punkt nichts weiter, richtig?«

»Was zum Beispiel?« Er sah sie fragend an.

»Ich meine, wenn Sie nach draußen gehen, dann füllen Sie nicht irgendwelche Zettel aus oder melden sich im Büro?«

»Ach so, nein«, sagte er. »Nichts dergleichen.«

»Haben Sie eine Zigarette geraucht, als Sie draußen waren, Mr Tulowitsky?«

Die Frage schien den Mann aufzuschrecken. Sein Blick glitt zwischen Tracy und Owens hin und her. »Wie bitte?«

Tracy deutete auf die Schachtel Zigaretten auf dem Couchtisch. »Als Sie nach draußen gingen, um den Müll auszuleeren, haben Sie da eine Zigarette geraucht? Gehört das zu Ihrer Routine?«

»Nein«, sagte er. »Es gibt auf dem Stützpunkt bestimmte Bereiche, in denen man rauchen darf, überall sonst ist es verboten. Also: nein.«

Das klang nicht ganz ehrlich, fand Tracy. »Gibt es einen solchen Bereich in der Nähe dieses Gebäudes?« Jetzt spielte sie aus dem Bauch heraus: Dieser Putzmann hielt es unter Garantie nicht lange ohne Zigarette aus.

»Nein.« Tulowitsky rutschte auf dem Sessel hin und her, als stünde der inzwischen unter Strom.

»Mr Tulowitsky, ich will Sie nicht kritisieren und ich bin auch nicht hier, weil ich Ihnen Schwierigkeiten machen will, aber Sie haben das Gebäude verlassen und sind dann neun Minuten lang nicht zurückgekommen. Das ist eine lange Zeit, wenn man nur den Müll ausleeren und ein paar Putzmittel aus dem Wagen holen will.«

»Vielleicht habe ich nach etwas suchen müssen«, sagte er schnell.

»Und was könnte das gewesen sein?«

»Ich weiß nicht, es ist ja auch schon eine Weile her.«

»Verstehe. Aber Sie erinnern sich nicht daran, etwas anderes getan zu haben, als die Müllsäcke einzuladen und die anderen Sachen auszuladen. Das haben Sie dem NCIS erzählt.«

»Das bedeutet aber nicht, dass ich nicht noch etwas anderes getan habe.«

»Das hätten Sie dann doch aber beim NCIS ausgesagt, oder?«

Er dachte kurz nach. »Ich weiß nicht.«

Tulowitsky hatte bei seiner ersten Befragung nichts dergleichen erwähnt, Tracy kannte seine Aussage. »Haben Sie jemanden gesehen, als Sie das Haus verließen?«

»Wie meinen Sie das?«

»Stand jemand neben Ihrem Wagen oder in der Nähe des Gebäudes?«

Er schüttelte den Kopf. »Ich glaube nicht, nein.«

Sie versuchte es auf einer anderen Schiene. »Sie haben die Tür des Hauses geschlossen, als Sie gingen, richtig?«

»Die schließt automatisch«, sagte er.

Tracy legte den Notizblock ab und holte die Liste mit den Sozialversicherungsnummern aus ihrer Aktentasche, die an jenem Abend in das Touchpad der Tür eingegeben worden waren. »Dies ist eine Liste der Leute, die das Gebäude an jenem Abend betreten und verlassen haben. Eigentlich müsste man sehen, dass Sie sich ursprünglich um 23:03 Uhr und dann noch einmal um 23:26 Uhr eingeloggt haben, richtig?«

»Ich glaube schon.«

»Und warum war das an jenem Abend nicht so?«

Tulowitsky antwortete nicht sofort. »Wie meinen Sie das?«, fragte er schließlich, eindeutig, um Zeit herauszuschinden.

»Wieso registrierte das Tastenfeld an der Tür an jenem Abend, dass Sie um 23:03 Uhr gekommen sind, aber nicht, dass Sie neun Minuten nach Heraustragen des Mülls wieder ins Haus gegangen sind? Um 23:26 Uhr, wenn wir genau sein wollen.«

»Sie sagten doch, ich habe mich wieder eingeloggt.«

»Nein. Das Überwachungsvideo zeigt Ihre Rückkehr um 23:26 Uhr, die Tür nicht.«

Tulowitsky presste die Lippen so fest zusammen, dass sie fast vollständig verschwanden. »Ich … ich weiß nicht.«

»Mr Tulowitsky, sind Sie eine Zigarette rauchen gegangen? Und haben Sie die Tür so lange festgestellt, damit Sie sich nicht wieder einloggen mussten, als Sie neun Minuten später zurückkamen?«

Tulowitsky faltete die Hände im Schoß, spielte mit seinen Daumen. Seine Lippen bewegten sich, als sehne er sich genau jetzt nach einer Zigarette. Nach ein paar Momenten sagte er: »Das könnte mich meinen Job kosten.«

Tracy verspürte einen Anflug von Erregung und mahnte sich, ruhig zu bleiben. »Weil Sie eine Zigarette geraucht haben?«

»In einem nicht dafür vorgesehenen Bereich, ja.«

»Und Sie haben an dem Abend eine geraucht?«

Er nickte erneut.

»Irgendwo, wo man Sie nicht sehen konnte?«

»Ich gehe rum auf die Seite des Gebäudes«, gestand Tulowitsky. »Nur eine Zigarette.«

»Wenn Sie auf die Seite des Gebäudes gehen, haben Sie dann die Tür im Blick? Damit Sie wieder reinkommen können?«

»Nein.«

»Sie stellen sie fest? Damit Sie ohne Ihren Code einzugeben wieder reingehen können und niemand mitbekommt, wie lange Sie draußen waren?«

»Ja.«

Tracy warf Owens einen Blick zu, ehe sie sich wieder an Tulowitsky wandte: »Machen Sie das jeden Abend so?«

»Sie meinen, ob ich rauche?«

»Und dabei die Tür feststellen.«

Wieder zögerte er. »So gut wie jede Nacht, vielleicht gibt es auch schon mal eine, wo ich es nicht mache.«

»Wie stellen Sie die Tür auf?«

»Da ist ein Holzstück, ein Keil. Ich schiebe ihn einfach zwischen Tür und Rahmen. Niemand sonst ist so spät noch da, jedenfalls normalerweise nicht. Es ist also keine große Sache, eigentlich.«

Nur war in jener Nacht jemand dort gewesen, und wer immer es gewesen war, Tracy wäre jede Wette eingegangen, dass er oder sie sich mit Tulowitskys Routine auskannte.

Sogar sehr gut.

Kapitel 43

Während ihrer drei Jahre in Bremerton hatte Leah Battles auf ihrem Rad bei den Fahrten zur Fähre und zurück schon ein paar ziemlich hässliche Unwetter erlebt und dies hier konnte es mit den schlimmsten davon aufnehmen, wenn es sie nicht sogar übertraf. Die Windböen reichten aus, um Stanleys Chevy Trailblazer wackeln zu lassen, und Battles dachte lieber nicht daran, was sie mit einer Radfahrerin anstellen könnten.

Ihr Fahrrad lag zurzeit sicher und trocken hinten in Stanleys Wagen.

»Danke, dass Sie mich mitnehmen«, sagte sie. »Das Wetter ist ja grauenvoll.«

»Kein Problem.« Stanley lenkte ihr Auto mit sicherer Hand durch die nächste große Pfütze. Das Wasser spritzte hoch bis zum Beifahrerfenster.

Der dunkle Himmel hatte eine verfrühte Dämmerung mit sich gebracht, aus der langsam und fast unmerklich Nacht wurde. Auf der Straße bildeten sich ganze Teiche, die Abflüsse nahmen die Wassermassen einfach nicht mehr auf und Stanleys Wagen zog immer wieder richtige Fontänen hinter sich her.

Battles warf einen Blick auf den Boden vor dem Fahrersitz. »Wie geht es dem Fuß?«

Stanley war auf dem Parkplatz direkt vor ihrer Wagentür in eine bis zur Wade reichende Wasserlache getreten. »Nass und kalt! Haben Sie etwas dagegen, wenn wir kurz bei meiner Wohnung halten? Sonst habe ich den Rest des Abends das Gefühl, ich stecke mit dem Fuß in einem Eiskübel.«

»Natürlich nicht!« Battles lächelte.

Heimlich fasste sie sich an die Seite, spürte die tröstliche Anwesenheit ihrer Glock unter der Arbeitsuniform.

»Und finden Sie es okay, wenn wir ins Bulkhead gehen?«, fuhr Stanley fort.

Da Bremerton eine Navy-Stadt war, gab es keinen Mangel an Bars mit maritimen Namen, wobei sich das Bulkhead besonderer Beliebtheit erfreute, da es für Angehörige der Navy oft spezielle Ermäßigungen bot. So gab es donnerstags das Bier für zwei Dollar und für acht Dollar einen Hamburger mit Pommes, dazu ein Getränk, das man sich selbst aussuchen konnte.

»Hört sich gut an«, sagte Battles.

»Das wäre dann auch gleich in der Nähe meiner Wohnung. Ich ziehe mich rasch um und dann gehen wir was trinken. Vielleicht essen wir auch gleich noch einen Happen? Ich schaffe Sie auf jeden Fall zu einer vernünftigen Uhrzeit zur Fähre, falls die bei dem Wetter überhaupt fährt.«

»Wäre nicht das erste Mal, dass sie den Fährbetrieb einstellen«, meinte Battles. »Ich habe die App und die Nummer des Fährbüros unter den Kurzwahltasten auf meinem Handy und kann anrufen, wenn das Wetter nicht aufklart. Laut Radio soll das Unwetter im Laufe des Abends aber nachlassen.«

»Hoffentlich fällt nicht auch noch der Strom aus.«

»Oh nein, das nicht auch noch!«

Stanley lebte östlich des Stützpunkts auf der anderen Seite der Manette Bridge, die sich über die Port Washington Narrows erstreckt. Die beiden Frauen fuhren die Küstenstraße entlang bis zu einem Apartmentblock, der den Namen Krähennest trug

– wahrscheinlich, weil es hier außer den beiden mehrstöckigen Wohnblocks keine weiteren Häuser gab. Gegenüber, auf der anderen Seite der Meerenge, lag der Marinestützpunkt Kitsap.

»Kommen Sie manchmal nach Hause und haben das Gefühl, nie fortgegangen zu sein?« Battles bewunderte den Blick über die Meerenge.

»Ich mag Wasser, das war schon immer so«, erklärte Stanley. »Von meiner Terrasse aus hat man eine Aussicht, für die manche Leute morden würden. Kommen Sie doch mit hoch und schauen Sie es sich an.«

Battles schaffte es nur mit Mühe, die Wagentür aufzustemmen und auszusteigen. Kaum stand sie, als eine von hinten kommende Böe sie auch schon umzuwerfen drohte. Sie griff rasch nach ihrer Mütze, um der nicht gleich noch über den Rasen nachjagen zu müssen. Stanley führte sie in eine kleine Lobby mit Briefkästen und Fahrstuhl, wo sie sich ihre Post holte, bevor sie ins obere Stockwerk fuhren. Stanleys Tür war die dritte rechts vom Fahrstuhl aus gesehen. Sie schloss auf und betrat das Apartment. Battles folgte ihr und schloss hinter sich die Tür.

Battles war immer schon der Meinung gewesen, dass Wohnungen im Grunde Spiegelbilder ihrer Bewohner waren. Bei ihr zum Beispiel war es ein bisschen zu voll und unordentlich, mit der nicht wegzudenkenden Staffelei, auf der immer ein nicht vollendetes Bild stand, und dem Schachbrett mit laufender Partie darauf auf dem Küchentisch. Sie spielte gegen sich selbst, immer einen Zug am Morgen, bevor sie zur Arbeit fuhr, und den Gegenzug am Abend, wenn sie nach Hause kam. Ihr längstes Spiel bis jetzt hatte drei Wochen gedauert.

Stanley warf ihre Schlüssel auf den Tresen, der die Küche vom Wohnzimmer trennte, bat Battles, es sich bequem zu machen, und verschwand den Flur hinunter.

Battles ging weiter, hinein in ein ordentliches, aber sehr sparsam möbliertes Wohnzimmer. Eine Glasschiebetür führte auf einen schmalen Balkon, auf dem gerade mal ein kleiner Tisch mit zwei Stühlen Platz fand, von dem aus man aber einen wirklich umwerfenden Blick über das Wasser bis hin zu den Lichtern der Werft hatte.

Sie trat an den Kaminsims. Gerahmte Fotos zeigten Stanley zusammen mit einem dunkelhaarigen Mann und einem kleinen Mädchen, das vielleicht zwei oder drei Jahre alt sein mochte. Solche Fotos stellte Stanley in ihrem Büro nicht auf. Sie hatte auch nie erwähnt, dass sie verheiratet und Mutter war. Oder, wenn man nach der Wohnung gehen wollte, geschieden. Langsam fügte sich ein Puzzleteil ans andere.

Als sie Stanley zurückkommen hörte, zog Battles ihre Glock, hielt sie locker in der seitlich hängenden Hand.

»Wie ich schon sagte«, meinte Stanley. »Ein umwerfender Blick, nicht wahr?«

Battles drehte sich um und hob ihre Waffe: »Vorhin nannten Sie es einen Blick, für den manche morden würden.«

* * *

Tracy wusste jetzt, wie jemand das DSO-Gebäude betreten hatte, ohne eine Sozialversicherungsnummer eingegeben zu haben und ohne gesehen worden zu sein. Wer immer diese Person sein mochte, sie hatte einfach Al Tulowitskys regelmäßig stattfindende verlängerte Zigarettenpause abgewartet, während der der Mann die Tür mit einem Holzkeil feststellte. Jetzt war endgültig klar, dass das Überwachungsvideo aus dem Laden in Renton auf keinen Fall versehentlich verlegt worden war. Jemand hatte es gezielt und wohlüberlegt entwendet, und zwar jemand, der sich mit Tulowitskys Routine auskannte, also höchstwahrscheinlich hier im Haus arbeitete. Dabei kamen Battles und Cho Tracys Meinung nach am ehesten infrage, aber auch Stanley mochte sie nicht gleich von Anfang an ausschließen.

Alle drei wussten, wo sich der Beweismittelraum befand, und sie wussten um die Bedeutung des Videos. Das Band warf ein Licht auf Laszlo Trejos Aktivitäten in Seattle an dem Abend, als er D'Andre Miller überfahren hatte. Wahrscheinlich hatte Trejo bei seiner letzten Auslandstour Heroin ins Land geschmuggelt.

»Glauben Sie, Tulowitsky könnte in die Sache verwickelt sein?«, fragte Owens auf dem Weg zu seinem Kontaktmann auf dem Stützpunkt.

Über diese Frage hatte Tracy auch schon nachgedacht. Hatte Tulowitsky die Tür absichtlich festgestellt?

»Nein«, sagte sie jetzt. »Wer immer sich dort reingeschlichen hatte, wollte auf keinen Fall von Tulowitsky gesehen werden. Wäre er beteiligt gewesen, hätte man sich diese Mühe sparen können. Ich gehe davon aus, dass die Person, die das Video stahl, auch Laszlo Trejo umgebracht hat, damit der nichts mehr aussagen kann. Tulowitsky einzubeziehen hätte ein viel zu großes Risiko bedeutet.«

Owens und Tracy legten dem Wachmann am Charleston Gate ihre Dienstausweise vor und warteten, bis Owens Freund auftauchte, um sie zum Sicherheitsbüro im Erdgeschoss des DSO-Gebäudes zu begleiten.

Dort herrschte David Bakhtiari über zahllose Computer, Bildschirme und blinkende Lichter. Er trug dieselbe blau-graue Uniform wie alle anderen hier auf dem Stützpunkt, hatte aber von der Größe und Struktur her wenig Militärisches, sondern sah aus wie ein Footballspieler aus einem der großen Vereine der National League: so groß wie Del und bestimmt gute hundertvierzig Kilo schwer, jedoch ohne dabei fett zu wirken. Nach einer allgemeinen Vorstellungsrunde verabschiedete sich Owens' Freund, um draußen vor dem Büro zu warten.

»Sie wollen eine CD für die Nacht vom 18. März«, stellte Bakhtiari fest, was nicht als Frage formuliert war. »Ich habe das Band kopiert, für OIC Stanley.«

»Das weiß ich«, sagte Tracy. »Wir möchten das Original.«

Bakhtiaris Blick wurde wach – bestimmt fragte er sich gerade, warum sie das Original brauchten, und es fielen ihm auch gleich diverse mögliche Antworten ein. »Ich nehme an, Sie haben einen richterlichen Beschluss.« Das klang nach einer Herausforderung, wahrscheinlich wollte er sich aber nur für alle Fälle rückversichern.

Er ließ sich von Tracy das entsprechende Papier reichen und las es sich ganz genau durch. »Okay«, sagte er nach ein oder zwei Minuten. »Ich brenne Ihnen eine Kopie. Wohin soll ich sie schicken?«

»Wir würden uns das Band gern gleich hier ansehen.« Owens langte in seine Jackentasche und reichte Bakhtiari eine Visitenkarte. »Danach können Sie eine Kopie an diese Adresse schicken. Aber erst schauen wir es uns an.«

Bakhtiari warf mit ungehaltenem Schnauben einen raschen Blick auf seine Uhr. Konnte es sein, dass er jemanden deckte?

»Müssen Sie dringend irgendwohin?«, erkundigte sich Owens leicht sarkastisch.

»Meine Tochter hat heute Geburtstag.« Bakhtiari zuckte die Achseln. »Eigentlich sollte es ja eine Party im Garten werden, aber bei dem Wetter ... Meine Frau ist ziemlich gestresst und hat mich gebeten, so schnell wie möglich nach Hause zu kommen.«

Tracy unterdrückte nur mit Mühe ein Grinsen. Es brachte doch nichts einen Mann so schnell aus der Ruhe wie die Furcht vor dem Zorn seiner Ehefrau, das galt wohl selbst für große Männer wie diesen hier. Einem anderen Mann gegenüber würde sich Bakhtiari problemlos gerade machen, auch mal eine Schlägerei riskieren, um sein Ego zu retten, aber wenn seine Frau ihn um etwas bat? Dann schauderte es ihn schon beim Gedanken, der Bitte nicht nachkommen zu können.

»Ich habe die genauen Zeiten, an denen wir interessiert sind.« Tracy konsultierte den Zettel, auf dem Dan sich notiert hatte, wann die Bürotür sich zu bewegen schien. »Wir möchten nur diesen Teil des Bandes sehen. Danach können Sie Detective Owens eine Kopie schicken und sind uns für heute los, damit Sie mit Ihrer Tochter Geburtstag feiern können.«

Bakhtiari stieß einen leisen, aber erleichterten Seufzer aus. »Danke, das weiß ich wirklich zu schätzen. Also? Um welche Stellen geht es?«

Tracy reichte ihm den Zettel und der Anblick der genauen Angaben stimmte den Mann sichtlich vergnügter. »Das macht die Sache erheblich einfacher.«

Sie folgten Bakhtiari zu einem Computer und stellten sich hinter ihn, während er sich setzte und Befehle eintippte. Innerhalb von Minuten hatte er die inzwischen schon vertraute Eingangshalle auf den Bildschirm geladen und deutete auf die ersten Zahlen auf dem Zettel, den er sich auf den Tisch gelegt hatte: »Soll ich hier anfangen?«

»Lieber dreißig Sekunden vorher«, bat Tracy.

»Jawohl, Ma'am.« Bakhtiari nickte ihr kurz zu und tippte weiter. Er verglich die Zeitangabe auf dem Band mit der auf Dans Zettel und schob seinen Stuhl zurück, wobei er schon auf den Pfeil zum Abspielen klicken wollte.

»Könnten Sie sich auf die andere Seite des Computers stellen?«, bat Owens.

Bakhtiari stutzte. Er war sich nicht sicher, was er von dieser Bitte halten sollte. Sein Blick ging zwischen den beide Detectives hin und her.

»Falls das hier zu einem Beweisstück wird, müssen Sie vielleicht in Bezug auf die Beweismittelkette aussagen«, erklärte Owens. »Ich halte es für besser, wenn Sie nicht auch noch zum Zeugen für das werden, was auf dem Band zu sehen ist.«

»Kein Problem.« Bakhtiari stand auf. »Drücken Sie einfach nur auf den Knopf da, wenn Sie vorspulen wollen, und auf den da, um zurückzuspulen.« Er stellte sich auf die andere Seite des Bildschirms.

Owens setzte sich, sah sich eine Sekunde lang die Tastatur an und startete das Video. Gleichzeitig drückte Tracy auf die Stoppuhr ihres Handys.

»Was machen Sie da?«, wollte Owens wissen.

»Ich möchte sicher sein können, dass dieses Band nicht auch bearbeitet wurde«, erklärte sie leise.

Auf dem Bildschirm verließ Al Tulowitsky das letzte Büro, in den Händen zwei Papierkörbe, den einen für Müll, den anderen für recycelbares Material. Er leerte sie und trug beide Körbe zurück ins Büro. Dann rollte er die Mülltonne zur Eingangstür und verließ das Haus.

Mehrere Minuten vergingen. Tracy war schwer versucht, die entsprechende Taste zu drücken und vorzuspulen.

»Er wird ein, zwei Minuten brauchen, um den Müll auszuleeren.« Owens ließ den Bildschirm nicht aus den Augen.

Nach weiteren fünfzehn Sekunden betrat jemand die Lobby. Owens und Tracy beugten sich aufgeregt dicht an den Bildschirm. Tulowitsky war das nicht. Diese Person trug die unförmige, grau-blaue Arbeitsuniform der Navy, die Mütze dazu fest auf dem Kopf, das Gesicht von der Kamera weggedreht.

»Verdammte Scheiße«, fluchte Owens leise. »Da ist wirklich jemand. Ich kann nicht erkennen, wer das ist. Sie?«

»Der hat gewusst, dass da eine Kamera ist und wo sie hängt«, sagte Tracy. »Oder *sie* hat es gewusst. Er oder sie hat es darauf angelegt, sein oder ihr Gesicht nicht zu zeigen.«

Owens beugte sich dichter zum Bildschirm. »Dann kennt sich die Person in dem Gebäude aus, weil sie da arbeitet.«

»Oder sie weiß einfach nur, wo sich die Überwachungskamera befindet.«

»Können Sie sehen, ob es ein Mann oder eine Frau ist?«, fragte Owens.

»Bei dieser Uniform?« Tracy schüttelte den Kopf. »Da sehen doch alle gleich aus und der Aufnahmewinkel ist so, dass man nicht viel vom eigentlichen Menschen mitkriegt.«

Die Person ging den Flur hinunter zur Treppe, die hinauf zum Beweismittelraum führte.

»Spulen Sie zurück und wir sehen es uns noch einmal an«, bat Tracy.

Aber auch beim zweiten Durchlauf konnten sie auf dem Band nicht viel erkennen.

Sie ließen es weiterlaufen, wobei Tracy die Stoppuhr auf ihrem Handy im Auge behielt. Vier Minuten und vierundzwanzig Sekunden waren vergangen. Dann fünf Minuten. Sechs. Bei sechs Minuten und zweiundvierzig Sekunden kam die Uniform wieder durch den Flur, hielt aber auch diesmal den Kopf gesenkt, sodass Tracy das Gesicht unter dem Mützenschirm nicht im Detail erkennen konnte.

»Ich glaube, es ist eine Frau«, sagte sie.

»Wie können Sie das sagen?«

»Die Gesichtszüge sind weich. Das Kinn.«

Statt weiter zur Tür zu gehen, verschwand die Uniform schnell im zweiten Büro und zog die Tür zu, aber nicht ganz.

»Das erklärt die erste Türbewegung«, meinte Tracy.

»Erkennen Sie mehr?«, wollte Owens wissen.

»Noch nicht.«

»Könnte es Cho sein?«

»Ich glaube nicht. Sein Gang ist anders, aufrechter. Und die Gesichtszüge sind fester. Es könnte Battles sein, oder Stanley. Sie sind ungefähr gleich groß und von ähnlicher Statur.«

Bei elf Minuten und vier Sekunden kam Al Tulowitsky mit den Putzmitteln und dem Staubsauger durch die Tür.

»Jemand hat ungefähr zwei Minuten rausgeschnitten«, sagte Tracy. »Auf dem Band, das ich habe, ist Tulowitsky neun Minuten lang weg.«

»Er geht nach hinten zu den Klos«, sagte Owens.

Sekunden nachdem Tulowitsky die Lobby verlassen hatte, ging die Bürotür auf und die Uniform trat heraus.

»Die zweite Türbewegung«, kommentierte Tracy.

Die Uniform bewegte sich rasch Richtung Eingangstür, wieder mit gesenktem Kopf, das Gesicht teilweise vom Mützenschirm verdeckt. Tracys Herz schlug ein bisschen schneller, bis die Erscheinung durch die Tür verschwunden war. »Zurück.«

Owens drückte die entsprechende Taste und spulte zurück. »Wie weit?«

»Da – das ist gut. Können wir es langsamer laufen lassen?«, fragte sie Bakhtiari.

Der kam um den Tisch herum und Owens schob seinen Stuhl zurück, um ihm Platz zu machen. Bakhtiari tippte auf ein paar Tasten und verschwand wieder. Owens drückte auf die Abspieltaste und Tracy klemmte sich ganz dicht vor den Bildschirm. Die Uniform kam aus dem Büro und ging auf die Tür zu, ganz langsam, ein Bild nach dem anderen. Tracys Finger schwebten über der Tastatur und als die Uniform fast am Eingang war, drückte sie auf *Stop* und das Bild fror ein.

»Ich weiß, wer das ist«, sagte sie.

* * *

Tracy und Owens bedankten sich bei Bakhtiari und hasteten den Flur hinunter zum Büro von Leah Battles auf demselben Stockwerk. Die Verteidigerin war nicht da.

Tracy lief zum Empfangstresen. »Ich suche Leah Battles!« Sie hielt der Frau am Empfang ihren Ausweis und die Dienstmarke hin.

»Darf ich fragen, worum es hier geht?«, wollte die Frau wissen.

»Los, sagen Sie schon!«, befahl Owens.

»Sie ist gegangen«, sagte die Frau. »Sie ging mit der Einsatzleiterin.«

»Rebecca Stanley?«, fragte Tracy.

»Ja.«

»Wissen Sie, wohin die beiden wollten?«

»Nein, Ma'am, keine Ahnung.«

»Wo ist ihr Büro?«, fragte Owens.

»Das der Einsatzleiterin? Den Flur runter, hier im Erdgeschoss.«

Tracy folgte Owens und dessen Freund den Flur hinunter. Stanley war nicht in ihrem Büro. Sie wollten gerade wieder zurück zum Empfang, als Tracy angesprochen wurde.

»Detective Crosswhite?« Über ihnen, auf der Treppe, stand Brian Cho und beobachtete sie mit gerunzelter Stirn. »Was machen Sie denn hier?«

»Ich suche nach Leah Battles oder Rebecca Stanley. Haben Sie eine der beiden gesehen?«

Cho nickte. »Ja, aber sie sind schon vor etwa einer halben Stunde zusammen gegangen.«

»Wissen Sie, wohin?«

»Das weiß ich«, meldete sich eine andere Frau, die gerade auf den Flur gekommen war. »Sie wollten auf einen Schluck ins Bulkhead, irgendetwas feiern.«

»Feiern?« Cho klang skeptisch. »Wohl eher ihren Kummer ersaufen.«

»Warum sagen Sie das?«, fragte Tracy.

»Weil die Ethikkommission heute ihre Entscheidung bekannt gegeben hat. Sie rät zu einem Militärgerichtsverfahren gegen Leah Battles.«

Kapitel 44

Leah Battles starrte auf die Pistole in Rebecca Stanleys Hand. Richtig überraschend kam die für sie jetzt nicht, wohl aber umgekehrt: Mit der Pistole in Leahs Hand schien Stanley nicht gerechnet zu haben. Hier standen sie nun in der klassischen Pattsituation.

Sieh den Zug deines Gegners voraus und sei zum Kontern bereit. Eine der Grundregeln, wenn man Schach auf Wettkampfebene spielte.

Battles war langsam ein Licht aufgegangen, als Stanley erwähnte, Tracy Crosswhite sei immer noch mit dem Fall befasst und suche nach dem Original der Aufzeichnungen der Überwachungskamera aus dem DSO, obwohl sie eine Kopie dieses Bandes bereits von Stanley erhalten hatte. Nahm man die Fragen hinzu, die Crosswhite Battles beim letzten Treffen gestellt hatte, dann wurde die Sache immer klarer: Crosswhite verfolgte entweder die Theorie, dass Trejo an dem Abend, an dem er in Seattle ein Kind überfahren hatte, mit Drogen unterwegs gewesen war, oder sie hatte für diese Annahme sogar bereits Beweise. Wenn Crosswhite nach dem Original des Überwachungsbandes suchte, ging sie wohl davon aus, dass die Kopie bearbeitet worden war. Und falls dies der Fall war, kam für eine solche Bearbeitung wohl am ehesten Stanley in Betracht, die die Kopie an die Polizei in Seattle weitergegeben hatte. Außerdem hatte Stanley Zugang zum DSO und zum Zimmer des Protokollführers gehabt. Sie wusste aus ihren Unterhaltungen mit Battles, wie wichtig das Überwachungsvideo aus dem Laden für den Fall gegen Trejo war, und hatte sich vorstellen können, wie die Anhörung ausgehen musste, sollte dieses Band nicht aufzufinden sein. Und schließlich hatte Stanley Battles noch nie zu einem gemeinsamen Kneipenbesuch eingeladen.

»Sie haben in der Nacht das Video gestohlen«, sagte Battles, die sich leicht nach links versetzt seitwärts nach vorn bewegte, während sich Stanley eher rechts hielt und dabei weiter ins Zimmer hereinkam.

»Ich hatte keine Wahl. Wie ich schon sagte, das Band war entscheidend. Trejo würde verurteilt werden.«

»Und Sie haben das Überwachungsband aus dem DSO bearbeitet, damit Sie darauf nicht zu sehen sind. Deswegen sucht Crosswhite nach dem Original. Sind Sie auf dem Band zu sehen?« Battles rückte noch ein Stück nach links.

»Ich habe immer gesagt, dass Sie eine gute Anwältin sind, Leah.« Stanley rückte nach rechts.

»Sie sollten mich mal Schach spielen sehen.« Battles blieb keine Sekunde lang stehen. »Sie haben das Band genommen, damit Trejo freigelassen werden musste. Und danach brachten Sie ihn um, weil Sie nicht sicher sein konnten, dass er in Bezug auf das Heroin den Mund hält.«

Draußen vor dem Fenster donnerte es laut. Stanley zuckte zusammen und Battles hätte um ein Haar abgedrückt.

»Immer mit der Ruhe, Captain«, empfahl sie. Stanley mochte nach außen weiterhin ruhig wirken, war aber eindeutig nervös geworden. Äußerst nervös sogar.

Aus dem Donner wurde ein Grummeln in der Ferne, aber dafür regnete es nun stärker. Man hörte es auf das Dach und die Balkonmöbel prasseln, als sich der Regen in Hagel verwandelte und Hagelkörner, groß wie Munitionspatronen, klirrend vom Tisch und den Stühlen abprallten.

»Also: Warum sind wir hier?«, fragte Battles, die versuchen wollte, Stanley in eine Unterhaltung einzubinden, während sie nach einer Möglichkeit suchte, zuzuschlagen und sich die Pistole ihrer Gegnerin zu holen. Dazu musste sie allerdings näher an die Frau herankommen. »Trejo ist tot. Sie haben das Video. Die Ethikermittlungen werden nicht weitergeführt. Warum haben Sie mich hierhergebracht?«

»Das mit der Kommission war gelogen.«

»Sie wollen die Sache doch weiterverfolgen? Das hatte ich mir eigentlich schon gedacht. Was anderes war den Sturköpfen doch gar nicht zuzutrauen.«

»Sie raten zu einem Militärgerichtsverfahren. Ich sagte Ihnen doch, das Oberkommando möchte jemanden hängen sehen.«

»Pech für die, dass ich das nicht sein werde.«

»Was ich hier mache, ist nicht persönlich gemeint, Leah, ich muss es tun. Wir wissen doch beide, dass Ihr Verteidiger bei einem Militärgerichtsverfahren als Erstes beantragen wird, die Aufzeichnungen der Überwachungskamera aus dem DSO zu sehen.«

»Und auf dem Video würde man dann Sie finden?«, fragte Battles.

»Ich glaube nicht, dass sie mich eindeutig identifizieren könnten. Ich weiß ja, wo die Kamera hängt. Aber ...«

»Sie können das Risiko nicht eingehen. Wenn ich tot bin, gibt es für eine Untersuchung keinen Grund mehr. Keine Untersuchung heißt, niemand schaut sich das Band an.«

»Eigentlich ganz einfach.« Stanley nickte.

»Und was haben Sie davon? Drogen?«

Stanley antwortete nicht.

»Ihr Rücken!« Battles hätte fast gelacht, so einfach war die Lösung. »Sie haben nach Ihrer Rückenverletzung angefangen, Heroin zu nehmen.«

»In Afghanistan kam man an Heroin einfacher ran als an Schmerzmittel und an manchen Tagen bin ich mit den Schmerzen einfach nicht anders klargekommen. Sie sehen also: So leid es mir tut, Sie sind ein Problem.«

Battles rückte weiter nach links. »Das hier wird aber nicht so einfach wie Trejos inszenierter Selbstmord!«

Stanley lächelte. »Vielleicht nicht, aber es soll ja auch kein Selbstmord werden.«

»Nein?«

»Nein.«

»Was denn dann?«

»Ich bin mir ziemlich sicher, dass ein Detective Sie erschießen wird.«

* * *

Tracy folgte Owens aus der Tür. Beide hatten sich die Jacken über den Kopf gezogen, um sich gegen die Hagelkörner zu schützen, die inzwischen groß genug geworden waren, um wirklich wehzutun. Auf Owens Windschutzscheibe hatte sich Eis gesammelt und natürlich war die Scheibe auch wieder von innen beschlagen. Owens schaltete Motor und Gebläse ein, was aber auch diesmal wenig Eindruck auf das Kondenswasser machte, und so wischten die beiden Detectives hektisch an der Scheibe herum, während draußen die Scheibenwischer zumindest das Eis wegschafften.

Owens mochte nicht warten, bis sein Sichtfenster groß genug geworden war. Kurz entschlossen setzte er rückwärts aus der Parklücke und steuerte das Charleston Gate an. »Woher wissen Sie, dass es Stanley war?«

»Die Ohrringe«, sagte Tracy. »Diese goldenen Ohrstecker trug sie auch bei unserem ersten Treffen in ihrem Büro.«

»Bestimmt tragen viele Frauen hier auf dem Stützpunkt solche Ohrringe. Ich wette, die Vorschriften in Bezug auf Schmuck sind einheitlich und ziemlich streng.«

»Battles trägt keine solchen Ohrringe«, sagte Tracy. »Sie und Stanley sind die beiden Frauen, die die Möglichkeit und Gelegenheit hatten, das Video zu holen. Außerdem soll Battles vor ein Militärgericht gestellt werden, und was verlangt ihre Verteidigung da wohl als Erstes?«

»Die Herausgabe des Überwachungsvideos.« Owens nickte.

»Und Stanley weiß, dass sie darauf zu sehen ist.«

»Wie wollen wir sie jetzt finden?«

»In einer Kneipe wird sie Battles kaum umbringen wollen.«

»Die Sekretärin eben sagte, das Bulkhead liegt auf der anderen Seite der Manetta Bridge, ganz in der Nähe von Stanleys Wohnung. Da fahren wir zuerst hin, finde ich.«

»Wir werden Verstärkung brauchen«, sagte Tracy.

»Ich habe Marke und Kennzeichen ihres Wagens weitergegeben, die Streifenbeamten treffen sich mit uns bei der Wohnung.« Owens reichte Tracy einen Zettel mit Stanleys Wagentyp und Kennzeichen. »Wir schauen uns die vor der Bar geparkten Autos an. Wenn ihr Wagen nicht dort steht, fahren wir sofort zur Wohnung. Es sei denn, jemand meldet, den Wagen woanders gesehen zu haben.«

Owens fuhr über die Manette Bridge und nahm die erste Abzweigung in den Wheaton Way, wo er zügig auf den Parkplatz des Bulkhead einbog. Aufgrund des Wetters standen nur fünf Fahrzeuge dort, keins davon war das von Stanley, also fuhren sie gleich weiter zu Stanleys Apartmentblock. Als sie wenige Minuten später vor dem Krähennest standen, war dort noch kein Streifenwagen eingetroffen.

»Das ist ihr Auto«, sagte Tracy. »Die Kollegen dürften dicht hinter uns sein.«

Owens parkte und sie kletterten beide aus dem Auto. Tracy warf einen Blick in den Chevy Trailblazer, wobei sie Battles' Fahrrad entdeckte. »Beide Frauen sind hier.«

Sie liefen durch die Glastür. »Welches Stockwerk?«, fragte Tracy.

»Viertes«, rief Owens, der sich die Liste der Mieter angesehen hatte. Er ignorierte den Fahrstuhl und rannte die Treppe hinauf, immer zwei Stufen auf einmal nehmend. Tracy konnte kaum mithalten und war bald außer Atem.

Im vierten Stock trat Owens vorsichtig durch die Treppenhaustür, sah sich um, suchte auf den Messingplatten an den Wohnungstüren nach der Nummer von Stanleys Apartment, fand sie an einer Tür links vom Treppenhaus. Leise huschten die beiden Detectives durch den Flur, blieben vor der Tür stehen, lauschten. Hinter der Tür waren Stimmen zu hören. Tracy sah Owens an und nickte.

»Ich trete die Tür ein«, sagte Owens leise. »Sie gehen rein und gleich nach rechts. Ich gebe Ihnen Rückendeckung.«

»Okay.« Tracy zog ihre Glock und hielt sie hoch, der Lauf zeigte nach oben. »Bereit.«

Ein Tritt, und die aus billigem Material konstruierte Tür sprang mit lautem Knall nach innen auf. Tracy schlüpfte in die Wohnung. Rechts von ihr lag die Küche – leer. Zwei Schritte weiter und sie entdeckte Battles und Stanley, beide mit Pistolen in der Hand. Sie zielten aufeinander.

»Fallen lassen!«, rief Tracy. »Lassen Sie die Waffen fallen.«

Stanleys Waffe glitt ihr aus der Hand und landete auf dem Boden. Battles zögerte.

»Lassen Sie Ihre Waffe fallen!«, rief Owens.

Diesmal kam auch Battles dem Befehl nach.

Tracy, die in die Hocke gegangen war, atmete tief durch und stand langsam wieder auf. Sie wollte gerade etwas sagen, als sie den kalten Lauf von Owens' Glock 22 an ihrer Schläfe spürte.

Kapitel 45

Gerade noch war alles vorbei gewesen. Gerade noch hatte sich Tracy beglückwünschen können, denn sie war rechtzeitig eingetroffen. Gerade eben noch hatte sie verhindern können, dass Stanley abdrückte und Leah Battles erschoss. Sarah hatte sie nicht retten können, sie war nicht dagewesen, als ein Psychopath ihre Schwester entführte. Bei Sarah hatte sie versagt. Die Schuldgefühle quälten sie bis heute, und auch wenn sie sich manchmal irgendwo hinten in ihrem Bewusstsein versteckten, warteten sie nur auf die nächste Gelegenheit, wieder zuzuschlagen. Diesmal würde es anders sein, denn diesmal war Tracy rechtzeitig eingetroffen. Battles lebte. Rebecca Stanley hatte ihre Pistole fallen lassen.

Eben noch war alles so klar gewesen, so richtig. Und dann – nur einen Atemzug später – war alles vorbei.

Man hatte sie an der Nase herumgeführt. Sie hatte sich reinlegen lassen, war einem Trickbetrüger auf den Leim gegangen. Wer kennt ihn nicht, den Trick mit dem Ball und den Bechern?

Sehen Sie den roten Ball? Achten Sie genau auf ihn, mehr brauchen Sie nicht zu tun. Und nun sagen Sie mir, unter welchem Becher er liegt. Unter dem in der Mitte? Sind Sie sicher? Natürlich ist man sicher, man hat gute Augen und die ganze Zeit genau aufgepasst.

Nur geht es bei dem Spiel nicht um das, was man sehen kann. Es geht um das, was man nicht mitbekommt, und so hat man eben nicht mitgekriegt, wie sich der Zauberer den roten Ball fest in die Handfläche drückt. Der Ball ist nie unter einem Becher gelandet, man konnte gar nicht gewinnen. Das war kein faires Spiel, das Spiel war manipuliert, aber das mag man sich nicht eingestehen, das lässt das Ego nicht zu. Und dann steht man in einer Wohnung und sucht nach dem roten Ball, den es nicht gab, und der Zauberer hält einem seine Pistole an den Kopf.

»Sie lassen jetzt den Arm sinken und die Pistole aus Ihrer Hand auf den Teppich gleiten, Detective.«

Tracy rührte sich nicht, es ging nicht. Sie war immer noch zu verwirrt, ihr Gehirn musste erst noch verarbeiten, was hier passierte.

»Lassen Sie die Pistole fallen, habe ich gesagt!«

Jetzt erst konnte sie den Arm senken und die Finger lockern, bis die Pistole ihrem Griff entglitt. Mit einem dumpfen Aufprall landete sie auf dem Teppichboden. Owens trat einen Schritt zurück, hielt seine Waffe aber nach wie vor auf Tracy gerichtet, während Stanley sich bückte, um ihre eigene Pistole aufzuheben.

Battles sah Tracy an, Angst in den Augen, aber nicht in der Stimme: »Dann wissen Sie jetzt wohl, wer das Video gestohlen hat.« Sie lächelte fast, als sie das sagte.

»Und Sie wissen wohl, dass die Ethikkommission Sie vor ein Militärgericht stellen möchte«, antwortete Tracy.

»Wer hat es Ihnen erzählt?«

»Brian Cho.«

»Den habe ich nie gemocht«, stellte Battles fest.

»Und die Verteidigung wird als Erstes nach dem Video der Überwachungskamera aus dem DSO verlangen, was wir nicht zulassen dürfen, weil der Detective hier deine Ohrringe gesehen hat!« Owens klang so wütend, dass Stanley unwillkürlich mit der freien Hand ihre feinen Ohrstecker berührte, als hätte sie die ganz vergessen.

»Trejo hat für *Sie* gearbeitet, Owens.« Tracy konnte nicht anders, sie musste weiterreden, wie einige ihrer Schüler damals, vor langen Jahren, die sich selbst nach einem wegen Faulheit versiebten Abschlusstest und obwohl sie wussten, dass sie in Chemie eigentlich schon durchgefallen waren, immer noch getrieben gefühlt hatten, im Unterricht die richtigen Antworten zu geben. Auch wenn sich an ihrer Note nichts mehr drehen ließ. In Tracys Fall an ihrer Lage.

»Ich bin ein Mann der Navy«, sagte Owens. »Das steht dick und fett an meiner Bürowand. Wenn Sie Ihre Hausaufgaben gemacht hätten, wenn Sie anständig nachgeforscht hätten, dann hätten Sie gewusst, dass auch ich Logistiker war.«

»Dann wussten Sie also, wo die Schiffe in Übersee anlegen.«

»Und ich wusste, was man sich besorgen kann, sobald das Schiff angelegt hat. Ich wusste, wie man es sich besorgen kann und wie man es an Bord und auch wieder runter schafft. Und aus meinen Jahren im Drogendezernat wusste ich auch ein bisschen was darüber, wo man es verkauft.«

Battles sah Stanley an. »Und Sie wurden nach dem Angriff in Afghanistan drogenabhängig.«

Das erklärte Stanleys Rolle, erklärte, warum sie das Video gestohlen hatte.

»Die Rückenschmerzen werden mich mein Leben lang quälen. Die Ärzte haben gesagt, ich müsste lernen, damit zu leben, und wollten mir keine Pillen mehr verschreiben. Haben Sie eine Ahnung, wie das ist, jede einzelne Minute des Tages Schmerzen zu haben?« Stanley sah Battles' Blick zu den Bildern auf dem Kaminsims wandern.

»Mein Ex«, fuhr sie fort. »Er ging, als ich anfing, Heroin zu nehmen.« Sie schien den Tränen nahe. »Er sagte, er wolle seine

Tochter nicht mit mir gemeinsam großziehen. Er sagte, entweder lasse ich sie beide gehen oder er erzählt der Navy von meinem Problem.« Jetzt standen ihr wirklich Tränen in den Augen. »Haben Sie auch nur die geringste Vorstellung, wie das für mich war? Welche Entscheidung ich treffen musste? Natürlich haben Sie das nicht. Sie sind ja noch nicht einmal verheiratet.«

»Wie schaffen Sie das mit den Drogentests im Dienst und den vorgeschriebenen ärztlichen Untersuchungen?«, wollte Battles wissen.

»Urin lässt sich leicht finden, besonders, wenn man dafür zahlt. Und ich injiziere an Stellen, die nicht sofort ins Auge fallen.«

»Ich sage jetzt mal, wie das hier laufen wird!«, mischte Owens sich ein. »Wir waren vorhin im Sicherheitsbüro, weil Detective Crosswhite herausgefunden hatte, dass du ihr ein bearbeitetes Band gegeben hattest. Ich werde aussagen, dass auf dem echten Band Leah Battles zu sehen ist, wie sie an dem Abend das DSO betrat und verließ. Das Original wird es nicht mehr geben, das wird zerstört werden. Also gibt es keine Beweise, mit denen sich meine Aussage widerlegen lässt. Die Entscheidung der Ethikleute ist ein echter Glückstreffer. Battles wusste das mit dem Militärverfahren gegen sie und sie wusste auch, dass du eine Kopie des Überwachungsbandes hast. Sie hat dich um ein Treffen außerhalb des Büros gebeten, in einer Kneipe. Als du damit einverstanden warst, zwang sie dich mit vorgehaltener Pistole, in deine Wohnung zu gehen und das Band zu holen, von dem sie annahm, es befände sich in deiner Wohnung.«

»Detective Crosswhite und ich«, wandte er sich jetzt an Battles, »erfuhren nach unserem Besuch im Sicherheitsbüro, wo wir uns das Original des Überwachungsbandes angesehen hatten, dass ihr beide, Sie und Stanley, in Captain Stanleys Auto weggefahren wart. Wir stellten ein paar logische Schlussfolgerungen an, mit denen ich hier jetzt niemanden langweilen möchte, die uns aber zu euch hierherführten. Sie hatten Captain Stanley die Pistole abgenommen, was jeder glauben wird, der sich das Krav-Maga-Video anschaut, das ich Detective Crosswhite zukommen ließ. Detective Crosswhite betrat diese Wohnung als Erste und Sie schafften es, sie zu erschießen. Aber danach habe ich es geschafft, Sie zu erschießen.«

Tracy hatte Stanley nicht aus den Augen gelassen, während Owens redete. Ihr Kopf fühlte sich ganz klar an. Klar und leer – als hätte jemand sauber gemacht, alles Durcheinander entfernt und ihr Hirn neu gestartet, sodass sie jetzt Dinge sah, die sie sonst nicht gesehen hätte, und diese Dinge einordnen konnte, wie sie es bis zu diesem Moment nie geschafft hätte. Sie erinnerte sich, irgendwo einmal von einem Phänomen gelesen zu haben, das sich »Heureka-Effekt« nannte – der Moment, an dem jemand plötzlich ein ihm bis dahin unbegreifliches Problem oder Konzept versteht.

»Er wird Sie umbringen«, erklärte sie Stanley.

Battles und Stanley sahen sie an, unsicher, wen Tracy gemeint haben könnte. Tracy sah Stanley in die Augen. »Er wird Sie umbringen«, wiederholte sie.

Stanley wirkte perplex, versuchte aber, die Bemerkung mit einem Lachen zu übergehen.

»Er muss«, fuhr Tracy unbeirrt fort. »Sie hatten die Kopie des Überwachungsbandes und haben sie mir gegeben. Die Kopie, die bearbeitet worden war. Aber das Original existiert noch und Sie sind darauf zu sehen.«

»Das Original wird vernichtet werden«, versicherte Owens mit ruhiger Stimme.

»Denken Sie darüber nach«, sagte Tracy. »Wie soll er das Band in meinem Büro erklären, das ich ja von Ihnen erhalten habe? Wie erklärt er, wer es manipuliert hat?«

»Ich werde sagen, Battles war es.« Owens blieb weiterhin ruhig.

»Aber ich habe nie um das Band gebeten«, sagte Battles, die Tracys Logik verstand.

»Man wird Sie zumindest befragen«, sagte Tracy zu Stanley. »Dieses Risiko kann er ebenso wenig eingehen, wie er das Risiko eingehen konnte, dass Trejo unter Umständen den Mund aufmacht. Oder dass sein Dealer in Seattle den Mund aufmacht. Jetzt wird er Sie also dazu bringen, mich zu erschießen. Dann wird er Sie erschießen.«

»Halten Sie den Mund!«, befahl Owens. Tracy wandte sich zu ihm. Er konnte sie nicht erschießen, das war ihr klar, nicht mit seiner eigenen Pistole. Die hatte ein anderes Kaliber als Stanleys Achtunddreißiger. Damit Owens Plan aufging, musste Stanley abdrücken.

»Denken Sie darüber nach«, wiederholte Tracy, an Stanley gewandt. »Diese Pistole, Ihre Pistole, hat Ihre Fingerabdrücke, überall. Er wird sagen, Sie haben mich erschossen und er hat Sie beide erschossen.«

Stanley warf Owens einen Blick zu. Vielleicht begriff sie langsam, in welcher Lage sie sich befand.

»Hör nicht auf sie, sie will dich nur verwirren«, herrschte Owens sie an.

»Wenn Sie jetzt abdrücken, wird er Sie erschießen. Das ist einfache Logik. Für ihn die einzige Möglichkeit, hier als Unschuldiger rauszugehen.«

»Wir gehen hier beide als unschuldig raus«, versicherte Owens.

»Er lügt«, sagte Tracy. »Hat er Trejo einfach so gehen lassen?«

»Wir schaffen es, hier rauszukommen, und wenn sich erst einmal alles beruhigt hat, stehen wir unbescholten da, genau wie wir es besprochen haben.«

»Er lügt«, wiederholte Tracy. »Er hat nie etwas von dem gemeint, was er gesagt hat. Er sieht in Ihnen doch nur den Junkie und er hat mit Ihnen gespielt, Ihnen etwas vorgemacht, genauso wie er mir etwas vorgemacht hat. Er ist ein Betrüger und er betrügt Sie.«

»Halten Sie den Mund!«, befahl Owens, inzwischen schon mit mehr Nachdruck. »Erschieß sie!«, zischte er Stanley an.

Stanley richtete ihre Pistole auf Tracy.

»Wenn Sie jetzt abdrücken, sind Sie tot«, wiederholte Tracy. »Denken Sie noch einmal ganz genau nach.«

»Erschieß sie, verdammt noch mal!«

Auch Tracy wurde lauter, um Owens zu übertönen. »Solange Sie leben, passen unmöglich alle Puzzleteile zusammen.«

»Erschieß sie!«

»Er muss jemanden für das manipulierte Überwachungsvideo verantwortlich machen können. Wie soll das gehen, solange Sie noch am Leben sind?«

»Sie lügt. Ich sage, es war Battles. Schieß jetzt!«

»Aber das Band kam von Ihnen.« Tracy ließ nicht locker. »Sie hatten es angefordert. Und niemand wird das Original vernichten. Ich habe im Sicherheitsbüro gesagt, dass es ein polizeiliches Beweismittel ist und aufbewahrt werden muss. Sie sind auf dem Band zu sehen. Er weiß das.«

Owens richtete seine Waffe auf Stanley. »Erschieß sie, verdammt noch mal, oder ich erschieße dich.«

»Das ist der Beweis, den er braucht, ein Beweis, gegen den man nichts anführen kann. Sie sind auf dem Band, ein Junkie. Sie haben mit Battles und Trejo zusammengearbeitet, um das Heroin zu bekommen, weil Sie ein Junkie sind. Das ist die Geschichte, die er erzählen wird. Weil es die einzige Geschichte ist, bei der die Logik stimmt.«

Stanleys Hand zitterte. Während der Zweifel an ihr nagte, wurden ihre Augen zu zwei schwarzen Kugeln. Langsam dämmerte ihr, dass Tracy die Wahrheit sagte.

Tracy zuckte absichtlich mit der Hand, als wolle sie nach ihrer Waffe greifen. Owens richtete seine Pistole erneut auf sie, drückte aber nicht ab. »Sehen Sie?«, sagte Tracy. »Er kann mich nicht erschießen. Die Pistole hat das falsche Kaliber. Sie müssen das für ihn tun, sonst geht seine Rechnung nicht auf.«

»Erschieß sie!«, spuckte Owens.

Tracy wurde noch lauter, um Owens Stimme und den Lärm des Gewitters draußen auszublenden. »Tun Sie es nicht! Das ist die einzige Möglichkeit für Sie, hier vielleicht noch lebend rauszukommen.«

»Idiotin!« Owens richtete seine Waffe auf Stanley. Aber auch die änderte die Zielrichtung ihrer Waffe. Drei Schüsse hallten durch die kleine Wohnung, zwei aus Owens Waffe und eine aus der von Stanley. Owens Schüsse schleuderten Stanley rückwärts wie eine Puppe an einem zuckenden Faden. Sie krachte hart gegen die Wand und sackte auf dem Boden zusammen.

Owens hatte sich in letzter Sekunde seitwärts drehen können, wodurch er eine kleinere Zielscheibe bot. So bohrte sich Stanleys Kugel in die Rigipsplatte hinter ihm, wo sie eine klaffende Wunde hinterließ.

All das registrierte und verarbeitete Tracy nicht gleich, während es geschah. Ohnehin hatte sie nichts von dem Geschehen hier in Realzeit verarbeitet. Sie hatte sich bei der ersten Bewegung der beiden Kontrahenten zu Boden fallen lassen, wie man es ihr in der Ausbildung beigebracht hatte, wohl wissend, dass ein Entkommen unmöglich war und ihre einzige Hoffnung in ihrer Pistole lag. Sobald sie also auf dem Boden aufgekommen war, hatte sie sich ihre Pistole geschnappt, sich auf die Seite gedreht und auf Owens angelegt.

Gerade wollte sie den Abzug durchziehen, als sie erstarrte: Leah Battles hatte in einer Abfolge blitzschneller Bewegungen Owens Pistole und Arme gepackt, beides hoch über seinen Kopf gerissen, und rammte ihm gerade entschlossen das Knie in den Schritt. Dann ließ sie ihn fallen, während sie ihm gleichzeitig die Waffe aus den Händen wand, und wich zurück, bis sie außerhalb seiner Reichweite stand. Konzentration und Waffe weiterhin auf Owens gerichtet, warf sie Tracy über die Schulter hinweg eine Frage zu: »Spielen Sie Schach, Detective?«

»Wie ich schon sagte: nicht sehr oft und auch nicht sehr gut.«

»Schade eigentlich. Ich glaube nämlich, mit ein bisschen Übung könnten Sie eine echt fiese Spielerin sein.«

Kapitel 46

Ein Nachbar hatte die Schüsse gehört und beim Polizeirevier Bremerton angerufen, woraufhin jede Menge Beamte über das Krähennest herfielen. Als Erstes trafen sie dort auf Tracy, die sich vor dem Haus aufgebaut hatte und allen ihre Dienstmarke hinhielt. Langsam und ruhig erklärte sie, was vorgefallen war und dass Waffen sichergestellt worden waren. Im Apartment traf die Polizei dann auf Detective Owens, der auf dem Boden saß, die Hände hinter dem Rücken mit Handschellen gefesselt. Nach einer weiteren halben Stunde voller Erklärungen wurde Owens aus der Wohnung entfernt und Tracy sowie Battles durften sie verlassen und draußen warten, bis die Leute von der Kriminaltechnik ihre Arbeit erledigt hatten. Allerdings war beiden gesagt worden, sie sollten sich nicht zu weit entfernen.

Der Himmel bestand weiterhin aus einem schäumenden Gemisch aus Wolken, aber wenigstens regnete es erst einmal nicht mehr. Der Parkplatz hatte sich mit Polizeifahrzeugen aus Bremerton und dem Kitsap County gefüllt. Die anwesenden Beamten hätten gereicht, um es mit der Armee eines kleineren Landes aufzunehmen. Auch Feuerwehrwagen, Rettungsfahrzeuge und der Kleintransporter des Kitsap County Coroners waren eingetroffen. Eile war allerdings nicht mehr geboten, denn Rebecca Stanley war durch die beiden Schüsse in ihre Brust getötet worden. Weiter die Straße hinunter, hinter dem Absperrband der Polizei, standen die Übertragungswagen verschiedener Nachrichtensender und ein paar der üblichen Gaffer aus der Nachbarschaft.

Battles hatte ihr Handy gezückt und sprach gerade. Tracy hatte sie gebeten, den Sicherheitsbeauftragten David Bakhtiari anzurufen. Sie wollte sicherstellen, dass niemand das Überwachungsvideo vom 18. März vernichtete.

Battles legte auf und kam zu Tracy herüber. »Er hat das Band noch als Beweismittel sichergestellt, bevor er nach Hause ging. So schnell wäre es also nicht vernichtet worden. Ich habe auch mit unserem Oberkommandierenden gesprochen, der schickt die Leute vom NCIS vorbei.«

»Denen können Sie gleich sagen, dass sie sich erst mal hinten anstellen müssen.«

Danach standen die beiden Frauen eine Weile schweigend da und beobachteten die Polizei bei der Arbeit. Früher oder später würden sie ihre Aussagen machen müssen.

»Was werden Sie tun?«, erkundigte sich Tracy bei Battles.

»Wie meinen Sie das?«

»Ich meine, in Zukunft, wenn sich das alles hier aufgeklärt hat. Was werden Sie tun?«

Battles schüttelte den Kopf. »Ich weiß nicht, Detective. Das scheint mir so weit weg. Auf dem Stützpunkt wird wohl eine Weile alles drunter und drüber gehen. Wahrscheinlich gibt es eine Untersuchung mit allen Schikanen wegen Trejo, ob er Unterstützung hatte und wie lang das alles schon lief. Das könnte eine Weile dauern. Aus Owens werden sie nicht viel herauskriegen. Der verlangt unter Garantie nur nach einem Anwalt und hält dann die Klappe.«

Tracy nickte. Wahrscheinlich hatte Battles recht. »Wie lange dauert Ihre Dienstzeit noch?«

»Wie lange ich mich dienstverpflichtet habe? Vier Jahre aktiver Dienst, danach vier Jahre inaktiver Status. In knapp einem Jahr bin ich mit dem aktiven Dienst durch.«

»Und dann was?«

Battles zuckte die Achseln. »Ich weiß nicht. Erst mal muss ich verarbeiten, was hier passiert ist und wie zum Teufel ich da plötzlich mittendrin stecken konnte.«

»Sie waren Trejos Anwältin«, sagte Tracy. »Sie sind mit Ihrem Fahrrad runter zum Gefängnis gerast und haben verlangt, ihn zu sehen.«

»Seien Sie vorsichtig mit dem, was Sie sich wünschen.« Battles nickte weise.

»Wie bitte?«

»Ach nichts. Nur ein bisschen mütterlicher Rat.«

»Glauben Sie, Sie bleiben hier?«

»In Bremerton?« Battles schüttelte den Kopf. »Nein.«

»Seattle?«, fragte Tracy.

Battles zuckte erneut mit den Achseln. »Ich weiß es echt nicht. Kommt wohl darauf an, welche Jobs sich mir hier bieten. Und welche Männer.«

»Mein Mann ist Anwalt.«

Tracy mochte Battles. Sie war eine starke Persönlichkeit, aber das war Tracy auch. Vielleicht waren gleich zwei ihrer Sorte zu viel für Dan, aber so wie es sich anhörte, hatte Battles jede Menge Erfahrung und konnte sofort loslegen.

Battles zog eine Braue hoch. »Da Sie ja hoffentlich glücklich verheiratet sind – was für ein Anwalt ist er?«

»Meistens Gesundheitsschäden, aber auch ein bisschen Strafrecht.«

»Ist er gut?«

»Er hat Mandanten ablehnen müssen, weil er für ihre Fälle keine Zeit gehabt hätte. Er denkt darüber nach, kürzerzutreten und sich Unterstützung zu holen.«

»Kürzerzutreten? Wie alt sind Sie, vierzig?«
Tracy lächelte. »Er war ziemlich erfolgreich.«
»Muss er dann wohl gewesen sein.« Battles dachte einen Moment nach. »Klingt nicht schlecht, finde ich«, stellte sie fest.
»Zivilklagen?«
»Mit vierzig in den Ruhestand gehen.«
»Kürzertreten, nicht in den Ruhestand gehen!« Tracy grinste. »So viel will ich ihn gar nicht im Haus haben.«
»Lieutenant?« Ein Detective kam zu den beiden Frauen herüber. »Wir würden jetzt gerne Ihre Aussage aufnehmen.«
Battles nickte. Ehe sie ging, drehte sie sich noch einmal zu Tracy um: »Sagen Sie Ihrem Mann, ich habe Interesse. Aber sagen Sie ihm auch, dass ich nicht billig zu haben bin.«

Kapitel 47

Am nächsten Morgen klopfte Tracy an eine bestimmte Tür im Stadtteil Rainier Beach. Clarridge hatte ihr den Befehl erteilt, persönlich mit der Familie zu reden, was gar nicht notwendig gewesen wäre, denn Tracy wäre auch so hier vorbeigegangen. Diese Unterhaltung wollte sie führen. Sie holte tief Luft, klopfte und wartete, bis die Tür aufging und Shaniqua Millers Mutter sie mit funkelndem, fragendem Blick musterte.

»Guten Morgen«, sagte Tracy. »Ist Shaniqua da?«

Die Mutter verzog das Gesicht und Tracy fürchtete schon, sie würde ihr die Tür vor der Nase zuschlagen. »Einen Moment, ich hole sie.«

Tracy hörte innen im Haus Stimmen. Sie roch außerdem Kaffee und den Duft von frisch Gebackenem.

Wenig später stand Shaniqua Miller in der Tür und musterte Tracy mit demselben dunklen, fragenden Blick wie ihre Mutter. Hinter ihr, weiter unten im Flur, standen ihre beiden jüngeren Söhne, noch im Pyjama, und starrten.

»Guten Morgen«, sagte Tracy.

»Ein bisschen früh für einen Hausbesuch, Detective.«

»Das tut mir leid. Aber gestern Abend war es zu spät, um noch bei Ihnen vorbeizuschauen, doch ich wollte Ihnen die

Neuigkeiten nicht am Telefon erzählen und aus den Medien sollten Sie sie auch nicht erfahren.«

Shaniqua Miller zog die Brauen zusammen, drehte sich um und bat ihre Mutter, mit den Jungs in die Küche zu gehen. Sobald die drei verschwunden waren, wandte sie sich wieder an Tracy. »Was sind das für Neuigkeiten?«

»Wir wissen, was Ihrem Sohn zugestoßen ist, und wir wissen, warum. Und die Verantwortlichen werden vor Gericht gestellt werden. Ich weiß, das hören Sie jetzt nicht zum ersten Mal, aber in diesem Fall bin ich mir ganz sicher, dass sie ins Gefängnis wandern werden.«

Shaniqua Miller presste die Lippen zusammen, ohne jedoch zu weinen. Ihre Mutter, die wieder an der Tür aufgetaucht war, griff nach der Hand ihrer Tochter und drückte sie ganz fest. »Sind Sie sicher?«, fragte Shaniqua mit rauer Stimme.

Tracy nickte. »Ja. Wir sind sicher.«

Die beiden Frauen wandten sich einander zu, umarmten sich und weinten, ohne sich zurückzuhalten. Die beiden kleinen Jungen, die die Anweisungen ihrer Großmutter ignoriert hatten, kamen auch an die Tür und drängten sich an ihre Mutter. Tracy sagte nichts, versuchte auch nicht, die Familie zu unterbrechen. Sie stand einfach nur da.

Nach mehreren Minuten gelang es Shaniqua, sich zusammenzureißen. Sie wischte sich die Tränen ab und holte ein paarmal tief Luft. »Danke«, sagte sie.

Tracy nickte. »Ich erzähle Ihnen gern mehr, später, wenn es Ihnen besser passt. Jetzt wollte ich Sie nur wissen lassen, dass wir Ihren Sohn nie vergessen haben.« Sie gab Shaniqua ihre Visitenkarte. »Rufen Sie an, wenn Sie Zeit haben, und wir verabreden uns.« Sie wandte sich zum Gehen.

»Detective?«

Tracy blieb am Fuß der Treppe stehen und drehte sich um.

»Es tut mir leid«, sagte Shaniqua. »Aber er war mein Junge und ...«

»Sie brauchen sich nicht zu entschuldigen, Mrs Miller. Ich weiß genau, was Sie meinen. Und ich wäre genauso frustriert und desillusioniert gewesen. Aber ich werde diese Sache nicht auf sich beruhen lassen. Ich werde mich weiterhin darum kümmern, bis die Verantwortlichen hinter Gittern sitzen. Einige von denen sind tot, aber der Hauptverantwortliche wird bald seine erste Anhörung haben und dort wird man ihn diverser Vergehen anklagen.«

Shaniqua kam zu ihr herunter und deutete auf ihre offene Haustür. »Bitte, Detective«, sagte sie. »Meine Mutter hat Kaffee gekocht und ich backe gerade Scones. Wir haben auch selbst gemachte Marmelade.«

Tracy nickte. »Das würde mir gefallen«, sagte sie.

Epilog

Leah Battles steckte ihren Ausweis wieder zurück unter ihre Fahrradkleidung und fuhr am Fuß des Hügels entlang zum DSO-Gebäude. Die Ereignisse in Rebecca Stanleys Wohnung lagen jetzt zwei Wochen zurück und noch war alles ziemlich schräg hier, aber so langsam kehrte auch wieder ein bisschen Normalität ein. Battles hatte sich mit Dan O'Leary getroffen, um die Möglichkeit einer Zusammenarbeit zu besprechen, und er hatte sie zwei Tage später angerufen und ihr eine Stelle in seiner Anwaltskanzlei angeboten. Sie hatte ihm gesagt, sie müsse darüber nachdenken, und versprochen, sich wieder zu melden, hatte aber bereits beschlossen, weiter in Seattle zu bleiben, sobald ihre Dienstzeit abgelaufen war. Sie hatte sogar den Antrag gestellt, den Rest dieser Zeit hier in Kitsap bleiben zu dürfen, und es bestand zumindest eine faire Chance, dass dieser Bitte stattgegeben wurde.

Sie schloss ihr Rad an einem der Ständer vor der Tür an und löste den Riemen ihres Helms, während sie durch die Tür ging.

»Alles klar da draußen, Ma'am?«, erkundigte sich Darcy hinter dem Empfangstresen lächelnd.

Battles erwiderte das Lächeln. »Die Welt steht noch, Darcy. Ich melde mich, wenn das mal anders sein sollte.«

In ihrem Büro schloss sie die Tür hinter sich und ging zu ihrem Schrank, um die Fahrradklamotten gegen ihre Arbeitsuniform einzutauschen. Sobald sie die Stiefel geschnürt hatte, fuhr sie ihren Computer hoch, öffnete ihr Datenverzeichnis und klickte sich durch ihr Dutzend aktiver Akten. Als es an der Tür klopfte, sah sie auf.

Brian Cho steckte den Kopf ins Zimmer. »Störe ich?« Er kam herein, ohne ihre Antwort abzuwarten.

Battles schüttelte den Kopf, woraufhin Cho hinter sich die Tür schloss und einen Blick auf das neueste Bild an der Wand warf, ein Blick auf die Innenstadt von Seattle und den Puget Sound, von Battles' Wohnzimmer aus gesehen. »Das ist neu!«, stellte er fest.

»Ich hab es gemalt, als ich die viele freie Zeit hatte.«

»Was das betrifft ...«

»Lassen Sie sich deswegen keine grauen Haare wachsen«, sagte Battles schnell. »Ich hätte Sie andersherum genauso beschuldigt.«

Cho lächelte. »Danke«, sagte er. »Glaube ich wenigstens ...«

»Und ich schlage Sie schon noch«, fuhr Battles fort. »Ist bloß eine Frage der Zeit.«

»Deswegen haben die Chefs diese Wettbewerbe wohl auch eingerichtet.« Cho grinste. Er öffnete die Tür, sah sich aber noch einmal kurz um. »Und wissen Sie was? Wenn mich schon jemand schlagen muss, dann finde ich es okay, wenn Sie das sind.«

* * *

Del parkte den Impala und schaltete den Motor aus, machte aber noch keine Anstalten, auszusteigen. Am Wetter lag es nicht, denn der März war endlich vorbei, was Del mehr als recht war. Sosehr er die vier Jahreszeiten in Seattle auch liebte und sich selbst vom Regen nicht beirren ließ, diesmal hatte es ihm gereicht. Der April schien ein wesentlich trockenerer und insgesamt besserer Monat werden zu wollen. Der dunkle Schleier, der sich jeden Winter über die Stadt legte, war wohl vorerst gelüftet, die Tage wurden länger und es fühlte sich so an, als schiene auch die Sonne öfter mal. Del brauchte dringend ein bisschen Helligkeit in seinem Leben. Seine Schwester brauchte ein bisschen Helligkeit.

»Sie ist immer noch ein wenig fertig mit den Nerven«, sagte er zu Celia McDaniel, die neben ihm saß.

Del war nervös, dabei war er eigentlich nie nervös, auch bei der Arbeit nicht, weder früher, als er noch Streife gegangen war, noch in all den Jahren als Detective. Er liebte sämtliche Aspekte seiner Arbeit. Nicht, dass er gern Leichen sah – wer tat das schon gern? –, sie machten ihn nur nie nervös, nichts machte ihn nervös. Was ist, das ist, und was sein wird, wird sein – das war Dels Devise.

Celia lächelte. »Hör auf, dir Gedanken zu machen. Sie hat jegliches Recht dazu, mit den Nerven am Ende zu sein.«

Seit zwei Wochen arbeitete Del nun wieder in der viel angenehmeren Schicht am Tage und in dieser Zeit hatten Celia und er sich fast jeden Abend gesehen. Celia hatte die Ausarbeitung des Verfahrens gegen Evans geleitet und stellte die Anklage gegen Detective John Owens zusammen. Owens würde sich mit einer Reihe von Tatvorwürfen konfrontiert sehen, unter anderem Mord an Rebecca Stanley, Eric Tseng und Laszlo Trejo und Drogenhandel mit Todesfolge, zehn Bewohner der Stadt Seattle betreffend. Im Moment sah es nicht so aus, als würde diese Zahl noch wachsen. Sie hatten die Nachricht vom möglicherweise gefährlichen Heroin (im Grunde eine amtssprachliche Verharmlosung) verbreiten können und in den vergangenen beiden Wochen keine Todesfälle mehr gehabt. Funk hatte angerufen und gesagt, die Laboranalyse bestätige, dass das auf Allies

Kommode und in Jack Welchs Garagenwohnung gefundene Heroin mit Fentanyl verschnitten war.

Trotz Celias beruhigenden Worten war Del kurz davor, den Wagen wieder anzuwerfen und ein nettes kleines Restaurant anzusteuern, wo es ihn nicht nervös machte, wer möglicherweise was zu wem sagen könnte. »Bist du sicher, dass es dir nichts ausmacht?«

»Deine Familie kennenzulernen? Warum sollte mir das etwas ausmachen?«

»Die Jungs können… ganz schön neugierig sein. Wenn du verstehst, was ich meine.«

»Weil ich schwarz bin?«

Dels Nerven meldeten sich noch deutlicher. »Könnte durchaus sein«, gestand er.

»Hast du zufällig erwähnt, dass ich schwarz bin?«

»Habe ich«, sagte er. »Nicht, dass es irgendeine Bedeutung hätte. Ich dachte nur, so wird es für alle ein bisschen einfacher.«

Celia lachte. »Du bist wie ein siebzehnjähriges Mädchen mit seinem Date für den Schulball! Hautfarbe gehört zu den Tatsachen des Lebens, Del. Die Leute, die behaupten, keine Farben oder Rassen zu sehen, sind genau die Leute, die das tun. Wir sehen gut aussehende Leute und witzige Leute, nervige Leute. Warum sollten wir so etwas Offensichtliches wie Hautfarbe nicht sehen?«

»Ich bin nicht sicher, ob bei dem, was du anhast, heute Abend irgendwer so was wie Schwarz oder Weiß sieht.« Celia trug einen braunen Faltenrock, der ihr bis knapp über die Knie reichte, dazu eine passende Jacke und eine weiße Bluse.

»Zu viel?« Celia zog die Brauen hoch.

»Zu schön«, sagte er.

Sie beugte sich über den Sitz und küsste ihn. »Entspann dich. Was deine Neffen betrifft und das, was sie eventuell von sich geben könnten: Ich bin mit drei Brüdern aufgewachsen und habe einen Sohn großgezogen. Ich glaube nicht, dass die Zwillinge mich einschüchtern können.«

»In Ordnung.« Del atmete aus, allerdings ohne wirklich entspannt zu sein.

Celia machte Anstalten, ihre Tür zu öffnen. Del langte über den Sitz und berührte sie an der Schulter. »Weißt du, meine Schwester und du, ihr habt ja auf jeden Fall etwas gemeinsam.«

»Ist deine Schwester schwarz?«

»Du weißt, was ich meine. Ich möchte nur nicht, dass du dich verpflichtet fühlst.«

Celia lächelte. »Das, was deine Schwester und mich verbindet, Del, das überlebt man nur mithilfe einer starken Familie, eines starken Glaubens und guter Freunde.« Erneut zog sie die Brauen hoch. »Bei den ersten beiden Punkten kann ich nicht helfen, wohl aber beim dritten. Das ist keine Verpflichtung, sondern das, was mein Sohn von mir erwarten würde. Das weiß ich.«

Del beugte sich zu ihr hinüber und küsste sie. »Und jetzt: Hatte ich meine Neffen schon erwähnt?«

Celia schlug ihm auf die Finger.

Hand in Hand gingen sie zur Tür, die aufgerissen wurde, noch ehe er klopfen konnte. In der offenen Tür stand Stevie, der sich hastig sein Hemd in die Khakihose stopfte, an den Füßen Schuhe mit offenen Schnürsenkeln. Wahrscheinlich hatte er Dels Auto gehört und war sofort aus seinem Zimmer im Souterrain an die Tür gestürmt. Jetzt warf er seinem Onkel einen kurzen Blick zu, aber sein eigentliches Interesse galt deutlich Celia.

»Hey Stevie«, sagte Del.

»Hey Onkel Del.« Stevie ließ Celia nicht aus den Augen – als sei sein Onkel nur ein Anhängsel seiner Begleiterin.

»Schick siehst du aus!«, lobte Del.

»Mom hat gesagt, wir sollen uns was Anständiges anziehen.« Stevie starrte immer noch.

Jetzt kam auch Mark um die Ecke aus dem Wohnzimmer gerannt, das Hemd aus der Hose hängend, die Schuhe in der Hand. Er knurrte seinen Bruder wütend an, stellte sich neben ihn und hatte danach auch nur noch Augen für Celia.

»Hi Mark!«, begrüßte ihn Del.

»Hi Onkel Del.«

»Stevie, Mark, ich möchte euch Celia vorstellen.«

Celia streckte ihnen die Hand hin, die die beiden einer nach dem anderen höflich schüttelten.

»Schön, Sie kennenzulernen«, sagten sie wie aus einem Mund.

»Ich freue mich auch, euch beide kennenzulernen«, sagte Celia. »Ich habe schon viel Gutes über euch gehört. Del sagt, ihr seid ganz ausgezeichnete Baseballspieler, und er hat versprochen, mich bald mal mitzunehmen, wenn ihr spielt.«

Die Jungen strahlten. »Wir spielen Samstag«, sagte Stevie.

»Onkel Del ist der Trainer«, ergänzte Mark.

»Das hat er erzählt.« Celia nickte. »Vielleicht lädt er mich ja gleich Samstag ein.«

In der Little League herrschte Trainermangel und Del hatte sich zur Mitarbeit bereit erklärt, solange ihn niemand in Baseballhose sehen wollte.

»Wieso hast du sie denn noch nie mitgenommen, Onkel Del?«, erkundigte sich Stevie vorwurfsvoll.

»Genau!«, sagte Mark. »Wo sind denn deine Manieren?«

»Ja, wo sind deine Manieren?«, kam das Echo von Stevie.

»Ihr zwei – als würde man Stereo hören!« Del schüttelte den Kopf. »Wo meine Manieren sind, wollt ihr wissen? Wo sind denn eure? Wir stehen schon ewig hier draußen in der Kälte, vielleicht lasst ihr uns jetzt endlich mal rein?«

Im Haus hatte jemand gründlich aufgeräumt und sauber gemacht. Der Couchtisch war leer, auf den Sofas lagen weder Krümel noch Zeitungen. Leiser Jazz drang aus den Lautsprechern. »Ihr habt ja aufgeräumt!«, freute sich Del. »Das sieht prima aus.«

»Mom hat uns dazu gezwungen.«

»Ja, Mom hat uns gezwungen.«

»Es riecht wunderbar«, fand Celia.

»Mom kocht Manicotti«, erklärte Stevie.

»Manicotti kriegen wir nur, wenn Besuch kommt«, ergänzte Mark.

Maggie kam aus der Küche und gesellte sich zu ihnen. Sie trug Jeans, eine hellrosa Bluse, flache Schuhe und lächelte Celia zu, während sie Del mit einem Kuss auf die Wange begrüßte. »Hi. Ich habe nur schnell noch nach dem Essen geschaut.«

»Es riecht wunderbar«, wiederholte Celia.

»Ich hoffe, Sie mögen die italienische Küche?«

»Wer mag die nicht? Sie müssen mir beibringen, italienisch zu kochen.«

Lächelnd deutete Maggie auf die beiden Sofas. »Setzt euch doch, bitte. Wir duzen uns, Celia, ja?«

»Gern.« Celia und Del setzten sich auf das längere der beiden Sofas.

»Stevie, bring bitte die Hors d'Œuvres«, sagte Maggie.

»Die was?«

»Die Hors d'Œuvres.«

»Den Teller mit den Oliven und dem Prosciutto?«

Maggie verdrehte die Augen. »Ja. Mark, du holst den Wein und die Gläser.«

»Kriegen wir Wein?«

»Nein«, sagte Maggie.

»Es würde euer Wachstum hemmen«, erklärte Celia.

Die Jungen blieben stocksteif stehen. »Echt jetzt?«

»Ich kannte mal einen Mann, der war ein Meter neunzig groß. Sein Sohn hat zum Abendessen Wein getrunken und wurde nicht größer als so.« Sie hielt die Hand knapp einen Meter über den Boden.

Die Augen der Jungen wurden so groß wie Untertassen. Sie sahen Del an – glaubte er das? Del zuckte mit den Achseln und zog die Brauen hoch. Mich dürft ihr da nicht fragen.

Woraufhin die Zwillinge wortlos kehrtmachten und in die Küche rannten.

»Ich hoffe, Del hat dich vor den beiden gewarnt«, sagte Maggie.

»Sie erinnern mich an zwei meiner Brüder. Elf Monate auseinander. Der eine hat nie etwas ohne den anderen gemacht.«

Stevie brachte einen mit italienischem Schinken, Oliven, Auberginenpaste, Kräckern und verschiedenen Käsesorten beladenen Teller, den er auf dem Couchtisch abstellte. Mark folgte mit einer Flasche Chianti und drei Gläsern.

»Ich hoffe, du hast dir nicht zu viel Mühe gemacht«, sagte Celia. »Das sieht köstlich aus.«

»Onkel Del hat es besorgt«, petzte Stevie.

Del warf ihm einen vernichtenden Blick zu. Das hier sollte Maggies Dinnerparty sein.

»Ja, der wohnt sozusagen bei Salumi«, verriet Mark.

»Das ist sein Lieblingsrestaurant«, ergänzte Stevie.

»Er hat da jedenfalls fast gewohnt, als er noch fett war«, sagte Mark.

»Herzlichen Dank!«, stöhnte Del, der inzwischen über zehn Kilo abgenommen hatte.

Die Jungs lachten.

»Er muss Sie wirklich mögen, wenn er so viel abgenommen hat.« Stevie ließ nicht locker.

Del räusperte sich und befasste sich eingehend mit der Weinflasche. Celia hielt sich die Hand vor den Mund.

»Die Vorspeisen sind typisch italienisch«, erklärte Del, nachdem er drei Gläser Wein eingeschenkt hatte.
»Sind Sie Italienerin?«, erkundigte sich Stevie bei Celia.
»Könnte ich Italienerin ehrenhalber sein?«
Stevie zuckte die Achseln. »Wieso nicht?«
»Sie ist Afroamerikanerin«, sagte Mark, der sich gerade eine Olive in den Mund gestopft hatte und nun nach einem Stück Käse griff.
»Ach ja?«, sagte Celia.
Mark zuckte mit den Achseln, als sei das keine große Sache. »Das haben wir in der Schule gelernt.« Er wickelte ein Stück Schinken um zwei Oliven. »Aber Sie können gern Italienerin sein.«
»Okay, ihr zwei!«, ging Maggie dazwischen. »Ihr seid ja der reine Heuschreckenschwarm. Lasst unseren Gästen auch noch was übrig und zieht Leine, den Tisch fertig decken.«
Die Jungs, die neben dem Couchtisch auf dem Boden gehockt hatten, standen auf, schnappten sich jeder noch schnell eine Handvoll Oliven und Schinken und verschwanden in der Küche.
»Das tut mir echt leid«, sagte Maggie. »Sie können ein wenig zu persönlich werden.«
Celia lächelte. »Mein Sohn war in dem Alter genauso.«
Ganz kurz verging Maggie das Lächeln. »Del sagte, dass du einen Sohn verloren hast. Das tut mir leid.«
»Danke. Das mit deiner Allie tut mir auch sehr leid.«
Maggie nickte. Tränen sammelten sich in ihren Augen, aber sie schaffte es, sich wieder zu beruhigen.
»Natürlich musst du weinen«, sagte Celia. »Es ist okay, mich stört es wirklich nicht.«
Maggie tupfte sich mit einem Taschentuch die Augenwinkel trocken. »Wird es irgendwann besser?«

Celia stellte ihr Weinglas ab und nahm Maggies Hand.

»Wenn ich jetzt Ja sage, weißt du, dass ich lüge, nicht wahr?«

Maggie nickte. »Ja.«

»Man lernt mit der Zeit, mit dem Schmerz zu leben. Man lernt, mit all den Erinnerungen zu leben und sie nicht zu fürchten. Man lernt, die Erinnerungen anzunehmen und sie willkommen zu heißen.«

Jetzt liefen bei Maggie doch noch die heißen Tränen. Celia stand auf und setzte sich neben sie. »Es wird nicht besser, Maggie. Es wird anders, und anders ist okay. Du musst nur lernen, es anzunehmen. Das braucht Zeit, wie alles im Leben. Weine, wenn dir danach ist. Weinen ist Gottes Weg, uns in unserem Schmerz zu helfen, also entschuldige dich nie, wenn du weinst. Dieses Weinen erinnert uns daran, dass wir Menschen sind, die ihre Familien aus ganzer Seele lieben. Und diese Liebe ist etwas Wunderschönes.«

Maggie lächelte unter Tränen und putzte sich die Nase. Sie holte tief Luft. »Dein Akzent – woher kommt der?«

»Georgia«, sagte Celia. »Und wenn ich will, wird er so dick wie Molasse.« Sie lächelte Del zu, der inzwischen auch ein paar Tränen in den Augen hatte. »Und manchmal fällt er den Leuten kaum auf.«

»Mir fällt er auf.« Del hob sein Glas.

»Er ist wunderschön«, fand Maggie.

»Ja, das ist sie«, bestätigte Del, und dann hörte er das Kichern der beiden kleinen Jungs, die sich hinter seinem Rücken wieder ins Zimmer geschlichen hatten.

* * *

Dan und Tracy gingen auf den Wanderwegen hinter ihrem Haus mit den Hunden spazieren – oder umgekehrt die Hunde mit ihnen, so genau konnte man das nie sagen, wenn Rex und

Sherlock von der Leine waren. Der regenreiche März war endlich vorbei und der April versprach den Frühling. Für Tracy bedeutete er außerdem das Ende ihrer Spätschicht und von daher mehr Zeit zum Schlafen und für Dan.

Natürlich hatte sie immer noch genug zu tun, denn sie sollte die Beweise zusammenstellen, die die Grundlage für Celia McDaniels Anklage gegen Detective John Owens bilden sollte, und wie es aussah, hatte sie damit noch eine Weile zu tun.

Irgendwo im schwindenden Licht tobten Rex und Sherlock krachend durch das Unterholz, arbeiteten sich durch all die vielen Gerüche hier. Vögel zwitscherten und sangen und über Tracys und Dans Köpfen bewegten sich die Äste der Bäume knarrend im Wind.

Abendspaziergänge wie dieser waren für Tracy nach einem langen Arbeitstag in der Stadt normalerweise das reine Paradies. An diesem Abend jedoch war ihr ein bisschen übel und schwindelig. Vielleicht machte sich der Schlafmangel des letzten Monats immer noch bemerkbar, sie fand nach einer Zeit der Spätschicht immer nur schwer wieder in den normalen Tagesablauf zurück.

Sie blieb stehen, um tief Luft zu holen, aber das half nicht gegen den metallischen Geschmack im Mund, der sie schon den ganzen Tag gestört hatte.

»Alles in Ordnung?«, wollte Dan wissen.

»Mir ist ein bisschen schlecht. Und Hitzewallungen scheine ich auch zu haben.« Sie zog den Reißverschluss auf und fächelte sich mit der Jacke Luft zu. Die frische Luft tat gut.

»Möchtest du umkehren?«, fragte Dan.

»Und mich die ganze Nacht ärgern, weil zwei unausgelastete Hunde im Haus rumturnen? Mir geht es schon besser und die frische Luft hilft.«

»Vielleicht hast du dir etwas eingefangen«, sagte Dan, während sie weitergingen. »Es geht ja diese Grippe um.«

Sie zuckte die Achseln. »Es könnten die Wechseljahre sein. Meine Mutter ist auch früh reingekommen.«

Dan blieb stehen. »Du weißt, dass das okay ist, ja? Ich meine, ob wir Kinder haben oder nicht. Ich bin auch zufrieden, wenn wir zu zweit bleiben. Solange ich dich habe.«

Tracy lächelte. »Wir werden nie nur zu zweit sein. Nicht, solange Rex und Sherlock bei uns sind. Und Roger.«

»Du weißt, wie ich das meine.«

»Ja, das weiß ich.«

»Und für dich ist das auch in Ordnung? Wirklich?«

»Wir haben doch eigentlich gar keine andere Wahl, oder?« Tracy drückte Dans Hand. »Ich bin sicher, mit der Zeit wird es okay sein. Dass ich nicht empfangen konnte, enttäuscht mich schon, aber die meisten Dinge geschehen aus gutem Grund.« Sie musste an Leah Battles denken und an den Rat, mit dem, was man sich wünscht, vorsichtig zu sein.

Tracy hätte gern ein Kind gehabt und konnte ihre Enttäuschung darüber, nicht schwanger geworden zu sein, nur schwer verbergen. Andererseits hatte sie doch aber auch ein gutes Leben. Es gab Dan und einen Ort, den sie beide ihr Zuhause nennen konnten, und ihr Beruf gab dem Leben Sinn und ihr das Gefühl, etwas zum Wohl der Allgemeinheit beizutragen.

Dan küsste sie und sie machten sich auf den Weg nach Hause.

»Hast du mit Leah Battles gesprochen?«, fragte Tracy.

»Ja.«

»Und?«

»Sie scheint kompetent zu sein. Sie wird ein bisschen brauchen, bis sie mit Zivil- und Strafrechtsverfahren außerhalb eines militärischen Kontexts auf Stand ist, aber sie hat in ihrer Zeit bei der Navy wirklich umfassend Erfahrungen sammeln können. Ich würde sie mögen.«

»Und wirst du sie einstellen?«

»Ich habe ihr bereits ein Angebot gemacht.«

»Was hat sie gesagt?«

Dan lächelte. »Sie sagte, sie würde drüber nachdenken und sich in einer Woche wieder melden.«

Tracy lachte. »Ich hatte dich gewarnt, die Frau ist eine Granate.«

»Sie hat noch ein paar Monate bis zum Ende ihrer Dienstverpflichtung«, sagte Dan. »Eilig ist es ihr mit einem neuen Job also nicht. Aber ich bin mir ziemlich sicher, dass sie mein Angebot annehmen wird. In einer der großen Anwaltskanzleien kann ich sie mir nicht vorstellen.«

Zu Hause bereitete Dan seine berühmten Enchiladas zu, die herrlich duftend, heiß und voller Käse und roter Soße aus dem Ofen kamen. Sie schmeckten wunderbar, aber schon nach ein paar Bissen legte Tracy ihre Gabel hin.

»Fühlst du dich immer noch nicht gut?«, erkundigte sich Dan besorgt.

»Ich glaube, ich lege mich hin. Es tut mir leid, aber diese leckeren Dinger esse ich lieber, wenn ich sie auch genießen kann.« Sie stand auf und machte Anstalten, ihren Teller abzuräumen.

»Lass einfach alles stehen«, winkte Dan ab. »Ich räume schon auf.«

»Danke. Tut mir wirklich leid.«

»Lass doch, mach dir bloß keine Gedanken.«

Tracy stand da, unsicher, ob sie sich nun übergeben musste oder nicht.

Dan wollte aufstehen. »Warte, ich helfe dir.«

Sie winkte ab. »Nein, ist schon okay. Zum Bett ist es ja nicht weit.«

Sie ging ins Schlafzimmer, zog sich aus und ein T-Shirt an und schlüpfte unter die Decke. Rex und Sherlock hatten es sich bereits auf Dans Seite gemütlich gemacht, zu Bällen zusammengerollt, um möglichst unsichtbar zu sein und vielleicht doch nicht vom Bett geworfen zu werden. Sie hatten Bettverbot, wenn Tracy und Dan schlafen wollten, schlichen sich aber gern frühmorgens doch noch hoch auf die Matratze. Jetzt machte Tracy sich nicht die Mühe, sie zu verscheuchen. Wenn sie ehrlich sein wollte, genoss sie die Gesellschaft der beiden.

* * *

Lange nach Anbruch der Dunkelheit – die Uhr auf dem Nachttisch zeigte zwei Uhr morgens – wachte sie wieder auf. Neben ihr schnarchte Dan leise, die Hunde in ihren Betten auf dem Fußboden grunzten von Zeit zu Zeit. Sie hatte Dan nicht ins Zimmer kommen hören und auch weder gehört noch gespürt, wie Rex und Sherlock vom Bett gesprungen waren, so fest hatte sie geschlafen. Jetzt allerdings war sie hellwach und würde wahrscheinlich den Rest der Nacht nicht wieder einschlafen können.

Sie kletterte aus dem Bett und schlurfte aus dem Schlafzimmer ins Bad, in dem ein Nachtlicht brannte. Sie fühlte sich besser als vorhin, immer noch ein bisschen benommen, aber beileibe nicht so elend. Sie zog die Tür ran, ohne sie ganz zu schließen, und setzte sich, ließ aber noch nicht gleich Wasser. Stattdessen betrachtete sie nachdenklich das Schränkchen unter dem Waschbecken. Ja, sie war sich ziemlich sicher, dass sie noch einen hatte.

Entschlossen stand sie auf, schaltete das Deckenlicht ein und wühlte im Badezimmerschrank, bis sie die gesuchte Schachtel gefunden hatte, in der sich wirklich noch ein Schwangerschaftstest befand. Zögernd hielt sie ihn in der Hand. Das Clomid hatte ihnen keinen Erfolg beschert und laut

Dr. Kramer stand es extrem schlecht um ihre Chance, schwanger zu werden.

Wie leid sie es war, sich immer Hoffnungen zu machen, um dann doch wieder enttäuscht zu werden. Wie sehr sie – Moment, waren das nicht rein defätistische Gedanken? Ihr Vater würde das jedenfalls so sehen, wenn er noch lebte. Wenn sie vor einem Schießwettbewerb Zweifel geäußert hatte, hatte er ihr immer geraten, gar nicht erst anzutreten. »Wenn du in dem Glauben da hingehst, dass du sowieso verlierst, dann hast du im Grunde schon verloren. Wenn du glaubst, du gewinnst, bist du enttäuscht, wenn das nicht klappt. Geh hin, weil du gegen andere im Wettkampf antreten willst – ohne Erwartungen in die eine oder andere Richtung. Hingehen oder nicht, das entscheidest du allein, alles andere dann nicht mehr, warum sich also schon im Vorfeld grämen?«

Natürlich ließ sich ein Schwangerschaftstest nicht mit einem Schießwettbewerb vergleichen, aber im Moment hatte Tracy wirklich keine Erwartungen.

Sie dachte an Dan, an die Nacht, als sie einfach nur an ihn gekuschelt hatte schlafen wollen. Er hatte sie im Arm gehalten und ihr gesagt, sie sei das Einzige auf der Welt, was er sich wünsche. Danach hatten sie sich geliebt. Nicht, um ein Baby zu zeugen – einfach nur, um einander nahe zu sein.

Sie wickelte den Schwangerschaftstest aus, pinkelte darauf, legte ihn oben auf den Spülkasten, stand auf und wusch sich die Hände. Während sie sich abtrocknete, betrachtete sie ihr Bild im Spiegel über dem Waschbecken. Nein, keine Erwartungen. Positiv oder negativ, daran wollte sie jetzt nicht denken.

Sie setzte sich und wartete. Egal, was sie sich einredete, ihr Herz ließ sich nicht beruhigen und schlug zum Zerspringen.

Es könnte die Grippe sein.

Endlich wagte sie es, den Streifen anzusehen.

Zwei parallel verlaufende Linien.

Tracy schloss die Augen, ließ ihren Tränen freien Lauf, hätte am liebsten gleichzeitig gelacht und geweint. Und laut geschrien! Das Ergebnis war nicht in Stein gemeißelt, das wusste sie genau, sie hatte noch einen langen Weg vor sich. Schwangerschaftstests für zu Hause waren nicht verlässlich und konnten falsche positive Ergebnisse produzieren. Sie musste einen Arzttermin ausmachen. Dann gab es noch die Möglichkeit einer Fehlgeburt – viel höher als bei anderen, wegen ihres Alters.

Sie musste … sie musste …

Sie musste aufhören. Einfach aufhören und den Augenblick genießen.

Lächelnd warf sie einen Blick durch die halb offene Badezimmertür auf den leise schnorchelnden Dan. Noch schlief der Mann – aber nicht mehr lange.

Danksagung

Das Thema dieses Buches kann Angst machen, besonders Eltern. Richtig vertraut bin ich mit den Themen meiner Bücher eigentlich immer erst nach der ersten Fassung eines Romans und oft fängt alles mit einer Idee an, auf die mich ein Artikel aus einer Zeitung oder Zeitschrift gebracht hat. Bei diesem Buch lieferte mir das wahre Leben die Idee.

Etwa ein Jahr bevor ich mit der Arbeit an diesem Roman begann, las ich, dass mehrere Schüler einer Highschool in unserer Gegend an einer Überdosis Heroin gestorben waren. Der Tod junger Menschen ist immer tragisch und erst recht dann, wenn diesem Tod für sie und ihre Familien ein jahrelanges Zerstörungswerk durch die Drogensucht voranging. Erst während der Recherchen zu diesem Buch wurden mir die langfristigen und weitreichenden Folgen der Legalisierung von Marihuana bewusst. Ich war überrascht und entsetzt, denn ich hatte nicht geahnt, dass die südamerikanischen und chinesischen Drogenkartelle den Verlust ihres Einkommens aus Marihuana durch die Umstellung auf Mohnanbau auszugleichen versuchen. Sie haben ihre Marihuanafelder umgepflügt und bauen jetzt im großen Maßstab Mohn an, um den US-amerikanischen Markt mit bezahlbarem Heroin zu fluten. Dies traf die Vereinigten Staaten zu einem denkbar ungünstigen

Zeitpunkt, als nämlich unglaublich viele Menschen von rezeptpflichtigen Opioiden abhängig waren.

Ich will wirklich nicht so tun, als würde ich mich in dieser traurigen Misere gründlich auskennen, aber nach Durchsicht einer Fülle von Material und nach ausführlichen Gesprächen mit Menschen, die durch ihre Arbeit direkt mit dieser Abhängigkeit konfrontiert sind, kann ich nur eins sagen: Das, was ich lernte, war ernüchternd und erschreckend. Unter Heroinsüchtigen hatte ich mir immer verwahrloste Menschen vorgestellt, die in dreckigen, von Ratten verseuchten Wohnungen hausen. Am heftigsten hat mich bei meinen Recherchen wohl schockiert, wie viele meiner Gesprächspartner die Abhängigen als »nette Kinder aus guten Familien« beschrieben.

Trotz meiner Bemühungen, alles zu verstehen und richtig wiederzugeben, habe ich bestimmt auch Fehler gemacht. Als Schriftsteller fühle ich mich oft wie Blanche DuBois in *Endstation Sehnsucht*: Ich verlasse mich auf die Güte von Fremden, von denen viele zu meinen Freunden geworden sind.

Mein besonderer Dank gilt Detective Ron Sanders von der verkehrstechnischen Untersuchungsstelle des Seattle Police Department. Ron hat mir die Arbeit der TCI erklärt und mir dann besonders beim Szenario Unfallflucht geholfen, indem er mit mir durchging, anhand welcher Schritte man die Identität eines Fahrers feststellen kann. Dazu kann ich nur sagen: Die neuen Technologien sind wirklich unglaublich und werden immer noch besser.

Vor zwei Jahren gab ich auf Whidbey Island einen Kurs in kreativem Schreiben, an dem auch Alexandra Nicca teilnahm. »Nicca«, wie wir alle sie bald nannten, schien mir das Leben mit all seinen Höhen und Tiefen auf eine ganz spezielle, humorvolle Art zu betrachten, und irgendwann fragte ich sie nach ihrem Beruf. Wie sich herausstellte, ist sie Lieutenant in der United States Navy und gehört zur Obersten Militärstaatsanwaltschaft.

Kurz gesagt, sie ist eine Militäranwältin und auf dem Marinestützpunkt Kitsap stationiert. Dank Nicca durfte ich mir dort alles ansehen, was die Militärgerichtsbarkeit betraf. Ich durfte im Gerichtssaal sitzen und ihr stundenlang die banalsten Fragen stellen, ohne dass sie eingeschlafen wäre. Damals fand ich ihren Job einfach nur cool und wollte mehr darüber erfahren, ohne schon eine bestimmte Geschichte im Kopf zu haben. Die entwickelte sich erst bei der Arbeit an diesem Roman. Nicca weiß, wie sehr ich jeden respektiere, der eine Uniform anzieht, um seinem Land zu dienen. Sie war mir eine große Hilfe.

Ich hätte keinen der Romane aus der Tracy-Crosswhite-Reihe ohne die Hilfe von Jennifer Southworth und Scott Tomkins schreiben können. Jennifer arbeitet bei der Polizei von Seattle in der Abteilung für Gewaltverbrechen, Scott beim King County Sheriff's Office. Während ich diesen Roman schrieb, hatte Jennifer Nachtschicht. Ich traf mich mit ihr und Scott zum Abendessen in Shawn O'Donnel's American Grill and Irish Pub im Erdgeschoss des berühmten Smith Tower. Dort wurde ich nicht nur umfassend belehrt, sondern fand auch noch den Handlungsort für mehrere Szenen in meinem Roman und die allgemeine Stimmung, die in der Geschichte vorherrschen sollte. Der Abend war kalt und regnerisch und ich konnte mir lebhaft vorstellen, wie man sich fühlte, wenn man in einer solchen Nacht an den Tatort eines Mordes gerufen wird.

Herzlichen Dank an Kathy Taylor, forensische Anthropologin im rechtsmedizinischen Institut des King County. Obwohl Kathy meistens bis über beide Ohren mit Arbeit eingedeckt ist, findet sie immer irgendwie auch noch Zeit für meine Fragen. Diesmal bat ich sie außerdem noch, eine bestimmte Szene meines Romans auf Stimmigkeit zu prüfen. In der Szene ging es um den Rechtsmediziner des King County, und es war von vier Toten durch Überdosis *in einer Woche* die Rede, eine Zahl, die sie auf traurige Weise unrealistisch fand.

Seitdem weiß ich, dass der Rechtsmediziner manchmal vier Drogentote *am Tag* auf dem Tisch hat und die Heroinepidemie noch viel drastischer ist, als von mir dargestellt. Diese Szene musste ich also umschreiben.

Ich bedanke mich auch bei Eric Yurkanin von Max Technologies in Seattle. Mein Wissen über Computer und Computersysteme reicht ungefähr so weit wie von meinen Fingern bis zur Tastatur und so musste ich Eric mit Fragen zu Überwachungskameras löchern: Wie funktionieren sie, wie lange werden die Bänder aufbewahrt, kann man sie kopieren? Eric hatte sehr viel Geduld mit mir. Inzwischen bin ich auch mit den vielen Computerfans im Lande vertraut, die auf Fehler von Leuten wie mir förmlich lauern. Manche sind sehr nett und schreiben mir eine E-Mail mit ihrer Kritik. Diese Mails hebe ich auf, um die Anregungen darin bei weiteren Büchern zu berücksichtigen, und ich bin den Kritikern dankbar. Andere zerreißen mich genussvoll öffentlich im Internet. Deren Kritik bewahre ich nicht auf und möchte ihnen an dieser Stelle mitteilen, dass ich meine Fehler nicht mit Absicht mache und auch nicht, weil ich mir bei den Recherchen nicht genügend Mühe gebe. Für direkte Kritik per E-Mail bin ich dankbar, denn natürlich möchte ich keinen Fehler zweimal machen.

Ich bedanke mich bei Dr. Scott Kramer, Geburtshelfer und Gynäkologe. Scott half mir in Bezug auf Tracys und Dans Kinderwunsch und erklärte mir mögliche Optionen einschließlich aller Risiken und Nebenwirkungen. Scott ist außerdem noch mein Schwager und in unserer Familie als begnadeter Koch wunderbarer Weihnachtsessen bekannt.

Danke an Meg Ruley, Rebecca Scherer und das Team in der Jane Rotrosen Agency. Sie begleiten und beraten mich seit Beginn meiner Laufbahn als Schriftsteller, was ihnen manchmal so vorkommen muss, als leiteten sie einen Teenager an. Sie haben in all meinen Hochs und Tiefs zu mir gehalten und mit unermüdlichem Enthusiasmus und Optimismus dafür gesorgt, dass ich nach vorn schaue. Ich kann ihnen gar nicht genug danken.

Und ich danke meinem Verlag Thomas and Mercer. Dies ist der fünfte Roman in der Tracy-Crosswhite-Reihe und der sechste, der bei ihnen erscheint, aber die Zusammenarbeit hat nie etwas von bloßer Routine. Sie suchen immer wieder nach neuen Möglichkeiten, meine Bücher bekannt zu machen und ihnen so viele Leser wie möglich zu verschaffen. Sie geben mir die Chance, gelesen zu werden, und das ist alles, worum ich als Autor je gebeten habe.

Ich bedanke mich bei Sarah Shaws, die für die Autorenbetreuung zuständig ist und mir immer wieder das Gefühl gibt, jemand Besonderes zu sein. Mein Postamt droht schon mit dem Entzug des Postfachs, so viele Pakete schickt sie mir. Immer wieder wunderbare Überraschungen, die meine Familie und ich sehr genießen.

Dank an Sean Baker und Laura Barrett, die für die Herstellung zuständig sind. Auf die Gefahr hin, mich zu wiederholen: Ich liebe Cover und Titel jedes einzelnen meiner Romane und dafür habe ich den beiden zu danken. Dank an Justin O'Kelly, Leiter der PR-Abteilung, und Dennelle Catlett, Amazon Publishing PR, die viel für mich und meine Romane getan haben. Dank an Mikyla Bruder, Galen Maynard und Hjeff Belle bei Amazon Publishing.

Mein besonderer Dank geht an Gracie Doyle, Cheflektorin bei Thomas und Mercer. Die Arbeit an meinen Romanen fängt in der Regel bei einem Mittagessen mit Gracie an, bei dem ich ihr verschiedene Ideen vorstelle und auch schon erste Handlungsstränge erläutere. Gracie hört sich das an und hilft mir, den emotional stärksten Plot zu finden. Danach kann ich loslegen. Wenn ich fertig bin, liest als Erste Gracie meine Arbeit und sorgt dafür, dass meine Idee wirklich lebt. Also noch einmal herzlichen Dank, Gracie, für deine Vorschläge, deine Hilfestellung beim Denken und für deine Freundschaft. Ich bin sehr glücklich darüber, dass du mein Team leitest.

Besonderer Dank geht an meine Lektorin Charlotte Herscher. Wir machen jetzt das sechste Buch zusammen und jedes ist durch ihr Engagement besser geworden. An manchen Tagen schreibe ich mit Charlottes Mahnung im Kopf, eine Figur genauer auszuarbeiten, und dann höre ich auf sie, denn sie hat noch jedes Mal den Nagel auf den Kopf getroffen. Danke an Sara Addicott und Scott Calamar für ihre gründliche Manuskriptbetreuung. Grammatik und Zeichensetzung sind noch nie meine Stärke gewesen und es ist schön zu wissen, dass Experten auf mich aufpassen.

Danke an Tami Taylor, die für meine Webseite und meinen Newsletter zuständig ist und ein paar von meinen Covern für den ausländischen Markt entworfen hat. Wenn ich Tami um Hilfe bitte, kann ich auf schnelle und effektive Unterstützung zählen. Danke an Pam Binder und die Pacific Northwest Writers Association für ihre Unterstützung meiner Arbeit. Danke an die Seattle 7, ein Nonprofit-Kollektiv aus Schriftstellern aus dem pazifischen Nordwesten, die das geschriebene Wort betreuen und unterstützen.

Dank auch euch, meine Leser, weil ihr meine Romane lest und meine Arbeit dadurch so wunderbar unterstützt. Dank dafür, dass ihr mir eure Besprechungen schickt und mir in euren E-Mails beschreibt, wie sehr euch meine Bücher gefallen. Solche Briefe sind immer Höhepunkte im Leben eines Schriftstellers.

Ein besonderer Dank geht an Bob Grassilli und David Bakhtiari für großzügige Spenden an den »Fund a Dream« ihrer alten Schule Serra High. Als Autor hat man die wunderbare Möglichkeit, Charaktere aus zukünftigen Romanen für wohltätige Zwecke zu versteigern – nach dem Höchstbietenden wird dann eine bestimmte Person benannt. Serra High ist meine alte Alma Mater, und aus dem Fond werden Stipendien für bedürftige Jugendliche finanziert. Unsere Schule hat ein paar namhafte Absolventen zu verzeichnen: Lynn Swann und Tim Brady, die in der NFL spielen, MLB-Baseballspieler Barry Bonds und Jim Fregosi, den Autor John Lescroart und den besten Porträtfotografen der Welt, Michael Collopy. Bob Grassilli ist der ehemalige Bürgermeister von San Carlos und David Bakhtiari spielte für die Green Bay Packers. Ich danke beiden für ihre Großzügigkeit.

Ich hatte in beruflicher Hinsicht ein wunderbares Jahr, in persönlicher jedoch nicht ganz so. Meine Frau Christina und ich müssen unsere Kinder in die Welt ziehen lassen und sie aufs College schicken, eine harte Sache, wenn einem das Glück die zwei besten Kinder geschenkt hat, die sich Eltern nur wünschen können. Ich bedanke mich also bei meinem Sohn Joe und meiner Tochter Catherine. Ihr habt eurem Vater mehr Freude bereitet, als er sich je hätte erträumen lassen. Meine Reise mit Joe nach London werde ich auf jeden Fall nie vergessen, denn dieser Junge verfügte schon seit seiner Geburt über ein inneres Radarsystem und kann in einer fremden Großstadt nach nur einem Blick auf den Stadtplan Restaurants und Pubs finden. Und Catherine bringt uns weiterhin alle zum Lachen. Sie hat versprochen, sich um ihren Daddy zu kümmern, wenn der mal alt und senil ist. Was will man mehr?

Die, die das alles zusammenhält, das ist Christina. Was für eine wunderbare Möglichkeit ich doch habe, mich am Ende jedes Romans öffentlich bei ihr zu bedanken. Sie hat bei jedem Hoch und bei jedem Tief an meiner Seite gestanden und nie aufgehört, mich zu unterstützen. Also hat sie von mir 2016 das Weihnachtsgeschenk erhalten, auf das sie zweiundzwanzig Ehejahre lang geduldig gewartet hat. Sie weiß, was ich meine, und es ist genauso schön wie sie. Für immer und ewig, Christina. Mit dir.